2024年中短篇小说选粹 新南方

杨庆祥 钟宜峰 ◎ 主编

（丛书主编：王朝军）

2024·北岳
中国文学主题年选

《名作欣赏》杂志鼎力推荐
权威遴选 深度集合

山西出版传媒集团
北岳文艺出版社·太原

图书在版编目(CIP)数据

2024年中短篇小说选粹：新南方 / 杨庆祥,钟宜峰主编. -- 太原：北岳文艺出版社, 2025.4. -- (2024·北岳·中国文学主题年选 / 王朝军主编). -- ISBN 978-7-5378-7090-0

Ⅰ. I247.7

中国国家版本馆CIP数据核字第2025N0W720号

2024年中短篇小说选粹：新南方
2024 NIAN ZHONG-DUAN PIAN XIAOSHUO XUANCUI: XINNANFANG

杨庆祥　钟宜峰 / 主编

//

出品人
董利斌

选题策划
王朝军

责任编辑
王朝军

书籍设计
张永文

印装监制
郭　勇

出版发行：山西出版传媒集团·北岳文艺出版社
地址：山西省太原市并州南路57号　邮编：030012
电话：0351-5628696（发行部）　0351-5628688（总编室）
传真：0351-5628680
经销商：新华书店
印刷装订：山西万佳印业有限公司
成品尺寸：170mm×240mm
字数：397千　印张：25
版次：2025年4月第1版
印次：2025年4月山西第1次印刷
书号：ISBN 978-7-5378-7090-0
定价：78.00元

本书版权为本社独家所有，未经本社同意不得转载、摘编或复制

序:作为现象的"新南方写作"

/钟宜峰

让我们回到"新南方写作"的起点:杨庆祥是最早为新南方写作赋型的学者之一,这一概念的灵感来自对黄锦树等海外华文作家的阅读。此后经历众多学者的反复讨论,"新南方"的声量不断扩大,众多期刊纷纷开设专栏讨论,王德威、张燕玲、陈培浩等纷纷参与其中。与概念的热议伴随的是"新南方写作"近年来取得的创作实绩:陈春成《夜晚的潜水艇》,林棹《潮汐图》,葛亮《燕食记》,陈崇正《美人城手记》,林白《北流》……这串名录还可以列出很长很长,它们构成了"新南方写作"坚实的基底。但"新南方写作"的富矿还远远未被开采殆尽,这部小说集呈现的作品就是最好的证据。

不同于"创造社"或"山药蛋派"这种以风格、立场命名的文学流派或团体,"新南方"的内涵充满不确定性。细究起来不难发现,"新东北""新浙派"等等,其关注更多的是作品中的地方性指向,但这些概念内部实则疏松多孔。在围绕"新南方"这一概念进行的多方讨论中,概念的微妙错位亦反复出现:有时"南方"是一种地理空间,有时又跨越到政治和文化的范畴。比如杨庆祥曾指出，框定"新南方"的标准为"地理性、海洋性、临界性和经典性"①，但这一标准落在实际创作上很难——兼顾，譬如"地理性"就是个颇难界定的问题。本选集中先志的《温和地带的水果》在地理位置上其实是湖南南部②。但若依苏童之言，"北方是什么，南方是什么，没有一个人能够说得清楚，但是它确实代表着某种力量，某种对峙"③，那么与小说中体现的典型的文化自觉相比，地方上的小小越界又似乎显得无关宏旨。

再或者，"新南方"书写的对象是什么？邓小燕曾以南方的风土为切口，如此概括"新南方写作"的特点："'南方以南'是生命铺张的世界，云遮雾掩的山林，磅礴的海洋与强劲的季风，纵横交错的河流与峡谷，遍布荒野、乡村乃至于城市的蓬勃的草木，在这里，造物挥霍它的水与热，草木鸟兽皆生猛异常，生机笼罩一切……与'文'相对的'野'是其（新南方写作）核心概念。"④但"新南方"是不是就要鼓吹隐入山林或出海远航？似乎也不见得，否则这就陷入了猎奇文学的藩篱。更何况，无论粤港澳大湾区的繁华还是"三和大神"的窘境，这些都市景观何尝不是南方的一部分？张远玥指出："有不少'新南方写作'论及的作家如王十月、塞壬等，亦曾被视为'打工文学'和'后打工文学'的代表性作家……但更重要的是'打工文学'和'新南方写作'共享了时代语境的流变，同时也存在着文化政治以及情感结构层面的对话性。"⑤故此，选集中选入了蔡崇达的《命运慢跑团》：这篇小说的文字与风格和"野性"可谓毫无关

---

① 杨庆祥：《新南方写作：主体、版图与汉语写作的主权》，《南方文坛》，2021年第3期。

② 杨庆祥文中曾尝试划定"新南方"的疆界：主要指中国的海南、广西、粤港澳大湾区，同时也辐射到马来西亚、新加坡等习惯上指称为"南洋"的区域。出处见前注。

③ 《附录：文学中的南方——苏童、葛亮对谈》，载葛亮著《浣熊》，南京大学出版社2013年版。

④ 邓小燕：《新南方写作的自然与野性》，《南方文坛》，2023年第6期。

⑤ 张远玥：《何处是"南方"？——试论"新南方写作"的发生》，《粤海风》，2024年第5期。

系,但小说中主人公在北京打拼得身心俱疲,回到家乡的海边小镇后获得情感疗愈的过程,正暗含了一种源自鲁迅的、被完全颠倒的"离去—归乡—再离去"模式,而这对于我们理解这一轮"地方热"是极为重要的。

或许正因为这些概念的微妙错位屡次出现,"新南方"也不乏质疑之声。譬如韩松刚便撰文尖锐地质疑:"我们对于地方的重申应该被允许到何种程度?我们对于地方的整体性认知能够在多大程度上实现统一?此时,做一个温和的调和者其实没有意义,我们不能盲目崇拜和推崇地方,地方文学只是偌大的中国文学的一个部分,它的特殊性可以被关注,但不能被过分拔高甚至曲解。"①这样的疑虑不无道理,但必须指出,"新南方写作"并非某种由学者和批评家们杜撰出来的概念,而是在近年来对地方性写作蓬勃发展这一现象给出的描述。事实上,"新南方"也好,"新东北""新浙派"也罢,本就并非某种固定的文学流派或创作方法,并没有,也很难有一群所谓的"新南方作家"围在一起吃吃酒席、拉拉关系,因为"新南方"自己就是一场"流动的盛宴"。与其反复思索如何寻找一个"新××"的"最大公约数",不如关注为何近十年来写作中的地方性会受到如此重视。一个典型的例子是选集中孙频的《雪隐于雪》。孙频的早期写作具有鲜明的北方特色,只是近年来才向南方、向海洋有意识地靠拢,而《雪隐于雪》便是这种转向过程中的成果,具有典型的"新南方写作"特色。我们当然也不必据此判断孙频变成了"新南方作家"的代表人物,这样的命名毫无意义。

"新南方写作"此时是,未来也将长期是一种持续生成中的概念。它在未来究竟会走得多远,本质上仍旧仰赖于作家的创作实践。打个不甚恰当的比方,如果说此前林林总总关于"新南方"的讨论都像是盲人摸象,虽说开始的结果可能略显荒诞,但随着摸象的次数越来越多,盲人脑海中对对象的形象认知自然也就越发清晰。只有一点可以肯定:作为一种现象的"新南方写作",的确缘起于一种对北方中心模式的反叛精神,我们更应该将目光集中于"新南方写作"

---

① 韩松刚:《空洞的"地方",以及沦为一种空谈的"地方文学"研究——关于当下新地方写作研究的反思》,《北京文艺评论》,2024年第2期。

的异质性色彩上，而非在庞杂的内部阵营中苛求同质性。

故此，这部小说集的选择标准并不复杂，无非两点：一则要求"新"。这个"新"中既有新作家、新力量，也有新语言、新方法。譬如写《三人填充成象》的顾骨，《周围有人走动》的东楼，就是"95后""00后"的新锐力量。再譬如索耳的《九月飑》，索耳是近年来创作成果斐然的新锐作家，其大段铺陈、密不透风的文字极富辨识力，带有明显的语言狂欢色彩，正将"新南方写作"中的"野性"表现得淋漓尽致，极易让人想起张贵兴笔下雨林中的氤氲水汽。再譬如陈楸帆的《九紫离火》，陈楸帆自然不算新作家，但作为选集中唯一一篇科幻小说，《九紫离火》巧妙地将闽南风俗、历史创伤和个体的现实体验融汇在一个荒诞的故事中，无论在"新南方"还是在科幻序列中都是有益的尝试。二则为关注"南方"，要讲好南方故事。至于何谓"南方故事"，又该如何讲，不同的作品又各有侧重。除前述的《命运慢跑团》外，本选集亦有林为攀的《二维码变奏曲》和巫宏振的《我是谁》。这些小说不排斥对小资阶级和都市生活的描写，但试图从同质化严重的都市景观描写中突围，用奇诡的想象或古老的民俗探索一种生机勃勃的新景观。梁晓阳的《凤凰单车大链饼》和程惠子的《断指》则尝试有节制地用粤语描写人物对话，试图在语言层面捍卫方言的"正统性"，或可视为对建构粤语经典小说做出的尝试。而李嘉茵的《波密人的历史时间》，王海雪的《太平洋的风》和程皎旸的《逃出棕榈寨》更将视野放置在颇具世界性与海洋性的马华地带（指马来西亚华人社会），呈现出与世界对话的宏阔视野。

写至文末，耳机里恰好随机播放到了凤凰传奇的《奢香夫人》。这首歌近年来在短视频的影响下爆火全网，但事实上，它并不是一首新歌。它最早创作于2009年，和当年传唱大江南北的《最炫民族风》同在一张专辑内。歌中所唱的奢香夫人为明代杰出的彝族女政治家，曾为促进彝汉人民团结、巩固西南地区与中央政府之间的联系做出了重要贡献。正如董宝石的《野狼disco》之于"新东北"，《奢香夫人》中高亢自在的"乌蒙山连着山外山/月光洒下了响水滩"，又何尝不是一种最小单位的"新南方文学"？

目 录

1　九月飚　　　／索耳
57　雪隐于雪　　　／孙频
112　三人填充成象　　　／顾骨
125　断指　　　／程惠子
140　太平洋的风　　　／王海雪
160　凤凰单车大链饼　　　／梁晓阳
189　九紫离火　　　／陈揪帆
203　波密人的历史时间　　　／李嘉茵
223　命运慢跑团　　　／蔡崇达
250　温和地带的水果　　　／先志
267　周围有人走动　　　／东楼
281　逃出棕榈寨　　　／程皎旸
308　我是谁　　　／巫宏振
341　二维码奏鸣曲　　　／林为攀
375　雕像一般的眼睛　　　／三三

九月飚

/索耳

"速忘故国"

　　章公，本名章芳伯。其父爱花养花，曾建造家中花园三亩，搜罗全世界奇异种，花香常年翻出围墙，不吝分给城里的穷人贱狗，素有美誉。章公出世时，其父在花园里苦思数日，饮食了许多花气，终于郑重得了这个名字。可惜章公少年老成，二十几岁开始担大事，三十岁后生意兴隆起来，地位渐崇，在商会里做龙头，本名渐不被人唤起，而是被改呼"章公"。但章公内心清晰明了，不论他人如何表面功夫称呼他，第一眼望过来，望的都是他的跛足：他行路时右腿骨向上刺入髋骨，在骨盆处形成引力，左腿一缩一吸，上身至腰微紧，随后松开。如此一个特异的形象，盖过任何虚名，或者说，他一世人只得一个真名，便是"跛脚章"，虽不曾被叫出来，心内无声胜有声。每次章公巡游至自家船司的码头，斜阳将他身影放大几倍，映在黄澄澄的凸面船身上，伙计见了都要默念一声白日撞鬼。幼时章公问娘亲，为何他双腿一长一短。娘亲答他，人的手指是三长两短，光阴亦是月长日短，若都长得整整齐齐，既不美也无用。问乳娘，答是贵人相，将来是要坐八条腿的轿子的，又何用亲身来行。章公全不信，而家父亡得早，小弟比他年少五岁，更无从过问。成年后他常发一噩梦，梦到自己跛落千百丈，惶恐惊怖，他便相信自己更幼时从高处跛落过，必跛得好严重，不止跋坏了腿脚，还跋烂了头，荡碎了那段浅薄的记忆。至中年四十岁后，噩梦发得越勤，惊醒后但见漏夜森森，于榻前静候，偶尔有月映入纱窗，或从中天垂直坠入天井，宛如孤独销入骨，对他来说是难排解的愁绪，又可称是一种警醒：他人要将他做高，举到千百人头顶，凭他现今的身份，他怎么违逆得了，亦不能喊停，能做的只有看紧身下，防跋落。章公行商这些年，靠的是浮起整个半岛的一洋之水，那水流无穷无尽，在日头下似堆叠起枚枚银钱，挤过苏门答腊，于星洲和槟屿之间往复漂荡，船行得多，便知道要顺风顺水，求的第一诀是"稳"，其他都不紧要。他当初起家时，黄梨、橡胶、烟草、熟米生意都做过，分司分行几十间，生意贪吃粗食，做到头，就如斗室内的阿肥，扭头转腰都困难，幸好后来有高人点破，点得冰水直落天灵盖，即刻将其他实业通通砍去，专司船舶航运。论起来，章公应是命中合水，而非陆上动物，这跋足便是进化不全的证明，行平路都难，更不用提爬山登高，此生唯一登过的山是槟岛的升旗山，山高二千四百一十英尺，跟欧洲人操练了千百遍的阿尔卑斯山相比，这山便是蚁丘大小。十几年前孙总理来槟屿，各个行帮的大兄都去作陪，宴席两日，后一日去爬升旗山。章公那时不过是二十出头的少年家，跟着伯父同去，并不深知被人群拥簇着的是何人，犹记得那位跟在后头、身形粗壮的女人。章公此后再没见过类似这样的女人。她四十左右年纪，人人都叫她"四姑"，同其他人叫个面皮不同，章公叫她四姑，是仿佛以为她就是自己的亲姑。她同章公行了一路，亦开讲了一路。她讲话有几乎完美的控制力，一句还一句，句句如坚石滚动，又恰如其分地嵌入地窿里，话音落下时，她的沙哑嗓音、习惯性的紧缩鼻翼和微微擘眼也成了话语内容的一部分。她提起行在前面的那位大人，强调他教识了她一切，但章公内心总有声音反驳：那不是实情。章公行得慢，频繁因脚酸停下来歇息，四姑也跟着止步，细汗在她红热的额头结晶，她回身望向山下的景色，半山腰的风景只是半成品，却已令她感叹。章公视力不佳，望不了多远，听她静静描述，仿似同等望见了那虚浮在蓝色海潮中的吉打峩仑山，其实是连绵一片的细长之岛，与海水相接处有一条鲜亮的划痕，是隐藏起来的潮间带；借由四姑的眼，他也能俯瞰自己生长起来的市镇，尤其是最古老的东北角，海墘路头向北延伸，陆地在尽头处折成尖锐的岬角，路过的洋流都要回避，顺时针绕个大弯向南流，慢过蚁，近乎静止；附近是英国佬建造的那座四角星形的康华丽堡，简直是对地形最原始的模仿，关仔角的大钟楼贴古堡耸立，其摩尔式的圆顶在视野里留下灰绿的小点，由远及近，街区朝内山的方向弥散，最显目的是大伯公街升腾起的紫色的香火云，还有皇后街的小印度周边，诸神雕像个个穿戴了一身金银宝钻，闪闪映射着日光。到最尾，章公也混淆了四姑的所见和他自己的记忆，那些场景牢固刻在心内，许多年后演化为新的问题。他想不明白，这块地方，乃至这片更大的海峡和群岛究竟有什么样的吸引，招揽了许多远离了大陆的新客，而四姑以她后半生为实践证明，当时章公与她作别，以为无缘再会，未想两年后她告别故土旧人，独身返槟岛住，住了八九年，章公才在一次酒席中听人讲起此事，以为惊雷语，惊得他当场落箸，随后问询探访到四姑住处，竟与淘锡的琉琅妹所住大棚屋同样。四姑比从前精瘦许多，皮肤更黑，见章公来，脸色如旧，并不见生疏，口音倒是多了几分柔佛调。自她来槟，过往皆已遗失，只剩一沓旧照漂洋过海，被她一一装裱上相框，细心挂在墙上。四姑收养的囡仔，叫阿容，年纪不过十岁，活泼狡怪，最喜坐在章公的那条跛腿上玩闹，无所顾忌，却从不敢走近那面墙。她偷咬章公耳仔称，每至半夜，相片里的诸多人物都会行出来，气势堪比千军万马巡游，她睡不安稳时还会被人踢屁股。

　　章公喜爱阿容，有闲时带阿容去关仔角玩，看她同鸽仔一齐歪歪扭扭行在长堤上，钻入绿树的荫蔽之下。附近码头喧杂，有乌黑发亮的铁车头挤上轮渡要过海，亦有卖鱼、榴梿、娘惹糕的小贩吆喝，全部声音加起来，都不如阿容叫得响亮。阿容听章公讲过许多古，讲一百多年前的外来者如何登上这块岬角，在莱特上校来之前还有格雷少校，如何带领水兵辟丛林、斫榛莽，又征了许多当地人做奴，开拓出这片海滨，而早在几百年前就有闽人粤人在此地生根了。如今后来者居上，前人反而被洗刷成二三等公民，世理循环，过往都禁不起推敲。章公讲得无心，阿容却极伶俐，反问章公：你是几等人？你又从哪里来？塞得章公发蒙，打个哈哈蒙混过去，过后更觉莞尔。能问出这种问题只得阿容一人，他人绝无可能问得出，他们的头脑早非十岁囡仔的头脑，那份特异的天真和锐利已受损坏，因而也从未存在过那样的念头。章公甚至觉得，问自己祖先从哪里来，祖先都未必能答。他的曾祖父当初孤身过番来此地种烟草,将自己种成了大亨,仍要向大清捐道台,讨了蟒袍花翎来穿戴,还叫人画了自己夫妇的正服像,挂在厝厅内,客人见了画像必恭维几句。曾祖父得意扬扬,把自己当作是大戏里演的官员高头大马出巡,随从击锣举牌、吆喝开道,好不威风。曾祖母是个二代富家娘惹,生得相貌奇殊(从画像上都能看出她标志性的马脸和雷公嘴),却有过人才智,通晓福建话、马来语和英文,虽不是男子,去不了星洲的莱佛士书院,体魄却胜似男子,能骑马环岛百里,出印度洋猎杀过一头巨鲸,取了椰子大的龙涎香,至今还存在家里作宝。曾祖父与曾祖母年纪相差二十几岁,谈不上有多少感情,两人只生养了一子,便是章公的祖父。等祖父成年后,曾祖母便搬出旧厝,另住在隔壁的街区,不过百几十步的距离,却几乎不再来往。祖父不止一次听过曾祖母长篇大论控诉曾祖父是个多么冷酷的人,以及犯过无数的家庭罪行。那些罪行穿行于旧厝的七进院,缠绕在神龛内外和顶上的八仙瓷雕屋梁,赤裸裸地涂在葵扇窗、照壁和罗马回廊上,永不能消除,因此曾祖母要从那里搬出来,并要求祖父跟着她一起。祖父没有听从,但他绝对已被种下了影响,或是年过花甲之后才猛醒过来,不然如何解释祖父这样一位心智正常、和蔼可亲的老人会在章公十一岁那年离家,再也未返,留下的唯一口信是他要跟几个英国兵去山里猎巴厘虎,而这种虎在马来半岛上最后一次被人发现是一八九九年,它的诸多同伴在短短二十年内被猎杀殆尽,尸骨无存,只剩些被攒集起来的皮毛,跟随货轮在各地流转。皖南水灾那年,章公在赈灾会上初遇粤商林陈源,两人聊得投缘,几杯酒下肚,身上有了热气,林陈源借势向章公展示身上大氅内里绣的虎皮,章公一眼便认出,那正是巴厘虎从额头至背腹标志性的斑斓皮毛,深色条纹烙在红彤彤的底皮上,似一团欲燃的火,令他想起祖父当年扯过的谎,电光火石之间,那个谎言从未显得如此可笑,章公忍不住大笑。林陈源不解,等向章公问清楚后,林陈源却丝毫不觉意外,因为在他的家乡广东四邑之地,家庭成员的失踪是常有之事,有的叔伯兄弟早晨扛锄去田里做工,到下昼亦未返来,家人去田里看,只发现锄捏在田垄上,人不知去了哪里,过半月,有信捎来,说人已在汕头或香港,上了荷兰人或美国人的船,此后更是音信全无,就当是被卖了猪仔。至于这些人是否是自愿去的,似乎也没有考究的必要,人人都信远方的大洋自有一种魅惑，但都抵抗不了，尽被吸引过去。林陈源接着讲起另一件幼时听来的乡案，在他所出生的镇上，三十年间女子失踪或自杀成风，她们都是已出嫁的年轻新妇，多数未满二十岁，彼此用针线把衫裤缝在一起，或用绳绑住手脚，或将头发缠在一处，三五成群相约投河而死。林陈源记得：某年他所在的村就有十几人投河，救起两人，醒来后声称受江中男子相召，约同居同穴，又见江中有华屋楼台，美轮美奂，因此被引诱落水。这两人得知自己被救还后，还大喊大叫陷入迷狂，恨叹不能随河伯而去。这些都是林陈源自小亲眼所见，但眼见未必为实，他近年来愈发相信，是他的五官六感受到了欺骗，河伯水鬼不过是借口，就如章公祖父所扯的谎类同，正因人人习惯于作假，是以用假制假。听林陈源讲到这里，章公惊讶睁眼，这才敢确认他们就是同道人，一见如故不是没有道理的。他们都有搬不离的祖厝，有无法追问的来处。相比于章公算半个峇峇，林陈源则是后至的新客，夹在故土和新地之间，如隔窗看雨打芭蕉，自有一番难遣的苦闷。林陈源少年时在伦敦留过学，瞄过几眼维多利亚时代的余晖，最中意读托马斯·麦考利的历史评论和托马斯·卡莱尔的杂文，还将他们的几本著作送赠章公。章公一字未读，更乐意听林陈源讲演，文字经他的口讲出来，似蜜蜂飞舞，蜜糖隔空点点飞溅，凡沾惹上一丁点，已觉得十分受用。章林二人交往密切，常去对方家里做客，如逢上良宵佳节，约三五好友在林家摆宴。林家夫人祖籍佛山，尤喜听些南音、粤讴，识得槟岛当地一盲眼师娘，据说是钟德传人，常招来家里弄弦卖唱，唱那"凉风有信。秋月无边"，讲不出的动听，至情极处，盲眼里溢出盈盈泪水，见者无不动容，心里不知已叫彩过几遍了。好时辰啊好时辰，一过不经想，章公度过了那几年好时辰，未想林陈源于一九二八年撞上一场急腹病，医治不及，短短三日内辞世。

章公大恸。与林陈源相交只五年，便已往后五十年看老；有时隐约觉得，都是同一个魂，不过是装在两个躯壳里。私交之外，章林两人各是闽粤商帮的代表，又同为革命筹款会的主持，实是一条道上的同志。前些年中国革命低潮，护国护法的口号光喊无用，南方党都是散沙，卷向北方的希望愈小，而南洋诸岛这头，众华侨心也渐凉，不再捆绑于同一个目标，由此各行帮会馆自保内斗之风日盛。有一年糖价大涨，货源都抢到了爪哇，一粤籍和一闽籍的行商起冲突，先是码头上运货的伙计生口角，互指对方偷了己方的几袋糖，继而大批动手。事情传开后，搅动两帮人多年积压的不满，有人甚至放话要组团清街，城中人心不安，章公记得商会里的老先生一夜未眠，未等天光就堵在他家门口，手指发颤，喙焦焦，"半个世纪前的十日暴动要重演"，最后幸是林陈源出面抚平了此事。林陈源就是有这般的魔力，他五短身材，生得一只凸喙厚唇，魔力却是从周身千百毛孔钻出，旁人无不受他感染，并默默信他能成就不可能之事。林陈源还跟章公讲过，若广东福建两帮交好，其他客家、潮州帮的炉主头家也跟着看齐，他们这些话事人尽了本分，星洲和马来亚的华民抱作一处，怎会给外人插足？林说的"外人"是指英国佬。说来也有趣，他学自英伦，又是近十年才来的槟岛，却已将英国佬、土生峇峇及其他人等划出圈外，自己要做岛上的主人翁。有时章公觉得林的想法堪比铜豌豆，煮不烂、锤不扁，不可解，并非是林比别人多想了一层，而是他一直留在原地，左冲右突，等别人返转头来接他，这也正是林的可爱之处。章公知道林暗中资助流亡者办私学，在义兴街、衣箱街、鲁班庙街，借人店铺做职业课堂，招的学生大多是华人劳工的子弟，早上念书识字，下午学做工，做牙膏和粉笔。这做法不被英国佬容许，四下都是纠察抓捕的人，章公私下找林提醒过几次，林不以为意，到最后章公也没法，反而成了林的默默支持者。有一次去林家赴宴，同席的有一位男子，年纪看上去近六十，一头花白浓密短发，根根尖尖直立，蚕蛹大的眼泡架着眼睛，好似那里不经意就有粉蛾飞出来，实际上那飞出来的是无穷尽的清醒、苦涩和隐忍，令人不敢对视。林陈源介绍说：这是新政先生。章公大震动，眼前竟是那位著名的新政先生，如何衰老到这个地步。几年前听说他因办华校被赶出槟岛，四处漂泊，想不到他还能偷渡回来，出现在这里。新政先生却睁开了眼，刀子似的目光在章公身上划了几圈，说：我认得你。十几年前他们同游过升旗山，章公丝毫不知，但新政先生记住了章公的怪身形、怪姿势，记住了这个沉默寡言、与众不同的少年家。有什么比这个更巧，章公感叹，只一杯一杯向新政先生敬酒。新政先生全部笑纳，他酒量大过海，饮酒时有个习惯，必先啜一口使浓香灌盈口鼻，随后头微微后仰，顺杯沿簌簌吸下余酒，好一个龙吸水。他还自称少年时得病，眼看就要不治，昏昏沉沉到了城隍庙，城隍爷要招团婿，靠的是酒力，他便和众小鬼对饮三天三夜，赢了所有对手，亦赢了他自己这条命，因此这条命本来不值钱，算是多活了几十年，随时可以收去。听完章林两人都笑：生死岂可随便开玩笑。后来饮到半夜席散，三人又在林家庭院里晃荡，听蟋蟀在假山的阴影里吟诗，风穿过回廊，推得中庭一棵菩提榕的腰身折三折。树是林陈源从家乡讨来的种苗，在槟岛却长不大。夜深又长，没有什么办法可丈量，但它在自然地消逝。章公能感到，在他们散发酒味、说胡话之时，有什么冰凉如水的东西从身旁溜过去了。他们行过三进院，在亭子里歇息，下有一丈见方的水池，醉眼看映在水里的月娘。当时正好是十五或十六，月娘比月洞门还要圆满几分，黄嫩嫩，带一丝羞，由内而外一圈圈，黄光转淡银，月光水光糅在一起，浮在整个院落的表面。四下阒静，这时新政先生突然开口说，他本是厦门禾山一岛民，十九岁来槟岛，继续做岛民，只是碰了点机缘，办实业赚了些钱，又跟了中山先生搞革命，前前后后，死里逃生过十几次，这都不必提了。只是他这将死之人，心里总有一点虚，也难讲那是什么。他从不怕死，当年从家乡南渡途中，乘一叶木帆，同行者仅十几人，见过世间最可怖的恶浪，浪一翻身，就有半个天那么高，他自认为那时最接近死，但他并不虚，想是龙王也要招他做团婿，他都拒绝了。这世间还有比恶浪、城隍、龙王都可怖的东西，你偏要去杵它的逆鳞、敲它的骨，跟它斗，斗完了这一世，你自己又是个什么东西？

　　章公当时被酒醉糊身，不确信自己是怔住了，或是别的什么反应，但这些话都入了耳，当是清风明月入轩窗，想必林陈源也是如此。新政先生一语成谶，林次年在暹罗感了热病，匆匆作古；林走得也急，只不知他在肚痛的短暂间隙，是否还有幽灵的想法盘旋于脑际，可惜他不能言，更不能落文字在纸上。唯一可确定的，是林要落叶归根，回家乡四邑安葬，这还是凭他生前平时所说，便只得将他的肉身火化了，存在匣盒里。章公要亲送林一程，生意先交胞弟打理，他亲点一艘小轮，携了林的化身，择日离埠而去，经海峡过吉隆坡、星洲，扭头北上，驶入茫茫一片海。章公已活过半生，这趟旅程对他来说仍是十分新鲜，当年他的曾祖——包括许许多多人的先祖——沿相反的路线旅行，但烟波浩渺，早已吸干了所有的影迹。章公每日登甲板，看日头被海的远端吐出，如一只被击到半空的马球，那必是他见识过的连氏山园马球队击出的马球，软绵绵、迟缓，天黑时才慢慢坠下。有时阴天漏下几滴雨，逢海鸟经过，远远传来几声叫，除此外，海途算是宁静平稳。最大声的是潮声。但有一夜他被某种声音吵醒，起身检视，发现声响从运送的匣盒里发出，潮动引船动、盒动，骨头碰骨头，嘈嘈切切，像是故友对他的私语。林陈源修佛，莫非盒中有烧不化的舍利？正疑神处，突然醒觉过来，是发了一场梦，哪里有盒中声，耳仔边只有风打潮水响。他长吁短叹，行到甲板上，惊动了在另一头食烟的客人。那人四十上下年纪，大脸盘，宽肩圆腰，着一件灰蓝色熨帖洋装大衣。船上客人不多，出出入入了半月，章公都认得。这客人常在甲板驻足，孤零零一人，也不跟人交谈，但想必没有人不对他有印象的。客人行近前，尊敬称章公为先生，并邀章公入舱室一聊，章公不推辞，也不惊讶对方认识自己，叫伙计带些茶水、果脯过去。坐定后，客人介绍自己姓罗名宗五，做些木棉生意，亦在《叻报》上写过几笔文章，几年前和章公在饭席见过一面。那时精武会拳师来槟，领头的是陈公哲，槟城商学两界几十人去接待，人群混杂，章公未必记得罗宗五，但讲起公哲先生，两人都来了兴头。章公近距离见过公哲先生在公众面前演武，真叫一个饱眼福。拳师们先去城中各学校教练一趟，后在一景戏院租赁了场地，连演两日四场，观众挤得台下一丝缝隙也无，迟到的、看热闹的人甚至排至街尾，恨不得颈似鹅长，搏命向前伸，哪怕看不见，听到些声响喧闹也堪满足。压轴的自然是公哲先生，他先在台上将九路谭腿演一遍，再命人抬上三面大鼓，紧挨排成一字，随后面向鼓，调息、凝神，突然飞起一脚，正中第一面鼓的鼓心，观众听得"咚"的巨响只响了半声，接着三面鼓嘎吱哗啦贴地面飞了出去，撞上墙壁才止住。鼓面是用当地特有倭水牛皮制成，最是柔韧，事后检视是三面鼓皮全破，公哲先生腿力穿透之强，可见一斑。在场者无不振奋，手都拍烂，隐隐将这破鼓视作世间所有恶的化身，民族主义者看它是披着白皮的殖民外来客，革命者看它是留辫子、满口仁义道德的迂腐封建分子，普通市井小人则看它是某个欠钱不还的无赖，又或是因鸡毛蒜皮之类琐事吵架的邻居，令人厌恶的角色有千百种，人人都可代入，而公哲先生只一鞠躬，便钻入了后台消隐不见。这正是拳术最纯粹和最迷人之处，它只是直线运动，不表露任何观点。当年中山先生和陈公哲在狭舟上相遇，两人都是香山同乡，交谈甚欢，中山先生便邀请陈公哲参政，而陈公哲也是这般一鞠躬，婉拒说，相较于政治上的革命，他对谋求国人身体的革命更感兴趣，虽殊途，同归于一处也。这一点上，章公自认和公哲先生相合。他虽关心中国局势，为革命也曾带头募捐，但他从不跟人讲政治谈革命，逢人提起了半个话题，他都要远远避开，若是话题发生在饭席上，避无可避，他就恬恬莫出声，听人铺天盖地地讲。这年头但凡是个人都能聊上几句，仿佛显得自己有头有脸了。章公是不明白，那片遥远的所谓故土，承载了这许多热切念想，怕是已成了焦土；或对这帮远隔重洋的看客来说，彼处只是供观赏的赛马场，事不关己，不能亲身下注，权当谈资来消遣而已。因此章公能和罗宗五聊下去，罗很对章公胃口，谈吐机灵，绝不提任何政治、革命，讲的是他曾拜公哲先生为师，学过一套拳，每日早晚各练一次，吐纳归息，确实对身体大有佑益，之前每年的五月五、九月九，南洋的风飓雨入溽暑，他必发一次湿病、一次热病，练功之后，什么湿寒凉热、病菌细菌也不来打扰了。罗宗五还说，当时向公哲先生讨教得匆忙，这套拳还遗留了一招半式未能学全，公哲先生本意是让他自行参悟，他努力了六七年，始终隔着一层，这次乘船漂在海上，听潮汐日夜响，冥冥中似乎得了启发，于是常常在甲板上跟着潮动，练吐纳，感觉境界大开。说也奇怪，以往他听这海潮声也听了千百次，为何偏偏是这一次？想必是遇上了贵人、有缘人。缘分若来时，便是石头都成金，风来会，雨也来会，万物有灵皆来此间际会，没有不成事的道理。章公笑道，倒不必用这些话恭维，你说拳术如此神妙，残疾可治得？罗宗五正色说，不讲虚话，章先生这腿脚是先天不足，若自幼就练功，必然能矫正复原，但此时再用功，属于是后天乏力，补救不回来了。说到这里，罗的话锋一转，说章公注定非常人，若治好了腿脚，章公还是章公吗？

　　章公若不是章公，倒宁愿自己是海里的大蛤蜊、大牡蛎，吞吐潮汐，在岸边躺着晒日头，没什么事做，没什么烦恼。途中有罗宗五做伴，亡失友人的悒闷减淡不少。轮船在香港停靠，罗宗五先下，告别前约好章公办完事到香港一聚，而后章公乘船过妈阁、大横琴，沿崖门水道入潭江。水路渐窄，在埠口换了花尾渡，由小火轮拖着隆隆走。沿岸凝聚了许多甲由似的舢艇，黑不溜秋，惶惶地给视线让出道来。有时可见渔家钻出艇，大人团仔都有，提着鱼歪歪扭扭赤足行，踪迹消失于岸边低矮的树木丛里。往远处看，是淤泥铺成的一片泛青的平原和田地，山岭成梯，使草色接上云端，使远方呈现出一种恒定、无法湮灭的朦胧感，使观者入迷。章公虽不停望四处的景象，也留意着同行的两个伙计，他们已望得眼碌碌，眼珠子间或一轮，溜出一道兴奋或惊疑的光。无论是章公还是伙计，他们从未踏足过这片土地，这里便算是异土了。似乎没什么不同，似乎处处尽不同。顺着这些密密麻麻的河网，目光、神思飘到天外，既看了人世间热闹的墟集，看了农人肩挑着沉甸甸的鲜艳近乎腐烂的瓜果、驮着米袋的瘦马、乌蝇拍不尽的撑白篷的粉汤铺头、盲阿婆背着婴孩乞食；也看了神鬼共舞，看石头做的方方正正的神龛堆在河边空地上，和山野齐眉，还有一垒垒带石拱的墓，已成地形上自然的褶皱，有的甚至出现在绿莽莽的田里，尸骨变肥料作稻谷，再进入后代子孙的肠胃内循环。章公仿佛望见林陈源也将化为那群墓碑中的一员。林自小见过这些，也许那时就定下了归宿，无法抵抗，本来也没什么意义，变成石块和土堆不过是人的诸多化身的一种，因此找到林的族亲交还了匣盒之后，不等风风光光的葬礼，章公即动身返回，回时船身都变轻了。伙计们对此地只是好奇，并无留恋，更不解这里人际社会的羁绊，他们生长于槟城，见惯了那里的风物，觉得槟城远胜于此地，祖先和神明遗弃了旧土奔向新地，自然也是有缘由的。

后来章公到香港，罗宗五做局，见了许多商界及精武会人士，亦听到同样说法。陶礼庵、陈咏、李光汉等人，都是从内地来港的，酒微醺后便在席间大骂军阀作势、政府中人人腐败，又谈及年初的济南案，眼见日本人欺负到了大门口，无可奈何，他们这些人便是捐出个银山，也填不过某些大员的屎窟窿。还见了公哲先生，他精神不错，躯干比当年更精瘦，看上去更近似文人而非武生，他的自述也正好印证这一点。自从南京迁回香港后，他渐不练武，而是捡起笔头做起了考古文章，对此时此地若然失望，便寻向那旧日的地下世界。他得闲时租一艘航船，偕同一位兴趣相投的堂亲及几个雇来的女工，从早到晚沿港岛海岸线漫游，挖挖石头和海泥，不管挖到什么都先带回去；有时他飘荡到伶仃洋，顺风直撞向金星门，他不慌忙，从不怕荡失路，因队伍中有个三十几岁的女工，她有绝对方向感，即使在黑夜里也能准确无误地指出方向，在她眼中，那感应到的方位散发着团状的白炽的光，与之相比，夜空中诸多星体的闪耀不过是蝴蝶振翅的一道弧罢了。公哲先生知道这是一种天赋，存在于那些世代在海边打鱼的人之中，几代人才出一个。这个女工对他来说才是真正的珍宝。当他漂到大屿山之南，那里有一连串大大小小的岛屿，不知名、无人烟，远看是海的排泄物，真正踏足上去后，一切都扭转了过来。岛不拒绝他的探访，从外到内，象牙白的沙地转变为铅色的黏土，钳着溪流的水道，也引着他要行的路。路两侧的土中暴露出一个个半球形的某种小兽的穴，表面有杂草和晒干的粪便。不知为何，这些坑穴令他想起槟城椰脚街回教堂的圆形拱顶，仿佛它们滚落失陷在泥里所塑的模型。岛上椰树的根在海底，一簇簇冒出来，甚至爬上山坡，拼命凑近日头，比他生平所见的任何树木都高，其长长的茎叶向下垂落，被黄昏的光线穿透，如半掩盖的燃尽的鸟翼。林子深处，隆起几座不大的土丘，形状周正，有某种庄严感，一时间竟疑是庙宇的壳，天暗暝之后，便有小兵小将来清洁、守护。当年他在槟城拜访过青云岩的蛇庙，见过同样的暮色向他合围过来，也听人说过，庙在荒山野岭中，若常年清洁不惹尘埃，便是有真灵在。而在这荒岛的土丘坟茔之内住的，想必是从大陆漂流过来的孤客，至于何时、何原因过来的，就不得而知了。公哲先生对章公说，大陆之外的岛屿何止千万，活过来的不过几座，手指头也数得过来，绝大部分都是像他去过的这种死岛；如果借神明的眼，可以俯瞰南面的海，活岛便是散落在这片晦暗无明之中的火金姑，其中星洲和槟岛是最耀目的两只。这可不是什么理所当然的事情。因此，何苦对故土还有执念，还有什么要转返头去求？华族的希望全在南洋诸岛上。要明这事理，不妨去问槟城西南的极乐寺内的和尚，当初公哲先生从山麓攀几百级的石阶至山门，远远望见康南海手书的四个大字"勿忘故国"镶在一块大圆石上，被莲花池的一汪水含住，宛若飘在虚空中，他顿时出了一身不知是热汗还是冷汗，现在想来是他自己会错了意。如有可能，他要把石头上的字改过来，"勿"改成"速"，"速忘故国"。

老虎舅要蜕皮

公哲先生让章公速速归去，章公仍在香港停留了半月，见了航政司的英国佬，又去燕琼林跟几个船商饮茶，计划合股在港岛开公司，一来做船舶中转，二来拓展新的航线。章公盘算这事已久，此时借茶楼诱人的热腾腾点心，只得一盅两件的时间，几块烧鹅下肚，什么事都谈妥了。茶楼至下昼还设了歌坛，请人来唱粤曲，章公才听得半晌，几个本地船商摇头晃脑，直讲这把声喉怎么入得了耳，力邀章公下次去太平戏院看天外天班的演出，打头的老倌薛老揸那是顶呱呱的，场场戏都顶栊。章公其实对粤戏无大兴趣，从前都是跟着林陈源听，堪堪听得明其中的唱词，而船商们的盛情难却，等他们搞到几张金贵的戏票，便约了罗宗五一齐去。薛老揸演的是《蝴蝶杯》里的文武生田玉川，自然是全能身手，能唱能耍，罗宗五看得神驰，喝彩不已，说薛老揸练的是真功夫而非花架子，若是下得舞台，不说拳打南山虎，几个大汉都不够他打。章公揶揄他说，人家戏唱得好好的，也是站着挣了钱，用那身功夫去打人，伤筋动骨，有什么必要？罗宗五却说不然，老倌命薄，容易受人欺，不是他去打人，是别人要来打他，虽食的是华光饭，出了戏棚，华光爷可就庇佑不到了。罗宗五在星洲为报纸写文时，接访过一些南来的戏班老倌，都是些天涯沦落人，酸楚都挤逼在字词句间，有的自称接待过龙济光的嫂夫人、陆荣廷的姑表兄弟，还有的在一九一三年珠江口淇澳岛大劫案中被劫到匪船上，在几百号匪人面前唱戏，匪人个个似饿狼，瞳仁射出的贪光把他们钉在半空，就算是戏班里的台柱，在这种情形下也难保声喉不发颤。匪人无情，唱不好的就丢下船去，做无声无气的水鱼。自幼吊嗓练声几十年，有什么声比得上落水的扑通声、入水的哀嚎更真更纯？至真、至纯、至高无上。喊声萦绕、积压在水底，随后闷雷一般突然升起，把千斤重的船都拱得似棉花一荡一荡的。那些年粤省不太平，官来匪往，二者也没什么区别，谁有枪谁话事。罗宗五说，那些老倌逃到南洋，觉得是万幸了，讨的钱少些，穷死总好过屈死，要转行么，去做店伙计、砖窑工、粉面佬、打铁公的也有，但其实做过老倌的人，转做其他行都做不好，因为这条命写定是老倌的命，印记在骨子里，一世人都洗不掉了。听完罗宗五的话，章公心有戚戚，再去看台上的薛老揸，已不觉得精彩，反觉得可怜起来。现今世界日日新，旧戏换新剧，四处刮的都是西洋风，比章公晚生十年的一代人，都跟风要看什么文明戏，更别提洋埠的摩登青年，非光怪陆离的东西不看不玩，那是章公无法触及的另一个世界。次日罗宗五又约章公去海边浴场，口口声声讲是天底下之大奇观,定要将章公拉到那片日光滩涂上,如隔着放大镜纤毫毕现地去看。海边的人群中,不止有鬼佬鬼妹,也有一些黄面孔,男男女女都有,以裸露出身体为美。章公以前在槟城,何曾去过这种场所,望了片刻,脸发起烧来,怕要生针眼,又怕惹罗宗五笑,强忍着无事发生;再过一阵,耻感更强,竟是来源于自身,好似在日头下暴露无遗的不是年轻的胴体,反而是他的残疾身体。他这条行起路来唧当响的腿,尖锐、怪异、格格不入,一块锈痕满身的铁,在此处比那些白雪雪的肌肤更扎眼。罗宗五倒是目不转睛地往海浪的方向望,他的黑影被半蹲的大髀压在下面,上身笔直耸立,显出一股坚稳的劲,升到头皮上,被那些卷缩在黑发内的发亮的银丝化开,跟沙子蒸腾出的热气混作一团,不知这是否也是罗宗五修行的一部分。章公顺他目光望去,望见那群戏浪男女中有个着黄色泳衣的青春女性,手足修长,颈至后背银光闪闪,似有鳞覆盖,漂在淡茶色的海面之上,做一条领头的鱼,她游向东,其他人跟着向东,她游向西,其他人跟着向西,岸上那些张望的登徒子的脖颈也跟着转左转右,确实是奇观——章公更目睹那女子身旁还有一男子,起初跟在女子身后,是后者映在浪里的淡影,后渐变具体,和女子并行。论逐浪的本事,男子其实不输女子,他只着一短裤,腰身往下是三角形的髋和两条健硕黑亮的腿,腰身往上,肌肉在背部垒砌成坚不可摧的城堡,在日光下显现棱角和暗影,琵琶骨打开巨门,脊椎相应潜藏下去,指使胸肌搏动,双臂有力地搅动白浪,如挥舞千百斤重的铁锤。若舞得累了,他便竖过身子,双足踏浪,敞露长了黑绒毛的胸膛,其皮肤是一种掺了红的棕色——或许是混血儿的皮色——包裹着四周紧致而微颤的肉。章公望了许久,直至罗宗五喊他才回过神,罗的表情里藏着笑,章公瞧得明白,罗的年纪跟他差不了几岁,在他面前却有一种小弟的俏皮感。他们相邀饮过几次酒,最终都沉沉睡去,其实距离真正的醉意还隔着十万八千里。跟林陈源那种长谈三天三夜的友谊不同。罗宗五跟章公说,港岛最不缺好看好玩之处,既然着迷,不如多待些时日,统统看个够。章公推辞,已觉自己在外放浪太久,加上胞弟来电催促,不得不坐船返去。临行前,罗宗五自然又是组局饯别章公,请来一干人,饮得头晕晕,满嘴玄秘奥妙之言。此后罗宗五亲送章公至码头,手扶手,臂夹臂,直掐得生疼。罗宗五的大臂仿若有骨无肉,章公用手去掐,反而痛的是手,痛感在返途中缠绕许久不散。

跟上章公船的还有一伙人，章公起初不知，有一夜，行到甲板走道转角，朦胧见到一女士在栏杆处食烟，女士见有人来，匆匆躲入客舱。虽看得不真切，女士梳发髻，面容姣好，衣装也颇讲究，章公留了心，观察几日，才发现类似的女士还有二十余位，都住在一个大包间里。这些女士白日不露面，每至夜晚，包间内灯火通明，隐隐有歌声及笑声传出，如轻盈的白雾和水蚊子群浮荡在海面。章公想象不出包间内是怎样一幅景象，就连她们唱的歌，曼妙动听，歌词却难明，似是从中国大陆北方而来的口音。从远方漂流过来的女儿国。其中还有一位洋女士，五十上下的年纪，一头蜷曲的白发，鼻子似锥子般突出，倒是天然的武器。她不避讳生人，章公好几次在餐厅遇见她，穿一身淡墨色百褶裙，难掩臃肿的身材。洋女士跟其他妙龄女士不类，像是她们的家长，她几乎一直板着脸，一言不发，两道法令纹加深了严肃和刻薄，无人能接近。她或许从更北边的地方而来，家乡到处是传说中难以消融的坚冰，因而她食吐司的时候也像在嚼寒气不化的冰块。有时她目中余光瞥到章公，章公便感觉被什么东西蛰了一下，慌不忙缩回脖子。非礼勿视。五六月的季风吹得海水暖融融，却也略微阻缓了归乡的时间，等到了星洲埠口，这群女士纷纷提行李下了船，手拖手，挤成一队，朝出埠的方向远去了。章公在船头目送，心里称奇，不知她们是何来历，是否是南来大军中的一支，看她们衣装打扮，又不似是逃亡者。半月后，章公在槟城善佑大戏院看演出，演出号称"中华歌舞大会"，演员从大陆南下巡演至此，场场爆满，他陪胞弟一家坐在池座前排，怎料到舞台上又唱又跳的竟然是不久前在船上遇见的那群女士。起初章公还自疑，她们在台上时而穿着宽松的针织短舞裙，胸前金箔闪亮，手臂之上披风的穗子飘来飘去；时而穿新式的纱裙、旗袍和西装，却都遮不住面孔和身材的稚气，分明就是一群少女，年纪最大的不过二十出头。而后她们唱起国语歌，声喉袅袅，在戏院穹顶回荡，使六面墙上的彩灯都失色。章公便万分确认，这正是船上半夜传入他耳中的歌声，唱词仍然夹带了无明和粗犷，是他至今理解和模仿不了的舌头打战的方式。近些年，南来的新客中常有讲国语的，章公听得不算少，也知大陆三番两次地推广国音国语，风尚甚至刮到南洋华校，五岁幼童不学祖宗土话，咿咿呀呀学新语，仿佛是学了先进。章公不以为然，这方面他自认是落伍老叟，国语在别处是国语，国语在槟城，则应是福建话、潮州话、客话或粤音，这些口音他从小听到大，其中最不熟悉的，亦能听懂七八成。福建话是圣音，潮州话是妙音，客话及粤音是玉音，是风回廊、梦呻吟、四骹蛇打架、雨后蛤仔鸣，是床前阿嬷哄睡的故事、街头陈师娘拨月琴的喃喃、码头纤夫的呼吸气、打鱼客的咸水歌，是女佣的私语、脚夫食水烟时的叹息、良朋挚友酒醉以箸敲盅哼的小曲，更是妈祖和大伯公钦定的语言，若对这些神明讲国语，他们如何听得懂？斩鸡头、烧黄纸时，地下的祖先又如何听得懂？因此章公有意冷落了国语，也不和人争，各有各理，就连这中华歌舞团来槟演出，亦不单单是唱几句"可爱的春天，她把我们的世界装点"，或穿戏服扮雀仔、山羊和花草精怪逗团仔开心，而是含着热切理想和愿望来的。最末一曲唱起《总理纪念歌》时，引起全场合唱，槟城谁人不识总理，有人唱得激动，目里流汁止不住。章公不得不跟着人群起立，支着残腿，翕动嘴唇，其实他粒声不出，众人的声似风飚已压倒他，压得他孤影横斜、忽明忽灭，他这一世都是这么过来的。

几日后商会几个老友做东，宴请歌舞团的当家，章公这才知那当家其实是男士，称黎先生，湖南人，近四十的年纪，眉淡眼大，外眼角微垂，回收了不少精光，天庭高亮，头发紧贴头皮向后梳，看上去文人相十足。最引章公注意的是他的唇，淡薄似纸，紧紧牢牢，不轻易张开，张开时便是快人快语，不忌惮割伤。黎先生自上海来，见过十里洋场，也见过白色恐怖，因此极致和紧张都留在大都市里了。这次乘船一路向南，便是投身入乐土，身体万千毛孔都解放，吹了许多日的海风，吹来了许多灵感。他计划在槟城多待些时日，写完手头的一首歌曲。这首歌或是他此生最重要的作品，本以为不可能完成，借此地的风水，他涌起了新的希望。章公借翻译之口问他：此番南来，印象最深是什么？黎先生沉吟片刻，答：是时辰。在岛上他随日出而起，日落而息，却感觉比之前每日多活了许多时辰，于是他明白，从前工作到半夜、挤逼出来的许多时辰都是无益的折耗。他住在依恩奥酒店顶层，亲身去阳台上接日头，望到那一道初生的辉光从暗夜和海潮的夹缝中发出，而后泼洒在码头、船舶、钟楼顶和槟榔的树冠，日光依附在日轮上，而日轮在大地的另一端，你便能感到光因它的转动而来，那是一台全世界最大、最先进、最精密的电影放映机，从不出错。在槟岛的第一天，黎先生记录了日出和日落的时辰。次日、第三日、第四日再校验，分秒不差。星洲、吉隆坡、马六甲、怡保等地，时辰也很准，但没有槟岛这么准。上海就更不必提了。别小看这个。在上海，上等人要使自己的时辰变慢，什么都细吞慢咽，下等人要努力讨生活，恨不得跑在时辰前面，人有差别，便滋生社会不平之气；在槟岛却甭管你是达官显贵，还是街头鱼贩、面点师、码头工，甭管你是英国人、马来人、印度人或华人，甭管你是在六角笼里流哈喇子的孩童或半截身入土的老人家，过的都是一样的时辰，并不会过长或过短、过快或过慢、过强或过弱，这跟音乐上的道理是一致的，黎先生说，他的理想是写出人人都可诵唱、绝对平衡的歌曲，无须写很多，一首就够。以前有些人看不惯他，给他泼污水，说他写的歌媚俗又下流，但其实是他们自己受了后天的污染，没资格评判他的歌曲。他写的歌是给儿童的，亦是给花草树木鸟兽虫鱼的，这些已是最好的听众——一个孩童，十三四岁之前，有着人类最美好的形态和内在，每次演出谢幕时，他最感满足的是观众席上诸多孩童不加掩饰的快乐。就像昨天，他走过一间华校的门口时，碰到一个书包大过人的小男孩，仿似初生的鸡雏，身上还长着绒毛，口中哼唱着《毛毛雨》，正是前几日歌舞团演出的歌曲。那一刻他便觉得，自己活到这个分儿上，已经心满意足，不留什么遗憾了。黎先生一口气连贯讲国语，将席间众人惊得头蒙蒙，彼此面对面眼对眼，已认定黎先生是个痴人。黎先生几乎不饮酒，因此这番话并非迷醉露筋之言，他所讲槟岛的诸多美妙，众人都觉得言过了，在此地活得久，什么龌龊事也见过，世上并未有过真正的净土乐土，多的是人的一厢情愿，也不好辩驳，仰头打个哈哈，都在酒里，就当黎先生作为旅人第一眼的惊奇和新鲜。章公倒是对黎先生看高一等，席散后他亲自送黎先生回去，后又在酒店附近的海滨道一齐散步。章公不讲国语，两人语言不通，有时用英语简单交流几句，舌头紧张，便夹杂手势比画。其时已夜深，伸手不见指，做手势像黑暗中的独舞，只能令自己明白。路侧树影婆娑，似巨人在旁窥伺，更远处的海边有人在烧炭，星星点点，黎先生的额角在这点光亮中若隐若现，大概也秘藏了某种音乐性。黎先生问过章公是否懂音乐，章公摇头，答自己只识做生意。黎先生笑起来：章先生，你是实在人，但依我看，你更不像是做生意的。章公问：为何？黎先生说：我所见的华人里面，凡做大老板的，无不想爬天梯，爬得越高越好，才显得他比任何人优越，你却不是。章公听这话，顿觉心内被冰锤一击，想了许久，也不知回复什么话好。黎先生身长腿长，行了几步路，等章公慢慢跟上来，又添了一句：看别人容易，识自己难，我何尝不是如此。

章公一时未明黎先生的话。黎先生在槟城待了十七日，终于也是未能如愿写完歌曲，而歌舞团的少女演员们已等得不耐烦，加上开销巨大，盘缠见底，只得坐船离槟，赶往下一站曼谷演出。这些时日里，章公常去酒店见黎先生，谈话虽仍然稀少，打照面多了，自然也慢慢熟悉起来。比言语更紧要的是眼力。章公见了扫过酒店楼顶的晨曦，也见了黎先生房间内所笼罩的哈德门香烟的淡蓝色雾霭，还有散落在沙发底、床头、浴缸边、锅盖下的乐谱和手稿。黎先生有失眠症，带来的德国药装在一个小玻璃瓶里，在此地却失去了效用，药丸被一条叫珍珍的宠物犬叼得到处都是。黎先生不在时，其房间被临时用于歌舞团排练，音乐混杂着足尖划过地毯的沙沙响钻破墙壁，章公便在门外托住，小心装入耳朵里。有时他托得手颤，那团声音里还夹入了暴躁的叱骂，吐出来的语句含混不清，那是怎样的一条僵硬而粗暴的舌头啊，等门一打开，章公忙不迭躲到一旁，再探头出去望，望到身着宽大纱裙的洋女士冲出来，两条象腿蹬着地砖，乒乒乓乓走远了。后来章公识得舞团里一位演员，叫阿云，是黎先生养女，十五六岁年纪，正好是福建漳浦人，讲一口流利闽南话，跟章公聊得亲切，似多年未遇的倾诉对象，要把积压的话都抖出来。她谈到黎先生偶尔的失踪，短则半日，长则十天半月，众人都已习惯，根本不担心，黎先生其实是收集音乐素材去了，天底下都是这样的素材，有时可能只是在门前屋后转一圈。她有次碰到黎先生像只蟋蟀趴在树丛里动也不动，以为出了什么事，急急行上前，发现他睁大两只眼，碌碌望着你，什么事也没有，好得很，但你撞破了他的灵感，他要暴跳起来，戳着你的头骂呢。他在听螳螂蜕皮的声音，他说，你活这么大，见过几次螳螂？他说的螳螂就是我们乡下话的老虎舅，我何止见过，囝仔时，无米无粮饿得头昏，我还生吞过它，它到今还活在我肚内。它恨啊，直直使镰刀勾我的肉。但这些话我不敢说，阿云说，黎先生要发性地，就由他发。章公望着阿云的瞳仁，里面有一燎荧荧的火,他正想安慰她几句,那火忽而烘起来,四处喷射,似无头流星。到今她也不怕黎先生了,阿云说,黎先生赖以成名的那些歌,其实都不是他写出来的,是老虎舅、柑蚜、蟋蟀、胡蝇、蠔仔、狗蚁、虱母、草蜢、狗尾仔虫、蟮侬、牛蜱、加蚤写的,或是水浸石头时、风吹树叶搓搓手时、云霞爬上山又跋落海时,他偷来的音乐声。到半夜无人的时候,那些看似聋哑的花花草草还会开口。他只是原封不动照搬过来,谱上曲,署上自己的名,舞团里每个人都知道,不敢对外人说而已。他是舞团之父、一家之长,谁敢忤逆他,讨他欢喜都不及。他也不跟演员们打交道,她们只敢远远望他。他派马索夫夫人来替他开口、替他动手,阿云说,马索夫夫人就是那个肥胖的啄鼻婆,俄国人,当年在本国跳《天鹅湖》很有名的,听说死了丈夫,便流落到上海来,黎先生请她来舞团里教舞,视她是最亲密的伙伴,是同一灵魂在不同国、不同人种里戳下的印迹,真的,连歹性地骂人都那么像。每次黎先生写了新曲目,都会先给马索夫夫人演练一遍,马索夫夫人回去一个人反复琢磨、反复练习,一边跳一边自我修改,力求还原出黎先生的念想,确定好那些角色和动作之后,再分配给演员们各自练。在马索夫夫人眼里,演员就是河底罱上来的一块泥,捏成土地公做得,捏成观世音也做得,没有谁是不能改造的,铁棍也给她拗过来。阿云有一次在剧里演小画眉鸟,叫声要尖,细条条,抛到半空去要转几转,脚步要碎,一粒一粒地踱步。排练了一遍又一遍,总也达不到马索夫夫人的要求,夫人的眼便竖起来,当着众人的面训斥阿云,说阿云演的不是画眉鸟,反而像呱呱叫的老乌鸦,还说她从未见过如此愚笨的演员,朽木不可雕,说得阿云恨不得钻入地缝。排练散场后,马索夫夫人还命令阿云去她房间里,单独训练阿云。藤条拿在她手里,动作稍有偏差,便大力甩过去,落在阿云身上,那是白见红、肉分瓣,甚至藤条击出的脆响,都盖过阿云呜呜叫。马索夫夫人叫她莫哭,说,一个演员,只有戏里要你哭,你才能哭,除此之外你没有哭的权利。这什么道理?阿云对章公说,她以为谁都能像她那样,成日冻着脸,像个毫无感情的石头公?不止阿云一人,其他姐妹也挨过打骂,心里都有怨气,平时不发作,躲到角落里偷偷发泄罢了。这日子何时是个头。章公回应不了阿云,但他心里盈满了同情,未想过这群看起来靓丽体面的少女,还有这般难堪的背面,台上翩翩的芭蕾舞,实则是一步步都踏在刀尖上。他本是局外人，也改变不了什么。只觉得，家里经难念，便作罢。就如他离家出走的祖父，做个野人也比在围墙深院内活得好。舞团若人心不齐，倒不如没了干净，闽帮、客帮、潮帮也是如此，当初谁不讲同声同气，到头来各顾各嘴边食，章公做东这么多年，见过太多浮沉、离合聚散。

章公的预料冥冥中成真，七八个月后，黎先生的舞团再回游至槟城，人员已流失大半，可谓困顿之极。时逢己巳年正月，城内办迎神会，请天后娘娘、九皇爷、大伯公、玄天帝和清水祖师一齐至广福宫看戏，备台阁，舞龙狮，单随行的马队就塞了两条街，锣鼓炮仗震天，好不热闹。只是这喜气沾不到黎先生半分，他住在巴刹街的旅舍内，只有孤寒光秃的四面墙，潮湿逼人，任外面再喧哗，也无心瞥一眼。章公来探他时，见天花板嗒嗒漏下水滴，浸得地板和柜脚一片斑，想叫伙计换房，却被黎先生阻止，说，他特意留在这间房里，就是为了听滴水声。黎先生面容憔悴，原本梳得妥帖的头发胶成一团，眼角更低垂无神。谈起过去大半年的经历，舞团巡演至爪哇、苏门答腊大小十余个华埠，受当地华人夹道欢迎，也见识了不少新鲜事物，但到最后已难以支撑。一则他不善经营，舞团资金入不敷出；二则窝中鸟大了各自飞，这些姑娘入团时还是雏儿，长大了有了自己的想法，有的跟当地的男人走了，有的留在当地华校教舞，或去报馆打工，还有的给杂技魔术团拉去，穿奇装异服在围栏里供人看，跟老虎狮子也没什么区别。此地既是乐土，抛下颗种子，无论好种歹种，都能自由滋生蔓长，这便是此间的魔力，不是谁都能抵抗得住。黎先生用国语诉说，章公勉强听懂三四分，想起阿云讲过的话，只得随口安慰几句，令黎先生莫担心钱款，有多少缺口，章公都能填上，又将身上银钱都塞给黎先生，但黎先生坚决不受，说章公若以金钱助他，还不如多投资在华校，比花费在他身上更值。他携团南来诸岛，不只是为唱几支歌跳几支舞，博大家高兴，更为的是在这高兴之余，大家唱的是同一首歌，讲同样的话，认彼此是同胞。而华校跟他起的作用是一样的，且胜他百倍。黎先生对章公说：我不懂此地的规矩，但你比我懂。我是个过路客，看了这里的风景，心底只有绝对的羡慕和惊叹，终归是留不住的，还是要回到那片四分五裂的国土。故国有难，但求人心齐，多尽一份力，也足以自我安慰了。章公答：那是自然。

章公仍想挽留黎先生在槟城长住，宴请几日，又带他看马球、游极乐寺，拖着跛腿，踏遍海境大大小小的姓氏桥。只见桥边高脚木厝立在水上，风化的白色海盐争相抱住厝柱，厝身摇摇欲坠，如虚浮的一层薄蛋壳，或倚着岸边巨树，或含住祠堂寺庙，连成一体，才不至于散落在水里。当初华民从海上漂来，寻岸而居，这里便是最早的住处，黎先生听得章公讲起，只有慨叹的份。罗马非一日建成，从无到有，再到现在这个瑰丽世界，实不知先辈历经了多少磨难，我辈应好好珍惜才是。说这话时，章公猛觉，黎先生又变回之前那个黎先生了。那个谜一般、不可把控的黎先生。那个额角在黑暗中闪烁的黎先生。次日，黎先生及舞团几人悄悄乘船离埠，未等章公送别，只留下手信，上面写的是：

  自晚辈南来槟岛，蒙公照顾良多，虽口不多言，心内实属感激。算起来离家去国也有近一年，思乡情浓，昨夜忽见月上中天，橘橘团团，想必是催返的符令，恨不得急飞回去。于是连夜匆匆收拾，趁雾锁浪潮之时，乘火轮而归，不及与公当面辞别。但依晚辈所想，将来还携团南下，那时歌舞更新，气势更壮，终有再逢之日，是以一时的不辞别，当作从未别过。公恩惠教诲，常伴左右，天涯也是咫尺。顿首再拜，敬请履安。

章公读完，觉得那句"公恩惠教诲，常伴左右"是写反了，黎先生虽比他年少许多，看事物的眼光却高他几等，谁教谁还说不定。他只遗憾跟黎先生言语不通，交谈不深，单凭那晚在海滨的寥寥几句，已足以在他脑际回响。他若不像生意人，应像什么？他从未想过这点，当年继承了一点家业，多年来，有胞弟辅助，做得还算出众，他搞不明白是自己的功劳，还是老天赏饭吃，将他冥冥中摆到了那个位置。此后一段时日，又发起那个跌落的噩梦，醒来心悸不已，再去探四姑，谈起此事，四姑正好学过一点观花的本事，要给章公算。当即取碗清水，执香在水上画符，等香灰落入碗，四姑盯着水碗沉吟良久，却讲不出什么，只讲要依梦行事，头耷耷、夹尾巴做人。章公并不很信这戏法，但笃信的是四姑本人，因而也把这话收起来，贴身佩戴，思来想去，决定自降股份，将公司的掌舵手交给胞弟，自己渐渐从诸事中抽离，将心思转移到华校的建设上来。章公本就孑然一身，没什么牵挂，家业的继承终归是落在胞弟一脉的，这也算顺理。倒是商会里几个老公仔，得知章公决定，纷纷组局来劝，都说章公性情似海，不暴烈，有一股绵柔的化劲，包容，善于听人意见，是以做龙头炉主众人都服气；章公胞弟虽不输才华，做事却稍显凸槌，还是由章公护着为好。章公笑，向各人酒杯一一斟过去，说：既是这样，更需各位恩公周护。接着将话题转向华校，说自己新立的三步目标，先是今年内资助时中学校、福建女校、钟灵中学三所学校，其次是办一助学基金，按年周转，最后是计划五年内筹办一座新学校，向星洲的公学看齐。各人个个似鸭仔听雷，都知在槟岛办学是难上难，少不了跟英国佬打交道，但拗不过章公，口头应承下来，到时候也愿意为基金出资。章公当然知道其艰难，林陈源在世时，跟章公发过不少牢骚，林身故后，留下的许多关系，什么老司长、老校长，甚至着污糟长袍、须发都白的教书老叟，都靠章公在维持。毕竟两人互为影子，大家都来认章公的善面。华校办学从来是缺钱，能省则省，见有人来投资，八面欢迎。比如女校的校舍，是昔日建在矿坑上的旧排屋，陈腐不堪，每至夜间用水多时，排污难通，臭气直掀屋瓦；又传说坑里曾埋了许多苦工，冤债无处诉，三更后鬼魂醒来，到处叫，鬼声荡向校舍后的竹林，万千竹叶片都打寒战，里面也有鬼在磨刀，吓得学生妹囡不敢出门解手。章公要捐钱建新校舍，用银元一个个推倒，打破蒙昧与无明，就连那片竹林，章公亲自巡视了一圈，向校董要了把柴刀，亲手去劈。劈歹物仔、魔神仔，劈散赤人、衰尾道人，劈枵鬼、癞哥鬼，劈那无穷的鏨头短命、假鬼假怪，劈得它们血流三尺，骨崩肉烂，惶惶散开迷障，露出一片空旷白地来。章公顿觉自己是几百年前的先人附体，也是这般挥舞着木刀石斧，从蛮荒中钻出一条路。脚颤腿软，出一身大汗，真痛快。有多少劈多少，有多少银元都掷出去。办学不比行商，虽是定下三步目标，章公恨不得一步登天，遂了故人林陈源和陈新政的愿。未料到天意不由人，到年底秋冬之际，远在万千公里外的美利坚发的一场股灾，绵绵不可抵挡，随潮水席卷过来，将他公司的船舶都拍得七歪八斜，其中最神气的百济号巨轮，它若开动时，一口吞咽海水四千吨，化成大烟囱向天吐出熏肉块般的黑雾，船楼巍然，倒影插入海面以下，仿似一块巨大的彩碑，章公每次看也看不厌，而如今在大灾之下，孔雀也成了阉鸡，停泊在岸边，断了气。没办法，谁叫世界上的海水是相连的呢。章公知这股灾消息还是在家中的麻雀桌上，那日难得无事，同阿母、小姨和乳娘围城，章公并不善此道，往日陪她们玩，都是乐得输钱，那次却是大运来撞他，闪也闪不过，十局九和，连开三朵杠上花，乳娘惊得合不上口：怪奇！章公也觉得不寻常，洗牌时无意拿起家佣递来的报纸，瞥两眼，心里微微震，已生出一种感应，未来的景象如烟似雾充满他的五官六感七窍，从未如此接近。

不到半年，上至官邸内的鬓毛英国佬，下至朱门外背着铜碗踯躅的乞食公，齐齐感到了不安。义兴街和广东街店铺闭了十几间。有人放生笼中金雀，有人在后院掘地藏金，有人在闹市里劫粮。帮派暗中斗。传闻洪门一个大兄从棉兰的监狱归来，潜藏在商会某个炉主的身后，操纵影子，作歹作乱。生意不景气，胞弟把章公又请回来做主。章公何尝不想出招出力，但形势压人扁，其实是没什么办法，只得缩小经营，砍掉远程的航线，撑口气过冬而已。槟岛长夏无冬，腊月也是热风炙人，静坐都出一身汗，而凉意在人心。有时接待从大陆南来的旧友，如办银行的张存馥、做烟草生意的黄观喜、造百货的老眉等人，跟他们谈及时局，也是停箸而叹，再斟满酒，灌入口，消了那些烂舌头的话。章公最爱去的那间酒楼，从闹市撤埗了海墘路的凉亭内，在那里设宴，无人感到不妥，饮食到中途，海风四面透人，身上汗毛根根竖起，反而十分贴合心境。诉苦了一轮，友人劝章公：莫再资助学校，保身家要紧。章公却说：我不愿放弃，不只是为了圆满故人遗愿，还因我之前跟人夸下海口，我这人活了几十年，没什么好处，唯一的好处是讲信用，实在没钱，卖股换钱也行，怎么都要顶过去。友人劝不动，便嘻嘻笑，跳起来说：我醉糊涂了，净讲些屁话，你也醉糊涂了。章公当时确实已半醉，感到脑袋如幽暗的沟壑，间或有山雾流云从中轻轻爬过，有光微微透出，正是抓住这点仅存的智性，他才讲出那样的话。友人们醉态毕露，或抱作一团，或倚靠柱子咿咿哦哦，或扮作舞女，跳蝴蝶舞，跳了三四圈又折返来，拖长了声喉喊：正经生意做不下去，不如一齐出海去做强盗！众人皆嗤笑。老眉说：下去！此时有几个卖花的孤儿进来，老眉也挥手赶他们出去，过一阵，孤儿再进来，章公叫住他们，看他们其中一个瘦得鸭仔瘅模样，篮中花亦是皱巴巴，缩成一团。孤儿说：今日花采得早了，在外晒了一日，蔫去得快。章公说：无妨。买了篮中所有花，给友人一人一支，散席时嘱咐说：这离枝之花跟我等也像，虽免不了枯死，但若施以露水，照料得好，还能苟延残喘几日，全看造化了。众人应了一声是，随之默然。

火！

最艰难的时日挨过去，凭公司多年积累的资本，总还能渐渐回口气。章公信自己，信他绝不会破产，也信世上可怜人多，就算他家财败尽，他也绝非最可怜之人。他远未到被可怜的地步。隔年正月十五在海珠屿大伯公庙请火，主持的是商会里的老炉主，章公称为宗兴兄，七十九岁的老大人，喙须白葱葱，消瘦落肉，而精神不蚀，记忆力奇佳，六岁时念的第一篇祷词，至今还能倒背出来。章公做他副手，在旁边侍应，如此也有十几个年头了。这年却跟往时不同，外地的信徒早几日就来等候，到正月十四晚，大伯公金身从宝福社起轿，扬起柳枝红球，抬香担，向海珠屿进发。城里人也纷纷跟随请神队伍，向那片海角拥过去，直塞得庙前庙后潮声不响。人人心里都有淤，都想向大伯公问运势。章公坐车跟着队伍行，眼中所见：光头团仔坐在阿爸肩上，半知半懂，眼珠溜溜，只感到新奇；赤裸上身的猪肉佬跟街边挑担卖糖水的少年家并肩行，皮肤晒得比乌鸦还乌，后面还跟了披白色头巾的本地土人，露齿笑，抱着看戏的心态；四五十岁的老娘惹，将压箱底的峇迪纱笼裙和珍珠耳坠翻出来穿戴，似从老相片中走出，摇身变回几十年前的新娘；还有拄拐的老公仔，一颠一颠，夹在人群中，有无比的坚忍耐力。与他比，章公惭愧，自己有车有轮，风雷电都追不上，算个尻川的跛子。到了庙前，等金身安顿好，给众人发香，点上灯笼蜡烛，替代了已熄的日头和霞光，将乌暗暝赶离海岸几公里远，乌暗暝也没办法，忿忿地游荡在远海，跟潮水的影掺在一起，在停泊的大船背面晃来晃去。诸社友都已在庙内等候，宗兴兄坐在排首，身上衫干干净净，头顶也光洁，映着烛火的橙光。对他而言，一年就活这么一回，过了今夜，他又回归平时的假死，回到家中卧床，任由他人给他喂饭端屎端尿，直至明年此时再翻身起来。宗兴兄眼闭闭，过一阵又睁开，问章公：吉时到未？章公答：未到。此夜月朦胧，几朵杏色的云，笼在半空的最暗处，说也奇怪，在岸边只听风声，就是不起潮。直等到后半夜，众人并不困，眼珠仍睁得透亮，忽听闻海水噗噗动起来，漫过近海的一块礁石，再听到在石头边守信的人飞奔来报，是吉时到了。社友将灯火一一熄灭，使天地重归暗暝，唯一的光亮在大伯公面前的火鼎里，不可分神，不可错过任何信息。莫怠慢神，莫使神发性。宗兴兄行至火鼎前，默祝了一番，等章公将折过的香支都放入鼎中，宗兴兄便手颤颤拿出扇子来煽，煽了二三十下，腕骨嚓嚓，扇叶沙沙，鼎中却一点火不起，煽火的心焦，看火的心急，有社友坐不住，恨不得抢过宗兴兄的扇子来代劳。章公心亦不安，眼看煽了七八十下，宗兴兄手更无力，但那火就不任由你管，遽然从鼎底蹿出来，似老君丹炉内封印了许久的泼猴，唼唼叫，滚来滚去，抓东抓西，就是要引你注意，要你眼神不离才好。你哪里跟得上它，火舌舔遍香支，它饿，七窍冒烟，撞破酒樽酒瓶酒壶酒坛酒杯，溅出红彤彤的琼浆，兽的血，日头被砍落的头微微摇颤的不甘，风飙撕裂的石榴裙，威廉·透纳画笔下含混的猩红夕照和金色硫酸盐沙尘。它贪，吐信，伸出鼎外扭腰舞，笑鼎罩不住它，没什么可罩住它，它食饱，膨胀，红光四射，灼穿了空气，它要使脑满肠肥的躯体横着翻来覆去，使手远离脚、头远离尻川、胸腹远离脊背、唾液远离屎尿、魂灵远离肉身。好快活。要整屋人都快活。普天之下都快活。有年轻社友忍不住叫出声，马上遮住嘴，兴奋发颤，又恐惊了火，惊了千万人的生意。宗兴兄瞪了他一眼，发指令灭火。章公向鼎内撒落檀香粉，火喘气，被当头一棒，沉沉向鼎底坐下去，无声响，化。剩下松软的金屑。过一阵，再请第二次火，火母未死，宗兴兄还未煽几下，火便尸还魂、骨生肉，熊熊烘烧起来，比先前更烈。它死过一次因而更发怒，复活的神鸟——它的喙要啄你，也要啄自己！它在风火头上，怎劝得住，要剜出心肝脾肺肾，自证那清白至无形之骨，你若跟它，直烧得骨头烌都无。这规腹火无处可躲藏，它燎赤了铁，踢翻鼎，红记记，光映映，直至踢翻四面墙，七色光只剩一色，在半空中俯瞰，目中精光迸出，找杀它的仇人，便作势向章公扑来。章公惊，不由后退几步，他从未见过这般的火。火不是火，是恩怨情仇，不圆满之事，他从这白炽镜中看到，是他的残腿，是学堂里受到同学同辈同侪的冷眼，是背地里骂过无数遍的怪胎，千万人的手戳脊梁骨，无法启口的畸恋，是发过无数次自高处跌落的噩梦（但噩梦跟世间的真实可怖比起来又算什么!),是浑身插遍刀枪炮骑八驾马车的英国佬、口大如盆食团仔的红毛鬼,是义兴会和大伯公会之间乱舞的木棍和石块,砍砍杀杀,是在山林里挑担时撞出来的虎豹,是海上行船时翻身的恶浪,都比不过人心的堕落:背叛、欺诈、贪婪、短浅、不可一世,天是金,地是银,人为财亡,烧啊,到尽头便是乌,熔成乌焦黑的汁,它已不是火,它还是早亡的家父,寂寞死的曾祖母,失踪的祖父,是新政先生和林陈源的游魂,下半身以下,空空荡荡,无依无靠。

——发啊!兴啊!旺啊!

这时,庙门外突然响起轰然的喝彩声,连喝三回,章公才猛然回神,想必是火势太大,火光透出门缝,叫外面的众人也看见了。宗兴兄叫章公灭火,之后再请第三次。第三番火起时,章公已不敢再目视,垂头闪到一侧,宗兴兄却忽而将扇子递过来:你来扇。再惊,这么多年来第一次,又在情理之中,宗兴兄自双袖至胸腹处,已是汗出涔涔一片,手臂两根骨似风中秋千,破落摇。推辞不去,章公只得接过扇子,硬头皮顶上。望那火在鼎底戴镣铐,扇一扇,它的躯壳便扭动,向上挣扎起来,吱吱呀呀,散作三分身、五花蕊,又归拢一处,向空中伸直半身,也有一尺几高,还要往上伸,鼎内顿时生出一股引力,将火无可奈何扯落去,眼看火堆如雪堆蜡堆消融崩解,噗噗,直跋落鼎底的乌灰堆,绝声绝息。无论再如何扇,那火是不会再起了。涂去矣!章公一时戆神了,顾不上旁人如何看,心内已被后悔、羞耻和罪感灌满,更深入的,他勾起一段久远的往事,本以为自己早已不记得。八岁时他曾见过一模一样的火,就在曾祖母住过的那栋厝,那时曾祖母已去世多年,厝里空无一人,平时空置,因离老祖厝近,章公在堂前阶上玩漆头木马,抬头便望见了那里燃起的火。紫红的火光焕入夜空,因而拍掌笑道:好火!好彩!

平素慈祥和蔼的祖父突然变了脸,一巴掌掴过去,呵斥道:"猴死囝仔!"随后急匆匆大踏步去救火。

那一巴掌就此留在章公脸上,洗不掉啦。如他半生的缩影,无论他在何处、是何身份,都是挨了敬爱的祖父一巴掌的囝仔。以前他从不会去想为何会挨祖父的巴掌,只当那是极偶然的事件,漫长人生中的不可测。就发生过那么一次,后来敬爱的祖父失踪,也就没有刨根问底的机会了。这并不难理解，意外常有，浪大翻船有什么道理？急病魔障来时，有什么道理？一次就够。

　　请三次火，分别对应年初、年终、年尾运势，前面两次火大，得"中""上"的结果，最后一次章公煽火自灭，公布出去，也能得个"平"运。人都爱听好话，也能发明各种方法使自己只听得到好话，做做面皮，自我麻醉也不错。当夜锣鼓响至天光蒙蒙亮时，众人分领了香火，各自喜气洋洋地散了。章公倒是生了心事，回家连睡三日，觉得心事如铅，越来越重，压得他鼻孔透气都嘶嘶嗦嗦的，又想起八岁的难忘之夜，娘亲不知他挨打，他当然也不会讲，忸怩睡在床榻上，合不上眼，听蟋蟀仔叫，一夜如三秋般漫长。挨到第二日见过祖父，仍然亲近，似是什么也没发生过，无论是下痛手的那记耳光还是那场火。火本就不大，加上抢救及时，大概只在花厅梁顶烧出了一个窿。章公未见过那个窿，只是听说、想象、嫁接到心内。不久后，曾祖母住过的那栋厝便被祖父低价折卖掉了，来了一户从爪哇来的糖业大亨，拆了旧厝，在原来的地皮之上建厝造埕，装饰得如水晶宫一般，每有人从厝前经过，必被辉映得一点身影都无，还要担心悬在头顶的罗马柱和绿釉女儿墙，飞出楼面的灰塑则似一道锈暗的三角铡刀，说不准某个时刻会掉下来，更高处是一个空中花园，里面养了不少珍禽，时不时播下它们的怒鸣和屎尿雨。章公并不愿走近那栋厝，无论它变得如何，它只存在于过去，他以为祖父也是这么想，才卖掉了旧厝和地皮，卖掉了烧穿的、无法修补的窿，卖掉和曾祖母一齐生活过的记忆，跟过去挥挥手，或令其隐形，眼不见心不烦。直至某一傍晚，章公偶然经过那栋厝时，竟鬼使神差地望穿了它，从它身后敞开的窗里望到了后厅森然的屏风、新潮的西洋灯泡，以及浸在冷白色朦胧光里的两道人影，正是祖父和糖业大亨，两人坐在椅上交谈得火热，嘻嘻笑。后来祖父要走，大亨还搭着祖父的肩，一步步将他送下堂阶。章公赶在祖父前头溜走，他只感到恼怒，怒无处发，就如溽热的六月天焗成球在肚子里，几日都食不下咽，直流汗。同祖父的裂痕大概是那时才真正开始的吧。章公如今回想，肯定觉得可笑，那个场景也变得疑点重重起来，有什么信息是当时的自己遗漏了的，祖父和大亨可能是在谈某个生意，或是共谋某一件事，似乎是一件不得了的事。正是那之后不久，祖父跟家里人扯了谎，随后失踪。有没有一种可能是，那是谎中之谎，祖父骗他们去山里猎虎，其实是借大亨的船出了海在山上，大概变成跟野兽共舞的野人，去海上则有千万种变化。祖父也许是做成了那笔生意，携巨富躲在某个地方享乐了；也许事情一败涂地，无面目回来，在某个偏僻小岛度过余生；或是被海贼活捉了，变成他们的一员；被巨鲸吞了，被水鬼食了，变成伥鬼。但这么多年过去，千万种变化，最后肯定只剩一种。祖父早变成宇宙微尘中的一粒了。

地宫女王

这念想既然挑起，到章公亲身到海上行船时，不由得吹胀、放大，塞满心神，怎么赶也赶不走。大概是因海上单调、空泛，净见海水反复从四面围过来，构成无法挣脱的圆，它无意义、无实在。于是最不着边际的想法，也有血有肉起来，甚至生出翅翼，鼓起狂风，将他挟离既定好的航线。危险。收住。忍不住再想。设想一阵无明的风飚打来，自己如几十年前的祖父一样，趁着混乱，弃大船而登小舟，顺理成章躲过众人的视线，闯荡到深海未知的珍域。那里未必有祖父，没有天主，亦没有忠心的礼拜五。叫天不应，叫地不灵。一九三二年章公至柔佛跟货，乘海丰号运潮商的米酒甘蜜至三宝垄交割，怎料到妄想会成真，船行出港，拜妈祖的灶香还未烧完，便出事。贼人在港口早就觊觎上了，假扮作客人上船，有的扮作抱婴儿的妇女，婴儿其实是个假人，腹肚中空，里面藏的是枪械，等时机成熟，分发给各人行动，个个都是老手，不过眨眼工夫，船上护警或被射死，或被逼跳海，一梟装载几百号人的万斤铁就此臣服。等贼人除去乔装，不少露出发髻，船客皆惊，这群海贼中十有八九竟是女子，再过片刻，两条舢板从一左一右两翼朝海丰号夹来，是来接应的贼人，贼首也在其中。等她借吊梯攀上船来，众贼见了都叫"大嫂"，她年纪却不过二十出头，亦有髻，发丝及皮肤乌亮，衬出白铄铄的两道长牙和眼瞳中突出的白仁，身穿黑胶绸衫裤，脚蹬绿包花缎鞋，双手各持一支三号左轮手枪，谁见了不胆寒？大嫂早交代下去，不碰老幼妇孺及积贫积弱之人，只捉有钱的、做官的，如有普通人指认出这些贵客，还得赦免。一时间众船客之中响应不绝，用指头互指鼻子，爆出什么马六甲钱王、泗水烟草双雄、岷埠罐头大王、三代甲必丹之子、暹罗王族拉玛七世的外甥云云。大嫂笑："一个个来，世道不好，哪来的这么多钱袋，要查得清清白白。"真有几个贵人大亨身上被搜出金银财物及身份证明，即刻被绑住手脚掳走。轮船上的巨货，贼人统统不要，凭他们也掳不走，只掳人就够，人头抵赎金。章公当时躲在餐桌底，头耷耷，不敢透气，只敢看那一双双青筋虬起的腿脚粗暴磨踢着地板，来回几趟，他都未被发现，以为已躲过贼人的耳目，谁知一个五岁团仔入了舱室，人还没餐桌高，眼睛恰好跟桌底齐平，顿时望到了躲藏的章公，叫嚷起来，引人来将章公拖出，章公只得叫一声苦，认命。船上许多人都识章公，一指认，这条大鱼如何能旁落，贼人争相用大绳将他缚紧，上身穿小麻衫，下身双柱缚，蒙上双目，推到舢板上，等盘点完毕，将人夹船夹浪尽数卷向远海。

海贼巢穴在某个岛内，章公虽目不能视，凭多年航船，海图也能隐透在心中，大略了解岛的方位，不似其他人昏昏沉沉，被绑架到岛洞地宫后，扯去蒙眼的布巾，再松绑，看四周灰暗一片，以为眼已盲，惊惶跌倒。众贼都笑，其中数大嫂笑声最响，似飞鼠在地宫内乱剡乱撞，她双眼在黑暗中仍发亮。章公心想，何用去寻金银，金银就在她眼中。本次掳来的船客九人，贼人一一向他们仔细盘问，让他们写换赎金的家书。等到了章公，大嫂又惊又怪，惊的是章公竟是个跛子，先前没看出来；怪的是手下人下手没轻重，不该缚得如此紧。章公故意说：不止缚得紧，人也认错了，我其实是孤寒贫弱身，要认我作贵人，不如放我返去，重新投个好胎再来。大嫂再笑："唔错得，别人还能认错，你是跛佬又点会认错？就算我有心放你走，我这些兄弟姐妹都唔应。"她讲话是绵软的广东土话，初初听，好似无害，里面其实藏着一根根阴戾刺钉，做起事来更是狠绝，一点情面不留。半月后陆续骗来赎金，却不放人，除章公外，其他八人都引到洞内埋杀了。章公自以为无法幸免，大胆骂大嫂不讲信用，大嫂却说："信用有两义，你有你信用，我有我口齿。我守我口齿，即是守我当年发过的誓，不杀残弱之人。你可以自己提木筏出岛，在海上是死是活，唔关我事。"章公恨极，直想冲出岛去，闷想了两日，又惜命，毫无办法，他拖着这条残腿撑过半生，未料到今日成了他最大的护身符，天底下怎会有这等可笑的事。在岛内，他住在山后的竹楼，平时有老姨娘备茶送饭，照料还算周到。竹楼有三层四栋，夹在土罅和椰林之间，像是当地土人所建，其中住的都是男人，有做海盗的、打鱼的、烧饭的、做杂事的，大多生得瘦猴模样，周身像从火炭中钻出，大眼扁鼻凸嘴，土人华人也没什么分别。女人都住在小山的地宫内，从竹楼有小径可通往，平时倒是畅行无阻。女贼见了章公，也不过从鼻孔中嗤出一口鄙夷之气，意思是：你怎么还活着？并不把他放在眼里。地宫内终年阴凉，小路枝蔓交错，章公恐迷路怕犯禁，不敢多行，但隐隐感到浸没在乌暗中的地宫就如浸在海底的冰山，他不过是在一隅尖角上溜来溜去，稍不留神便滑落，但滑落下去何尝不是一种魅惑。其余时间百无聊赖，一日当三日过，章公毕竟从未曾过这等岛民的生活，或可说，过这种猴山仔、鸟仔、虫仔、四跤仔的生活，不如死了好，所幸识得了另一位被掳来的船客，才不致太孤单。那客人姓李名词佣，也住在竹楼，这人却真是被误绑过来的，巧的是他同是槟城人士，八年前从福建诏安南来，在钟灵中学教书，半年前乘船去巴达维亚探友，半途被劫到此处。贼人盘问清楚后，才知劫错了人。大嫂当年立过的誓里，也有一条是不杀传道授业之人，他便留了条命，亦留在岛上生活至今。非贼人不送他走，是他自己不想走。李词佣生得一副奇相貌，身材细小，脸瘦长，唇丰满且上翘，状若兔子，却配有一双寒光外露的微凸大眼，讲起闽语来，比章公还土百倍。章公能在此地遇上他，是奇缘，因而也乐得听他讲，听粗犷、含混、椭圆形的音节源源不绝从他胸腹腔内缠斗碰撞后释出，竟也入了迷。李词佣说，槟城什么都好，什么都有，是好处也是歹处，宛如一颗熟烂透的果，食多则腻，也会令人想念另一种鲜涩味。他当年南来，是因偶然读报，又听人说南洋有别样的野味和风情，有吹不尽的海风、啖不完的椰仔，人人自乐，便一时兴起，渡洋南下，搬至槟城住，这一住就是许多年，游过八景，食过番粿榴梿，见过形形色色之人，槟城俨然已是第二故乡。只是住得越久，越觉无味，越觉得它精致、圆熟，似乎跟来处也没什么不同，他不自觉陷入社会人情世故中，要拔出身来也不容易。他早就想告个长假，离开槟城。这次贼人把他掳来，反而遂了他的愿，还有什么比这个更好的理由？人遭了绝境后，才知道其实原本没那么多可牵挂的。在槟城他有妻子和内兄，妻子跟他向来不和，知他出了事，不过哭一场，此时想必已改嫁；内兄跟他性情相投，是豁达人，也不至于太伤感。他当然觉得他自私，但在这片岛上，你就只剩下自私了，只剩下自己了，自己就是无穷大，这片海这片天都是你的，甚至生出一个全然新鲜的寰宇，你不用再跟人计较，看人脸色，受人管制，习惯了这里的快乐，又怎会想回到那个熟烂透的社会里呢？

　　之后又讲起大嫂和众女贼。大嫂姓谭，可不是姓郑，没有当年郑一嫂那天大的本事，谭大嫂其实未嫁过人，跟其他众女贼一样，都是十几岁就盘髻，决意做老姑婆的。她们多是广东珠江一带的流民，流到了南洋做妈姐，在别人家里带团仔，也有开铺面、做小贩的，自顾自食，不用依靠谁，就算到了这边世界，都不愿再找人来嫁。这些姑婆当年在老家，到老都是抱团住在一起，那大厝也是建得四面合围，形状如巨大的螺壳，不容许外人冷眼鬼眼毒眼邪眼钻入。后来听说南来谋生容易，大把捞金，风气开放自由，便合伙烧了大厝，坐船过番来讨生活。讨了十几年才知道，不过是换个地方做牛马，哪边都一样。再后来有一日，英国佬抄了她们合住的棚屋，使她们无家可归，还能去哪里？不如买条船返到海上去，做亡命越货的勾当，才算真的翻了身。领头的是个厉害的人物，正是谭大嫂的养母，后来做了海贼的头，善使双手枪，左右连发，绰号"双枪婆"；养母过世之后，谭大嫂接她的班，不到几年时间，在西婆罗洲以西的这片海域已闯出了响当当的名堂。外人还不能叫她大嫂，大嫂是她们姑婆之间叫的，外人这样叫，必惹她恼火，于是改叫她女王，她便欢喜了，她就爱做女王。真论起来，在这片海上，那万里之外的英伦女王也比不上她一根汗毛啊。李词佣讲得动人，眼神里全是向往和仰慕之色，流彩发光。这些事迹都是他从竹楼里那些伙夫和杂工口中挖出来的，但若是谭大嫂本人亲自来讲，又是另一套不同的讲法了。过几日章公去见谭大嫂，说实在无法再在岛上待下去，要求送他回去。谭大嫂冷笑：你要走最好，难道我要留你系度一世人白吃白喝吗？先前是同你讲笑啫。过两日我等有船要出海，正好揾个机会，掟你返去。章公听完，忙不迭作揖谢恩，大嫂面冰冰，只管嗤笑，背过身去并不理会。第二日暗头仔时分，又在地宫里设宴，叫章公和李词佣来食。但见谭大嫂在宴席上身着那件紧致黑绸衫，用束带束得腰肢如笋，再左右插上两支左轮枪，精神焕发，迅疾有力，将章李二人吓得不轻，以为这宴摆的是送死宴。谭大嫂却是一改往日刚悍神态，讲话都轻声细气的，连那标志性的笑，也似葡萄架荫翳下的清露，微沁。她招呼章李两人饮酒，两人怎敢不饮,悬着心灌入喉,就是上等的佳酿也不知是什么味了。谭大嫂饮完一樽又一樽,酒量似是永不见底,下人也只顾将各种酒樽端上来。大嫂伸手一一指去,说这地宫中什么酒都有,从王公贵族饮的百年香槟、利口酒到脚夫苦力饮的高粱烧刀子,全是她从海上劫来,饮尽这些酒,等于环游了全世界。但一个人怎能饮尽这些酒?无人对饮,嘥尽了这些好酒。她话里有意,二人只得顺着听去。她说那些留下来陪她饮酒的人,少说也有十三四个,大多死于她的枪下,做了这地宫中浮游在最浅层的鬼。因这些男人都不守约,无口齿,单单做她一人的情人还嫌不够,还要做第二人、第三人的情人。她又极爱呷醋,眼里揉不入一粒沙,这男人若多望了别的姐妹一眼,她就当他不忠了,死字当头。莫怪她敏感,若非如此,也坐不上这位子。她养母的情人更多,还偷偷生了几个仔女,却都意外夭折,没办法,养母才让她替了位,其实她对养母来讲算碌柒啊!表面上讲是养女,不如讲是丫鬟妹仔更似。她从十二岁伺候养母到十九岁,养母临死时,信她还不如信自己手里的一柄枪。那柄左轮手枪是美国货,是一个英俊的荷兰长毛鬼送给养母的生日礼物,枪比人更靓,勾走养母的芳心,令她神魂颠倒,因而养母也宁愿死在自己这柄枪下。养母其时已被病魔缚身,只剩一魂半魄吊在头颈边荡秋千,勉强支起精神来,冷冷望着残破而哀鸣的躯壳,求谭大嫂使这柄枪了结她性命。谭大嫂说,她当时哪里敢,汗流涔涔,虽巴不得养母早点死,但亲手扣下扳机是绝不能。养母逼她紧,她只得掟落手枪,抱头逃走,令养母不得解脱,继续在榻上挨了七八日才断气,条脷拖出五寸长,搅来搅去,眼口都难闭,气一断,便陡然生出一股油油的尸臭,直透床单,怎么洗都洗不净。谭大嫂讲,这便是她对养母最大的报恩。她没亲眼见养母死,但也能料想养母死得气屈,讲返转头,养母算是聪明一世,糊涂一时,做事不够绝,或者说,事轮到自己头上时,那口狠气就松了,怎能将自己的生死大权交到别人手中呢?无论是交给养女,还是交给阴司来催命的牛头马面,都算犯贱。自己条命自己话事。换作是她谭大嫂,趁自己手脚还灵活,还使得动手枪之时,早自我了断了。

　　谭大嫂讲狠话,讲到最尾,透出一丝丝一缕缕的哀婉,似灯烛正底下的暗影,平时不被人所见,倒是给章李两人睁大眼去看,看暗漠漠的秘密,心里也打鼓、做鬼,不知眼前的大嫂要将他们赶到哪里。酒过三巡,谭大嫂忽而离席，招引二人跟她脚步，在地宫内游走。虽说是地宫，恍惚觉得是地府，有些路极窄，几乎不通人，章公想，这大概是地宫最隐秘之处，若不是大嫂带领，平时谁敢行走在这些地方。行到地低处，石隙夹着湿气，不觉间覆没脚面，海潮摇动，夜里听来分外清晰，仿佛就要逼近，再过一阵，声又渐小，杳然而去，只附在一块洞壁身上回响，方才惊叹这岛山之巨之深，人穿行其中就如蝼蚁一般。谭大嫂提灯行在前面，章公行得慢，李词佣搀扶他，辨着光跟在后面，后来那光越来越强，白炽一片，二人跟过去时，已走入了一处洞天。原来光不是灯发出，而是天上一轮明月从头顶的豁口倾泻入来，映得四周披上一层银纱。豁口极高远，月更在千里之外，环环相嵌，真是自然造化、鬼斧神工，凿出这方圆十余丈的空阔洞室。谭大嫂称此处为"月园"，是地宫的休闲消遣之地，一般人不许接近，是十多年前养母所建，特登去召集来一群番禺、容桂、伦教等地的工匠，在洞室中造出岭南园林，引海水做池，跨波构基，曲廊、拱桥、露台及亭榭之下都有窦口孔道，连通海皮。于是筑室于一方池水中，也能听潮汐涨落，再在周围以叠石象浮山，正午至下昼之间水汽蒸腾作雾，光影明灭，营造出海山景象。养母因思念故乡，便在此地依稀再造出一个故乡，唯蕉荔榕柳不好复刻，这里环境阴凉，种植印度榕和棕竹来代替。树丛层叠乌影的背后，有小径通往几处内室，其中的一室放置有铁笼，章公行近时，听迎面一声雷公吼，惊得他魂不附体，拿灯一照，才发现里面住了一狮二虎，斗大的眼珠似发光的玛瑙，却只一闪，旋即黯灭。它们盘卧在地，显得十分虚弱，其他室内则关着豹、鹿、熊、猿、孔雀，都静死死，见人没什么反应。最后一室空荡无一物，本以为没什么稀奇，谭大嫂却解释道，当初月园建成，也绝不能令工匠们返去，因而这间房是他们的葬身地。听她讲完，章李两人相对一眼，好久不能讲出一句话。豁口之上月稍移，中庭不似先前那般莹白，那月色对章公来说似曾相识，若不是大嫂在场，他和李词佣在此处漫步，也是绝美绝妙的一件事，但大嫂的声喉不使他们自由，一字一句如脚镣跟随他们左右。她说月园之名不限于岛内相传，不知如何就播到了海上，连万里之外的西洋人都知道了，大概是他们科技机器发达，到处都有耳目。四年前有一队鬼佬寻上岛来，被她们捕获，为首的叫契斯，三十几岁年纪，棕发栗眼，唇上二撇鸡，生得一副斯文靓绅士的模样，自称他们从美利坚加利福尼亚的天使城过来，受命于某电影工厂，听闻了这里的海盗事迹，很感兴趣，冒昧来探访，并想拍摄些素材带返去。谭大嫂等人哪里知道电影是什么东西，见他们举着炮台般黑漆漆的机器，也好奇，交割了酬金后，容许他们在岛上行来行去，架着机器到处拍摄。其实大嫂等人心底都忐忑，见镜头照过来，急忙忙避开，让出几丈远才觉得安全，太近怕被摄了魂去。有时来不及避，蒙憕憕钻入镜头中，事后才恍惚问一句，刚才白光炫目的一闪，是否召来了雷电。这帮闯入者在岛上生活了三个月，后来他们的举动越来越大胆，镜头无忌惮地对准女人们脑后的发髻、漏风的黑衫黑裤、面口上的皱纹、行惯了甲板的光秃秃的大脚骨、跟手臂连作一处的枪管，将她们当作异国的阿嬷、阿姑、阿姐，有些鬼佬甚至学了广东话，亦能跟她们交谈几句，十分亲近。但这些最后都在一场雨灾中沦失了。

  那年初秋，风飚不见影，瓢泼大雨倒是连下十来日，地宫都浸泡在水里肿胀，海借势扑向岛，仿佛要将岛碾灭，各人自顾不暇，哪里顾得了这帮鬼佬，有姐妹就在背后讲是非，讲他们来这里用机器乱摄乱照，触怒了恶鬼，惊走了善神，破坏了风水，才招来这场灾。大家响应起来，要将鬼佬捉起来剐了祭天。但大嫂心里做不得主，她跟契斯要好，契斯又日日来见她，叩头求情，终是下不了手，只吩咐赶他们出岛。契斯一帮人离开时也是一番奇景，当时风大雨大，饲养的鸡鸭鹅挣脱笼，乱飞乱叫，他们比这些家禽还狼狈，全身是水，湿淦淦滑抒抒溜上船，姑婆姐妹跟在他们后面扔石头，甚至用枪指他们，一时间不知天空下的是雨滴、石头还是子弹。逃命之际，契斯仍要举着摄影机录下最后一幕，不顾头被飞石击中，血淋淋，镶满白肤色的头皮。谭大嫂看在眼里，心巨震，觉得他绝美，又楚楚可怜，禁不住生了悔恨，不该放他走，谁知一恨就恨到如今，时时念着他的最后一面。即便她后来知道，契斯同样是讹人的鬼，无口齿，甚至是诸多情夫中最无口齿的一位。他其实不是什么好莱坞的导演，而是某报纸的花边新闻记者，或者是无廉耻的作家；他也不是美国人，而是俄国人，曾在赫尔辛基做木材生意，芬兰内战后破产，从此招摇撞骗于各国之间，骗来投资买条船，雇一队人做助手，四方游历，采集来各种故事见闻，改写得虚虚实实，再贩卖出去，销路还很不错。这些都是谭大嫂后来专门请人打听来的，还得知契斯将岛上的奇遇写成了一本书，将谭大嫂塑造成食人脑的女魔王，而他本人无畏跟女魔王调情，尽情戏弄一番，最后机智脱出魔掌云云。谭大嫂说，她并不恼怒，契斯要如何写便写，这是他的自由，放走他本就是她平生的大憾事，若时日能重来一次就好了。说完叹口气，再接上话头时，却说，她自认不是什么女魔王，也非含金匙出世，不过是平凡一女子，想揸住自己条命，自己做主，不被人欺而已。两位先生这段时日在岛上做客，她心里是好欢喜的，只是不便表露，想的是以后能做长伴，能多向两位请教。如今世道乱如麻，不如躲在岛上，这里虽小，钱粮不缺，算得上富足一片天地。每日只管吃喝玩耍，岂不安乐。

  章公默然不应。他心知，自己必要出岛，谭大嫂的话是讲给李词佣听的。他跟李词佣相处这许多日，已油然生出感情，要离别肯定是万分不舍，但李若想长待在岛上，他也阻拦不了。人各有志。次日午后，章公在竹楼听得船机响，夹着热闹人声，急忙行出去，果然见姑婆们驱着圆卜卜的货船准备出发，他跟着爬上船尾，女贼也看见了他，就如看一只甴曱贴上来，懒得理会。离岛前短暂的间隙，章公在船上就地而坐，心里不知是喜是愁，似度过了一世那么漫长。不知等到何时，耳边突然听到有人喊：等等！喊声几乎与船动破浪的声音同时发。章公抬头，见李词佣站在岸边，向船上惊险一跃，刚好被他攀住栏杆上的绳，一步步爬上来。章公不信自己的眼，半响，问李词佣：你怎么也来了？

  李词佣笑答：“常言道，伴君如伴虎。伴在大嫂周围，却比伴那山中猛虎还要难百倍。不因别的，你见了猛虎，只觉得可怕，但见了她，觉得可怕又可怜。实在矛盾得很，我受不了这烦恼。想得多，心里就不纯净了，还不如跟你回槟城去。”

  章公大喜。几日后行至麻坡，海贼用舢板将他们渡到陆上，随后扬长而去，二人相扶着寻到埠口，另寻船返回槟城。各自找到家门，见到家人时，已是蓬头垢面衫污裤臭似乞食，鞋也磨破，打一双乌越越的赤脚。团聚只有欢喜，讲不完的话题，李词佣的妻子也并未改嫁，乍见丈夫生还回来，扑入怀里又哭又笑，感情较之从前更融洽。过段时日，章公来寻李词佣，李词佣又引内兄跟章公相见。其内兄名叫陈少苏，比章公尚年长几岁，头发稀白，露出饱满反光的天庭，长方脸，远不可及的鬓角两端挂斯文黑框眼镜,一只尖巨鼻子却将眼镜举起,令其仿若悬在空中;他不常讲话,一开口则声喉低沉,隆隆响,压倒章李两人。陈少苏跟李词佣是福建诏安的同乡,亦同在钟灵中学教书,他身上自有一股严肃博学的气质,跟李词佣的至情至性不同,但跟章公一邂逅,也是如离散多年的故交。自此三人常常在一起聚玩,白日游山玩水,赏花逗鸟,听琴看戏,夜晚饮食倾谈,不觉忘记时间至通宵,闻三更鸡打鸣,夜的乌纱笼褪去,才沉沉坠入睡眠的浅河。三人感情日笃,心思竟渐渐从各自的本业移开。李陈两人都是文人,会行酒令、占诗词的本事,尤其李词佣,人如其名,无论酒醉酒醒,凡听见任何乐曲声,以手使箸在桌上敲出节拍,便有灵感不断涌出,顷刻能写出一首词来,且后期无须再作修改,浑然天成,读来如口含芭乐果,粒粒生香。章公本不谙此道,却被李陈两人强逼,喊道:"胡乱诌几句也得!"否则一杯接一杯罚酒。时日一长,章公受了他们熏陶,太复杂的词牌填不来,论简单的五言七言诗、小令熟调词,渐渐也能上手。与李陈两人交游久,什么商机、算账、谈判、运营管理之流,统统抛到了脑后,倒是渐染上文气,恍然开了一方新世界。章公或怀疑,这世界本来就在他身心之中,与生俱来,像黎先生当初在话语间所点破的那样,他不是生来必然要行商的,还需遇上有缘人,才能打开这份命中的秘藏,细细咂品,还甜过蜜糖。他本是劫后重生,家业更顺道交给了胞弟,自己不再过问,只单独划一部分基金出来,全力资助钟灵中学办学,坦然做个无事老人,从未觉得如此快乐过。以词人之眼观世,将万事万物纳入文辞、音律和内在的节奏中咀嚼,时间似乎都变慢了。比如游槟城公园,词要这么写,"猿啸暮云,花飞春榭,椰林萦带荒烟",如不是从脑海里捞出这些字韵,以前的章公又怎会在暗暝时的公园内,躲在角落静静听,天边一蕊一蕊被霞光染红一半的云,其实是猿猴嚎叫吐出来的气;花瓣飞到亭榭的檐顶,是春洒落的点点泪;也不会看到从山麓钻出的根根椰树,其鹅掌也似的茎叶其实正浸在淡蓝白色的烟雾里,烟不动,叶也不动,似真似幻,或位于两者的交界。李词佣还跟章公说:"你看见了景物,你苦思冥想,终于捞到一个词句去对应它,看似如此,其实是它拼命凑过来,要去对应你的词句。同时、同步、同理。"章公深以为然,他以李词佣为师,不只因诗词,更因李词佣的痴,若一个人痴到某种程度,便能从现实中虚化,外界的恶浊不能沾他身。有一次三人同去升旗山坐缆车，人悬在千百丈高空，看那峰石还不如馒头大小，云比平时似乎近了些，却不能摘；离地愈远，最初的兴奋渐被不安替代，到中途，缆车突然一停，章公和陈少苏心都要跳出胸腔来，唯独李词佣面不改色，贴着玻璃窗张目四望，神思只在景色中。下得缆车来，章公觉得脚浮浮，出了一身臭汗，李词佣望着他笑，还没等下山，李词佣便口占了一首《忆汉月》：

岚气欲浮山树。直达蓬瀛仙路。仙车时迓玉人来，赢得满身香雾。云头闲伫立，看万顷烟波无数。天台刘阮尽遨游，莫待重来犹与。

好一个"赢得满身香雾"！章公想，李词佣怎么想得到这个"赢"字？若自己早几十年也会这么想，人生怎会有输家，只有赢家。而李词佣是个生活家，生活中没有输赢，有的是放大了几十倍的细节、气味、声响，它们如野地里的兔子一一向他奔来，汇入感官。比如他好食，无论酒店里大鱼大肉，就是街边卖的番粿，也能食出千百种滋味。要挑娘惹做的粿，也叫娘惹粿，她们手干净，做得又精心，远胜华人做的唐山粿。论品种，有粿哥芝、粿披珊、粿明卡、粿珠座、粿明卡加幽；论风味，有甜、咸、酸、辣，有油炸的、笼蒸的、火焙的、冰浸的，他统统都食过。食粿最好还要伴一碗叻沙，仔细看那印度小贩将粿盒里的粉条赶入白瓷碗，抓一小把薄荷叶，连同切成细片的洋葱酸瓜掺入，再去取装在搪瓷叠盒里的汤汁，层层浇上去。汤汁是热腾腾的，因叠盒底藏了白铁火炉，火一直烘，令它浓稠，表面结了一层薄膜，等它滚落在粉条上，膜便撕开，一股辣腥腥的香味溢出来，惹人口水直流。食是艺术，李词佣绘声绘色讲出来，也是艺术。章公听他讲，再去找挑粿担的印度仔讨来食，果然觉得比以往好食了许多，心里欢喜，是说明见识及境界渐开。那几年章公全身心投在日常生活中，算是重新认识了乡土，人在其中，因而常常不省这份茶余饭后的安宁是如何珍贵。至一九三五年冬，李词佣忽来向章公辞别，说生母过世，他须回大陆故土一趟，已向学校告了长假。章公惶然，嘱咐他处理完家事后再南来。李词佣不作声。章公和陈少苏连同一帮文友饯别他，他不饮酒，只食菜，狼吞虎咽，心思似已不在此间，次日章陈二人送他夫妇到码头，他瘦卑巴的身躯拎着大小行李，挟着妻子腰肢登船去了。章公目定定望那船影在浪中化成一粒，再转身跟陈少苏打一照面，心中的愁绪不由得给勾出来，他忽而明白，无论李词佣、陈少苏，还是故友林陈源，跟他总是不同的，他们都有一个可归去的故乡，一片尘暗下的巨型陆地，在此隅活得再舒服，对他们来说也不过是"天之南"。"天之南"还比不上"江之南""岭之南"！章公没有他们那样的牵绊，因而也不会真正理解那份情感。跟李词佣这一别，竟然就是一年有余，其间章李二人常通信，李在来信里说，家事完毕后他又去了南京、上海，面会了许多文友，有文学研究会的旧友郑振铎、落华生等，也有新识的"秋芒社"青年成员，个个不过二十出头，光耀如日，锐利如芒，造诣见解比他和诸旧友当年强百倍，他只得感叹是自己老矣，是时代浪潮淘洗完残积的泥沙。其中有个骨干成员叫卢梓山，跟他最聊得来，卢对南洋风物颇感兴趣，鼓动他写成闲散文章，于报刊发表，又领他在社员间讲演，出入上海各种文艺沙龙，识得刘正陵、王静之、姚贝等人，文采人才俱佳，身边不缺小姐太太环绕。金铄铄、霎眼娇、万人迷。李词佣写自己在上海经历，章公一字字读去，心向往之，却又含着隐隐的不安，怕李词佣在那边过得快活，竟不思南来了，每次去信催他来槟，他总含糊其词，推说自己在写有关南洋的文章，只要他还未写完，就不能离开。李词佣说，他神奇地发现，写槟岛的生活，还需在大陆这边写，跳出岛来，隔了万里去望它，才能望得真切；记忆和情感像重新刷了一遍，热乎的，新鲜的，饱满的，就连"呕哑嘲哳难为听"的马来话和印度话，也是温柔地在耳际浮响。下笔时，有神灵抓住他手，沙沙声往下写，写完一看，不敢相信自己写出了这般文字。章公见李词佣这么说，不好再催，有时和陈少苏聚，两人对酌，总觉得不尽兴，那个缺席之人的形象反而高大、膨胀起来，李不在场，胜似在场，确是一种奇怪的感觉。有次月圆夜，陈少苏来章家做客，两人饮到半夜，行十几轮酒令，终于疲了，恍惚间看见自己在桌底漏出的月下影，以为是李词佣返来了，都惊叫起来，出了一身凉汗，才知可笑。讲起李词佣在上海的生活，陈少苏有所思，因他也心系那片大陆，了解的比章公要多，说了一番惊唬人的话。他说，上海人这般拼命享受，其实是病弱的人抽大烟，盖因北方形势不好，日本仔架起枪炮，重压在他们头上，不知何时即刻坠落碾碎，他们只得抓紧时间，过得一天是一天。说这话时，恰好起了阵风，吹动庭下的蕉叶，正吹落乌墨的一片，"噗"一声掉入池中。章公默默以为是某种预兆。

夏虫不识冰

一九三七年暮春，李词佣来信说他已写完全部文章，将结集出版，题名为《椰阴散忆》，共含散文十五篇：《摘椰子》《橡园》《椰花酒间》《珠子拖鞋》《番粿》《咖啡》《冲凉》《大伯公诞》《鳄鱼》《纱笼》《蛇庙》《湖光之忆》《爱国捐》《归》《榴梿》。欢喜之情要从字里行间跳弹出来。还说回槟城之日不久（章公注意到他用了"回"字），到时再请章陈二位品鉴新文。章公自是大喜，每日翘首以盼，等到六月余，不见联络，终于等到一份电报时，却是来自李词佣妻子，她不识字，讲话也是诏安口音，请人笔译成报文是佶屈聱牙，章公费心读了半天，才大概明白李词佣近来得了传染病，急发作，吐泻不止，医不见好，拖了十几日，全身皮瘦包骨，堪堪吊着一口气了。读完章公心凉了半截，恐是林陈源之事要重演，又急燎起来，四处向人打听上海高明的医生，托人探访照顾。嫌隔着万里，信息交流终是不方便，似热炉上蚂蚁跳了几日，还是要买船票北上，哪怕是最后一面，但愿也要赶得上。临出发时，另一封电报却赶得更快，读去都是喜讯，报文是李词佣亲拟的，说明恢复良好，他说命中侥幸遇贵人，卢梓山多方联络后请来了一位医生，姓伍，竟是槟榔屿人，巧不巧，又恰是全上海最好的传染病专家，看了李词佣的病，说是霍乱无疑。伍医生救过的霍乱病人何止千万，李词佣对他来说只是千万分之一，治病不过是稍动下手指头的功夫。李词佣在报文中还说，他此时已没什么大碍，章公不必来上海探望了，待他静养康复后，便启程回槟岛。人不到要迈鬼门关时，都不知自己要什么，前些时日他病重，肉身粘在床上不能动弹，隐隐感觉它在腐烂、发臭，而魂魄欢脱得出了窍，游荡在一片虚空中，那里只有白昼和暗暝两色，无穷尽，他一念之间，则可行十万八千里，但他实在无处可去，挣扎了两三日，不自觉地飘荡到一片绿岛丛林中，只见青翠草木接浪潮而生，湿气自石头和溪水升起，变作烟、雾、云，临近了又笼上一层阴影，短暂的盲视中间，有焦黄之土翻出。他恍惚觉得熟悉，此处应是槟岛，他见惯了槟岛的山水，只不过空荡荡静悄悄一个人也无，跟平日里又不大一样。人类似已灭绝，却剩下一个更有情的世界。他顿时醒悟过来，情不由人而生，要这"我执"何用？在槟岛糊涂玩了十年，若说有什么长进，大概就是在人情之外，体味了这诸事万物的有情。李词佣说，他绝不愿客死在上海，也不愿死在福建故乡，若一定要寻个地方葬身，非槟岛莫属了。章公读完信，觉得李词佣所说的句句锤心，是预言，是替他说话的声喉，如让章公自己来说，断不能说得如此贴切。到了七月，日本仔突袭炮击了宛平，占了北平、天津，不日就将南下，上海成了累卵，倒不用章公来催，形势紧跟在李词佣身后，成警钟日日敲。章公则每日收发电报，跟上海的朋友交流，虽身不在上海，心宛如也在那般铜墙铁壁的围困之中。要逃离出去，一日比一日难。黎先生和他的新歌舞团于七月二十一日讨到了英国领事馆开出的船票，开往香港避难，之后辗转广东、湖南、广西、川渝等地，几乎是跟逃亡的难民和学生一起用腿脚度量了大半个南方，新戏随之代替旧戏，演了许多抗日救亡的题材，筹到的款都去捐飞机大炮。李词佣一腔热血，刚病愈就投入宣传工作，写檄文，发传单，印小报，常笔耕到深夜，听见城北、城西方向割破八月夜雾的枪炮声。起初只是寥寥几声，随战事加深，声线织密，噼噼啪啪格格哒哒，都结在文章的字缝里。九月末的一晚，妻子伙同卢梓山等几个朋友，趁李词佣熟睡，将他架上黑车，至黄浦江过渡至洋泾，奔向杭州坐船入海。李词佣拗不过众人，在船头向前望，海雾茫茫；在船尾回头望，陆地浸在一片浊浪中，已自黯淡。他不由得一声长叹，叹下几滴眼泪来。

　　船到槟岛关仔角登埠时，章公亲自去接，见李词佣比当年更瘦，臂骨似镰刀，扶着嫌割手，又怕稍一用力便碎。倒是两颗大眼珠在脸上更精光了。李词佣跟章公说笑："瘦更好，省了许多布料。"卢梓山生得却是肥头大耳，走路一颠一颠，怀里似挟了酒樽，将酒颠洒出来，浸润衣衫。一行人中还有救李词佣性命的伍医生，着一身黑西装，戴金丝圆眼镜，怀了心事，郁郁行在人群中。章公向李词佣问起，才知伍医生最近新亡了妻子，上海战事吃紧时，一是医药器械都运不进来，二是伤兵一个接一个进医院，伍医生空有一身本事，自家伴侣都顾不上，令她延误了病情乃至离世，可憾。也是受了这等打击，伍医生才横下心离开上海，跟着他们回槟岛老家。章公恻然，医人者不自医，望向伍医生的眼神里又加多一份敬重。伍医生久不返乡，对岛上新世界已是全然陌生，见大草场上行人熙攘，路边汽车攒响，像在上海又不是上海，兀自失了神，难以迈动脚步。他在槟岛有亲属家业，料理家事也多劳，章公和李词佣等人邀约他几次，两月后，他才姗姗来赴宴，这时脸上愁绪已挥去不少，长年以来习得的精密知识不止重组了他的头脑，也构造了脸上的肌肉，令其除皱、熨帖、沉静，他其实比章公还要年长十几岁，看上去却比在座所有人都年轻，章公以为，正是伍医生修养深厚的缘故。李词佣先向伍医生敬酒，谢救命之恩，众人离座依次向伍医生再敬，其中一人是陈少苏带来的好友，姓许名晓山，是个奇才，通诗词，也识医卜之术，在咸鱼埕开了个馆子，活人无数，在当地算是民间的名医，轮到他向伍医生敬酒时，酒樽还未碰及，头先恭敬地耷下去，直触及地。众人都奇，许晓山从来仗着自己才高，看他人都比自己矮几分，这次却是碰上了什么大人物？只听许晓山讲："你们不知，我在此地挂牌开馆，侥幸救了不少人命，病人感激，敬称我一声'活菩萨'，但我今日见了这位伍连德伍博士，便成了假菩萨。伍博士当年在东北治鼠疫的功绩，称一万句'活佛陀''活如来'都不为过。"众人惊且迟疑，不料眼前这位伍医生就是伍连德，这人如此低调，二十年前南来的新客或还能听过大名，更早的来客，乃至土生的章公等人，只有个模糊的印象，大概听人讲过吧。怪这二十几年来世事变换太快太怪奇。

声名速朽，也遂伍连德的愿，他不想多讲，斟酒回敬众人，一口饮尽，酒滴滑落牙齿唇角及下巴，再钻入地，微微笑：都是些陈年旧事罢了，休提！怎奈章公好奇，要圆心中残缺的印象，频繁向伍连德敬酒发问，挖开他金口，伍连德性直，受不得逼，酒意涌上来，便将往事翻出来，说开去。他们做医生这行，跟人这身肉泥打交道，见惯了生死，早已麻木。医治的人多了，自然就有医死的人。生死是大事，但说起来也简单，灵牵系了肉身，什么时候那根线断了，人就成了一具尸。而他们常说，越是高明的医生，眼里越是看不见灵的，看不见那些思想、情感、哭喊，只剩下具体的血管、内脏和骨骼。伍连德说，这就是他在剑桥大学、利物浦热带病学院和巴斯德研究所学来的冷冰冰的知识。比如打仗时，那些伤兵伤员似一群无头蜂塞入医院来，不是缺只胳膊就是少条腿，还有的被炮弹炸去了半截身，去找外科，将半截身都接回来，算是神乎其技了，可那之后呢？看不见的邪魔侵入了肉身，令原本接好的躯体发烂发臭，寸寸腐败而死，这是乡下人的讲法。可他是研究细菌的，是看得见邪魔的呀。在千万倍的显微镜下，那邪魔时而变成在风中振翅的蝴蝶，时而变成一团淡水珍珠鱼，镶满银灰色圆斑的鳞片，时而变成圣爱德华王冠上至坚硬的深海宝石。它欢喜时，它舞，跳芭蕾，跳出五行外，绝没有任何舞女比它跳得更美；它发怒时，污糟邋遢，流脓水，周身是刺，见谁讨谁的命；它消沉时，是断头巨婴，静悄悄蜷缩在角落里，越缩越小，过几日再去看它，消散得比晚霞都快，早无踪影了。它才是至情至性，若看不清这一点，如何做传染病医生？二十多年前哈尔滨傅家甸那场大鼠疫中，他就发觉了这个道理，跟满世界活泼乱跳的细菌相比，人才是至冷酷、至无情的。他那年初冬抵达火车站，穿一身貂皮大氅加厚呢绒大袄，头戴水獭帽脚蹬皮靴，尚且冻得他头缩缩尾颤颤似小狗，沿着铁轨行出二里路，见漫出河床的冰、干枯的草垛和被封住嘴巴的驴，电线杆支住了彤云，令其不流，遮天盖下来，周围只显得十分黯淡，四处游荡的检疫人则用粗布巾简单罩住头，无声息，露出同样黑暗的两只眼。来接他的车只发出了一丝光亮，他坐上去，半刻钟后，才从车窗慢慢看清那些肃清的街市，锅炉、药铺、网场、客栈、线香铺、打尖店和教堂塔楼——从混沌中冒出来，之后他看到那些因逃避检查将死者抛出门外的人家，当日尸体尚未来得及处理，有的填入水沟里，或挂在围墙上，或堆积在道路两旁，冻成雪根雪棍雪条。伍连德对那片地方的初印象就是如此，一股无匹的寒意从心底升起，更胜外头的冰冻三尺之寒。当时他就清楚，与其说他是来对付这里的瘟疫，不如说是来对付人的。对付人比对付瘟疫艰难百倍。他还在地方官的陪同下考察了堆积尸体的坟场，最初尸体还有棺木下葬，后来死者猛增，便直接垒在场地里，以天地为枕被。天气愈冻，掘地不入，倒坏了锄铲，这些尸体更断绝了入土的可能，倒是越垒越高，向上生长，冻结成白里透乌的三角锥塔。这尸塔，雀仔鸦仔都不来啄，滑溜溜，立足之地都无，无奈何嚎叫几声作罢。塔底的尸身，各种姿势都有，有的似坐非坐，有的弯折身子四肢着地，是拼命向前爬而终于力竭，伍连德便猜想，这些人被家人丢弃时，并未真正断气，他们争最后一口气也要求生，或脑中最后的念想是爬回家中，躺在暖炕上，沐浴在苞米棒子和煤油灯的金黄之下。他们最后未必是病死，而是活活冻死在这尸堆里。甚至,在伍连德眼中,尸堆不是尸堆,是十丈见方的细菌大冰柜,细菌在其中作乐,以尸为食,无休地增殖生长,地下的老鼠则携带着它们,从早已掘好的通道流窜向城里。要消灭细菌,只得点起一把火,烧了尸塔,是无奈之举,但火葬犯忌事大,地方官不敢做主,要去请皇帝谕令,来去最快也得半月,伍连德哪里能等,几日内召集了许多乡绅去参观坟场,教他们一一见识了尸塔的恐怖,将恐怖都镌在脸上,随后他们联名写了担保书:火葬不违人伦,生死才关人伦。此后伍连德亲点了二百工人,拆了尸塔,以一百具棺木和尸体为单位,分为二十二堆,再用炸弹爆破地壳,挖出一个二十英尺见方、十英尺深,一次能填入五百具尸体的大地窖。每个尸堆浇淋上十加仑煤油,一把火烧下去,两千多具尸体被火焰由外剥入内,由皮毛见肉见骨,吱吱响,油膏脂肪都翻出来,引得青烟漫漫,橙红紫的火绳缠舞,不出半日,地窖被烧得焦黑,尸身和细菌都驾着最后一团尘雾西去了,留下的是围观者的两眼空空。伍连德亲眼所见,在场的少说也有几千傅家甸人,当亲人的遗体还在时,他们的眼神也在;遗体烟消云散,有什么东西也齐齐从他们眼神中被剜走了。

伍连德讲到这里时,跟宴席上各人一一对过眼,忽而止住话头,或许他已看出,在座的槟岛诸文人,平日里只管看花园、赏瀑布,好食好喝,吟弄几句风月,闲适惯了,未必能明白其中的酷烈。引得这群夏虫个个竖起耳朵听的,不过是因他们常处热带,对那苦寒、冰块、末日始终怀有好奇的想象罢了。章公则心中暗想,伍博士所讲的,跟李词佣在病榻上的感悟,竟是如此相像,像是两人早通好气了一般。若非如此,则世间的巧合都有其定理,人力微薄,更不能改变它半分。想到这里,忽听到隔壁包厢传来乐声,先是弹筝,随后椰胡咿咿哦哦响起来,将人声盖下去,听了半晌,才隐约听明白是粤曲南音。顿时悲从中来,又不敢声张,假装饮酒,生生用眼睑将眼泪挤出,滴落在酒樽里。李词佣坐在章公旁,恰巧都看在眼里,偷扯章公衣袖,低声问:"是按怎?"章公哪里还忍得住,大放悲声,惊动四座,末了才解释原因:是因听旧曲,想起了故友林陈源。今日伍博士、许先生两位名医在座,若当年林陈源有幸得遇见,也不至于病重送了条命。

众人都感惋惜。此时众人已饮下不少酒,但听席间讲的这几番话,酒入胃肠，再也不觉得暖。时值十一月，开窗正对大铳街，过街楼和排屋的红瓦隐在一片树冠里，北风自来，竟第一次领略了槟岛的凉意。这次宴席散后，后来再难重聚，章公有预感，未料到的是李词佣跟他也疏远了，或者说，往日和陈少苏他们三人游乐的时日不再复现。有时半夜梦醒，起身绕天井踱步几圈，见白森森月光描画自己的影，醒悟过来：李词佣毕竟是死过的人。不只是从死症中复活过来，也是躲过炮弹和刺刀拢回命的，因而更珍惜时间，活着不全为自己而活了。上海、南京陷落消息相继传来，于华人之间引起不小震动，出入茶楼酒肆，常见黄面孔将长凳聚在一处，头挨头密语，有的还是南来逃难的新客，未褪下尘污的粗布长衫，满脸都是委顿的神色。就连高头大马的英国佬，看他们的眼光不再是睥睨，而多了几分同情或可怜的味道。论救亡工作，华校反应最快，是先锋队，商界不紧不慢跟上，有共同的大敌当前，也不论什么闽粤潮客之分，有钱出钱，无钱出力，至少在台面上比之前好看得多。李词佣更是全身心投入，伙同陈少苏、管震民、管亮工、卢梓山等三四十个钟灵中学的教师，授课之余，办各式小报，撰文唤醒侨胞救国热情，又鼓动学生成立会社，忙得团团转，上午在社区演讲，下午借西人的大会堂排演话剧，演的是吴祖光的《凤凰城》，反响激烈，筹得了不少赈款。章公平日里不见李词佣，倒是在商会募捐宣传活动中见了他。凡有这类邀请，李词佣无有不往，一站上台，他那瘦兔般的身形和气质便恍惚消失了，替代的是扶长城于将倾的巨灵神，演讲至最激昂处，他软膏膏的乌金头鬈向上直立，不止嘴巴里出声，眼睛、鼻孔、耳朵同时喊出来，给人以一种十足的凌厉感。那次章公在台下，悄悄藏匿在人群里，为的就是不让李词佣看见他，他则可以越过千百张头皮去望，望出了一个不寻常的李词佣，竟似从未认识过。想到这里，心里不禁生出一丝暗伤，再亲近的友人都有陌生的一面，人同人之间本就无法相互理解的吧。章公自己何尝不是如此，自七八岁起就只与男子交游，身旁称兄道弟如流水，但那不可说的终究是不能说，他噤声，吞字入腹，不也是为了保全自己？也许在知心朋友看来，他这便是剖得清楚的半面椰壳，只见内里白如玉的椰肉，不顾外皮焦黄歹看的毛糙。

残躯披七色彩衣

　　章公虽不会在台上扮巨灵神，每次带头捐款，他却都是捐得最多。在商人的世界里，唯一有意义的只有数目，数目意味一切，名字则显得虚了。捐款时，章公也会让人除去自己的名字，次数多了，李词佣亦知情，写信来问，意思是赈捐是大善，更应该将善人的名字广告天下，令见者敬仰效仿。章公将信收入抽屉，也不回。心里想的是若李词佣得闲，便来见了。谁知中国战事吃紧，日本仔厉害，追着政府军打，直追得后者躲入了西南山区，长期消耗下去，捐过去的款如泥牛入海，势必要无休止地去填。李词佣、陈少苏等救亡积极分子，自然也要跟着战争机器戆头戆面转，更不得闲，章公的念想落了空。不去游山水，山水不会寂寞，寂寞的只是人自己。章公有时一个人驾车去游，午前出发，至暗暝返回，行的都是亮堂堂马路、石路、泥路，到了无路之处也不强求，转头就走，一路上隔着车窗，山岭、别墅、水池、海滩等风景如走马灯的映画扑入眼，直把心眼也塞住，回来后睡上一觉，便全然忘了见过什么。有一次，路过极乐寺，念起公哲先生当年的话，将车停在山麓，咬咬牙，望着陡峭的石阶一级级爬上去。动这念不打紧，身体就遭了罪，那条残腿更是一根歪不横楞的硬棍，搅得他周身骨骼散架，喘如牛，汗如雨，不顾自己这般年纪，是托大了。听山泉淙淙，野果从贫瘠石缝中叉出来，也算是第一等拦路的魔鬼的诱惑。章公爬爬停停，终于是登上了寺门，更望见了寺后高耸的素白万佛宝塔。章公久不来寺，不只这新造的宝塔是新客，看周遭的旧景，也都生了隔阂，冷冷站在一旁，并不似熟人般作揖。在前殿谒过大士、天王，寻到花坞莲池中央那块大石头，见了康有为手书的几个字，那字其实混掺在诸多文人留下的字迹里，不太显目，跟公哲先生的记忆有差池，不知他当时如何眼中只有这四个字。字已褪色，覆上淡淡的霉，石头被风吹雨淋多年，又经许多游客以手磨光，十分圆滑。池中荷叶几层，最外围的已开始枯黄，似一团绿云被霞光侵染，章公凝神去看时，蟾蜍从池底跃出，吓一跳，见一双大肉腿弹在蓝色瓷砖砌的池围上，晃荡着走远了。可谓是丑得可爱。蟾蜍不比自己，更胜自己。章公在寺里待了半日，并不闻什么醍醐灌顶之语，住持外出了，倒偶遇了个长须和尚，皮肤似乌麻油浇淋过，皱纹隐没在其中，难显其老，自称是监院兼维那，因寺里人手不够，还得管一部分后院的香油钱。长须和尚南来不足二十年，他原是湖北籍，四十岁出家，也曾在福建流连过几处寺庙，都待不长，每次他一去，不是庙里要散伙，就是兵贼来劫，有人便传言灾劫是他招来的，连他自己心底都忐忑，疑与佛无缘。后来遇熟人引荐到此处，他早听闻虚云和尚在槟岛上岸时有"祥光直射鹤山"的说法，因此能在极乐寺落脚，是天赐的好狗运。他起初欢喜不已，以为这里是他最终的归宿了，勤勤恳恳做了十几年事，不闻世间变化，亦不觉自身衰老。直至近几年来，他才渐感力不从心，一年不如一年，如今寺里上交的管理费涨到七八百块包金，来讨债的愈多，捐香油的人愈少，养不起这诸多和尚，更不敢纳入新出家人。外人在外面世界受了苦，当这里是桃源，是避难地，是收容所，见出家人受施主供养，不缺吃用，想必是个肥缺，挤破头都进不来，却不知各有各的苦。长须和尚说，他今年七十有一了，既享不到清福，亦修不得五眼六通，整日被俗务缠身，便是背了一套沉重的枷锁，想脱都脱不掉。当初来极乐寺时，哪想到有今日！而章公费了半条命爬上山，可不是来听和尚念生意经，听到一半时，他已觉不耐烦，又不好意思打断。等和尚苦水吐尽时，寺后恰好敲起了暮钟，隆隆隆，一声振起了放生池边的群鸟，跟着炊烟的蓝色尾巴升空，二声呼唤山林间的虫豸猛兽归巢，巢中有幼崽嗷嗷待哺，三声叫霣灵避、清浊分、无常不至，这声就是来洗章公耳朵的，定定去听，胜过人声千百回。

你说，人人向往极乐，不吝想象出一个不存在之地，求而不得，不会徒增痛苦吗？

你以为众人不知极乐不存在？他们心底里清楚得很呢。

章公梦中自问自答。这些年来，见多了各种各样南来客，自然丧失了某种热情和期盼。大家都是一般平凡人，一般地怕穷怕灾，怕刀枪水火，如华盖街那帮修士修女每日对着圣画称颂的 immortality（不朽的声名）是不存在的。但有一日李词佣神神秘秘写信过来，邀章公去聚，说有贵客从大陆来，是一位四海闻名的大文豪，当初李词佣在上海时，屡次想见他一面都不得，文豪只是回信说，他最近正处于一场家庭风暴中，风暴来得也猛，劈破他发肤，敲钻他脑髓，左逼右夹，压得他只能坐定定在家中，喘气弯腰都不能，但南洋风土他向往已久，或许可以等这段时日过去，他再南下和李词佣在星马同游。这番，文豪便是来兑现诺言了。一月前他从福州偷渡出，转厦门海角再经香港到星洲，玩转了丘菽园寓公笔下的八景十社，将要动身来槟城。章公未识得这文豪是谁，但难得见李词佣做东一次，不由得不欢喜，到了约定日期，梳得头发金滑，穿上最钟爱的藏青色西装，提前登上酒楼去，对窗独酌了半个钟，弹烟灰满缸，神游七八分，李词佣等人才陆续来到。见帘子动时，进来一个瘦小蜡黄的男子，头小脸小，却贴了大耳大鼻，颧骨隆起如山岳，遮得一双芝麻细眼都看不见。他上身穿一件长袖白恤衫，下身着白斜纹布西裤，打一条暗红色的领带，看起来老旧朴素。李词佣跟在他身后不离，想必是那文豪无疑了。只不过跟想象中不太一样，文豪不似文豪，似公司里写文书写得挠破猴腮的小职员，跟李词佣站在一起，也算是交相辉映。陈少苏、管震民、卢梓山等人起身招呼："是郁先生到了。"郁先生名达夫，章公听得耳熟，不记得在哪里见闻过。郁先生很亲切，笑起来纹路条条从下巴裂至脸颊，却是有节制的，一分不多一分不少。其他人或也惊讶，面前这位浪漫主义的名作家，现实里的气质和作品相差竟是如此大。而郁先生似乎见惯了惊讶，他自带了绍兴黄酒过来，斟向众人，三巡后，借几分酒意自嘲起来，还开起了英国作家D.H.劳伦斯的玩笑。郁先生说，有那么些吃闲饭没事做的评论家，列举了作品的种种相似点，非说我是东方的劳伦斯，我怎么敢当！其貌不扬这点倒是像的。太太小姐都爱读劳伦斯，默想他是施洗约翰的美貌，却不知若见了真人，便成了噩梦中的狮子，夜夜要将她们吓醒咧！郁先生不过是在报纸上见过劳伦斯的一张相，便留下深刻印象，众人未见过，听他一讲，倒想起了椰脚街广福宫观音亭的两只成精的石狮，那石狮形象也夸张，目瞪嘴裂，长长的鬣毛纠缠作一团，湿浸浸状，又闻起来有咸腥味，便有人讲亲眼见它们半夜在旧关角草地上追逐打闹，之后又跳入海里游泳所致。传言越传越广，越传越真，槟城人都当那石狮是活狮了。郁先生不知这一层，他这次来，就是要好好当一回土著，肚内早盘了几百个问题，要个个抖出来，看透槟城这个结在南洋海上的奇葩异果，才不辜负这问关五万里的跋涉。李词佣问郁先生近来的写作与阅读，郁先生答，哪有写，诌几句古诗词和小品文还得，正襟危坐去写文章，那是稀罕事。小说他是不敢动的，也有快十年了，不是不想写，而是烂葫芦里没酒，写不出；再说国内这腌攒环境，怎么写？待下去只会越写越烂，他跳出来，为的是给写作闹出一番新天地。两年前他就读过李词佣赠的《椰阴散忆》，爱不释手，生出许多对南洋的遐想，这次途中也带了书来，再读，仍然如梦幻一般，因身在梦地，再读李词佣的文句，竟恍然生出双重梦境，一重套一重，绮丽迷目，令他流连其中，又怕那梦境破了，堕回这污浊的现实中来。李词佣不料他提起自己，受宠若惊，脸上腾起红云，平时的巧舌隐遁了，讷讷说：当时在上海无聊，都是写着玩的，郁先生过奖了。

郁先生仍乘兴讲下去，前天夜里他坐联邦铁路的火车，厢内又闷又热，门窗都闭着，灯亮堂堂了一宿，他睡不着，正好起身翻书，读到《榴梿》那章，车内脚臭汗臭都转化了那异香，自己仿似也成了个大榴梿，披金黄的尖刺甲胄，顺着车轮和铁轨间的震动滚来滚去。不知过了多久，忽地三五下猛跳，夹着小孩和妇人的哭声，衣服、鞋子、水杯乱飞，随后一声震天刺刺响，火车厢飞出铁轨，陷落在草地里，他也跟着滚了一跤，巨痛。等他起身爬起来，找到门跑出去，远处天边的玻璃蓝映出一道金盘形状的微曦，正罩在他脸上，他便迎着那个方向走。实际上他的腿脚已经没有知觉了，只顾走，七跌八撞，直至日头从香蕉林的浓雾中跳出来，光芒刺痛了他的双目，也重新刺痛了肢体。回过神来，自己并未走远，或是绕了一大圈后回到原地，一伙马来人和印度人光脚蹲在石头堆上发抖，还有的围在断裂的枕木和翻覆的车厢周围议论着什么。他凑近去看，见一个四十岁左右年纪的人蜷缩着，失陷在车门和座位挤成的V形空间里，脸上没有血色，发干齿冷。这人已死了。他心底里惋惜一条生命的消逝。再多看几眼，不对劲，这人竟然有几分像自己。越看越像。过得片刻，日光移过来，正射在尸身之上，熠熠发起光，流转交汇，如同穿上一层梦的七彩衣，又像是尸身内在肌理的颜色，竟是无比的静美呢。

郁先生说，他四十三岁的生命已死在途中了，现如今说话的，还是个未满月的新生命。这话不假，在这之后，甚至是当天夜里在旅店里住下后，他突然就有了小说的灵感，原本已经枯竭了的，以为再也不能写了，此时他踌躇满志，势必要写出比《迷羊》《沉沦》《银灰色的死》好得多得多的作品。在座的绝大多数都是文人，听他这番话，都知他所指，触发了同类的感伤，纷纷表示支持。卢梓山恭维说，郁先生要为南洋立传，那是南洋的光彩呀，拓殖几百年，别人当这里全都是吃毛皮的人，终于也有一部大雅了。只有章公莫出声，手动口动，嚼着盘里的槟榔仔，斜睨着郁先生。李词佣笑："章公醉了！章公醉了！"郁先生也瞧章公，瞧出那双红粉粉醉眼里闪过的锋芒，自觉得惊奇，又几分心虚；听李词佣讲起他们两人从海盗巢穴逃生的经历，拍桌大呼精彩。章公见全席人焦点都在自己身上，更不便说话，两日后同陈李两人陪郁先生游玩时，这才和郁先生聊开，从家世、经历、美食美景聊到世界局势，竟有一箩筐的话可讲。郁先生的见识自然是广的，却谈不上多深，笼在一层童心的浪漫之下，加上章公比他年长近十岁，聊得多了，章公便有种和自家胞弟讲话的感觉。郁先生说过，他写小品文见报时，常有人批评他"国难当头，还溺于游山玩水"，可他忍不住呀。远远见升旗山葱茏俊秀可爱，未等上去，恨不得生出大手将它抚摸千百遍。上了缆车，一路上岩石、溪泉、花木、别墅不胜数，人在半空，含着海天映融在一起的冷光，看什么都是朦胧的，似生了一层软绵绵、薄松松的白雾，便欢喜地舞起手足来，以为自己到了天上。更不提到了极乐寺，见佛说佛话，见僧说僧话，见了救生池里的金鱼，也嘀嘀咕咕打鱼语。郁先生乐，章公三人更乐，仿佛回到旧日尽情游玩的时光。李词佣笑道："跟鱼打哑谜，不如去寺里求几支签，签上写的都是明白话，而且灵验得很，远近都闻名呢！"便唆使郁先生去偏殿，交了签钱，听老和尚趸趸念念，落下几句签诗来。

先求前程，签诗说的是：

　　草庐三顾恩难报，今日相逢喜十分，恰似旱天俄得雨，筹谋鼎足定乾坤。

再求家事：

　　一山如画对晴江，门里团圆事事双，谁料半途分析去，空怅无语对银缸。

见了后一支签，郁先生拧紧眉头，怀上了心事。李词佣察言观色，想起郁先生曾在信中提及的家庭风暴，少不得安慰几句。郁先生却说，那已是远逝的春水，无可挽回的事，计较也无用。事发之时，他就预料到了结局。他决意南下，还有一层目的，是想换个环境，看看能否挽救家庭和婚姻，而这些时日过去，他和妻子之间若还存有一点希冀，也全都幻灭了。章公那日在饭席上，已将郁先生心里的暗疾看透，这时听郁先生自己讲出来，更显落魄似撺尾狗，茫茫天地无一处可钻。家毁国破，在郁先生那里，虽然缘由不同，却也是浑然一体；无论有多少漂亮话在前，其实是逃难来了。章公更发现，他自己在这话题中插不了嘴，于家于国，他都是局外人。先前和郁先生聊，郁先生得知他未成家，不禁拍手赞赏，说："妙啊，大智慧！都说家庭是爱情的坟墓，何止是爱情，那是一口无底洞，将整个人都搭进去了。"章公当时没应声，郁先生是没料到未成家也有未成家的难，社会难容异人怪胎，两边都是无底洞，哪有什么大智慧，苟活到这个年纪，就算是有小智慧了。章公这条命便是由这粉末状的粒粒小智慧构成，是他在商潮中摸爬滚打出来的，但郁先生及李陈这类文人未必看得起。郁先生性子率真，又难决断，并不会选边站；四人在一处时，论及时事，避不了要谈日本国，郁先生对此感情微妙，宛如人到中年时回顾他莽撞痴傻的少年，总带有一种不切实际的念想。他们去瀑布花园游玩，那里是上个世纪英国人收集热带植物的天堂，随处可见钻入天际的槟榔、棕榈，乱窜的松鼠和猕猴，有长着老虎胡须和形如蝙蝠的紫黑色大苞片的花卉，名字是辣人的"魔鬼花"，更有一种炮弹树，其硕大的白色果实和橘红花朵同生，密密麻麻挂满整个树干。郁先生一路看下来，嘴巴就没合拢过，这新鲜感是久违了，想起在日本度过的十年，大约跟此刻类似。那时他常和同学四处闲逛，清晨出门，中午饿了就吃随身携带的团子，累了歇息时，有同行者吟诵起和歌，悠扬清远，声音不似人发出，俨然就是自然万籁中的一籁。京都的岚山丸山、东京的飞鸟上野都玩遍，有时流连一日都不够，晚灯盏盏亮起后，跑去祗园看夜樱，逢七月风俗时节，还会撞见都踊表演，舞者个个化装涂脸，扮成山里的白面鬼一般，他也跟着人群在大街上乱蹦乱跳，通宵达旦。彼时不比此刻，还有使不完的精力，厚着脸皮当一个浑蛋，也没人敢说什么。郁先生不讳言当年犯下的糊涂账，他将小说当日记写，逃学、狎妓、赌博，他都做过，甚至为躲债，狗洞都钻了，后来是向一个相熟的妓女借钱才还了债。郁先生说，他灵魂未必有妓女高贵，二十多年前他就清楚这一点，他将自己视作一个下贱之人，常自惭形秽，因而无暇对他人有什么高要求。郁先生这些话放在心头足够，但要明白地讲出来，未免令人不喜。尤其在日本问题上，他轻飘飘避开；于救亡方面，李陈两人则认为他未全力付出，尽其身份之责任。相处几日后，他们竟吵了一架，以至于郁先生坐船离槟之日，两人皆不来，只章公拖着跛脚一拐一拐来送。章公心里苦笑：这便是文人作风了。郁先生也懊悔，拎牢牢章公的手，细声嘱咐说是他看法和表达错了，愿章公转达给李陈二位，他返星洲后，就是要拿出十二分努力办报，以笔杆缠斗倭寇，至死而已。说完掉头入船，他那位著名的妻子跟他隔得远远的，怀抱一女婴，手拖两个团仔，也上了船。章公惊觉她的身形竟是如此高大。

蛾摩拉

一九四一年底，日本兵在吉兰丹的海滩登陆，闪击英军，另有部队从暹罗方向南下，几路打过来，摧枯拉朽。自欧战以来，英国治下的马来亚早已是南洋上无根的浮萍，军队懒散腐败惯了，强敌一来，毫无抵抗之力。英军还在沼泽和丛林中艰难拔出沉甸甸的腿脚时，日本兵骑着一万多辆脚踏车，摘了响铃，去了车胎，寒光闪闪的铁轮飞驰过泥路，悄无声息赶在英军前面，完成了合围。英国人怎么也不敢相信自己的眼睛，以为撞了鬼，只能乖乖举手投降。至于槟岛，战争发生之初，就有一百多架日本飞机日日来轰炸，正是西人经书上所讲的"天降硫磺与火"，将城中变成火海炼狱。据说第一架轰炸机飞来时，城中不知事的团仔还拍手指天大笑，当它是一只怪模怪样的大草蜢。飞机先往蛇庙的方向掷下炸弹，结果炸弹无一发命中庙堂，消息传开后，民众大喜，存了侥幸心理，认为是神明发威，将炸弹弹开了。许多人便计划往神庙的方向躲。后来飞机来多了，神庙也挡不住，终于中弹，焦毁比普通房屋更甚，众人才真正恐慌起来，乱哄哄向四面八方逃。有被炸死的、相互踩踏死的、火烧死的、坠楼死的、被重物压死的。十二月十日六枚从天而降的炸弹击中圣乔治市教堂，其中一枚正中尖顶，将那半吨重的圆锥削下来，在半空划过一道弧，栽到草坪上并向前滚到路边才停下，碾死了三位牧师和十六个行人。米行被抢劫一空，老板被人刺死在店里。逃命时，四个孕妇被推搡跌入水沟，八条命做了垃儓发臭的水鬼。牛干冬、椰脚街、新街、港仔墘等华人聚居处尽成废墟。最惨是社尾万山及沓田仔一带，那里人做车夫的多，四处停靠了许多人力车，人力车的车厢重，自然朝下，两管车把手指天，日本人在空中望见了，以为是高射炮，连环投下炸弹，炸得那里没一寸土是好的。人的残肢都挂在电线杆和烧成炭黑的树枝上。轰炸到第五日，民众才发现槟城驻守的英军不知何时已悄悄乘船撤离，更陷入绝望，但求死得全尸便是福。章公每日沐浴穿戴整齐，拜了祖先后，咬紧牙关坐在厅堂，听飞机在头顶轰鸣，嘭嘭叭叭一阵，心也跟着噗噗跳，如果心会讲话，它讲的必然是：这一日终于来了！我早预料到它会来！可怜阿母七十几岁，病恹恹，眼睁不开，也得跟着受罪。伙夫老冯和女佣阿敏则躲在床底，大气不敢出一口，更别提出门买菜了。四人在厝内饿得眼花花，到第七日，敌机稍歇，胞弟派跑腿的阿令来送米送菜，顺便传来口信，说几大商会帮派的大兄约各界名士到大伯公庙聚会，商议自救方法。章公和胞弟自是非去不可。其实各位大兄早想好了千百种求生方法，无非是投降一路，如何投得更快、更显目，更能令敌人相信而已。众人你一句我一句，有说在窗户和门前插日本旗和白旗的，有说在天台写日文大字的，但要落实去做，犹犹豫豫，不敢领这第一枪。顾忌的是英政府算账，更怕遭他人鄙夷。章公却跳出来，说，他何怕之有，不过是光明正大保命，既然谁都带不了这个头，就让他来好了，当即领了日本旗回去，插满门窗。白旗中央红彤彤肉丸，随风招展，覆盖上下，大厝身上仿佛顿时长了十几个血洞。其他人也随之纷纷效仿。

　　城内的日本犯人和日侨借机逃出城，向日军通报消息，更有一名在槟城当牙医的日本人井上岚，将家中储存的白色棉布剪成长条，拼贴成大字"入城"，竖在柑仔园的大草场上。两日后，日本军队总算大摇大摆进了城来，得意的军靴踏在柏油路上哒哒哒格外响。日光猛烈，烘得路边来不及清理的死者腐烂发臭，对这群外来者而言，就如嗅到了花香。新上任的日本知事在广播中公开讲话，说，不打仗得来的胜利是光荣的胜利。面皮要多厚才能讲出这种话。之后搞大游行，设维持治安会，开游乐场，于华人街巷放李香兰的电影《支那之夜》，令广播夜夜吟唱《夜来香》《何日君再来》《苏州小夜曲》等，将槟城翻作小上海，隔着万里共一片婵娟了。暗地里却是算另一笔账，大搞肃清。有巡逻小队常闯入华人家庭，命主人脱得赤条条蹲在角落，在家中翻箱倒柜一番，有发现什么可疑的，便将人带走审问，若没证据的，看主人不顺眼，也会一刺刀刺死。那些未在门窗插旗的家庭最遭殃。章公虽是第一个插旗的，还算无事，听了各路消息，心里也惶惶，记挂朋友们的安危，尤其是李词佣。本想去找他，此时家中阿母却病重，章公陪在床前，实在无暇他顾。自槟城陷落以来，阿母每日在床上悲号叫痛，似有人用铁锥凿穿她身体，一时蜷曲四肢，一时伸张，一时挣扎要坐起，一时翻身俯卧，但痛感不减半分。请医生来看，都摇头，说大限将至，只开药止痛而已。虽这么说，阿母这口气吊了好久，就是不死，徒增折磨，章公亲力亲为照顾，盥洗她那副被磨蚀见骨的躯体，常觉得不忍，默默叹息，人与人之间如此不同，有时命如草芥，有时想死却不能。阿母神智已失，大多数时候讲不出话，只有四五点钟近天光时会讲，她亲眼看见章父这个短命鬼神采奕奕、手拎鲜花从外面走进来，亲切问她家中情况，仿佛几十年的隔阂从未有过，她还见过几个穿娘惹衫戴珠子的女人在檐下走动，转过身时，有的却没有脸，有的长得跟鹿一样，有的从腋下到大腿都是绿色的瀡糊糜和污水。章公都记在心里，这些话无法向外人道，就是胞弟来探望，章公也不跟他讲。两人相顾阿母，只默默垂泪。有一次章公出门为母讨药，在墟集见一人蹲在路边，手里捧着一碗叻沙，食得有味，头、手、身齐动，要浸入汤里去，宛如一只偷食的猴山仔，仔细一看，不是李词佣又是谁？章公又惊又喜，赶忙上前打招呼。只见那张从汤碗里捞起来的脸面，黄蜡蜡，一双熟悉的微凸兔仔眼内红丝遍布，似将滴出血来。

李词佣见了章公，也戆了片刻，章公拉他到一旁，互叙近况。听他讲话喉咙喑哑，言语迟滞，跟往日已大不同。李词佣未多讲自己的生活，讲的是所见的日本人的兽行，杀人性命淫人妇女，讲得胸中怒火恨火一齐发，烘头面耳朵红赤。更可恨是华人中有去做奸的，暗地里向日本人告发，他所在的钟灵中学当初本就是救亡活动的大本营，上头听到风声，先把他在内的师生遣散回家了。他和妻子商量，暂往牛汝莪的亲戚家中藏身。那里离乱葬岗不远，正是日本人半夜里拖埋市民尸体的地方，凝结的尸气传来，比南风还要沉郁稠腥，令他食不下饭，辗转难眠。谈起各位朋友状况，除陈少苏、卢梓山还在城里，其他人都逃出来了，老管还逃到了浮罗山背，跟田蛤仔和猫头鸟作伴。大家心里都有准备，万一未来不幸被捕，就把舌头咬断吞进肚里，就算受不住刑，脑里一时糊涂了，也招不出什么来。好在朋友们都没有失节，他李词佣又怎会落后他人，李词佣就是李词佣，到死了还是本来的李词佣。说到尾，李词佣突然转头向章公，冒出一句：听说你在家中插了日本旗，是不是？

章公一惊，盯着李词佣憔悴的面容，竟无言以对。脑海里忽而闪过当年在海盗岛上跟李词佣见的第一面，李词佣懒洋洋躺在沙滩上跟他说过的那些话。如今这张面孔距离那时候竟是如此遥远。李词佣见他不答，脚往地上一蹬，扭身走远了。章公未料到这是他们的最后一面。料想李词佣手上不余裕，要救济他都来不及。到第二年开春，阿母终于把最后一口气挨过去，章公和胞弟匆匆办完丧事，歹事也不甘落后，先是日本人勒令商会缴纳一千万奉纳金，按人头摊，每人也要缴二十万，之后又有纠察队来公司里查账。更听闻常光顾的酒楼老板夫妇去做了告密者，以黑布蒙面，领着宪兵队到钟灵中学，一通搜刮查证，刨出地皮三尺，图书馆、科学馆、校董室、办公室、课室、宿舍全不能幸免，量三十年积贮，都交付了一把火，直把那金银不换的典籍珍本喂饱祖先鬼神，点点飞灰，搅翻火光日光磷光幽光，是异世界来客的桀桀笑；铜做的地球仪在火镬中滚来滚去，免不了化作一摊泥，苏禄海底的鹦鹉螺化石、白垩纪的龙骨、雨林里成精的树根，纷纷惊醒过来，扭头摆尾，声声呻吟并寸寸颤抖；更烧得李白头焦唇乌眉金须赤，莎士比亚颠三倒四在房梁间横跳。教师及学生都押在操场上，双膝跪地，面朝天，汗汁目屎澜水流，供蒙面人一一指认过去，最终六七十人给拖走，关在四坎店的监狱里。章公认识的就有十几人。柯同梧入狱后，即被倒吊起来鞭笞审问，五日下来全身开花，人只剩一口气，又不让速死，日本人硬逼他写供词，他便写了一封遗书自辩，次日趁看守不备，从楼上跳下，当时未立即死，双腿摔成了两团紫腊肉，在牢里蠕爬了数日才断气。管亮工亦遭鞭刑，起初他绝食抗议，只惹来狱卒笑话，笑他戆人一个，分不清眼前形势；而鞭刑只越来越重，有次日本兵鞭击他后脑，他前扑倒地，折断了鼻骨，又被扭头发拖起来，击中正脸，抽回皮鞭时，整颗眼球也随之被抽出，双目尽瞎，在黑暗混沌中度过人生最后的钟头，据说他死时，脚骨因饥饿水肿似萝卜头大。王富春、王楚、刘焯珠死于痢疾。饶万辜被倒吊了五日后死去，眼口鼻都被腹中的酸黄水涂污，尸身上都是褐紫色的瘢痕。朱其裕向日本人吐口水，遭虐打，牙齿都被拔掉，手脚都折断，再吊起来饿死。林振耀不堪忍受灌水和鞭打，在牢里撞墙而死。李慧民也想自杀，没勇气撞墙，便故意惹怒日本人，被刺刀刺穿肺部而死。查德升全身受烙铁几十处，皮肉焦烂发臭，气味充盈整个审讯室，日本人闻了也作呕，后来不得已赶他回牢房，同室的狱友嫌他臭，不给他水喝，令他活活渴死。李词佣虽逃到了牛汝莪，未在中学操场被检举，几日后进城欲营救同侪，却被识破，也锁进了牢里，先灌水三桶，再吊起来打，后用烙铁在腹背上刻字，他那副身板怎受得住这样折磨，几顿下来，偷偷死在半夜，临天光被人发现，满嘴血迹，也有说是咬舌死的。只有卢梓山撑到了赦令发布，捡回条命，但也青盲了一只眼，出监狱坐三轮车回家，路上日光炙烤着皮肤，感到刺痛，八两重的身躯影子随车颠簸，悠悠浮起，轻轻落下，被风灌满五脏六腑七窍，才信自己活回了人间。半路望见了大伯公庙，叫停车，下车蜿蜒爬到庙前，见金身彩漆庄严，大哭："我生平诚心奉神，神何降罪与我？"

　　友人噩耗不断传来，章公不但相救无门，连伤悲的时间都来不及。只尽量托人将各人尸体认领出来，有成干尸的，有残破不全的，都用白布裹住，一一送到家人处收殓。送尸人是在大门楼做糕点的林阿琅，同情章公，悄悄告诉他，后来钟灵中学又经几次检举，当年救亡捐款的花名册落在了日本人手里，上面就有章公名字，恐怕不久后就查过来。章公惊死，听完眼球就突突跳动，当日回去和胞弟商量，打算即刻逃到浮罗山背，躲过这阵风头再说。胞弟说，槟岛不过就手指纹大小，都给日本兵的靴子踏遍了，哪还有什么可躲的地方？不如把这祖厝家业全舍弃了，坐船往北过暹罗去，放眼南洋诸岛，也就那里还算太平。不知明日时局如何变，真说起来，太平都是一时的。章公忽想起当初被劫持到岛上，女贼首谭大嫂对他讲过的一番话。那小岛固然是避世的桃源，却不知在日军无孔不入的侵掠下，还安在否？如今要去寻那座岛，也是虚无缥缈不可寻了。别无办法，只有按胞弟的主意去做，匆匆收拾行李细软，结清公司账目，备好船舶即行。李词佣下葬日，只有他遗孀和一个六十多岁老婆仔来送，好不凄凉。到半途，陈少苏才扶着卢梓山一步步上山来，腰间还挂着几只酒瓶，料想他们路上抵不过瘾，偷尝了几口，衫裤上都沾惹了酒香。两人带来的酒都是李词佣所爱，一一倾倒在坟墓前，入泥即化，似李词佣在地下张嘴巴接了。陈少苏作了几首诗词，写在纸上，也在墓前念了，再烧化。有几句章公是听得明明白白的，比如"问君在网罗，何由生羽翼"，再如"云将事远征，烟波浩无极"，只觉得哀伤填满胸臆，到尽头剩下一片空虚，向上凝结成几滴细泪，只在眼眶里打转，就是流不出来。陈卢两人见章公，也不过默然相对，心里有千万句，掏出来一句都难。章公提起自己坐船离槟的计划，劝他们加入，卢梓山应承下来，陈少苏却不愿走，说，他哪里都不去，年纪大了，身体有恙，怕也活不了多久，既然故土回不去，做个槟岛鬼也不错。章公知道不能强求，便只与卢梓山约好时间在码头等待，然后跟陈少苏挥泪作别。去也匆匆，顾不上通知所有友人故交，四姑和阿容亦断了联系。两日后凌晨趁夜雾未散时出发。离家之前，章公先点九炷香，烧金纸，拜了诸先人牌位，请他们下坛来跟随；再点三炷香，朝四面拜，拜的是祖厝内游荡的无名鬼，是寄宿在庭院、屋梁、葵扇窗、照壁和罗马回廊上的妄念。在这座厝里生活几十年，要告别不容易，依依不舍，叹几十口气，这才离祖厝而去，同胞弟和卢梓山等人会合。一行人混在公司的商船中，护照证件都查过，并未引起什么差池，听一声汽笛长号，船身微微颤，已是顺利离岸。关仔角仍包裹在一片夜色之中，偶有几抹探出头的建筑尖顶，朦朦胧胧，似面包碎片上流动的蚂蚁，微白的长堤环绕着草场，向两头不可见的海面延伸，最后被礁石、树林和停泊的舢板阻断。风打潮水，远远送向岸边，而身前这片海越来越清晰。眼前虽已没有了岛的形貌，章公一颗心悬在海上，左右翻飞，直至午后仍未停止。

　　船上有弹月琴的陈姓老夫妇，以前是教书的，退休后常在堤边唱些小调，章公每次经过，都将怀里的大银元投入壶中，这次听甲板上有琴声，循声而去，竟然认出了彼此。谁承想当年的陌路人，今日做了同舟客。章公心血来潮，问老夫妇识不识弹《客途秋恨》。老夫妇答，粤曲南音他们不常演，只能勉强装弄几句。于是颤颤巍巍拨弦，弹起那"凉风有信，秋月无边"的曲调，虽远远比不上在林家听盲眼师娘唱的那么动听，此时此地却最是应景。章公听得痴了，又想起林陈源的死，他当年走得匆忙，现在看来也未必不是一种福气。享尽了前半生的快活，不用受后半生的苦，亦不用睁眼看着好好的乐土翻作焦土。正应了唱词中七老八十的缪莲仙所说：

今日天各一方难见面，是以孤舟沉寂晚景凉天。
你睇斜阳照住嗰对双飞燕，睇我独倚蓬窗我就思悄然。
耳畔听得秋声桐叶落，又只见平桥衰柳锁寒烟。
睇我呢种情绪悲秋同宋慨玉，况且客途嚟抱恨你话对乜谁言，即系：
旧约难如潮有信，新愁深似海无边。

（原载 《收获》2024年第3期）

雪隐于雪

/孙频

1

自从父亲把他那只小船留给我之后,我也开始划着船回六极岛。六极岛是父亲的岛,准确地说,他是在这个岛上出生并长大的,上初中的时候才第一次离开这座小岛,去隔海相望的雷州半岛上学。

六极岛这个名字听起来颇有几分世外的自在与逍遥,这是个很小的岛,岛上原先有十几户人家,多以打鱼为生,打鱼的间歇再养点儿牛养点儿黑山羊。岛周边覆盖着一圈浓密的红树林,红树是一种会行走的树,它们会在岛上很自在地漫游,所以岛上最不缺的就是红树。里面栖息着物阜民熙的水鸟家族,人一走进红树林,就像踩到了早已埋伏在那里的鸟雷,会惊起极为壮观的水鸟烟花,烟花在整个小岛上空轰然绽放,像在庆祝什么盛大的节日。

每年台风驾临的时候,是岛上最热闹的时候,无论有没有翅膀,岛上的万物都在风中飞翔。椰子树被连根拔起飞到空中,椰子像人头一样在天上飞来飞去,既欢畅又恐怖。屋顶被揭下,像草帽一样飘到了空中;如果是草屋,那便整座屋子都飞了起来,用绳子拴着的牛也被吹到了空中,成了牛风筝。连岛上的垃圾筒都在到处飞翔,远远一看,还以为是来自太空的不明飞行物,这时候倘若有人敢打着伞在外面走,伞会变成热气球,带着人一起飞得无影无踪。如果飓风再彪悍一点，那估计整座小岛都要飞起来了。台风天里，岛上弥漫着一种轻盈而魔幻的气质，对于那些一直怀揣着飞行梦的人来说，这岛上倒不失为一个好去处。

近些年里，因为孩子们的上学问题或为了打工，岛上的岛民大部分都搬到大陆上去了，如今只剩下了两个老人。一个是一百多岁的老人，老伴和儿女都已经去世了，她还经常开着一辆破摩托车在岛上乱逛，并每日扛着锄头去自家地里照看番薯，或去海边采摘仙人掌的果实酿酒，酿出的酒是玫瑰色的，颜色漂亮得让人心生畏惧。据说她特别喜欢喝酒，一高兴就喝酒，不高兴也喝酒。

另一个是七十多岁的老渔民，人称"海龙王"。"海龙王"本姓杨，浑身被晒得漆黑如炭，顶着一头花白的自来卷。他在岛上建起了一座三层小洋楼，那洋楼摆在岛上十分突兀，像从大陆上借来的。据说在他家那座洋楼里，从一层到三层，所有的房间都是满的，但里面住的不是人，而是渔网，各种型号的渔网摞在一起，长在一起，居然也长成了一种巨型的海洋生物，占领了所有的房间，只要房门一拉，白色的渔网便倾泻而出，倒像是把海上的白云都捉来囚禁在了这里。"海龙王"晚上睡觉就直接睡在渔网上，连床都省了。几个子女和老伴都出岛生活了，就他一个人执意要留在岛上。

"海龙王"不是白当龙王的，他有捕鱼的绝技，能识得潮流肥瘦，会按月份挑选不同的网种，再到不同海域捕不同的鱼。一月的黄花鱼，二月的马友鱼，三月的马鲛鱼，四月的西刀鱼，五月的石斑鱼，至于像海狼、软唇、青衣、拉鱼、三牙、曹白、金鲳、白鳞、虎麻、九肚之类的鱼，他是不分季节的，除了六七月封海，几乎每天都能捕到。

还留在这个岛上的人，身上多少都有些孑遗物种的气息，古老而稀有，如海洋深处的蚌珠，散发着一种散淡的光华，拒绝进化，也无所谓时间和生死。初登上小岛的人会在这里获得一种很深的藏匿感，如藏在古老的红木家具里，深山中破败的寺庙里，海底的沉船里，或是觉得自己藏匿在宇宙中一颗孤独的星球上。我想，后来父亲之所以要频繁回到六极岛，大约也是为了这份藏匿感。

父亲曾告诉我，他发现，生活在这个岛上的每个人都是有秘密的，那个百岁老人的院子里种着十几棵木瓜树，终年挂满了果实，就是想请它们歇歇它们都不肯，一个劲地要把木瓜都掏出来。但那其实是一片墓地，每棵木瓜树下都埋葬着她一个过世的亲人。岛上的人多习惯海葬，她却喜欢树葬，可能是因为树木有它们自己的语言，开花时有花语，结果时有果语，而这些语言和人类的语言是可以相互翻译的。说到这里，父亲还强调了一句，其实很多语言都能翻译成人类的语言，像风语、云语、雷语。他还说，海龙王真正的秘密其实并不是能识得潮流的肥瘦，而是，他喜欢在台风天出去捕鱼，每次台风来的时候，他就躺在门口的吊床上，一边喝自己酿的番薯酒一边侧耳听着风声，一旦听到台风横南，便驾船出海。海上全是惊涛骇浪，船连躲都来不及，更不用说出海了，只有他的一叶扁舟在台风里跳舞。台风搅动着整个大海，鱼儿们也很恐惧，纷纷浮到海面上，所以海面上会有密密麻麻一层浮头鱼，此时捕鱼简直像拔萝卜一样过瘾，甚至有的鱼自己就跳到了船上。末了，父亲又补充了一句，不过他还有个更大的秘密，那就是，他不会游泳。

　　当时，父亲向我讲述这些的时候，俨然是一个云淡风轻的岛屿观光客。但他刚开始的时候并不是这样的，相反，作为一个好不容易从小岛逃到大陆上的岛民，他视小岛为一种可耻的出身，忙不迭地要与岛屿划清界限，绝口不提六极岛，甚至于很多年都没有回去过。师范毕业后，他在大陆最南端的小县城里做了一名小学语文老师，因为读师范的时候看过一些小说，加上性格内向，他迷上了文学，从此开始了一个漫长而枯燥的过程：写作，投稿，退稿，再写作，再投稿，再退稿。他什么都写，逮住什么写什么，诗歌、散文、小说，几十年如一日，每天晚上都把自己埋在台灯的灯光里，那长年累月的灯光像大雪一样把他埋在了书桌前的方寸之地，他几乎把自己坐成了一尊雕塑。从他身上我发现，即使是再滑稽的事情，只要做到极致，都会不由得生出一种庄重感来。

　　我童年最重要的记忆之一就是，父亲用自行车带着我，去邮局买花花绿绿的邮票。他把那些抄写整齐的投稿塞进信封里，贴足邮票，再用双手捧着，虔诚地塞进绿色的邮筒里；塞进去以后还不放心，还要守着那邮筒左看右看，半天不肯离去。我当时特别好奇，难道这些信封一贴上邮票，就能长出翅膀来飞走？过了一段时间，那些信封居然像鸟一样又飞回来了，是退稿。它们栖息在他的书桌上，他连拆都不拆，任由它们或坐或卧，任由它们慢慢布满灰尘结出蛛网。到后来，那些信封越堆越高，筑成了一座风雨飘摇的纸质城堡，他是那城堡里唯一的主人，执拗，阴森，遵循着由自己制定出的法典。

他偶尔也会发表一些作品，除了有两篇短篇小说发表在了省城的一家文学刊物上，其余的基本都发表在了县文联办的一本地方小刊物上。这并不影响当地的人们把他当成作家。在这个大陆最南端的小县城里，作家是一种稀有而奇异的物种，不像人，也不像神，介于人、神和怪物之间。他们更适合生活在传说里或是那些布满灰尘的纸质城堡里，生活在那些地方还能为他们保留几分神秘，而一旦现出真身，只会招来围观和百般失望。

从小到大，我对父亲其实一直缺少亲近感，我经常觉得，我并不是和一个真实的父亲生活在一起，而是和一件盛放着父亲的器皿在一起，一件人形的器皿。这器皿经常通过抽烟、喝浓茶、喝酒，还有写作这种古老的招魂仪式，试图召唤出那个真正的父亲。但多数时候都是失败的，那个真正的父亲藏匿在洞穴的最幽深之处，只在那么几个瞬间里会偶尔现身。

当他偶尔主动下厨做饭的时候，偶尔要带着我去春游去看木棉花和黄风铃的时候，我就知道，那个真正的父亲又被装他的器皿放出来了。但因为这关心和慈爱来得短暂而突兀，所以又隐隐渗透着一种可怖，难免让人心里觉得有些害怕。我知道他很快就又会回去，不出所料，他很快就又被那器皿收回去了，对家庭琐事和一切世俗生活重新表现出一种淡漠甚至厌恶，我自然也被包括在这种世俗生活里。

远离世俗生活使他周身呈现出一种类似于岛屿的气质，清冷孤绝，与他出生长大的那座小岛倒十分匹配。但人终究是一个能量的平衡体，能量在人体内部流转易形，如潮汐一般从简单流向丰盛，从最静处流向最野处，或从最冷处流向最热处。我亲眼见过父亲发表作品后的那种狂喜。他捧着自己好不容易变成铅字的作品，就像不认识一样，一个字一个字地抠出来看，生怕漏掉其中的任何一个字，包括标点符号。看完一遍还不行，还要背着人偷偷再看好几遍，有时候竟会把自己看得泪流满面。我还见过有杂志编辑给他打来电话的时候，他会立刻站起来，并谦卑地把腰弓下去，恨不得隔着电话向对方鞠躬，他不停地对着电话点头哈腰，连连称是，好像他面前摆了一座神龛，诚惶诚恐，不知道该如何才好。

他还特别喜欢藏匿在人群里，伪装成路人的样子在街头溜达，有时候为了让效果更加逼真，他还会在手里操件道具，比如几棵青菜或一条鱼，然后，边溜达边朝着那些来来往往的行人窥视。遇到长得稍有些特点的人，他还会像个特务一样，悄悄在人家身后跟踪一段时间，有一次还差点被人家打了，大概以为他是小偷之流。他也不在乎，赶紧蹲在路边，掏出揣在怀里的本子和笔，把刚才那个人的特征唰唰记在本子上，如速写一般。有时候，他在路上被熟人拦住说了几句话，然后熟人刚一转身，他就一把拔出口袋里的本子和笔，一字不落地把刚才两个人的对话记录下来。有时候早晨一起来，牙都不刷，他就拿过本子，忙把昨晚做的一个梦记录下来。那本子简直就是他的葵花宝典，他说记在本子上的都是他的小说素材，很珍贵，好像他要倚仗着这小本子练成一种绝世武功。我敢保证，如果他打算写一个监狱里的犯人，一定会想方设法先把自己送进监狱里做几年犯人。

在我小的时候，家里墙上挂着一块从学校拿回来的小黑板，上面总是用粉笔写满语言的残肢和碎片，有点像过年时候贴在门口的神符，又像从很深很远的梦境里度化过来的呓语，这都是父亲即兴写上去的。他常年用这些素材和灵感的碎片喂养着他的写作，就像喂养着一头威严庞大的梦貘，而那头梦貘，从未真正现身过。这让我从小对作家这个职业就有些畏惧，感觉作家们是一群拿着鹅毛笔，蘸着自己的血写字的人，写出来的书却和他们一样孤独，鲜有人问津。大约就是出于对写书人的怜悯和同情，我倒从小养成了看书的习惯，仿佛不看就对不起那些写书的人。时日一长，竟把父亲书房里的那些书慢慢都看完了，除了父亲的书。

但写作也曾为父亲带来了一些世俗的好处，比如，他后来从小学调到了机关，谋得了一份清闲而不失体面的工作，起码不必再吃粉笔灰了。但我认为父亲其实一直都是很清醒的，他清楚自己不过是个最边缘的小文人，并没有得到过多少真正的认可。这种长期的卑微感又反弹出一种强烈坚硬的愿望，那就是，他要出本书，像个真正的作家一样出本书，印上自己的名字，堂而皇之地摆在书店里被读者买走。他又不愿像县里的那些退休老干部一样，自费印个千把本书，垛在家里嫌占地方，做饭嫌不经烧，放厕所里又于心不忍，于是只好拼了命地送朋友送熟人，到了后来干脆像发传单一样,见人就送,对上前来乞讨的乞丐都要送一本,就这样还是送不出去。

父亲年纪渐渐大了之后,开始重回六极岛,六极岛因为几近于被岛民废弃,所以和大陆之间没有渡轮,他便买了只二手小船,并用最古典的方式,自己划船回六极岛。第一次回六极岛的时候,他主动把我也带上,就像小时候带我去春游一样,说是要回岛上采风。我倒很喜欢采风这两个字,风是无形之物,却要从无形之物中采到魂魄,其本质,和用文字喂养梦貘也没什么区别,看上去都是既徒劳又神秘。但我后来慢慢悟到,徒劳这件事,其实并没有它看起来那么虚缈,有时候它也具备信使的功能,从有形送到无形,或从无形送到有形,还或者,是从无形到更深的无形。但这绝非一种简单的传递,在这个过程中,一定有幽灵一样的东西已经悄然抵达了深处,不然父亲不会那么乐此不疲。

父亲愿意重回六极岛,我心里其实是暗暗替他高兴的,因为在我看来,他这么多年的努力就像《聊斋》中的画皮,一定要画出一张外皮来遮住自己的原形,无论如何逼真,这画皮始终都带有一种鬼魅感。后来,他愿意回到六极岛那个出生之地,说明岛民的身份在他身上重新复活了。

2

我和父亲划着船去往六极岛的那天,天气极好,无风无浪,海面在阳光下现出丝绸般的光泽,大团大团的云朵在天空中游荡的时候它们的影子会落在大海上,海面上便长出一道道青色的斑纹,明暗相间,好似一匹巨大的斑马正栖息在大海上。云朵路过之后,那匹巨大的斑马也随之悄无声息地沉入了海底。除了云,每一颗星辰都能在海面上找到自己的影子,其实不只是星辰,所有的天体,都可以像照镜子一样,在大海上找到自己的影子。远处有几只抛锚的船静静泊在海面上,它们过于沉静,看起来已经不大像船了,而是凝结在大海深处的船琥珀。

所有的船都是风的子嗣,可以随风去往五湖四海,所以,光是看着它们的影子,心里都会生出一种自在来。父亲买的这只船是那种古老的小木船,船木被海水浸泡得乌黑油亮,摸起来有骨骼的坚硬与枯肃。船舱很小,只容得下两个人。这样一只小船载着我们进入茫茫大海,立刻便感觉到了海上世界那种可怕的辽阔。在海上回望大陆,忽然发现,大陆其实不过就是大号的岛屿，从岛屿逃往大陆，本质上不过是从一座岛去往另一座岛，只是岛的型号不同。我心里有些明白了，父亲愿意重回六极岛，大约还是因为最终悟到了什么。

上岛之后，我们先是回去看了看老屋。爷爷奶奶都已过世多年，无人陪伴的房屋特别容易朽坏，会跟随亡人一起凋零，而院子里的各种树木则代替亡灵成了主人，长出了极为壮硕肥厚的树荫，像一种有生命的建筑物。树荫一层一层地筑在了一起，直至夯筑成了一种阴沉的黑色，地上竟见不到半寸阳光，因此滋生出厚厚的青苔。波罗蜜树上孤独地挂着几个波罗蜜，大约很久没有见到人的缘故，它很是喜悦，赶紧给我们扔下来一只熟透的波罗蜜，我俩便坐在树下把那只波罗蜜杀了吃。

吃完波罗蜜，我们沿着小岛转了一圈。父亲也不怎么和我说话，只是像个初上岛的游客一样，目光天真又好奇，四处东张西望，对着一只飞翔的水鸟一看就是半天，对着一棵海边的仙人掌也是一看半天，好像从来没有见过它们。后来，我们坐在了沙滩上，我学他的样子，长久地眺望着远处的那些船影。我心想，大概这就是采风吧，作家这种人，倒是与蜜蜂与蝴蝶有些类似，采花蜜、采露水、采风，都是靠吸食天地间的一点精魂活着的。

此后父亲便隔三岔五独自划船回六极岛。后来他把老屋修缮了一番，添置了几件家具，把院子里长得密密匝匝的树砍掉几棵，便开始在老屋里过夜。再后来，他干脆几个月几个月地住在六极岛上，只在过年过节的时候才划着船回来，和我们短暂团聚。因为是划着船回来的，所以每次看到他的时候，我都觉得他像个海上浪子一样，刚刚乘一叶扁舟从世界尽头赶回来，这倒为那个卑微执拗的父亲增添了几分飘逸色彩。母亲知道他在岛上写作，觉得那岛上倒是清净，便也不多管他，只由着他去。他即使过年回家住几天，也大部分时间都在书房里埋头写作，我问他又在写什么，他说在写一部和六极岛有关的小说。

就这么过了两年，父亲的长篇小说写完了，这次，居然有一家出版社给他出版了，书名叫《岛》，算是了结了他此生一个最大的心愿。奇怪的是，父亲出版这本书的时候，居然用了一个陌生的笔名，叫慕连，而他之前发表作品用的都是自己的本名张水妙。

我不解地问他，好不容易出本书，怎么用了这么一个名字？他似乎并不想多加辩解，只敷衍道，写了一辈子都没用过笔名，也是个遗憾，作家总要有个自己的笔名嘛。我本想说，不怕别人不知道是你写的？转念一想，本来就没几个人知道张水妙这个名字。但心里总归觉得有些奇怪，后来又经过一番琢磨，我得出的结论是，一辈子作为边缘小文人的父亲，可能最后还是想明白了，与其殚精竭虑地想让别人知道自己的名字，还不如把自己的名字彻底隐去，名字一旦隐去，便连拥有名字的那个人也一起隐去了，大隐于文字，类似归于广漠无极之处，倒有点接近于佛家的虚空和慈悲了，简直不像那个我熟悉的父亲了。要知道，父亲曾因为别人写错了他的名字而和别人大吵一架，当年做小学老师的时候，他还把自己写的那些诗歌刻成油印小册子，给班上的每个学生发了一本，强迫学生们去背他的那些诗。我记得很清楚，那小册子封面上有"张水妙诗集"几个大字，是用仿宋体刻出来的，还刻了一朵粗糙的浪花和两只海鸥。

这本书出版不到一年，父亲便因肝癌去世了。他在病重之后才肯告诉我，我去六极岛把他接了回来，去医院一检查，已是肝癌晚期。想到我们虽父子一场，这么多年在一起的时间却少得可怜，便决定陪他走完这生命的最后一程，再加上在公司干得也很不顺心，便干脆辞了职，专心在家陪伴父亲。他唯一的一本书出版之后，并没有到处送人，只把它郑重地摆在书架上，每日都会与它静静对视片刻，不管上面有没有灰尘，都会轻轻掸一掸。有时候他也会把书取下来，躺在阳光里，把书打开认真读几页，就像读别人的书一样。几轮化疗之后，他身体日益羸弱，连床都起不来了，只能终日躺着，他便把书压在自己的枕头下面，不时地偷偷拿出来翻上一页，再放回到枕头下面，满足地枕上去，好像不如此谨慎看管，这本书就会自己跑掉。偶尔和我聊天的时候，他总是会提起北方的雪，这是他的另一个心愿，就是能去北方看一场真正的雪。我知道这个心愿已经无法实现了，但还是宽慰他，等你病好了就带你去北方看雪。他并不去揭穿我，反而附和道，听说去北方看雪得穿那种很厚的羽绒服，还得穿大棉鞋，可我既没有羽绒服也没有棉鞋。我说，去买呗。他说，为了看雪还得买件羽绒服，穿一次就不穿了，可惜不可惜？我强笑道，有什么可惜的。

我从小习惯了从身后静静观察父亲，看到的多是一个一生都没有得到什么尊严，却用尽全力在打捞一点尊严的父亲，有时候我会从内心深处怜悯他，却又有点看不起他。唯独去世前的父亲，却让我从心底对他多少有了一点敬意，一个一生都在渴望一点小名声的人，到末了却连自己的名字都不要了。我觉得父亲终于有点像个作家的样子了。

父亲去世之后，我按照他的遗嘱，把他带回六极岛安葬。他的那只小木船暂时变成了灵船，驮着他的尸体向六极岛漂去，驮着尸体的小船散发着一种诡异的安静，让我想起了小时候在海边见过的水棺材。那年，一口水棺材像小船一样泊在了岸边，是从东南亚那边乘季风一路漂过来的，安静到了不祥的地步。我们小孩子都在沙滩上站着围观那水棺材，却没人敢靠前一步。最后，有个老渔民走出来，先是对着水棺材喃喃抚慰了一番，然后把它又送回了大海，它便重新开始了在海上的流浪，谁也不知道它到底会去往哪里。

我把父亲葬在老屋后面一棵巨大的龙眼树下。父亲说得不错，还是树葬好。因为亡人可以把魂魄寄宿在树上，从此他也就变成了树的一部分，变成树语的持有者（多懂一门语言也挺好），在刮风的时候，下雨的时候，开花的时候，就是树语讲述的时刻，优美，隐秘。如此看来，岛上的那个百岁老人其实并没有旁人以为的那么孤单。

然后我独自在岛上转了一圈。发现岛上幽静极了，几乎看不到人影，有一种墓园里才有的沉寂与安详。那些废弃的老屋里住满了茂密的植物，墙上也被爬藤植物裹得严严实实的，猛一看见，还以为是从地里长出来的房屋形状的植物，毛茸茸的，倒给这岛上添了几分童话气息，就连草丛间那些倏忽而过的黑山羊，也带有几分幽灵的气质。果树上的果实缤纷而热闹，却无人来采摘，荔枝、波罗蜜、木瓜、杨桃、莲雾、粉蕉、释迦、芭乐，熟透的果实纷纷从枝头跳下，落入泥土中，争相发出沉闷柔软的叹息；有的被飞鸟啄食，露出了果肉和籽，却并无残骸感，仍是恬静安详。五颜六色的水果铺了一地，像一首植物的诗歌，又寂静又丰饶。被这世外的气息吸引，再加上父亲去世前我已经辞职，暂时也是闲人一个，所以便决定在岛上多住些时日。

在岛上闲逛了几日，我渐渐拼凑出了父亲在这岛上的种种日常。因为岛太小了，走几步就会掉进海里，在这里根本没有别的消遣，父亲必定像我一样，每日会花掉一段时间绕着岛散步，然后再花些时间来看云看星星。每天早晨，我都会看到，一团一团的胖云从岛上升起，缓缓踱到了天空中，但它们并不走远，就在你头顶上方来回溜达着，和岛上的那些黄牛一样，好像都是在岛上饲养的家畜，只不过黄牛在下边地上放牧，而它们则被放牧到天空中去了。这么一来，忽然想到，其实这些憨态可掬的白云也是这岛上的居民。不唯是白云，还有每晚从岛上升起的那轮巨大明月，岛上那棵独木成林的古榕树，还有那些美丽得惊人的水鸟，以及沙滩上躺着的那些老船的尸骸，它们其实都是岛上的居民，而且比岛上那几户人家要古老得多。从前以为父亲在这岛上一定很寂寞，这么闲逛了几日，我忽然意识到，这岛上其实并不孤寂，非但不孤寂，还暗藏着一种大陆上没有的生机和热闹。

  我有时会碰到海龙王出海打鱼，偶尔也会碰到骑着摩托车乱逛的老太太，那摩托车看上去随时都会散架，车把上还别了一支粉色的小风车。我会礼貌地和他们打招呼，他们一开始有些戒备，后来发现我每天都在岛上晃来晃去，便开始送我些东西，比如一条鱼或一个木瓜。我又很快发现，岛上除了百岁老人和海龙王，还住着几个外地人，居然有外地人愿意搬到一座孤岛上来住。

  我一天之内能和他们打好几个照面，关键是，在一个馒头大的小岛上，你不想碰到他们都不可能。有个三十多岁的女人，长得很漂亮，皮肤白皙，一看就不是本地人，这个女人居然也独自住在岛上。黄昏时分，我正坐在沙滩上看落日，远远看到一只船剪开雪白的浪花，朝着六极岛驶过来，在它经过的地方，大海重新缝合在了一起。我隐约看到，开船的是个女人，黑色的长发像火焰燃烧在风中。船靠码头之后，果然有个女人跳了下来，黑色火焰熄灭下去，一副墨镜遮住大半张脸，手里拎着蔬菜、鱼虾，还有两本书，看来是去对面的县城买东西去了。

  我迎着她走过去，打了个招呼，买东西去了？越小的岛上越是有一种密室效应，好像所有的人都挤在了同一个小房间里，从未见过的陌生人在岛上遇见了，却一点儿也不觉得陌生，相反，还有一种奇异的熟悉感，似乎很多年前就已经认识了。她把墨镜推到了额头上，赫然露出一张漂亮的面孔，简直把我吓了一跳。这样的面孔，一看就是舶来物，绝不是岛上的土著，岛上的土著多是阔嘴巴，高颧骨，皮肤紫黑，接近于马来人的长相。聊了几句才知道，原来岛上唯一一家民宿就是她开的。我问她，平时有客人吗？她抛出一个过于熟练的妩媚笑容，说，这要看什么季节了，旺季人就多一点，淡季就没什么人喽。我心里还是觉得诧异，便又呆头呆脑地问了一句，你一个外地人，怎么跑到这岛上来开民宿？她斜睨着我，依然笑着说，不行？我看她手里还拿着两本书，就好奇地问，你拿的是什么书？你也喜欢看书？她并没有正面回答我的问题，而是略有些骄矜地说，去了趟县城，顺便去书店看了看。说罢飞快地把菜和鱼和书扔到停在旁边的一辆摩托车上，我还没来得及看清书的封面，她已经骑着摩托车扬长而去了，那头黑发又重新燃烧起来。

我还在岛上遇到了一个叫老崔的男人。这天黄昏，我又在沙滩上晃来晃去的时候，只见海面上出现了一点船影，那点影子越长越大，最后停在了我面前，一个穿着潜水服的蛙人从船上跳了下来。我心想，难道这是专门跑到海岛上来玩潜水的游客？便向他走过去主动打招呼。蛙人应该在岛上也很少见到陌生人，忽然看到有一个人从天而降，又是惊喜又是害怕，先是呆了一呆，然后又笨拙地伸出手来要和我握手。我用余光瞥见他船里装着的是一些刚从海里打捞上来的东西，不是鱼，也不是贝壳，而是一些海底的淤泥和碎瓷片，我心里立刻就明白了，他在这里是为了打捞沉船。

父亲曾经告诉过我，常有人在这一带的海域偷偷打捞沉船。他说，这片南海在古代被称为"亚洲地中海"，是海上丝绸之路最早的始发地之一，秦汉时期有三个著名港口，番禺、徐闻、合浦，古老的徐闻港就在六极岛的对面，一直到唐代以后才又出现了一些新的港口，像扬州、明州（今宁波）、福州、泉州、广州。这条漂在海上的丝绸之路当年实在极尽旖旎繁华，所以得了不少温软富丽的雅号，陶瓷之路、香料之路、香瓷之路、茶叶之路。那些满载着瓷器、茶叶、黄金和丝绸的古代福船，正是从这里出发前往琉球、大食、交趾、占城、三佛齐、蓝无里、新罗，带回了香料、玻璃、串珠、象牙、琥珀、狮子和波斯人。也是在这条丝绸之路上，埋着无数沉船的尸骸，它们静静葬于海底，在海上连座墓碑都没有。

蛙人看起来有四十多岁，自我介绍说他姓崔，让我叫他老崔。老崔脸上几乎没有表情，动作拘谨刻板，和我说话的时候站得笔直，我注意到他的两只手垂下去的时候会紧紧贴在裤缝处，心里便想，莫非这人在部队里待过很长时间？见他不说话了，我便主动找话，你也住这岛上？他说，住岛上。我说，就你一个人？他说，一个人。我又问了一句，你在这岛上做什么？他面无表情地说，工作，工作就是心灵的教堂。这句话让我差点笑出来，很像小学生认认真真抄在本子上的名人名言。我试探着问了一句，你以前是做什么的？他又不说话了。为了缓解尴尬，我便点了一根烟，顺手递给他一根，他拒绝了。我坐下来抽烟，他见状，也跟着我坐了下来。我们半天没说话，只是目送着落日渐渐沉入了大海，眼看天色已经开始转暗，我站起身来，拍了拍屁股上的沙子，准备回老屋去。老崔忽然叫住了我，似乎并不愿意我就这么离去，他有些讨好地说，那个，和我一起去赶水市吧，弄点新鲜虾蟹回来，可以喝点酒，我那儿有酒，自己泡的。我环顾四周，疑惑地说，这岛上哪有水市？老崔指了指漂在不远处的新寮岛，说，那座岛上有，我去过。我仍然疑惑地说，我怎么不记得新寮岛上还有个水市？

但最后，我和老崔还是划船去了隔壁的新寮岛。以前我只以为新寮岛和六极岛一样，也是个孤岛，没有想到的是，每到退潮之后，这个岛和大陆之间居然会长出一条通道来，这条通道在日落时分会忽然从海里浮出来，像一条巨大的鲸鱼，慢慢露出了脊背，温柔而恐怖。这条从海里长出来的小道泥泞异常，长满贝壳和牡蛎，散发着刺鼻的海腥味，赶海的人和收购海鲜的小贩们或步行或骑着三轮车，赶紧从这条通道去往新寮岛。因为到了后半夜，涨潮之后，这条神秘的通道会再次消失，悄无声息地沉入海里，于是新寮岛便再次伪装成了一座孤岛。

我们到达新寮岛码头的时候，正赶上众渔船归航，远远看到一点点渔火从大海深处漂过来，海上幽灵一般，渔火越漂越近，最后变成了一只只渔船，这些渔船鸣着笛，争先恐后地挤进港湾，像一群急着归圈的海上牛羊，脖子上的铃铛叮当作响，既温顺又调皮。船刚刚系好缆绳，那些采购海鲜的小贩就一拥而上。小贩们把最好的一部分海鲜收购走之后，渔民们会把剩下的鱼虾蟹分类装在篮子里卖，篮子就漂在水面上，渔民则站在齐腰深的水中做生意，头上戴着头灯，好像一株株会发光的水上植物。猛一看，水面上漂着半截人，还有几只篮子，那篮子像莲花一样轻盈地漂来荡去，眼看就要漂远了，那发光的半截人不慌不忙一伸手，便用钩子把它钩回来了。

买海鲜的人也需站到齐腰深的水中，挑选海鲜，讲价、吵嘴、付钱，皆在水中。我怀疑他们埋在水中的下半截并不是腿，而是鱼尾，他们其实是生活在海底的人鱼，只是偶尔浮上来透透气，或者拿海底的鱼虾换点小钱。我正想着，只见老崔已经跳入水中，熟练地从篮子里拎出一条巨大的八爪鱼，八爪鱼的八只手脚齐用，牢牢粘在了他的手上。他很高兴地说，还挺黏人，那就跟我走吧。说罢从手上揪下八爪鱼，把它的八只手脚捆住，又买了几斤花蟹。

我扭脸看看别处，这水市还真是热闹，卖海鲜的，买海鲜的，小贩，渔民，赶海的，炒海鲜河粉的，卖冰棍的。不只是热闹，还有些诡异。和那条神秘的通道一样，这水市也像是忽然从海底浮出来的，每个人身上都滴着水珠，长满藤壶和牡蛎，腰间挂着海草，等到后半夜涨潮的时候，这水市会带着这些人鱼再次悄然沉入海底。等我再把脸扭回来一看，吓了一跳，那站在水中的小贩，已经只剩下两条胳膊和一颗头了，剩下的部分全埋在水中了，他依然很淡定地看管着那几只篮子不要跑远，所以，半空的篮子依然很悠闲地漂荡在他周围。原来，已经开始涨潮了，水市和通道就要渐渐消失了，再过一会儿，估计连这颗头都看不见了。

我和老崔拎着八爪鱼和花蟹跑到码头，连忙划着船逃回了六极岛。

3

我们回到他租的院子里，他把屋檐下的灯拧亮，手脚麻利地劈了两根荔枝木，点着了扔进灶洞里，再在大铁锅里架起笼屉，把花蟹蒸上之后，他开始在水龙头下清理那只八爪鱼。地上躺着几个慵懒的波罗蜜，我坐在那只最大的波罗蜜上点了根烟，一根烟还没抽完，老崔走到我身后，忽然伸出八根触须吓唬我，那触须倒像是从他手上长出来的，确实把我吓了一跳。再仔细一看，原来是他把八爪鱼的大脑袋掏空了，然后把八爪鱼当皮手套一样戴在了自己手上。这样调皮的动作出现在一个拘谨刻板的人身上，非但不显得滑稽，还让我在瞬间里有些心酸。我便故意大声笑着说，老崔，你清理这八爪鱼倒比我们本地人还熟练，你从哪儿过来的？

老崔把手收了回去，说了两个字，北方。我说，对于我们来说，哪里都是北方，具体点，什么地方？他假装没听见，一声不吭地把这皮手套摘下来摔到案板上，咣咣几刀剁成块，再扔进煮开的锅里稍微一焯，捞出来准备蘸着酱油吃。花蟹也蒸好了，红通通的，像抹上了胭脂，统统倒进一只箩筐里。他又从屋里捧出一大瓶酒，里面泡着海参、木瓜和六味子。

在院子里支起桌子摆好吃喝，他搓了搓手，自语道，岛上还有两个朋友，都叫过来吧？岛上一共也就这几苗人。我说，好啊，赶紧叫过来。他拿起手机打了两个电话，不一刻，一条人影晃进了院子里。等来人走到灯光下，我一看，是个年轻男子，年龄应该和我差不多，个头不高，面皮白净，上身T恤衫下身牛仔裤，脚上一双运动鞋，一看就知道是外地人，当地人谁会穿鞋啊。老崔向我介绍道，这位朋友是小慕，我们也刚认识没几天。此人对我点点头，客客气气地说，你好，我姓慕，叫慕晓，不过你也可以叫我小慕。我想起父亲给自己起的那个笔名叫慕连，心想，真是巧了，嘴里便说，你这姓挺特别啊，有那么点武侠气。他用谦逊的语气说，其实我们祖上姓慕容，那个姓还勉强有点武侠气，后来子孙们分成了两支，一支姓慕，一支姓容。

又过了一会儿，一束手电筒的光像游魂一样游荡进院子里，游荡到了波罗蜜树下，灯光啪的一声灭掉了，民宿的老板娘从灯光后面浮出来，长发绾了个蓬蓬的髻，发髻上戴了一朵白色的鸡蛋花，穿着一条碎花长裙，脚上是一双夹趾拖鞋，脚趾甲上涂了红色的指甲油。我忙招呼道，老板娘，又见面了。她把额前一绺头发捋到耳后，仍是斜睨着我，抿嘴一笑，说，一丁点儿大的岛，你倒想不见呢。我心里越发疑惑，这样漂亮的女人，怎么会跑到一座孤岛上来开民宿。

一筐花蟹被抬到波罗蜜树下，八爪鱼也端了上来，几个人一哄而上，开始七手八脚地抢花蟹吃，花蟹没打过氧，清甜异常，一筐蟹很快见了底，一盘八爪鱼也很快被抢光了。我们把酒倒在一只只大海螺里，当酒杯碰了碰，老崔又临时杀了一只波罗蜜下酒，并在我们脚边生了一只火盆，吃掉波罗蜜的肉之后，把它的籽扔进火盆里烤着，熟了也是道下酒菜。火堆里传出毕毕剥剥的爆裂声，不一会儿就散发出了近于板栗的清香。我一抬头，看到璀璨的星空就挂在我们头顶，大海上这些星罗棋布的岛屿也许正是天上那些星星投下来的倒影。百岁老人和海龙王应该都已经睡下了，他们总是天刚一擦黑就去睡觉，然后半夜起床，在岛上来回巡逻，像六极岛上两个古老的卫士。此刻，整个小岛被我们四个人霸占了，而这小岛又漂浮在无边的大海上，大陆上所有的规则都在这里失效了，真是又自在又虚无。我忽然想到，父亲后来长时间地待在六极岛上，连家都不愿回，大约也是领略到了这种自在与虚无。按照他待在岛上的时间推算，他应当也见过老崔和老板娘的，像他那样的人，只要见个人，就恨不得举着放大镜把对方仔细观察和解剖一番，再一字不落地记到他的葵花宝典上，怎么会轻易放过老崔和这老板娘呢？但他还真没和我提起过这两个人。

我正胡乱想着，坐在我旁边的老崔忽然起身，站得笔挺，对着我们仨说了一句，报告，我去上个厕所。我们三人先是一愣，短暂的沉默之后，三个人开始哄堂大笑，仿佛老崔和我们开了一个并不高明的玩笑。笑着笑着，我心里却隐隐升起了一丝恐惧，越是这样，我越不敢先停下来，只好一边努力笑一边观察着另外两个人。老板娘不笑的时候也像在笑，你无法分清她是真笑还是假笑；慕晓也在笑，他的目光意味深长地和我对视了一下，又飞快地躲闪开。笑着笑着，笑声慢慢凋零下去了，一种恐怖感却渐渐浮了出来。

去上厕所的老崔很快回来了，他看起来并不打算解释方才开的那个玩笑，只是重新坐下，先是定了定神，然后拿起筷子敲了敲桌子，忽然正色道，饭也吃了，酒也喝了，接下来我们做个游戏吧。周围忽然就安静下来，空气里飘荡着一丝不祥的气息。我悄悄朝周围扫了一圈，看不清他们的表情，只能看到他们的面孔经过火盆的折射都有些变形，变成了柔软飘摇的水波状，竟让我觉得恍如置身于水底。只听老崔接着说，这是我们在岛上经常玩的一个游戏，每次有新来的朋友，我就得讲一下游戏的规则，其实很简单，就是每个人必须说出一个自己的秘密，但是，各位记住，以后就是离开六极岛了，也不许把这些秘密带到岛外去，否则是会受到惩罚的。

我忽然有点后悔来参加这个岛上聚会了，感觉有点像可怖的密室游戏，因为密室里的人根本无处可逃。方才的那点自在与虚无忽然之间隐遁消失了，我们周围全是海水，坐在院子里都能听到海浪拍岸的声音，海风就在耳边呼啸着，送来了海洋咸湿的腥气，椰子树被吹得掉下来的叶子，像小船一样泊在周围。如果没有船，我们根本无法离开这座大海上的孤岛，不过，即使有船，也未必能离开。

这时又听老崔开口道，我先来开个头吧，我来岛上是为了那些沉船。

我心想，原来秘密也可以说得这么张扬。只听老崔继续说，你们只见过活着的船，没见过那些死掉的沉船，一大片沉船就躺在这海底，有宋代的、明代的、清代的，也有现代的，还有军舰呢，其实海面上有多少船，海底就有多少船，那个叫壮观啊。有的古沉船上会有一些财宝，金银都有，不过最多的还是瓷器。我在沉船上见过各种珍贵瓷器，但大部分瓷器已经长到海底的泥沙里了，不过瓷器本来就来自泥土，这么一来也算一个轮回了，万事万物都有自己的轮回，躲不过，也不用躲。我在沉船上见过长沙窑的、越窑的、漳州窑的，还有北方的白釉绿彩瓷、泰国的釉下彩绘瓷、景德镇的青白瓷。一看见黑褐釉，我就知道出自福建的义窑；一看见上面印着阿拉伯花纹的，我就知道八成是磁灶窑的；一看是青白釉芒口碗，我就知道是景德镇烧出来的。我还见过"猪油白"，只有德化窑能烧出来。我还打捞过一只完好的青釉刻划花卉纹菊瓣盘，是龙泉窑烧出来的。

为了缓解气氛，我赶紧笑着插了一句话，那老崔你可发财了吧。

老崔身上的那点拘谨刻板忽然之间看不见了，被一种质地更为坚硬的东西代替了。我想，那是因为他是这个游戏的主持者，这种身份无疑给了他某种权力感。他重新把我上下打量一番才说，我打捞瓷器不为发财。说完这句话，他把其他两个人也缓慢地扫视了一遍，又继续说，我喜欢看那些沉船，你们是不知道，其实海底也繁华得很，那些大鱼小鱼就是海底的交通工具，几百斤重的大石斑，嘴里还装着几条小鱼，像不像公共汽车？那种长长的海鳗，无论走到哪里，身上都跟着几条小鱼，像不像海底的火车？蓝鳍金枪鱼能说会道，社交能力极强，我觉得它们适合去推销保险。我还见过一人高的砗磲贝在海底慢慢散步，见过章鱼给其他鱼类表演节目，它就是个海底的魔术师。你们可能不知道，有的水鸟不是在天上飞，而是在海底飞，它们会帮着海豚围堵沙丁鱼，把那些沙丁鱼赶成一只巨大的鱼球，无数只沙丁鱼被封在那只球里，怎么也出不去，海豚们就用鼻子在海底踢球。你们想啊，海底那么辽阔的地方就只有我一个活人，剩下的不是海洋生物就是已经长眠海底的沉船和死人。我早就想明白了，什么是大海？

大海就是无与伦比的孤独和无与伦比的热闹。

显然，他对自己说的最后一句话分外满意，所以就在这里骤然打住，以引起别人的重视。不管怎样，来自海洋的童话色彩还是冲淡了密室游戏的阴森，我不失时机地从火堆里夹出几颗波罗蜜的籽，吹了吹上面的灰，放在桌上，故意用欢快的语气说，你们吃啊。但根本没人理我，每个人都是各怀心事的样子。这时候，坐在我对面的老板娘开口了，她的语气平静而温柔，嘴角却还挂着那抹略带妖气的笑容，说，该我了吧？我老家是四川的，我当年在东莞打工的时候，被我们老板带到了这里。一个台湾商人，他在这岛上建了栋别墅，就让我住在岛上，隔段时间过来看看我，因为我做了他的情人嘛。刚开始的时候，还经常哄哄我，说等他离婚了就娶我，后来连这种话都没有了；再后来，他的工厂撤回台湾了，他也回台湾了，从此以后再没来过。

我有些吃惊地看着她。不是吃惊她有这样一段历史，而是吃惊她过度的镇定与坦然，这镇定与坦然太过逼真了，使得她说的那些话反倒像假的一样。那抹笑容还挂在她嘴角，就像长在了那里，纹丝不动，这使她看起来分外残忍。这番话也肯定不是第一次说了，正因为被反复使用过，所以说起来才能如此顺畅如此不动声色。她说完把所有人环视了一遍，带着某种压迫感，好像要让在场的人都钦佩她的勇敢。我避开了她的目光，过了一会儿，只见她低下头去，开始认认真真地从波罗蜜的果肉里剥籽。

她认真剥籽的动作让我心里生出了几分怜悯，我想，她也不是心甘情愿被遗弃在这里的，想必她一定曾回过老家，或许还曾去相亲，想找个可靠的人安安稳稳地度过余生，但最后还是回到了六极岛，说明她只能回到这里。而不停地讲述自己的过往，可能也是一种奇妙的重筑过程，最终让自己的故事听起来像别人的一样，而她自己则成功从雷峰塔下逃脱了出来。

这时候老崔指了指我，小张，该你了。

我忽然发现，孤岛有一种特殊的功能，它能把一切细节放大，而这些细节又因为被放大而变形，多少带有了一点惊悚的意味，比如老板娘嘴角的那抹笑容，再比如，老崔身上的那点拘谨刻板，在此刻忽然被放大成了一种新的物质，介于机械和权威之间，带有某种冷血的气质。

我又想到，其实每个登岛的人或多或少都有点像演员，都可以在这岛上编撰和演绎出自己的一套前世今生，因为不会有人知道你真实的来历，甚至连你真实的姓名都无从知道。有的人从未说过真话，来到这与世隔绝的岛上，却忽然想说几句真话；有的人一辈子没说过假话，在这里却忽然体会到了虚构命运的快乐，简直像个小说家。虚与实在这里镶嵌折叠互相包裹，往事栖息于轻描淡写的台词中，或者干脆易形，转化成另一种陌生的事物。这么一想，竟感觉到了几分虚己以游世的轻旷。于是我信口说，前不久我失业了，因为公司倒闭了，公司倒闭的原因是被人举报产品质量不合格，被查了。我们那公司一直在生产伪劣产品，终于被人举报了，其实那个举报人就是我，我良心上实在过不去，就买了个手机号把公司给举报了，这不是怕被老板报复嘛，正好我家祖上在这岛上留下两间老屋，所以我就来岛上先躲避一段时间。

　　我看着眼前的这个自己，一个被自己创造出来的自己，半是感动，半是羞愧，还有一点隐秘的得意。我原来所在的那个公司确实一直在生产伪劣产品，我也多次想举报，但事实上，我每次都因为怕被报复而作罢，最后还是自己愤然辞职了，公司该怎样还怎样，多一个我少一个我根本无所谓。我忽然有些明白父亲虚构小说时的那种快乐了，这么多年里，无论怎么被人无视被人轻慢，他都还是一直往下写一直往下写，在经历了长期不被认可的失望之后，那种坚持可能最终变成了一种奇妙的宽慰，近乎一种自我的幻觉，一座城池从他笔下升起，住在城池里的那些人被赐予生命，而他以一己的力量替他们受苦，替他们快乐，好像他是他们的耶稣。

　　但众人听到我的话之后并没有什么反应，我不禁有些失望，但很快也就明白过来了。这毕竟只是一个游戏，不停地有形形色色的人来到这座孤岛，然后又离开，也就是说，老崔在岛上这几年，应该和形形色色的人玩过这个游戏，游戏中又繁衍出了千百种命运，真真假假，人鬼莫辨。显然，我虚构的那个秘密还是太过于普通了，并不具备震慑人的力量。

　　老崔又朝着慕晓说，小慕，该你了。我悄悄往后挪了挪，这样可以更从容地观察他，因为我心里很好奇，这个年轻人为什么要只身来到一座孤岛上。只见他一边用一只螃蟹的大钳子夹自己的手指玩，一边慢条斯理地说，咱们几个也是坐在一起吃过螃蟹喝过酒了，算是有点交情了，我可以告诉你们一个秘密，我是来这岛上找我父亲的，至于我为什么要跑到这里来找他，那就不是一句话能说清楚的了。我先问问你们，我要告诉你们我父亲是个作家，你们会不会觉得自己就像遇到了怪物？我发现大多数人都不接受自己身边有个作家，作家不是应该生活在书里的吗，乱跑出来干吗？至于我父亲来这岛上干什么，其实我也不知道该怎么和你们说，采风啊，我知道采风这件事情听起来也挺奇怪，就像刚才老崔讲的，他喜欢在海底闲逛不是？采风其实就和闲逛差不多，都是在一个地方乱晃。

我吃惊地看着眼前的这个人，就像看着自己落在水中的倒影，在这馒头大的小岛上，居然还有另一个作家的存在？我按捺住自己的诧异和激动，小心翼翼地问了一句，那你父亲是有名的作家吗？他嘴角漾起一点奇怪的笑容，依然津津有味地玩着那只螃蟹钳子，头也不抬地说，他有时候是挺自恋的，肯定觉得自己还是有点名气的，不过我和你们说句实话，根本没人知道他。书倒是哗哗出了一堆，不过谁会去看呢？根本没人看，一本都卖不出去，也就送送朋友，但前脚送人后脚就被人当废纸卖了。告诉你们吧，我父亲在二手市场上就买到过自己的书，翻开一看，人家卖的时候连扉页都懒得撕，他那人又喜欢较劲，就在自己昔日的题字下面写道，再赠某某先生，然后把书又给人家送回去了。

我心里忽然一阵难过，他这父亲虽然听起来也难免让人心酸，但比我那父亲还是强太多了。我那可怜的父亲，一辈子最大的心愿就是能出一本书，结果到死前才实现，还不敢用自己的名字。我便又问，你父亲现在还在这岛上采风？他像没听到我的话，只是爱不释手地玩着那只螃蟹夹子，玩了半天才说，一个作家的灵感枯竭了，在书桌前一坐一天，却愣是写不出一个字，只好冲着别人发脾气，这罪也不是一般人愿意受的，所以，他后来说他要出去采风，我和我妈就赶紧让他走了，谁敢拦他？我妈说，他年轻时候就这样，去哪里采风一去就是半年一载，就当他出家当和尚去了。结果这次，他一走就是三年，其间没有一点音讯，手机也早停机了。这下我妈害怕了，说，这回不会是人没了吧？赶紧去找找吧。但我们去哪儿找他啊，谁也不知道他去了哪儿。结果今年春天，他一个老朋友在书店看到了他的新书，便特意买了本送到我家里去了。他还在出新书，说明他肯定还活着嘛。我连夜就把那本书看完了，他在书里写到了一个小岛，叫六极岛，我在地图上一找，南海上还真有这么个岛。他去了个小岛上我倒是可以理解，因为我父亲一直就是个岛屿爱好者。可北方哪有岛啊，连条河都见不着，但这也拦不住他，他就搜集各种关于岛屿的资料，装订成厚厚一本，他还有本专门关于岛屿的地图册，里面有各种奇奇怪怪的岛屿。我记得他曾对我说过这么一句话，其实岛屿也是文学作品的一种。所以，他要是最后真的去了书里写的那座小岛上，也不算什么奇怪的事。我就和我妈说，我得亲自去那个岛上看看。这不，一路上坐火车坐汽车坐摩的坐船，就这么跟着地图一路找过来了。

我心想，一个六极岛居然把这父子俩从遥远的北方召唤了过来，一个乘风，一个乘着一页地图，风和地图，可算是这世界上最神奇的交通工具了。老崔却好像被慕晓的这番话镇住了，沉默了半天才问道，那找着没？慕晓摇摇头，说，六极岛上我都找了好几圈了，压根儿就没见到他的人影。

老崔自言自语道，这么小一个岛，如果你父亲还在岛上的话，肯定是能找到的，不过，我在这岛上都好几年了，从没见过有什么作家来岛上。慕晓笑着说，他又不会在自己额头上刻字，没准儿你还以为他是个打鱼的。这时候我忍不住问了一句，你父亲叫什么名字？说不定我还看过他的书。然后我又不好意思地补充了一句，我有看小说的爱好，没事的时候，看看小说也能打发时间。哪知慕晓连连摆手，不可能，他又不是什么大作家，连我们当地人都没几个知道他的，就连我家对门的邻居，也一直以为他是个无业游民。我坚持道，你先说说看嘛，万一还真看过呢。他重新把我上下打量一番，半笑不笑地说，这么说是博览过群书？我心里有些不悦，却还是不动声色地坚持着，你先说说看。他又犹豫了一下，但最后还是说，自然是和我一个姓了，他叫慕连，从没听说过吧？我都说了，不可能有人知道他，你还不信。他这名可是真名，不是笔名，他说他的名字听着就像笔名，就不用再起什么笔名了。我心里却猛地跳了一下，慌忙说，你怎么知道那本书一定是你爸写的？这世上重名重姓的人多了去了。他瞟了我一眼，有些不屑地说，我是他儿子，别人看不出来，难道我也看不出来？

我再也坐不住了，便和院子里的几个人打了声招呼，说自己肚子忽然不舒服，想早点回去睡觉了。说罢便匆匆离开老崔的院子，疾步回到老屋。父亲在老屋里也布置了一间书房，有个他自己钉的书架，上面塞满了书，我猜测，父亲出版的唯一一本书一定能在那书架上找到。上上下下寻找了一番，果然，那本《岛》就塞在最下面一层的角落里。我把书取出来，摩挲了半天封面，却迟迟没有打开。事实上，我从来不看父亲写的任何文字，是不敢看，还有些不忍心，好像横下心来去看他的文字是一件很残忍的事情。因为我总觉得，从一个人笔下写出来的文字，是从他身体里的某个部位挖出来的，甚至有时候还鲜血淋漓，却要像祭品一样，庄重地用双手捧着献祭出去，请人们来观看，而结果不是围观者寥寥就是被人嘲笑，于是这献祭到最后难免落得马戏的效果。

　　我犹豫再三，终于还是把那本书打开了，一句话扑面而来："在开始和结束衔接咬合的地方，岛屿出现了。"就像走进了一个幽深的洞穴里，不知道前面有什么，我战战兢兢地往下读，在天亮之前到底还是把这本书读完了。书中写到了一座南海上的孤岛，叫六极岛，这座小岛上的土著大都搬到大陆上去了，一些外地人反而从大陆来到了岛上，岛上最后只剩下了四个人，这四个人出于无聊，经常在一起聚会，后来他们发明了一种游戏，就是每个参加聚会的人都必须讲出一个自己的秘密，但是不允许任何人把这些秘密带到岛外去，把秘密带出去的人将会受到惩罚。这四个人当中，一个经常潜水的人说出了自己的秘密，他是偷偷来打捞沉船上的文物的。一个退休小学老师说出了一个秘密，他当年把自己写的诗歌刻成油印小册子，给每个学生发了一本，强迫他们把那些诗歌背下来。一个开民宿的女人说出了自己的秘密，十几年前她曾给一位台商做过二奶，台商在岛上给她建了栋别墅，有时候会来岛上度假；后来这商人的生意撤回了台湾，他也回了台湾，从此再没有来岛上度过假，把她遗弃在了这座岛上，后来她便把台商给她建的别墅改成了民宿。一个自称是作家的男人也说出了一个自己的秘密，多年前，他偶尔在二手市场上买到了一部小说的手稿，作者是一个从未听说过的陌生人，这部手稿也未曾发表过，他读完之后，便把这部手稿的作者改成了自己的名字，然后交给了一家出版社，没想到书出版之后很有反响，他也因此一举成名。在他成名之后有个陌生人忽然来找他，说他抄袭了他的手稿，要去告发他，他先是央求，然后承诺可以赔偿一笔钱，但都无效，情急之下他把那个人杀了，并把他的尸体藏到了一个谁也找不到的地方。这四个人在游戏中被要求遵守誓约，谁也不能把这些秘密带到岛外去，但是后来，他们中的一个人还是把这些秘密带到了岛外。

就是那个作家，他通过写书的方式，把这些秘密带了出去。他们发现之后，便按照事先的约定，对那个作家施以惩罚，把他放逐到了太平洋上一座隐秘偏僻的小岛上，太平洋上的小岛星罗棋布，状如迷宫，所以，不可能有人知道他到底被放逐到了哪座岛上。

书中有很多关于岛屿的描写：

那些岛屿，是大陆遗留在海上的一个个梦境，在海上待久了，回不去了，漂成了海风筝，只被海水轻轻牵着，不远不近，不聚也不散。岛屿们一边远远望着大陆，一边又恳求风把它们带到更远的地方去，它们不喜欢大陆上那么多的人，见什么都抢，它们更愿意躲在大洋深处，与鲸鱼和驯龙为邻，与恐龙的后裔为伴，就愿意老老实实做个孤岛。这世上的安宁有千万种，做一座孤岛也不失为获得安宁的一种方式。

海岛也有很多品种，比如大陆岛、海蚀岛、火山岛、珊瑚岛、冲积岛，还有幽灵岛，一种时而存在时而消失的岛屿。已经沉入海底的亚特兰蒂斯就是一座火山岛，夏威夷也是火山岛，这座火山是从海底长出来的，实际海拔已经超过了一万米，是地球上最高的山峰。在大洋上，任何一座头上顶着椰子树的小岛，下面都可能藏着几千米高的山峰，这也是人们登上一些陌生岛屿的时候，心里会不由得生出庄严感的原因，因为他可能正站在几千米高山的顶峰，如同登上了大陆上的珠峰。还有那些热带的珊瑚岛，是在亿万年的时光里，慢慢从石灰质骨架上搭起来的建筑，瑰丽宏伟，如漂浮在海上的宫殿，关键是，它们的建造者却是那么微小柔弱的动物，这使得珊瑚岛像海上金字塔一般，恍如某种神迹。你可以想象那些珊瑚岛的完整形状，如一只巨型的彩色蘑菇从海底长出，在快要长出海面的时候，巨大的菌伞轰然开放，于是，一座珊瑚岛出世了。

其实沉船也是岛屿的一种，是海底的一座座岛屿。尤其是那些铁壳船，沉在海底很久了还保存得好好的，你可以一间船舱一间船舱地进去逛，里面什么都有，粮食、水果、红酒、衣服、机器，真是应有尽有，都能在海底开个百货商店了。一只沉船里最少生活着几百种鱼类，它们哪里都不肯去，世世代代定居在那里，成为沉船上的岛民。有时候还能在沉船里遇到一些巨大的鱼和海龟，它们小时候溜进了船舱里，结果在这里养得太肥了，出不去了，它们在里面吃什么呢？什么都吃，小鱼小虾，船员们留下的食物，还有船员们的尸体。逛沉船的时候难免会碰见那些船员，它们已经在海底待了几十年或几百年了，只剩下了一副骨架，被海水刷洗得干干净净的，一点也不恐怖，它们就在水里那么漂着，猛一看，还以为它们正在那里摇摇晃晃地散步呢，有的骷髅上还戴着没有腐烂完的皮帽子，有的骨架脖子里还挂着亮闪闪的金链子，有的小臂骨上还戴着块手表。

我走出院子来到沙滩上的时候，海天交界线上已经燃起了金红色的朝霞，很快，半个天空都被烧红了，海水也被染成了金红色，天地之间又肃穆又辉煌。六极岛上静悄悄的，除我之外看不到其他人影，连海龙王和百岁老人都看不到，好像这大海上壮美的日出，只是为我一个人准备的，未免太奢侈了些。我坐在礁石上点了一根烟，迎着海风开始慢慢回味连夜看完的那本《岛》。书中有一座大海上的孤岛，孤岛上有四个人，为了排遣孤独而发明出一种游戏，这游戏的诡异之处在于，一边是打开魔盒时的兴奋与好奇，一边是如何关上魔盒的恐惧，还有魔盒深处隐隐浮动着的杀机。

我无法说清六极岛是《岛》落在海上的影子，还是《岛》是六极岛投下来的一个影子，总之，这种感觉很奇妙，就像亲眼看到一个世界被镶嵌被折叠在另一个世界当中，连同自己也被封存在其中，而另外一个自己则正站在外面观赏着那个被封在里面的自己。我又想起自己从小到大读过的那些小说，无数的小说在这个世界上流淌着，与真实的生活映照着，形成了一个巨大而神秘的镜子迷宫，使这个世界呈现出一种无限之美。然而，即使是在一个虚幻的镜子迷宫里，我仍然能轻易从中找到那些真实的影子。

毫无疑问，小说中的那个退休小学教师就是我父亲本人的投影，因为小学教师说出的那个秘密是真实存在的。当年，我虽还是个小学生，但父亲的这一举动已让我深感羞耻，一度连学校都不敢去了，一看见同学的影子就赶紧逃开。小说中那个打捞沉船的人，那个开民宿的女人，都有他们在现实中的投影，那么，最后一个人，那个在自己的秘密中杀过一个人的作家，便应该是慕连的影子了，他在小说结尾被放逐到了一座谁也找不到的孤岛上。而在现实中，这四个人当中，父亲已经去世，最后不知所终的也只有慕连，可我想不明白的是，书明明是父亲写的，他写这本书用了长达两年的时间，最后为什么却要署上慕连的名字。莫非，慕连这个人其实已经不存在了？而父亲知道慕连不存在了，他又过于迫切地想把自己的心血之作出版，想必父亲已经知道了慕连是个稍有些名气的作家，起码出版是不愁的，并非像他那样，出本书都是奢望。在出书和自己的名字之间，他最后选择借用慕连的名字来出书，而舍弃了自己的名字，可能是因为，他认为，那本书无论以谁的名字出版，无论以谁的名字摆在书店里，在事实上都是他的书，没有人能夺走。

而父亲又一直有着藏东西的爱好，比如，他会把存折藏在相框里，把我的名字藏在一首古诗里，会把他自己严严实实地藏在人群中，不让人发现他到底是做什么的。我猜测，虽然书署上了别人的名字，但他一定会通过什么秘密的方式让自己和这本书之间还藏有一条脐带。

4

岛上散养着一些走地鸡，除了百岁老人养的几只母鸡，别的母鸡和阉鸡都是已经出岛的岛民放养在岛上的。热带岛屿草木丰茂，藤萝交缠，随便插根扁担就能开花结果，蛇虫遍地，蟑螂大得像鸟，而且真的能像鸟一样飞来飞去。对于禽类来说，真是一个天然粮仓，所以这里生活着无数种鸟类，有的是长期定居，有的是客居，有的只是路过打个尖歇歇脚。我在岛上看到过仪态优雅的鹤，穿得花里胡哨的金刚鹦鹉，还有大如骆驼的鹤鸵，这种鸟的头部都戴着一顶角质的头盔，身上的羽毛坚硬如豪猪的钝刺，一脚下去能踩死一只兔子，简直像个战神。我一边瞻仰着它的身姿一边想，要是能有这样一只鹤鸵做坐骑，简直比骑马还要威风。我甚至还见过一只美艳无比的天堂鸟，如维多利亚时代的贵妇，身上披挂着各种名贵的珠宝，它身上的大部分羽毛是浓烈耀眼的朱砂红，头上的短绒呈橘色，腹部是纯白色的，脖子里戴一条钴蓝色的项链，翅膀撑开时如翡翠绿的扇子，闪烁着宝石般的光泽。

在这样豪华的禽类矩阵中，还夹杂着这么几十只母鸡和阉鸡，虽然也是禽类，但连飞行都不会，无疑毫无地位。它们倒也安之若素，过惯了朴素平静的小日子，每日就在草丛中闲适地吃吃喝喝，晚上睡觉的时候会攀到低矮的树枝上。有只大公鸡特别缺少安全感，总是要爬到很高的树顶才肯睡觉。等到过年的时候，主人们回到岛上，便像割韭菜一样把这些散养的鸡统统割掉，做成白切鸡、椰子鸡、沙姜鸡、三黄鸡、葱油鸡、盐焗鸡、隔水蒸鸡。其中最大的那只阉鸡往往被选拔出来参加祭祖，或去参加百鸡宴，摆在盘子里的大阉鸡嘴里还会叼一支朱槿花或红茶花。过完年，即将返回大陆的岛民再在草丛里种些小鸡仔，由着它们长去，反正就这么小个岛，它们又不可能乘船逃走。

我发现那些草丛里的鸡根本无人看管，形同野鸡之后，便偶尔捉一只做成白切鸡或椰子鸡，因为有足够的运动，食物又优质，这种走地鸡吃起来鲜美而筋道，而且因为它们在岛上没见过什么人，见了人也不知道个害怕，过于天真，一捉一个准。这天黄昏，我又潜伏进草丛里，在一棵矮树的树枝上轻而易举地捉到一只呆肥的母鸡。鸡到了晚上视力也不好，便干脆闭上眼睛睡觉，所以此刻捉一只鸡就像从树上摘果子一样容易。然后我又噌噌爬到一棵椰子树上，砍下几只椰子背在身上；之后回到老屋，先把鸡杀了，又在院子里刨了一个土坑，在里面点了几根荔枝木，再把铁锅架上去。我看看和老崔约好的时间差不多了，便开始动手做椰子鸡，做法简单到了令人羞于启齿的地步：先几刀下去把椰子劈开，把椰子水倒进锅里，把椰肉也挖出来一并扔进锅里，等煮开的时候，再把斩开的鸡肉扔进去煮到八成熟。然后，成了。根本不用做，倒像是，这岛上就遍地长着现成的椰子鸡，想吃的时候摘一碗就是。

这时候，老崔也踩着点来了，我昨天就和他约好的，今晚请他吃椰子鸡。院子里原本有棵巨大的荔枝树，被父亲砍去了，树桩就做了桌子，我把铁锅端到树桩上，两个人围着铁锅吃起了椰子鸡。老崔连喝三碗，嘴里赞不绝口，说，我来了这岛上之后才发现，以前吃过的鸡根本都不叫鸡。我附和道，可不，鸡和鸡怎么能一样呢？那些一辈子没走过一步路的鸡全身都是肥肉，把自己的骨头都压断了。鸡也真是可怜，不管是走过路的还是没走过路的，它们生来就是要被人吃掉的，哪如那些鸟儿自由自在。老崔摇摇头，说，也有的动物会被当成家人看待，在我老家，谁家的牛老了，干不动活了，都当家人一样给它养老送终，不许卖掉，更不许杀老牛。我说，你老家到底是哪儿的？他忽然又不说话了，只是埋头喝汤。

一锅椰子鸡很快就见底了，吃完鸡我们开始抽烟喝茶，气氛变得祥和轻松，一扫前几日那种密室游戏的阴森。我便趁机问道，老崔，你在这岛上待久了也不闷啊？老崔掸了掸烟灰，面无表情地说，闷，怎么不闷了，连个说话的人都没有。我时常自言自语，不过，闷到极点了，你反而就能感觉到那种属于孤岛的美了。有时候，你盯着海浪一直看一直看，就会觉得，其实海浪是静止不动的，倒是整座小岛正在大海上飞翔。

尽管父亲砍掉了一些树，但院子里还是有很多树，波罗蜜、龙眼、杧果、杨桃、莲雾、释迦、花梨包围着我们。树和树之间连得铜墙铁壁，而周围那些岛民的房屋大都变成了废墟，废墟又被植物所吞噬。我在白天看到这些植物房子的时候，会觉得恐怖和萧索，岛屿正被人类遗弃，它正重归于蛮荒；而在晚上，在星空下看着这些废墟的时候，却会发现，这些寂静的废墟下面其实暗藏着一种欢乐，那是一种摆脱了生命沉重负担之后的自由和欢快，它们无一不在告诉你，时间必胜，一切的一切终将过去。这使得夜晚的小岛彻底从地球引力中连根拔起，像一只飞行在大洋之上的热气球。想来，在这小岛上待久的人，都感受过小岛最飘逸欢快的那些时刻。这其中就包括我父亲和老崔。

我忽然想起父亲写的那本《岛》，便试探着问老崔，你在这岛上真没见过一个作家？老崔摇摇头，没见过。我压低声音说，你再想想，一个杀过人又躲到这岛上的作家，真没有？老崔笑了笑，作家没见过，杀人犯倒是见过几个。我吃惊地看着他。他说，在岛上不是闷嘛，总得找点消遣，所以，这几年里，我几乎和每个来岛上的人都做过那个游戏。有那么几个人，他们在游戏中说出的秘密都是自己身上背着命案，怕被抓住，一路东躲西藏，最后就躲到这与世隔绝的小岛上来了。我犹疑了一下才说，老崔，你又怎么知道他们说出的秘密是真的还是假的，我的意思是，他们说的也不一定就是真话吧。老崔喝了一口茶，微微笑着说，真话假话又有什么关系，每个人说出的都是自己想说的，最关键的是，能来到这岛上的人其实都是同类。

确实，来到这岛上的不外乎是一些流亡者、避世者、失败者，被主流社会淘汰出来的边缘人等。我开始有些明白了，能来到这岛上的人，本身就已经被归为同类了，而游戏中讲出的那些所谓秘密，其实更是一种仪式感，相当于歃血为盟，从此便可以信任彼此可以惺惺相惜了，甚而至于，讲出的秘密越是惊心动魄，越容易博得其他人的信任。这小岛也成了他们共同建造起来的一座乌托邦，而那些真正的秘密，其实仍然深藏在它们该在的地方。

想到这里我又问道，那些来过岛上的人后来都去哪儿了？老崔若有所思地说，那就不清楚了，谁会在这个小岛上待一辈子呢？有的可能回到大陆了，有的可能去了那些更远更偏僻的小岛上，那些小岛在地图上都找不到。

我想起在父亲的那本《岛》中，那个把秘密带出小岛的作家最后被放逐到了一座谁也找不到的神秘小岛上。我一时有点恍惚，觉得父亲书中的那座岛和现实中的这座六极岛，好似两面镜子，正在不同的空间里相互观望和映照着，静静等待着对方落入其中。

我正愣神的工夫，老崔忽然站了起来，身体站得笔挺，两只手垂在裤缝处，说：报告，我想去上个厕所。那种疑惑和恐惧再次从我心里划过，有这种习惯的人，很可能在两个地方待过，部队或监狱。老崔上厕所回来，张了张嘴，似乎想说点什么，但最后什么都没说，重新又坐下。我点了一根烟，顺手递给他一根，他居然不再拒绝，接过烟默默抽了起来。我们久久沉默着，我很想对他说，不管以前怎么样，你现在已经是自由人了，自由人不需要向别人报告，还是要把这习惯改掉。但转念一想，他好不容易才把这个秘密埋藏在六极岛上，我又何必一定要把它挖出来呢。我便改口说，老崔，最近打捞到什么值钱东西没有？他把短得不能再短的烟屁股扔掉，用鞋底慢慢踩灭，这才冷冷笑着说，我要是为了点钱，就不会这么一无所有了。我一时不知道该说什么才好，心想，莫非老崔还藏着什么更大的秘密？岛屿真是一个神奇的地方，可以一个秘密套着一个秘密，层层叠叠，就像俄罗斯套娃。

听说慕晓住在老板娘开的民宿里，我便过去找他。这是我第一次走进老板娘开的民宿里，是一栋灰白色的二层小别墅，在楼顶围着栏杆，飞舞着几件衣服，看上去应该是个露台，门口种着不少花草，猩红的三角梅爬了满满一墙，中间夹杂着大朵的黄蝉，金洋凤和火焰花红得像点着了一样，一旁的九里香则清冷雅致。她还在门口种了一种很招摇的草，叫猩猩草，这种草的叶子极为绚烂，一半是绿的，另一半是血红色的，两相碰撞，直逼人眼。门楣上挂着一块木牌，上面只写着一个歪歪扭扭的"岛"字，不知是出自儿童之手，还是故意被写成这般稚拙的模样。原来这个民宿就叫岛。我想，岛中之岛，有点意思。

走进客厅一看，老板娘穿着一条白裙，头发绾成一个光洁的髻，插了一段三角梅的枝做簪子，枝上还开着一朵猩红的花。她正坐在茶海前泡茶喝。我打量了一下客厅的布置，椅子和茶几的式样都很简单，洁净安详，靠墙立着一排书架，上面摆满了书。那只茶海应该是用老荔枝树的树根做成的，长得盘根错节，一个凸出来的树瘤不好处理，竟被雕成了一只开口笑的石榴，一看就是出自外地人之手，因为当地人几乎没有见过这种会开口笑的石榴，他们把芭乐叫石榴。这茶海摆在屋里倒是一派野趣，周围的几只茶凳也是用小树根雕成的。我上前拍了拍茶海，说，这么大的荔枝树少说也有几百年了吧。老板娘笑着招呼我坐下，给我倒了一杯茶，说，是棵枯死的老树，正好让我碰到了，也是缘分，就把它的树根捡了回来，想着做个茶海或许不错。我惊讶地问，这茶海是你自己做的？她又是一笑，我喜欢自己动手做些东西，我的衣服都是我自己做的。我忍不住朝她身上的那件裙子多看了两眼，就是最简单的款式，却在裙摆上随意画了几竿竹子，裙摆下面露着细细的脚踝，在竹与裙摆的映衬下，竟也有几分奇异的风姿。她见我看她的裙子，便用平淡到炫耀的语气说，那天画画的时候不小心在裙子上滴了一点墨汁，想着裙子废了也可惜，便干脆画成了竹子。我说，你还画画？她没说话，只是微笑着瞟了一眼墙上挂的一幅画。我顺着她的目光看过去，是一幅山水画，画中山峦重叠，林木扶疏，有一条山路明灭于其中，山腰处半掩着一座小亭，亭中似乎略有人影，只是笔墨上单调了些，线条又太实了些，所以整幅画缺了点空幽感。我再一看，下面没有落款。

这时候老板娘问我，你来这里是有什么事吗？我便说明来意，老板娘指指二楼,说,客人住二楼,我上去帮你叫。说罢婷婷袅袅地从楼梯盘旋而上。我又走到那只书架前浏览摆在上面的书,看书架最能看出一个人的读书品位。我粗略地把那些书脊扫了一遍,居然什么书都有,从文学历史到风水采矿畜牧,居然还有几本小学课本。我心里很是奇怪,想,这口味也太杂了点吧,不像是喜欢读书,倒像是有论斤收购图书的爱好。

  我正立在书架前发呆,慕晓跟在老板娘后面,从楼梯上下来了。我随口问了一句,老板娘,你平时最喜欢看什么类型的书?还不等老板娘回答,就见慕晓一个箭步蹿到我面前,把老板娘挡在了身后,不知是不是我的错觉,我忽然感觉到,他好像有点紧张。只听他问了我一句,什么事?我便拿出事先编排好的说辞说,能把你父亲写的那最后一本书借我看看吗?怕他生疑,我又解释道,上次和你说过,我没事的时候就喜欢看看小说,打发时间的好办法。他似乎犹疑了一下,最后还是点点头,转身又上了楼梯。我再一看,老板娘早没了影子,不知道躲到哪儿去了。慕晓很快又从楼梯上走下来,把一本书递给我,我接过来一看,果然就是那本《岛》。我道过谢,转身要走的时候,只听他在我身后说了一句,书是用来看的,不是用来打发时间的。

  晚上,我躺在院子里的吊床上,一边扇扇子一边反复琢磨父亲到底为什么在最后要署上慕连的名字。毫无疑问,出一本书是他这辈子最大的心愿,我担心的是,有时候,人为了成全自己过于强烈的心愿,可能会做出一些连自己都想不到的事情来,比如说,懦弱的父亲会不会杀了慕连,把他的尸体藏在某个地方,然后又借他的名字出书?想到这里,我一阵不寒而栗,都有点怕见到慕晓了。

  过了几天,岛上又起风了,木瓜和杨桃铺了一地,院子里的一棵椰子树被风拔起,直接就飞到天上消失了,大榕树被吹得披头散发,我恨不得借给它一根橡皮筋把头发绑起来,连榕树下土地公住的小房子都几欲被吹跑。风从厨房窗户的破洞里钻进去,居然在厨房里长成了一只小型的旋风,把里面的锅碗瓢盆卷起来玩,玩腻了便一翻脸,把它们重重摔到地上。没办法,风也是这岛上的常住岛民之一,你没法赶走它,只能允许它和你在岛上做伴。我惦记着系在码头的小船,昨晚没看天气预报,不知道今天起风,缆绳似乎也没系太紧,这么想着,便赶紧出门向码头走去。与其说走过去,还不如说是一路被风驮过去的,脚都没沾地,眨眼的工夫就已经站在码头了。

过去一看,我那小船还孤零零地系在缆桩上,便松了口气。经常有船趁着起风的时候跑掉,船一旦跑掉,很可能就会变成流浪在大洋上的幽灵船。我又赶紧过去把缆绳重新系了一遍,系好缆绳一回头,发现身后立着一个人,在风中扛头缩脖,头发被风吹得乱七八糟,草丛一样顶在头上,正是慕晓。看到他的时候,我心里五味杂陈,一方面我有点怕见到他,似乎真的做了什么对不起他的事;另一方面,我对他又有一种难言的亲切,仿佛看到了从自己身上分化出来的一个影子。

最后还是我先开的口,我招呼他坐到一块背风的大礁石后面。他坐下来,使劲摁了摁头发,说,这岛上的风可真够大的。大概是怕我在风中听不到,他声音很大,有点像吵架。我也大声说,在岛上,风就是一种生活方式,习惯了也挺有意思,比如说,你都不用自己走路,风会推着你走。他指了指系在缆桩上的船,问,你的船?我点点头,他有些羡慕地说,我也想有这么条船,但是去哪弄条船呢?听说买条船比买辆车还贵。我说,你要船干什么?他指了指浮在大海上的那些星辰般的岛屿,说,我想去那些岛上看看。

我明白他的意图了,他想去那些岛上找他父亲。那种愧疚和不安再次啃噬着我,心里越是不安,我越是装作不经意地说,你父亲写的那本书我看完了,挺好,我就是有点好奇,有个作家父亲是什么感觉?他笑了笑,有些羞涩,随手捡起一只贝壳玩着。我发现他喜欢在手里把玩一些小东西,大约这也是掩饰情绪的一种方式。他一边把玩贝壳一边说,其实,作家并不属于家庭,我觉得他更像个孤儿。他也并不是真的爱我母亲,他只是需要有人收留他,这样会减少他对世界的恐惧感。说到底,他还是自私的,不是吗?这么些年里,他经常躲到什么地方去采风去写作,一走就是半年一载,经常连电话都想不起给家里打。可是只要我母亲一说离婚,他会立刻仓皇地跑回家里,哭着说他不离婚,但只要一平息下来,他便再次不需要家庭,嫌家里琐事缠身,嫌我们让他不得安宁,他会再次躲到一个安静的角落里去写作。我母亲说,我小的时候,只要一哭,我父亲就后悔把我生下来,说根本不该生孩子,所以我一直觉得他也并不爱我,但他也并不爱他自己，他爱的只是写作这件事。他虽然会选择结婚，但我觉得，他需要的其实只是一个概念，一个家庭的概念，而不是需要一个真正的家庭。你信不信？有时候我觉得他很可怜，有时候又会忍不住厌恶他，这种厌恶又让我充满罪恶感，充满自责。

  我笑着说，我信。与此同时，我的眼泪差点就落下来了。忽然，他把脸扭向我，像是要与风对抗，声音又拔高了两度：我真没办法告诉你他到底是怎样一个人，但我又很想告诉你，有时候他比任何人都善良，悲悯万物，对一棵草一块石头都充满匪夷所思的感情，养的一盆花死了他都会流下眼泪，他晚上出去散步的时候身上一定会带着火腿或香肠，随时准备送给路上遇到的那些流浪狗流浪猫。那次我家搬家的时候，找了两个搬家工人，其中一个有五十多岁了，搬得有些吃力，搬完家付钱的时候，他坚持要给每个工人多付两百块钱，还请他们到饭店里吃了一顿饭。但有时候他又会铁石心肠，对自己身边的人毫无怜悯之心，甚至很残酷地把他们解剖在小说里。不过，他最不怜悯的其实是他自己，有时候他对自己连一点点怜悯之心都没有，甚至会厌恶自己，践踏自己。

  我们面朝着大海，背后是巨大的礁石，游弋在周围的是狂暴的海风，带有天然的舞台感，再加上他与风搏斗的声音，使他看起来就像一个站在舞台中央的话剧演员。我看着他，就像看着另一个自己正在那里演讲，有些心疼，有些嫌恶，还忍不住想一直听他说下去。后来风渐渐小了下去，开始撤回大海，我们走到沙滩上一看，风带来不少鱼，还带来一只小海豹。海风还是很讲究礼仪的，每次登岛都不会空着手，或多或少都要准备些礼物，各色海鲜、尸体、鲸鱼、水棺材、集装箱、沉船上的碎瓷片。对于在海边长大的小孩来说，最好玩的是拆那些被推上岸的集装箱，有点像拆大海送给自己的礼物，可能拆出出口衣服、红酒、医疗器械、马桶，甚至可能拆出一辆摩托车。拆集装箱的时候，心中又是喜悦又是忐忑，因为实在猜不出装在里面的礼物是什么。

  我们把小海豹送回大海，在沙滩上生了一堆火，捡了两条大个儿的龙利鱼烤着吃了。岛屿有种奇幻的气质，不光是椰子树和木瓜树会把果实朝你扔下来，就连鸡和鱼都像是从地里长出来的，一伸手就摘到了。吃的时候一定要用最简单最原始的方法，甚至连盐都不要放，才能把最地道的味道吊出来；至于生蚝，那就直接生着吃才最鲜美。在这岛上，盐最懂得点石成金的魔法，比如在吃杨桃吃杧果的时候，要蘸一点盐，这样才能勾出一种更深沉更复调的甜。再比如槟榔的吃法，剥开槟榔皮，取出种子用水煮，煮熟后晾干，之后和牡蛎壳烧成的灰一起食用，才能品尝到那种滑美的口感。父亲给我讲过，从前的岛民对植物都极为尊重，每年过年的时候都要在岛上的那些大树上贴上树联；把姜尊称为姜母，因为姜的作用很大，可以活血驱寒解毒镇吐；种香蕉和收割香蕉的时候，称为嫁娶香蕉娘；因为龙眼总是跟在荔枝的后面成熟，就给它们起了一个娇憨的小名"荔枝奴"。

　　吃完烤鱼，天已经渐渐暗下去了，风也止了，大海黢黑安静，重归于浩瀚的神秘，冲上岸的夜光螺在我们身边闪闪发光，如星辰陨落。这时候，我看到似乎有个人影朝我们飘荡过来，等近了才发现，原来是老崔也游荡到沙滩上来了，他是循着我们的那团火光过来的。听他说还没吃晚饭，我便随手捡了两条鱼和几只蚝烤到火上，作为晚饭招待他。

　　他见慕晓也在，便很殷勤地问了一句，小慕，你父亲找着没？见慕晓摇头，他也叹道，就这么小个岛，能去哪呢？见我和慕晓都没吭声，他便也跟着陷入了沉默，但片刻之后，他又主动开口了。我忽然有一种感觉，觉得他似乎很想讨好慕晓。他说，小慕，你想不想去看看沉船？这岛太小了，没什么可玩的地方，至于你父亲，慢慢找，只要他还在这岛上，总能找到的，我也会帮你找。说完，他好像这才发现我也坐在旁边，便顺带着对我说了一句，小张，你要是愿意也一起去。

　　方才听到老崔说要去看沉船的时候，我心里不由得咯噔一声，因为，在父亲的那本《岛》里，有很多关于沉船的描写，他还在书中写道："沉船也是岛屿的一种，是沉在海底的一座座岛屿。"我有些紧张地想，老崔为什么主动提出要带慕晓去看沉船？又想起在《岛》的结尾，其他几个人为了惩罚那个作家，把他放逐到一座谁也找不到的孤岛上。如果映照到现实中，会不会是我父亲、老崔和老板娘一起杀了慕连，他们都知道慕连或慕连尸体的下落？所以，老崔对慕晓的讨好其实是一种愧疚，而之所以提出要带他去看沉船，或许是因为，沉船就是安葬慕连的坟墓，就是带他去看看，也算是一种弥补。

想到这里,我看着慕晓说,我是海边长大的,潜水没问题,只是,你是北方人,不一定会潜水吧?哪知慕晓立刻说,我打小就会潜水,我父亲带我去学的,他是个岛屿爱好者嘛,很早就在为去岛屿做准备。你想,岛的周围全是海水,不学会潜水怎么能行?他那个人,从来就分不清文学和现实的边界。

第二天,按照约好的时间,我们仨在海边碰了头,老崔拿来两套潜水装备让我和慕晓换上。船在海上行驶了一段距离,这段都是珊瑚礁,隔着海水就能看到那些五光十色的珊瑚,有一种依稀缥缈的美,好像在另一个世界里,又好像一伸手就能触到它们。老崔把船抛了锚,然后带着我俩下了海。往下游着游着,光线渐渐昏暗起来,但又不是深海的那种幽暗与恐怖,而是一种半透明的磨砂质地,在这种半明半暗的光线中,海底的珊瑚礁像烟花一样无声绽放在我们面前。我不知道在水下竟然还藏着这样一座华丽的宫殿,好像用各色宝石镶嵌成的,几乎穷尽了所有的颜色,还创造出一些我从未见过的美丽色彩,过于丰富绚烂的颜色让人产生了一种近似于醉酒的眩晕感。抬头一看,海面已经看不到了,依稀有几缕阳光透进水中,阳光里的珊瑚礁散发着温柔明媚的光泽,而周围辽阔肃穆,恍如置身于一座大教堂当中,唱诗班神圣的歌声萦绕在我们四周。

老崔还在往前游,我和慕晓跟在后面,一条巨大的石斑鱼缓缓和我们擦肩而过,神态安详淡泊,如住在海底的老僧,并不朝我们多看一眼。更多的小鱼则敏捷欢快,色彩绚烂,排成一道优美的弧线从我们身边掠过,我们好似在与云霞和飞鸟同行。游着游着,前方隐隐现出一座海底建筑,寂静庄严,还隐隐透着几分阴森与恐怖,有点像端坐在海底的神庙。渐渐看清楚了,这巍峨的神庙好像是用各种珊瑚砌成的,坚硬的硬珊瑚如骨骼林立,在水中飘摇的软珊瑚又让这神庙多了几分柔媚的感觉。等到围绕着这珊瑚神庙转了一圈,我才忽然发现,这座神庙居然是船形的,原来,这是一艘长满了珊瑚的沉船。

我们跟在老崔的后面进了船舱,凡我们经过的地方都会升腾起一团一团的海底烟尘,仿佛置身于梦幻当中。进了船舱我才发现,这沉船其实已经进化成了一座海底花园,有无数的海洋生物栖息在这里,狮子鱼、灯笼鱼、海龟、豆丁海马、蓝灰扁尾海蛇、卡氏副唇鱼、金眼鲷、海龙。红牙鳞鲀像海底的飞鸟，花鲻鱼在不断地变换颜色，迪斯科蛤在放电，比目鱼在沙下潜行，六带鲹鱼组成了发光的巨大鱼球，还有一种官服鱼，身上的花纹很像古代的官服，既华丽又威严。这些瑰丽的鱼生活在同样瑰丽的珊瑚礁里，居然就有了一种隐身的效果，像幻术一般。我竟然能感受到它们的语言，那是由色彩组成的一种奇异语言。

我一边缓缓往前游，一边紧张地四下观望，因为我认为老崔之所以要带我们来看沉船，一定与慕连有关。也许我会在沉船上忽然看到一具白骨，而白骨上已经盛开着五颜六色的珊瑚，那其实就是慕连的尸体——到时候我得提醒一下慕晓，好歹让他凭吊一下自己的父亲。但除了鱼和珊瑚，并没有看到什么白骨，也没有看到父亲书中所描述的船员的尸体——那些戴着皮帽子和手表在沉船上散步的白骨。我看到的唯一与人有关的遗物是一只空罐头盒子，上面也长满了毛茸茸的软珊瑚，猛一看，还以为是一簇罐头盒形状的珊瑚。这些美丽的珊瑚实在是太诡异了，我相信，只要有足够的时间，它们可以把海底的一切都席卷到由颜色组成的巨大梦境当中。

回到船上之后，我发现慕晓也挺失落的，便猜测，其实他也以为这次沉船之行是与他父亲有关的。看来，他和我一样，也受到了那本《岛》的指引，只是，他在明处，我在暗处，他看不到我，我却能看到他。偶尔，在那么一两个瞬间里，我和他还会重叠起来，重叠成一个人。

5

我决定带着慕晓去六极岛之外的那些小岛上看看，但我没有告诉他是去找他父亲，他也没有多问，不知从什么时候开始，我们之间已经达成了一种默契。

我选了一个好天气，海面上风平浪静，一大早我就和慕晓划着船出发了。离六极岛最近的是新寮岛，我们便打算从新寮岛开始岛屿之旅。上岛之后，我发现那条连接新寮岛和大陆的小路已经重新沉回海里去了，那个诡异而快乐的水市也消失得干干净净，好像从来没有出现过一样。绕着岛走了一圈，也只看到三五户人家，和六极岛一样，这里的多数岛民都搬到大陆上去了，留在岛上的，不是耄耋老人，就是像海龙王那样略带神话色彩的异人。我还发现，虽然是离六极岛最近的岛，但新寮岛还是和六极岛有些不同。六极岛的周围环着一圈珊瑚礁，所以海滩是银白色的，而新寮岛的海滩是黑色的，这是由火山砂造成的，海滩上还散布着嶙峋的熔岩堆和玄武岩块，这些都说明，新寮岛是一座火山岛，或是几亿年前海底火山爆发的时候，由火山灰堆积而成的岛。它和六极岛一白一黑，像两枚棋子在海中悠然对弈。

离开新寮岛，我们继续往南走，前方的海面上隐隐约约漂着几座孤岛，看起来都小得像玩具，可爱极了，仿佛顺手就可以捞起装到兜里带走，但这些岛我已经叫不出名字了。我们的船靠近了一座很袖珍的岛，岛上有一片沙滩，我们就从那里登岛上了岸。环岛转了一圈，这个岛实在是太小了，和大户人家的客厅差不多大，岛上除了一小片椰林，什么都没有。我们走进那片椰林才发现，里面还藏着一座蚝壳屋，四面墙壁都是用蚝壳筑起来的，散发着海洋的腥味，好像这座屋子是自己从海里走出来的。屋檐下挂着一排长短不齐的鱼干，有风吹过的时候，会像风铃一样叮咚作响。蚝壳屋旁边长着几棵木瓜树，两棵椰子树中间挂着一张吊床，吊床里悠然兜着个人，躺在吊床里的人也听见我们的脚步声了，从吊床里翻起，飘下，好像一点重量都没有。

我定睛一看，飘下来的是个干枯瘦小的老人，紫黑面膛，一头白发，穿着肥大且过时的衣服，以至于看上去他衣服里装的不是身体，而是风。我觉得他随时会像气球一样从我们面前飘走。但老人没有动，只是像一切与世隔绝的岛民一样，目光直直地盯着我们。我上前一步，连说带比画，生怕他听不懂，阿叔，岛上就住着你一个人？他还是呆呆看着我，眼睛都没眨一下，也没动，好像第一次见到了他之外的人类，被震蒙了。我只好继续说，我们是来岛上玩的，玩，就是四处转转。我边说边用手比画了一个圈，老人还是没吭声，却转身回了蚝壳屋，屋里黑洞洞的，什么都看不清，我正探头探脑地往里窥探着，老人又出来了，手里拿着一把长长的砍刀，我和慕晓见状，吓得拔腿就跑。

跑出一段距离，见老人并没有追上来，我俩不甘心，便又贼头贼脑地返了回去。走进椰林一看，老人正用砍刀往下砍椰子，几个熟椰子扑通扑通砸在了地上。老人又走进屋里，这次拿出了一把斧头，我和慕晓再次吓得要抱头鼠窜，忽见老人一手拎起一只椰子，一手高高举起斧头，寒光一闪，一颗人头大的椰子被准确地削了顶，刚好露出一层雪白的椰肉，又见一道寒光下来，另一颗椰子也被削了顶。然后老人放下斧头，抱起两颗椰子，递给我们一人一颗。

原来是要请我们喝椰子汁。正好也口渴难耐，我们便举起椰子一口气喝完了。喝完椰子，我们三个坐在椰林里慢慢聊起了天。原来，老人也不是岛上的土著，这岛本是一座无人岛，他是岛上的第一个居民。他当年蒙冤入狱，白坐了八年牢，出狱回到家乡，才知道父母都已经不在了，邻居亲戚又都把他当成劳改犯，避之不及，他一气之下，便自己做了一只筏子，漂到了这座无人岛上。传说这座岛上闹鬼，没人敢来，他偏偏要来这座岛上却是因为，没有人愿意帮他平反，他希望这里的鬼魂能帮他平反。此后他就在这岛上安了家，一住就是三十五年。我说，阿叔，那你在岛上到底遇见鬼魂了没？老人笑道，要是真有个鬼魂能说说话倒好了。我说，一个人这么孤单，怎么不回大陆呢？大陆上到底人多些。他摇摇头，依然笑着说，不回去了，几十年了，早就习惯了，孤单有孤单的好。慕晓问，老伯，这岛有名字吗？老人说，有喽，叫赵武岛。慕晓说，听着挺威风，这岛名可有什么来历？老人哈哈一笑，露出嘴里仅剩的两颗牙齿，赵武就是我的名字，我是住在岛上的头一个人，所以就用我的名字给它起名喽。

这时候，忽然有一只猴子从椰子树上跳了下来，我和慕晓正吃惊地看着这只从天而降的猴子，紧接着又降落下来一只猩猩。猴子和猩猩争先恐后地爬到老人身上，猴子占据了一只肩膀，猩猩便赶忙占据了另一只肩膀，它们一个抱着老人的脑袋，一个揪着老人的耳朵，有些警惕又有些好奇地打量着我和慕晓。老人慢慢站起来，像耍杂技一样，一只肩膀扛着猴子，另一只肩膀扛着猩猩，稳稳走进蚝壳屋，出来的时候，手里拿着一把梳子。猴子一看见梳子便欢呼着顺着他的胳膊滑下，跳到石桌上，很听话地坐在那里。老人走过去，慈爱地用梳子给它梳头，它便很享受地闭上眼睛，一动不动，看上去又安静又满足。猩猩看上去很是不满，龇着牙，在老人的白发里乱翻，看能不能找到一点零食。

梳完头，老人又从树上摘了一只木瓜给它们吃，它们很快就把一只大木瓜分食完了。吃完之后，猩猩又一下摁住猴子，捡拾起它嘴边的碎屑，放进自己嘴里。连碎屑都没有了，它又撑开猴子的嘴，细细检查里面是否还有残菜剩羹。确定实在没有什么可吃的东西了，它忽然一屁股坐在了猴子的肚子上，把猴子当作了自己的椅子。可怜的猴子居然一声不吭，心甘情愿忍受这样的折磨。直到老人扔给猩猩一个用棕榈做成的假猩猩，它才抱着它的假猩猩，放过了猴子。

我和慕晓在旁边看得津津有味，老人慈祥地笑着说，是我把它们带到岛上来的，和我做个伴，猴子叫小赵，猩猩叫小武，小武喜欢欺负小赵，小赵也喜欢被它欺负，它们在一起不是打架就是吃醋，但其实谁都离不了谁，少了一个，另一个也活不了。小赵性格软，喜欢哭，它哭喊的时候，千万不能理它，越理它哭得越凶，和小孩一个样，你假装没听见，它就慢慢不哭了。它最怕的是没人和它玩，所以，在它看来，小武欺负它也算一种和它玩的方式。

慕晓问道，老伯，以前有人来岛上看过你吗？老人很高兴地说，有，怎么没有，隔几年我就能见到一个人，见到一个人我就在那棵最高的椰子树上做个记号，给自己留个纪念嘛，加上你们两个，我在这岛上一共见过十个人啦。

离开赵武岛的时候，老人拎着两颗椰子做礼物，一直把我们送到了沙滩上泊船的地方，小赵和小武稳稳蹲在他肩上，似乎是从他肩膀上长出来的。我们准备上船的时候，老人忽然抓住我的胳膊，褶皱上堆满笑容，他用哀求的语气对我说，后生仔啊，我能不能求你一件事情？我慌忙说，阿叔，你有什么事就说。老人摸摸猴子，又摸摸猩猩，笑着说，你们再出来玩的时候，记得多来我这个岛上转转。我老了，说不定哪天就不在了。这是小岛，可吃的东西不多，你们再来要是发现我已经不在了，就把小赵和小武带走。陆地太大了，竞争也大，它们适应不了，你就把它们带到大点的岛上去，大岛上吃的东西总比小岛上的多。千万不要把它们分开，它们俩在一起多少是个依靠。

小船重新滑进了大海，我们离陆地越来越远了，海面越长越开，越长越阔，看起来整个世界都被海洋统治了，宏伟的云堡就筑在我们头顶，好像众神居住的宫殿。我们的船经过的时候，会在海面上犁开一道巨大的金色波纹。赵武岛像海风筝一样，渐渐漂远了，最后连岛的影子都看不到了。我划船划累了，便停了下来，我们的小船坐在海面上，既孤独又宁静，全世界好像只剩下我们和这条船了。慕晓手搭凉棚，还朝着赵武岛漂远的方向张望着，一边张望一边对我说，你发现没，小岛其实就是一个个乌托邦的实验室，岛上的人们进行着各种奇奇怪怪的实验，比如这赵武岛上的老人，他的乌托邦实验是，找到不存在的鬼魂为他平反，最后，他却与这不存在和睦相处了下来。你说，如果把我父亲放在一座小岛上，他的乌托邦实验会是什么？

我说，作家的乌托邦实验，肯定是把小说里的世界和现实中的世界颠倒一下。慕晓只是笑，并不说什么，我便又说，再给我讲讲你父亲吧，因为我从小就喜欢看小说，所以对作家难免有些好奇。

慕晓随手拿起船舱里的一块玄武岩把玩着，是我们从新寮岛的海滩上捡来的。我慢慢发现，只要一提起他的父亲，他就会本能地在手里把玩起一件东西，随便什么，好像这样可以转移自己的注意力。我想，这可能是因为，他其实很害怕向别人讲述他的父亲，因为这样他父亲会变得逐渐清晰起来，但他又很渴望这种讲述，因为正是在这样的讲述中，才使得他可以无限接近他的父亲，甚至开始重新理解他的父亲。我之所以明白这些，是因为，我对我父亲的感觉其实也是这样的。在听他讲述的时候，我和我父亲其实也在进行着一种隐秘的对话。

他说，这一点你倒是和我父亲很像，你们都是好奇心很重的人。然后他又专心致志地玩起了石头，我以为他不想多说，不料片刻之后他又主动开口了：我父亲就是这样，对别人总是充满了一种过于强烈的好奇心，不管是什么人，哪怕是乞丐，他都抱着极大的兴趣，对人好奇得以至于要窥视，有时候到了令人嫌恶的地步。我最不愿意看他和人说话，因为在和人说话的时候，他就像一个八卦的小报记者，会准备一大堆问题，然后像连珠炮一样一个接一个地朝对方投掷过去，和他说话你会有一种被采访的感觉，会觉得很不舒服。如果遇到稍有些个性的人，他会如获至宝，会以惊人的毅力一次一次地向那人靠近。那年，我家邻居的儿子刑满释放了，刚从里面出来的人既敏感又自卑，不大愿意见人，但他就是对人家充满好奇，想了解人家在里面是怎么生活的，当然他也没什么坏心，只是好奇。于是他一次次地去敲邻居家的门，说要请他家儿子吃饭，人家婉言谢绝，他不死心，又买了水果去敲门，反复表达了想请对方吃饭的意愿。你猜最后怎么着，最后邻居家那儿子实在忍无可忍，冲出来把他给打了，水果滚了一地，也没人去捡。还有一次，他倒垃圾的时候，看到垃圾桶旁边有个乞丐拿着一支笔和一个小孩用过的作业本，正一笔一画地在上面写着什么，他连忙凑过去，见对方写的是一行行的文字，长短不一，看起来很像诗歌。他当时就热泪盈眶，蹲在那乞丐面前问他写的是不是诗，能否让他也欣赏一下，他想告诉乞丐，他能懂他，他就是他的知音，他还准备邀请乞丐去饭店好好吃顿饭。结果那乞丐对他挥挥手，很不客气地赶他，快走开。你以为他对人这么好奇是因为他喜欢人吗？正好相反，他根本不喜欢人，不是不喜欢某个具体的人，而是，他根本就不喜欢人这种存在，也不喜欢人性。他的滑稽和悲壮之处就在于，一个根本不喜欢人的人却从事着一种研究人的工作。

我把脸扭向一边，这样就可以看不到他的表情。我远远望着那条海天交界线，那条细细的线简直会魔法，它可以变出大团大团肥软的云，这些云又砌成了宏伟的云堡，会孵出婴儿一样小的船，那些小船在海上会迎风生长，迅速长成为大船；血红色的朝阳和辉煌的海上明月也是从那里升起的；人类生了死，死了生，生生死死不知多少代了，而那条海天交界线从不曾有任何变化，永恒而安宁。沉默了片刻之后，慕晓忽然又笑着说，和你说实话吧，有时候我觉得他像个随时准备要就义的烈士，为了他的写作他什么都不怕；有时候又像个马戏团的小丑。最可怕的是，他其实什么都明白，他明白自己有时候像个小丑，而他会把那个小丑一样的自己也写到小说里，不怕被人看出那就是他自己，也不怕被人耻笑，他甚至会把我和我母亲也写到小说里。我看着小说里那个变形的自己，就像站在一面哈哈镜前，既好笑又愤怒，还有看到自己被人用文字解剖了一遍的惊恐与悲凉。但他不在乎，我觉得他其实更愿意活在那个由文字构筑成的世界里，为了创造出更稀有的文字，他愿意牺牲掉现实中的一切。

我说不出一句话来，只是慢慢划着船。忽然，我看到我们前方的海面上浮着一座纯白色的小岛，在阳光下折射着耀眼的光泽，我连忙朝那小岛划去。登上岛才发现这其实是一座小小的珊瑚礁，岛上寸草不生，只有雪白的沙粒。我感慨道，世界上居然还有这么一无所有的岛，连棵草都没有。慕晓干脆躺在了白沙上，很高兴地说，你不觉得，这种一无所有也很震撼人吗？我陪他一起躺了下来。云离我们如此之近，几乎是擦着我们的鼻尖游弋了过去。阳光慷慨地照耀着这座珍珠一样的小岛，我们不知不觉中竟睡着了。我梦见自己掉到了海里，浑身湿漉漉的，猛然醒来，发现自己身上的衣服真的湿了。四下里一看才发现，小岛沉到海里了，马上就要消失了，而我和慕晓几乎已经睡在了海面上。一看船还没有漂远，我连忙把慕晓叫醒，两个人连滚带爬地回到了船上。等到我们的船走出一段距离，一回头，那小岛已经彻底从大海上消失了，就像从来没有出现过一样。我明白了，原来是遇到了传说中的幽灵岛，这种岛又叫飞来岛，来去无踪，总是在大海上突然出现，又突然消失不见。

慕晓说，咱们给这无名岛起个名字吧，就像赵武岛那样，岛和人一样，有个名字才算真正存在过了。我说，就当这岛是咱们捡到的，送给你吧，干脆叫它慕晓岛。慕晓笑了，说，被我独占了，那你呢？我说，别急，海上的小岛多了去，我再找一座气质和我接近的岛。他沉吟了片刻，说，你还别说，用自己的名字给一座岛命名，就好像这座岛真的归自己所有了一样，有点岛主的感觉了，又好像，这座岛是被自己发明创造出来的；没有名字的岛就像那些匆匆走完一生的人，在这世界上什么痕迹都没留下就消失了。这么说来，能被写进文学作品中的那些人是不是也算幸运的？或者说，作家的写作其实就是对万物的命名。

我觉得，与其说他在和我说话，不如说，他其实正在和他父亲对话。他或许是想告诉他父亲，他开始能够理解他了，理解他为什么要把自己把儿子把妻子都写进小说里了。我望着更远处那些星星点点的岛影，忽然发现，这些岛屿在海上构成了一个巨大的迷宫，其实也是一个绝佳的隐匿场所，就算幕连还活着，就算他真的正藏匿在某座小岛上，也是不可能找到他的。我们的岛屿之旅，更像一种仪式，一开始是为了安慰慕晓，现在我却发现，其实更是一种对我自己的安慰。

黄昏渐近，我们必须返程了，我朝六极岛的方向使劲划着船，边划边对慕晓说，等我回头在船上装个柴油发动机，这样我们就能去那些更远的岛上了。

过了几天，老崔叫我们去他院子里吃甘蔗鸡，说他刚砍来一些青甘蔗，正好吃鸡。我过去的时候，只见两只肥硕的走地鸡已经被穿在了甘蔗上，老崔正在摆弄木炭，木炭刚点着，院子里浓烟滚滚，慕晓拿着一把扇子在旁边帮着扇。老崔指指屋里，说，先进去吃甘蔗吧，等烤好了叫你。又对慕晓说，你也进去吃甘蔗去，我一个人就够了。慕晓好像并不想进屋去，我倒乐得躲开浓烟，便赶紧进屋里了。进去才发现，那民宿老板娘已经在屋里了，正欣赏着老崔修补起来的那些瓷器。

老崔屋里很简单，摆着不多的几件旧家具，中间放了一只博古架，上面摆满了瓷器，大部分都是用碎瓷片修补起来的。博古架后面是一张木床，床上的被子叠得像豆腐块，端端正正地摆在床头，我盯着这豆腐块又看了半天。前面是一张方桌，桌上摆着一排小人，有的是用泥捏的，有的是用木头刻成的，还有的是用肥皂刻成的。这些小人儿让我想起了那只八爪鱼皮手套，显然，这都是老崔为自己找寻到的小快乐，看来他早已习惯了，在最单调的环境里为自己创造出一点点小快乐。

桌上还摆着几段砍好的青甘蔗，大概是用来招待我们的。但一想到啃甘蔗的时候状如大熊猫吃竹子，还得专门在脚下摆放一只盛放甘蔗渣的容器，边嚼边吐，吃相实在是不雅，何况还当着一位女士的面，于是，虽然青甘蔗的味道清甜，但我还是假装没看见，只是随手翻了翻桌上的几本书。都是文物方面的，旁边还摆着一摞旧笔记本，至少有十多本，我翻开最上面的一本，里面是用钢笔写的密密麻麻的笔记，便看了一段：

> 南海沉船中数量最多的是长沙窑瓷器，说明长沙窑瓷器是专门用来做外销的，从造型到装饰，都具有浓郁的西亚和阿拉伯风格。与其说这一时期的长沙窑产品是随着越窑青瓷器一起销售到海外的，不如说越窑青瓷器及北方窑口的白瓷产品是随着长沙窑瓷器一起外销的，向南经南海、西沙群岛、印度尼西亚、马六甲海峡到印度西南的故临，再往西运到波斯湾沿岸港口，转输各地。

我又略微翻了翻下面的那些笔记本，全都是关于文物方面的笔记。我在感到震惊的同时，还有点心酸，没想到一个在这里偷偷打捞沉船的人，竟如此认真地记了这么多文物方面的笔记，我翻了两页就不忍心再往下翻了。为了掩饰这种难过，我故意笑着招呼老板娘，快来看快来看，这老崔是把自己当文物专家了吧。

　　那女人却像没听见一样，依然专心致志地观赏着一只满是补丁的瓷盘。我又说了一遍，她才扭过头，不情愿地看了我一眼，然后，她朝老崔的那摞笔记本飞快地瞥了一眼，只一眼，便像完成了任务一样，又把头扭回去继续看那只盘子。就在刚才那飞快的一瞥里，我还是感到了其中的异样，那就是，我发现她其实很紧张，连嘴角那抹笑容都是僵的，而在她平日里放松的时候，她整个人是一种水波荡漾的状态，她的长发、长裙、眼风和笑容，都像是融化在水中的倒影，摇曳生姿。

　　我心里有些奇怪，便干脆拿起本子凑到她跟前，指着老崔的笔记对她说，你看看老崔多厉害，都能算半个文物专家了。她匆匆朝那本子看了一眼，又下意识地往旁边躲了躲，然后勉强笑着说，老崔不容易，他是自学成才的。说罢又从博古架上拿起一只瓷碗，凑到眼前，过于认真地端详着，她这种略带夸张的认真让我更加狐疑，我再和她说话，她便假装没听见。我忽然想起她书架上那些乱七八糟的书，想起那几本小学语文课本，还有挂在门口的那个歪歪扭扭的"岛"字，我心里忽然闪过一个可怕的念头，但连自己都有些不敢相信。为了能把这个可怕的猜测压下去，我故意把老崔的笔记摆到她眼前，指着其中的一段话说，你帮我看看这上面写的是什么，我是个近视眼，没戴眼镜，所以看不清楚。

　　她并没有朝那笔记本多看一眼，好像也没有听到我在说什么。我便又说了一遍，你帮我看看这上面写的是什么？连我都能感觉到自己的语气里的强硬，我吓了一跳，但并没有罢休，仍然把那本子牢牢摆在她面前。而她只是一动不动地凝视着那只瓷碗，整个人沉浸在一种异常可怕的平静里，脸上没有任何表情，连刚才的那点紧张也看不见了，她变得虚空、遥远而松脆。我忽然感觉到屋里升起了一种很深很安静的悲怆，屋里只有我们两个人，我知道，那悲怆来自她。我心里开始后悔了，开始感到自己的残忍。正想着该说点什么的时候，她忽然做了一个动作，猛地把那笔记本向我推了回来，她似乎正看着我，我却又觉得，她其实并没有看我，她的眼睛是空的。她空荡荡地看着我，半笑着说了一句，很多字我都不认识。然后便飘然出门去了。

　　院子里已经飘出了甘蔗鸡的香味，接着是老崔的声音，小张，快来吃鸡，烤到八成熟是最好吃的。我却躲在屋里不敢出去，我明白了，老板娘最后说的那句话其实并不是玩笑，也就是说，我猜得没错，美丽的老板娘真的可能是个文盲，她正在岛上自学小学语文课本，也许这才是她不愿离开六极岛的真正原因。我有些悲伤，但比悲伤更深的是一种对自己的失望，我发现自己的残忍。

我走出屋子的时候，他们三个人已经开吃了，老崔撕下一只鸡腿递给我，然后又撕下另一只鸡腿塞到慕晓手里。我默默吃着鸡腿，不敢扭脸，生怕不小心和老板娘打个照面，只听她边吃边大声和慕晓说笑着什么，显得有些过度地活泼。等到两只鸡吃得差不多了，老崔起身，走到水龙头下把手洗干净，又抓过毛巾细细擦干，然后进了屋里，不一刻又出来了，手里抱着那摞笔记本。他坐到我们旁边，把那摞笔记本端端正正地放在自己腿上，然后搓了搓两只手，拿起最上面的一个本子翻开看了看，又小心翼翼地放下，好像生怕把那些已经发黄的旧本子弄脏了。

他看着我们，试探着问了一句，鸡的味道还可以吧？我们纷纷称赞，他看起来便放松了一点，双手仍然放在他那摞本子上。沉默了片刻，他忽然抬起头，一边讨好地笑着，一边对慕晓说，小慕，找着你父亲没？慕晓摇摇头，手里的鸡骨头继续放在嘴里啃。老崔很关心地说，还没找着啊？你确定他是来了六极岛？慕晓好像也开始感到某种不安了，他没有说话，只是点了点头。老崔的两只手还是牢牢抱着那摞本子，他有些紧张地说，那就好，你不用怕，总能找到的，我们帮你一起找。

慕晓更不敢说话了，他开始用指甲细细抠鸡骨头缝里的肉，老崔见状，放下本子，把剩下的最后一块鸡肉塞给慕晓，自己则又走到水龙头下仔细把手洗了，又坐回来，重新把那摞本子抱在腿上。这次，他好像终于下定了决心，忽然抬起头对慕晓说，小慕，我记得你父亲是个作家，对吧？慕晓不看他，又匆忙点了点头。老崔笑着说，作家好啊，我还有个事想请你父亲帮忙呢，你看这些笔记，是我这些年里研究文物积攒下来的笔记，十年前就开始了，少说也有三十万字了吧，我打捞沉船不为钱，就为研究这个，你说要能把这些笔记出成一本书该多好。可我对出书这种事两眼一抹黑，根本不知道该去哪里找人，我就想着，等找到你父亲了，你和他说说，看能不能请他帮个忙，他是作家嘛，出本书对他来说还不容易？

我忽然明白了老崔催促我们进屋吃甘蔗的用意，而那摆笔记本，是他故意摆在甘蔗旁边的，就是为了能让我们看到。短暂的沉默之后，只听慕晓大声笑着说，放你的心，一找到我父亲我就和他说这个事。老崔又抬起头看了看我们，眼睛亮得吓人，却一句话都没有再说。

我遵守诺言，在小船上装了个柴油发动机，然后带着慕晓再一次出发了。这次，我们打算去往一些更遥远的岛。在一座小岛上，我们看到的唯一动物是羊，而在另一座小岛上，我们能看到的唯一动物是牛。岛屿对物种进行了隔离和保护，以至于一座孤岛得以变成某一个物种的天堂。我们就把其中一座称为"羊岛"，而另一座称为"牛岛"。"羊岛"和"牛岛"在海上遥遥相望。

我们的船继续往前走，又遇到一座小岛，登上去之后，我们发现这座岛上到处是白色的贝冢，有的贝冢不只是高大，简直已经算得上雄伟了，比岛上的房屋还要高，像山丘，又像坟墓。这说明，这个岛上的岛民不是一般地喜欢吃贝壳，贝壳简直就是他们的主食，我们便自作主张，给这座岛命名为"贝岛"。之后，我们又去了贝岛附近的一座小岛，结果发现，这座岛上长满了甘蔗，甘蔗林里包裹着一个小村庄，住着十来户人家。我们从村子里经过的时候，发现每家门口都堆着一座小山丘，仔细一看，居然是甘蔗渣。有些留守在岛上的老人和儿童正坐在门口啃甘蔗，他们啃得相当专业，像独门绝技，手里拿着砍刀噌噌削皮，动作让人眼花缭乱，嘴里还一刻不停地嚼着甘蔗，边嚼边吐，为了方便，还在两腿之间摆放着一只专门盛放甘蔗渣的篮子，篮子满了就倒在旁边的小山丘上。好像他们一天的主业就是啃甘蔗。他们看到有陌生人来到岛上，先是好奇地盯着看了一会儿，然后便热情地邀请我们一起啃甘蔗。我们在那岛上啃了整整一天的甘蔗，啃得满嘴起泡才作罢。我们便把这座岛命名为"甘蔗岛"。

我和慕晓乐此不疲地给每一座遇见的小岛起名字，这种命名的快乐真的类似于发明或创造出了什么的感觉。想必我父亲和慕晓的父亲在长年累月的写作中，所体会到的也是这样一种快乐。我发现，我们真的在向他们渐渐靠近。

离开甘蔗岛之后，小船重新滑进了大海，行驶了半天之后，我把发动机关掉，任由小船漂浮在海面上。远处抛锚着两只大船，静静的，海上化石一般。我俩坐在船上又啃起了甘蔗，啃甘蔗可以补充水分。离开甘蔗岛的时候，老人们送了我们一大捧甘蔗，说他们岛上别的没有，甘蔗总还是不缺的，想拿多少拿多少。我把甘蔗渣吐进海里，立刻有一群五颜六色的小鱼赶了过来，围着甘蔗渣分食着，形成了一朵奇异的鱼花，盛开在海面上。慕晓也学我的样子，把甘蔗渣吐在海里，于是越来越多的小鱼围拢过来，小船周围开满了五光十色的鱼花。还有的鱼从水里跃出，又一头扎进去，身上的鳞片闪闪发光。

周围的几座小岛端坐在海面上，安详地围观着我们，更远处还有更小更依稀的岛影，有的小如海面上的一颗玻璃珠子，反倒是大陆已经杳无踪影了，我们真像是来到了一个岛屿的世界，一个隐藏在世界里的世界。我边啃甘蔗边对慕晓说，你答应了老崔的事，还记得不？

他半天没说话。我自己也觉得不该提这个茬，便更加专心致志地啃起甘蔗来，小船周围聚集的鱼越来越多，简直要把我们的小船给抬起来了。这时候忽听到慕晓说话了，声音不高，有点像自言自语，老崔太高看我父亲了。我父亲那个人，怎么说呢，你不能说他纯粹，但也不能说他不纯粹，有时候他好像什么都在乎，在乎扣了一点工资，在乎别人怎么称呼他，在乎开会时的座位排次，哪里还像个作家！但有时候他又什么都不在乎，不在乎吃什么穿什么，不在乎住什么样的房子，不在乎自己的家庭。去那些偏远的地方采风，两个月不能洗澡他也无所谓；他还在路上被抢劫过，他也无所谓，反正身上也没多少钱，干脆全掏出来给人家了。有时候他身上会有一种根本不适合他的使命感，那是只适合出现在伟大作家身上的使命感，却出现在了他的身上，这就是为什么有时候你会觉得他可笑的原因。我曾经问过他，你觉得你费劲写那些书真的有意义吗？又没有几个人看，在你死后，你觉得还会有人记得你写的那些书？结果他说，有没有人看很重要吗？我觉得，与其说他在写那些书，还不如说他在喂养它们，他要让它们拥有生命，要让它们活下去，为此，他不惜拿出自己的一切。他会把他从小经历过的那些事情，那些不愿意讲给任何人的隐秘经历都写到书里去。他从来没有给我讲过，但我从他书里猜测出了他的童年。在他很小的时候，他父亲就去世了，他母亲改嫁之后再没去看过他，他是被祖母带大的。他第一次拥有一支手电筒的时候特别高兴，晚上拿到院子里玩，见什么照什么。手电筒照到玉米秸秆上的时候，他祖母正好从屋里出来，老人忽然就大叫起来，着火了，着火了，快救火啊。那是他祖母第一次见到手电筒，他就是被这样一个老人带大的。祖母去世前，他在床前一直守护着她，八天八夜没有合眼。祖母去世之后，他得了一种后遗症，眼皮一直抽搐性地跳动，又没法彻底闭上，以至于睡觉的时候也是半睁着眼睛。我看了这段才明白我父亲为什么一定要一个人睡觉，不让任何人看到他睡觉的样子，他是怕吓着别人。我后来慢慢想明白了，他写那些书还真不是给别人看的，那些书其实不过是他的树洞，是他在这个世界上唯一能真正倾诉的地方，也只有这树洞能真正听懂他在说什么，所以他不惜用他的屈辱、痛苦、快乐，用他所有的秘密去填满它。不只是他自己的秘密，还有别人的秘密，他也会拿来去喂养那永远填不满的树洞，所以他对别人总有一种观察甚至窥视的欲望，这使他有时候看起来会有些猥琐。他曾把很多人的秘密写进小说里，包括他同学的，亲戚的，熟人的。有一次，因为他把他叔叔家的事情写进了小说里，为此他的堂弟把他告上了法庭。那次风波之后，我也问过他，你觉得这样把别人写进小说真的好吗？他不解地看着我说，这是艺术啊，一旦写进小说就变成艺术了，那些写进小说的人物只是活在小说里的，他们拥有的只是文学生命；他们一旦在小说里有了生命，就和他们的原型没有一点关系了，这是两个世界啊，你不要搞混淆。我心想，到底是谁混淆了这两个世界。你也给我们评评理，到底是谁混淆了这两个世界？

又一次日落来到了，整个世界渐渐熄灭下去，海和天不再分开，几座有人居住的海岛变成了大海上的几点鬼魅灯光，渔船亮起了闪烁的红灯和绿灯，过往的货船也透出了点点灯光。那两只抛锚的大船还钉在海面上，远远望过去，就像海面上浮着两座古堡，缥缈虚幻，又带着森森鬼气。我听着听着，忽然产生了一种错觉，我一时分不清楚，究竟是他在向我讲述，还是我在向他讲述，我甚至也不再能分清楚，那本《岛》到底是我父亲写的还是慕连写的，还是，根本就是他们两个人一起写的。

这时，只听慕晓又说，你还记得我们玩过的那个游戏吧，每个人都要讲出一个自己的秘密，我估计啊，那游戏其实就是我父亲在岛上发明的，原因很简单，因为他在任何地方都会想方设法去寻找小说素材，那游戏倒不失为一种获得素材的好办法。这也说明，我父亲确实来过六极岛。

我犹豫了半天，还是试探着问他，你觉得有人会在游戏中说出自己真正的秘密吗？慕晓干脆躺在了船舱里，枕在胳膊上对着满天的星辰说，秘密和世间万物一样，有大的就有小的，有老的就有年轻的，有些小秘密说出来也无妨吧，尤其当着陌生人的面。像我们四个人，在一座岛上萍水相逢，至今都不知道对方真实的名字是什么，比如我，可以叫慕晓，也可以不叫慕晓，所以我从来不问你的名字。正因为陌生，那些小秘密的主人才会觉得安全，所以你才会说你举报了你们公司老板，我才会说我是来岛上找我父亲的，这都是些小秘密，不会伤害人。但你有没有想过，这世界上还存在着很多大秘密，有的秘密如庞然大物一般，如最致命的武器一般，却终生蛰伏在某一个神秘的角落里，可能从来没有人见过它们真正的面目。其实，正是这些大大小小的秘密构成了世界的阴面，就在阳面的背后，一阴一阳合起来，才是这个世界本来的样子。你觉不觉得，人和秘密之间的关系很奇妙，很有趣，也很恐怖，秘密多是藏匿在人的心里，记忆里，言辞间，歌谣里，或日记里。拥有秘密的人知道自己即将死亡或消失的时候，可能会想方设法把他的秘密留下来，藏到某个地方，从此这个秘密就独自获得了一种生命，而且比人的生命更为长久，有的甚至能存活几百年甚至几千年。还有的时候，秘密的主人为了保护他的秘密不被人知道，什么事情都可能做得出来，比如，把知情人除掉，再比如，把秘密伪装成另外一副模样，还有一种可能，就是用一个秘密去盖住另一个更深的秘密。你说你从来没有见过下雪，我们那里每年都会下几场雪，有的雪很大，会把天地间变成白茫茫一片，会遮盖住这人世间所有的秘密，所以我每次看到那种漫天大雪的时候，都会觉得，这世上没有比大雪更慈悲的东西了。

我也索性躺在了船舱里，头朝着船尾看星星。那些古老的星座如宫殿一般在我们头顶熠熠闪光，带底灯鱼和彩色的水母在我们的小船旁边游弋着，海天被缝合并折叠在了一起，无法再分清楚哪里是天，哪里是海，我们的小船似在海上，又似飞翔到了夜空中。我说，你发现了没，老崔和民宿的老板娘其实还有更大的秘密。慕晓说，我刚到岛上的时候就发现了，不过，我知道你知道，你也知道我知道，这就够了，何必一定要说出来呢。其实知晓他们秘密的不只是你和我，我猜测我父亲也一定知道，他那样一个人，不惜用世间的一切去喂养他的小说。从前我总觉得他不够慈悲，这次居然没把他们的秘密写进小说里，显然，他在保护他们。你看，他最后到底还是学会了慈悲，我心里都替他高兴呢。

6

后来，我和慕晓隔三岔五就继续我们的岛屿之旅，我们在船上备了吃食和水，还备了充足的柴油，又陆陆续续地去了一些更远的岛上。有的岛得走两三天才能到，我们便在岛上住一晚，第二天再坐船把附近的小岛也逛一遍。从一座小岛到另一座小岛的感觉有点像在海上散步，边散步边漫不经心地到处串门，从东家出来又晃进西家，有一种农耕和渔猎时代才有的安详与满足。又有点像小时候玩过的一种叫跳房子的游戏，从一个格子跳到另一个格子里，充满着一种简单童稚的快乐。

一座岛上有一片原始的热带雨林，森林里居然爬行着一条若隐若现的小径，我们沿着那条小径往前走，走着走着，小径忽然消失了，而周围的森林蓊郁阴森，简直密不透风，有些参天巨树十几个人都抱不过来，巨树上攀爬着各种草本植物，蟒蛇一样粗的爬藤牢牢把巨树缠住，缝隙间又长出了驳骨木、土蜜树、水蜈蚣、石斑木、莺萝、琴叶榕等各种植物，花和树和果缝合得天衣无缝，变成了一种奇异雄伟的植物建筑。我们行走在这样豪奢恐怖的植物建筑里，一时找不到出路，显然是迷路了，只好凭着直觉往前走。越往前走，植物越发茂密，连一点阳光都透不进来了，好像从白天慢慢走进了夜晚。就在这时候，我们眼前忽然出现了一片古老壮观的庙宇，静悄悄的，肃穆而梦幻。虽然已经是残垣断壁了，但还是能依稀辨别出这里曾有过一个富庶的城邦，后来人们搬走了，城邦坍塌废弃了，森林便渐渐占领了这里。植物就是这样有耐心，它们在时光中静静等待着，等人类搬走了，它们就会搬回来，不争不吵，优雅有序，因为它们知道它们才是这里真正的主人。除了植物，坍塌的庙宇里还住着各种走兽和飞鸟，甚至还有尊贵的大象，好似这里的君王。那些色彩艳丽的走兽和飞鸟因长期住在神庙里，竟都度化出一种不凡的气质，看到我们也不惊慌，依然从容不迫地散步、吃饭、恋爱、抚养孩子、照顾老人，一头大象甚至用鼻子把香蕉叶卷下来，把积蓄在叶子里的水送给我们喝。于是，我们给这座岛起名为"象岛"。

在一座岛上，除了美丽的孔雀，我们看不到其他任何鸟类，原来，在孔雀的领地内是容不下其他鸟类的。因为孔雀太过骄傲了，绝不允许其他鸟类出现在它们的地盘里。我们给这座岛起名为"孔雀岛"。

在一座岛上我们四处找不到淡水喝，但是却发现那座岛上长着一片猪笼草，猪笼草上挂着大大小小的瓶子，有的大瓶子足有暖壶那么大。我小的时候，晚上睡觉前，母亲也会在我床前挂一盆猪笼草，因为它会帮我捉蚊子。一看到猪笼草，我就知道我们有救了。我摘下一只大瓶子，瓶子里盛着半瓶绿色的液体，上面还漂着一些虫子和蝴蝶的尸体，慕晓不敢喝，我举起瓶子就喝了下去。他见我没被毒死，再加上实在太渴了，便也试着摘下一只瓶子，结果发现味道很像某种饮料。我说，你也不想想，味道太差的话如何吸引那些虫子和蝴蝶前往瓶中呢，它们又不傻。我们便把这座岛起名为"瓶子岛"。

在一座岛上，屋子不是建在地上，而是建在大竹筏上，各种店铺也都建在竹筏上，所以这些房屋和店铺都是流动的，刚才还在这里，一扭头就发现不见了，漂走了。而当地人能坐船就绝不走路，恨不得从门口到床上的这段距离都坐着船才好，船已经变成了他们的腿。我们把这座岛起名为"漂流岛"。

在一座岛上，不管男女老少都喜欢嚼槟榔，他们身上都挂着装槟榔的竹筒，牙齿因为常年嚼槟榔而被染成了红色，笑起来的时候有点像吸血鬼。就连刚学会走路的小孩也在嚼槟榔，身上还配备着专门的槟榔盒和栳叶盒，盒子还做得十分精致，上面镶嵌着螺纹，因为嚼槟榔实在是他们的头等大事。嚼槟榔的时候还充满仪式感，要严格遵守一个程序，用栳叶把槟榔包起来，还要蘸上贝壳粉，两岁的小孩对这一程序也已经驾轻就熟，好像天生就会嚼槟榔。我们把这座岛叫"槟榔岛"。

有一座岛的树上长满了各种贝壳，变成了奇异的贝壳树。其实是寄居蟹把它们带上树的，寄居蟹喜欢找空房子住，贝壳自然是首选；有了房子之后，它们又想住在高一点视野好一些的地方，于是，它们又背着自己的房子吭哧吭哧爬到了树上，把贝壳留在了那里。我们把这座岛叫"蟹岛"。

有一座小岛上长满了榴梿树，成熟的榴梿掉了一地都无人采摘。我们坐在榴梿堆里,吃得快走不动路了,还得不时抬头观望,防止树上砸下来的榴梿,一只榴梿砸伤一个人不成问题。在一座小岛上,有一座奇怪的桥,那桥是活的,还在长叶子开花,原来是搭在河上的木头又复活了。在另一座小岛上,我们看到长着一只巨大的笼子,是用榕树的气根编出来的。原来是榕树的气根绞杀了原来的那棵树,时间一长,被包裹起来的死树渐渐腐烂渐渐消亡了,于是岛上便有了这样一只还在生长的笼子。

我们一直往南走,从一座小岛到另一座小岛。在那些更小更魔幻的岛上,我们见到了各种奇奇怪怪的动物,红胁吸蜜鹦鹉、玫瑰鹦鹉、金肩果鸠、太阳鸟、马来灵猫、黑冠猕猴,还有一些组合型的动物,比如虎猫、鼠鼬、獭狸,我们还见到了蝴蝶中最优雅的蝶后——布氏鸟翅蝶。在更靠南的小岛上,已经看不到猿猴、猫、兔子、羊或牛了,这里的动物特别有意思,它们身上全都是有口袋的,比如袋鼠、袋熊、鸭嘴兽。显然,口袋是这岛上进化出来的通行证,没有保留口袋的动物在这岛上根本没有生存的资格。

在我们岛屿旅行的间隙里,慕晓一直在断断续续地向我讲述他的父亲。

"当他试图了解一个人,走近一个人的时候,其实都是带有目的性的,就是为他的小说。他并不是因为真正喜欢那个人而去靠近他,他只是好奇,这就会导致,所有他试图靠近过的人,到最后都只有一种结局,那就是,被他在小说里解剖完之后,像吐甘蔗渣一样扔到一边,再没有了兴趣。所以他连个朋友都没有,他其实很孤独。

"有一次我记得特别清楚,那时候我还在上高中吧,好像是一个周末,我难得能睡个懒觉。我醒来的时候,发现我父亲正坐在我床边看着我,他很少这样,所以吓得我躺在床上都不敢说话。他见我醒了,便凑过来,笑着问我,早饭想吃什么?我不知道他这是怎么了,更不敢说话了。他继续笑着,好像很开心地说,我给你做蛋炒饭好不好?蛋炒饭是他唯一拿手的饭,但他平时很少做,只有在心情好的时候才偶尔做一次。他一大早主动要给我做蛋炒饭,这让我很是不安,我便揉着眼睛说,家里昨晚吃的是面条,没有剩下米饭。他立刻说,这不要紧,我一大早就起来把米饭蒸上了,现在也差不多蒸好了,我这就去给你做蛋炒饭。我心里都有点害怕了,不敢看他,也不敢多说什么。他转身要离去的时候,忽然又回过身来对我说了一句，我也就做蛋炒饭的时候还有点用。我想阻止他说下去，便赶紧说，那好啊，你快去做，早饭就吃蛋炒饭。他转身进厨房做蛋炒饭去了，我躲在被子里偷偷哭了一会儿才起床。

"有一次他忽然对我说，你知道有些人为什么生来就要写作？因为他们其实都是些残疾人，只是那些残疾从外面看不到。

"他总是忘记我母亲的生日，只有一次他记住了，但他也没有准备什么生日礼物，只把一首艾米莉·狄金森的诗工工整整地抄在稿纸上送给了我母亲：

不是死去，让我们如此伤痛
是活着，伤我们更重
然而死去，是不一样的路途
这种伤躲在门后
那是鸟儿南飞的习性
当霜降刚刚来临
就另谋更好的纬度
我们是留下来的鸟儿
一群颤抖者守在农场主的门口
为了那勉强扔出的一口面包
我们约定，直到怜悯的雪花
劝我们的羽毛，回家

在这首诗歌的最下面还有一句送给我母亲的话：谢谢你这辈子愿意收留我。"

那天，在那个陌生的岛上发现所有的动物身上都有口袋之后，我就对慕晓说，咱们往回返吧，不能再往南走了，再往南就到澳大利亚了，虽然澳大利亚也是个大岛。见他半天不吭声，我便又说，我知道你是看了你父亲写的那本《岛》，受了书中的提示，想着会不会在哪座岛上忽然就遇到他了。那本书你借给我之后我连夜就看完了，书中的那个作家最后是被流放到了一座小岛上，但那毕竟只是一种文学表达，并不是发生过的事实，你不要学你父亲那样，把文学和现实世界搞混淆了，也许你父亲根本就没有来过六极岛，他小说里的那个岛只是他虚构出来的。

慕晓捉到一只小袋鼠，然后硬是在小袋鼠的口袋里塞了一根香蕉才放它走。看着小袋鼠带着礼物一蹦一跳地走远了，他才对我说，我来这些岛上不是为了找我父亲，他其实早已不存在了，事实上，从他再写不出一个字的那天起，作为一个作家，他就已经不存在了；而那个作为作家的他不存在了，他也就不存在了。我想来这些岛上看看，只是想搞清楚一个问题，他为什么对岛屿那么有兴趣？你看这些岛屿，远离王权，冷眼旁观着文明的进退，却又自由自在，每座小岛都有着自己的信念和性格，它们不被大陆裹挟，它们坦然承认自己就是个岛屿。因此，哪怕是只有橙子大小的岛，都尽最大可能地保留了属于自己的秘密和乐趣，岛屿真是藏匿秘密的最佳场所啊。至于我父亲，其实他自己就是一座岛屿，孤独，边缘，却有着自己不可动摇的秩序和信仰。他把自己混杂在这南海的无数座岛屿中，我们又怎么可能找到他呢？而且你没发现吗，这无数座小岛联合起来就是一个庞大的世界，大陆和海洋之外的第三个世界，其实还有第四个世界，就是那个用文字构筑起来的世界。很难说到底哪个世界是最好的，但按照物质守恒定律，一个人如果从一个世界里消失了，就必然会在别的世界里出现。我父亲到底愿意藏匿在哪个世界里，那是他的自由。

我说，那你答应老崔的事呢？他笑道，你真以为老崔相信能找到我父亲？他需要的只是一个信念，能支撑他把手里的事情一直做下去，其实他早已经把自己当成文物专家了，这样挺好。民宿老板娘也一样，她在一座孤岛上认真地画画、识字、做衣服、藏书，你不要以为她是在表演，她只是想摆脱一个身份，而她不停地向来到岛上的人讲述她曾经的身份，其实是为了能让更多人成为她的证人，证明她是如何摆脱掉那个曾经的身份的。

我们在那座岛上转了一圈，找到一些五颜六色的鸟蛋，生了堆火，把鸟蛋烤着吃了，一只羽毛艳丽的大鸟发现我们在吃鸟蛋，于是飞过来攻击我们，我们吓得赶紧逃走。后来又在岛的背面发现了一条小溪，于是补给了淡水，又摘了一堆五颜六色的热带水果，便开始返程了。这是我们到达的最远的岛，我们给它起名为"口袋岛"，回程最少也得七天七夜。

走着走着天就黑了下来，大海和海岛渐渐被黑夜吞噬，海面变成了墨黑色，到了后半夜，夜空和海洋完全融化成了一体，我们的小船好像正行驶在一只漆黑的漂流瓶里，已经几百年或几千年地漂流在海上。慕晓说，我们还是睡会儿吧，赶那么急做什么，又不是去投胎。我想想也是，便关了发动机，把船抛好锚，然后，我们两个并排着躺在了船舱里。

看了一会儿星星还是没有睡意，见慕晓也没睡着，我便开口道，慕晓，一直想问你个问题，你不想说也没关系，你怎么知道那本《岛》就是你父亲写的？或许是另一个人用了他的名字呢？躺在旁边的慕晓先是沉默了一会儿，然后对着满天的星光说，其实告诉你也没事，反正一离开六极岛，估计咱们也不会再见面了。因为那本书里藏着一个我父亲的巨大秘密。他从很年轻的时候就开始写小说了，但一直发表不出来，连长篇小说都写了好几本了，就在那儿堆着，根本找不到地方愿意给他出版。那年，我都上初三了，我父亲忽然出版了一本书，这是他平生第一本书，这本书出版之后他才开始获得一些名声，算是他的成名作吧，也是在这本书出版之后，他顺带着把以前写的几本存稿也出版了。但奇怪的是，我从来没见他写过那本书，你想，写本厚厚的长篇小说，怎么着还不得一两年时间？但他像变魔术一样凭空就把那本书变了出来。这一直是我心里的一个疑惑，长大些之后，我慢慢把他写的那些书都看了一遍，发现那本书的风格和其他书都不一样。当时发现这个秘密之后，我心里其实很害怕，但我从没有告诉过任何人。

我想起在《岛》里，那个作家借着岛上的聚会吐露了自己的一个秘密，他偶尔在二手市场上得到一部未发表过的手稿，他看过之后，就把手稿的名字换成了自己的，交给了出版社，这本书出版后他一举成名。在成名之后，有个陌生人来找他，说他抄袭了自己写的小说，要去告他。央求无用之后，他把那个人杀了，并把尸体藏到了一个谁也找不到的地方。

只听慕晓又说，我以为，他永远不会把这个秘密说出来的，没想到，有一天，他还是把它写进了小说里。不过后来我又想，也许，他把它写进小说的目的，并不是为了让更多人知道，他只是为了能把它藏起来，藏在一个只有他自己知道的地方，这样，即使有一天他消失了，死亡了，他的秘密却依然活着，他让他的秘密拥有了自由，让它可以一直活下去。所以我说，他到底还是学会了慈悲。

这时候我忽然又想到，《岛》中的四个人聚会的时候，其实只有一个人讲出了自己真正的秘密，就是那个作家，而其他三个人，都不曾讲出自己真正的秘密。可是那个作家，又为什么要在聚会上讲出自己真正的秘密呢？可能是因为，他当时已经知道了，四个人当中其实还藏着另一个作家。我父亲向来有藏东西的习惯，包括隐藏他自己，他会像章鱼一样易形，随着周围环境把自己变成路人、渔民、小贩、教师。他隐藏自己的时候往往十分投入，有点像演员入戏，其他两个人未必能猜出他真正的身份，可是当他遇到的是一个同行的时候，这种掩藏就会变得很困难。也就是说，那个作家是故意要讲出自己的秘密的，他在离开六极岛之前，故意要把这个秘密留给藏在他们中间的另一个作家，一个自己的同行。因为这个秘密太大了，他没有勇气去碰触，但他却渴望把这个秘密写进小说，那对他来说可能也算一种解脱。那么我父亲呢，他最后出版那本书的时候，完全可以用自己的名字，却为什么要用慕连的名字？我想起父亲曾对我说过的一句话，那个岛上所有的人都是有秘密的。或许，他已经知晓了岛上所有人的秘密，但他替他们藏了起来，他还明白，只有慕连是希望他的秘密被写进小说里的。最后父亲也确实把这个秘密写进了小说里，所以他觉得这本书应该属于慕连，而不是他自己。

　　前方的海面上出现了一点孤独的灯光，那应该是一座大海上的小岛，岛上还住着人家，也许是三五户人家，还也许，岛上只住着一个人。那些独自住在无人岛上的人的身份都是谜，有的是自愿从大陆逃离出来的，有的是被大陆驱逐出去的，有的是亡命天涯的，还有的仅仅是因为热爱岛屿，最终把岛屿变成了一种生活方式。这时候我又想到了《岛》的那个结尾，和结尾处那场带有魔幻色彩的雪，我忽然明白了，在小说结尾遭到惩罚的那个作家其实并不是慕连，而是我父亲。他应该在六极岛上的时候就已经知道，自己得的是绝症了，只是没有告诉我和我母亲。而他之所以在小说的结尾让那个作家受到惩罚，是因为他以写书的方式把慕连的秘密带出了六极岛，所以他认为，这个结局是他应得的，他应该受到惩罚，这样也算没有辜负他们在六极岛上曾经的誓约。而事实上，一年之后，他便因肝癌去世了。

　　最后，他把小说还给了慕连，却把自己深深藏在了小说的结尾。

《岛》的结尾是这么写的:

  他被放逐到了太平洋上一座不知名的孤岛上,除了他,岛上没有第二个人。神奇的是,这座热带的岛屿上还住着一群企鹅和几只罗斯海豹,它们的祖先是随着洋流从南极迁徙到这里来的,居然在这岛上活了下来,并繁衍出子嗣。也是在这座岛上,他见到了平生第一场雪。

(原载《钟山》2024年第1期)

三人填充成象

/顾骨

前书

　　早年，水墨这只小奶牛猫尚在家中嗲声嗲气时，朱琺先生埋头于四方墙壁以书砌成的斗室中，做关于安南志怪的种种研究。他俯首时，水墨总盘绕在书桌前，嗅探他诞下的墨水。那些墨水更多是注解，是缭绕于正统文字四周的种种小文字。朱先生将此命名为"琺案"，后来索性拎出来单独成篇，以作互文。偶尔，不甘于嗅探的水墨会以猫爪充当朱先生的钤印，朱先生便在旁呆笑。这段记忆太过紊繁，如今朱先生也要通过好一番抽丝，才能把它从书房往事中标新出来。这一标识法首先点亮的节点是水墨的褪色。大概是因为在梅雨季，一连多日的潮湿闷热煨炙着水墨，让小家伙不安于待在书桌上嗅探墨水的气味，又或者是因为雨中的顿悟，让水墨通过嗅觉识别了琺案上的墨水：安南，不安于南。总之，不安于斗室中的水墨离开了朱先生，去往四通八达的野土地，遍寻不见。

　　寻找的过程是艰难的，寻找水墨不成之后，朱先生接到编辑《安南汉文小说集成》的任务，那是笼盖着包括越南与粤地在内的庞大体系，他从此每隔一段时间，便去往墨线所指的南方寻找另一种水墨。巨著告成时，他带回些乱七八糟的东西，白咖啡、越南砧板和装进肚子里的屈头蛋，也带回来许多幅画。那些画用更小的图案作线条画成，比如拿小兔子拼出的大骆驼，或者用小乌龟凑作的千里马。朱先生称之为细密画或画里有画。他钟爱这样的画像，也请画师给妻子画了一幅素描，素描的线条是妻子的名字，这种根茎促成花果的植物性浪漫，深得妻子青睐。

在安南，最让朱先生忘不了的，是作为画家的巫师阮氏慧女士。在越南的日子里，朱先生常跑去请阮氏慧作画，以至于临走前，由古铜铸成的阮文强伸出五根手指，善解人意地暗示朱先生，越南媳妇的彩礼统一以五千元为准，换算成越南盾，是煌煌一千五百万。阮氏慧在手势旁脸红，朱先生大窘，解释自己只是为了买画，几乎到了要走遍每一个安南当地祠堂赌咒发誓的地步。回来后，他常想起这段往事，不是回忆人，而是试图在脑海中打捞那只孤象。

朱先生记得是在取回给妻子的画的下午，阮氏慧找到他，告诉他有一只迁徙中离群的孤象在往他们的村落走，她的哥哥阮文强带着刀叉将孤象制服，捅出许多伤来。孤象血流汩汩，阮氏慧请朱先生一同前往救治。

朱先生对象的兴趣是绝伦的。手头正在做的安南志怪研究里，便有关于飞象的神话——阿Q在一只象形的气球里填充满飞鸟，从而生成一只飞象。这与阮氏慧擅长的"画中有画"若合一契。他请阮氏慧画一只以小鸟图案为线条编织成的大象。阮氏慧却很着急，没有理他。他边同阮氏慧走，边向阮氏慧科普象的怪谈。事后想起，他之所以那么不解人意地对阮氏慧喋喋不休，是因为在陌生的越南，阮氏慧是为数不多的识汉语者。由此，他又想起大象并不常见于中原的志怪之中。在历史的囹圄里，大象逃狱成功，退出了主流的话语藩篱，像自己的水墨一样，来到了野土地。

典籍中的越南大象是刚硬的，据传甚至能默识人之是非曲直，用鼻子卷起负心人，而后抛掷在空中，用牙齿戳死。这得益于其嗅觉，自家的猫咪水墨曾经也爱嗅探，现在和后来，它却迷失在了高楼里，把着钢筋不应朱先生的呼唤。朱先生很想念它。

眼前的孤象更可怜，鼻子软塌地垂在土里，呼出的气吹在三叶草上，间或喷出丝许血沫。朱先生抚摸那些皮肤的褶皱，他研究过象，却更多针对象的延伸。如今象的眼睛湿润，对准朱先生，像两道处死哥斯拉用的射线，使他浑身发烫。后来他查阅更多关于象本身的资料，从而得知，象鼻更多时候是似鼻而非鼻。它如舌如手，灵动自由。长鼻由四千块以上的肌肉性静水骨骼组成，这样富足的肌肉，使得它能够单纯以肌肉来完成骨骼与关节的功能，抛拾甩掷。朱先生又得知象的鼻子拥有两千多个嗅觉受体基因，是狗的三倍以上，便在书桌上遐想起来：那只象没准当时也能闻到我身上残留的水墨的气息。如果孤象如今在我身边，那它一定会替我嗅出水墨的踪迹。这些后来知道的知识无法穿越回去，朱先生在那一刻，只知晓象鼻如人鼻，是呼吸管道，并由着《动物世界》种下的记忆明白象鼻还可以充当花洒。朱先生半蹲着抚摸象的头颅，象感激地用象鼻去轻轻反触朱先生的脸颊，血沫呼在朱先生的圆框眼镜上，朱先生先天的满头卷发被吹得飘逸。

阮氏慧请朱先生帮忙用手扶住被刺伤的象鼻，竭力上药。阮氏慧说，孤象离群的十三天里，村民的芭蕉林和蔗田被大面积毁坏，阮兄是英雄，替村庄保住了许多人命，无论是直接的或间接的，他注定是村庄的好人。

朱先生看着象的眼睛，实在不忍附和这句话。他问阮氏慧村民打算如何处置这只象，阮氏慧说，它会由我处置，我会骗大家说它是神灵附体来传话给我的灵物，我会救它。

朱先生与阮氏慧合力在阮家村郊的瓦房旁搭建了象棚。那些日子里他日夜砍伐，牛奶被高温惹得馊臭，原本白净的皮肤因此渐转古铜，而古铜般的阮兄在旁讥嘲地看着他们，像看待那只象时一样冷漠。朱先生寒栗，想起阮氏慧是村中德高望重的巫师，医人医兽不过是通灵的附带，便自欺式地信任她的话语权。他害怕阮氏慧不够格，又不自信地以学者的身份向阮文强强调：那只象，奇妙的，奇妙的，杀不得。朱先生并不太会说越南语，他按着英式越语的拼法，将译作奇妙的 Kỳ diêu 念作 key due，也不知道有没有成功说服阮文强。

在越南搜集汉文小说集成的最后日子里，他频频前往象棚注视那只孤象，自觉自己成了那只象的一部分，这种关联似乎是脐带式的，他像舍不得水墨一样舍不得那只大象，如同婴儿依偎乳房。

左象

阮文强从阮氏慧那里接手孤象时，和阮氏慧大吵了一顿。阮氏慧那套巫蛊的把戏，他是不信的。两个巴掌扇过去，和吃草药后发蒙的样子也大差不差。通灵通灵，一巴掌把天灵盖扇到通风就灵了。什么神啊鬼啊的，村里人信，自家人还信吗？他连夜动炉子，做了象钩，钩在象身上反复试了几次，象按喇叭般吼。痛吗？痛就对了，糟蹋那么多芭蕉甘蔗，总该遭罪。象吃痛，异常驯良，他也依旧用赶制的锁链锁住它不放。这只象是亚成体，他自觉够格做老师开始上课。青少年的人也好，象也好，都是最宜在教育中学习的。阮文强教育这只象搭载人，教育这只象搂住游客，时不时佐以象钩伺候，象学得很快。某天，阮氏慧回来喂象芭蕉，象用鼻子搂住阮氏慧，阮氏慧霎时软下来，阮文强便知道，自己的教育是如此有成效。他拥有独有的会讨好人的象。这在以前很常见，如今却是怪谈。他跑去市镇，和办戏团的中国人陈隆大喝酒，陈隆大最喜欢看戏，他用鼻子喝酒给陈隆大看，陈隆大开心得像个孩子。有一瞬间，阮文强有像教育象一样教育陈隆大的冲动，他自觉是喝酒喝昏了头，强忍住了。他觍着脸，和陈隆大签了协议，定期把象弄到市镇的戏团表演，由此赚了一大笔钱。陈隆大不知从哪儿搬出的古老词典，不许他自称驯象师，而要叫作驯象卫，他觉得没差，就听了陈隆大的。这帮人和之前来那个朱先生一个样，爱装神弄鬼。

演出进行了几次，最初的表演项目是搭载乘客和泼水游戏，比较初级，后来他怂恿陈隆大架设相机供大家和象合影，合影只收两万越南盾，加象鼻搂抱服务的，四万越南盾，戏团每天爆满。陈隆大说："你不要天天来，一周来一次，观众的新鲜劲就一直在。"他很相信陈隆大的判断，也趁机清闲，用赚的钱装修了祖宅，打理了象棚，还说了门亲，每天在家做新房的监工。

他富起来了，孤象也乖，并不忤逆，几乎用不着打便很听话。阮文强吹嘘是自己动之以情晓之以理的功劳，这让阮氏慧逐渐对他放下了戒心。阮氏慧是最看不得他打象的，为了摆出一副好样子来，阮文强把象钩扔到地上，摊手念："象，好象，听话的象，不用打。"阮氏慧笑，他还拿芭蕉和阮氏慧一起喂给象吃，象尽数吃了，也分一瓣给他。

平时，阮氏慧也会像朱先生想起她一样想起朱先生。这样的想念无关风月的，全都赖在一只象上。朱先生告诉她，象就像中原文化一样，一路南迁到安南来，变成了新鲜事。就像朱先生手头的工作。朱先生说六千万字的书，好像到头来也只用得到十几万字而已，但毕竟是安南人用汉字写的，所以很难得。这她懂，几千的越南盾，到头来不也只值朱先生手里的一块钱？在安南却是最基本的东西。

朱先生还给阮氏慧讲汉诗，讲六八体，她就学下来，写祭祀词，想着显得更专业一点。朱先生说他在广西边境的村里遇到一个越南媳妇，写了一首让他很是忘不掉的六八体，他常念诵。

  无家欲说喑哑，思家望尽天涯路呀。
  寒鸦笑我囚枷，谁怜我体留痂与疤？

阮氏慧想着朱先生朗诵那首拗口诗的样子，用手掌掩住唇舌发笑。朱先生还和她说，汉话里想象、幻象、意象这些词，和大象是脱不了干系的。大象的边缘化，让他难过。

她听不懂这些，但自有另一番理论来体察。村人不再信奉她的通灵了，经常她开始舞蹈时，孩子们就在台下依依妖妖捣乱，阮文强也带头嘲弄她。她知道自己正在成为孤象。她一直陷在这样的思考里，心不在焉地喂食孤象，也喂食自己。阮文强为了赚钱，和孤象外出的频率越来越高，她逐渐孤独，想起还没有画朱先生不经意提起的小鸟作为线条的大象，便不厌其烦地画起来。阮文强回来见了，也不耻笑她。偶尔站在她背后观摩，看得她头皮发麻，擦擦改改，总觉得自己画不好。有一天，她看见阮文强在拿牛角刀削木枝，刻成两个十字架的模样。她问阮文强在做什么。阮文强说，让象画画试试。她不同意，挨了巴掌，眼睁睁看着阮文强把那东西插在象鼻上，流出血来。象从未发出如此凄绝的长鸣，如同抛锚的轿车引发高速路上大堵车时才能听到的喇叭合唱，震耳欲聋。那些车子卡在路上，耗到石油燃尽，也成为抛锚的一员。她眼睁睁看着大象驯良地绘画，阮文强让她教它，她不愿，阮文强就自己教。无非是画根香蕉或树或笑脸，但水墨都刺在了她的眼睛里，烙下印，再忘不掉。

阮文强找到了赚钱的新途径，陈隆大大喜。他是最会出主意的，问阮文强："让象给人画像可以吗？"阮文强说："人都画不出来的东西，象也难画。"陈隆大说："难才有钱赚。让它写名字也行，先拿我的名字来练，陈隆大。"

"我自己都不会写自己名字，叫象来写个卵。"阮文强不屑，"要不然叫象画自己，得钱吗？"

象的自画像，得得得。陈隆大两眼放光，"就练这个，就练这个，你教它画。"阮文强便应允下来。他回到象棚，还没到阮氏慧来送晚饭的点，便想着马上教象画画试试。他想阮氏慧每次来象棚看见他教象画画，象没出声，她就先像条狗一样呜呜起来，烦得很。这样想着，他在纸上用笔画了一只象的简笔，他把简笔挂在画板上，往象鼻插画笔，示意象画。象却石化般不动了。他觉得奇怪，抓起象钩往皮里扎，象前膝跪下，扬起尘来，没有叫。他又来了一下，象鼻便动了，他放下心来，却见象鼻挥动，如一道灰蒙的鞭子抽在他脸上，他眼睛一黑，随巨力飞出。临晕过去时，阮文强听见妹妹的尖叫。

右盲

成为盲瞽后，阮文强的世界弥漫起雾来。他向妹妹精确地形容这雾的森罗。他说，雾和我眼前的暗一般，压得我喘不过气来。世间的雾都是在阮文强被巨力甩出那一刻造访的。那一天，还有许多大事发生，比如远在千里之外的朱先生的编纂工作被校方否定为无用的废纸，又或者那只孤象在甩晕阮文强后真的画下一幅自画像来，阮氏慧发现那幅画里没有长鼻。然而相比于这折磨人余生如一日的雾，这些色彩斑斓的事物都黯淡下来。

那年的中秋节，一群孩子在泥路上互相甩着炮，吵得阮文强半梦半醒，阮氏慧忙着在无数庙宇里穿梭，她请神上身的技法得到了瞩目。祈福舞跳到一半时，瞥见台下孩童的脸，阮氏慧就想起自己第一次随阮文强去戏团子看那只孤象演出，自觉羞耻。扮演女神的妩媚能力消失了，她一下子成了僵硬的机器人。可即便如此，这舞姿却仍成为狂欢节中必不可少的一部分。她是无人在意的背景，又是许多人在意的伴奏，有她的舞，狂欢才有理由进行，有就好了，跳得怎么样并不重要。她想起朱先生在安南时，亲历过这场盛会。那么多年，似乎只有他一个人认真地看阮氏慧跳祈福舞，还录下视频来，说要写考据文章。朱先生告诉阮氏慧，他给这场盛会起了个中文名字，叫"安南女巫大会"。阮氏慧想起他，为他祈福。

阮文强是看不见这些事情的。整个中秋节里，炮仗声隆隆地轰着他的耳朵，但这不影响他睡过去。视网膜脱落后，他便无比嗜睡。村民将他的嗜睡归咎于眼瞎，虽然歪打正着，却没有人究其物理，只惊讶于他竟然一反常态地温驯下来，没再叫嚷杀象。刚失明的日子里，他反复地发高烧，清醒时总尽力如呕吐般喷出文字，请妹妹杀掉那只象。成年后，他第一次在妹妹眼中落泪，哭着醒来又睡去，又在睡梦中哭着复醒。他总告诉妹妹，自己没瞎，自己还能看见。阮氏慧却并不相信。好几次他的怒气想从双瞳里面射出，让妹妹别吵醒他睡觉，自己却被一片雾牢牢笼住，无从发泄。他感到痛苦。

彻底清醒过来时，阮文强才意识到他真的失明了。那些昏迷时自以为没瞎的呼喊却不是自欺，而是后天失明者必临的宿命。他通过实践知晓，后天全盲者是能够做复明的梦的。在梦里，他如冯虚御风般飞奔，看着熟悉又陌生的村落，肆意地吃喝放纵，闲下来时就仔细地打量起自己的手。他伸出五指在面前挥舞，拉长又放近，几抹朦胧的肉色在满世界的雾里忽隐忽现，世界多彩，他傻笑着醒过来，喊阮氏慧杀了他。

他说："你杀了我，我能看见。"

阮氏慧说："死了，什么都没有了。"

他说："我能看见。"

阮氏慧说："我请神时，没请过瞎子，因为瞎子看不见路，附不到我身上。"

他说："你把草药捣碎了，每天给我点。让我睡过去。"

阮氏慧没有说话，阮文强感到恐慌，他大叫："阿妹，求你了，阿妹。"现在，他不再叫妹妹阮氏慧了，他叫她阿妹。阿妹没有回应他，过了一段时间，他闻到一股草药香味，便笑起来，阿妹二字成了呓语，他又做起梦。

最后得知阮文强眼瞎的是陈隆大。他从市镇赶来，陪在阮文强床前半个小时，阮文强一直不醒。他就出门打了通电话。下午，来了一批人嚷嚷着把象弄走，阮氏慧拦在象前面不许。这些人吵醒了阮文强，阮文强叫妹妹过来，妹妹把发生的事情告诉他，他摸索着取下墙上挂着的刀叉，让阮氏慧扶他出去，对陈隆大说："我明天就要杀象，它害我瞎了眼。"

陈隆大嘲笑他："你是盲佬吹蜡烛，不如把它留给我，我替你杀。"阮文强循声,听见孤象的喘息,他踱着步挪到孤象旁边,摸着象腿说:"这只象只听我的,你们不滚,我让它也把你们弄成瞎子。"陈隆大挥手让手下上来抢,阮文强咳一声,象果然灵动地挥起鼻子来,阮氏慧把锁链从桩子上拔开,孤象冲出去,吓走一批人。陈隆大说:"你还我象。"阮文强拍象背作回应,孤象从水桶里吸水,把陈隆大冲在泥地上。阮文强说:"你再来,我死给你看。"

他真的动手,用象钩指住胸膛。陈隆大不信邪,说:"那你死。"阮文强便挥钩。仍是那只象,把象钩甩出去了,用鼻子卷起水桶,往陈隆大身上夯。陈隆大走前,阮文强的胸前已经是一片血。他借着这次机会又昏过去。阮氏慧照顾阮文强,又是五六年了。她时常持续性地发呆,呆立着想念朱先生。现在,她和阮文强都废了,阮文强赚钱时说好的亲跑掉了,她自己带着一个废人,又做灵婆这种活计,也是没人要的。两个人连同象一起住在村郊,像是在坐牢。

中梦

偶尔醒来时,阮文强便在象棚里摸象,陷入长久的呆滞之中。他常把攥在手里的蒲扇大的象耳当作念珠来盘搓,靠触感数清楚每一道褶皱。或示意孤象蹲下,让他爬上象背的座椅。总之,阮氏慧在外采草药时,阮文强都陪着象,偶尔采完药回来早,她能听见阮文强在和象说话,那些话她听不到。她赤着脚过去想偷听时,阮文强就说:"阿妹,你回来了。"然后不再说话。

她不知道是象在报信还是阮文强能听见她来的声音,总之这些话语成了盲人的秘密,让她想窥探而不得。阮文强成了气球,既不炸开又不泄气,眼看着一天天涨了起来,藏了一肚子心事,要像朱先生口中那只飞象一样飞起来。她在饭桌上问阮文强:"梦还好吧?"

阮文强说:"不好。"

她不知道该怎么接话,只低着头替兄长难过。又过了很久,大概是把嘴里的米嚼烂了,阮文强说:"越来越瞎了。"

阮氏慧不知道他说的话是什么意思,只他自己懂。他被蛰伏已久的浓雾彻底吞食了,失明日久,梦中雾越来越浓,让他在梦里也看不清楚东西了。梦渐趋于恐怖，他日复一日地被象鼻抛起，被象脚踩死，被象身撞开，却连象也看不真切了，象如同一团黑色的球压过来，让他体验上天下地。他早料到了这一点，每每安定地醒过来，并不闹，只是试着练习不再睡觉，一困就掐痛自己。有生以来，他觉得自己成了那只被驯的象，孤零零。从此，阮文强醒着的日子比以前多了许多。他不再嗜睡，阮氏慧说："你不能连觉都不睡了。"他说："我每秒钟都睡。"阮氏慧说："我搞点草药回来，让你做舒服的梦。"他说："从来没有舒服的梦。"后来，阮氏慧问过久别重逢的朱先生才知道，后天全盲者的梦多数是噩梦，一开始贪恋做梦不过是为了没瞎时记得的色彩，越往后梦却越歹毒，全是灰蒙与恐怖。朱先生说，无论梦里梦外，阮文强都注定是一个只有体感在的盲人了。

　　阮文强不告诉阮氏慧的是，他偶尔也会梦到朱先生，梦到那个白牛奶般的书生，披着一头卷发，笑吟吟地骑在象背上追他。在逼仄的黑暗巷子里，朱先生与象拼命撵他，叫他崩溃。

　　阮文强便也试着骑在象背上，那是他失明后第一次登临，他和象说了许多话，求它放过他，别再在梦里追杀他，几乎跪下来磕头，而后自己爬上了象背，对象说："我们一起走，我们都是象。"如果这些话被阮氏慧听到，阮氏慧大概会觉得兄长彻底疯了，又或者告诉兄长，我也是一只象。

　　阮文强第一次骑象出走时，阮氏慧在给他采草药。她怕劣药让阮文强陷进噩梦里，就往深山走，采药的时间便越来越久。就是在这样久远的冒险里，阮文强一个人骑上了象，引导孤象走出象棚，去山上找她。一人一象出门，邻家捡垃圾的阿奶喊他说："强，久不见你了。"阮文强回他："阿奶，你以后天天见我，我天天出来。"他说着，用脚踩孤象的左背，孤象受启发，在泥路上左转，往山里去。好在那天阮氏慧回家早，才不至于让一人一象远行迷失。阿奶却自以为象真识路了。她进村里，去市镇，把垃圾捡到袋里，把这事四处说出去。说阮文强成了象人。大家信奉赞叹，只陈隆大立刻赶到村里，请阮文强带象出山。

　　不让画，不让骑，搂搂人也是好的。

　　他劝道。阮文强犹豫许久，同意了，于是陈隆大每天派人接他和象进城。象的复出典礼是盛大的，市镇万人空巷，人人挤着要和一人一象合影。阮氏慧跟在旁边守阮文强，她放心不下这一人一象。一连待了三个月，戏团人少了些，陈隆大却坚持让阮文强每天都来。有次表演，陈隆大邀阮氏慧去吃饭，她去了，便把阮文强和象留在戏团里。陈隆大请阮氏慧喝酒，问她会不会像阮文强一样用鼻子喝酒的戏法，她也能用鼻子喝，但不想演给钱眼看，就不说话。她估摸着时间，不管陈隆大拦她，匆匆吃完就一路赶回戏团去。到戏团时，才发现陈隆大的马仔摆着一幅画在孤象和盲兄面前，请象作画。盲兄在象背，自以为是地命令孤象搂抱观众，还时不时拍一下象背，说："下一个。"

阮文强幻想着象鼻挥开后，会有下一个游客进入怀抱中，却不知道自己成了指挥作画的家伙。直到阮氏慧哭着冲上来喊，他才反应过来，也哭着喊："陈隆大，你恶！你恶！"

他踹象背，示意冲刺，阮氏慧冲上前去解锁，象鼻轰鸣，蓄水池里的水被它吸上来，尽数往人群喷去。人群一哄而散，阮文强和象在劈开的道路中赶回村里。陈隆大没敢再来找他。

阮氏慧不去采草药了，她每天在家里守着一人一象，闲着没事干，就画朱先生请她画的那幅画。画纸攒了好几炉火，始终没画好。阮文强问："你这是在给我烧纸钱吗？"

阮氏慧不答。

后离

五六年来，朱先生总忘不了自家的水墨。每每在中山公园之类的路上遇到流浪猫，都会试着唤水墨的名字。他听信喂食流浪猫后请流浪猫找猫的传说，经常带着罐头与照片外出，却永远只带着照片回来，他继续写书，赖于那两年在越南的经历。他写了一部注解安南志怪神话的书，有几篇故事就配几篇琺案，编辑请他参与自家书的设计，他附上几张有水墨爪印的琺案手稿，放在扉页后。又请求封面画师画只飞象，画师换了四五个，总画不好，出书便耽搁下来。朱先生知道自己想要哪种画，他常看阮氏慧送给他的几幅细密画，想着把飞鸟填充成象。

他常常向周围的人讲安南救象的往事，他说话太慢，有说书人的天赋，大家怕了他，往往他一开口就扯开话题，并不愿听，他便把这事讲给妻子。妻子听进去了，也说："有机会该去看看那只象的。"他说："是该去看看，是该去看看。"

他着手准备安南汉文小说补遗的新项目,但几次申报都被驳回,便不得不放弃了,连带着放弃的,似乎还有手中的教职。在非升即走的体系里,他似乎注定要走一趟。实在不得已,就往越南去吧,他想去,但又迟迟未成行。某天他在课上给学生讲课,不得不援引想象、幻象、意象等词语时,又牵动了对那只孤象的思念。他顿了顿,学生却没有反应,多是埋头看着手机,他走下讲台,看见一个学生在看象照镜子的短视频。学生惊慌地划掉软件,他示意学生点回去,他说:"我想看看那只象。"

课堂俱寂,学生划回软件,视频里一只象不断地在镜子前搔首弄鼻,解说词讲,象的自恋。是在鼻子上的,因为鼻子是象身上的万能器官。

朱先生发着愣,想起那只象的鼻子如舌如手,对学生说了声谢谢,又回到讲台上接着上课。他讲自己救那只象的事,没讲完,几个学生让他拖堂,他看到后排不耐烦的脸,笑道:"下回分解吧。"

朱先生回家,犹疑着和妻子说:"国庆快到了,我想回越南一趟。"妻子立刻知音,她说:"你这个爱玩文字游戏的家伙,你这一趟,明明是去不是回。"妻子看出了他的魂不守舍,他觉得妻子的鼻子也如象般灵敏。

他买了当天的机票,飞去南宁,又坐了三个小时的大巴入境。一路来到阮家祖宅,象棚依旧,祖宅空无一人。他久立在象棚前,发了很久的呆,才远远看见一个疲惫的女人拎着一背篓草药回来。朱先生用蹩脚的越南话说:"好久不见。"阮氏慧用汉语说:"欢迎回来。"他步入正题,问:"象呢?"阮氏慧说:"走了。"

他怅然,说:"走了是好事,总该自由的。"

阮氏慧低下头说:"和我哥哥一起走的。"

朱先生这才记起来如古铜般的阮文强,说:"他怎么样?"

阮氏慧说:"好多事,慢慢说。"

她请朱先生进瓦房,朱先生进去,看见地上铺满被踩脏的纸,他低头看,发现就是他请阮氏慧画的充满鸟的象。

他问阮氏慧:"你画了好多遍?"

阮氏慧说:"我画好了的,晚点给你带回去。"

朱先生一时不知道说什么,又转头去看那象棚,想起自己的水墨来,长叹一口气。他坐在板凳上，听阮氏慧讲这五六年里发生的事，不知道该说些什么是好。天彻底黑下来，两个人才意识到没有吃饭，阮氏慧说："我先做饭。"

阮氏慧去做饭，朱先生便低头看那些画。一幅幅画铺满世界，炉里也装满纸灰。他觉得自己闯了祸，自责让阮氏慧画了那么多幅画，却想不明白阮氏慧为什么画得差了许多。他看那些画时，发觉阮氏慧的象鼻总画不好，或短或长，或粗或细，似乎总不得其神韵。朱先生想，那是象身上最重要的地方。他长叹一口气，想着阮氏慧到底画了多少幅，阮氏慧才会如此有底气地告诉他她画好了。他发着呆，想着阮氏慧说的事情，觉得自己此前实在应该每年回来看一次孤象，偏偏在孤象离开的这一年才回来，有什么用呢？

阮氏慧做好了饭。安南的饭菜好酸甜口的，他向来吃不惯，现在却很怀念地吃起来。阮氏慧问他："我说到哪里了？"朱先生答："说到一年前你哥哥带着象从戏团回家。"

阮氏慧笑，"阿哥回家后，我就一个人在家养两只象一样，每天画完画就去给他俩送吃送喝。但也没送几天，阿哥就和象走了。说起来，阿哥走还是因为朱先生呢。"

朱先生觉得奇怪，他没有追问，夹了菜，等阮氏慧自己解答。阮氏慧说："阿哥总梦到朱先生骑着象追他上山，那几天改口了，说，朱先生原来不是追他上山，而是追着他请他一起坐在大象的背上。"

朱先生自嘲道："我竟然还会骑象了。"

阮氏慧说："嗯，骑象上山。阿哥说，你请他爬上去以后，他做梦就彻底成了一团雾，什么都看不见了。挺好的，至少最后一个能看见的梦不是噩梦。"阮氏慧说着，流出眼泪了。她说："阿哥就是做完那个梦想走的，那天我趴在桌上给你画那幅画，阿哥突然说：'阿妹，扶我去找象。'"

"我拿着笔过去扶他，他从我手里接过画笔来，被我扶着到象棚去，跟我说：'阿妹，你让孤象画它自己。'"

"阿哥从没有那么吓人过，像好几次我请神时请到的恶神一样，用最缓的吐字挥砍大刀扎在人心口，我被吓得不敢拦他。他蹲下来摸索那个用来卡住象鼻的十字架，象不反抗，很听阿哥话。它用鼻子画它自己。"

朱先生彻底停杯投箸了，他抬头看正在哭泣的女人。女人从烧香的神台上取下一幅画来，递给他。

他去看，阮氏慧在旁边说："象画完，阿哥趴在它背上，说：'阿妹，我走了！'就一路往北边的群山上去，是那只象离群前原本要去的地方。"

朱先生低头看那幅画，是一只没有鼻子的自画像。紧接着，他透过昏黄的灯光，看到纸正面渗着墨水。他犹疑着给纸面翻身，听见阮氏慧的话洒在他耳廓里，流进四肢百骸。阮氏慧说："这是我答应你画的填充成象。"

朱先生俯身去看，线条却并不是鸟，组成象身的，是密密麻麻的阮氏慧、阮文强以及朱先生。杰出的卷发和眼镜让朱先生一瞬间认出了自己，他不知该说些什么。阮氏慧说："你来晚了，你该看看那只象的，它长大了。"

朱先生捧着那幅画走出瓦房，对着象棚，象棚空落，背景是夜色与遥远的群山，恰好向着北方。他听见几声幽远的象鸣，似乎还夹杂着自家水墨的欢叫。他想起水墨丢失的那一夜，他一直在家楼下的小区里搜寻它到凌晨四点，小区的路灯坏了，没有光，四处是水泥，听不见野猫的叫春声。他用嗓子模拟出猫叫，没有获得回应。现在，他有些想尝试发出象鸣，但他没有。他捻住画的几根手指停止隔着膜的亲吻。那幅画从他松散开的手指中飞出去，消失在了黑暗里。

（原载《青年作家》2024年第4期）

断指

/程惠子

还未到黄昏，街边的白铁卷帘门就道道铡下，哐啷哐啷的声音此起彼伏。入了秋，接连半月都落雨，两边铺头生意难做。这条街年代久远，蜡青一早松泛，又兼平日里许多细路仔①在这里挖土凿石，撬下石子好去追打街角的猫，旧疾更添新伤。晴日还好，尚能容下一部车颠簸驶过，到了雨水天，水凼遍布，泥沙俱下，莫讲行车，行人只街口望一眼便知难而退。偶有一两个细路仔偷跑出来，穿雨鞋在街上踩水，伴随着阵阵尖叫，一脚踏入水凼，故意将水溅起很高。不用多久，便有钴蓝色的窗在头顶拉开，刺啦一声，沉积的铁锈被撕开一个口子，跟着探出一张发黄面孔，放开喉咙冲下面喊："衰仔！作死乜？②"

趁街口的陈阿婆还未落闸，阿爸买来两只钵仔糕递给阿才，将先头嘱咐他的话又重复了一遍。阿爸问阿才："我先头讲乜嘢话？仲记唔记得啊？③"阿才一手一只钵仔糕，左右盯住一阵，最后把右手红豆那只放入口

---

①广东方言，下同：小朋友。
②臭小子，找死啊！
③我之前讲了什么话，还记不记得啊？

中。陈阿婆短筒阔封①，吟吟沉沉②，她的孙子站在祖母身旁，头未及台面高，踮脚张望。他睇见阿才食糕，伸出手指道："傻西西，食雪批。"陈阿婆闻声立时一掌打在孙子头上，但那一掌显然不怎么疼，做样而已，小孙子依旧跳着叫着。阿才吃完右手的糕，又对着左手桂花味的那只望了一阵。钵仔糕清透明亮，在阿才眼中慢慢变形，仿佛能看到另一个世界。他稍稍迟疑，将糕换到右手，然后缓缓放入口中。陈阿婆向阿才父子道歉："佢仲细唔生性，唔该。③"说完拿起另一只糕要塞给阿才，阿爸连忙摆手，拉阿才离开了铺位。行返屋门口，两只钵仔糕都食完，阿爸撑着伞蹲下来，再一次交代阿才："记住啊，唔好唔记得啊。"

阿妈守在摊前还未闩铺。摊前满是积水，阿妈从屋里扯来长长的电线，悬了一只钨丝灯泡在头顶。光铺泻在台面，亦照亮了脚底的水。一只青蛙由水面跳过，水花清凌凌，转眼又遁入黑暗，入秋后青蛙很难再见，未知它还能活多久。

没有人来，阿妈就对着面前的一点光穿珠子，银色的粒米珠，不及小拇指甲一半大，穿一串两毛钱。阿才记得这个数字，是阿弟告诉他的，说这话时阿弟在他面前比出两根短短的手指，"两毫纸啊，唔系两蚊嘎，十个两毫纸先系两蚊嘎。④"

阿弟还在上幼稚园，已经可算阿才算不到的数字，阿妈总账时常揽住阿弟，教他认钱算钱，还握着他的手教他扱印。图章在纸上轻轻一落，阿妈拧转身收好，阿弟还想要玩，被阿妈哄住了。"月月盖章，月月入账——之后嘞？"阿弟想了想，继而接口道："得心应手，长赚长有！⑤"

阿妈摸着阿弟的头笑笑，连阿爸也夸阿弟聪明。他们时常在饭桌上出题，让阿才和阿弟算那些数字，五加二得几，八减六得几，一开始阿才还能跟着答几道，后来就变成了阿弟一个人的游戏。他们笑阿才，阿才也跟着笑，他坐在一旁抠手指，十根手指伸伸缩缩还不够用，而阿弟早已报出

---

①形容人又矮又胖。

②形容絮絮叨叨。

③他还小不懂事，抱歉。

④两角钱啊，不是两块钱的，十个二角钱才是两块钱。

⑤指做事情很顺利，做多久就能赚多久。

答案。阿弟喊:"我赢大佬啦。我赢阿才啦。"阿妈说:"做乜嗌到拆天咁?你赢佢系应该嘅嘛。①"

阿爸帮忙把台面上的东西收起,无人帮衬。他们预备埋闸。台面上常年摆着那几样东西,卜卜星、星球杯、佳宝陈皮丹、梁丰麦丽素、济公喉宝,等等,还有玻璃樽装的亚洲沙士和维他奶,有时会有细路将汽水倒入胶袋打包带走。阿爸把摊前的冰柜推入内屋,夏天过去,前来买冰的人越来越少。冰柜里大多是五羊冰糕和蛋筒,偶有几只和路雪和雀巢,很久都没有人买。

阿才印象中只吃过一次雪糕,是阿爷拿给他的,那时候还没有阿弟,似乎也没有阿妈。阿妈有段日子是不在的。他们跟他说,阿妈出远门去了。阿妈一走就是很久,走之前,阿妈将阿才的衣衫同玩具都洗了一遍。阿才等啊等,等到天光一日日暗去,手里的玩具布熊都已变黑,阿妈还未归返。等阿妈终于返回那日,阿才望住阿妈,已全然不认得她了。彼时阿才五岁多,早已忘记了阿妈的模样,但他朦胧地记得,阿妈抱他的时候,卷发蹭住他的耳朵,痒痒的。

现在阿妈没有卷发了,她的头发紧紧贴住头皮。阿爸催促阿才:"叫咯,叫阿妈。"阿才放下手里变黑的熊,应声叫:"阿妈。"阿妈走过来睇一眼阿才,伸出手在他头上摸了摸,随即转身进屋。阿才呆在原地,忘记捡起脚下的黑熊。后来它再未被洗过。

阿妈不在的那段时间,阿爸也时常不在家,阿爸早出晚归,一日在家吃不到一餐饭。陪伴阿才的除了黑熊,就只有阿爷。不记得是哪一个晴日,阿爷将那只可爱多的蛋筒递到阿才手里,粉色的雪糕映衬朱古力脆皮,如梦如幻的颜色,阿才望到几乎痴,雪糕融化在手心浑然不觉。阿爷轻抚阿才的头,他的手骨骼分明,每个指头只有半片指甲。阿爷年轻时做木匠,人家讲,十位木工九断指,平刨机一过,十只指尖被削去一半。从前阿才喜欢牵住阿爷的半截拇指,继而含在口中,在牙齿间来回轻蹭,后来阿爷怕他牙齿长坏,只隔着嘴唇帮他按摩,轻轻擦去流出的涎水。

阿爷眯眼望住阿才,那只残损的手掌包裹住阿才的小手,将冰淇淋往

---

①干什么喊那么大声?你赢他是应该的嘛。

他嘴里送,"食啦,食啦,唔好畀你阿爸睇到啊。①"嘴唇碰到雪糕那刻,阿才就被那冰凉甜美的滋味击垮了,吃到后来,他恨不得把鼻子拱入蛋筒,手上流淌的汁液也舔得一干二净。阿爷在旁边看着,双眼笑眯眯。他头发花白了,两颊瘦得凹进去,若非笑着,会显得有几分恐怖,好在面对阿才时,阿爷常常是笑着的。

阿爷习惯躺在那把竹编的躺椅上,汗衫尽薄如纸,领口已经泄了,松垮垮地垂落,露出胸前的老人斑。后来阿爷的眼神日益混浊,话越讲越少,身体贴住躺椅,每一日都比前一日更薄一层。阿爷说自己吹不得风,平日只拿着蒲扇轻轻摇。最后不动了,扇子停落他的胸口,泛青的口唇半张。

如今那把竹椅已经塌了,堆在客厅的角落,无人去坐,只勉强放了几本阿弟的小画书。阿爷也不见了,阿才再未见过阿爷。但与此同时,茶余饭后又听他们频繁提及,要阿爷在才行,要阿爷的证明,没有阿爷的证明做不成事——仿佛阿爷只是去了另一个地方,不在这里住了。透过冰柜的玻璃,阿才看到里面装着粉红色可爱多,说实话,阿才已经有点忘记雪糕的滋味,只恍惚记得那目眩神迷的感觉,明明暗暗。阿才问过阿爸,"阿爷系边度啊?②"阿爸不理,只把蒙尘的小画书拿下来,再用棉布将脆弱的躺椅擦干净,又把画书放回去。阿才再问,顿时换来阿爸顶着一双红眼的怒视,吓得他即刻住口。

窗外的光洒在躺椅上,将阿爸的背影勾勒出一层毛边,阿才见阿爸握住躺椅的扶手,半蹲半跪,缓缓将脸贴了上去,曾经茂盛的后脑光了一片。阿才想,阿爷几时返嚟呀?③

在阿弟去幼稚园之前,阿才大部分的时间都同阿弟一起,阿爸阿妈给阿弟买了很多玩具,积木、篮球、小汽车小火车、唱歌的马骝、跳舞的红毛鸭,等等。阿弟有一只玩具箱,所有玩具都放在里面,每次玩玩具的时候,阿弟都将那些玩具哗啦一声倒出来,星星一般撒满地板,阿才就同阿弟一起玩那些玩具。那只会跳舞的红毛鸭刚买来时,阿才同阿弟都不识玩,

---

① 吃啊,吃啊,不要被你爸爸看到啊。
② 爷爷在哪里呢?
③ 爷爷什么时候回来啊?

两个人围着鸭到处捏捏戳戳，鸭仍安静地立在原地不动，忽然阿才不知怎么碰了一下鸭的脚板底，鸭立时开始摇摆跳舞，阿才高兴地喊："我识玩啦！我识玩啦！①"阿弟盯着跳舞的红毛鸭，有点高兴，旋即又有点失落。阿弟喊："畀佢停低！畀佢停低！②"红毛鸭未停，继续摇摆着两翼，还在两人之间来回转圈，阿才伸手去抓鸭的另一只脚板底，鸭于是听话地停下了。房间里恢复了安静，阿才、红毛鸭、阿弟，各自相隔一段距离坐着，好似一段均衡的等差数列。

突然阿弟哭起来，抓起鸭朝阿才打去，阿妈闻听到哭声，从前面跑来一看，鸭掉落在阿才怀里。阿弟委屈地扑向阿妈，口齿不清地讲着红毛鸭的故事。阿妈听了几句，帮阿弟擦干眼泪，转头骂阿才："做大佬嘅，仲同细佬抢嘢玩？③"阿才想解释，但舌头不听使，刚张了张口就结巴着讲不下去。话还未讲完，阿妈就抱起阿弟走了。阿才把玩具一样一样收回，他将红毛鸭放入了箱子最深处。

自阿弟去了幼稚园后，那只玩具箱就很少再打开了，有时阿才也会想玩玩具，尤其是那只红毛鸭，但阿才不敢像阿弟一样，哗啦一声将玩具铺满地板。慢慢地阿才就忘记了玩具箱的事。阿弟白天不在家，反倒是阿爸在家的时间多起来，他睡到中午才起身，起来后不洗不漱，闷住头就坐在枱④边吃饭，吃完又返回床上睡觉。阿才看得出来，阿妈不太高兴，她盛饭时将饭碗重重放在阿才和阿爸面前，吃饭时也不讲一句话。等阿爸回到床上，阿妈就将饭碗哐当哐当丢入水池，边刷碗边对着水喉碎念："千拣万拣，拣个烂灯盏。一家死蛇烂鳝！污糟邋遢！行衰运到几时啊，衰到贴地！⑤"

阿才发现，有时候阿爸并不是真的在睡觉，只是躺在那里玩手机，阿爸的手机上有一个麻将游戏，他将手机开了静音，默默在那里摸牌打牌。

---

①我懂怎么玩了！

②让它停下！

③做哥哥的，还跟弟弟抢东西玩？

④桌子。

⑤死蛇烂鳝，形容人极其懒惰，一动都不想动；衰运，广东话指霉运；衰到贴地，指倒霉透了。

阿才行到床边问："阿爸，阿妈点解发嬲啊？①"阿爸盯住手机屏幕，手指点来点去，并不回答。阿才又问："阿爸，你做乜唔翻工呀？②"阿爸的手指不动了，抬起眼睛看了一眼，阿才直直站在床边，阳光从他背后照进来，给面前投下一条长长的阴影。手机被阿爸反扣在床上，像一面墙轰然倒塌，阿爸露出被枕头压到变形的脸，他盯着阿才，两条眉毛拧在一起，"阻头阻势！信唔信我收你皮！③"阿才赶紧挪开了身体，阳光瞬间又洒满了床铺。

　　阿才家的士多店最早是由阿爷开的。墙上的营业执照还印有阿爷的相片，相上的阿爷面珠墩鼓鼓，一双眼睛笑眯眯。阿才出生那年，阿爷停下木匠的营生，开了这间铺头，他曾寻来一蚊④杉木方，用砂轮机细细推平，再拿砂纸打磨，最后用红色油漆在木板上留下醒目的四个字。"阿才士多⑤"，并把这块板悬在小店门前。随着阿才的长大，这个名越来越少地被人提起，过往的细路只将这里称作"傻佬士多"。"去边度食雪？傻佬士多！"这让阿爸阿妈感到不快，却又无可奈何。阿弟出生那年，阿爸阿妈曾动念将铺头换成阿弟的名字，但换后发现并无太大作用，挂了新名，大家还是依循过往的称呼，心中只会愈发别扭，索性将前面两个字涂掉，只挂"士多"二字在门前。对面卖糖水的阿婶笑话："唔好自己呃自己啦，傻猪仔唔系你屋企嘅乜？⑥"

　　阿才并不知由他的名字生出的这些波澜，他只识得那张相片。相片尘封在框里，日久天长，边缘已经褪去颜色，阿爷还是没有回来。

　　阿才盼阿爷，不单是为了雪糕，阿爸日益稀疏的头发与时常通红的眼睛，阿妈成日叹气变作炮仗颈⑦，他模糊地感到这些变化都是在阿爷不见后发生的。但阿才不敢再去问阿爸，只在另一日寻来阿弟，悄声问道："阿

---

①阿妈为什么生气呢？
②你为什么不上班呢？
③碍手碍脚，信不信我打你？
④即量词"块"。
⑤指小商店，取英语store音译。
⑥不要自己骗自己啦，傻小子不是你家的吗？
⑦形容脾气火爆。

弟,你知唔知阿爷系边度?"阿弟笑说:"我当然知啦,我一早话过,阿爷被佢哋匿埋咗①。"阿才不明,又问:"阿爷被匿埋系边啊?"阿弟用手指点阿才的脑门,"你系痴嘅?就系呢间屋企呀!②"

这条街的两旁都是做小生意的铺头,多半是拿自己家的房子做了门面。钵仔糕、鱼蛋粉、红豆糖水、云吞面,卖的东西成本不高,靓正平宜,做的都是熟客生意。从前在街上,各家均在卷闸门前支几张枱③供食客来坐,铺头与铺头并无分明的界线,连碗盏亦可互通。吃完炒粉的食客周围闲逛,韭黄味道浓郁的例汤端在手中,边呷边去买冰。刨冰铺的老板黑口黑面,说生意麻麻哋,食客安慰一阵,又讲搵食一样艰辛,累去半条命。两条人字拖碰一碰,负累消解一半,世界仿佛就这么大,被汤水和汗水填满,混沌中鼓胀着勃勃生气。等深夜闸门一落,烟火渐熄,一日的波澜慢慢平复,又等第二日的晴雨。

不知哪一日起,渣土车从四面八方驶来,越积越多,嘈喧不止。风向易变,人心也就散落,谁都明白,整条街不再是这些人的地头。周围高楼逐渐林立,熟人纷纷搬走,今时不同往日,检查同整顿频仍,风头火势,生意越发难做。又有消息传来说,大城市怎会留住握手楼,这条街早晚也会被拆迁,届时补偿倾落,必然是按人头同楼层发放。于是不少人趁着拆迁尚未落实的空当纷纷加盖,铺头间也建起隔挡,一时间外人行出行入,再无熟口熟面。加盖的楼层全是铅灰色,有的不拘模样,两三日就封了顶,连窗都不开。暗潮涌动,危楼叠折危楼,通街细路跑来跑去,落下无数石子。装修都在夜里进行,轰鸣声中,人人辗转反侧,到后来浑然不觉,翌日醒来顶着肿头肿面,在家门口嗮出一啖浓痰,又做新一日生意。

这一日阿才拿了自己吃剩的半条火腿肠,行去街角喂那只白色的长毛猫,一个后生男人忽然叫住他,递给他一百蚊④,叫他帮忙回去买一条香烟,还叮嘱他勿要声张,勿要惊动别人。阿才拿着钱呆在原地不动,那人见状,转头去陈阿婆的小店里买来一只钵仔糕递给阿才,"我家就住喺呢

---

①阿爷被他们藏起来了。

②就在这间屋子里啊。

③桌子。

④指一百元人民币。

度，同阿婆，同你屋企人都好熟啦，帮帮忙细路仔①。"阿才见陈阿婆的目光落到自己和男人身上，似乎还点头做出鼓励的样子，于是放心地将糕放入自己口中。晚上阿妈总账时，发现一张一百蚊的假币，还少了一条香烟，顿时慌失失，面青口唇白，一问才知道是阿才送出去的。阿爸一脚踢在阿才的膝盖上，他痛得站不住，鼻涕眼泪流了一脸，边哭边结巴说出陈阿婆的名字。阿爸去问，陈阿婆说白天忙着做糕同带孙，从未见过什么后生男人，又哭诉自己年纪大了，连白痴也来构陷。阿爸并无证据，又顾念往日的街坊情分，没有再追究。回到家罚阿才跪在门外反省，不准进门吃饭。

彼时还是夏日，白日残留的溽热仍在红毛泥路面蒸腾，晚风吹不入窄巷，大片墨绿色的树叶在头顶静止。夜如凝胶般包裹了一切，只有蚊虫得到豁免，聚在路灯之下，兀自飞舞。阿才没有吃晚饭，但也不觉肚饿，兜头兜脑的热气沤得他发晕。此刻阿才差不多已然忘记自己为何跪在这里，只知道自己大概是犯了错。他盯着墙角冒出的白色小花，在凝滞的空气中低垂着花蕊，阿才鼓起两颊，轻轻向它们吹风。

趟栊门内，阿弟拿着冰糕，故意在门前转来转去，伸出舌头将冰糕一舔到底，又用牙齿咬下前头的一块，发出嘶嘶的声响。他含着冰糕问阿才："阿才，你知唔知你做错乜事呀？"阿才望住阿弟手里的冰糕，出神地点点头，又摇摇头。阿弟把冰糕从嘴里拿出来，下巴搁在趟栊门的一截圆木上，伸出手指点着阿才的额头，"你系痴嘅？你激恼爸爸妈妈啦。②"

阿弟跑回屋去，身形被趟栊门裁成一截一截。阿才望住阿弟残缺的背影，被遮住的地方如记忆般无法填补，适才发生的一切如水过鸭背，他很快就会忘记阿弟讲过的话。

头顶的飞虫不知疲惫地盘旋，它们度过岭南漫长的盛夏，等秋天到来时再不动声色地消失，年复一年，在握手楼间生生不息，将死亡的默契代代相传。阿才抬头睇到阿爷的相片，他嘴角旁已有了轻微的皱纹，双眼依旧笑眯眯。暗夜将阿爷洗成黑白色，在执照的一角安静地望住他，似看透这街道的风水轮转。一转头，白日的那只猫依然蹲在街角，毛发凌乱，不

---

①我家就住在这里，跟阿婆、跟你家人都很熟，帮帮忙小朋友。
②你是傻的吗？你惹爸爸妈妈生气了。

断用爪子抹脸，它的一只眼已经被打盲了。

那夜阿才睡得很不安生，腋窝和后颈不断泌汗，蚊子不请自来，拼命在阿才身上插吸管，仿佛他是夜里的光源。阿才睡在走廊过道内，那里不好架蚊帐，屋里的蚊子只叮他一个。阿才意识蒙眬，左躺右拧，在行军床上来回翻腾。

走廊尽头是阿爸阿妈的卧室，阿爸阿妈还没有休息，屋内不时传来声响。他们压低了声音，但碎密的话语间，还是听得出他们在争吵，蚊帐从他们头顶铺天盖地地照落，将他们镂成两只剪影，风扇有节奏地转动，将他们的声音绞入风中，轻盈地打散了。

阿爸说："边度可以揾到半片指纹嘅人？拜托你动动脑噶！人哋系用电脑验嘅！仲想蒙混过关？痴线！①"

阿妈的声线里透出委屈，似乎还带了哭腔，"早都叫你去揾工！而家工都有，阿爷嘅养老金又攞唔到，幼稚园下月要缴费噶。②"

阿爸语气越发不耐烦，"生意唔好做，炒咗一半人，我有乜办法？我乐意畀炒鱿鱼呀？③"紧跟着一阵脆响，似乎是打翻了什么，"你搞唔见嘅，关我乜事呀？做嘢麻麻，卸膊就最劲！④"

阿妈哭道："点就认定系我搞唔见嘅？你个仔死蠢，人哋讲乜都信，乜都够胆畀人，讲唔定系你个傻仔攞去啦。⑤"哭声断断续续，接着又道，"咁紧要你做乜唔自己收好？而家唔见咗又怪我咯？⑥"

阿爸声音大了起来，"我收？我攞个呀出街呀？你知唔知呢件事伤天害

---

①哪里可以找到半片指纹的人？拜托你动动脑，人家是用电脑验证的！还想蒙混过关？白痴！

②早叫你去找工作，现在工作也没有，养老金也拿不到，幼儿园下个月要缴费了。

③生意不好做，炒掉了一半的人，我有什么办法，我乐意被炒鱿鱼吗？

④你搞不见的，关我什么事？做事马马虎虎，甩锅最起劲。

⑤怎么就认定是我搞不见的？你儿子蠢得要死，人家讲什么都信，什么都敢给别人，搞不好是你的傻儿子拿走了。

⑥这么重要的东西你怎么自己不收好？现在不见了又来怪我？

理呀？万一畀人睇到，我今后都不用做人了啊？①"

阿妈的声音也不甘示弱，"伤天害理？敢我哋有乜办法？细佬读书唔使钱呀？傻仔看病唔使钱呀？唔使阿爷嘅指模领钱，我哋一家食番薯乜？②"屋子里静了一阵，只有阿妈断续抽噎，"听讲拆迁之后按人头分房，冇阿爷嘅手指模，人家定会少分给我哋。③"

"唔止少咗间屋咁简单。人死咗仲攞补贴同养老金，搞唔好拉我食牢饭啊。④"阿爸的脚步在屋内复叠，如接连的叹息，"好做唔做，做呢伤天害理嘅事，而家唔见咗，呢系天意嘎。⑤"

窗外响起雷声，接着暴雨骤落，雨落在房前屋后，把一切声响都融化了。阿才后半夜睡得极沉，白日的困乏如洪水猛兽，积蓄了一整个夏天的溽热和躁动，在电光交错之际扑上来，先是照头一棍，继而缓缓流进阿才的血脉里。

阿爸阿妈守在那张躺椅旁，窗外的光勾勒出他们的背影，他们半哭半惊，如临大敌，阿才和阿弟站在门外，隐约听他们在哭声中刨出巨响，一如阿爷当年刨平杉木。不久两人散去，躺椅空落，并不见阿爷，阿才问阿弟："阿弟，你知唔知阿爷系边度？"阿弟用两根食指堵牢耳孔，大声说："我当然知啦，阿爷被佢哋匿埋咗。"骤然之间，仿佛有人重重推了阿才一把，阿才跟跄出门，四处去寻，一转头看见阿爷站在街角，在给士多的门头描漆。阿爷讲："唔聪明唔紧要⑥，做个好人，平安一世。"阿才见到阿爷胸前的老人斑，心下十分安稳，他拉住阿爷的衣角问："阿爷去边度啦？几时返嚟呀？⑦"阿爷不直接回答，轻抚阿才的头，粗短的手指在阿才头顶旋

---

①我收好？我放哪里？我拿着它上街吗？你知不知道这件事伤天害理啊，万一被人看到，今后我不用做人了。

②伤天害理？那我们有什么办法？小儿子读书不用钱吗？傻儿子看病不用钱吗？不用阿爷的指纹领钱，我们一家都要去喝西北风吗？

③听说拆迁后按人头分房子，没阿爷的证明，人家肯定会少分给我们。

④人死了还拿养老金，(干这种事)搞不好要让我去坐牢。

⑤做什么事不好，做这伤天害理的事。现在不见了，这是天意啊。

⑥不聪明不要紧。

⑦阿爷去哪里了？什么时候回来啊？

134

磨，"阿爷一直都在，唔使担心。"窗外闪过一束光，阿爷的两颊极速地凹陷下去，阿才转而去牵阿爷的拇指，却抓了个空，并未摸到半片指甲。阿才说："阿爷，我想食雪糕。"阿爷笑笑，轻轻推开阿才，"听话，夏天好快就过去嘞。"

翌日醒来，阿才被蚊子咬得不成样子，一只眼肿到睁不开，宛如墙角盲眼的猫，迷蒙之间，阿才发现自己满手的鲜血，惊到弹下床去，再一看，身上好几个蚊子包都被抓烂了，红肿连着红肿，渗出殷红的血痕，似在发烫。推开内屋的门，雨已经停了，隔着趟栊看到屋檐垂挂着水珠，很久才落下一颗。积水以肉眼可见的速度蒸发，阿才蹲下身在地上摸了一把，抬手将腿上的血痕抹去。

此后将近一月的时间，阿才都顶着那只肿眼，在挠破、流血、结痂、再次挠破中来回反复循环。阿弟不在时，三人吃饭，饭桌上只有咀嚼食物的声音。

阿妈做的汤越来越寡，有时费事去做，丢给阿才两只生切的番茄就当作一餐饭。其实阿才对吃食的退化并无太多感觉，只是面对两只爽利的番茄不知从何下口，他尝试着先对右手的番茄咬了一口，红色的汁水顺着手臂缓缓流淌，阿才感到害怕，将番茄丢回到碟里，跑开了。阿妈见后什么也不说，端着碟扔给阿爸，番茄滚落。阿爸以为阿才拣饮择食，怒气斜生，放下手中喝了一半的凉茶，拿着番茄找到阿才，作势要打他的头，"一日到黑同我拗颈，成个顶心杉啾？[①]"阿才被他盯着，闭着眼将淌着汁水的番茄吃进肚子，其间抬手蹭了一下眼睛，眼皮上立时起了火，扯得半边脸都在抽搐。他大叫着丢开番茄，瑟瑟缩缩在地上打滚，那叫声持续而尖锐，似一只古怪的鹅，搅到阿爸更加火滚。他下意识去关外屋门，继而一脚踢在阿才背上，"作死！作死乜？"阿才不敢再叫，只伏在地上啜泣。然而痛感似乎能抵消痛感，负负得正，令人意外，被阿爸踢了那一下后，眼仿佛都没那么痛了。

暑热彻底退去的时候，阿才眼上的肿块才算是差不多消去。虽未留下什么疤痕，但眼皮偶尔还是会抑制不住地跳动，像一只电路损坏的玩具。

[①] 拗颈，指争执、辩论；顶心杉，顶着胸口的木柱，形容某人或某事物使得自己撬心撬肺，不得安宁。

阿才有时半夜喊惊，自己翻身坐起，只觉得黑色在眼前流动，而非凝滞。睇到眼花，阿爷就从流水的夜色中浮现，在阿才床边坐下，不久又惶惶沉落，粒声不出。阿才几次想抓阿爷的手，却都落空，几番折腾下来身水身汗，终于在似是而非的期望中惶惶睡去。

阿弟白天都在幼稚园，晚上若是回来，饭桌上的菜色有时会稍好一些。阿弟讲起幼稚园的故事，讲得绘声绘色，猪红含在口中都不记得咽下。阿爸阿妈兴致寥寥，只有阿才支住颈听。

自从去了幼稚园，阿弟逐渐开始讲标准的普通话。阿弟说："今天老师教我们做了一个游戏，要每个人藏起自己最喜欢的一个玩具，然后再让其他人去找，谁找到了就要和谁做好朋友。"阿才似是没有听懂，却在一旁兴奋地挥舞筷子。阿弟接着讲："阿光找到了我藏的玩具，但是我不想同他做朋友，我就跟他说，这不是我的玩具。"阿妈在一旁随口搭腔："那是谁的玩具？"阿弟说："别人的，我藏的都是别人的，因为我不想跟他们做朋友。"

阿妈起身收碗，阿爸心不在焉地喝完碗里剩的一匙羹汤，起身返回卧室。阿弟对阿才说："阿才，你想不想玩这个游戏？"阿才点点头。阿弟说："那好，那现在我们去藏玩具。"阿弟转头跑去，钻进了自己的房间，等他返回一看，阿才还呆在原地没有动。阿弟十分生气，两只手叉在腰间，"你没听懂我说话吗？干吗还站在这里不动？"阿才闻声拧头，依牙傍哨。阿弟叹一口气，转而把两只手抱在胸前，做出一副哀其不争的模样，"你系痴嘅？去藏你最钟意嘅嘢啊！①"

两人都确认藏好后，就开始了对彼此的寻找。阿才在这间屋里住了十几年，对它的感知范围却越来越小。一开始他能在这间屋里横爬，像肆无忌惮的蟹，看着不时冒出的甴曱从自己脚边爬过，嘻嘻笑着去追，不知被谁的手一把捞起；后来他只能在自己的屋子同饭厅之间活动，并不再被允许趴在地上，衣衫污糟是要挨打的；再后来属于阿才的地盘就只有饭厅同走廊，白日坐在饭桌前看窗外的光流转腾挪，到了晚上再去走廊的行军床上面睡觉，碰上落雨天，整日所见便只有凝固的铅灰色。临街的一间房打

---

①你是傻的吗？去藏你最喜欢的东西啊！

开做了士多的门面，阿才坐在饭厅，看着阿妈的后背被外面的光深深浅浅地勾勒，抑或在阴雨中变成一个孤单又绝望的影子，他想去抱一抱阿妈，但又不敢。转瞬之间，这个念头也就消失了。

因为要去找阿弟藏好的东西，阿才得以在这间房中再一次行走。他打开阿弟卧室的一条条柜筒，还有一条条整齐的储物柜，各色衣衫，书，水杯，文具，少了一条胳膊的机器人，屏幕裂开的电话手表，每一样东西都令他沉迷。头顶的白炽灯管电流不稳，发出蝉噪一般细微的响动。这是阿才曾经的房间，他曾经就在这里生活，但他早已不记得了。他全心全意地埋头探险，已然不记得自己的目的是要寻找某个具体的答案。敞开的柜筒同柜子散发出一种熟悉而迷幻的气味，像是麻醉药，缓缓钻进阿才的鼻腔。

他摸到那只玩具箱的锁扣，正要打开之际，隔壁传来阿弟的哭声，阿才跑过去一看，阿弟伏在他的行军床边，手里拖着那只黑熊脚，额角上一只显眼的肿包，他一见到阿才，就将手里的黑熊朝他掷去，哭声更显凄厉。很快动静被阿妈听到，她甩着两手的水赶来，抱起阿弟就走，阿爸也趿着拖鞋从卧室出来，见一屋的抽屉柜子都张着口，横三竖四如贪婪而不知饥饱的幼鸟，一地鸡毛鸭血①，遂一把将阿才拎到了屋外去。阿才不明就里，以为自己又做错了事，便冲着厨房的方向大喊："阿弟，你赢咗，你赢咗。"

外面落雨，打湿屋檐，阿爸撑伞带阿才出了门。阿爸说："你做错事我唔怪你，但阿爸要同你交代一件事。"街上铺满坑坑洼洼的水，没有人，卷闸门一道道落下直至面前，像某个迫近的预兆，闪着吉凶不详的银光。阿爸讲了许多话，阿才从未听阿爸和自己讲过这么多话，他听得很认真，尽管他不能完全明白。阿爸交代，最近如果有人上门，问起阿爷，唔讲阿爷唔喺屋企②，要讲阿爷去乡下养病咯。阿爷平时都喺屋企，一直都喺屋企，千千万万要记得。阿才用力地点头，"阿爷喺屋企。"他让这句话在自己脑海里反复闪烁，直到脑海中只剩一片雪花。他问阿爸："阿爷乜病啊？③几时返嚟呀？"阿爸不说话，只吸了两下鼻子。阿才长到和阿爸膊头一般高，他仰头看着阿爸，阿爸的脸在雨中静默如雕塑，一直未回应。一转头，阿

---

①形容情况混乱。

②阿爷在家里。

③阿爷得了什么病？

才见到那只盲眼的猫蹲在三轮车底,用一只眼目送着他们远去了。

阿爸举着伞,带着阿才在陈阿婆的铺头前站定,他给阿才买了两只钵仔糕,让阿才快点吃,"以前都好钟意阿爷买嘅糕,系咪?①食啦,唔好畀你阿妈睇到啊。"

阿才把糕放入口中,并无曾经那般冰凉甜美的滋味。他想告诉阿爸,不是这个,是雪糕,阿爷给他的是雪糕。但他看到阿爸为他撑着伞,眼中是从未有过的柔和,雪糕两个字忽然就在他脑海中如雪花般消失了。阿才默默把糕吃完,跟着阿爸行返屋企,一路上阿爸带着他左跨右拧,尽力避开零落的积水,免得裤脚打湿。雨水带着寒气,阿才在风中连打两个喷嚏,他想,夏天好快就过去嘞。

那几人行来阿才屋企那日,是一个平常的下午,天都阴住,但雨已经停了。街巷内积水久久不退,路上仍一片泥泞。积水要等出晒太阳才会蒸发,不然就只能自己阴干,于是所有人都在等待着,等待着有什么力量助推一把,或者就在漫长的消磨中待其自动消失。几双沾着泥点的鞋子立在阿才面前,在屋内来回行走测量,阿爸起身了,阿妈摊也不守了,泡了茶,拎出过年用的纸杯,整色整水②,笑着递到几人手中。那几人接了,却并不喝,只忙着看阿爸阿妈递上的一沓沓纸。

阿弟刚刚下学,在一旁做功课。阿才盯着身影空缺的窗口,没有光,这一日大概又是凝固的灰色。

一个戴着眼镜的男人蹲在阿才面前,衣装整洁,额头光亮,"小朋友,记不记得上次见到你阿爷是什么时候?"

阿才看那人冲自己微笑,张了张口,努力发出完整的声音:"阿爷喺屋企。"

阿妈忙上来转圜。"唔好意思,"她笑着指指自己的脑袋,"阿爷先前喺屋企,佢墨鱼头③,记不得了。"

阿妈话口未完就被打断,那人摸摸阿才的头,又睇阿妈一眼,阿才看

---

①以前很喜欢阿爷买的糕,是不是?
②形容做出姿态来掩盖真实意图。
③指蠢笨、没头脑的人。

到他瞳孔中的人睁着一双大眼,"没关系,他很聪明,讲话很清楚。"接着又拿出两颗糖果塞到阿才手上,"告诉叔叔,阿爷在家住在哪里?"

阿才没有出声,阿爸阿妈互相换了一下眼神。许久,阿才看向自己的床,慢慢伸出了手指。

"他是白痴啦!"阿弟的喊声响彻整间房,他愤然将笔扔下,所有人都为此窒住。他飞跑回自己屋内,哗啦一声打开玩具箱,那些玩具瞬间如星星一般撒满了地板。

"阿爷在这里!"他举着一块红色东西跑出来,如擎住一支火炬,"他是白痴!是傻子!他不知道阿爷被他们藏起来啦,然后又被我藏起来啦!"

那东西掉落在众人面前,被红色印泥染得不见纹路,底部缠着一块布头,一样的赤红而模糊,只有那半片指甲未受浸染,透出明亮的光泽。阿才把它握在手里,似乎还带有温度,它柔软又坚硬,如一块积年的红玉。

那东西将阿才的整只手掌染得通红,犹如鲜血溢满指缝。他忽然咧嘴痛哭起来,高叫了一声:"阿爷!"

(原载《当代》2024年第5期)

太平洋的风

/王海雪

1

未婚妻生产后的第六天,因为工作关系,我重返马尼拉,再次开始中断了很久的"朝九晚五",我内心有一种"东山再起"的狂喜。另外,虽然通情达理的未婚妻说不要太顾虑她,她的母亲和哥哥会照顾她,以工作为重,我还是内疚,又念起居家办公时的自由。

我给母亲单独发孩子的照片,想了想,也在家族群里发了。孩子棕色的脸还看不出像谁,群里的亲戚却已经为他的肤色吵起来,说中国南方也会晒成这样,不单是菲律宾。这是家族群里久违的热闹。表情包成串地在群里排队出现,红包一个接着一个,掩盖了那些美好的争论。我点开二舅给我发的一个专有红包,五百块。微信里的热烈讨论让原本的担忧又沉浸到心底的深处。

我在菲律宾亚马逊公司上班一年有余,做的是我当时在深圳的老本行——客户服务。去年汇率持续下跌,让我税后收入已不足一万人民币。还好,这个薪酬跟当地人比实属罕见高薪,维持往常生活水准不是难事。

2022年,未婚妻怀孕,我们在马尼拉又举目无亲,我就把房子退了,跟她一起去距马尼拉两百多公里远的碧瑶市,在她父母住所的附近找了一栋房子租住下来。如果感染了,也好有个照应。

墙是白的，却白得不干净，潮湿的雨季让白生出斑驳，人站在这样的空间里，便觉得霉味徘徊在鼻孔的下方。衣柜是老式的棕色，像十几年前中国普通家庭流行的样式，一拉开门，就看到漫天飞舞的尘灰。正在修路，也不知何时能够完工。隔壁有陌生的狗叫，听得我心烦意乱，我是一个对狗没有任何爱心的人。我想是否要租下这里，和有狗看门的邻居为伴。未婚妻并不怕狗，这里离她父母的房子只隔了不到半个街区。她说，租下来吧。

我付给了中介定金，租下了这栋两层的房子。我雇了当地人打扫，又添置了一些二手家具，布置好后才和未婚妻搬进来。那是一个雷雨交加的下午，还好我们都并未淋到雨。我坐在灰色的沙发上，看着窗外流过的雨水，觉得这样的雷暴很像我故乡潮汕的夏天。阳光如瀑布，雨水也如瀑布。小时候，我经常上到楼顶的天台上，走入落了一地的阳光，晒得皮肤的毛孔长出丝丝的痛痒，眼睛前方都是密集的斑驳墙面。居高临下希望拍出时间痕迹的本地摄影师，最喜欢在这样的露台蹲点。那些被雨水冲刷出的斑斓线条就像是被刻意做旧，显示出这是一个地道的中国南方城市。

我在这个热带国家，不过是往更南处去了。这里的雨和风，能让一个城市几近毁灭或者临时瘫痪。我并非没见过台风，但这里的频发与剧烈还是让我颇为吃惊。住在不牢固的房子里，听着外面嘶吼的雨声，不知是房子晃动了内心，还是内心的摇晃撼动了房子，新奇中又有担忧，觉得自己会客死他乡。还好碧瑶是山地城市，气候和宿务不同，即使是在雨季会发生山体滑坡，但是风的叫声没有平地那么恐怖。不过，碧瑶12月的天气阴冷潮湿，风衣外套是免不了的。

我打算等一会儿雨过天晴，拉上未婚妻跟我一起到外面的街上走一走。低矮的刷成粉红或淡蓝的房子，是典型的西班牙风格，走在其中，让人心旷神怡。也许这就是热带给人的感觉。虽然流行病还未在菲律宾彻底结束，可熬过慌乱的几个月，人们已经习惯了病毒的存在。而且，随着菲律宾大选的即将到来，各种限制性政策明显放松了很多，周末公园里的人也日益增多。可除了去费尔家，我们还是很少去超市或者商场。未婚妻指着自己的肚子说，为了他。

未婚妻的哥哥每天都会关注热门候选人小马科斯的新闻，见到我时都会跟我聊上几句。他仍然在碧瑶颇有名气的语言学校PINES教英语。他和妻儿住在一栋装修简单的平房里，那里靠近郊区，租金便宜。

　　费尔南多曾经被调派到宿务市的分校BLUEOCEAN工作了一段时间，他有语言天赋，会说好几种方言，比如宿务语和碧瑶话，还因为热爱日本动漫学会了日语。我在他调来的当月成为他一对一的学生之一，那是2019年8月上旬。那是我人生中第一次在异国他乡生活三个月。街上遍布的英文招牌与那些写满英文的食品外包装都在提醒我，我将度过一段全新的人生。

　　他告诉我，费尔南多是一个过时的西班牙名字，无论是菲律宾语还是文字，都暗藏菲律宾被西班牙殖民的历史。他说我可以叫他费尔。他非常聪明，经常自嘲貌不惊人，身材矮小。他只有一米六高，也许是早期跟随父母东躲西藏的生活让他营养不良，抑或继承了来自母亲的身高基因。

　　幼年时，因为地区政治与宗教冲突，牵连到了本就不安分的父亲，费尔一家连夜逃离棉兰，暂居在马尼拉郊区卡车车厢改造的房子里。母亲将省吃俭用的钱买了一个破旧的二手空调，为的是让他们可以持续地待在屋子里，不需要在外面消夏。郊区没有那么多可供乘凉的树，即使有，也被母亲砍来烧饭。收拾父亲残局的母亲有着惊人的能量，从来不会让他和妹妹饿着。

　　那是一个混乱地带，费尔亲眼看见年轻的人们在他眼前抽大麻、海洛因，成为瘦骨嶙峋的瘾君子；也看到帮派之间的追逐打杀，有人在他面前一头倒下。母亲外出打工，他履行起母亲的责任，守着妹妹，黄昏之后不让她出门。后来，母亲又做出了果断的决定，带着他们投奔碧瑶的舅舅。不久，在马尼拉混不下去的父亲也来到了碧瑶。自此，他们就在碧瑶生活下来。如今，他的父母依然租住在从前破而小的房子里，每个周末他去探望父母，都会惊讶这个地方怎么能容下他和妹妹。他说，如果不是他母亲，他可能已经走上歧路。

　　他的英文水平在教师群体中也是佼佼者。他喜欢看美剧，学了很多地道的表达，讲英文时几乎不带菲律宾口音。课上，当我用有限的词汇努力表达意思，他总能迅速猜出我要说的话，并教我一些英文俚语，诸如He is average Joe之类。遇到一些他认为我可能不知道的生词，都会问我是否知道这个词。我一边说No，一边拿起手机的词典软件查询。起初我都习惯看中文解释，但英文词里的语法和意思多种多样，让我闹出不少笑话。花了一个来月才适应这个全新的语境。

2

我用了两个月，在一次又一次搜肠刮肚的英文表达中，和费尔建立了互信的关系。他说他的梦想是有一栋自己的房子，让家人有个永久居住之地，而不是半生漂泊。他这么一说，让我发现世界上无论是居住在发达国家还是不发达国家的普通年轻人，都背负同样的住房压力。

费尔也有过好时光，那是他们全家寄居在叔叔家的时候，他这辈子都不会再有机会住在那样的大宅。后来，叔叔出事了。他微笑着，尝试记起那模糊的往事。

在监狱里度过好多年的叔叔一出狱就被不知名人士暗杀了。费尔从未想过有一天新闻里的事情会发生在自己的亲人身上。八九岁时，他跟父亲去监狱探望过叔叔。据说作为一座城市的前领导者，叔叔有自己的独立牢房，并未吃多少苦。

叔叔去世后，家乡的媒体发了新闻，那是2000年左右的事。自此以后，父亲再也不提自己与弟弟的过去，他们一家与后来搬到马尼拉的堂弟一家彻底断了联系。听说他们在马尼拉一直过着优越的生活。费尔的语气平静而空旷。

费尔从不参加学生们的周末聚会。学校地理位置优越，周边有国际五星级酒店，也遍布很多小酒吧，周末都是语言学校的学生。在昏昏暗暗中，一打又一打的酒被端上来，几乎所有的年轻人都喝得醉醺醺，这是拿酒祭祀学习压力的好时刻，这是把内心的压抑借助酒精释放出来的时刻，这是老师与学生的界限被打破的时刻，这是欲望登顶的时刻。可是费尔一如既往地冷静，他说学校有规定，除了上课以外，不能和学生有任何接触，不然会被警告或者开除。他从未卷入狂欢，谨言慎行。

学生们说，工作没了可以再找嘛。他仅是报以一个典型的礼貌性微笑，然后回到不远处的宿舍玩借来的游戏机。见惯了来来往往的学生，他觉得这样的友谊点到为止，有明晰的边界，才是语言学校的老师与学生的相处之道。

他走路去学校。在宿务时，学校提供的宿舍是海边的酒店——一栋有上百间客房的大楼，语言学校的老板租了其中的一些，作为派遣而来的老师和学生的宿舍。他盯着大楼时，会想闲置在家里的那辆二手摩托车应该保养了，他应该打电话让父亲帮忙骑去，更换一下润滑油，不过他不想告诉父亲钥匙放在哪里，父亲一定会加大马力到处开。它是迄今为止费尔买过的最昂贵的东西，花费超过两万比索。在碧瑶时，费尔住在山下，每天骑车去学校大约需要一个小时，他喜欢热风刮过脸颊的感觉，就像把脸上的疙瘩慢慢刮净。他的脸上有一些青春痘坑，让原本端正的五官逊色不少。有时，课程结束晚，没有吉普尼，他会顺路载女同事回家。也有一两个对他有意思，但那时刚工作的他对感情还很迟钝。说到这里时，他为自己的不解风情哈哈大笑。当时，我们去了宿务市著名的教堂，在麦哲伦十字架前，他跟我说了以上的话。那是一个熙熙攘攘的周日，教堂已经挤满了来听布道的人。

我排队，跟普通游客一样在十字架前面拍了照。这个位于街心的景点会让每一名慕名而来的人大失所望，走进去，抬头看小小的椭圆的穹顶上面，都是关于宗教故事的粗劣壁画，和麦哲伦传奇的人生不是很相配。费尔说岛上的信仰起源于麦哲伦时期，不接受天主教的当地居民都被屠杀，不过麦哲伦也遭到报应，被当地人砍成重伤，死在回国的船上。那名当地人被奉为英雄，以他名字命名的拉普拉普市属于宿务管辖的区域。

我参加过学校组织的周末旅行，去过拉普拉普市的马克坦岛潜水景点，虽然学校就位于马克坦岛上，但是团体的费用比散客价便宜很多。这里不缺沙滩、阳光与清澈的海水。不会游泳的我只是坐在出海的船上看着同伴们一个一个跳下去又浮上来。我对海底世界不感兴趣，即使教练说浮潜是安全的。我记得那是某一天的凌晨，太阳慢慢地蚕食夜色，光散落在海面上，像鱼的鳞片。我能察觉到自己望向海面时的紧张，我的肩膀微微缩起，像个鸵鸟把自己保护起来，巨大的海面仿佛要把我卷进去，往年台风的余威藏在其中。船上只有我自己，即使耳朵有从水底传来的陌生而奇异的声音，我仍然感到一种完全陌生的孤独。这是一种在异国他乡、语言不通的环境下的孤独。我忍不住想，到底是什么底料，才能搭配出这种让人难以忍受却又迷人的孤独？

在宿务的费尔也有相似的孤独。无论身在何处，他都对周边所有的事物保持警惕，从未跟任何人建立起长久的联系。他说自己不需要朋友的原因可能源于早年的不断迁徙，从一个临时的家到另一个临时的家。所有的记忆都被一张单薄的花帘子一分为二，这边是他的床，那边是妹妹的床。一直到结婚，他都未曾拥有过一间属于自己的房间。男的无所谓，女的就比较麻烦。他说。

　　在我们还不熟的时候，有一次，口语课上的主题是故乡。他的语速快了一些，仿若一个跳远之人，想一气跨过故乡。他略微尴尬地谈及故乡应该只有一片小小的废墟，因为台风过境把那些铁皮屋都摧毁了，那是从大宅搬出来后住过几年的地方，台风让人居无定所。

　　接着，他问起我的情况。我说自己出生在广东的一座小城，后来在深圳打工。他惊叫，是不是华为公司总部所在的地方？我说是。然后他向我展示了他的手机——华为。后来，我才注意到学校里大部分老师所用的手机型号都是过时两三年的中国品牌产品，在他们的口碑中无一例外是好用与拍照好看。话题的转换让故乡这个主题不再那么沉重与难以继续谈论下去。意犹未尽之时，大楼的电子铃声响了，我不得不收拾课本走出来，赶去下一个上课用的隔间。无论是学生还是老师，课程间隔只有五分钟，这样的密集与忙碌让我觉得比自己在大学时更有效率。我在一所默默无闻的技术学校读了三年，取得了大专文凭，毕业后来到深圳，在一家小公司做客户服务，积攒了一些经验，便进入外包公司专门负责DW手表的客服工作。我来菲律宾时，这个瑞士品牌的手表在网上线下卖疯了，我却在它最辉煌的时期离职了。朋友的代购要求都被我一一拒绝，我并未告诉他们，我只是一个小小的客服，购买渠道和他们毫无区别。

3

　　威廉不仅是费尔的学生，也是我的舍友。周五下午最后的课程结束，他就结束了全部的学习，周日他就要回到台湾继续当码农。他约费尔周六在学校附近的红酒吧聚一聚，费尔拒绝了。威廉在宿舍经常听我提到费尔，知道我和费尔关系好，央求我去跟费尔谈一谈，那是他在菲律宾最喜欢的老师，也许以后他和费尔很难再见。说完费尔，他接着说，这世上还有很多国家他没有去过，接下来的行程除了工作之外，就是全球旅行。威廉故意留了一小撮胡子，好让自己看起来像日本电影里忧郁的男主角。他在家写代码，工作自由，收入颇丰。那是一个我们都知道分别在即的夜晚，我们一起凑钱买的大风扇在我们身旁哗啦哗啦地吹着，电费太贵，我们不轻易开空调。

我并未有说服费尔的把握，他的过度谨慎，让夜晚看上去到处都像学校布置的陷阱，一不小心落入就会被扣工资或者开除。虽然费尔对待在这个学校有了厌倦，但是要调回碧瑶校区的通知让他坚持着。我跟他说，我们送走威廉，下次我们再见面一定是在碧瑶。他说，这是为你，兄弟。他在离开宿务之前终于破了一次例。

舍友们都睡下之后，已是半夜。我起来，从窗户望出去，大海隐约可见，许多人选择这个学校主要是因为风景，当然，宿舍费用也比别的学校贵一些。认识费尔的人都因为他答应参加聚会而惊奇不已。他的应允也让我感动，这对一个希望一直处在安全界限内的人来说，并不是一个容易的决定。我也清楚，威廉走后，我接下来的日子也不会有太多的集体活动。因为英文还未足够好，虽然认识一两名能说中文的日本人，但是每次去酒吧娱乐，大家都用英文交流，我不可能一直让人家翻译，词汇的缺乏让我始终无法自如开口说话。

唯一能畅所欲言的是在口语课上，时间是四十五分钟。听上去很长，但把礼貌问候掐头去尾，真正切入课本主题的时间并不多。有时一个话题还没有聊完，下课铃就响了。费尔会立刻中断话题，去走廊那里打水和上厕所。一切看上去很忙碌，楼上楼下找教室的人都不断地在楼梯或者窄而长的过道碰面，久而久之，便会说一声Hello，却从未有细致深入的交谈，五分钟的间隙，能聊什么呢？后来，我跟费尔说，如果没有口语课，我们的话题不会那么宽泛。聊天其实是一种解腻。出于职业的缘故，从前下班后我很少跟人有持久的聊天，好像所有说话的兴致都在那八小时里消耗掉了。换了地方，换了语言，我感觉自己又重新活过来。这是做出游学的决定后带来的无数好处之一。

那晚，我先和威廉去买蛋糕。我们沿着红酒吧走下去，这个街区的下角有一个很小的面包店，这时还不算太晚，应该还有现成的。我们大概走了十分钟，路上我踩到了一坨狗屎，我一边痛骂遛狗的人怎么这么没有道德，一边抬脚将鞋底往旁边的水泥地上擦了擦。臭味从脚底散开，本来想假装没有发生这件事的威廉不得不捂住鼻子忍着笑说，一会儿记得去厕所冲一冲，不要到时把蛋糕熏臭了。

我们进了蛋糕店，威廉神色自若地问柜子后面的服务员是否有现成的蛋糕，他对那名异性校友有一些好感，素日斤斤计较的他突然变得慷慨。我则想着逐渐扩散的气味是否会掩盖掉面包店一直弥漫的香气。威廉花了七百比索买下被服务员从冰柜里取出的最后一个蛋糕。蛋糕自始至终没有从盒子里被拿出来过，服务员只是指着上面的图案说里面的蛋糕和它一模一样，威廉也默契地没有打开确认。

拎着走出去后，威廉跟我说他有蛀牙，吃不了甜食，但是那个越南妹子喜爱。他的话里透着一股悲伤，让我想到"人之将死，其言也善"，如果告诉他我此刻的想法，威廉一定会说我诅咒他去死。我便只是静默。同时，又因为他最后的大方对他刮目相看。我参加过几次告别聚会，每个人都是各自买单，账目算得清清楚楚。一些人回去之后还保持着一段时间的联系，但因为社交软件与使用习惯的不同，从此天南海北，杳无音信。也是那个时候，我开始懂得距离其实包含着复杂的含义。

把蛋糕放到我们预订好的酒吧桌上，我就去外面接费尔，附近的酒吧长得太相似，他不是很清楚酒吧的具体位置。我穿的球鞋，冲洗不了，那股臭味还是阴魂不散。我的脚步很重，想把这股味道藏于地下，却不曾考虑这股难闻的气味会熏倒这被修修补补的土地。

我看到费尔时，他的脸上多了一个口罩，他说自己喝不了任何含有酒精的酒，因为感冒鼻塞，不想加重症状。口罩是为了预防在喧闹的酒吧里传染病毒。我心里暗喜，说，如你所愿，我们都不是擅长饮酒的人。周末无论是老师还是学生，都很放松。这条街上到处都是青春的气息，已经二十七岁的我沉浸在这样放浪形骸的氛围里，突然意识到自己还很年轻。站在酒吧低矮的门口，看到那满桌摇曳的新鲜面孔，我的眼前出现母亲在天台上的人工土坑里播种，数日后长出的挤挤挨挨的菜芽。雨水落在红色的泥土上，那些嫩芽好像长得更快了些。我觉得自己也会长得枝繁叶茂。

我把费尔带到威廉早已预订的靠门的桌子边。他已经打开蛋糕对着对面的越南妹子用英文说惊喜来袭。越南妹子笑得和她的英文名糖果一样甜，在异国他乡，有人愿意花钱为自己庆生，快乐的甜度应该是顶级的。这时候，我还在暗中嗅着桌底下的味道是否淡了些，旁人是否能够察觉到这异味。这时候，我还不确定自己会去碧瑶，成为语言学校的实习经理，打工换课程，虽然我跟费尔说过自己会再次跟他见面。这时候，我还在想着回国后自己能干什么，抑或如威廉所说，再延长三个月时间，让自己的英语从量变到质变。

4

三个月的游学结束后，虽然英语讲得结结巴巴，语法颠三倒四，但基本的语言生存能力已经有了。为了更精进一步，我最后还是听从了已经离开宿务的威廉的意见，他几次在Ins上给我发信息，让我一定要坚持下去，不然回到国内，琐事缠身，语言学习将会彻底终止。这是他的经验之谈，也是他从身边朋友看到的直接结果。他不想让我半途而废。"我们不缺半途而废的人，我们缺的是可以长久坚持的同行者。"威廉偶尔表现得像一个哲人。我看着他刚刚发布的被美女环绕的海边照片，觉得他的日子过得特别滋润。当时我们和学校的其他人一起组团去卡瓦山谷，他、我与另外一名女生不会游泳，只能战战兢兢看着别人高高兴兴从悬崖处跳入水中。如今的威廉，已经不再怕水，考到了潜水证。我想他是快乐的。

这时，费尔已经回到碧瑶。我则在离开宿务之前，投了一份英文简历到碧瑶的一所语言学校，岗位是实习学生经理。回复很快，在简单的面试后，面试官问我何时能入职，旺季即将到来，他们亟须中文经理填补空缺，服务来自中国的游学家庭。起初，我还担心自己蹩脚的英文会让我无法获得这个职位，但在反复确认入职时间后，我像被闪电击中，在此之前，我并未做好会被录用的准备，纯粹是想碰一碰运气。其间，我回了趟国，家待了半个月，便从广州飞往马尼拉，再从马尼拉坐大巴到碧瑶。

总校在碧瑶的山上，另外一个分校在克拉克。根据安排，我在这里熟悉业务后，就会被派到克拉克校区。那里的环境更适合集体游学度假的家庭，不过我都没等到去那里的机会。那是后话。

这里的许多老师都依赖摩托车，所有的交通规则都包括摩托车。每次我坐在吉普尼上看着风驰电掣的摩托车，想着要不要也买一辆。我告诉费尔我明白为什么他在宿务时那么怀念他的摩托车，那就是现实版的《速度与激情》，即使严重的交通事故年年发生。

晚上我会在办公室值班，周末去机场义务接送入读的新生——如果我有空——学校很乐意使唤我，如果是老师去，学校必须额外支付一笔老师的劳务费用，虽然这笔接送费出自学生。

2020年1月中旬，东亚国家和地区的寒假来临，带孩子过来游学的韩国家庭和中国家庭与日俱增。有时，我经过泳池，会停住看一看孩子们带来的活色生香的热闹。虽然他们语言不通，但无碍他们能玩到一起，孩子有惊人的沟通天赋。站久了，我灵敏的鼻子发现他们的气味都是一样的，有着天真的奶香味。刚刚跳槽到这所学校的未婚妻路过，问我在这发亮的阳光下做什么。彼时，我和她因为费尔的关系已经认识。我刚来到碧瑶时的一个明朗的周日下午，就和费尔、她一起去拜访了他们就读的高中。费尔说碧瑶没什么像样的景点，去看花也没啥意思，我又体验过悬崖跳水，还不如去看看他的母校。

铁皮屋顶的平房，只有四间教室，比工地板房好一些，鲜艳的外墙很吸睛，让人忽略了其他糟糕的缺点。我想象他们的高中生活是什么样子。菲律宾的教育体系和国内不同，小学毕业后升入中学，读完四年后，便可以参加大学入学申请考试。菲律宾学生从大学毕业时，不过十九岁二十岁，所以费尔踏入社会时还很年轻。不过从2016年起，菲律宾也开始进行中学教育改革，和国际同步，改成了六年制。费尔说那一批都是试验品，他们的人生还需要很多的时间才能知道这次改变的影响。

费尔读高中时的体育课主要就是劳动，因为台风会损坏这些房子，他们要干泥工，老师说这是体能训练，为了让他们长得更加茁壮。台风过后，费尔还要去收拾刮落的树枝，平整教室前的小空地。这样才能在一个学期里有限地开展一些简单的户外运动。我搜索了我的母校——一所普通的南方中学的照片给他们看。照片上的建筑比绿植多，巨大的操场赤裸地躺在蓝天下，我不知道为什么没有人，我不知道为什么不找一张正在做早操的图展示给他和他的妹妹露易丝。或者那一刻我想让自己的母校看起来有巨大无比的空间，如同让人引以为豪的广阔国土一样。

露易丝是她后来自己改的名，她同样有一个过时的西班牙女性的名字，于是，她在自己冗长的名字与简短的姓氏之间再慷慨地插入另一个中间名。露易丝说怪不得中国学生这么刻苦，应该说东亚国家的学生都很刻苦。

我环视被繁盛的树木包围得严严实实的学校，这里到处都是阴影，即使是漫长的夏天也不会过度闷热。费尔说，这是他们以前种下的小树苗，虽然是自己的劳动，但是看到成果也没有很高兴。他所记得的是自己搅拌水泥双手摩擦的疼痛；记得自己挖土坑时看到的恶心的蚯蚓，被他和同学砸成两半，它们是再生动物，死不了；记得自己因为敷衍种树被老师用力地弹耳朵，疼得嗷嗷叫。

让我难忘的还有圣诞节。2019年12月中旬，碧瑶城区节前的热闹很是旺盛。从9月开始，当地人就已经开始讨论如何度过圣诞假期。摩托车大军将驶出城区，去往各地的乡村，应是如此。费尔告诉我这个从未真正度过这样一个节日的人，入乡随俗，你应该体验一下。

圣诞节前所需要准备的东西都已在商场或者独立店铺上架。紧随圣诞节后的新年同样是重要的节日。

费尔邀请我去他的父母家一起吃饭庆祝圣诞节。"反正你也是一个人。"那时候，他应该发现我和露易丝都互有好感。也许是家里最小的孩子，露易丝的性格和费尔不同，她爽朗，肤色比费尔白很多，我不确定是不是涂粉的缘故，或者是因为浅色衣服的衬托，让她看起来和当地人有些差异，抑或是因为继承了来自祖父这边的中国血统。费尔和露易丝的祖父来自中国，但是来自中国哪个省份，他们都无从得知。"中国太大。"两兄妹异口同声。偶尔我会想，广东有很多侨乡，也许费尔的祖先就来自这个省份的某座城市。

费尔的祖父几乎从未对他们的父亲提及过过去的事，也许生活在一个崭新的地方，意味着新的开始，过去的一切只需以遗忘来抵达。逝去的祖父只给他们留下一个中国姓氏：Yap。

费尔骑摩托车，载着当时初来乍到的我和他的妹妹从他们的高中学校往山下去。风吹向一个巨大的袋子，把我和露易丝装在里面。我闻到露易丝洗发水的味道，我知道她用的品牌是多芬。她给我推荐过它，说能把山风从头发洗落。白天她会搭乘吉普尼去自己任教的学校，那个学校与我的相邻。我有时有事出去，会在古普尼上偶遇上车回家的她。这时我们会聊上几句。除了头顶的棚子，四面没有任何遮挡的吉普尼也会被风占领，吹破人们的脸，吹乱人们的发梢。还好我剪的是板寸头。当我转头看露易丝的侧脸，就特别想帮她拂去贴在脸上的长发。不过，一直到她拿起硬币敲着顶上的铁管提醒司机停车，我还是纹丝不动。不知是太平洋刮来的风镇住了我，还是我将风进行了挽留。

5

这是我第一次认真给朋友与家人准备圣诞节和新年的礼物。我去的是一家位于街角的礼品店，很小，也兼卖一些二手商品。一走进去，我就觉得自己被五光十色包围，圣诞树上挂着的彩灯在白天里闪光，仿佛要把单调的日光涂出一张花脸。价格并不便宜，至少要几百块人民币，让我想起春节时父亲买的可以从大年三十一直放到大年初三的鞭炮，响的都是钱。一个白色圆筒里竖立着各种礼品包装纸，小小的柜台上有摊开的纸张和一卷卷的彩带。无论是什么样的节日，都需要物质装饰的仪式，我第一次知道挑选合适的礼物是一件非常困难的事。

店老板是一个年轻人，英语说得比费尔差很多，有浓重的碧瑶方言口音。在他的推荐下，我给费尔准备了一个摩托车头盔，给露易丝准备了一双芭比粉沙滩鞋，工作之外，她长年穿着各式各样的拖鞋。然后给费尔的父母买了两罐桂格牌燕麦片，费尔提过他的父母早餐习惯煮燕麦片粥。包装好后，店老板帮我把它们都装在一个大袋子里，我拎起，觉得还挺沉，走出来感到饥肠辘辘，便去隔壁的Jollibee连锁店吃了一个汉堡，味道和我在深圳的西式快餐店吃的差别很大。不过我的胃已经适应了这里的所有食物，觉得那些有顽固饮食口味之人的潜意识里一直不想入乡随俗，才会对不同国家的菜肴有所抱怨。这时候，离新冠疫情即将全球爆发已经不远，而我还无从得知，接下来我还会在菲律宾度过许多个难忘的圣诞节。

费尔父母的家在一条破旧的上坡路。晚上时，他们会准备烧烤材料，在街边摆个烧烤小摊，赚取自己的养老钱。费尔说他变老的父亲和以前相比，性格好了很多，愿意帮母亲一起干活，对他和妹妹也不再是咒骂。那段父亲事业失败的日子，一直是费尔和露易丝的梦魇，他绝口不提父亲的生意是否和从政的叔叔有关联。

也许是知道自己以后要靠两个孩子养老，所以对他们开始和颜悦色了。成年的费尔已经完全可以躲开父亲的拳脚，也有能力对父亲的所为提出反对。

在不算大的平房里，沿墙的角落堆满了费尔父母所需的杂物，都与他们的烧烤摊有关。墙上挂了彩带，字母拼出了"圣诞快乐"，出自露易丝之手。她没事喜欢做手工，对空间装饰也热衷。我来得早了一些，临时充当了她的副手。也许是节日的原因，这一天，屋里的气氛很好。费尔的父亲看起来很正常，不像费尔所形容的总是一副醉醺醺的样子。费尔说，那是因为还没开始喝酒。

费尔的父亲正从地上的袋子里取出可乐和罐装啤酒放到那张小圆桌上，费尔的母亲在烤一种我叫不出名的甜食，看起来很像蛋糕，却比蛋糕黏腻。他们一家会自然说起菲律宾语，这时，我就微笑着，偶尔喝一下手中一次性塑料杯内的饮料。我想起自己初来乍到，找过国人做语言伙伴，可面对彼此糟糕的英文，说不出来，我们还是决定继续以中文交谈，说着对方能明白的网络梗，比如开口说英文的勇气是从梁静茹那里借来的。

费尔的父亲啤酒喝得很快，却无人想阻止他。我瞥了下他的神情，是老人常见的慈祥与开朗，我很难把他和费尔的描述联系起来。

也许大家都不想浪费掉这欢乐的夜晚，也许大家怕我这个客人在场，因此隐秘而小心地选用一些喜庆的词语。原来每年的平安夜聚会，费尔的父亲都会因为一些过去的事被指责。不过，最终大家都变得怒气冲冲的情况在今晚并未发生。被浸泡于酒精之中的疼痛，也许像费尔父亲的曾经，在这一夜醉得不省人事。

见过费尔的父亲之后，我知道费尔完全遗传了他父亲的身材。露易丝幸运地随了母亲，露易丝在这个狭小的小屋之下，看上去有着更温柔敦厚的长相。

费尔的父亲喝高了，话也多了，开始问我关于中国的事。然后又提到自己的父亲，也就是费尔的祖父要把故乡毁于身后。这让我瞬间想起破釜沉舟的故事。可我英文笨拙，不知如何告诉他们一个中国成语。

费尔说自己的父亲帮叔叔贱卖家乡的宅子时，他还很小。和他现在居住的公寓比起来，那是一座巨大的豪宅，虽然他无数次梦见一位妇人的鬼魂踏着楼梯来到他的睡梦中,他从不害怕。他知道自己终将会在黎明时刻醒来,即使醒不来,母亲也会在通常的时辰来到他的床前,唤醒他。这是模糊的却唯一能够确认自己曾经在富贵中度过几年的证据——记忆。

那时,有叔叔的庇护,母亲仍会限制他和露易丝的出行。在犯罪率畸高的时期,无论他们住在哪里,外面都不安全。时至今日,这种教育还深刻影响着费尔。

不是费尔,是露易丝给我准备了礼物。她让我不要拆开,回去的时候再看。她说,虽然是给你的,但是我希望你把它用在我身上。这句暧昧的话语让我在回家的路上猜测不已,心惊肉跳。

我回到家就立刻拆了,是一盒染发剂和一双黑色的袜子,原来她想让我给她染发。我独自笑自己,怎么会想到是保险套呢?

新年那天,在费尔的家里,我和他一起配合,给露易丝染了一头金黄的头发。后来,一直到我们确定关系、有了孩子,她坚持只染这种颜色,她说这是唯一能跟太阳的光芒媲美的颜色。

6

1月是2020年的春节,我并未有任何特别的庆祝,仅仅在大年初一的晚上,和几名中国学生去城区的小酒馆喝酒,这是最流行的方式。所有的离散都在小酒馆里被留下,所有的记忆都被打包带回自己的母国。

这时,露易丝来到我这所服务游学家庭的学校快一个月了。她主要是教儿童和青少年基础英文,虽然拿的薪水比之前少了一两千比索,但是工作相较之前容易很多,都是来自牛津或者剑桥的少儿教材,学校自己整理打印成册,卖给学生,这是学校重要的盈利点。

露易丝用这笔减少的薪水买走了她从前过多的压力。我要听她说几遍才能勉强理解她的话。在我们当时为数不多的对话里,她总有一些奇思妙想。她开朗天真,再次让我确认她和费尔是完全不同的人。也许她从小就是家庭成员所保护的对象,她被自己的母亲给予了额外的关爱。

她比学校的很多老师都早来,那时候,她会或坐或站在泳池边上,身披早晨却已闪耀的日光,笑脸盈盈。这是我每天都会经过的路。和宿务相比,碧瑶的太阳温柔太多。她会和我说上几句话,然后在她第一节课开始前的五分钟去往教室，教外国小孩ABC或How are you。我则去位于另一侧的建筑上课，或者是在办公室里值班，负责协调学生的换课。而这样平稳的日子很快就被蔓延全球的流行病打破了。

2020年2月底，因为对未知的剧烈恐慌，附近学校的学生变得躁动不安。我所在的学校也有学生陆续提前退课。我一下子变得很忙，负责处理学生退课退校的事。而露易丝与费尔原本排得满满的日间课程因为学生的离开，则有了许多自己的时间。但是钱少了许多，这让费尔感到久违的愤怒。他对金钱敏感，源于幼年的波折。

他说他们这一代人，就像在日光下暴晒的稻谷，每一粒看起来都金黄耀眼，却不能单独拎出，因为那微不足道的价值随时都可以丢弃。我们弄不清自己的渴望，弄不清自己的身份，弄不清自己存在的意义。我们为这突然而至的不确定性、物价飞涨而愤怒，这意味着收入的大幅锐减，这意味着距离追求自己的物质梦想随着时间的增进又远了几步。费尔会跟我表达他对菲律宾的失望，即使他喜欢自己的国家，是一名忠诚的爱国主义者。

我和他走在夜晚的街上，这时街上的人已经很少了。脸书上的信息真假难辨，不只是网络，现实中那种让人抑郁的情绪几乎感染到每一名活着的人。这是我第一次经历这种事。在此之前，我以为社会或者世界就是我所经历的日常样子，波澜不惊而有条不紊。可是费尔的话让我胆战心惊。他所说的一代人，不也包括我这个来自异国的青年吗？

我所在的学校在某个工作日上午于自己的社交媒体号上发了公告，在线下学生客源急剧减少后，它仍会做好服务，继续运营，并开通在线课程，服务无法入境的学生。

各国陆续封锁边境，阻止跨国流动。闲来无事的我天天去游泳池游泳，晒得一身黑。之前带过来的中英教材，被我送给了一名刚来没多久却又选择回国的学生。在这里的两周，因为基础实在太差，她几乎没有学到任何东西。我组建了一个微信群，给寻找外教的朋友介绍老师，收取一点中介费。学校从3月伊始就不再给我发每个月七千比索的补助。因为不想买价格翻了至少十倍的机票回国，又不想太过依赖家里支持，我决定在脸书上寻找新的工作机会。很快，我就在马尼拉找到一份在华人物流公司的工作，老板还在商场开了一家奶茶店，有时我也免费在那里兼职，工资换成人民币大概四千块。

我去马尼拉后的第三个星期，露易丝也来了。当我们在一起后她吐露心声，因为不想失去恋爱的机会，所以她一路从碧瑶追到了马尼拉。她在一家外包客服中心当客服。她抱怨自己刚换到我的学校，还没来得及熟悉新的同事，就又被迫从事新的职业。廉价的劳动力让菲律宾不仅输出菲佣，也成为全球最大的客服外包产业国之一，主要服务欧美公司。无论是马尼拉还是宿务，到处都是客服公司的招聘广告，几乎没有什么门槛。唯一的缺点就是要上夜班，不过薪资比当英文老师高了至少三分之一。

露易丝原来租住在一个并不是特别安全的社区，房东每次醉酒会在半夜敲着大门叫住户帮忙开门。有一次，她不得不下楼给房东开大门，把满嘴喷酒气的房东痛骂了一顿。后来每次碰到，房东都会威胁要在某一日换锁，把她赶出去。她气得七窍生烟却又不得不继续住在那里。在一个我们见面的上午，我知道她的处境后，盯着她深色的眼圈说她可以搬到我那个地方来。我还在等待新的室友，租金可以跟她的公寓价格一样。那段时间，因为搬到马尼拉，各种开支陡然飙升，我的工资并不足以支付我所有的费用，因此，我迫不得已透支信用卡，国内的父母则用人民币帮我还债。不只是露易丝，费尔也说羡慕我有这样能够帮忙的中国父母。他还听说中国的父母会为孩子准备房子和车子，以备将来结婚用。

露易丝搬来我这里时，费尔也从碧瑶过来帮她一起搬家，他要到晚上才去马尼拉机场接学生。他已经默认我和露易丝在一起，"露易丝应该有一个更好的未来。"我送他到外面等出租车时，他趁着露易丝不在对我说了这句语重心长的话。

如果当时费尔能负担得起大学的费用，他可以去马尼拉最好的大学——菲律宾大学，也可以去菲律宾久负盛名的私立大学——雅典耀大学。他不后悔，那是当时对他而言最合适的选择。他拿了助学金，去了碧瑶当地一所大学，见到了比他聪明的同学，他觉得他们应该有更好的出路，毕业后的情况却并非如此。费尔在麦当劳打过工，也凭借在机械上的天赋，在修理厂上过班。后来，他还是成为一名英语老师。他接触到很多东亚国家和地区的学生，他们中的很多人并不比他聪明，但是他们拿的人生入场券比他强太多，他们一出生就享有各种福利和物质条件，而他为了时薪不到一百比索的工作没日没夜地干，感冒生病也不得休息。背后的经理、课程调解员不断地说，你能做到的，再坚持一天，可是他的嗓音已经嘶哑。他已经不会随便鼓励别人："You can do it."他认为这句话的背后是变相剥削，自己是学校赚钱的工具。反而是在局促的教学空间里，他的症状让学生感到不安，有些主动放弃上课让他得到足够的休息。这时他的内心充满感激。这就是被奴役后的感恩戴德。搬完东西后，我们在公寓附近的一家餐馆吃饭，他在陌生的环境有了谈话的兴致。"我羡慕你出生在中国，中国的父母都会无条件支持自己的孩子。"我收下了他的夸赞，因为确实如此。

线下课程取消后，他工作的学校在之前网站运营的基础上，完全顺利过渡到了线上，这是众多语言学校在大环境下的被迫转型。费尔也很快进入了新角色，无须面对面，无须面对感染的风险，他觉得工作比之前轻松了很多，因为网课更容易杀死时间。

7

奶茶店的生意不好，咖啡还是当地首选，勉强撑了三个月，关门大吉。广州到菲律宾的海上集装箱价格水涨船高，年轻老板的物流生意并不好做。我出于诸种原因离开了这家初创的公司，在猎头的推荐下顺利通过了菲律宾亚马逊公司的面试。万幸的是，露易丝的新工作很稳定，她熬过了最初的三个月，习惯了两班倒。她开玩笑说自己习惯了美国时间。

等待工作签证下来的漫长时日，我骑着速卖通上买来的小电驴，在马尼拉多雨的夜晚接送露易丝上下夜班。我们顺其自然得像普通的情侣那样开始了同居生活。吉普尼停运，所有学校全部停课，学生都是在家根据学习模块自学。

"产生了多少野孩子！他们的父母才不会管他们，他们这一代的识字和阅读能力跟我们比肯定差很远。"露易丝说。即使露易丝明白菲律宾普通父母对待小孩的教育方式，她仍然无法喜欢。她的一些同学都没能进入大学，在马尼拉或者在宿务打各种临工，或是到海外做菲佣。现在，她在成年之后重返马尼拉，看着这座日新月异的城市，惊叹于它发展的速度与依旧混乱的治安，却从未叫我跟她一起去她居住过的郊区地带。"马尼拉变化很大，但是我们那里一定一直保持原样，因为那里的人无力改变命运。"和费尔一样，少年时期无穷无尽的迁徙让她无法成为一名念旧之人。

我刚办了一张健身卡，健身房就暂停营业，然后很快倒闭了，还好当时我花的钱不多。网络博彩业在马尼拉华人圈里传播的速度堪比光速。前车之鉴，我担心失业率的攀升可能会引发骚乱，所以我和露易丝从未在假期出游。我们的户外运动就是在大楼前面的花坛边走一走、坐一坐，晒晒太阳聊聊天，口罩却从未摘下。那种紧张的社会情绪让我们必须小心翼翼。

那一年，当我习惯各种新闻和总统大选辩论在电视与网络媒体上出现之时，等待数月的工作签证终于下来，我成为菲律宾亚马逊的一名普通员工。我去公司上班没几天，新的通知就出来了，所有员工都可以根据情况选择是否居家办公，时间弹性相对较大。因此，我依旧过着跟从前待业时一样的生活。

那是月光如银丝的晚上，那是露易丝难得的假日，我们在楼下散完步，回到公寓的客厅，对着电视聊了很久现在的情况。她的月经已经晚到了两周，她用验孕棒测试后确定怀孕了。她并未要求我结婚，她说她会把孩子生下来，即使以后我离开，她成为一名单身母亲，也不会怪我。因为信仰和法律规定，不能离婚不能堕胎，未婚同居或者单身母亲在菲律宾很普遍。

最后我决定先按照中国方式拍婚纱照，婚礼以后再说。入睡之前，露易丝帮还不到三十岁的我拔了几根白头发。她将其中一根放在我的掌心，说我这两年慢慢活成了一个沉闷的老头。这是生活所迫。我简简单单概括了自己这两年的人生。

经交游广阔的威廉介绍，我和来自韩国的摄影师谈妥了拍婚纱照的价格，约了一个晴朗的周末，去了黎刹公园和马尼拉大教堂。原本游客熙熙攘攘的地方，已不见昔日拥挤的景观，也听不到热热闹闹的中文。露易丝说不管人们来不来，这都是我的国家。她把头靠在我的肩上，面对摄影师的镜头露出了笑容。我则扭着脖子看着她黄金般的头发落在我的眼睛里。对我而言，背后的教堂只是入画的建筑。

8

碧瑶的天气热了又凉，台风来了又去。不知道带走了谁的生命，也不知道让谁的身体处在不适的状态。无论谁戴上或摘下口罩，我都不在意，也不会提醒这些认识的朋友。只要我外出，我都习惯戴着……

原本陌生的词也在这些年中密集出现并被发布在媒体上。伴随着各种各样骇人的谣言，一切都荡漾在一片污秽中。不过，不只是我，费尔和露易丝也分别发现那些标志性的东西成为日常。口罩就像人们身上的手机，或者钥匙。超市里总有一柜子不同的口罩品牌供人挑选，价格却已趋近，不过相差几毛钱。外面的街道上，垃圾桶旁也常常有脏口罩。在那段艰苦的日子，它们曾经如此宝贵，如今却泛滥成灾，它要在这拥挤不堪的地球立住脚。

我在这看起来毫不起眼的医院里，以胡思乱想抵抗不安的等待。菲律宾的医疗让我很不放心。我不知道一个胎儿被一名孕妇耗尽力气地产出意味着什么。这所医院没有足够的消毒条件，我不能进去陪产。所幸露易丝年轻力壮，当天顺利分娩。

我们回到租住的公寓，是三天后。费尔之前就和我动手把墙壁刷成天蓝色。菲律宾人喜欢有色彩的东西，所以外面的楼房外墙很难看到纯白的颜色，内部的墙壁也是贴上鲜艳的墙纸或是把乳白色油漆调成别的色彩粉刷。露易丝天然像一名母亲，和她相比，我很笨拙，除了出去购买婴儿用品，我几乎帮不上忙。露易丝的母亲白天过来帮我们煮饭，我让她熬鸡汤。她惊奇地看着我，不知道为什么要做这样的食物。我也不能解释说这来自我母亲的指导。我母亲罗列了一张清单，都是与月子有关的食谱。而她为露易丝准备的，是露易丝喜欢的食物：西式炖菜、酸虾汤、土豆炖肉、甜点及我完全叫不出名的菜肴。

在露易丝母亲做饭的时候，我走到婴儿床边，盯着睡着的孩子，又望望正刷着手机视频的露易丝，觉得这样的经历就像一场不切实际的梦。我孤身海外三年，建立起了自己的社交圈子，又成家立业，时间的流逝让我察觉不出自己的改变，但是慢慢想起来，原来熟悉的一切已潜移默化地离开。

露易丝给孩子取了一个很长的英文名，说是对自己祖父母与父母的纪念。我作为一名外国人，看着这串字母，读起来也觉得拗口。费尔说，不要和女人有任何家事争执，他被剥夺玩游戏的权利就是一个惨痛的例证。现在，只有周末之时，费尔才能去见一些老友，才能重拾这个爱好。他最常拜访的韩国同事家里，有着无数的卡带、索尼最新出的游戏机、任天堂……他可以在那里待一个下午和一个晚上。为了感谢同事，费尔帮他把玩过的游戏卡带放在脸书上出售，游戏玩家很多，不愁卖。同事用得来的钱请他去一些好餐馆吃饭。婚后的费尔经常身无分文，他把所有工资都交给善于储蓄的妻子。

  他知道我就要返回马尼拉。他承诺我一旦安顿好，他就送露易丝和孩子一起去马尼拉。这时候，菲律宾的总统已经由杜特尔特变成马科斯了。费尔说，无论是谁，他的日子在可看得见的将来都不会改变。所以，在劳务中介的帮助下，他申请了日本学校的外籍英语教师职位，为在碧瑶有一栋自己的住宅而努力。而我，在新一年的春节来临之际，决定休年假，带着露易丝和孩子回广东。露易丝可能会有惊人的发现，也许百年前，她的祖先是从这片土地出发的。

（原载《广州文艺》2024年第10期）

凤凰单车大链饼

/梁晓阳

我四五岁时,父亲常常带我去他任教的村校看老师上课。村校不光有小学部,还有初中部和高中部,就是初中班和高中班。我看到那些高中班的男生攒三聚五搂着肩膀,望着女生你推我一下我揉你一下,女生们也三五成群挤在一起躲闪,窃窃私语,有几个还看着男生这边羞羞答答。我甚至听到他们当中有人说:"杨芳正同乔丽君就像木偶戏里唱的,系天生的一对。"

杨芳正是我堂哥杨景河的大儿子,乔丽君是大队支书乔梓新的大女儿。

我曾经留意过下课后的杨芳正和乔丽君,有两次,乔丽君从厕所回来,正在门口拢成一堆的男生突然一把推出杨芳正,弄得他一个跟跄撞在了乔丽君的身上,慌得乔丽君一声惊叫赶忙往檐街一边闪,脸涨得像鸡冠子一样红。男生哄堂大笑,女生也嘻嘻哈哈,更有男生开始喊:

杨芳正,乔丽君!
乔丽君,杨芳正!

一人喊起,众人跟随,喊得抑扬顿挫,喜气洋洋,就像我父亲上语文课时底下学生的集体朗诵声。我觉得他们这样喊很好玩儿,甚至认为这是一种游戏。

我看到了闪到一边的乔丽君,她满脸绯红,脑袋低垂,慌不择路地逃回教室。那帮人笑容满面地盯着,瞬时又响起了噼噼啪啪的掌声。隔壁初中班也有人聚在窗外看热闹,其中有我的十二堂哥杨景全,他甚至和杨芳正的堂弟杨芳龙说:"乔丽君意(中意)杨芳正了,睇着吧,好快就办酒了咽,到时境我同你都得去饮烧酒。"

"意"字那时在我们村里是一个敏感词,相当于现在的"喜欢"。芳龙就嘻嘻嘻地笑,说:"我都睇得出佢哋系意了咽啊(我都看出他们是相互喜欢的啊),芳正意,丽君更意……"

两个初通男女之事的小子就这样揣测着杨芳正和乔丽君。

关于杨芳正,西垌杨和东垌杨的大人都曾多次在茶余饭后说起。芳正虽然年纪比我父亲小了八岁,但是当时已经跟我父亲一起在村里小学教书,又因为是我们长田垌杨氏宗族杨伦公的大孙子、生产队队长杨景河的大儿子,一出生就受杨伦公和杨景河看重,据说当年给芳正办的出月酒足足满十桌,请来了三亲六戚包括芳正母亲耿世珍娘家的一群人。就在办出月酒那天,杨伦公特地请了村里的算命先生李怡光来看。李怡光吃了杨伦公老婆煮的半只鸡,喝了一斤天堂米酒后,给刚刚被抱去拜了祖的杨芳正看面相,看手相,他拿起一张红纸算八字,连续画了三张,最后说:"真系威鸡仔啊,冇单指系大学生,仲系国家干部,说不定做到县长!"杨伦公父子顿时心花怒放,塞给李怡光五块钱,作为母亲的耿世珍更是乐不可支,又去米缸里舀了半袋米给李怡光带回家。

备受阿公和父母看重的杨芳正在满一岁时,杨伦公和杨景河又给他办了二十台的"晬岁酒",给祖宗烧纸拜祖。这件事曾经让杨景山和老婆蔡甲惠颇有微词,因为他们的大儿子杨芳旺不久前的出月酒才办了十一台,蔡甲惠说家公家婆看不起他们的大儿子,搞得景山只好暗暗找了父亲母亲,杨伦公答应他的大儿子芳旺晬岁时也办二十台才罢。

轮到芳正的弟弟芳常办出月酒时,杨伦公也请了李怡光来给芳常看相,李怡光看了面相和手相,又算了半个小时,突然皱着眉头说:"喑只仔啊,比冇上前头那只啊。"据说李怡光拿了五块钱和半袋米回去后,对自己生产队里的人说:"命跟命冇比得咽,景河那只细仔(小孩)啊,能够寿终正寝就冇错了。"后来果然不幸被言中,这是后话。

听说早在1975年,19岁的杨芳正和同龄的同学乔丽君高中毕业后就开始在天堂村里谈起了恋爱。杨芳正毕业后由做民兵营长的三叔杨景山安排,进了村小学做民办教师。而乔丽君呢,她的父亲乔梓新虽然下野不做支书了,但跟公社领导还是很熟,乔梓新找了公社党委书记张来福,想让女儿进供销社,可是张来福早就安排了其他人,他只好让女儿回村代销店做了售货员。

有一次在大人聊天儿的时候,比我们大好几岁的堂哥景全以一个目击者的身份对大人和我们这些小屁孩说:"你哋知吗?我起码有三次睇见佢哋两只在大爽河的大石爽上亲嘴。佢哋仲钻入那只老藤窝里,大半日冇见出来……"

大人都轰地笑起来,小孩也跟着嘻嘻地笑。

"我敢保证,杨芳正整了乔丽君……"景全梗起脖子拍着胸脯。

大人又轰地笑了。我十一爹指着景全说:"你咁识(你厉害),畀我望望你的毛长齐未曾?"说着伸手去抄景全的裤裆。景全"嗷"地叫着跑了。

景全数次跟踪了芳正和丽君。有一次他在斫柴的路上告诉我们:"昨晚天黑的时候,芳正同丽君在水罐湾那片芭蕉林里,两只嘴吮得像鲤鱼浮头嗒嘴,嘬嘬嘬嘬响,肯定系亲嘴,芭蕉叶亦被滚得吱吱呀呀响,我怕佢哋知道,冇敢入去睇,佢哋好耐冇出来,天都黑了,冇见路了,我只好摸黑回去。我估那晚夜佢哋肯定做嘢了……"

我们六七个小伙伴全都捂着肚子笑翻了。几天后,听说是旺龙田队的山歌王蔡甲有专门为杨芳正和乔丽君编了一首《高山乜嘢响》:

高山乜嘢响?
针姐响,
针姐为乜响?
有掩佢就响,
田螺有掩佢冇响?
扯开片掩佢就响,
水罐湾边为乜响?

鲤鱼亲嘴佢就响，
　　湾边蕉叶佢冇响？
　　丽君睡落佢就响，
　　蕉窝咁静佢冇响？
　　芳正跳入佢就响，
　　……

　　我问母亲："阿妈，为乜嘢叫针姐？"
　　母亲说："你有睇见佢心口处有一枚针？长得又像一只妹儿，就叫针姐咯！"
　　"针姐系乜人最先叫嘅？"
　　"祖祖辈辈就咁样叫了。"
　　"丽君睡落做乜嘢佢就响？"
　　"……"
　　"芳正跳入做乜嘢佢就响？"
　　"……"
　　"阿妈，讲嘛！"
　　"问咁多做乜嘢？你细仔侬儿识只屁！"
　　……

　　芳正高中毕业后，被大队和村小学吸收为民办教师。芳正与我父亲成了同事，父亲只比他大八岁，比他父亲景河小十二岁。芳正与我父亲的教育程度不同，芳正读了村里的高中，我父亲只是小学毕业后读了村里的农中。
　　恢复高考那年，村里有两个人报名参加了那场大比拼，一个是我们长田垌队的杨芳正，一个是梁家田队的梁元龙。梁元龙从考场回到村里后，到处跟人说："丢，出试题的人好差鸡嘅，出错了试题都不知道，1减5这种试题都有嘅，怎够减咯……"
　　杨芳正没有考上，只有农中学历的梁元龙自然也考不上。
　　但是芳正不灰心，准备了一年后，卷土重来。连村里的算命先生李怡光都鼓励他："芳正你明年再考，我算过你的命嘅，你必定能翻过犀牛岭，走出天堂山，你注定系吃国家粮啊……"

翻过犀牛岭是一种希望，一直在父亲和那些伯父及村里的老人之间传说，说犀牛岭是天堂山西面的大岭，距离天堂山三十多公里，海拔八百多米，从我们村出发，要走五个小时，然后看到羊肠小道上的险要大岭，从山脚一直往上，是三个大弯，呈五六十度的上坡，也是山路险路，树木成林，时有黄猄野猪走过。上到山顶就是一个下坡，也是五六十度，也要拐三个大弯，从上坡到完成下坡，要走三十多分钟，下了犀牛岭，就是塘岸乡，再走两个多小时就到北宁县城了。我们鹅石乡的人都把翻过犀牛岭看作是走出大山的标志，谁翻过了犀牛岭谁就到了县城。后来，渐渐被有些文化的人引申为翻不翻得过犀牛岭就是可不可以走得出大山到县城或者省城等更远的大地方工作。

父亲要用那辆被我摔过的永久牌单车搭我去县城了，这是他亲自对我说的："我带你去北宁街荡荡，冇使成日在大山窿里守，成一只蛤蟆（青蛙）了。"

和我们一起去县城的还有父亲的两位侄孙，就是芳正和芳常，他们是亲兄弟。父亲跟母亲说，芳正现在魂不守舍，他正在等待大学录取通知书。"佢冇甘心留在农村啊，佢要翻过犀牛岭，"父亲对母亲说，"亦好，系我哋杨屋的人，万一出一只人物，亦系我哋杨屋的骄傲。"母亲却撇撇嘴说："又冇系你的仔，关你乜嘢事？"父亲愠怒地对母亲说："妇娘婆，头毛长见识短，你知道乜嘢系倒同正？"母亲见他发怒，就不作声了。

大概是等通知又兴奋又心焦，芳正主动拉我父亲去县城，还说："你带景青，我带芳常。"芳常比芳正小八岁，比我大四岁，在西垌杨同辈男丁中仅比芳正和芳旺小，排行第三。平时我们这些小孩都跟着芳常一起上山斫柴。芳正芳常的父亲杨景河是我的疏堂大哥，又是生产队长，生活条件比我们好，一个星期有两次肉吃，不像我家，一个星期才有一次。芳正骑的是凤凰牌稍新的大链饼单车，两兄弟穿的衣服虽然不是崭新，却没有补丁，不像我，粗布黑裤的左膝盖打着一块巴掌大的灰色补丁，那都是母亲在家里的那台缝纫机上完成的。这些都没有太大关系，想到能跟着父亲坐单车去县城荡，心里就喜滋滋的。

村里到乡上是一条仅能过一辆单车的土路，沿着大爽河左岸的山丘高高低低地向山外延伸，路边茂盛的山林升腾着一阵阵淡淡的白雾，土路时隐时现。

父亲和芳正蹬着车子，我和芳常分别坐在后面。我们都是第一次去山外的地方，而且是县城，显得十分兴奋。路边的草果林里有山鸡在叫，"山鸡汤——甜，山鸡汤——甜！"画眉和长尾喳（喜鹊）在荔枝树和油茶树之间跳跃、叫唤，画眉叫："车车，车车，车车车。"喜鹊叫："吃茶，吃茶，吃茶茶。"卷叶莺也叫："急急，急急，急急急。"

快到高尚生产队的时候，我隐隐听到了嘀嘀嗒声和锣鼓声。我们村里的嘀嘀嗒声只有在两种情况下才出现，一种是结婚，嘀嘀嗒要两个，双人吹，吹的是"嘀嘀嘀嘀嗒——嘀嘀嘀嘀嗒——嘀嘀嘀嘀嗒嗒嘀嘀嗒——嗒嗒嘀嗒嗒嘀嗒嗒——"一种是丧礼，嘀嘀嗒要一个，吹的是"嗒——哆啦嗒——哆啦嘀嘀嗒——"

此刻，我听到两只嘀嘀嗒吹奏的是结婚的乐曲。父亲回头看了我一眼，微撅着屁股边蹬车边说："我知道那边吹嘀嘀嗒系喜事，系嫁支书乔梓新的大女乔丽君。"说着又回头看了一眼后面跟着的芳正芳常两兄弟。

父亲回头看芳正那一眼显然是有深意的。我那时虽然只有八岁，但也从十堂哥景雨那里大概知道了芳正和丽君的故事。景雨与芳正一起读了初中，后来回家务农。十堂哥景雨说，芳正和丽君是从小学到高中的同学，初中开始即好上了，到了高中都有了那个意思。可是双方父亲都不同意，只因杨景山和乔梓新早早不和。1964年，乔丽君的父亲乔梓新当上了支书；1967年，芳正的三叔景山当上了民兵营长。乔梓新和杨景山分属两派，从此成了死对头。1968年，乔梓新从大队支书位置上落台，杨恒权上任支书，景山做了大队的民兵营长，实力更加强大了，两个杨家人上来后，村里的事情不是杨恒权说了算就是杨景山说了准。

几年后，芳正和丽君都已经高中毕业，两人本来在班上就是学习好性格乖的学生，常受老师表扬，彼此早有好感，正值情窦初开，两人就好上了。南瓜屯的苗英金说，他看见过杨芳正和乔丽君在四正队屋后的木薯地里玩"抬轿子"，就是芳正摘了木薯红盈盈的茎编轿子，一顶轿子需要二十来根木薯茎，两根随地可取的小木棍，编好轿子，芳正就"请"乔丽君

"上轿",他一手托起两边的轿杆,往上颠着摇啊摇,乔丽君就一手捂嘴哧哧笑,一手压着"轿子"撒娇说:"上了,上了……"

芳正因为他三叔景山的关系做了村里的民办教师后,他的父亲景河专门给他买了一辆崭新的凤凰牌单车和一块上海牌手表。凤凰单车除了新,最显眼的就是它的齿轮链条由一个链饼完全包裹着,高级神秘,其他诸如永久、红棉牌之类的单车齿轮链条上只有一个链盖,简陋单纯;上海手表银光闪闪,除了"12"数字下面有写得很潦笔的"上海"两字,底下还有拼音"SHANGHAI",对了,"3"字旁边还有星期和日历。有了这两样装备,在我们天堂大队已经是鹤立鸡群、条件出众了。

圩背岭的电影院开始放《解放石家庄》,芳正便骑了新买的凤凰单车,经过高尚队时约上乔丽君,两人便亲亲热热地挨着坐车,一路飞快地往公社的电影院奔驰。

关于芳正和丽君更多的故事我也不知道,倒是听说多了一首据说是天堂大队当年的山歌王蔡甲有专为芳正和丽君编的山歌,其中有一首我尤其记忆深刻:

凤凰单车大链饼,
上海手表裹手颈,
车(搭)只姑娘睇电影,
车到半路又整整。
啊——又整啊,啊——整啊——

时隔三十多年,我回忆起这首山歌时竟然还会忍俊不禁。这首在当年被芳正所在的西垌杨的人叱为"乱卵编"的山歌,竟然是由当年天堂村的山歌王蔡甲有编出来的,当时就已经成为我们老家的"村歌"。到今天,天堂山被我的小学同学耿定发开发成度假山庄后,有一些朋友来让我带着到山庄里游玩,总要抱着一种促狭的心理问我:"听说那首《凤凰单车大链饼》系你哋的村歌,你给我哋唱一次怎样?"弄得我哭笑不得。其实我真不知它什么时候成了"村歌"。当我抱着探秘的心理问起耿定发时,他立刻就笑喷了:"哈,你亦问这首歌?我请北宁好多领导吃饭,佢哋亦经常问这歌。哎，我哋当年冇系一起唱过嘅嘛？冇冇乜嘢意思嘅，就系博一爽罢了。你读书离开村子后那些年，我哋都唱过，我哋天堂人啊，自小就知道自己系山仔佬，唱的山歌当然就系山佬歌咯！不过现在好少唱了，你想想，亦只有在那个年代，在我哋天堂山始有这种山歌了……"

现在，就"山佬歌"里所唱的"凤凰单车"和"上海手表"及"姑娘"和"电影"等等内容，我想回过头来继续说说大我十二岁的疏堂侄子杨芳正和天堂村第三任党支部书记乔梓新的女儿乔丽君的故事。

那年夏天，当天堂大队党支部书记乔梓新听说自己的大女儿乔丽君有意于当年差点儿把自己斗死的对头杨景山的侄子杨芳正时，大发雷霆，指着女儿痛骂："如果你想嫁杨芳正，我就把你绑在屋里当只狗养，一世都冇准你出屋！"

乔丽君是有名的孝女，与芳正恋爱的事情被发现之前对父亲本就顺从，事情暴露之后也只是跟母亲求了好几回，母亲说不动父亲；丽君就哭了好几回，最终也没敢有怎样的反抗。

在我们长田垌生产队，作为芳正的亲三叔，杨景山听说这句话后也不示弱，他和芳正的父亲景河说："我哋冇理佢，芳正读了高中，人又聪明，冇愁冇有妇娘妹跟！"

景河也觉得应该与弟弟保持一致，就严令芳正不得再与丽君来往。双方的家长斗气，那芳正又是个孝子，乖顺得很，果然就不再去找丽君了，只是每天去大队小学教书，少不了要经过乔丽君售货的代销店，芳正每次经过都忍不住往店里望，总是不早不迟地迎上丽君那亮晶晶的眼光。旁边有眼尖的人见过几次，就传了出去，说这两个年轻人还在眉来眼去呢。杨景山听说后不禁大怒，提前守候在代销店门口，芳正经过时一举目看到三叔，目光就倏地转到前方，而店里的两个亮点也蓦地收回到了柜台上。

景山几次守下去后，两个人在一起的希望越来越渺茫。那边乔梓新做得更彻底，干脆就把丽君许配给了她和芳正的高中同学梁成强。那梁成强也算是梁家田队有面子的人物，他阿公在民国年代就是村里的老师，据说教过乔梓新和他的父亲梁恒文，梁恒文和乔梓新是同学。后来，梁成强的父亲也成了村里的老师。再后来梁成强高中毕业，经村里和乡里推荐也成了鹅石公社初中的老师。乔梓新早就有将大女儿嫁给老同学儿子梁成强的打算。当杨芳正和乔丽君为了爱情愁眉苦脸的时候，乔梓新快刀斩乱麻，警告了女儿之后的第三天就接受了梁恒文的一担月饼和一份礼金，一个月后便为梁成强和乔丽君筹办起了婚事。

我们的车子刚刚上了石龙口的大土坡，鼓声和嘀嘀嗒声突然就震耳了。我心里一阵惊奇，我父亲说："我哋睇到娶新娘咧！"

果然，一队人出现在我们面前，只见一辆单车拉着一个吹嘀嘀嗒的，吹的人腮帮子一会儿鼓起一会儿瘪落，一会儿歪嘴巴一会儿正嘴巴。一辆单车拉着一个打鼓的男人，那男的正双手举鼓槌画空击打。后面的人也一人一辆二十八寸的旧单车，单车后面绑着黄澄澄的箱笼、衣柜、桌子、梳妆台，还有红黄相间的脸盆、红色的脸盆架等家具，每一件上面都贴了红纸剪成的红双喜字，还有人坐在后座捧着一台缝纫机、一台电风扇，几辆单车后座上都绑着一捆被子，有一辆拉书桌的上面有一只被日头照得不时闪光的铜镜。我听大人说，镜子要朝前方照，朝后面照新娘会常常回娘家的，生的孩子也像新娘大哥。有人的单车后座上除了扎着被子，还一边挂了一只新织的竹篾火笼（除了用于烤火取暖，还预示着女方嫁过去后生活红红火火，生的婴儿尿片要用火笼烤）。木床和衣柜这些大件货没办法用单车拉，每件就由两个人扛着，因为走得高高低低，抬杠和绳索与家具摩擦，发出嘎吱嘎吱的声音。村里称这些运载或者扛抬嫁妆的人为"担郎佬"，都是男方家请的。他们先被男方家请吃头脱（席），且是上席，吃饱喝足后，先领一个两块钱的封包，获得敬重，他们才肯出力气并且爱护那些嫁妆啊！他们从男方家跟着接亲队伍出发，到了女方家，饿不饿都要被请到里面坐下用餐，一样是上席，吃饱喝足，然后每人再领到一个两块钱的红包。一切准备就绪，就来到嫁妆面前，或拉或抬，跟着新郎新娘出门，送嫁队伍也跟着出发了。

那天看到的嫁妆里还有一辆崭新的上海牌单车，车把上系着一朵大红花，被一个后生哥骑着，我知道，那就是新娘的嫁妆车。紧跟着是两个人抬着一张被光油漆得亮汪汪的长方形桌子，两个担郎佬吭哧吭哧地喘着气，桌子上是一捆叠得方如豆腐饼的黄缎被，还有一只圆如月亮的镜子被彩色带子绑在上面，朝着前进的方向，在日头的照耀下闪闪放光。一股好闻的油漆味和木器味扑鼻而来。

我们的单车要比他们快，一会儿就到了最前面，然后就看到了乔丽君。她胸前挂着一朵红花，红花下还有一根红绸写着"新娘"二字。她侧身坐在一辆崭新的挂着红花的永久牌单车上，一把同样崭新系了红布的黑色勾遮（村里人对长钩雨伞的称呼，多年来我一直觉得准确和风趣）撑在头上，涂了红颜色的两边脸上微微有泪——那些年，天堂村的女子总把出嫁看作是脱离苦海，但也按风俗，无论多想嫁到男人家也要在出嫁当天装作对父母依依不舍，从出门那一刻起一路上都要拿一条毛巾擦泪——乔丽君手里正拿着一条粉红的毛巾，不时举起擦拭一下（不知道她是因为不能嫁给杨芳正而流泪呢，还是因为嫁给了梁成强而装出来的对父母的依依不舍）。看见我们经过，她迅速把勾遮降低，遮住了自己的脸。

搭载新娘的中年男人（按照村里的习惯，搭载新娘的并不是新郎，而是由男方家选一位车技较好、老成稳重的中年人搭新娘，新郎一般是在最前面骑着一辆新车走着）我不认识，但是父亲却认识，也许是父亲的老师身份，那位搭载新娘的中年人突然开口问了一句我父亲："杨老师，带伲儿去趁圩（赶圩）啊？"父亲应了一声，中年人身后的那把勾遮也晃了一下，但始终没有露出脸来。

我还看见，梁成强骑着另一辆崭新的凤凰单车在前头走着，车头上挂了一朵红花，他的蓝色中山装胸前那只表袋上也挂着一朵红花，红花下是一根写着"新郎"二字的红绸在迎风飘呀飘。

经过一处屋边时，有三个七八岁的小孩在一棵苦楝树下，一边用手扯着树根下长出来的一棵野甘草叶子，一边唱：

一二三，
穿威（靓）衫，
四五六，
炸扣肉，
七八九，
新娘大哭冇知丑，
叫你毋哭就毋哭，

回到大门就到屋。
……

反复唱了两遍后,又将目标转向抬嫁妆的人,开始唱他们:

担郎佬,两头吃,
吃第几?吃头席!
担郎佬,两头饮,
饮几多?饮一斤!
担郎佬,两头饱,
饱几久?饱三朝!
担郎佬,两头捞,
捞乜嘢?捞封包!
……

"你哋这帮卵头,在嗰里吵乜嘢吵?快点儿出边去!"那些扛着嫁妆的大人中有两个喝起来,那几个小孩赶紧溜进了路边的荒坡里。

"蔡甲有嗰只猪,人喊佢山歌王,我睇佢就系一只咸湿佬(色狼),成日冇事做编出嗰种歌,整得一条村的侬儿都跟着唱,真系羞世(让世人蒙羞)啯!"送嫁队伍里的一个人恨恨地骂。

"就系,甲有那只佬冇事做啯,专门编这种下三野四的歌!"送嫁队伍里另一人应答。

关于担郎佬的歌谣,村里的人一直在传说是旺龙田的山歌王蔡甲有编的,自编自唱,在山上打柴的时候大声唱,后来村里的大人小孩都懂得唱了。

突然,我在送亲的队伍里看见了村支书乔梓新的二女儿——我的同班同学乔丽颖,她显然是在给自己的大姐送嫁。

"杨老师!"她红着脸喊了一声,又飞快地瞄了我一眼。我父亲应了一声。乔丽颖和我都是我父亲班上的学生。上个学期,她和我一样,都得了三好学生。我记得我拿着三好学生奖状回家的当晚,在台盘旁,父亲对母亲和我们三兄弟说:"景青得了三好学生确实好,乔丽颖亦得了,但系乔丽颖的期考成绩比景青好了一个档次，语文数学都过了95分，景青语文93分，数学仅89分。"我知道，每回上语文课，父亲就爱提问两个人，一个是我，一个当然就是乔丽颖。实际上，父亲提问乔丽颖的次数明显要多于我，他每次提问都是脸带笑容，望着乔丽颖的一双眼睛也笑，看样子十分欣赏乔丽颖，我甚至有些嫉妒和难为情地想，是因为乔丽颖长得靓，他想认作女儿呢，或者……

信不信由你，那时我和许多同学一样，都在奇怪地觉得我和她似乎有些匹配。可是，我们才小学一年级呀。

接亲队伍经过一排丘陵边，迎面突然出现了另一支接亲队伍，也是打着鼓吹着嘀嘀嗒，新郎一样骑着崭新的单车，新娘坐在另一辆新单车后座，送嫁客一样一辆单车拉两个，担郎佬也一样骑着单车拉着嫁妆。奇怪的一幕出现了，两位新娘都跳下了单车，各自送嫁客中走出一位大婶，各自从自己一方的新娘后衣摆取出一根带红线的针，双方交换了针线后插在了各自的新娘后衣摆上，这就是村里习惯的"换针"。父亲说，两位新娘路上迎面相碰，不能"利顶利"，要"换针"，换了针就是"利换利"了，就是大家有"利"，今后日子顺顺利利。

因为"换针"，乔丽君的送亲队伍落在我们后面了，我觉得有些异样，一回头，不见了芳正两兄弟。

父亲说："佢哋冇来了喱，冇理佢哋了，我哋两只去咯！"

我问父亲："为乜嘢佢哋冇去了？"

父亲使劲蹬了一会儿车，链条敲得链盖哐当哐当响。我们离那支送亲队伍更远了，他才说："现在冇要问，你大了就知道了喱。"此后不再说话。

那时读小学一年级的我，哪里会明白芳正面对自己所爱的女人嫁给自己同学后的痛苦心情呢？

十来天后，芳常兴冲冲地跑上我们东垌杨，逢人就说："喂，知道吗？我大哥考上中专了，我大哥翻过犀牛岭了，我大哥冇使担大粪了，我哋屋里有吃国家粮的人了……"

父亲晚上回来一踏进地坪，望着正在围墙边拿毛巾扇风擦汗的人们，带点儿兴奋地说："芳正收到了东江水电工程学校的录取通知书，要迁户口粮油关系啣，迁了户口就系国家干部了！"

十爹传仁在地坪边拿毛巾扇风，这时望着父亲说："当年李怡光算命，真系算得好准啣呔，芳正算翻过犀牛岭了！"父亲说："亦冇系算得好准，当年怡光讲考上大学，但系芳正考上的系中专！"母亲从厨房走出来，倒了半勺洗镬水在门口地坪上，说："冇管中专大学，反正吃国家粮就系准啣了！"

十一爹刚刚放下一担柴过来，手里的毛巾扇得光肩膀啪啪作响，他一边扇一边瞄了我父亲一眼说："佢在天堂村教书，你亦在天堂村教书，佢考上了你冇考上，又有几（多）高兴？如果系我哋东垌杨的人得做国家干部我哋才爽啊，人家系西垌杨的人，系翻过犀牛岭了，以后在县城工作了，讲冇定在大城市呢，你呢，你翻过犀牛岭了吗？一年去县城你都冇有一回吧，你去又怎样？翻过犀牛岭又要返回来的，人家系永远翻过犀牛岭了……"

十爹在一边听这对亲兄弟的对话后叽叽叽地笑。父亲就皱皱眉，说："你只佬真系爽啣嘞，讲讲别人就讲到我啣，东垌杨西垌杨冇系同一只祖宗啊？有大喜事大家都光荣冇好啊？"十一奶此时就赶紧出来打圆场，瞪着十一爹说："真系吃饱冇屎屙了啣，咁能？又上天堂山担一担柴回来啊！"

在围墙边乘凉的二爹二奶、三爹三奶、四爹四奶和十爹十奶都发出一阵大笑声。

第二天，来贺喜的亲戚们不断走进西垌杨，西垌杨的小孩们也兴奋得咿呀唱歌，因为他们的大哥头成了村里最有出息的人。

村支书杨恒权专程来到景河家吃饭喝酒时说了一席话："杨芳正系改革开放后天堂村第一个吃上国家粮的人，亦系村里第一个中专生……"听到这些话，芳正的父母景河和世珍笑得鼻孔都要开得火车过了。

芳正金榜题名后，去年参加过高考的梁元龙在乔丽君的代销店旁边开了一家理发店，每日有客源三五个，平时就跟人去大山上"赶赶山"（打猎），同苗全德一样，他也被人称为"赶山佬"了，大人议论说："读过高中就系读过高中啣，迟早都考得上。赶山佬始终都系赶山佬，但系赶山佬亦冇错，经常吃到野狸肉！"

还真是的，梁元龙隔三岔五就扛回一只狐狸或者白鼻鼠什么的，日子倒也过得安逸。

村人继续议论着杨芳正，他们拿我父亲和芳正比，再拿梁元龙和杨芳正比，最后杨传仁说："人跟人真系冇比得嘅，吃几多米，睡几大的床，早就注定了嘅……"

也许是为这些话做一个证明，两年后的秋天，芳正被分到了东江水电局。是年腊月二十三，芳正带回来了一个留着爆炸式发型的女子，我母亲不知从哪里打探到的消息，说芳正老婆是东江市人，"正宗的城市妹，又高又靓，冇识讲白话嘅，景河世珍问佢，天堂村好吗？要芳正翻译那只妹始知乜嘢意思……"

西垌杨的人们在腊月二十六那天举行了一场婚礼，天堂村甚至邻近几个村凡是与我们长田垌杨家有些亲戚关系的人家都来人饮烧酒了。横跨三天两夜四餐的婚宴啊，我们天堂村里叫"饮烧酒"，有时也叫办酒，后来我才知道城里人叫婚宴。

客人来西垌杨饮烧酒那天，每一批客人入屋，芳正的父亲景河都要吩咐侄子芳深芳智放一挂爆竹。说到爆竹，还有一个细节，芳正的弟弟芳常去采购爆竹的时候，本来可以到村代销店购买，可是他偏偏去了相邻的平旦村代销店，只因天堂村的代销店是乔丽君在开。乔丽君啊，那曾是芳正的初恋，可是她的父亲支书没有答应他们在一起，心里愤愤不平的芳常就绕开了她的店。他用单车拉着两个蛇皮袋的爆竹回来，在大哥芳正面前得意扬扬地说："我知乔丽君的店里有爆竹卖，我就系冇买佢的，我去了平旦买！"一帮堂兄弟姐妹都窃窃而笑，都说："系嘅，就系冇买佢的。"芳正却把芳常悄悄喊到一边，摸出五十块钱塞到芳常手里，说："你立即去村代销店买两袋爆竹回来，冇买的话，你就冇要烧从平旦买回的那两袋爆竹了！"芳常一看大哥严厉的神色，只好悻悻地踩了单车去了。那时乔丽君店里只有自己，看到芳常来买炮，又惊又喜，忙不迭地装爆竹，满脸通红地说："帮我讲声你大哥听，我祝佢夫妻早生贵子，白头到老！"芳常一言不发，付了五十块钱，提了两袋炮仗就走。乔丽君在后面望着他，突然脸上挂满了泪珠。

有一件事，据梁元龙后来在村里说的，芳常提着两个蛇皮袋的爆竹走后，乔丽君的老公梁成强刚好从外面进来，望着芳常的背影，对乔丽君说：

"杨芳正！结个婚有乜嘢了不起？最终冇系从我嗰里买爆竹？冇要以为你翻得了犀牛岭，我总有一日亦会翻过犀牛岭……"乔丽君不作声。

我父亲作为长田垌队唯一的教书佬，自然担当了芳正婚礼账房先生的角色。我在父亲身边看他接收那些贺礼（封包）和礼物，有条不紊地在一本贴了大红纸的人情簿上一一登记。芳正母亲耿世珍隔三五分钟就要来看看，既看客人担来的米谷布匹，也看父亲登记的贺礼信封。她还对我说："景青，你在此等着，我帮你舀碗饭来吃。"很快她就给我舀来了满满的一碗饭，饭顶上盖着一块又肥又大的扣肉，馋得我堂弟景平景威在一边望着我不断流涎水，碰巧他俩的父亲传信来帮忙搬凳摆餐台，见状对两个儿子说："望乜嘢望？不过吃先吃迟罢了，等阵（一会儿）就有你哋的份嘅！"又扭头望了我忙碌的父亲一眼，走出门厅后对旁边人说："识字都好，帮人家记记账就有饭吃，连自己的仔亦先吃到一件大口肉，等阵入席又吃到一件，赚大了……"说毕自己先哈哈大笑。那帮人也跟着笑了，都说："仲要问嘅？识字跟冇识字就系冇一样，你见芳正吗？在城市上班，娶的老婆亦系城市人，就算教书佬亦系动动笔就有吃了……"

那些话我和父亲都听见了，我听得似懂非懂。父亲埋头在那本人情簿上记账，我发现他眉眼扬了扬，左嘴角还莫名其妙地咧了一下。

婚宴是按照当时习惯办的，四餐，前后跨三天，一直到腊月二十八中午才散席，宴终人散。

有一点是我后来才听母亲说的，乔丽君在听说杨芳正回老家办婚宴后，曾经托来买东西的我母亲转给芳正一个红包，当时芳正母亲耿世珍知道后劝儿子不要收，但是芳正收下了，当然他没有让我那做账房的父亲在人情簿上记下这一笔。婚礼散后母亲回家和父亲说到这事，还说："乔丽君几好嘅，冇同芳正在一起了，仲畀贺礼……"父亲坐在门后一边抽水烟一边不耐烦地打断她说："你管人家咁多事做乜嘢……"

此后经历了改革开放、现代化建设，村里除了1982年出了一个中专生周惠勇，十年间再也没有出过"吃国家粮"的人。一直到了1992年夏天，我考上了广西师大，芳正的堂弟芳平考上了南安师专，我们同时成了村里的第一批大学生，看样子，我们应该是可以留在城里工作了。村里有人议论说："长田垌的杨屋人几犀利，又多了两只翻过犀牛岭的人！"

1994年夏天，我大学毕业前夕，44岁的父亲通过严格的考试和体检终于转为公办教师，到底吃上了"国家粮"，此时，他比堂侄孙杨芳正吃上"国家粮"整整迟了十五年。我也顺利通过双向选择被市糖烟公司录用，芳平做了市郊兴民镇初中老师。村里人都说："杨景青同杨芳平亦翻过犀牛岭吃上国家粮了。"还有人评论我们家："阿祖公骨黄了，保佑了，两子爷（两父子）都吃上国家粮了……"

　　1995年的腊月二十三，西垌杨的重要人物芳正、芳旺和芳龙就前脚赶后脚回来过小年了。过小年是真，但还有更大的喜事在等着他们。是芳龙的喜事。芳龙既是春节回来探亲，也是回来结婚，他已经31岁了，属于大龄结婚，新娘是本市北部容山镇人，芳龙父亲景湖托人物色的，据说长得还挺漂亮，隔篱红旗岭队的人说："毕竟系当兵的，而且系营长，虽讲年纪大了点儿，但系一样可以娶到一只二十几岁的漂亮妹儿。"

　　婚宴在腊月二十四那天举行，天堂村前所未有的军官结婚，自然搞得十分热闹，从腊月二十四日下午亲戚到来至腊月二十六日中午亲戚离开，吹吹打打两三天，一共做了四顿大餐，两顿早餐，办了五十多桌。我们东垌杨和西垌杨是本家宗亲，许多在家的和刚回来的人都去帮忙了，两屋人会聚在一起，一下子就有了五十几人，洗碗淘米搬桌摆凳挑挑扛扛的，还有贴红纸派红包组织接亲队伍出发的，一派繁忙喜庆的气氛。

　　去接亲的人大多是西垌杨的，也有东垌杨会骑摩托车的，比如景雨、景海、景先、景全、景平，还有金瓜屯的苗英金、苗英强。大部队吃了午饭后，收拾停当骑了摩托车即往容山镇出发，要走一个半小时，下午两点多到达。因此接亲队伍又获得了一顿招待，苗英金、苗英强跟东垌杨的几个人一桌，苗家兄弟喝了二两烧酒后，话就多起来，苗英强突然凑近景平耳边说："知道吗？西垌杨的人讲，大年三十晚同大年初一仲有大年初四开年，要烧多多的爆竹，一定要比你哋东垌杨多，因为去年你哋竟然烧的爆竹比他们时间长了五分钟，佢哋后来觉得好冇爽。前几日佢哋人人都讲，我哋西垌杨当官的比东垌杨人大，揾钱的人比东垌杨的人多，今年芳龙又娶新娘，喜上加喜，今年烧爆竹一定要第一，以后亦要年年都争第一！"

　　景平听完先是不作声，待几个堂哥吃完饭，他悄悄拉着他们到一边说了，景全第一个愤愤地说："我哋东垌杨难道比佢哋西垌杨差好多咩？我哋在市里上班的有，在村里做教师的有，在广东揾钱的亦有，我哋东垌杨人难道认衰仔？我就冇服！景海，景雨，景先，我过年出五百文买爆竹，你哋几个大哥跟冇跟？"景雨、景海、景先听他如此说，突然也一阵豪气上来，都纷纷说："跟，我出三百！""跟，我出三百！""跟，我亦出三百！"景平最后说："跟，我亦出三百！"

办完芳龙的婚礼后，长田垌的东垌杨、西垌杨、木瓜屯、金瓜屯的家家户户就开始迎新年，都派出自家的年轻人搞大扫除，到屋后坎后面除草，大人则搭了木梯在屋檐上，上去给瓦屋收拾可能漏雨的地方，拿着一根竹竿，这里推推，那里挪挪，这是一年到头必做的事情。

再说那天景平回来跟我们家景瑞景鸿说后，我们三兄弟马上各自出了三百，我父亲竟然也出了三百，还说："冇系跟西垌杨赛炮，系烧烧爽（特别爽）！"十一爹传信也出了三百，说："我就系跟佢哋赛炮啊，我就冇信佢哋有钱又能烧到几多？"

就这样，东垌杨凑够了四千块，开始了疯狂买炮的行动，还落实了景威景强去代销店买，两个家伙开着旧摩托车去，一下子拉回了六个蛇皮袋的爆竹。

到了腊月二十八日那天下午，西垌杨的芳龙和芳旺突然出现在乔丽君的代销店里，两人说要买两千元的爆竹。乔丽君笑吟吟地问芳旺："两千文够咩？东垌杨的后生仔昨日亦买了四千文。"芳旺一听，二话不说，一下子掏出三千元放在柜台上，他看看芳龙，笑着说："你系新娘公嗰吹。"芳龙二话不说，一下子掏出了两千元。

芳正那天下午没到店，芳旺芳龙把一皮卡车爆竹拉回来告诉他后，他笑笑不作声。第二天是腊月二十九，他独自一人到乔丽君的代销店里走了一遭。他没有带老婆和儿子回来，娘家在东江市区的老婆除了结婚那年年关回来过一次，一直不愿意再回这个偏远的小山村。芳正觉得父母供他读书不容易，自己虽然当了国家干部，还是个领导，可亲恩难报，更应该回到山区老家和父母兄弟一起过大年。

他走进了乔丽君的店里，打算买两包水果糖，十扎面条，这些都是新年荡村（探亲拜年）的礼物，芳正是在为母亲年后去荡村做好准备。其时乔丽君正在给其他村民拿货物，一眼看到站在柜台前的这个人，浓眉大眼，国字脸，一件簇新的黑外套，里面是白衬衫，下身黑长裤，一双锃亮的黑皮鞋，就愣了一下，心怦怦跳，手里拿着别人要的一面镜子叭的一声掉在地上，碎了。她赶紧说"对冇住"，又赶紧再拿一面给人家，面色报然红了一片，悄悄地低着头。要镜子的女人诧异地看了乔丽君一眼，没有说话。乔丽君依然在忙着，拿货物，给货物，收钱找钱，偶尔抬头瞄一眼正在货架前似乎犹豫不定，一直在观望买什么东西的芳正。

一直等到买东西的最后一个人走了，她才隔着柜台望着他，轻轻问了一声："哎。"

芳正就转过头来，满脸含笑问："忙通了？"

乔丽君一边整理那些碎钞一边说："通了，冇通哪敢问你。"

芳正就慢慢地一步一步走过来。

"佢——你老婆——冇回着？"丽君依然低头理着碎钞，似不经意地问。

"冇回着。"

"你仔几大了？"

"读初中了。"

"你来系买爆竹啊？"

"冇买。"

"东垌杨的人买了好多爆竹嘅呋，你冇买多点爆竹跟东垌杨斗？"

"斗乜嘢啊？冇有意思咽。"

"几时又上东江？"

"初四上午开了年，下午就上。"

"假如——有日——我去东江，你敢见我吗？"

"来了再讲咯……"

门口又有人在停单车了。丽君微微抬头望着他问：

"你要乜嘢喏？"

"十包水果糖，十扎面条。"

丽君赶紧转身拿出十包水果糖，十扎面条，用两张叠在一起的四开《广西日报》包装好，芳正给钱，被丽君推回去：

"冇用咽。"

"要嘅。"

芳正硬将一张五十元的钞票塞到丽君手里,他的拇指和食指摩擦到了丽君的掌心,两人都像触电一样迅疾缩回手,那张五十元的钞票就像一只彩蝶一样晃晃荡荡地跌进柜台里侧的地板上。芳正提了水果糖和面条就往门口走,丽君张嘴说了声:"仲有银纸(钱)要找回畀你呢……"来购物的人已经到门口了,看了芳正一眼,芳正微笑着径自出门,丽君怔怔地望着门口。

芳旺的弟弟芳文也来买炮了,他一直给哥哥做二皮老板。芳旺先回来后,他留在东莞厂里守家,一直要守到广东老板安排人来接班他才能回家。他是在腊月二十九下午回到村里的,一下车就进入乔丽君的店里买爆竹,一开口就是两千元,乔丽君如法炮制:"两千文够咩?东垌杨的后生仔啱啱亦买了两千文。"于是芳文一下子又掏出了三千元。

一夜之间,整个天堂村都议论开了:

"东垌杨的后生仔仅仅买了六千元爆竹!"

"睇来东垌杨冇够西垌杨的人多,大老板杨芳旺买了五千元的爆竹,大军官芳龙亦买了三千元爆竹,现在二皮老板芳文又买了三千元!"

"系咩?那咁样天堂村有好戏睇了!"

"东垌杨冇够西垌杨玩嘅,西垌杨要官有杨芳正,要老板有杨芳旺,要军官又有杨芳龙,东垌杨除了出一只教书佬,一只文章佬,仲有乜嘢嗻?"

"西垌杨仲有一栋楼,东垌杨冇有楼!"

"……"

许多村人都说对了,西垌杨是要人有人,要钱有钱,楼房也起了一栋三层,是景山家,景山的二儿子芳深说:"我哋有楼了,洗身有卫生间了,屙屎屙尿都冇使踩粪坑桥了!"

可我们东垌杨一直没有人能起楼,大家住的还是泥砖瓦房,洗身屙屎屙尿还要踩粪坑桥,粪坑木桥又年久腐朽,随时都有踩断而跌落粪坑的危险。

说到骨子里,东垌杨是不服输,但还是知道西垌杨厉害,东垌杨纯粹就是羡慕嫉妒恨。

对于长田垌杨屋人在村里抢着买炮准备赛炮的事，许多人都在代销店传开了。有人就进店对乔丽君说："丽君，你进够爆竹未？这两户人到时候都要追炮啯噢，你冇要整得人家过年都冇够爆竹烧吹！"

乔丽君依然笑吟吟地回答："只要佢哋来，我就有货。何况我冇有的话，龙家声的店里亦有卖，生意冇能够自己做全啯！"

但是有人看见，东垌杨的年轻人再来乔丽君店里买炮时，她会说："冇有货了吹。"而西垌杨来人问，她会热情地说："你要几多喏……"

东垌杨的人只好骑了摩托车去二十几公里外的平旦村或者三十公里外的中岭村买。

村头村尾都是关于东垌杨和西垌杨要开始赛炮的议论。还有的在开始谈论这两屋人哪一屋出的人最多，赚钱谁最厉害，做官谁更大。有的说，刚刚升任东江水电局纪委书记（副处级）的芳正回来了，煞星大；有的说，在东莞滕家涌几乎可以呼风唤雨的芳旺回来了，钱多得劈死人；有的说，在海南边防检查站服役的芳龙回来了，带有枪；还有的说，加上已调到北宁高中做教师的芳平，怎么说，西垌杨似乎都显得人才济济，财大气粗。而东垌杨呢，在雷州半岛南光农场修理厂的杨传义和儿子景光回来了，同样在南光农场承包甘蔗的景全也回来了，然后，然后就是刚刚调到市外宣办的杨景青回来了，在大洋乡计生服务所工作的杨景瑞也回来了，在深圳跟耿定发做水磨的杨景鸿也回来了。东垌杨这些人，讲金钱怎么加起来都抵不上芳旺芳龙一个零头，讲读书也比不上芳正和芳平，怎么能跟他们比呢？何况，我们东垌杨的杨景全在年晚拜祖烧纸时犯了一个错误，当时，我们东垌杨的人早早拜了社庙烧完了祭祖纸，接着烧了爆竹，也就烧了十来分钟。其实我家根本没买多少爆竹，父亲这年也是破天荒买了两捆一千头的，他说，一千头代表我大学毕业有了工作，一千头代表他民办教师转了正，得感谢祖宗保佑。还说，明年要是二弟也考上大学，会买一千头烧了给祖宗知道。另外两千头是九爹和他儿子景光的份，还有一千头是景全的，其他那些兄弟只是凑钱买了十几个一百头的。这些爆竹还不是一下子烧完，要分摊到年晚、大年初一和初四开年烧。

除夕下午，我们刚刚烧完炮，西垌杨就接着开始烧炮了。我们烧了十几分钟，西垌杨却烧了半个钟头不止。在我们地坪上倾听的景全一下子心血来潮，冲进三心房里把两捆一千头的炮捧出来，我父亲和十一爹居然也没有制止，只是四爹四奶都劝说别烧了。可景全不听，让十堂哥景雨拿火药舂了一堂地雷，他把炮摊开在地坪上，烧燃了一炷香，等着西垌杨的爆竹刚停，对景雨说："烧地雷！"立刻，三只地雷先后炸响，这边炮声也噼噼啪啪响起来了。那晚他们一共烧了三堂九个地雷，据后来景全不知从哪里听来的消息，说雷声炮声把西垌杨的老板们震了个七窍生烟，他们认为这是故意挑事，气他们，扫他们面皮。你想想，西垌杨主要头面人物都回来了，本想好好炫耀一番，结果却被东垌杨出其不意地盖下去了，加上当晚，代销店里打通宵扑克的几个人煽风点火，说什么西垌杨出老板一大堆，烧的炮都比不上东垌杨长久。这些话不到一个小时就传到了西垌杨的人耳朵里。第二天，就是大年初一了，天刚刚亮，西垌杨芳旺的丰田皇冠就载着芳龙芳文芳智一帮人出发去了煌炉乡和鹅石乡，"将天光就开门的几家爆竹店的货全部揽回了，都系一大捆一大捆一万头的电光炮！"

接下来的战斗自然是没有悬念的，西垌杨大年初一祭祖后烧的爆竹足足响了两个钟头，漫天烟雾笼罩着茫茫天堂山。

"过长田垌时境，呛得气都喘冇过来，行路都望冇见路了，差点跟红旗岭队那只大乳婆撞车！"有村民好不容易过了长田垌后这样愤愤不平地喊，惹来了一阵哄笑声。

"当年解放军打天堂山的土匪都冇有咁响，地雷像迫击炮，我都担心整个天堂村要被轰平了！"那天下午，一直在对面梁家田队岭岗上看完这一幕的梁发有老人这样对来代销店赶热闹的村民说，"东垌杨有乜嘢炮？只烧了有二十几分钟吧！"

西垌杨和东垌杨"斗炮"比赛被村里人一时传为笑谈，有人听见乔丽君也为此津津乐道，见到西垌杨的人来也不停止，但一见到东垌杨的人来，她就会瞬间噤声。

这年夏天，在鹅石乡初中做了十六年总务的梁成强在市区买了一套大房子，还花了十多万元装修。进住那天，梁成强遍请了村里的三亲六戚，在北宁国际大酒店开了五十桌酒席，梁成强带着乔丽君一桌一桌地敬酒，每到一桌都大声说:"你哋知吗?我翻过犀牛岭了!难道只有杨芳正周惠勇杨景青那些读书佬才算翻过犀牛岭?我在北宁街买了房了,装修得特别靓,我亦系翻过犀牛岭了……"

乔丽君的脸有些微红,梁成强神吹之际她就偏过头去跟另一桌人说话。但她能听见,对于梁成强的论断,在场的三亲六戚都举杯欢呼。

实际上,乔丽君和梁成强结婚十年的生活是幸福的,作为鹅石乡初中教师的梁成强知道乔丽君嫁给自己是因为自己父亲梁恒文和乔梓新是同学,更多的原因还是乔梓新和杨景山不和,不愿意女儿嫁给自己政敌的大哥的儿子,这或许也算证明了当年乔梓新的决定完全正确,起码自己和乔丽君恩爱和谐,早早生下了一儿一女。梁成强也十分知趣,不管自己对当年乔杨之恋如何怀着嫉妒和好奇,也不管村里偶尔有好事者在背后提起乔杨故事,甚至当面唱起《凤凰单车大链饼》或者《高山乜嘢响》,他梁成强就是咬紧牙关管住了自己的嘴巴,没有在美丽温婉的妻子乔丽君面前提起星点他们的前尘旧事。

芳正和老婆结婚八年之后,有一次他带老婆回老家参加堂弟芳旺的婚礼,他的母亲耿世珍见到几年没回过的儿媳妇像见到了公主,"哟哟哟哟"叫着,仿佛要与芳旺的婚礼相衬似的。她撅着大饼一样的屁股忙前忙后帮提东西,还竟然口没遮拦地把他和丽君的故事说了出来:"你哋睇睇嘞嘛,我的仔跟嗰只新妇结婚系对嗰,在大企业上班,人又靓,工资又高,那只乔丽君?那冇系仲在代销店卖嘢……"

芳正老婆已经懂得听白话,只是笑,装作若无其事的样子。第二天一大早,她就要他带着她去了村代销店,一进门就把人家长长地盯了两三分钟,直到丽君满脸绯红地低下了头,她才让人家把货柜上的两大罐糖果饼干全装了。在乔丽君那略带羞涩和羡慕的目光中,在杨芳正那欲言又止有点儿尴尬的表情里,她让芳正提着那些糖果饼干,微微笑着昂首走出了代销店。

而杨芳正为老婆专门带他去乔丽君店铺买糖的事惴惴不安。回到东江后,芳正以为老婆会就此事问个彻底,奇怪的是,老婆竟然只字不提。此后,两人悉心培养儿子,工作,升迁,再工作,其间也有磕磕碰碰,吵了又风平浪静。一直到两人退休。

天堂村的绝美风景渐渐得到了来自北宁市内外的人们的普遍赞誉，那些人说得最多的是，从鹅石圩入来，一路看到几个村，三江、六合、协保、中岭、南陆、平坡、平旦，没有一个村比得上天堂村，风景如画，山清水秀，盖的楼房掩映在翠绿的荔枝树龙眼树之间，天堂山雄奇巍峨，整条村有局有势，风水宝地。

听到这种赞美，一开始天堂村的人还有些谦虚，笑眯眯地反问："系吗？咁好？"听得多了，我们村里人就在茶余饭后说："我哋村的后生仔后生妹借钱读书做乜嘢啰？难道冇系想冲出嗰只山冲卜麓？现在反过来了，城市人想到我哋山冲卜麓里来了！"

城里人还说，你哋农村也不差啊，我们城里人有的你哋也有了，你哋有的我们不一定有，比如干净的空气，这条一年四季都这样清的大爽河。

让村里人觉得新奇的是，芳正也是为了"干净的空气"回来了。2016年，芳正从东江水电局退休两年后回到了村里。早先，他想动员同样已退休的老婆一起回天堂山居住，但无论他怎样说老家空气干净清爽，食物绿色环保，老婆还是无动于衷，说要跟着在南宁工作的儿子。说得多了，他老婆有一次厌烦地说："我实在看不出那个穷山沟有什么好，你那么喜欢回去，莫非还在惦记乔丽君？"

芳正有些窘迫，用老婆的家乡话东江话说："你看你，嫌我老家穷是吧？我不就是想回老家看看父母吗！"

他老婆说："我看不出你是想念爸爸妈妈了，我看你是想起那个乔丽君了。"芳正就不跟她说了，直接走出门去。

芳正尽管几十年来无数次往返老家，老婆也多次陪同，但她似乎对此事不再记起，每次回来也不再提出去代销店，芳正为此心安理得。谁承想，到了退休之年，老婆对自己四十年前的旧事居然一朝提起，遂乐呵呵地笑对老婆道："你亦真系的，越老越有观点，我都花甲老人一个了，仲能有乜嘢想法？何况两个老人身体冇好，前两年芳常又走了，虽然弟媳天风在家，但我怕老人心里多想，回去可以经常陪佢哋讲讲话……"

老婆不理他，收拾了几件衣服就去了儿子家。

芳正呆了良久。

几天后,他还是决定在冬至前一天回来了。东垌杨的阿红在路口见到他出来散步,便问:"芳正,冬至回来吃米粽啊?"

芳正也笑吟吟地回答:"系咯!"

阿红逗他:"我冇信,城市里的米粽比冇上农村的米粽好吃?"

芳正说:"系比冇上嘅吥,城里人包米粽虽讲亦用米粽叶,但系缠米粽都系使补衫裤的白线,冇有米粽藤,哪里比得上我哋老家的米粽,又有米粽叶,又有米粽藤,冇讲吃先,单单闻米粽藤就有一股米粽香!"

芳正说的米粽藤缠米粽才香自然是对的,那是我们天堂村最原始也是最本真的味道。

然而他没想到的是,他接着听到阿红传的路人话说,乔丽君病了,而且患的是绝症,已经住进南安市医院两个月。

家里的米粽很香,但是芳正吃不下去了。仅仅过了两天,坐卧不安的他去了南安市医院,在肿瘤科先是见到了一脸惊愕和悲伤的梁成强,接着见到了骨瘦如柴的乔丽君,她躺在床上,还能说话,一双凹陷进去的眼睛望着他,艰难地说一句:"你亦来……坐……"

他将手里的一箱纯牛奶和一桶蛋白粉放在桌上,慢慢地坐在那张独凳上,一时不知说什么,就默默地看着她,好一会儿才说:"要坚强……"

她努力睁着眼睛看他,惨笑着说:"命,系命……"

他不知道她说的"命"究竟是指她的病情还是指他们的故事。

"我跟成强……讲了……我要回……天堂村……"

他知道她说的"回"是什么意思,他的心里强烈地震了一下,脑袋嗡嗡响起来,泪水模糊了双眼,哽咽着说:"我要你活下去……"

他看到,她的眼眶里早就蓄满了清亮的泪水,有两滴已经从眼角滚到了蓝白相间的枕头上,留下两摊深色的渍痕。

梁成强不知何时已经走了出去。

  凤凰单车大链饼,
  上海手表裹手颈,
  车只姑娘睇电影,
  车到半路又整整。

啊——又整啊，啊——整啊——
　　……

　　莫名其妙的是，他脑海里隐隐响起了满村皆知的《凤凰单车大链饼》和《高山乜嘢响》。自打他还在村里教书，也自打他考上中专离开天堂村，翻过犀牛岭走向外面的世界，他就知道这首歌是唱给他的，也是唱给她的，但他也知道根本就不是唱给他们的。他心里哀痛着，说不出更多的话，像她一样，眼眶里也蓄满了泪水。

　　一个星期后，乔丽君走了，遗体被梁成强连夜运回天堂村，请师公佬杨景荣梁元光一班人做了喃斋法事后，葬在了太平岭一个山岗上。出殡那天，芳正在西垌杨，他没有走出屋，而是坐在房间里抽起了烟，他听到了多年前就已熟悉，此时无比刺耳扎心的响器声："噔噔扯噔扯噔唥，唥唥嗤唥嗤唥唥——"还有一阵又一阵的爆竹声。他咳嗽起来，高血压和肺气肿之后老婆警告过他，他很久没抽烟了，这会儿才抽了两口，咳嗽就剧烈地来了。

　　那些日子，他一直在老家几年前建好的三层楼房里住，转眼就到了过年，又迎来了春天。他除了陪父亲母亲闲聊，还偶尔陪他的四叔景江一起去天堂山上走走，斫柴，闲转。他四叔虽然年近九旬，却从青少年时代起即在天堂山上斫柴望牛，长年累月地辛劳，培养了两个大学生儿子，去年二儿子芳平做了市区中学的校长，三儿子芳宁在深圳工作，大儿子芳智成了养猪专业户，芳智的大儿子又在芳平的帮忙下做了老师，一家子蒸蒸日上，他也成了个闲不住的人，又靠自己摸索出了令人信服的草药，医治好了无数跌打刀伤蛇咬蜂蜇的村民，还成了远近闻名的兽医，越老越德高望重。最近一年来，四叔景江迷上了"封基"（堆土堆，即找活死人墓），几乎天天带大侄子芳正去山上寻风水，隔三岔五走山头，竟然在三唛尖和石门寨之间"封了十几个土基"。最近，他在石门寨梅子垌一侧看上了一处风水宝地，88岁的他竟然一天挑着一点儿水泥、青砖上山，芳正和芳平不忍心，赶紧跟上帮忙，几天后，在高高的寨腰上，一个白亮闪闪的圆点缀在万绿丛中，有村民在背后说："景江只佬又去'封基'了，就系想趁早为自己找一处靓地……"

那天晚饭时，当我母亲告诉我乔丽君的弟弟乔文忠去世的消息时，我吃了一惊，真不敢相信。母亲说："景鸿打电话讲嘅，昨日就壅了，听讲像你阿爸一样，生肝癌，去了南安第一人民医院，去了一八三医院，都冇有用，睇睇冇像样了，佢就对屋己人讲，我要回天堂村，在天堂村死起码可以土葬，可以做喃斋……回到天堂村冇够三日，佢就冇在了……"

"真系冇想到，那年你阿爸生肝癌，乔文忠开药，讲可以医好你阿爸，最终冇医得好。现在佢自己亦生肝癌死了，孰啲乔丽君亦系生癌症死，乔文忠亦系生癌症死……"母亲还在一边絮絮叨叨。

我突然有些压抑，真没想到，在天堂村也算是一个人物的乔文忠，一个走南闯北甚至闯荡到东南亚的所谓"名医"，一个在粤桂边地民间也算有些知名度的"风水佬"，一夜之间跟着几个月前走了的姐姐乔丽君走了，而且也是那么看重土葬，看重自己走后在村里有一块坟地。

我想打电话给乔丽颖，可我沉吟一会儿后放弃了。我转而打给耿定发，耿定发说："前几日我就回到村里了，我知道文忠冇在了，我送了香纸钱，佢哋做了日午斋。我曾经想讲你知，但系觉得嗰种事冇讲你知亦好吧，我就冇打电话了。丽颖亦冇讲你知？佢十几日前就去福建了，冇回来，我打电话畀佢，佢在电话里就系哭……"

从耿定发那里得知，芳正也回到了村里，正在跟着他四叔"游山玩水"。我一愣，很快就反应过来他们是在"睇风水"，"游山玩水"也是我们村里人这些年与时俱进对看风水的戏称。真没想到，芳正竟然也对这种"封基"方式乐此不疲，我很是疑惑，毕竟，芳正是村里最早通过考试进入城市工作生活的人物之一，可是据说他也很赞成景江老人的做法，早点儿找一个好地方作为自己的归宿。实际上，按照芳平告诉我的，芳正其实是想为自己父亲景河和母亲世珍着想，毕竟，两个老人已经年近九十了，他也六十出头了。而且，自从那年弟弟芳常患肺癌去世后，家里两位老人就靠芳常的一个儿子和两个女儿照顾。前几年，芳常的两个女儿先后出嫁，偶尔景河世珍两个出嫁的女儿也回来打理一下。但芳正作为儿子，总是放心不下，也觉得自己早年考学出去工作，父母的恩情还没报答，本来还想老家有个弟弟芳常给二老养老，自己在外地，可以在经济上支持，没想人算不如天算，弟弟芳常早死。他曾跟老婆商量过给父母养老的事情，老婆不置可否，同时坚持不愿回天堂村，他只好自己打算，退休就回来了，反正老婆在城里，有儿子和媳妇照顾着。

"我再讲畀你知一个秘密，"芳平凑近我耳朵边说，"我大哥芳正之所以退休后成日回老家睇风水，就系想帮乔丽君搵一只好墓地……"

我恍然大悟，几年后乔丽君是要捡骨再葬的。看着还在眨巴眼睛的芳平，不觉对芳正肃然起敬，内心也唏嘘不已。

几天后周末，我回老家，碰巧就在西垌杨的祖屋门前凉亭上见到芳正和芳旺，还有芳平和他父亲景江，他们都在石凳上坐着。我看到芳正手上戴的依然是一块上海手表，跟四十多年前他手上那块银色手表相比不同的是，这款表盘是银中套金，显出沉稳成熟与特定身份的气质。我意有所指地笑着问他："你仲戴上海手表啊？"他"啊"了一声，愣了一下，随即发出爽朗的哈哈大笑声。我一听到那笑声就知道他心里明白了。我想我与他心中可能找到了一种默契，一种心照不宣的默契，我们肯定想起了那遥远烂漫、单纯苦涩的岁月，尤其是那首《凤凰单车大链饼》，啊，那是艰苦的天堂岁月，那是憧憬的天堂岁月，那也是无可奈何的天堂岁月！

景江老人正点着水烟筒，微微抬头看见我，就伸出那只抓打火机的手朝我招招。我走过去，他指指一只石凳，我坐下，他不慌不忙地抽了一长口，悠悠吐出后，才哑着嗓子，微微抬头瞅着我，又是慢悠悠地说："我讲你啹只读书佬啊，真系读书就有出息吹，你老豆（父亲）在世那时境，到处借钱送你读书，今日你总算出头了，又拉自己细佬的仔女入城读书，以后肯定只只都有出息啹……"

我说："你哋西垌杨的芳正芳旺芳平始算得上出头。"坐在旁边的芳正、芳旺和芳平都笑。

景江老人又说："可惜就系你老豆传志咁早就冇在了，冇跟你享到乜嘢福……"一谈起我父亲我就摇摇头，叹口气，说："命中注定冇有福享啹。"他又说："不过，你帮你老豆定落的那只山（坟），睇来系好地方，风水系正了，不然的话，你哋几兄弟哪有今日咁好过……"

我想岔开这个话题，就转头问起芳正："听讲你跟四哥去石门寨游山玩水？搵到靓地吗？"芳正又笑了，说："系跟四叔去荡荡啫。咳，人辛苦了一辈子，的确系要揾一个归宿啯，嗰件事乜人都冇逃避得啯……"一副若有所思的样子，继续说，"咁多年来，我一直在想一只问题，关于人老了即系冇在了，究竟系土葬好仲系火葬好的问题。"见我盯着他，他继续笑了笑，又说，"其实，我想讲讲你老豆的事，你老豆土葬好，虽讲你老豆系老师，按照规定本来要送去火葬，但系佢在我哋天堂村教书生活嘛，冇在了，在本村土葬，上面亦冇理会。百年之后，最好仲系土葬，为乜嘢咁样讲？因为土葬符合中国传统文明的仪式，比如入殓，守灵，喃斋，亲戚朋友来参加丧礼，最后埋掉，做一个坟头，一套一套的，流程完整，好有仪式感，更能体现我哋对亲人的尊重同怀念，心里亦觉得只有咁样才有安稳感。也许，我哋老家的人，受传统文化影响太深。而火化呢，生前有单位的，单位派人念一下追悼词，然后烧掉；生前无有单位的，更加简单了。火化后，有条件的家属可以找一块地方做墓地，冇有条件的就将骨灰留在殡仪馆。虽然我冇系很赞成，但系我系国家的人，系干部，最终我自然亦只能执行规定……"

他的话听起来有点儿毛骨悚然。我岔开话题："你系睇到你四叔人老了，跟尾帮忙的吧？"

"帮忙当然亦系帮忙，但系，我哋乜人都系要老啯……"他说到这里就打住了，嘿嘿一笑。

"所以，你就跟你四叔去石门寨睇风水？"我笑着问。

芳正哈哈大笑。

听我们说了这么多，景江老人开口了，悠然淡然说："系呗，世上哪只人冇老啯？总要走那条路啯。冇怕对你讲，我同芳正行了一只月了，去了三回石门寨，系揾到几处好风水的土基吹，我老了有着落了……"

芳平打断老豆的话说："揾到乜嘢？你哋系去荡山头！"

景江却放开了讲："冇有乜嘢好瞒的，农村佬，迟早都要走那条路啯。我跟芳正讲了，国家现在提倡火葬，你哋系国家干部，自然要遵守规定。但系我哋农村佬冇习惯，一烧成灰，装入瓮，连副棺材都冇有，葬了亦系挖一只窿，老鼠窿那样大，哪里比得上封一只大土基，做一只大坟头？子孙后代来拜了都会讲，底下有我阿祖公的骨头，咁样始像一只祖坟啊……"

他沙哑而慢吞吞地谈论这种事的声音让人听起来有一种神秘而森严的

成分。

　　芳正这时接话："四叔讲得对，乜人都要走那条路啯，区别就系国家提倡公职人员要火葬，城市人可以走嗰条路，因为城市冇有土地啊。农村嘛，就近就来，方便就来，一般来讲，哪边村有人去世了，家属冇可能主动送去火葬吧，天长路远，花费大冇算，仲冇方便……"

　　我认真地看了看芳正，才发现他已经两鬓斑白、川纹深深的了。想起那年，我跟父亲骑单车去县城，他带弟弟芳常也去县城，路上遇到乔丽君堂皇出嫁，他那时尽管表情惊愕，内心沮丧，但也属年轻英俊书生意气，不觉感叹如花美眷，似水流年。

（原载 《广州文艺》2024年第1期）

九紫离火

/陈揪帆

房间里的所有东西都带着深浅不一的紫色：壁纸、角落的蝴蝶兰、地毯的花纹、工作人员的制服、纸杯里的葡萄汁、映在窗玻璃上的闪电残影……最后我找到了原因——开场白中不断重复的关键词触发了我大脑中某种模式识别机制，于是在所有地方寻找紫色的痕迹。用我们专业的话来说，这叫过拟合。

"……欢迎来到九紫离火俱乐部，相信报名的朋友都是追求智慧的长期主义者。在今天的先导课程中，我们将帮助大家更好地理解当下的这个九运，也就是从2024年到2044年这二十年的周期；在进阶课程中，借助一系列的觉知工具，每一个人都将拥有超越周期的超能力，让你在事业、财富、健康、亲密关系与个人灵性上获得意想不到的突破……"

这个周期对我确实不太友好。本以为重点大学计算机硕士能妥妥拿到科技大厂的offer（入职录用通知书），却赶上生成式AI大爆发，不仅能写作、作曲、画画……还能替代大批码农的编程工作。试用期满，带我的小组长选了另一个女生，理由是服管听话。

我没有得到转正机会，狗急跳墙之下，投出去上百份简历，却都杳无音讯。大潮退去时，所有弄潮儿都在抓紧自己的泳衣泳裤，没人顾得上体面，更顾不上在浅水区扑腾的小虾米。在和父母的电话里，我伪装成那个顺利转正、前途一片光明的天之骄子。在潮汕农村干了一辈子农活的父母，省吃俭用花光积蓄才供我上完了研究生，他们没办法理解外面的世界究竟发生了什么。在所有亲戚眼中，我就是家族唯一的希望。我不想看到他们眼中的光消失。

我尝试过送外卖，当餐馆服务员，在建筑工地打零工……像所有的深圳打工仔那样，白天将单位时间的价值榨取到极致，晚上躺在出租房的硬板床上，以通俗历史漫画和《曾国藩家书》作为自我激励的安慰剂。可是经济危机就像一块石头掉进池塘，涟漪一圈圈泛开，虽然各行业所处的位置不同，但被波及只是早晚问题。失业者越来越多，而职位越来越少。在那些从小在社会上摸爬滚打的老油条面前，我就是孱弱又天真的书呆子，被各种拙劣的伎俩骗光了最后一点积蓄。走投无路之下，我想过干一些犯法的事情，可人均2.1个监控摄像头加上无现金支付的智能深圳让人无从下手。我这时才理解，在这个社会，犯罪也是一个门槛很高的职业。我想离开深圳，可是又能去哪儿呢？

这是一个经典的过拟合情景：我的求学和职业规划过于琐碎而具体，似乎完美地拟合了对未来的所有设计，却无法适应现实世界的一点点变化和噪声。一旦现实行进的轨迹与先验的宏伟蓝图产生分歧，这个计划就可能完全失效。

我想到了死。对这个冰冷的世界，我并没有太多悲情或者留恋，剩下的只有麻木，唯一感到歉意的是对我的父母。他们榨干了自己全部的人生，却换不来任何回报，除了一身的债务和病痛，也许还有一份死亡通知书。我站在过街天桥上，看着桥下河水般流淌的车灯，脑子里不断重复的是一段歌词，"如果还有明天，你会怎样装扮你的脸"，我猜那张脸一定不会太好看。我抓住栏杆开始翻越，准备纵身跃入车流之中。

"干什么呢你？马上下来！"是路过的老杨。斩钉截铁的命令触发了我骨子里的某种反叛，他让我想起了父亲。就是这一瞬间的迟疑给了老杨将我拽离栏杆的机会，也打开了一扇通往九紫离火俱乐部的大门。

在场的有三十来号人，男女老幼都有，看上去都很体面，大家轮流介绍自己来到这里的原因——可以想见的某种人生困境。

老杨是今天的助教，以惊人的坦诚和效率自我介绍，帮助大家破冰，这也是他说服我来这里的原因。他创业失败，房子抵押之后还欠八百万，这是一个我没有概念的数字。他的项目是一款智能小便系统，能够将撒尿这件事变成游戏，靠瞄准小便池上的光学投影来得分。据他说能够减少员工去洗手间的次数，至少一半。我当时不太理解，如果撒尿那么好玩，不是会让大家多上洗手间吗，怎么会减少？老杨得意地说，因为我们调整了参数，如果你憋的尿越多，得分就越高，还可以连接手机上的App（应用程序），建立工会进行比赛，而且，结合AI，还能预测你能尿多远，并跟健康状况和预期寿命建立映射关系。你看，效率、团队建设、大健康，全有了，完美！

可就是这么一个革命性的项目，竟然找不到客户，拉不到下一轮投资。老杨把失败归结于这一轮九紫离火运，自己没有及时调节个人的"能量场"，与大的时空格局同频共振。

像老杨和我这样求事业的人不少，都是男的，女士大都是带着夫妻和亲子关系的问题，老人家关心的都是健康，心脑血管疾病、癌症、关节炎和骨质疏松。他们对于改变命运这件事近乎痴迷，在加入俱乐部之前就已经尝试过各种门派道法，但终究还是因为口口相传，以及宇宙的神秘力量的牵引，来到了这里。

鼓舞人心的音乐响起，全体学员起立，鼓掌欢迎导师入场。道乐老师身着一袭紫白相间的长袍，面带微笑走进房间，来到讲坛前。她精致的脸难以分辨具体年龄，举手投足之间有一种罕见的松弛感，在这座标榜"时间就是金钱"的城市里，松弛成了最昂贵的奢侈品。

"……我知道大家都是抱着改变命运的想法来的，意愿很强烈，我的心感受到了。但我也要把实话说在前面，今天这节公开课并不能改变你的命运。但最起码，我们能让你理解命运——哪怕是一点点，理解个体命运和整个大时空格局变动的关系。如果你连自己是谁，在哪儿，要去什么地方都一团糟糊，就更别提什么改变命运了，对不对？看见自己，理解自己，成为自己，这就是我们今天这节课要解决的大问题，有了这个基础，后面的课程才能帮助你们使用工具……"

我开始明白为什么今天这节公开课免费了。

来之前，我仔细阅读了老杨发给我的文章，努力理解这个我并不熟悉的时空观。简单来说，中国古代天文学家经过漫长的观测，发现太阳系各大行星的运行与地球上的自然人事变化之间存在着某种互相联系的内在规律，土星与木星每隔二十年就要相会一次，与太阳处在一条直线上，这时地球上往往会发生一些重大的自然灾害，人们的行为也会出现某种明显的异常。每隔六十年，土星、木星、水星就要在一条直线上相会一次；每隔一百八十年，太阳系的九大行星就会处于太阳的同一侧，分布在一个小的扇面内，古人称其为"九星连珠"。

于是，古人便以天体运动的周期将每二十年划分为一个运，每九运为一元，即一百八十年的循环。每一个运又对应特定的星宿（北斗七星加上左辅右弼两颗星）、易经八卦与五行，因此具备了某种符号学上的叠加特征，比如上一个二十年（2004—2023）属于第八运——白艮土，与土地房屋、陶瓷等土属之物相关，因此这个运势有利于房地产及相关行业，这一周期结束时，也意味着房地产黄金时代的结束。如今我们进入了新的九紫离火运，象征着南方兴旺，象征着诸如元宇宙与人工智能等新技术和文化产业的大发展，也象征着成熟女性将成为社会的中坚力量并掌握权力；离卦同时代表着战争、自然灾害、动荡、去中心化，与宗教、心灵相关的精神文明也将兴起。

道乐老师望向老杨，含笑揶揄："想想为什么你的创业项目没成，小便池是为男性设计的，接下来这二十年可是属于中年女性的。"

老杨尴尬地挠着头，挤出难看的笑脸。

"胡说八道。"我低声嘟囔了一句。

"这位新朋友有想法可以分享给大家。"道乐老师用充满鼓励的眼神望向我。

"我是省重点硕士毕业，读的就是计算机，被大厂裁员到现在还没找到工作，钱也被骗光了。照你的说法，南方、科技、九紫离火运应该对我有利才对……"

我坐立不安地搓着手，不知道眼神该往哪里放，"……只要把每天推送的社会新闻稍微总结一下，也能得出这些结论，什么AI革命、房地产崩盘、战争、地震和气候异常、抑郁症高发、女性主义抬头……要我说，你们相信什么，就会看见什么，人的大脑就是这么工作的。"

"哦？那你说说看，你相信什么？"

"我？我相信天道酬勤，一分耕耘一分收获。"俗套的鸡汤从我的嗓子眼里流出来。

"那你的辛勤耕耘换来收获了吗？"道乐老师变得有点咄咄逼人。

我无语。

"用你自己的话说，相信什么，就会看见什么。所以你并不相信，对吗？"她停顿了片刻，完美地转换节奏，"我知道你心底真正相信的是什么。你相信这个社会是个弱肉强食的黑暗森林，你相信拼爹，你相信自己的失败是因为没有一个好的家庭出身，所以就算你再怎么努力，都没有办法改变命运，你甚至想到过死，对吗？"

我愤怒地转向老杨，一定是他出卖了我，把我的情况都告诉了道乐。可老杨一脸无辜地摇摇头。

"不用看老杨，他是你的推荐人，但是他没有告诉我任何你的背景。是你身上携带的能量场写得清清楚楚、明明白白。你和你父母的关系不好，对吗？"

我皱着眉头。从来没有在公众场合被如此直接地质问隐私，一阵难以忍受的尴尬让我脚趾蜷缩。

"父亲代表权威，母亲代表财富，如果你和他们沟通不畅，能量流动受到阻碍，你肯定和领导也处不好关系，赚钱也会很辛苦。"

我再次哑口无言，这是连老杨都不知道的事实。我猜这是某种心理学技巧。

"这就是为什么尽管这二十年大运看似对你有利，现实中却磕磕绊绊的根本原因。今天你执到宝了，我们就以你为个案，来看一下我们究竟如何才能改变命运。"

我深吸了一口气，接受房间里来自四面八方的钦羡目光。我听老杨说，做个案是要另外交钱排队的，而且价格还不便宜。我完全不知道应该期待什么。

"现在，你，代表他小时候的爸爸；你，代表他妈妈。"道乐老师随手指向房间的两个角落，文质彬彬的眼镜男和衣着入时的长发少女站了出来。他们跟我父母没有一丁点相似之处。

"你，"她又指向一位中年妇女，她像是刚从菜市场吵架回来，"代表小时候的事主本人。"

这是什么草台班子，太搞笑了吧！我目瞪口呆地望向老杨，他靠近我，低声说："这只是一个模拟，把他们都想象成占位符，等待被赋值。"

道乐老师转向我："你一会儿就会看到。你需要做的就是相信——他们就是你们一家，只要你越相信，他们传递出来的信息就越准确。代表们，现在你们放松，什么也不要想，只是去感受身体内外、情绪、意识和下意识层面所有的波动。现在，你们只是一个容器、一个界面，你们越放松、越空，就越有利于让信息，或者能量——其实它们是一回事——通过你们流淌出来。把自己想象成一台收音机，在虚空里调频，链接某个频段的无线电波，你不断调整位置，去找，去感受……"

她到底在胡说八道些什么。我以二十多年来接受正统唯物主义教育的生命发誓，我一个字都不信。老杨救了我，他是个好人，而且不傻。在座的人看上去都不傻，他们为什么要相信这一套歪理邪说？好奇心刺激着我要一探究竟。

三个人开始缓慢地走动起来，眼镜男一改之前的斯文，不停捶打自己的胸口，抓着头发，一副歇斯底里的愤怒模样；而时髦少女则显得怯懦、谨慎，抱住自己的双肩，像要躲避什么伤害；年幼的我——那个中年妇女，张开双臂，向母亲/少女靠近，却被不停推开。母亲/少女十分恐惧地躲避着年幼的我/中年妇女，而父亲/眼镜男却无端大发雷霆，在年幼的我/中年妇女身后追打，三个人形成了一个滑稽的动态结构，一个猫捉老鼠的环路。

"你回忆一下，小时候的家，是这样的吗？"道乐老师问我。

所有被封存已久的记忆突然一下子涌出，将我吞没。我被眼前的一幕震慑得木然，无法立即做出反应。这正是我记忆中的家。永远回避我的情感需求的母亲，与地雷般随时会被小事触发的父亲，交织成我不快乐的童年，那种恐惧、紧张、痛苦、失落、被遗弃感纠结在我的皮肤、肌肉、肠胃里，直到今天。所有那些不快瞬间被唤醒，身体有着比我的大脑更高分辨率的记忆力。可这些人是怎么知道的呢？他们提前串通好了一切，就为了给我演这出戏吗？这是什么新型的骗局吗？可我身无分文，没什么值得被骗的……

一只手放在我的肩上，我几乎是条件反射般弹开，是老杨。"没事的，"他说，"第一次都是这样的，放松一点。"

"看来代表们得到的信息是真实的，那么我们会好奇，为什么父母亲会这样对待自己的亲生孩子呢？我们把时间线再往回推，看看会发生什么？"道乐老师把手往前一推，那几个人似乎被看不见的引力牵引，分离开来，开始倒着走路，代表幼年的我的那位中年妇女回到了自己的座位上，显然时间退回到我出生的1997年之前。

母亲/少女开始奔跑，像是在躲避什么野兽或者敌人，她抓起地上的抱枕，紧紧搂在怀里，父亲/眼镜男却粗暴地将枕头从她怀里扯出，丢到一边，同样的动作重复了三次。

"我们看到这样的一个行为，陈先生，你能想起这代表什么吗？"

我深深吸了一口气，以近乎耳语的声音吐露残破的记忆："……我记得父母亲在争吵时说起过，在生下我之前，因为家里穷又赶上计划生育，所以只能有一个孩子，父亲一直想要个儿子，潮汕农村嘛，重男轻女是很正常的事情，但母亲怀孕了几次都是女婴，所以父亲……"我没有力气把结局说出来。

"明白了。父亲因为想要男丁，又因为政策原因不能多生孩子，所以从母亲那里剥夺了几条女婴的生命。这就是为什么母亲那么害怕，为什么她躲着你、跟你不亲的原因，因为在她看来，你的生命是用三个姐姐的命换来的。感受一下这里面的情绪。"

一种难以言喻的绞痛感狠狠击中我的下腹部，我站立不稳，跌坐在地上，不停喘着粗气，冷汗直冒。这就是母亲当时的痛苦吗？

"那么父亲呢？他对男丁的执着、对威权的愤怒又是从哪里来的呢？让我们再把时间线往回推。我们需要加几个人，你爸爸的父亲、母亲……家里还有其他人吗？"

"父亲提过他还有一个哥哥，但在他很小的时候就失踪了，"我低声说，"没人知道他的下落。"

"好，再来一个哥哥。"

三个看上去毫无关系的人站到了房间中央，开始缓慢地进入角色扮演，而母亲/少女则木立一边，成了旁观者。父亲的大哥似乎一心想要离开家庭,而爷爷和奶奶则一人拽住他的一只胳膊,不让他离开,年幼的父亲看着这一切,无法理解。

"我要过香港!"那个代表父亲大哥的中年男子十分坚决地说。

"你会被阿Sir(警察)抓住的!"他父亲说。

"你会被鲨鱼吃掉的!"他母亲说。

"不会的,我水性好、跑得快,等去香港企稳脚跟,赚到钱,我来接你们和细佬一起过去,到时我们就都能吃饱饭了。"大哥毅然决然地甩开父母的手,一个猛子扎在地上,开始在地毯上游泳。一开始他充满力气和信心,似乎很快就能游到对岸,但他的喘息越来越重,还不时发出痛苦的惨叫。他游得越来越慢,动作越来越沉重,最后全身都不动了,只剩下一只手高高擎起,像是举着火把,不让浪花扑灭微光。

"这是70年代末的大逃港啊。"在座有一位白发苍苍的老人声音发颤地说,"当时从深圳逃到一水之隔的香港有三条路线,走中路梧桐山,不需要游泳,直接翻过铁丝网就到新界,但那条路警察防守最严;后海湾的海面稍窄,风浪小,但泥潭里的蚝壳常把人的双腿割得鲜血淋漓;防守最松的是东路大鹏湾,风高浪急,夏天常有鲨鱼出没,死伤最大。因为死的人多,蛇口有几百个'拉尸佬',每埋好一具尸体,就可以在蛇口公社领15元……"

房间陷入死一般的寂静。接着是奶奶的哭泣和爷爷的捶胸顿足,他把丧子之痛、自责和对大时局的无力感,转化为一种愤怒,施加到奶奶和年幼的父亲身上,而那正是父亲对于父子之情的所有理解。我的鼻子发酸,开始有点明白了。

道乐老师若有所思:"我们还能往回推,但因为时间比较久远,可能信息的分辨率就会没那么高。再来两个人,当你爷爷的父母!"

年轻时的爷爷和他的父母正在激烈地撕扯着,涉及又一个离家出走的成员,我未曾知晓的叔祖父——我爷爷的弟弟。

"你到底要去哪里啊!"曾祖父和曾祖母哭喊着抱住爷爷的双腿,"外面这么乱,到处在打仗!"

"去柬埔寨!"爷爷似乎被自己的话吓了一跳,"去找细佬!"

"我们现在只剩下你这一个儿子了,你走了我们可怎么办啊!"

"军队要来了，不走的话，我们都要完蛋。"

"那我死也要死在自家的祖屋前……"

我已经有点分不清那些话究竟是出自代表们的口中，还是大脑记忆投射的结果。以我有限的历史知识，这些对话与上世纪50年代发生的事情完美嵌合。我的祖辈因为害怕，决定远走他乡，逃到柬埔寨的热带丛林中，未曾料想"红色高棉"的手段极为凶残，只能再度流亡到更遥远的前殖民宗主国——法兰西共和国。

我对自己家族的历史有了全新的理解。所有离别的伤痛和对更庞大力量的愤怒此刻都找到了根源。这是一种隐秘的跨代际的创伤，表面上伪装成父权制度下对三代男丁单传的执念，隐藏在更深处的，却是个体命运在大时代变革中惶恐无助的脆弱感。

"陈先生，现在你看到了，这份源自你父亲那边三代单传的愤怒，它并不是平白无故出现的，自然也不会平白无故地消失。它与亲人的离别、分散相关，而这正是九紫离火运中的'离'所象征的，个人与家族的能量模式会与大的时空结构特征共振，产生更显著的叠加效应。"

可这一切究竟是怎么发生的？那些随机挑选的代表，就像游戏里的NPC一样，说出他们本应毫不知情的信息，表演出和角色如此契合的特征和互动关系。这背后究竟是什么机制和原理？我脑子里的疑问多得快要爆炸了。

"如果真是这样的话，那上一个九紫离火运，一百八十年前，是不是也有同样的事情发生？"

道乐老师思考了片刻，像是分不清我是真的好奇还是只是在捣乱。她微微一笑，双手一抬，示意房间里剩下的人都站起来。

"那我们就来看一看那时候发生了什么。因为时间太久远了，从你身上能追溯到的能量痕迹已经很稀薄，毕竟那时候你的高爷爷，也就是你爷爷的爷爷，也只是个孩子。我只能借助于更高维的工具，就像天文望远镜，来宏观地观察整个族群的动态。现在，你们都是陈先生的潮汕同胞，回到上一个九紫离火运，也就是……"

1844年，在我所知道的历史版本中，当时，第一次鸦片战争刚刚结束，清政府战败，割让香港岛，开放通商口岸，赔款二千一百万银元，西方列强在华特权扩张，不平等条约体系确立，中国沦为半殖民地。（小时候香港亲戚总会带来好味的点心和塞着二十元港币的红包。回归之后，他们去了加拿大的温哥华，再也没有回来。）1846年，连续四年华北平原大干旱和蝗灾。1849年，连续两年长江中下游大洪水和瘟疫，华东华北，颗粒无收，饥民遍野，尸横满地。（我的父母总是吃得太饱，像是不会有下一顿，他们说，小时候从来没吃过一顿饱饭，那种滋味一直记到现在。）1850年，一场农民起义爆发，史称"太平天国"。直到1864年，九紫离火运的最后一年，曾国藩率领湘军攻破太平天国首都天京（也就是如今的南京），屠杀数十万军民，结束了这场长达十余年、死亡三千万人的内战。

　　房间里的人像无头苍蝇般乱走，不时彼此碰撞，他们嘴里发出嗡嗡的声音，像咒语，又像吟唱，偶尔有几声孩童的哭喊和父母的安慰，仔细听，反复念叨的都是好饿啊肚子好饿啊……大家都摇头叹气。有人说，不如我们去加入长毛啦，大家都系农民，至少还有口饭吃，另一把声音立即反驳，唔好啊，会被杀头的！满门抄斩啊！所有的人继续走着，脚步越来越迟缓，越来越沉重，像在泥沼里跋涉。他们互相搀扶支撑，脸色煞白，有人倒地不起，不停咳嗽和呻吟，突然间，有一把高亢的声音警报般响起：洋人又打过来了！清军又输了！

　　1856年，更大规模的第二次鸦片战争爆发，英法联军攻陷大沽口和北京，圆明园被烧毁，清政府再次战败，被迫签订《天津条约》和《北京条约》。1860年，天津、烟台等更多口岸被迫开放，也包括我的家族所在的城市——汕头。外国商品关税降至百分之五，大量入境倾销，对自给自足的自然经济和刚刚起步的民族工业造成重大打击。白银加速外流，加剧清政府的财政危机。更多的起义，更多的动乱，更多的天灾，更多的死亡。

　　走不动的人们开始坐下来，排成长方形的阵列，前面的人惊呼道，台风又来了！珠江发大水啦！田地都浸嗮啦！好惨啊好惨啊！后面的人附和着议论纷纷，活不下去了，点算呢？一个年轻人站起身，挥舞着手臂说，开埠啦，我们坐红头船下南洋揾食谋生吧！众人齐声高唱起来：落番！落番！安南，暹罗，星加坡！落番！落番！吕宋，苏禄，马来亚！老人忙着给妈祖娘娘烧香磕头，求旅途平安，匠人拿着笔给船头的鱼眼点上红漆，寓意认路回航。留下来的老幼妇人送别远行的男人，心中的不舍与担忧化为声声嘱咐：不要信洋教啊，你的魂会被勾走的！要把洋人的技术学到手哇！要常寄侨批回家报平安啊！

1843年，魏源编纂五十卷本《海国图志》，系统介绍西方各国的地理、历史、政治和先进的科学技术，提出"师夷长技以制夷"（多学点有用的知识，阿爸说），却被视为犯了时局大忌，"举世讳言之"。不被中国知识界重视的书漂洋过海来到日本，一时洛阳纸贵，激发日本大规模学习西方，打破自我中心的华夷观，也成为1868年明治维新运动的思想渊源，在西方列强威胁侵略的困境中走出一条富国强兵的新路。（别去太远的地方，阿妈说。）回到中国，直到1862年京师同文馆成立，教授西方语言、培养洋务人才、聘请外国教师仍然被视为"以夷变夏"的耻辱，报考者寥寥。

我现在终于看出，他们组成的是一艘船的形状。这艘红头船按照季风规律运行，每年寒露过后，乘东北季风前往南洋诸国，次年三四月间，又乘太平洋西南季风返回潮汕。海上多不测风云，飘摇颠簸，航程上月以至数月，更有许多船只因为风暴而遇险。船的下层装满了货物，甲板上站满了人，这些可怜虫日夜暴露在海天之间，毫无庇身之所，他们赖以为生的只有干粮和水。代表们以海浪的节奏同步摇摆着身体，仿佛正在穿越一场风暴，有人呕吐不止，有人翻下船舷跌落大海，有人高声祈祷，有人喊着阿妈我要回家。

我看见东歪西倒的人群中有一双眼睛直勾勾地盯着我，像是穿透两个世纪的风风雨雨，认出了属于自己的亲缘血脉。那眼神深沉而灼热，带着对家乡的不舍与对未来的惶恐，传递给我一股难以言说的能量。那是对生存的执着。我知道那是我的高祖父，我相信那就是他。就在我想要看清他的面孔时，他眨了眨眼，扭过头去，仿佛汹涌的海浪拍打着红头船扬帆转舵，将他带去遥远而陌生的国度。在那里，他精彩斑斓又命运多舛的人生，即将缓缓地拉开序幕。而高祖父留给我的最后信息，是他终将回归这片土地，无论是以哪种形态。

我的身体不受控制地跪倒，正如童年时母亲要求我祭拜先祖的姿势。我深深地叩头，一股力量在我发麻的头皮与并不存在的红头船之间产生纠缠，传递着超越时空的信息。那是一种真正的看见，不是用眼睛，而是用心。

我的心上那厚重的帷幕突然被掀开，一片光明。

我看到了我的族人们乘坐红头船下南洋的浪潮，最早可追溯至康熙二十四年——1685年解除海禁，正好是两个一百八十年周期的交接点。海上贸易合法化之后，地处河海交界的樟林港因此得福，成为古代海上丝路的启航点。乾隆年间，东南沿海地区缺粮，商人领取合法牌照，前往泰国采购大米和木材，有些人便在当地安顿下来，其他人则去到越南、新加坡、印尼等地。一直到19世纪中叶，汕头开辟为蒸汽轮船的通商口岸，这才结束了樟林港的海运枢纽地位。潮汕人向海外的第一次移民，也在此时达到高峰。在这期间，通过红头船移民海外者近百万人。流动是双向的，有去有来。

（阿公唱：一溪目汁〔眼泪〕一船人，一条浴布去过番。）

自1860年因第二次鸦片战争导致汕头开埠至今，又一个一百八十年，出现了潮汕人的第二次大规模海外移民。至今在海外，潮汕人口超过一千五百万，分布在世界各地。历经四个世纪的迁徙，他们依然说着同样的语言，吃着同样的食物，祭拜着同样的神灵，传承着同样的仪式。

（阿嬷唱：钱银知寄人知返，勿忘父母与妻房。）

这是一种强大的能量。它是离散的、去中心化的，但同时又是集体的、凝聚的。它在物质与精神的位面上无时无刻不在流动、辐射、递归。我想，也许有一种更好的方式可以帮助我所有的族人，无论是在世界的哪个角落，都能更好地理解自己，连接到这种能量，并与更大的时空结构调频。

紫。离。火。我开始有点明白了。

"好，停。"

道乐老师一拍手，所有人的动作凝固，像是一场Dogma95风格的极简主义舞台剧戛然而止，而我却还沉浸在剧情中，久久不愿醒来。

"现在你看见了，家族的能量模式其实就像是赋格结构，它在时空中不断重复、变奏、错位、叠加，大周期套着小周期，一百八十年前是这样，再往前一百八十年也是这样。许多离别的创伤被历史所遗忘，但它们并没有消失，而是以能量的形式隐藏在意识、情绪与行为当中，一代又一代地传承下去，像是另一套平行的DNA。一旦你能够跳出个体的微观视角，看见更大的结构，你就有了改变的机会。"

接近两百年的家族史被浓缩在这短短的一个下午，这小小的一个房间，这三十多号陌生人的随机角色扮演游戏中。我恍如隔世，反复咀嚼着老师话中的玄机。

有太多的疑问需要被解答，有太多的情绪需要被抒发。

"我看到了上一个九紫离火运发生的事情，似乎在当下世界也能找到许多对应，也有可能是我们的大脑，它总是倾向于看到它想看到的模式，所以……那些发生过的会再次发生吗？"

"历史并不会简单地重复。能量是一个拓扑结构，它会拉伸、变形、翻转，所有的特征不会变，但承载这些特征的容器可能是不一样的。"道乐老师像是想到什么，微微一笑，"还有一个很重要的变化。在上一个九紫离火运，国家与国家、文明与文明之间是相对隔绝的，能量无法顺畅流通，导致误解和冲突。而现在，互联网和全球化把世界联系在一起，所以全球同此凉热。甚至，一个人的能量也能影响整个世界。"

"那我应该做些什么呢？"我惘然发问，似乎理解了很多，又仿佛什么也没听懂。

"作为个案的事主，你需要回避我们接下来的讨论，用一段独处的时间来消化情绪以及能量，希望下次的正式课程能再见到你。老杨，帮我送一下陈先生。"

电梯里我们没有交谈。老杨一直把我送到了大门口，欲言又止，他的眼神让我想起了什么。

"刚才是你吗？"我问，"那个代表我高祖父的人。"

"我不应该谈论这个。"老杨憨厚地笑了笑，"一个人能代表任何人，一个符号能象征任何意义。"

"我不明白。"

"用你熟悉的语言来说，这个被我们称之为'现实'的模拟器，并不是一一对应的精确计算，而是概率统计，就像生成式AI，它代表一种态势，一种结构，一种能量，彼此映射，互相调用。理解这一切，你就能拥有一种更简洁、更经济、更可泛化的描述数据的方式，来对抗人生算法的过拟合。"

暴雨如期而至。我乘坐火车返回家乡。

有一些事情需要去完成。比如重新理解我的父母，真正用心去"看见"他们，就像看见红头船上风暴中的高祖父。只有看见他们，才能帮助他们看见自己，才能最终理解我是如何成了今天的自己。

　　我不确定我能做什么，但肯定有一些事情值得我去做。

　　但首先我得回家，告诉爸妈我丢掉工作的坏消息。

（原载《小说界》2024年第5期）

波密人的历史时间

/李嘉茵

A. 鼓之书

截至目前,学界关于波密人的起源和种源有着不同的说法。

最先对他们进行命名的是英国学者布洛菲尔德女士,她与丈夫搭乘私人飞机前往椰城,突遇飓风,躲过山崖峭壁后,在一片望不到边际的棕榈谷地紧急迫降。飞机燃烧时的火焰和黑烟引来了驻扎在不远处的原始族群,他们头戴皮革面具,身上涂抹油彩,口中念念有词,围着意识模糊的她和受伤的丈夫跳舞。"波密","波密",牲皮鼓面敲响,如风拂过雨林树叶的沙沙声。巫医模样的长者在他们的额头和伤处涂抹了一种绿色汁浆,闻起来有些甜腻,仿佛是用甘蔗汁、诺丽树和其他绿植汁液混杂而成,而后又将新鲜剥落的龙血树皮贴在患处。药炉腾起紫烟,使他们陷入深沉睡眠。休养期间,布洛菲尔德女士对这一族群进行了深入考察,他们的房屋由热带植物编织而成,他们熟知雨林中任何活物及植株的种属,熟知它们的价值及用途,他们的图腾信仰是一种形容凶猛的湖沼水怪,状若鳄鱼。布洛菲尔德女士尝试学习他们的语言,发现他们语系混杂,表述中没有现在时态,只有过去时和未来时。或许是这个原因,布洛菲尔德女士总觉得在这里时光流逝速度较之别处更快。

资料表明，十九世纪中叶之前，这片居于南洋深处的密林并不为人所知。一八五四年三月至一八六二年四月，英国博物学家阿尔弗雷德·罗素·华莱士数次造访马来群岛，在岛屿间流浪八年，旅行一万四千英里，共采集了十二万件生物标本，包括三千件鸟类皮羽、两万多只昆虫标本和哺乳类兽物、陆生螺贝等等，其中有九百种鞘翅目天牛此前从未见过。最终他在病榻上提出了基于自然选择的生物进化论和动物地理分布假说，并在归国六年后将其经历整理为《马来群岛》一书出版。

　　据《马来群岛》所载，一条绵长的火山带弧线如有轨列车般依次驶过苏门答腊与爪哇、巴厘、龙目、松巴哇、弗洛雷斯等岛屿，一直抵达莫罗泰岛，它由几十座活火山与几百座死火山组成，时而昏睡，时而醒来。譬如，在一八六二年十二月二十九日，"完全安静了两百一十五年后的马基安岛火山突然爆发，整座山被炸得面目全非，大半人口丧命，大量火山灰使得四十英里外的德那地岛暗无天日。""火山或地震将历史记忆清洗一新，是结束，也是开始。火山喷发的年份，皆成为岛民的编年史纪元，借以帮助记忆小孩年岁，并决定许多大事发生。"（摘录自阿尔弗雷德·罗素·华莱士《马来群岛》，1978年版，第126页。）

　　几支西方探险队继华莱士之后来到此地，追踪这支罕见族群的下落，却因指南针失灵而止步。他们提取了足下土壤回去化验，发现该地土壤富含矿物质和钙质，猜测因附近有金属矿藏而影响了指南针对方向的辨明，钙质微粒经分析化验后，结果指向人体。人类学学者们误入的很可能是一片远古时期的墓园，推测为地震后的村落遗址。

　　在当地传唱的一首部族歌谣中，含混着这样的字句：族人在深冬全部消失。静候春天，来年如冬眠之蛇般苏醒。语言学家和词典编纂学家曾对此进行多重转译，翻译仅作参考。

　　——摘自《关于东南亚南岛语族波密人聚落起源之田野调查报告》

毋庸解释什么。

这份报告中的每一字都源于我的虚构。原始素材则取自我从旧货市场上得到的半部南岛语残卷，以及某日午后的梦境。

我将这份虚构报告作为调查实录投入任课教授的学院信箱。装订成册的纸稿滑入信箱底部，银鱼入水般轻巧。我感受到一阵短暂的快意，随即快意便被不安取代。但说不清是何缘故，有道声音告诉我，不必慌乱，并无大碍，毕竟这是Y教授的课程作业。

Y教授是我专业选修课程的授课教师，后来又成为我毕业论文的导师。我在闽南一所滨海大学念三年级，人类学专业。宿舍书架上常年摆着马林诺夫斯基、列维-施特劳斯和林惠祥。但这些书的厚度使我并无勇气翻开。起初进入这个专业，纯粹是被迫调剂的结果。时至今日，也谈不上兴趣可言，只想混个学历。混到第三年，头脑空空，邻近期末，不得不开始琢磨论文选题方向。

在Y教授主讲的那门课上，我起意研究的是一个发源自东南亚的罕见族群。几年前我在当地旧货市场清仓甩卖时得到了半本南岛语残破卷宗，成书年代不详。我将那日淘来的蜡染唐草纹花布、泰国掩面佛牌和南岛语残卷照片全部上传至脸书相册，收获不少友邻点赞。一位印尼人看到后，很客气地向我询问关于这本残卷的事，说自己曾在孩童时期接触过这种语言，但祖父去世后，他再没见过这类文字。老虎死后留下花斑，大象死后留下象牙，祖父悄无声息地离开了世间，他说自己对此感到遗憾。印尼人头像是一张布罗莫火山喷发的照片，蓝紫色天空，玫瑰色火焰向四野迸溅。我问他能否读懂残卷的内容，他说这是古爪哇语，其中夹杂着一些更加晦涩的卡威语，是马塔兰王国建立之前流通的文字，仅能读解部分。我请他将能看懂的部分粗略概述，他说，可以，但需要一点时间。

那段时间忙于校区搬迁，琐事缠身，安顿妥当后，我每日在学校附近游走闲逛，直至期末，面对一片空白的调研报告，我才慌乱起来，想起那本残卷。但行李箱翻找遍了，也没能找到。我打开电脑，弹出几条数周前收到的消息，来自印尼人。他说，翻译较粗略，许多词已想不起具体释义，在古爪哇语词典里也没查到，有些是意译。我谢过他，将翻译内容保存。他说，如我需要，不介意多译几页。我没回复。他说自己不需要报酬，如我愿意，他想出价买下这部残卷。我沉默地退出了对话框。

近来，我重新回忆起残卷的部分内容。据残卷所载，数百年来，波密人以采集、狩猎、捕鱼等形式维持生计，编织篮子和吊床，凿刻独木舟，制作长矛和弓箭，在雨林深处过着游牧民族生活，并不在意时间流逝。作为一个平和的族群，他们阶级观念淡漠，下意识与旁人共享一切，换句话说，他们的社会不存在私有制。

于他们而言，梦与现实没有清晰界限。男孩梦见女孩，醒来后会送她一朵花。波密人，又称梦的民族，他们学习操纵梦境，并在梦中得知关于现实的预言。梦中事终会发生，他们对此深信不疑。

我检索找到一部二十分钟的黑白纪录片，名叫《梦的民族》，是一位马来裔导演对波密人族群的寻访。随后算法给我推荐了几则纪录片摄制的幕后花絮，导演雇用大象搬运器材，大象闭眼走路，摇摇晃晃，象鼻探向沿途蕉叶，青绿香蕉悬在枝上，攒成花环状。花絮中有导演拍摄原住民骑大象行走的画面，但事实上，他们不骑大象，这是一种编排和想象。

起初，我试图从文献资料出发，探寻这一群落的灭亡之因，妄图在历史烟霭中捕捞些什么，并进行了诸多猜测，包括战乱离析、自然灾害等，整个过程像在追寻一则神话传说。而事实上，波密人族群的消亡可能仅是一种自然的消隐，如群鸟离散迁徙。

雨林遮天蔽日，现代性之光映照一切，万般事物，无可遁形。

那段时间，我重读了柯林伍德，在《历史的观念》中，他说，历史叙事是没有固定支点的，始终处在游移和滑动中。在微观史研究领域，"想象性重构"成为一种较为常规的介入路径，加之田野调查资料匮乏、提交日期截止在即等诸多因素影响，我决意采用虚构手法，对这段含混不清的历史进行一场戏仿。我想，历史本就诞生于一种语言的虚构。在认知与记忆、记忆与重构、重构与讲述之间，本就没有清晰的界线。

支持我如此行事的理由，不得不说，与这门课本身有关。这是一门令人费解的课程。坦白说，本学期绝大多数课堂，我都在昏睡中度过，唯独Y教授的课堂我无法安眠，这位教授会不时引吭高歌，恰逢这时，我便从梦中惊醒，叩击指骨，伴随韵律击打节拍。夕阳西沉，日影欹斜，室内时空被切割开来，一半是明艳的橘色，一半是暗沉的铜色，界线在桌椅边缘缓慢挪移。我弓身睡在暗处，日影垂落眼睫，醒来，见Y教授已停止授课，像在思忖什么。随后，他唱起一首低沉的歌，所有人安静下来，屏住呼吸听他吟唱。唱完后，他沉默不语，直至下课铃声响起，他抬头，自另一世界中猛然浮起似的，说方才回忆起一首丧歌，不知怎么，竟当众唱了出来。他请在座同学忘了这件事。

动笔之际，临近黄昏，我感到困倦，躺下休憩。梦中，我躺在一条河上，遥远岸上传来笑声，他们持长刀，割取水椰叶子，脸上涂抹红色汁浆，引我走过一条长满红毛丹和榴梿树的小径，走入一处洞穴，墙上覆满色彩剥落的古壁画，他们在壁画前祭祀，击鼓。洞穴外传来采矿的爆破声，洞穴随即塌陷。我醒来，呆坐许久，思考梦中之事。而后，参照梦境所见，将报告连夜完成，煞有介事地附上一长串英文参考文献，来自某个并不存在的境外出版物。完成后，不及细看第二遍，飞跑至院楼，赶在日期截止前一小时投递到Y教授的学院信箱内，看纸稿滑入狭长入口，躺入黑暗空间。我长舒一口气。

第二学期，我在学校偶遇Y教授，他低眉坐在石椅上，似在神游，我一声不吭地走过，却被他叫住。他瞪大眼睛，说从未见过我论文中的引文。我一口咬定它们是真实的，并将数年前在旧货市场上得到半本古爪哇语残卷的事如实相告。Y教授听罢，冲我笑着摇头，随后起身离去。我低哀地叹了口气，心知这套说辞无法蒙混过关，开始每日陷于焦虑。有一夜梦到Y教授将我的调查报告当堂撕碎，纸片飘飞，久久不落，他目光凝重，对我唱起沉郁的丧歌。因此，半月后，在登录教务系统查询成绩并获知刚好及格时，我的喜悦之情溢于言表，彻底平复了焦灼情绪，并恢复了往日的散漫，每日继续游走闲逛。

在一个燠热的日子，在学校附近的小录像厅，我见到了山猫。山猫是Y教授的课程助教，长我两届，狮城华人，祖籍泉港，以海外留学生身份入读我校，汉语说得顺畅如流。他肤色如铜，眼窝深陷，眼睛大而蒙昧。据他自己说，他的祖母一脉掺杂着些许菲律宾血统。此前，我们仅在院系公选课上见过几面，面熟而生分。我从未积极参与过Y教授的民族学课程，与他亦从未有过私下沟通。

小录像厅在临街铺面的三层，楼梯狭窄，仅容一人通过，曲曲折折如登天阶。来看录像的人很少，三五人，坐得稀疏零散。那日放映一部纪录片，《盲国萨满》，由人类学家米歇尔·欧匹茨所摄，记录了尼泊尔马嘉人日常游牧迁徙的生活和萨满教仪式。为完成这件事，米歇尔·欧匹茨在尼泊尔马嘉人村庄长居两年，将素材剪辑为近乎四小时的纪实影像。

放映机亮起红斑，灯熄灭，房屋变为一间暗室。放映半小时后，几人默默起身走掉。一个钟头后，我昏昏欲睡，去吧台要了一杯马天尼，用铁签一下又一下地戳着坠入三角杯底的青橄榄。又过三刻钟，抵挡困意无果，我沉然睡去。入睡前的最后一丝记忆，来自前座男生那坚挺如棕榈的背脊。

醒来时我最先看到一排脚趾，夹在浮草色人字拖鞋中，细长孤瘦，近于猿猴。抬起头，映入眼目的是一张介于熟悉和陌生之间的笑脸。在迷蒙中，我向对方礼貌性地点头，许久之后，我才想起他是谁。山猫说，打烊了，一起回学校吧。我问他，纪录片怎样？他说挺好，对自己目前所做的半游牧民族研究很有启发。我们穿过深长楼梯，我走在后面，对着他的背脊，他微微转身，眸光闪烁，提醒道，楼梯陡，小心脚下。在冥界廊桥般细窄可怖的长楼梯上，我瞬间被这眼神触动，恍惚之间想到了俄耳甫斯的回望。

我们走到街上，站在路灯下抽烟。我盯着萦绕灯柱的飞蛾，沉默片刻，山猫将烟尾碾灭，说，我看到了你上学期提交的报告，Y教授让我对所有报告进行分数预评。我说，多谢，多亏有你，才勉强及格。他说，我好奇你虚构报告的动机，以及那本残卷，是否真实存在。我将那份报告的来由详尽转述，山猫微笑，说，我家那边也有类似传说。我们换个地方聊。

随后我们去了附近一家墨西哥风格的酒吧，酒吧供应简餐，墙壁缀满纹样繁复的塔拉韦拉瓷砖。他选了一个临窗座位，斜靠在绘满大块明艳色团的窗帘上，点了罗曼湖威士忌和一壶水烟。他说，我家那边，岛屿散布，渔民在岛上发现一处聚落遗址，原始棚屋围拢连缀，有点像达雅克人的高脚长屋。屋宇破落，仅残存下一些痕迹，周围草木葱茏，似许久之前有人居住，而今已不知去向。

酒吧灯色昏黄，水烟探出四只腔管，仿若一只绵软的深海水母。山猫吸水烟，似吸吮水母触角。他说，曾去外网查询相关文献，尚未得到明确结论，只有零散数据和模糊猜想。他吐出烟雾，搅弄吸管，孔雀蓝酒杯里，薄荷叶时浮时落。

"万物静默如谜。"我说。

依照山猫提供的关键词和外域数据库，我检索到两篇文章，文章提供了两种猜想路径。猜想一：波密人聚落遗址邻近拉绍，这里是丛林原住民躲避屠杀的暂居之所。美通河河边，立着两块古石，用以磨刀，这里是当地人猎捕丛林原住民的起点。原住民被猎捕后，成为奴隶，一生不得自由。老人被杀害，幼童被领养，在现代社群中长大，忘记自己的身份血缘。原住民对此感到恐惧，在围猎中逃往雨林深处，在不为人知处建起新的聚落。猜想二：波密人族群可能与上游达雅克人有亲缘关系，百年前的一场地震促成了他们的流徙，随后文章从地质学角度解释了地壳运动与聚落出现之间的关联，还附上了地壳剖面图和地质模型运动示意图。第二篇文章由国际经济地质学家协会（Society of Economic Geologists，简称SEG）下设的学生科研基金（Student Research Grant）提供资助。

几日后，在接到M证券公司的实习录用通知后，我迅速将这些沉浮不定的历史谜题抛诸脑后，从城市最南端跑到最北端，坐入写字楼格子间，每日打印复印，做报表，翻译文件。为减少奔波，我搬离宿舍，租住在公司附近一栋老式居民楼里。夏季湿热，老楼外墙生出一层苔藓，浴室莲蓬头间歇性淌落黄褐色液体，我生活在其中，总感觉自己会随这幢房屋一道溃烂下去。楼寓转角处常年摆着一个水果摊，站着一个阿嬷，每天从镇上推板车过来，晒得面皮黑红，身形矮胖，柿饼似的烫烙在太阳下。我路过时，会买些杧果、波罗蜜之类的热带水果，存储在租屋中的陈旧橱柜里，碰到新鲜莲雾，也会买来尝鲜。整个夏天，我吞咽下许多甜蜜的热带水果，以抵抗这种内生性腐殖。或许是糖分过量、成熟过快的缘故，存储于橱柜的水果总在一两日后从成熟转为颓败，空气里过早弥漫开一股腐烂气息。不知为何，明明觉得时间没有过去太久。"莫兰蒂"台风过境后，水果摊对面开了家花店，色彩芬郁。在这个热岛城市，鲜花总是长盛不衰。

八月雨季到来，屋顶渗水，我与房东协商，退回部分房租，重新找寻住处。搬家那日，我在楼梯上来回奔走，但待搬之物仍盘亘硕大，堆在原地，与我沉默对望。求助信息被几个平日里关系尚可的同学逐一婉拒，我不抱希望地发消息给山猫，询问他是否已回乡。

一刻钟后，山猫回复说，预计两周后返乡，校内还有部分资料要整理。我将自己被迫搬家一事同他简单讲述，问他能否赶来城北。山猫没有回复。

待我筋疲力尽地将折叠衣橱搬下楼后,发现山猫十几分钟前发来消息说,已乘上BRT快速公交,二十分钟后见。

搬家结束后我们一同去八市档口吃海鲜。在那之后,我时常收到山猫的短信,约我去逛展览,或去看冷门纪录片。展馆观者稀零,冷气极寒,纪录片画面粗粝,镜头长得惹人昏睡。山猫总是饶有兴味,我则勉力强撑。之后的情节进展简洁明快,我们每周见面,日渐熟络。当他神态自若地取过我的酒杯品酌苦艾的茴香时,我发觉我们已处于青年男女间的暧昧阶段。

我们在海边共同度过了几个夜晚,山猫讲了许多少年时期听得的丛林故事:祖父的归葬、槟城的鬼王、雨林深处的灵巫、化身鳄鱼的士兵,诸如此类。而后他避开目光,说后天便要返乡。我愣了一下,缓缓点头。海浪漫过我赤裸的足趾,鞋底变得湿冷。不远处,一枚圆亮的贝类被冲刷上岸。我将它拾起,放在月光下看。掌心大小,外壳坚硬,呈铜钱形状,正中绽开一朵五瓣桃花,布满棘刺,软如胎毛。我捧着未曾见过的奇妙生物,心生惊叹。山猫说,是海钱,童年常与伙伴在沙滩上捡拾到。它们死后才被海浪卷上沙滩,变成白色,白色是它的骨骼。他说老家床下有个饼干铁盒,装满海钱,因为每一枚海钱背后,都有一朵枯死的花。

他身后,一轮白月孤悬而升,我端详起他的面庞。左颊比右颊宽厚,左颊的肌肉纹理下,藏了一个小巧的酒窝,泛一点淡粉色。

山猫望向我,问我想不想随他去热带度假,顺路去看看先前所说的波密人聚落遗址。他想申报东南亚少数民族聚落研究的课题,为来年博士申请增添筹码。他冲我眨眼说,如有收获,成果愿与我共享。我点头答应,不说别的,起码毕业论文方向有了着落。

说来奇怪,定好这场热带之旅后,夜晚我躺在床上,已不再有梦降至。原来梦对人的追随并非如影子般坚实。山猫曾说,有时夜里睡不着,会从床上爬起,去操场打篮球。闽南的夏季,雨水丰茂,植物疯长,我午夜起身,一大丛油棕的羽毛状叶子探入走廊,像舒展开一把带刺团扇,挡住去路,我抬手拨开,地上暗沉沉的影子如水颤动。天地间,光是冷蓝色,气温降了些,夜风隐有凉意。我手肘撑在走廊围栏上,望向远处夜空,伴着楼下篮球场上的投球声。在昏暗夜色中,我想象那束掩在层叶间的身影属于山猫。充气篮球的橡胶外皮击打水泥地面,发出沉钝声响,一起一落,至天光拂晓。

　　临行前，因忧心野外的卫生状况，我特意剪掉长发，以免成为虫豸乐土。我想同Y教授见一面。他精通几国语言，熟悉闽地方言、客家官话，曾深入神农架林区追寻野人踪迹，去过云南深山对傈僳族人进行繁衍调研，田野经验丰厚，我想听听他的建议，发去邮件却迟迟未获答复。我去往院楼，他的办公室房门紧闭，我只好转进隔壁办公室，询问他年轻的同事，那位戴着金丝眼镜的青年男教师从书卷中抬起头来，对我说，Y教授因中风而住院，身在英国的女儿为他请了一位训练有素的专职护工每日照看，但Y教授至今仍昏沉未醒。

　　我们先坐飞机，再转铁路，又乘南下客船，抵达了山猫的家乡，狮城南首，游离于陆地之外的一处岛屿，南洋列岛之间的一颗星子。海波清平，水椰抖弄着羽毛般的碎叶。远处的岛屿耸起背脊，白日里所见的一切都显得通透明亮。

　　我们走出水港，天色将晚。预计在港口滞留一夜，饭后沿黄昏时分的海岸线漫步，赤脚在沙滩上走，身体像丧失重量。远处的海际线上，有一群人，正将一艘彩船推向海中。他说，这是在举行送王船仪式，祭拜海神，附近有华人村镇，因而保留了一些闽台习俗。

　　海水翻卷着退去，包裹着牲畜头颅的红色祭品袋子随潮水后撤，一路退向深海。不多时，点火仪式开始，停在沙滩上的王船，遍身彩绘，狮头龙尾，皆在焰火中燃灼，风势渐起，赤红火焰随海浪一同翻涌，尚未燃尽的彩船在沙滩上搁浅。一般要烧许久。他说。明早涨潮，海水会将船灰一同带走。离开很远后，回头再寻那艘燃烧的船，人群散尽，火焰残喘，铺落一地焚灰。海水浸没，混成湿软的流沙。

　　海边市集还未散尽，渔民收捡摊位上的渔获，有些摊位摆放着稀奇古怪的摆件，造型怪异的珊瑚、干瘪缩水的海星、丛林蜥蜴的标本，还有鳄鱼干燥枯黄的牙齿，串成一排，挂在木头支架上。我拿起那枚牙齿吊坠细看，中间有道极细的裂缝，填满尘垢，带着悠远的来自丛林野兽的腥气。山猫解释说，鳄鱼是此处的图腾信仰，本地人深信，佩戴鳄鱼牙齿会获得神灵庇佑。

傍晚，我斜倚在旅社床边，翻看文献。山猫在隔壁听音乐，声浪自门窗缝隙涌入，是伍佰所唱的《热情交错》。我盯着聚落遗址平面图正中那棵罗望子树，周围棚屋环绕，排布如六芒星。我回想起自己此前在报告中编造的内容：

> 在这群西方探险者回国著述的《南洋民族考编》一书中，对波密人的形容与英国学者布洛菲尔德女士的记述截然不同："在此地繁衍的是一个人种性状不明的族群，眉骨高耸，生着翘鼻，鼻尖如展翅巡洋的鸥鸟，褐肤黑发，古中式衣，仿若一队迁徙至热带雨林中的鞑靼人。竹木栅栏、高脚屋，族长为一鹤发老人，品相各异的珍珠和形状有致的河滩卵石是族群内的流通货币。"
>
> 这处深深藏匿在山体之中的人类聚落并不轻易对外人昭示形貌，三面险峰完好以暇地将波密人聚落拢在怀中，通过一个幽邃的密洞与外界相通，洞中时有积水，暴雨后便将通途淹没。相信世间不再有比此处更加隐秘的人类聚落。
>
> 他们被历史的潮水驱赶至此，生活在这样一处丧失了时间维度的深林中，模糊了原生的种姓，亦被语言放逐。他们的言语中混杂着几种声腔，闽南语、客家话、英文、马来语、印度语、缅甸语，以及不知承自何方的口音，他们唯恐被占领者指认为任何族群，便将原生母语深深埋葬，新的语言尚在孕育，如同一杯调和过的鸡尾酒，味道杂糅，冗杂如枝蔓，因而无从分辨来处，说话时间或夹杂着一些原始的肢体动作，来自原始动物，甚至是水椰、油棕、野蕉、角藤等原始植物迎风摆动的形貌。

我阖上眼，伴着歌声睡去。"让风变成火，燃烧整个四周，淹没了你和我。"梦里，我在参观聚落遗址的火山纪念馆，展馆中央有两具黑色残骸，他们紧紧缠绕，彼此相拥，掌面如水流般汇聚。词曲在脑海中不停地游荡，倏尔中断，如一块绸料于正中撕裂。

我惊醒过来，床在震，墙在战栗。我起身，和山猫在走廊相遇，他攥紧我的手向外跑。我们随人潮一同涌向清真寺前的半圆广场。山猫不停刷新新闻资讯,我想起自己的手机仍被压在枕下,向他追问报道细节。脸书弹出信息,六级地震触发了附近海岛的活火山爆发。他点开快速浏览,随后退出界面,专注于回复亲友的询问。我瞥见他的头像是一张布罗莫火山喷发的风景照。他打电话给码头,取消了下午的日程预定,随后将手机放回口袋。

之后,我们又经历了两次程度较小的余震。我仍旧惊慌,山猫安慰我说,生活在这里,总会习惯这类振动。米歇尔·欧匹茨曾说,宇宙是通过振动产生的。

翌日,我们按原计划前往聚落遗址。出行前,山猫说野地虫豸多,吸血蚂蟥总在水边等候。因此,我不得不在四十几度的酷热天气中身裹长袖长裤,山猫则穿得像个种植园领主:宽松的米色棉质短袖,卡其短裤,长筒棉袜,橄榄色登山鞋。他在腰间别了一根尼龙绳,悬挂着一柄纹路精致的匕首,刀鞘上缠着黑绿色丝线,扮相掺杂了些许野地酋长的气质。

我们走的是村人上山割胶的林中小路。愈往深处,道路愈细窄。雨林很静,传来虫鸣蛙声,伴着一两声鸮叫。我说,鸮鸟不是习惯白天睡觉,夜里觅食吗?山猫说,白天外出的鸮鸟,向来飞得颠簸不定,梦游似的,要小心闪避,以免它们从树枝上掉落。

走出胶林后,一条河横陈在前,无法直渡。我们折返上游村镇,租下一条船。摆渡人说,当地人称这条河为溟河,溟河诞生于几十年前的一场地震。此前一直流于地下,地震后,水流如游蛇般潜出地表,日渐繁盛,最终汇入萨门撒河,成为一条支脉。

下了船,穿过雨林,眼前是一处聚落。入口处立着一个硕大木牌,波密人聚落遗址公园。入口处的售票厅伪装成棚屋样子,身穿蜡染纱笼的年轻女子将我们拦住,收取门票费用,并试图推销廉价的租赁式电子解说器。中英法德泰马,六种语言频道随意切换,按时收费,押金二百。我们租下一只电子解说器,我戴右耳,山猫戴左耳,走路保持同一步速。一排仿古棚屋码在面前,屋椽铁钉外露,墙外清漆尚未干透。我们不曾想到,开发商已将一切未明之域填入商业景观的规划框架中,并辅以全景式表演。一名中年女子坐在一株印度紫檀下补缀渔网,手法细慢,见我们走来,立时放下手里活计,露出合影时的标致笑容。女子身穿蜡染纱笼,黑灰上衣,赤足，耳上缀着硕大饱满的红玛瑙，腕上戴满莹绿串珠，说着我听不懂的当地语，想是从当地聘雇来的原住民。

女子引我们走入棚屋。棚屋中围聚着不少人。正中央端坐着一位鹤发老人，性别莫辨。面前一只脏旧木箱。我们走入后排坐下。老者打开木箱，取出破损了半边袖管的野猪皮袄、黑红相间的雉鸡冠羽和牲皮手鼓，鼓面上绘着一幅鱼首女身像，以焰火将鼓头烤热，随后又取出一个用鳄鱼牙齿制成的乐器，以浸润过符咒神水的木质小锤敲击，七枚鳄鱼牙齿，代表不同音阶，声响有致。

老人站在木箱布置成的简陋祭台前，望向虚空中的某一点，双目混浊，口中源源不断地吐出秽语，以退散恶灵，它们细密地织结在唱诵的绵长的神话史诗中。鼓声由慢渐快，敲至重复节奏后，重又放缓，辅以鳄鱼牙齿叮叮咚咚的敲击声，渐入恍惚之境。几位中年女子围坐巫者身畔，补缀渔网或钩卷羊毛。仿佛在听戏文。两个年纪稍轻的女人小声窃语。年长女人解释说，老人前世是一名男性巫师，因此用男性秽语驱恶施法。

仪式结束，我们跟随其他探险者、观光客离开棚屋。我问山猫，他是否通晓方才那段巫言的语意。山猫摇头，同我讲了个故事。有则尼泊尔传说，一位萨满和一位佛教诗人比赛登山，胜者可获得圣书。最终诗人赢了，这类结局是可以想见的，因为萨满不需要书，他们的鼓就是书。我问他这是哪里听来的故事，他说是米歇尔·欧匹兹所述。

我们在聚落中央的罗望子树下乘凉，树边立着一块木牌，标题写着"最后的波密人"字样，并配有一张原住民男子的照片。男人上身赤裸，褐肤黑发，唇上戴着环饰，眼睛黑亮，但又空空的，像什么也没有。

木牌写道：大部分族人在上世纪70年代被迁入此地的非法牧场主陆续杀害。1995年，6名族人被非法开矿者袭击，这名男子成为唯一的幸存者。1996年，香蕉园管理者在一片宽大的蕉叶下发现了他，在接下来的一段时间里，他销声匿迹。1997年，当地政府在此处建立了原住民保护区。聚落存在的消息曾封锁数年，供研究者秘密研究。有研究者推测，这名男子至少独自生活了三十年。他拒绝与外界接触，将管理者投递的食品物资视作诱饵与陷阱，觉察到危险时，他会拿起自制武器，用藤蔓封路，以毒箭射向推土机。有一次，保护区管理者试图对他的身体状况进行检查，在靠近茅屋时，被他一箭刺穿肺部。2001年，他在死后数月被人发现，身上覆满金刚鹦鹉的羽毛。

我环顾四周，对这一聚落产生了原始生活形态的想象。屋脚刻画着每年淹水的高度。1988，1993，2001，2002，1996。黑色数字下，拖出一条条蓝色线段，参差错落。我问山猫，这一切是否真实发生？他说，正如湮灭的任何一个族群，我们无法证明他们的存在，拥有记忆的人早已死去。那些看似存留的器物，并不能算作不朽的证言。我们同他们一样，处在一团历史的漩涡中。

不远处的湖水银光闪烁，仿若镜面。我说，有没有一种可能，我们置身的世界，是另一世界的倒影，在另一处时空里，波密人仍在此地生活。他在阳光下虚起眼睛，不再言语。

B. 鳄鱼的垂影

我们在河畔等摆渡人折返，河上一片虚茫。山猫手里的烟一直燃到尾梢。田野项目几近流产，我们沉默。上船后，他忽然启口，说祖父埋葬的那棵树就在附近，不如顺路去拜祭，也算不虚此行。

下了船，我随他走入一片幽深密林。他的家族惯于将逝者骨灰放入坛中，挂在树上。沉默半晌，他指着嵌在树间那个黑沉沉的坛子说，其实，祖父骨殖并未归葬于此，坛中仅有遗物。红眼犀鸟立在枝上，静定俯视山猫，神色肃穆，仿若忠诚的守墓人。

我说，先前在脸书上联系我的人，是你吧？

他面露愧色，低声说，一直没找到机会同我解释，那本残卷或与祖父下落有关，并非有意欺瞒我。祖父离家时，没人知道他去了哪里。祖父失踪后，父亲在坛中发现一本破碎的日记。日记起于1933年，那年祖父15岁。21岁那年，他在集美水产航海学校就读，暂停学业，去滇缅公路做志愿侨工，驾驶卡车将抗战物资输入前线。回家后，没过多久，狮城沦陷，他从溃退败走的英国佬那里用八角钱换来两支枪，就此钻入丛林，销声匿迹。

他走向那棵树，抚摸着被蛀空的一块躯干说，从前，这里放了张相片，像一个小小的龛座。是祖父年轻时的相片，边角已被磨平。过去一两年，再来看时，相片中只剩小半张脸，其余画面都被磨蚀掉了。或是虫蚁分泌的黏液与相纸发生化学作用，或是树胶和汁浆腐蚀了相片，最终它被这棵树整个消化掉了。我问那张相片是什么样子。他说，像素不高，只能勉强辨认。祖父方形面孔，额头宽阔，一头蓬松而卷曲的黑发堆在脑后，如遇风扬动的船帆。

他说，据父亲所说，这本日记有些怪异。前半部分是一本单薄的外文笔记，涂满墨迹，布满蚯蚓样的文字，像古爪哇语。字距狭窄，挨挨挤挤，书页空白处写满字，标注细细密密的日期。他认为祖父并不认得这种外文，所记内容多是生活所感与梦境拓写，想来应与外文部分无关。字迹细密，想来是纸张匮乏时的无奈之举。后半部分是空白纸页，同样写满日期和字迹，像后来补缀上去的。两部分装订在一起。

后半部分，年份与日月标注混乱，自青春繁盛的1933年，至祖父独自离家的1982年夏日，如一副被随机洗过的扑克牌。事件的出现也杂乱无章，如有二十几颗随机滚动的桌球在脑中来回撞击，并不知道下一颗被击打的桌球位于何处。写的事情变来变去，有些竟前后矛盾，内在时空颠倒，仿佛两面镜子斜靠在一起，折射出多重时空。看到后来才知道，这本日记是重新装订过的。页边有时会出现一些碎片似的诗句："岸上吊着一具尸身。所有人的梦，都在河上流着"，"世界在湖的锋刃处交汇"，"在火焰深处遭逢一束倒影"，诸如此类。诗句来处不明，不知是他所作还是摘录而得。

不少字句被线绳刺穿，拖拽进暗处，成为书脊的一部分。最末页的字迹，模糊不清，留下茶褐色水渍浸润过的波纹线条。仿佛他在迷雾那端微笑说，不要妄图从这本日记中得到什么确凿无疑的证词。

这本日记，后来竟在一次台风天中无故遗失。过分丰足的雨水从河床涨起，淹没四野，他们与邻居一同奔向山坡躲避。一切平息后，他们回家，发现房屋四处都在漏水，家具物什在水中浮沉。半个月之后，父亲坐在橱柜前，想到祖父那本日记，而它早已连同抽屉盒一同消失在了雨水中。

听他描述，那本日记极有可能是我在闽南古董旧货市场上见到的前半册。我将此事告诉他，也向他坦陈了残卷遗失的经过。他说，这本日记一分为二，在世间游走，像是没有归处。

他说父亲依稀记得，祖父的日记中还包含了不少关于南洋侨领陈甲庚先生的段落。日记中，他不止一次地提到这位先生，伴随着对菠萝罐头、黄梨糕滋味的描述（陈先生本是靠米店和菠萝罐头厂起家）。这些饱含糖分的食品作为补充物资捐往大陆前线显得无比奢侈，在深夜中，不断勾连起他对家乡食物甘醇滋味的怀念。而与这位先生相交游，真正有细节场景刻画的段落，也不过三五处。

譬如有一段是这样写的：

> 1939年，我在闽南水产航校就读，毕业只余一年。本想聘入英船舶公司，风雨掌舵，巡游四海。奈何烽烟四起，恰逢陈先生征召侨工援助西南，我得知后收检行装，乘火车赴滇缅。

其后又有：

> 陈先生的眼镜被水雾熏蒸得模糊不清。他取下眼镜擦拭。雨水悬落，跨过山溪时，他踩上一处滑凉的石块，险些跌落。我很快将他挽扶起来。

他说，这一细节在陈先生著述的《南侨回忆录》中并未见得，不知是否确有其事。那是1943年，祖父回到家乡的第三个年头，躲藏在雨林深处的洞窟，借着油灯对滇缅之行展开回忆。

在陈先生视察滇缅公路的时候，他曾与陈先生有过一面之缘。

有侨工同乡因醉酒与人殴斗，随后逃回狮城。办案人员无从缉拿，竟将祖父抓捕起来，代为受过。出狱后，湿冷冬日，祖父无钱添购棉衣，着衬衣凉鞋驾驶物资运输车北去，途中偶遇陈先生车队。陈先生见他衣着单薄，与他交谈，听罢原委，喟叹一声，摘下金丝眼镜，低头擦拭，眼中隐有泪光。细谈之下得知，祖父家所在的狮城村落，与陈先生母亲的故乡只隔一道河流。

祖父在等待家人回信的日子里，在侨工营地行走，不再将志愿工作之外的精力投注在与同乡之间的扑克玩乐和赌博中，他时常在原始丛林中徜徉，阴生桫椤，香樟，冷杉，深浓茂绿和幽深溪谷使他不住怀想故地。

后来，狮城沦陷，英军向华人发放枪支，一支枪收四角钱赎金。他们在深林洞穴中密谋，不知何处拼凑这钱。他上门拜谒陈先生。陈先生劝说他们另避风头，不要枉断性命。他请陈先生托船运公司的朋友买到三张船票，尽数拿给家人，送他们乘上前往爪哇的最后一班船。而后，他拿着赎来的两支枪，潜身胶园，就此失去踪迹，如走入一团淡远的灰雾。

他说，有半年时间，祖父藏身林中洞穴。某日午后，祖父在山洞中听到一阵引擎声，像有战机在头上盘旋。他屏息，静待飞机远去，却听到山洞另一端传来人声。他向内探看，愈向内，人声愈微弱。此前他从未走入洞窟深处，他从洞中垒砌的土灶下抽出一根树枝，以火信引燃，擎着火把走向山洞深处。

洞壁深处有处湖水，与地下河相贯通。他走至水边，在火把的辉光下，湖面映出自己的倒影。

湖底传来笑声，仿佛通往另一世界，轰炸与死亡从未发生。水上的倒影使他心生迷惑，不知隔岸是否存在一处尚未沉沦的乡土，而那一世界的人看向湖面时，映出的是否是焰火映照下粼粼闪动的他的垂影。

垂影之下，有个黑沉沉的东西，状若浮木，两眼晶亮，他倒退一步，回想起乡间流传的暗洞传说。

他回去之后，便开始在日记里描述水泽对面的世界，一个充满金色幻梦的乌有之乡。他不止一次提到，自己曾想潜入水潭之下一探究竟。他出身航海学校，水性极好，但理智告诉他，在地下水系迷失的可能性更大，极易窒息而亡，或被地下疾流冲去不知名的暗处。

雨林中隐有歌声传来。我们循声而去，在不远处，一棵树前，一场葬礼正在举行。老人发须皆白，嗓音浑浊，唱着一首肃穆的歌，曲调韵律，竟与Y教授上课时脱口唱出的歌谣曲调相仿。我看向山猫，他浑然不觉。在我的追问下，他将歌词逐句翻译。

歌中主角是一名士兵，被敌人追捕，化作鳄鱼潜入激流，之后化身摆渡者，在冥河间游荡。本地传说中，鳄鱼能召唤游离在世的灵魂。他说，那位新近去世的老人，终年九十七岁，参加过战争，左腿乌黑，因为有颗子弹填于肉身，始终未能取出。老人唱起丧歌，为他濯洗肉身，使灵魂安息，平稳渡往另一世界。

他说，祖父如果还在世上，大抵也是这个年纪。六十五岁那年，祖父永远离开了居住的村庄，村人说看到他拄着拐杖往雨林深处去了。父亲和伯父在林中找到了祖父丢弃的拐杖，附近有一片掉落的鳞甲，拿回给村中猎户看，推测属于爬虫类脊椎动物。他们全家而后又陆续入林，搜寻数月，连一片衣料都没寻到。

祖父寿宴过后，家人为他做了一套新衣。那套新衣整整齐齐叠放柜中，他走的那天穿的是一身旧衣，破烂不堪。祖母回忆说，这身衣服像是他当年走出雨林返家时所穿。当时祖母想将这身破布丢弃，他却不让，也不与人说话，过去数月，才恢复神智。家人细细询问他的遭际，他的回答时常前后矛盾。问他战时躲藏何处，他只说是一处山洞，洞中常有白光泻地。那身衣服被他藏匿起来，四十余年后，他重又将它穿在身上，隐入林海，就此消失无踪。

他说父亲曾在酒后对他讲过这样一桩事：年幼时，父亲入河游水，恍然听到有人呼唤自己乳名。四下望去，见一鳄鱼缓缓游近，鳄鱼短吻有道伤疤。他伸手去掏裤袋中割胶用的小刀，而鳄鱼仅绕浮木悬游一周，而后离去。印象中，这只短吻带伤的鳄鱼从未伤人。

他说，几十年前，祖父离家远走，遁入林中。家人连日搜寻无果，父亲去询问村中巫医，测算祖父去向。巫医将祖父遗落的拐杖和附近捡拾的鳞甲拿在手中，闭目凝神，点燃一支香烛，紫烟悬浮。他睁开眼睛后，劝说家人无须再寻找。祖父永远不会再归来。父亲无法接受，跪在地上哀求。

在尚未散尽的紫烟中，巫医并未出声，石屋墙壁上一道低沉之音缓缓传来，如同古老神谕：祖父与鳄鱼交换了身体。

一只背上布满斑点的三叶虫红萤自我左肩爬过，肩上皮肤渗出一串细密血珠。不知是这只昆虫携带毒液，抑或是午后日光的曝晒，不久之后我脸颊开始涨红，伴随轻度晕眩。一只敏捷的豚尾猴自棕榈叶间惊跳而过，身上燃着一簇火星。我眨动眼睛，火光消失，想这或许是幻觉。

此时我们已走至雨林边际，不远处即是河岸，河上并无舟楫，摆渡人不知去向。山猫说，可能在林子里走岔了路。行走于草叶间，我的脚腕被藤缠绊，摔倒在地，留下一道伤迹。我拒绝了山猫背我行走的提议，让他返回码头，我在原地等船接引。

我静坐，望着水面，回想这几日发生的事。一本由山猫祖父撰写的日记，分为两卷，上卷是南岛语史话，不知何人所作，下卷是山猫祖父所写的战地笔记和梦境之录。两册毫无关联的书卷，被重新装订合一，顺序颠乱，语源混杂，冥冥中引我前来。时间没能照亮雨林的隐秘，历史的真实，变化莫测，是一枚未曾被撬开缝隙的珠贝，表面光滑，毫无缺损。后来人捏着刀柄，刀尖不知该落于何处。内壁的景状，亦未可知。

我默念着记忆中攒集的字句，它们在林间浮动着。究竟是我所编纂的报告之中的内文，或是那本遗落的日记中依稀可辨的文字，亦分不清了：

叔本华说，没有任何人在过去中生活过，也不会有任何人在未来中生活，现实就是生活的全部表现。（《作为意志和表象的世界》，第一篇第五十四节）令学者们大惑不解的一点是，波密人的语法中缺乏现在进行时态，因此，只要他们一开口，言说之事便成为过去。波密人将时间切分成碎末，他们不曾生活在绵延之中。

波密人没有现在时态，他们一出生便像被牢牢钉在画片上，被一双看不见的手不住向后翻页。波密人的文字，脱口而出时，便注定成为历史。未来向过去倒淌着，时间像漩涡那样形成螺旋。

等至红日坠落，山猫自杳渺的水面出现。与他一同现身的，还有不远处布罗莫火山口的滚滚黑烟，以及赤焰映照的天空。

山火来了，山猫说。他眯起眼睛，神色焦灼，面部褶皱清晰显露，如一枚曝晒在日光下的青色核桃。船舱内摆着水盆，盆中装满青色贝类，他的倒影滑落水盆，颤动，破碎，而后愈合。

船行江上，烟雾聚拢。我依稀望见聚落遗址中央那棵罗望子树，它高大繁茂，状如云烟，像滚滚燃烧的火炬。如果不是这场突发的山火，它会随同雨林一起，永远繁盛。

波动的水面，一条鳄鱼从船底缓缓游过，上浮。它在船舷处跟随，像一道影子。河水清凉地抚过它花岗岩般坚硬的身躯，它的身影飘荡在水中，时隐时现。它的吻部有道伤疤，这使它看上去显得格外忧伤。或许那日在海边集市的摊位前，我拿起的那串鳄鱼项链里，便有它的一枚牙齿。

我与鳄鱼平静对视，我的倒影与之重叠。山猫同我一样，望向那只鳄鱼。我笑着说，祖父听到了你在林中的祷告。他笑了笑，点燃一根烟，吸了几口，说，难不成你真的相信？燃至烟尾时，他向我说起一段援引自祖父日记的原文。转述时特意改换为第三人称，以显客观真实：

> 他是在身上中了一枪之后被俘的，在热病流行的漫长时日里，侥幸没有死掉。他记得此前在旧书市场中的哪本厚书里看到过这样一句话："他生时已死，是真正的幸存者。"
>
> 他用一串名字交换了活着走出营牢的机会，在审讯者纠结于使用何种刑罚之前。他们整夜思虑着如何在他活着的前提下，撬开他的脑壳，复刻他的记忆，待终于想出万全之策，还未施行，他却忽然松口，像一阵叹息。一串名字像一串珠子那样滚落在地，猝不及防。时间流去的感觉在溃散，他心中感到空虚，亦无法左右什么。世界于他并不再有实感。
>
> 晚年，他亲自烧制了一只黑沉沉的坛子，乌黑透亮。他将日记本合拢，撕裂书脊，将雪片似的纸页放入坛中。他嘱托家人将坛中之物烧掉，而后走入林中。在等待祖父归来的漫长时日，父亲将日记重新装订，试图考证出关于祖父消失的蛛丝马迹。

话音落尽，鳄鱼一声不响地沉入深水之中，湖面仅剩我自己的影子。

赤红日影滚落舢板，山猫站在船尾祷告，声音细如蚊蚋。祖父，请原谅我带陌生人来到这里。她想了解我们的历史，请您庇佑我们。

岸边水椰抖弄着状如羽毛的宽大叶片，荫翳垂落，火光溢散，被间离的历史流淌在树胶里，缺位的真实仿若水中倒映的枝叶，仍是幻影。时间在此地形成漩涡。水波徐缓，如一本被风掀弄的书，书页吹卷而起，随夜幕降临而即将合拢。我的船行驶在这卷浩漫之书上。我闭上眼睛，想起关于火山遗址纪念馆的梦，两具彼此交缠的黑色遗骸；想起伍佰的歌："让风变成火，燃烧整个四周，淹没了你和我。"熔岩汇入，火在水上涌流。

雨林燃烧，毕剥作响，身侧山猫的祷告声逐渐低垂，变作入睡前的细语呢喃：那时是第一个世界，一切小小的，四面是山，地面振动引起火山喷涌，熔岩吞没了第一个世界，才有了第二个世界。我们有共同的父亲母亲，他们有很多后代，如今四散开来。

（原载《钟山》2024年第1期）

命运慢跑团

/蔡崇达

和黑昌熟悉上,是去年回家过年时。

那是我在时隔两年多后第一次返乡。

两年多没回家乡,倒也说不出什么特别的原因。就是此前父亲去世了,回到家乡,按照繁文缛节终于把葬礼办完,突然觉得深深的说不出的累和厌倦。

我曾以为,自己不算特别难过。父亲中风多年,如此艰难地熬了这么多时日,他真的尽力了。那个葬礼上,我表现得很成熟,每个流程、每个细节我都控制得很好,好到按照习俗该号哭的时候倒突然哭不出来。

本来报社的主编给我批的是一周的假期,还说,如果需要,和他再说,他理解的。

但其实葬礼不需要这么长的时间,葬礼后第二天,时间就全空出来了。

我因此不知道自己要干吗,坐着也难受,站着也难受,躺着也难受,在家里怎么都难受。我也不理解为什么难受。

走出家门,走在哪儿,总有人要安慰我。他们不需要安慰我的,我觉得我处理得很好了,我反而很厌恶他们一次次提及这个事情,他们一说,我就找个理由转身赶紧躲回家。

熬到第三天,吃饭的时候,我和母亲假装随口一说:"报社在催我回去了。"

母亲看着我,直直地看着我,看了许久。

她似乎想了很多东西,但她只说:"那就回去吧。"

我说:"母亲你呢?要不随我去北京?"

母亲说:"我觉得我还是留着好。"

现在回想起来,我那样做确实很不正常。听到母亲的回复后,我就马上去收拾行李了。甚至收拾完行李马上订了最快的航班。那天,泉州下午没有回北京的航班,我为此还买了从隔壁城市厦门出发的机票。

要离开的时候,母亲就坐在门口。那时候正是下午,阳光像雪花一般打在她身上,衬得母亲身后的房子像个黑乎乎的洞。

我愧疚了,我说:"母亲要不一起走吧?"

母亲应该是为了安慰我,所以笑着说:"走吧,你搞好你自己,我搞好我自己。好一点儿了再回来。"

我还是离开了。我在东石镇转盘那儿找了辆车,一上车就和司机说:"赶紧开,去厦门机场,赶紧开。"

司机正在抽烟,说:"别急,我这烟刚点上。"

看着他一口一口地吞吐着烟雾,我焦虑地抖着脚。我还是催了,师傅快点儿,快点儿走。师傅不耐烦,转过身白了我一眼,却愣住了。他说:"你好像哭了。"

我说:"我没有啊。"

我当时在北京谋得了一份都市报社会版热线记者的工作,是那种屁股没法沾上椅子的工作:哪里有人丢猫了,有人自杀了,有人养出十几头的兰花了,中国第十四亿个人诞生在哪家医院了……突然的一个什么事情,就要拽着我,马上脱离身处的状态。

当时热线记者每个人要轮流携带一个手机,以保证这座城市犄角旮旯发生的鸡毛蒜皮的事情都可以马上找到人。

我曾在刚蹲着马桶的时候接到过电话,那边和我说厨神争夺赛决赛了;在点的菜刚上的饭店里接到过电话,告诉我某桥边发现一具浮尸……本来是极度厌恶这份工作的,觉得做着这样的工作,自己的生活是破碎的且没有建构秩序的机会。

回到北京后,我突然觉得这份工作很好。

这座巨大的城市一直在发生那么多故事,它们一发生,就像新生儿毫无节制地啼哭,要我们过去,让尽可能多的人知道他们诞生了。

反正我不知道怎么面对那巨大的时间,让这些毫无节制的故事这么毫无边界感地挤占,倒也是解决方案。

我主动申请,夜班热线也由我来吧,假期乃至春节的热线我都来值班吧。同事们对我当然觉得不好意思,甚至自此总愧疚地主动关照我,但他们不需要愧疚的。其实是我在利用这些故事:它们一个个喧闹地占据我的生活,我因此被挤压到完全没有机会去琢磨心里到底发生了什么,或者已经发生了什么。

是的,对于心里发生了什么,我觉得,自己最好不知道。虽然,我总是觉得心里慌慌的,甚至察觉到自己越来越异常,比如开始厌恶"未来""将来"这类字眼,比如我经常一整天就盯着那个热线电话,期待着这个城市新长出什么东西,赶紧来占据我的时间。

如此糊里糊涂,竟然拖成了两年多没回家乡了——毕竟,热线电话无论白天夜晚还是平日假期,都在我身上。

但我一度还觉得,起码对于家乡、家人那部分,自己处理得还不错。

从父亲葬礼回来后,我是曾莫名和母亲怄气着,有半年不怎么说话,但后来,还是每周和母亲通话一次,这和以前一样。以前父亲中风,舌头也瘫了一半,说话不利索,从那时候我就只和母亲通电话了。我依然会和母亲聊聊天,她会同我说一些自己和镇上的人发生的故事。只是我不会再问父亲的情况。不问了,我感觉他就应该还是记忆中的样子。即使有时候脑子里会有杂音提醒我,父亲不在了,但我不问了,这个事情就没被坐实。

第一年春节,得知我无法回来,母亲说:"不回来也好,你终究要在外面安家的。"

第二年,母亲觉得我不对劲了,说:"你是不是害怕回来了?你是不是还是处理不好你父亲离开的事情?"

我说:"没有啊,就是忙。"

到第三年临近春节,母亲判定我是有问题了。

有一天她突然问我:"你这几年怎么样?"我说:"我没事啊,就一直失眠,估计是一直值夜班值的。"

"你几岁啊?"

"你都记不得了?我三十了。"

"我意思是,你才这个岁数就一直失眠,你肯定没处理好。你还是没搞好你自己。"

"那你怎么样呢?"

我突然觉得,母亲和我像是并排躺在病床上的受伤的战友,在相互询问伤情。

"我也算不上特别好,但对于过日子,我还是比你有经验的吧。"母亲竟然还轻声地笑了一下。

母亲最后下了个判断:"有问题,就回来一趟吧。"

我不理解母亲为什么就此判断我有问题,以及,为什么我有问题了,治疗方法是回来一趟。

但我还是回去了。

我确实也隐隐觉得,我好像得回去一趟了。

那一天我是在深夜乘飞机到达家乡的。

可能是在北京住惯了,身体习惯了干燥肃杀的空气。再回到这个南方海边小镇,一出飞机舱门,就感觉黏腻的水汽往身上贴,往鼻孔里、往皮肤上的每个毛孔钻。感觉过不了几天,自己鼻子里、身体上,都该长青苔了吧。

换上出租车,本来想透口气,开了下窗,黏腻的空气一团团往脸上、身上打。我关上车窗,开始恍惚,自己竟然是在这里生长的?这样的体感,真真切切地告诉我,再如此下去,我真成了家乡的异乡人了。

我一开门,就看到母亲坐在椅子上,一副睡眼惺忪的模样。

"哎呀,我竟然睡着了。"母亲听到我进门,突然醒来,似乎还一不小心流了口水。看样子睡得不错。

南方没有暖气这回事，晚上要进被窝是最难的，母亲说知道我要回来，连续晒了几天的棉被。但棉被没有留下太阳的多少痕迹，钻进被窝那一刻，感觉自己钻进了冬天海边的滩涂里。我忍不住吸了一口气，然后再不敢轻易移动，直到感觉自己身体上的温度慢慢被棉被吸收了，好似自己终于抽出根系，扎进棉被里，构成了一条系统，世界才重新暖和起来。

然后我觉得自己像种在棉被里的植物盆景，反正我是不愿意离开它了。然而，我果然还是睡不下。

我试图找过原因，但却是没有合理的原因：没有兴奋的感受，没有涌上什么特别的回忆，也没有正在焦虑的事情。我躺在那儿，明明只是植物盆景，但还是睡不下。

窗户拉得不是很严实，露出一小面玻璃。我从那一小面玻璃，看着外面的天，从浓稠的黑，慢慢变灰，变淡，眼看着慢慢地、慢慢地即将泛出来了，泛出鱼肚一样的白。

我突然想起，此前好像朋友圈里谁发过的，东石镇那一年新建了条海堤跑道。

那条朋友圈有张照片角度很好，一群人跑在海堤上，感觉像是往海的深处跑去。

哦，我想起来了，这是黑昌发的。

七八年前我被宗族通知得回来参加宗亲会，说是祖厝落成。"是个子孙都得回来，不回来就没祖。"这样凌厉的通知，恐怕没有谁有拒绝的勇气。

那时候父亲还在，已经偏瘫了。父亲认为这是大日子，坚持要穿上他唯一的一套西装。

西装这类衣服，胖的人本就不太好穿上的，父亲又站不住，只好坐在椅子上，母亲和我来帮忙套。我们折腾得大汗淋漓，最终上半身勉强塞进去了，而裤子实在不知道怎么套。父亲终究很难穿下。是父亲想到一个方法，他干脆趴在地上，我们像装麻袋一样把他装进西裤。裤子是穿上了，只是裤腰系不住。

母亲想了个办法，用一块轻薄的毛毯盖在父亲的身上。然后我们三个人偷偷会意地笑着，一起去了宗亲会。

那天我才知道,这个祖厝出去的人还真是多,热热闹闹的,挤满了从世界各地赶回来的人。有的人说着日语,有的人说着英语,还有个人应该是混血,头发带点儿金黄,眼睛已经不黑了,但还是指着摊开在案桌上、像长出无数水系的大河一般的族谱,激动地用闽南语喊着:"我看到了,我爷爷叫蔡尤款,我是尚字辈的!"

族谱平常都是小心地收纳在祖宗牌位下面的长条抽屉里,这样展开来,我看到自己的名字、父母的名字和很多人的名字也成了这条大河的某条溪流,内心还是有温温的感慨。

此时有个大嗓门冲着我们大喊:"哎呀,我家老大来了!"他皮肤黝黑黝黑的,是海边生活的人的模样,但那天特意穿着西装,西装略显宽大。他冲过来,一下子抱住我父亲,还做出要亲我父亲的样子。我父亲被逗笑了,笑出了满嘴抽烟黑掉的牙。

父亲面部一侧偏瘫,一张嘴,口水就直直地流,但他还是忍不住说话:"这个黑昌,从小就这样不正经。"

黑昌瞄了一眼盖在父亲身上的毯子,嘿嘿笑着:"自从生病了倒富贵了啊,胖到裤子穿不下了吧。"

黑昌调皮地作势要掀开,父亲脸顿时红了,紧张地把毯子拽紧,一紧张,口水又直直地流。

黑昌笑着说:"看来连装枪的兜都锁不上了,日子过得不错。"

母亲又恼又笑,做出嫌弃着驱赶的样子:"去去去,这么不正经,做什么宗族大佬。"

宴席上,黑昌拿着白酒杯特意来敬我们。他应该是要喝醉了,嗓门更大了。他说他是特意来敬我的。他说:"辈分上我应该是你堂哥,因为我是你太爷爷的兄弟的曾孙,我们都是崇字辈的。"

他说:"我现在的身份是咱们宗族理事会新生代的负责人,我有个愿望,就是可以让你们这些出去外地的人,以后还想着可以回来。"他说,"你父亲我小叔不好和你说,但我偷偷告诉你,他可太想你了。他偏瘫在家里,每天摸着你的照片偷偷想到哭,你能不能答应哥哥我,常回来看你父亲我小叔?我要去看他,他还嫌弃,他就想见你。你要知道,你父亲现在什么都没有了，只有你们了……"

我听得难过了，不敢去看父亲的脸。我知道父亲委屈得像个小孩，扑簌簌掉着眼泪。父亲自从生病后，越来越像小孩。

母亲也哭了，但生气地瞥了瞥黑昌："别乱说话了，我家黑狗达可疼他父亲了。"

黑昌看到自己把我们一家三口说哭了，不好意思地挠着头。他说："我错了我自罚三杯，要不一壶。"他拿起酒，真把一壶酒给喝了。

"真过瘾啊！"黑昌喝完酒大喊了一声，突然声调放低，"你还有父亲多好，我都没有了。"

我才发现黑昌也哭了。

我就是在那天，被迫和他加上微信的。他眼泪一抹，不由分说地拿出手机，说："兄弟加一下，咱们必须亲起来。"

和他加上微信的人，很难不看到他发的朋友圈。

他早上发，中午发，下午发，晚上还发。他发的朋友圈，通常都有一个标准的文案：这是今日份的美好小东石，请注意查收。

他发过晚霞，发过新建的跨海大桥，发过在寺庙里打麻将的婆婆阿姨们，发过路上光屁股跑的小孩，发过这条跑道……然后我记得了，当时他发这条海堤跑道的时候还说过，这是一条用荧光粉铺成的跑道，天暗的时候就会发光。

我想，我得去看看。趁着现在天还没全亮。

屋子里还是黑的。

我摸着黑，找到母亲放在门口鞋柜上的大门钥匙，出了门，沿着石板路往海的那边走去。

我想，海堤跑道应该在那儿的。

是的，很容易确定，海堤跑道就在那儿——我往海的方向走，看到路上陆陆续续有穿着运动服、运动鞋的人，骑着摩托车也往海的方向驶去。

他们大都是中年人，大都大腹便便的，明明看上去睡眼惺忪，但莫名精神抖擞。

某一刻，我觉得我和他们成了一条河流，我们要一起欢欣雀跃地汇入海洋。

到的时候，天空已经是灰白的。那条海堤跑道并没有发出炫目的荧光，只是安静地躺在那儿，伸展向海的方向。

海堤跑道的入口就在沿海大通道的边上。不知道由谁搬来了几块大石头，大家约定俗成地在这里停放摩托车。

大部分是身材肥大的中年人，但激情满满的样子。他们开始做着形形色色的热身。

有的热身是不断地举手、举手、举手，似乎要举起自己来；有的则不断捶打着自己的身体，似乎以此可以打通经脉；有的人则面对着海面一会儿大呼一声，哈！再来一声，嘿……

然后，大家就开始跑起来了。我稀里糊涂也跟着跑起来了。

太阳正在升起来，往地上这么一照，我才发现许多人头上亮着光，再一细看，跑步的许多人头都秃了。有的秃在正中间，有的秃在后脑勺，还有的全秃了——他们全部盯着光，在呼哧呼哧向海跑去。

我没有刻意，但眼睛还是不自觉往一个个亮光点看。亮光点在跳动着，有时候还有留存的几根长长的毛跟着跳动，莫名感觉真是倔强，和这些人一般。

我正在发呆，前面一个人突然转头了，我以为是自己不小心冒犯到他，赶忙低下头。那人干脆就原地跑着，等着我跑近。

我脸涨得通红，低着头硬着头皮往前跑去，终于跑到那人身边了，头还是不太敢抬，那人却突然大喊一声："我没认错吧？你竟然来跑步啊。"

我抬起头，才发现，是黑昌。

我分不清他是热情还是激动，虽然我就在他面前，他还是扯着嗓子问："大作家你怎么回来了？"

他说："你也来跑步啊？"

他说："跑步好啊，得锻炼身体啊，特别是你年纪也不小了。"

他看着我忍不住打量的眼神，意识到什么，笑着说："我早秃了，平时戴着假发好看些，但跑步的时候，感觉假发一蹦一蹦，好像是谁在敲我的头，心里不爽快。要敲我的头，那只能我老子，哪轮到假发？所以跑步的时候干脆就不戴了。"

我说:"不好意思啊。"

他说:"怎么会,你不觉得我秃头也很帅吗?"

他说:"你今天算是来对了,这是咱们东石镇的新一景。"

黑昌郑重地指向那条通向大海的跑道,以及上面那条奔跑的人流:"这是东石镇最有光芒的景色。"

我以为他是要开始介绍这新建的海堤跑道,他却充满深情一字一句地喊出来了:"命运慢跑团!"

命运慢跑团?我还是被这个名字震撼到了。

黑昌看到我的表情,更得意了:"这个名字好吗?"

我一下不知道如何评论,于是点点头。

"是我取的。"他兴奋地向我解释,"这个慢跑团我加入之前就在的,只是此前没名字。"

他说:"其实这是东石镇古老且神秘的组织,我无法确定它具体从哪个时候开始。但我知道,他最准确的名字是——中年男人牛逼奋斗干到底慢跑团。"

他说:"我发现,很多人大都是在四十岁步入中年的时候找到它的。"

黑昌打量了我一下,看我听得很认真,说得更激动了:"我发现它的时候,刚过四十。以后你就会知道了,人一过四十,就容易睡不好。睡不好,有因为身体,有因为内心焦虑。四十了,身体开始走下坡了,但男人嘛,这个时候需要担的责任又恰恰最重,还有,还会困惑人生意义什么有的没的。焦虑又睡不着,总会忍不住起床走走的;走着走着,总会想出来透透气的;出来透气,就会看到有人在跑步。看到有人在跑步,就会莫名其妙跟着跑起来了。"

我听着听着,脸不自觉红了。

黑昌察觉到了我的表情,他恍然大悟:"对哦,你也快四十了吧?"然后,得意地问,"你是不是也是睡不着出来走走才发现我们的?"

我没有否认。

黑昌开心地拍了拍我的肩膀:"恭喜你找到组织了,欢迎你加入命运慢跑团。"

黑昌像在拉客户一般，继续说："这个慢跑团真的特别好，咱们中年男大，不太会那些腻腻歪歪的东西，到了这个年纪，一般分两派，要么喝酒，要么就跑步。喝酒伤身还费钱，跑步健身还省钱。我后来为什么建议这个叫命运慢跑团？因为我发现了，最终选择不去喝酒，每次早上睡不着起来跑步的，都是他妈的还不服老的人，都是他妈的还要和世界杠的人。怎么说？"黑昌着急地寻找词语，"就是，就是他妈的不服气，就是他妈的还要和世界继续战斗的男人。"

黑昌说得满脸通红，青筋暴绽，犹如他此刻就站在广播台上演讲一般。

虽然很奇怪，但我确确实实被感染了。我不断看一个个跑步的人，早上的霞光给他们均匀地镀上了金光，我感慨起来："是啊，咱们家乡还挺好的。"

黑昌如同自己被夸奖了一般，咧开大嘴乐呵呵地笑。

然后他突然想到什么似的，激动地说："对哦，我和你说过吗？你父亲生病前也是我们慢跑团的。"

父亲？我愣了一下。在我对父亲的所有记忆里，完全没有他出来晨跑的信息。

"是啊，你父亲和我说过，他也是四十多岁时参加这个晨跑团的。当时没有海堤跑道，他们一开始就沿着东石镇主街那条石板路跑，后来太扎眼了，总有晨起准备做生意的人看到，开他们玩笑：'这么热血啊，还对老天爷不服气啊。'他们就挪到了中学去跑，但中学不让进，他们就绕着中学的围墙跑。你也知道，中学外围都是墓地，那几年在墓地跑的时候，是最诡异的，老觉得身旁空气冰冰凉凉的，但还莫名的清爽……"

我听着有些难过，自言自语着："我竟然不知道。"

"你当然不知道啊。"黑昌听到了，"人少年时候总睡得沉，你父亲生病前，我经常五点到你家楼下，和你父亲会合后，我们再一起边聊天边跑，跑到中学去。虽然你和我不熟，但我对你可熟了，对你可亲了。"

黑昌转过头来直直看着我："你父亲很容易喘，但他还喜欢边跑边说话。他说加油站的生意快养不活家里了，他想偷偷去隔壁村兼职当环卫工人，就是一早一晚两次打扫，他说不能让你知道，你自尊心强。他说儿子以后是拿笔坐办公室的，得保护你心里的傲气。他说他觉得对不起家人，四十岁了才发现自己这么没本事……"

我眼眶红了，不想让黑昌看到，于是说："要不我们跑起来。"我想，跑起来他就不会说话的时候还要老盯着我看了。

黑昌说："好啊。"

边跑黑昌边继续回忆："后来你父亲生病了，我每天早上会绕过去看看他再出发，他每天总要拉着我说他的难受。他说觉得自己要拖累你了，而且越来越拖累；他说，哪有父亲拖累儿子而不是照顾儿子的；他说自己曾想过偷偷死掉，不能拖累你，但又舍不得看不到你。他说他不知道怎么处理自己才对你最好……"

我难过到无法控制，停了下来，低着头，不断用手臂擦去涌出来的眼泪。

黑昌这才意识到，他说的这些话让我难过了。他故意把头撇一边去，抬高声调："哎呀怎么这么年轻跑一点点就喘了？再苦再累都要跑起来。我们的口号是：命运就是我们跑出来的路。"

命运就是我们跑出来的路。

母亲见我从外面进来，有些吃惊，问："你什么时候出门的？"

我说："去跑步了。"

母亲顿了一下，说："哦，你父亲中风前也老去跑步的。"

看来母亲也知道父亲跑步的事情。不知道的只有我。

我想赶紧转移话题："我看到黑昌了，他真是个……"我想了一会儿，"很有激情的人。"

"黑昌啊。"母亲一提到他就不自觉地笑了，"你知道他有个绰号吗？"

"什么？"

"东石大喇叭。他从小就叫这个名字了，他从小就这副性格。"母亲又忍不住笑了，"对哦，他结婚的时候你还帮他滚过床的，你忘记了吗？"

我回想了许久，实在没印象。

"就是你五六年级的时候去参加的那个很盛大的婚宴啊，那天晚上办了可有三百多桌。"

母亲这么说起，我好像记得有这回事情。

我记得，大概小学五年级吧，有一次我不知道为什么穿着很正式。然后我们村书记一个晚上带着我,到处和人敬酒。我记得,当时各种人都有,有左青龙右白虎。我记得新娘很漂亮,像挂历海报上的女郎。我记得新郎很白很瘦,一副吊儿郎当的样子。我还记得,我在众人的簇拥下,当着大家的面,在一张铺着大红被套的床上滚来滚去,好像还要喊着:一滚祝福早生贵子,二滚……

"是啊,新郎就是黑昌啊。"母亲说。

那就是黑昌?我实在对不上。那个瘦瘦白白、吊儿郎当的新郎是黑昌?

"是啊,就是他啊。黑昌家可算是咱们这儿最有分量的家庭了,他大哥一改革开放就冲去广东开公司发了家,他父亲是咱们家族的话事人,当时还做咱们村的村书记。他是三兄弟最小的,从小母亲就特别偏爱。因着这偏爱,他对一切总百无禁忌又毫不在意,小时候就特别爱捉弄人,去学校读书还和老师动起手来,十七八岁就把隔壁村的姑娘弄大了肚子。那次结婚,是他父母压着,得对人家负责任。他父亲是个极其公道的人。"母亲说。

母亲越说我越记起来更多了,我记得的,那是场奇怪的婚礼,新郎总百般不愿意的样子,夫妻对拜的时候不愿意,进洞房的时候不愿意,几次都是村书记上去打他脑袋,终于逼着把婚礼办完了。

母亲往下说:"结婚后他父亲就给他们分了家。过了五六年吧,他父亲就生病了,说是肺癌,接着半年不到,就走了。他父亲走之后,黑昌和老二便在老大开的公司干活,但没几年,黑昌就不干了,说是老大对他不好。其实啊,大家都说,就是他从小没吃过苦,不靠谱呗。

"他这辈子唯一正经做过的事情,是从老大公司出来后,自己开过一家海鲜酒楼。生意是很好,但他总不好意思和朋友算账,两三年不到就倒闭了。酒楼倒闭后就没怎么正经干活,一会儿和结拜兄弟说要去广州打拼,消失过几年,后来再出现,别人问广州怎么样,他就一直摆手一直笑:不提啦,不提啦,提了伤感情。后来又说要买股票,再后来干过什么挖币,反正最后都不提啦。

"表面,家里主要是靠他老婆守着个小海味店,支撑着花销。但实际上似乎又不是。他母亲和老大住一起,他大嫂倒是偶尔偷偷和我抱怨,他母亲每个月月末都从老大这里要钱,要的还不少,问用处,就说'我买六合彩输了不行啊',甚至偶尔还会'一不小心拿错一些金银首饰'去当,当完的钱'我们也不知道去哪儿了'。

"后来宗族里的老一代,念着他父亲的好,就在他过了四十岁后提议让他开始参与宗族事务,什么祭祀啊,节日和红白喜事啊,这些热闹事情他倒擅长。宗族里给的工资不多,但他做得似乎倒很开心。"

"从小不正经到大,但是那个浑不吝的劲儿倒一直在,只是年岁增加,从怼别人,慢慢更多怼自己,大家倒越来越喜欢他了。"母亲最后这么总结。

"有时候想,看着一个个人长出各种样子也真是好玩。你看,那种人人皱眉的混世魔王,现在也长得越发慈眉善目了。对哦,他两个儿子一个二十五、一个二十四,现在都在谈婚论嫁。你看,混世魔王都要当爷爷了,这日子多快啊。"母亲感慨着,我却一直在回想着二十多年前那个瘦弱白皙,一副玩世不恭模样的黑昌。

"他父亲人可真好啊,可惜走得早。你父亲偏瘫后不老爱坐在门槛上吗,老书记有段时间经常来看望你父亲,也陪着坐在门槛上,每次来总会拿点儿他觉得好吃的小东西,什么麦芽糖啊、橘封条啊、风吹饼啊。他们还会一起回忆,回忆小时候一起去偷地瓜、抓螃蟹。我们不是不让你父亲抽烟吗,老书记总会偷偷打量着我在不在,然后偷偷掏出烟,点燃了,再塞给你父亲。每次我经过,他又赶紧拿过来,放在自己嘴边,假装是他在抽烟。这俩老小孩。

"老书记总会像安慰小孩子一样,拍拍你父亲的肩膀:'很辛苦吧?我知道的。咱不怕,咱们可都是男人了。'等到他父亲去世后我才知道,原来那时候老书记已经知道自己生病了。

"老书记去世后,有段时间黑昌来了。他也坐在门槛石上。我每次问他什么事情,他都说没事。我故意逗他,说没事干吗来我家门口坐着,他眉毛一挑,说:'你家门口好,正对着石板路,我在这里看路过的美女安全。我老婆问起,我还可以说我在陪你家老蔡。看那婆娘敢说我什么。'他表情和口气很夸张,但眼眶红得很。

"他想念他父亲了,还不想让人看出来,害羞什么?"

母亲说着说着,自己倒悲伤起来了。

下午，黑昌突然来我家了。

他随手拎着两只花蟹。母亲推辞着不要，他说："小婶子收下，你儿子不是最喜欢吃这种螃蟹吗，这不现在又恰好时节。"

听说他来了，我下楼来，恰好听到，有些吃惊："你怎么知道？"

"我怎么知道？你父亲和我说的啊。他以前小气，只买一只，而且还特别小，我老说他：'是去贴肚脐眼吗？'他当时还没生病，抡起手就要扇我，我可打不过他，边跑边说：'你手掌都比这所谓螃蟹大。'气得他脱下拖鞋就朝我扔。"黑昌说得眉飞色舞。

我这才知道，每次重要考试或者节日的时候出现的那只小花蟹是怎么来的。一开始我会问，父亲总和我说："就咱家前头那个讨海的文才送的，他们说你会读书，给你补补。"

黑昌进门先是打量了一圈，眼睛不经意间瞥过门槛，顿了一下，嬉皮笑脸地说："看来你们是真想念我小叔，家里的所有东西都舍不得换。我以后要是死了，得回来看看我婆娘会不会为我保留原来的东西。"然后他突然想到了什么，"对了，她肯定不会换，她穷啊。"

母亲白了他一眼："别乱说，现在你家两个儿子都在谈婚论嫁。"

这句话倒让他吓了一跳："是是是，现在可是考察的关键时刻，不能乱说话。我家不穷的，不穷的，花蟹每天当饭吃的。"

母亲又气又恼："都要当爷爷了还没变，估计到老都不会变了吧。"

"这不现在都老了，还这样，估计到死都不会变吧。"他还非得又接上话。

对着我坐下来，黑昌却反而突然说不出话了，几次张了张口，最终对着我一直笑。

"黑昌哥是有什么事情吗？"

他手一拍自己的大腿，"嗨，你看说正经事情我就不会。"又支支吾吾了好一会儿，终于说了，"就是，你不是在北京当记者吗？记者嘛，采访的事故肯定多吧？"

我说："是啊。"心里很纳闷。

"就是，事故多了，总要送医院的吧，送医院，总会认识……认识医生吧？"他费了力气才把烫嘴的话说出来。

医生？我是没想到他问的是这个。

"哎呀,"他压低声调趴在我耳边说,"就是,我有个好兄弟,也是咱们命运慢跑团的,他生病了,我想帮他问问。我在想,要不要劝他去北京看看。"

"但北京看病很贵吧。"他好像在自言自语。

"生病了当然得去看医生,只是如果不必要,不是非得去北京的。"

"好像是肺病,也可能是肺癌?"他神秘兮兮地说,"我不知道,他也没去检查过。就是呼吸不上来,然后,还会咳血。那一咳,纸巾一捂,一朵梅花,鲜艳鲜艳的。"

"那确实得去检查。"

"是啊,我就在想,要不要去检查呢?"

"当然得去检查。"说完这个,我突然意识到什么,盯着他问,"不会是你自己吧?"

黑昌一下子跳起来,看上去很生气:"哎呀,这大过年的不好乱咒人吧。"

"不好意思,我不是那个意思。"自己确实冒失了,我赶紧道歉。

他着实生气了:"我才几岁啊,我还每天跑步。你看到的,我跑步吭哧吭哧多有力。"

我赶紧解释:"因为你父亲——咱们的老书记,我记得是肺癌去世的,所以我才联想到的。只是你确实也得注意啊。"

他还是很激动:"我多注意,我每天运动,我现在不抽烟了,当然主要也抽不起了。你想,两个儿子就今年结婚,万一再一起生孩子,那花费可大。我得强身健体省钱待命等着带孙子。"

内容是抱怨的,但他说着说着,口气却越来越得意。母亲恰好走过来,听到了这一句,在旁边应和着:"可不是。估计咱们镇上你这一代人最早娶老婆的是你,最早当父亲的是你,现在最早当爷爷的也是你了。"

这句话黑昌觉得很中听,笑得嘴一咧一咧的:"好像是哦。"

母亲送完黑昌回来,还是埋怨了我一下:"净瞎说,现在他两个儿子都在谈婚事,女方那边可都在打听他家的家事,要伤了人家姻缘,看你怎么补救。"

那确实,现在的东石镇,许多方面都越来越开化了,但姻缘方面,老一代的人倒死死守住原来的规矩。无论是自由恋爱还是媒人介绍相亲的，真正谈婚论嫁的时候，家族里的人都有责任和义务，发动所有力量来打听对方的情况。上至祖宗的品格和教养，旁至远近亲性格和纠纷，能打听清楚的，都得打听清楚。有时候还会雇些贩夫走卒各种旁敲侧击地问，搞得谍战大片一样，确实胡乱说不得。

我想着，自己刚才那样冒冒失失确实不好，明天一早去海堤跑步时，再向他道歉。而且，我还想和他再聊聊天，说不定，他会再说些我不知道的父亲的事情。

那日晚上，我竟然睡着了。

睡梦中，我梦到和父亲在海堤跑道上跑步。梦里父亲是偏瘫前的模样。

父亲问我："北京好还是家乡好？"

我梦里竟然说："都不好。"

"那哪里好？"

我说："小时候好。"

梦里父亲说："你现在也爱跑步了？"

我说："我不爱，我只是心里憋得慌，需要跑跑。"

父亲笑着说："我也是。那以后我们一起跑好不好？"

我开心地说："好啊。"

然后我突然知道自己是在做梦，一哭，我就醒了。

醒来的时候，已经是十点多了。

我下了楼，看到母亲已经搬了把椅子坐在门口，身旁是她整理好的烧香的贡品。

母亲说："今天倒睡得好了，看来，回家好啊。"

母亲说："陪我去拜拜吧，咱们都几年没去了。"

东石镇的习俗，过年前后总要把家里走动过的神明都拜一圈，就类似于，和看着自己长大的长辈们汇报一年来的境况。母亲这几年，为了父亲麻烦过的神明可不少，算下来，十几座庙是有的。母亲性子又是急的，总想尽快拜完，每年过年，母亲总让我骑着摩托车带着她，特种兵般开始战斗的一天。

母亲把钥匙扔给我。那是父亲生病前买的摩托车。父亲偏瘫后,唯一开摩托车的便只有我了。这辆摩托车都快二十岁了吧。

"车我拖进偏房了,你去取一下吧。"母亲交代我说。

"好的。"我边说,边去厨房先拿了块布,想着,这么几年没回来,摩托车积尘得多厚。但进了偏房,倒发现摩托车被擦拭得干干净净,甚至可能还擦过油,铮亮铮亮的。我再用钥匙插进去,油表动了,还是满箱油。

我知道了,应该是母亲悉心照顾着的。毕竟那是父亲留下来的为数不多的东西。按照我们这儿的习俗,人走之后,所有的日常用品都要拖到海边一把火烧掉的。

把摩托车推出门,我发动车,母亲把贡品先放在后置车厢,然后假装不经意地说:"以前啊,你父亲偶尔会开车带我去海边兜风。他老爱不等我上车,就把摩托车突然开出去,假装自己要到哪儿,其实逛一圈很快回来,然后把车就停在这儿,把油门催了又催,问:'这位水姑娘,去不去海边兜风啊?'"

母亲突然不说话了。

我不敢转身看她,把车启动了往前开。我知道的,车开起来,就会感觉海风在抱着我们。

按照母亲的规划,先去关帝庙,再去观音阁,然后去夫人妈庙……这些庙大都在海边,我载着母亲,一路呼呼的风声,一路白花花的阳光。母亲一路总在回忆,到了一站,开启一站的回忆,下车便烧香拜拜,路上便一路盯着海风,和我讲过去的故事。

风很大,话语被吹得零零碎碎,还好记忆本来也零零碎碎。

母亲说:"要嫁你父亲前,我娘家那边有人打听到你父亲脾气可凶,老爱打人,还有人说,你父亲喜欢玩,整夜整夜地不回家。我偷偷跑来观音阁抽签,忘记签诗是什么了,但我记得,解签的师父告诉我,放心啦,这个男人心里柔软得像女人,为妻子孩子做牛做马的命。你看,菩萨真准。"

母亲还说:"你小学一年级考试考了年级第一名,你父亲晚上竟然睡不着,偷偷说,我儿子出生在咱们这两个没文化的人家里,会不会耽误了?我儿子应该是老天爷给的,我哪有什么聪明能遗传给他。要不,我们送去我外表姑家里养,她家出了两个大学教授,咱们付钱给他们。我说,人家怎么肯?你父亲说,肯的,她家到现在都是孙女,孙辈的还没有男孩子。我说,但你舍得吗?你父亲想了很久,说,哎呀我舍不得,那可是我儿子啊……"

夫人妈庙到了,母亲还在说着前面的故事,突然有人在后面按着摩托车喇叭,一回头,是黑昌,他载着妻子,妻子抱着贡品。再一看,后面还有两个白白净净、清秀俊俏的小伙子,那应该是黑昌的两个儿子。我看着他们,倒真切记起二十多年前婚礼上那个黑昌的样子了。两个儿子各自载着的,应该是各自的未婚妻吧。看样子,他们应该刚烧完香,准备去下一站了。

母亲看着这阵势,很是开心:"这么着急,都还没办婚礼,就来夫人妈庙求子啦。"母亲猜这背后肯定有故事的,毕竟夫人妈是管女人生育的。

黑昌还是那种口气,拉着嗓子喊:"你知道的啊,我着急的,我比大家想象中的还着急。我老是和儿子们说,先上车后补票也不是不可以。"

说完,他转过头对着自己两个儿子挤眉弄眼。两个儿子脸顿时红了。

说起来,我已经二十多年没见过黑昌的妻子。我还可以在她现在的脸上找到当年的那些模样,但是她变得又黑又瘦,一直安静地看着我们说话,一副悲伤的样子。

我本来想对黑昌说声不好意思,但看着家人都在,特别是两个未来的媳妇也在,便不好再说了。

我就说:"黑昌,明天早上去跑步吗?"

黑昌那个大一点儿的儿子显得有些吃惊:"老爸你还每天去跑步?"

看来他儿子和我当年一样,不知道自己的父亲是东石镇命运慢跑团团员。

黑昌得意扬扬地笑起来:"臭小子,你老爸我可积极向上了,每天五点多就起来跑步,你们睡到大太阳晒屁股,哪会知道?你老妈就知道。"

黑昌的老婆对着我们点点头,意思应该是她知道的。她终于说话了,就一句:"跑步好,跑步身体会好。"

黑昌的小儿子催着说:"得赶紧走了,待会儿还有事情。"他边说边看后座的女孩子，我想，应该是他未婚妻不耐烦了。

黑昌说："那我们走了啊，明天早上见，走啦。"边说，边催起了油门。油门呼哧呼哧，甩出了黑黑的一条油烟。

幸好定了闹钟，但闹钟竟然叫了许久我才醒来。

昨天拜完所有的寺庙到家，已经是晚上八点多。随便吃了点儿母亲做的卤面，身子一暖和，竟然犯困了。趁着困意，赶紧躺床上，迷迷糊糊的时候想着，晚上会是好觉，摸出手机，赶紧定好了闹钟，突然眼一沉，坠入睡眠中了。

我骑着摩托车到海堤跑道路口时，黑昌看上去应该等了好一会儿。他就在那入口处，一会儿抖抖手，一会儿抖抖脚，来回走着。看到我，他那大嗓门又来了："总算来了哈。"

我刚要道歉，他很是开心地说："看上去睡得不错啊，真好。"

已经有人跑回来了，不断和黑昌打招呼。黑昌说："咱们得赶紧跑起来，要不我待会儿赶不及回去给老婆儿子做早饭了。"

我没想到现在是他在负责做早饭，毕竟在二十多年前，他还是个玩世不恭的混世魔王。他看出我的想法了，咧着嘴笑起来："你等着，等你有孩子了，你也会变'孝子'——孝顺孩子的。"

再转念一想，他似乎突然找到可以反击的方法了："你看，你父亲也可是大'孝子'。以前跑步，每天边跑步边说，我儿子啊，胃不好，怪我，随我的；我儿子啊，有点儿凸嘴，不好看，还怪我；我儿子喜欢吃这个，我儿子不喜欢吃那个。"

他说着，我听着；他笑着，我也笑着。但笑着笑着，我还是有些难过，其实我一直知道的，父亲离世后，这世界上再不会有人如此疼爱我了。特别年纪越大，还指望能有谁疼爱，说起来自己都不好意思吧。黑昌也察觉到了，想用开玩笑调节下说话的气氛："其实，不就这个年纪睡不着，早起来跑步，早起来做点儿饭，也算打发时间嘛。"

黑昌可能为了哄我开心，开始讲起我父亲的威风往事："你知道吗？你父亲年少时候可是咱们东石一霸，当时我们都纳闷怎么还有姑娘敢嫁给他，我估计是你母亲娘家那边的打听团不够专业。"

"不是啊，我母亲说父亲一向温柔得很。"

"那是结婚前，来，我和你说几个故事。有次你大伯，也就是你父亲的哥哥，不知道为什么和人吵架了，对方也是大家族，威胁着哪一天要把你大伯套在麻袋里打残了扔地瓜田。他很担心地叫来你父亲说了。你父亲抡起把开山刀，一个人单枪匹马冲到人家家里，对着十几口人喊，谁敢动我大哥一根毛，我要谁一条腿！对方完全被你父亲的气势吓到了，竟然赶紧道歉和事了。再比如，你父亲当时有十几个结拜兄弟，有个结拜兄弟叫阿贼，一天早上醒来脑梗了，陷入昏迷。当时大家都穷，他家人和亲戚都说要不算了。你父亲那时在当海员，算是比较有钱的，他跑去轮船社把自己能提的工资都提了，还提了未来两年的钱，硬是把阿贼送去厦门的大医院抢救。人没抢救回来，但你父亲的钱全花光了，一夜回到解放前。这不，后来和你母亲结婚的时候，都没钱把房子盖起来。"

"但你不是说我父亲抠抠搜搜的?"

"是啊，就是有了妻子孩子之后，你看，要让男人变厌只需要一件事：结婚生子。"

黑昌这么总结："你看，我也是这样。"说完他自己笑了。

我想，黑昌猜出来了，我老找他，是想听父亲的故事。那一天，他边跑边认真地回忆，说完一个故事，说等等啊，我还可以找到的，等等啊……我们沿着海堤一会儿跑一会儿走，也算完成了一个折返，他讲了一个又一个我不知道的父亲的故事。

回到起点，黑昌本来已经挥手和我告别了，却突然又叫住我："其实有个事情我一直耿耿于怀，我想还是告诉你吧。你父亲应该是在你读初二还是初三那一年，跑几步就喘到不行，动不动就停下来捂着胸口说心脏闷闷地疼。我劝他一定要去看医生，但他说，那个时候加油站的生意已经很差，他老担心以后不够钱供你上大学，所以他不敢去看病。他说，看心脏的病怎么可能便宜的？我当时也是父亲了，我很理解他的想法，所以我只是说，那你自己找点儿药吃，没想，过了不久，他就因为心脏病引发中风了。"

黑昌说得很难过："其实男人自己垮了，才是对妻子孩子最不好的事情吧。你以后结婚有孩子了，可千万记得，这是做父亲经常犯的错。"

春节报社只给了七天的假期,我犹豫要不要请假几天,试探性地问了副总编,他倒激动了:"不是啊,前两年都你来顶,大家订的车票可都是延迟回来的,你不拿着热线电话,谁拿啊?"

母亲在旁边听着,说:"那你还是赶紧回去吧。"

母亲说:"你这次回来得很好,这不,睡眠都好了。"

回到北京,我马上又坠入此前的生活里。虽然我努力沟通,不想白天、晚上、周末、节日都带着热线电话,但经过两年,大家都理所当然觉得,它就是应该粘在我身上的。

我因此依然不时要被北京这座城市哪个犄角旮旯发生的事情很早地叫醒,也经常,被有些突发的事情搞到很晚才能休息。

我睡得不规律或许是正常的,但我因此在朋友圈看到了黑昌奇怪的作息。

早上特别早,大概六七点的时候他会发一张照片,照片里是块木制牌匾,从上到下刻着五个字:感谢你来过。晚上特别晚的时候,大概深夜两三点吧,他会发另外一张照片,照片是和早上那张对应的另外一块牌匾,从上到下刻着五个字:欢迎你再来。

刚开始看的时候,我还觉得这两句话莫名好笑,像是他的性格:话总不好好说。我还认出来了,这两个牌匾不就是他当时开饭店的那副吗?但后来看着他一直一直发,倒莫名觉得不是滋味:感谢谁来过?是谁要离开?欢迎谁再来?谁已经离开了?或者谁要离开?

而且,黑昌不用睡觉的吗?

看了一周,我还是给他发了个信息:"黑昌你最近如何?"

他秒回:"很好啊,好到不能再好了,再好下去,老天爷都要妒忌了。"然后,果然又附赠"这里是美好的小东石"系列。唰唰唰连续发来九张图片,最后发来文字:这世间千好万好不如家乡好,这人间千美万美不如家人美,东石等着你回家。这些内容我看过,昨天傍晚他就发在朋友圈的。

"我在东石很想你啊,想你在北京过得有没有比我在东石好,我知道没有。"显然他发完这些还觉得不过瘾。

我说:"我也很好。"

他说:"肯定不会比我好。"

我无法招架了,不知道怎么回复他。干脆就不回复了。

过了好一会儿,他又发信息来了:"被我说中了吧,都没法回了吧。尽量过得好一点儿,感觉不好,就去跑步,北京也可以跑步,哪里都可以跑步。"

他说得意犹未尽,又发来一条:"记得啊,是个男人无论遇到什么,都要跑起来,跑下去。别忘记了,你可是东石镇命运慢跑团北京分团团员。"

我想,我以后一定再也不轻易给他发信息了。

虽然回到北京我终究回到了被热线电话支配的生活,但我发现,自己心里确实有些重重的东西在生长。这东西还是隐隐约约的,但确实存在,它让我不会在一空闲下来,一没有具体的事务牵扯住的时候,就感觉自己轻飘飘的。

琢磨了许久,我想,那东西或许是心里开始生发出的对所谓生活的构想吧。虽然,试图构造生活真不是件容易的事情,但心里生发出对未来的某种期待,终究是我的内心在和这世界重新连接。无论如何,父亲是拼尽了全力才把我送到目前这样的生活,我想,我得就此努力为自己构造好的生活,或许这是父亲最希望我做到的,或许这也是我能为父亲做的唯一的事情吧。

睡眠好之后,我反而实在爬不起来晨跑了。有时候加班晚回家,倒是会在路上碰到夜跑的人。不知道是北京的原因,还是因为夜跑和晨跑的人本身不一样,北京夜跑的大都是年轻人,穿着好看的衣服,拥有着好看的身躯。我喜欢看着他们奔跑在满是霓虹灯和酒气的三里屯,我还是会因此想起东石海堤上奔跑的那些中年人,我想,他们和他们,奔跑的时候,灵魂应该都是充满生命力的吧。每次我站在一旁,看着他们从三里屯跑过,总会感觉,北京吹来了东石的海风。

黑昌还是一早一晚发着那两条奇怪的朋友圈,以及坚持不断更新着"今日份的美好小东石"。除此之外,黑昌的日子越来越热火朝天了。先是第一个准媳妇那边经过漫长的考察,点头同意结婚了,然后第二个也同意了。接着，他的朋友圈开始了新的系列："人逢喜事精神爽啊。"

今天要去女方下聘礼啦，明天要去定喜宴啦，后天儿子儿媳妇们要去拍婚纱照啦，大后天……总结一下，就是闽南婚嫁习俗事无巨细的在线直播。

我因此也把黑昌的朋友圈当连续剧追，我看他一会儿在儿子儿媳旁比"耶"，一会儿挤在一堆祭祀用的猪头中间吐舌头。照片里他乐呵呵的，我看着也跟着开心。

只是，我对其中一个内容不太理解，还觉得隐隐的不适：他经常突然发一张咧开嘴笑的自拍。没有前因没有后果没有主题，就突然发出来。过一会儿就删掉。虽然是咧开嘴笑，但我总觉得表情有点儿扭曲。有次我还好事地点开看，感觉嘴巴确实是咧着的，但是眉毛是皱着的。有次我还看到，脸上似乎有泪痕。

我几次犹豫着要不要给他发信息，但总担心又被他轰炸，最后还是作罢。想着，等我今年春节回家再问吧。

如黑昌所愿，在农历六月的时候，大儿子、二儿子一起办了婚礼。

他的朋友圈是这样发的："儿子们知道我没钱，所以体贴地为我拼团了婚礼。一次婚宴办两件大事，真是值。看到朋友圈的赶紧自己来登记，红包你们自己看着办，要给一包我也不嫌弃，要给两包其实也合理。虽然来只吃一顿喜酒，但毕竟是两场婚礼啊，乡亲们自己看着办哈。"

我边看边笑，想着，果然是黑昌啊。

正想着，黑昌给我发信息了："想着你机票比红包还贵很多，我就不要求你来了，而且毕竟咱们也只是远亲，你不和我亲，我也批评不了。反正过年你本来也要回来，回来记得找我补顿喜酒，你给我补个红包，两个就更好。"

我回复他："一言为定。"

黑昌的二儿子果然践行了黑昌提倡的"先上车后补票"，刚结婚不到一个月，黑昌又发出朋友圈："我有孙子啦，我儿子和他老爸一样勇！"我看着朋友圈，突然想起二十多年前那个白白净净的玩世不恭的黑昌。虽然披着一副衰老臃肿的皮囊，但黑昌果然还是那个黑昌。

那天黑昌又给我发了个信息："穷死你堂哥我了，发这条信息只是告诉你，你现在欠我三个红包了。"

我开心地回："不是远亲吗？最多给两个。"

他回复我："看你对我真心不真心，就看你给的真金多少斤。"

我记得是十月十五日左右，黑昌突然没有发朋友圈，我当时是觉得奇怪，但也没太在意。然后第二天也没发，第三天也没发……过了一周，我觉得心里疙瘩得不舒服，终于还是电话了母亲。

"黑昌是不是有事了？"我问母亲。

"你怎么知道的？"母亲吃惊地问，"他已经按照咱们这儿的习俗睡在厅堂里，感觉是要不行了。"

我愣了一下，然后我知道了，我突然知道了——那次他来问我找医生的所谓的那个朋友，真的是他自己。

我对着母亲喊起来："过年找我的时候，他就知道自己生病了吧？"

"是啊，镇上的青山医生去看了，说是肺癌。现在每天咳血，血都不是一朵一朵的，而是一大片一大片的了。"母亲说，"对哦，有个事情其实我还没来得及当面和你说。黑昌在儿子婚礼上特意拉住我，要我叮嘱你，千万别说出去他问过你关于医生的事情。他当时脸色已经很苍白了，但还是笑得很大声，靠在我耳朵上轻声说，告诉黑狗达为了这个可爱的堂哥一定保密，如果让我儿媳妇们知道我早知道自己生病了，她们会说我骗婚，毕竟现在哪有娘家会爽快同意自己的孩子嫁给可能有肺癌基因的人家啊；如果让儿子们知道，他们会生气，会怪我为了给他们办婚礼省钱不去看病，他们会自责难过很久，甚至一辈子吧。现在这样的结局很好，请黑狗达一定帮我守住秘密。"

我突然明白了，那几张让我不适的有泪痕的笑脸，应该是他疼到受不了的时候发的。他太疼了，但他不能喊出来。他还得假装自己没有生病。

黑昌毕竟是我太爷爷的兄弟的曾孙，算是堂兄弟，按照习俗，黑昌走的消息无论我在哪儿，宗族总要通知到的。本来我和宗族的联系人是黑昌，现在黑昌走了，其他宗族话事人都和我不熟悉，消息是母亲正式转发给我的。

母亲说："你不用特意回来的，毕竟黑昌只是你远房的堂亲，咱们农村习俗就是多，怕你们大城市的领导不理解。"

但她又说："不过，如果你要能回来送送黑昌，也是真好。我想，无论黑昌还是你父亲，应该都会特别高兴的吧。"

我和母亲说："我想回来。"

果然还得是黑昌。或许是我参加的葬礼不够多吧，反正我是第一次看到双手比着大拇指的遗照。遗照里，他笑得一整排牙齿全露出来。牙齿应该还是修过图的，洁白得快要发光。

闽南的葬礼，总要搞得金光灿灿、热闹非凡的。中间是纸糊的金灿灿的灵堂，后面是安放着黑昌身体的棺材，灵堂前排中间是一个永远在燃烧金纸的铁桶，两边则是请来的哀乐团。或许就是要用这金灿灿的热闹，把悲伤的情绪全部挤走吧。

我一走进厅堂就看到，金灿灿的灵堂两边放着他朋友圈经常发的那两个牌匾："感谢你来过"和"欢迎你再来"。我想，应该还是黑昌的主意吧。我知道的，他甚至为了要放这两个东西，把它们写进了遗嘱里。

我看着那两个牌匾，想象着那段时间黑昌每天一早一晚发着它们的心情。我想，应该是他每天一大早就疼醒了，身旁是睡着的妻子，他憋着不敢叫出声，于是发了一张"感谢你来过"。我想，应该是他每天疼到深夜两三点都睡不着，疼到在家里来回走着，但他和妻子孩子住一起，他必须咬着牙忍着，最终躲进厕所发了一张"欢迎你再来"。

按照习俗，我也要烧点儿金纸给黑昌。边烧边忍不住抬头看黑昌那个两手比着赞的遗照，我边看边难过边笑：感谢你来过，欢迎你再来啊黑昌。

黑昌的儿子们看到我了，特意起来迎我。黑昌的大儿子说："小叔，你好像和我父亲很好啊。"

我说："是啊，我也觉得很神奇。"

黑昌的小儿子说："有空儿的时候能和我们说说父亲吗？我这几天一直在想，我们对他的事情知道太少了。你看，连他每天晨跑都不知道。我们是不称职的儿子。"

我看着他，仿佛看着当年的自己。

我想安慰他："我父亲晨跑我也不知道，还是你父亲告诉我的。"

但我不知道要不要告诉他们，其实我已经知道了，孩子总不容易知道父亲的故事，或者说，父亲总不舍得让孩子知道自己的故事，特别是拼到最后一丝力气都要护着自己孩子的那种父亲。

比如我父亲，比如黑昌。

我看着黑昌的两个儿子，一副手足无措但又尽量显得理性克制的样子。我知道，他们在努力表现出责任和担当，每个儿子在失去父亲后，总觉得自己要表现出男人的模样。我想，当时我在父亲的葬礼上大概也是这般吧。

毕竟只是某个远亲的葬礼，报社只给我批了两天的假期，第二天一大早，我便得回北京了。为了图个便宜，离开家乡选择的是早班机。我前一天晚上就预约好了五点半出发的车。

那天晚上我睡着了，但睡得不深，四五点便又醒了。我不想吵醒母亲，轻轻地收拾好行李，轻声地出了家门，早早地等在路边。

天灰蒙蒙的，还没泛白。我不时听到有喘气声由远而近，我知道，那是一个个当了父亲的中年男子正在为了和这个世界抗争，努力奔跑着。

我盯着地面，不让自己看路过的这一个个奔跑的人。我害怕自己会从他们身上看到黑昌，看到我父亲。

终于，约的车到了。摇下车窗，司机问："是去机场的吧？"

我说："是的。"

司机师傅是个四五十岁的中年人，看上去很是疲惫。他打着哈欠，抱怨着："真搞不懂你干吗叫这么早的车。"又自己小声嘟囔着，"真搞不懂我干吗通宵接这单车。"

我知道他为了什么，我知道他其实清楚自己是为了什么：他和所有父亲一样，只是为了自己的妻子和孩子。如果他只是为了自己，他熬不住这个通宵的。

车行驶到出东石镇的那个路口，路的左边是海堤跑道，右边便是去机场的路了。

我不愿意让自己看到那条海堤跑道，闭着眼，假装自己睡着了。车开动了，车要过红绿灯了，车要离开东石了……但却突然紧急刹了一下车——有人奔跑着横穿马路，师傅差点儿没刹住。

"干吗啊这些人。"师傅看来有些被惊吓到,生气地抱怨着,"真佩服这些老哥们儿,一个个大腹便便的,一大早折腾自己。都这把年纪了,扑腾什么啊。"

我听着不舒服:"别这么说,你不知道他们有多拼命。"

师傅斜着眼看了看我,说:"这个岁数拼命有用吗?"

我不想和司机说话了,自己转过头看着窗外。我知道我难过了,心里不断在辩驳:"怎么会没用呢?他们现在再无力,他们的努力再可怜,无论如何最终还是多护着自己的孩子、家庭一些的。"

我越想越难过,突然下了一个决心:"师傅,拐回去一下。"

师傅转过头看着我,气恼地说:"啊?我现在都开到下一个路口的右转道了,车掉头得走左转道啊。"

我尽量控制着情绪,但我知道我的声音有些颤抖。我说:"麻烦师傅了,我想去海堤那边找人说些话,我必须得去海堤那边找到他们说说话。"

师傅嘴里还是嘟嘟囔囔,但终究还是掉了个头转回路口来。

我看到那条海堤跑道了,我看到命运慢跑团了,我看到一个个中年的疲惫的父亲,拼了命试图扛起自己。

我知道自己的眼眶开始湿润,我下了车,冲进海堤跑道里,冲进那些奔跑着的中年人里。我跟着他们跑起来了。我看到世界在我面前跳动着,我看到大海在我前方闪着光,然后我看到了,我看到父亲了,看到黑昌了,我看到他们就在前方奔跑着,他们朝着大海在奔跑着。

"加油啊,父亲!"我突然喊出来。

"加油啊,黑昌!"我站在海堤跑道上,我站在一群奔跑的父亲里,忍不住大喊起来。

喊着喊着,我知道自己在号啕大哭,把三年前没哭的泪水,哭出来了。把昨天没哭的泪水,哭出来了。

我对着他们的背影喊:"感谢你们来过啊!"

我对着这群奔跑的父亲们喊:"欢迎你们再来啊!"

(原载《人民文学》2024年第3期)

温和地带的水果

/先志

　　这是某种猴子：宽耳，窄鼻，无毛，裸露的肌肤通体泛红，长臂如僵硬的烙铁挂在道路两边密林的树枝上。猴子是良乡的特产。通往良乡的路下了雨。雨打在开裂了的水泥路面上。他们开车前往良乡。路的一边是油菜田，另一边是无边无际的果林。良乡就在果林的后头。从公路拐下的路口他们就看见过这种猴子了。猴子端坐在一段还算结实的树杈上，手里捧着一种暗红的果子。他们一开始以为那就是一个没穿衣服的人。但现在他们又看见这种猴子了。猴子伸出长长的双臂挂在果树上。密密的果林遮住了雨。大甲在闷热的车厢里已经说过了好几遍："妈妈的，还以为是个细伢子，吓死老子了。"大乙没回答。所以他们没的再说了。等车又开过了几十米，大甲停下。灰白色的车身正对一条通往果林深处的窄路。

　　大甲转头问大乙："你看看旁边还有猴子冇？"

　　"没有。"

　　"后面呢？"

　　"也没有。"

　　"仔细再看一眼。"

　　大乙微微侧头，又飞速转身透过后备厢门的玻璃扫了一眼。玻璃上都是水。大乙说："没有。"

"冇得我就要下去撒尿。"大甲点燃烟，嘬一口，推开车门条缝，停下又问，"你冇得尿？"

大乙只是摇头。他手上捧了一种阔口的竹篮子，篮子底卡住他围拢的膝弯。半天前，大甲从后备厢里翻出这个篮子。他说："妈妈的，还是老子去西双版纳带回来的嘞。"他让大乙用这个篮子去装那种果子。他们在出丰城的时候，在国道的边边看见了这种果子。果子堆在几张红蓝条的塑料布上，后边板凳里坐着一个戴斗笠的干瘪老头。大甲开过了几米，又慢慢倒回来，拉下车窗。

隔着雨，他大声问那个老头："这是么子水果？"

老头的声音含混不清："碾果。"

"什么果？"

"靓果。"

大甲还是没听清这是什么果子，他转头问车里还在发呆的大乙。大乙一直透过细细的雨帘望向野兽般跃动的群山。现在群山停了。

大甲问："你听清楚了冇？"

大乙摇头。

大甲又探头窗外："怎么写，靓果？"

老头点点头："娘果，对的，娘果。"

大甲开门下车。红红的果子上沾了细细的雨水。很像苹果，但比苹果软，又没有西红柿那么软。大甲拣了一个，团在掌心轻轻捏捏，薄薄的表皮之下是丰盈的汁水。大甲又挑了几个，但都没有刚刚随便拣的这个圆。他问："是苹果的一种吗？"

"不是，不是，"老头摇头，"是靓果。"

"哪个靓嘛，"大甲蹲下，把手掌伸过去，"你写我看。"

老头慢慢抬手，手指颤抖着在大甲掌心画了几下，他边画边说："娘果，你吃一下就知道了，靓果。"

大甲用裤子擦了几下靓果上的雨水。他啃了一口。里头的汁水是酸甜的。但不像西红柿那样酸，是一种米醋、果醋的酸，带一点清香，咽下后才有一点回甘。他转身趴回驾驶座，伸手把啃了一口的果子递给大乙："吃一口。"

大乙往后躲，摆手。

"好嘛。舅舅带你出来跑，你还嫌弃我。"

大甲三两口啃完手里的果子。溢出的汁水透过指缝流向大甲的手背。他蹲下问老头这种果子怎么卖。

三天前，大甲和大乙来丰城收购橘子。丰城背靠三座大山。山和山的中间种满了橘子和油菜。国道从丰城的西边穿过。往东北走是湖南，往西南走是广西。从国道下来要绕过一个湖。湖水碧蓝，像一块粗陋的碎玻璃嵌在松软的大地上。大甲开车时跟大乙介绍说："这是一种温和地带。"大甲去年跑了几趟才跑到这里。这里的夏季不会涨水。金色的砂糖橘像小灯笼一样挂满国道两边的低地。群山合膺，丛林像苔藓一样长满石像似的山。这里很安全。底部空气中全是油菜花的香。大乙摇下车窗，眯眼感受倒灌进来的、越来越接近热带的亚热带的暖风。

大乙站在车边看大甲跟几批当地人讨价还价。他们沿着国道来回跑了好几趟。国道分出小路，小路再分出小路，像一片树叶的脉络，每一道脉络都通向一家陌生的农户。去年的砂糖橘两块一斤，今年就要六块、七块、八块。他们对大甲摆手，大甲最后伸出四个指头。四块钱不卖。大甲订的货车已经在路上，从衡阳过来的，马上要穿过冷水滩。

大甲开车准备往丰城南再看看。出丰城的时候，在国道边看见了那种果子。

"怎么卖嘛？"大甲蹲下问，"好多钱一斤？"

"两块，"老头颤巍巍弯直两根指头，"两块。"

"那就来一点嘛，"大甲说，"来一点。"老头没有塑料袋子。大甲从后备厢翻出那个篮子，让大乙下车去装。大乙装满了大果子，又挑些小如圣女果的填满缝隙。大甲抢过篮子，把小果子都拣出来扔了。

大甲问大乙："你要吃？"

大乙摇头。

"那就不要。"

大甲让大乙抱着篮子回车上躲雨，蹲下问老头这种水果是哪里来的。老头回答了三遍——良乡。大甲让老头又在他手上写，这回他看清楚了，是良好的良。大甲问："良乡在哪里吗？"老头呜里哇啦说了一遍，哽住了，又激动地站起来,手指着国道南边左比右画。大甲回去从车座位下翻出一张脏兮兮的旧地图,折到西南的位置,递了支快要没墨的笔让老头画。老头眯着眼,手抖着在图上画了两个圈。图太小了,大甲也搞不清哪个圈是笔误,哪个圈是良乡。

大甲砰地拉上车门,随手用擦车窗的抹布擦擦头发。他把手机递给大乙:"导航一下,良乡,良好的良。"等车发动了,大甲又仰头咕噜噜喝掉了半瓶水。他问:"找到了冇?"

"找到了,就一个。"

"好远?"

"六十七点八公里。"

"好嘛,也不远,"大甲犹豫了几秒,叹口气,过一阵,突然一脚踩动油门,"那就去嘛。"

他们花了半天的时间才开到良乡附近。还没下国道导航就断了。良乡没有别的导航地标。他们在国道边一个加水加油的铁皮棚里吃了顿迟来的午饭。其实就是剩饭剩菜。老板说:"这里还不是良乡,离良乡也不远了嗦。"大甲说他来买"靓"果。老板走出滴水的铁皮棚,指着雾蒙蒙的前方国道,说:"看到了嗦?最前面,最前面,那都是'靓'果树。往前头开,随便哪个路下去,开到头,看到人家,随便问就是了。"

现在,水雾蒙蒙的"靓"果林就在眼前。大甲叫大乙一起下来,没有尿也要下来。大甲解开裤带,一根蜗牛虫样的家伙软塌塌垂下来。大甲顿了几秒,舔舔嘴唇,转头又跟大乙说起刚从国道拐下第一次看到猴子时就说过的话:"你满舅细时候,有次去山上玩,屙尿,卵鸡公被猴子抓了。"

"嗯。"

"所以他到现在都冇细伢子。猴子最精怪了。躲到你看不到的地方。你一屙尿他就把你桃偷了。你怕不怕猴子?"

大乙低头,偏身,用鞋头蹉挖地上的泥。

"不怕哦。那看看你的。五六个小时了,你冇得尿?"

大乙背过身:"没有。"

"不信。你是不是怕猴子?"大甲抓起大乙的手腕,声音渐大,"你怕什么嘛?你都把别个肚子搞大了,你都是要做爷老子的人了。猴子把你抓烂了你都不怕!"

大乙抬头。他愤怒地盯了一眼大甲,用力挣脱大甲攥住他的手,转身准备回车上。

"回来!生么子气!"大甲喝道,"帮我看猴子。莫让它来偷袭老子!"

一道细细的尿柱射向窄路通往果林深处的方向。临近傍晚,又被两边的树一遮,几步之外就黑乎乎的。猴子真有可能躲在里面。随时都有可能像狗一样疯扑出来,把大甲用两指头拈起的细家伙抓烂。大甲撒尿撒得痛痛快快,仰头,身体还要抖动几下。大乙故意不看他,盯着尿柱最终落在的土坑上。大甲就固定尿在那个位置。尿汇集了一小洼,然后顺着土缝和雨水一起流到最前边的果树根底下。

大甲抖抖干净,拍拍大乙肩膀,回车上了。

"跟你姆妈打电话没有?"

"没有。"

"怎么嘞?"

"不想打。"

"现在打一个。她不晓得我们迟两天回去。等下又怪到我。"

大乙往前凑凑身子,举起手机给大甲看:"没信号了。"

"那就等一下打。"

往前开了一阵,大甲又回头问:"那个妹子家里怎么讲的?"

"什么?"

"她家里什么意思?肚子里细伢子打掉了没有?"

"她不想打。"

"她家里嘞?"

"她家里要她打掉。"

大甲又点了根烟。车窗摇下。吸了两口,手搭在车窗上抖了两下烟灰又缩回来,怕烟弄湿。

大甲吐出一长阵烟雾:"那不打怎么搞吗?哪个来养?"

"不知道。"

"你跟她怎么认得的?"

"同学。"

"同班同学？在哪里搞的？你屋里还是她屋里？"

大乙低头不说话了。大甲抬头从车内后视镜看到后座上低着头的大乙。

"你怕什么？我又不得骂你。"大甲没拿烟的右手抬起，狠狠在喇叭上摁了两下，"你搞起这副造孽样干什么？我就是问你在哪里搞……现在读书读得长，你们还要上大学。要上学，细伢子不打掉怎么得了？"

"在她屋里搞的。"大乙低头说。

"搞了几次？"

"五次。"

"她爷娘在哪里？一直冇发现？"

"她妈妈在外面看电视。"

"呵呵……"大甲从车内后视镜又看了大乙一眼，笑了一下，露出被烟熏黄的牙齿，"怎么样，搞得爽不爽？"

大乙不说话，把头垂得更低了。好半天，大甲才听到大乙一抽一抽的哭的声音，像狗一样。大甲回了好几次头。每次回头，大乙哭得都更大声。

"你哭什么嘛！"大甲猛地又一拍喇叭。这时前面的小路上不再空无一物了。车大灯的强光穿过细雨，打在十几米外一只弓背勾手横穿小路的猴子身上。猴子的眼睛是红色的，愣怔地看着车来的方向。喇叭摁了几声，猴子手脚并用地逃走了。大甲这才发现它一手还攥着个小猴子。这是一个母猴。母猴背上背着个小竹篓，竹篓里装满了大甲要找的"靓"果。它逃走的时候，几颗又红又鲜亮的果子从篓子里滚出来，被车呼的一下碾过。

"莫哭了！"大甲烦得又拍了两下方向盘，"哦改紧是为到个女的哭？有什么好哭的嘞？该打掉打掉，该怎么样怎么样。你哭到死都没卵用。"

车拐过一个小弯就到了路的尽头。路尽头是一个两层的楼房，刚刚被路弯内侧的果林挡住了。大甲猛地刹车停下来。车熄火了。房子里的人之前就被大甲摁的几声喇叭吵出来了。大门侧边的水泥地上搭了一块蓝色雨棚，底下停了两辆摩托车。一个端着饭碗的女人走到雨棚下，一边吃一边往外看。她身后跟着个同样在吃饭的男人，一脚踩在门槛上。门里的饭厅露出黄色的光。

大甲头手探出窗外，招手，喊："买东西的！买东西的！"太远了，不知道他们听到了没有。那个女人招手示意大甲把车停到门口，不要停到路上。大甲一边转动发动机钥匙，一边回头说："莫哭了！都到了！"

大乙跟着大甲下车。大甲护着头发匆匆跑进雨棚，介绍说自己是来买"靓"果的。女人和男人警惕地对视了一眼，又吃了一口饭，问大甲是从哪里来的。

"湖南，岳阳来的。"

"跑那么远来做什么？"女人说。

"本来是收砂糖橘的，砂糖橘涨价太厉害了，搞不了。在丰城那边头一回吃'靓'果，味道可以。他们说都是你们这边种的。"

男人让女人把他们带进屋。女人问大甲和大乙吃饭了没有，大甲说："下午四点才吃的。"屋里挂了一个低瓦数的灯泡，地上支了一张小饭桌，上头是几个酸笋炒的菜。一个长头发的女孩坐在桌边一小口一小口地吃，每吃一口都要直起身，把垂下的头发撩到肩后。她抬头看了一眼大乙，又看了一眼大甲，最后视线又落在大乙身上。她身边蹲坐了一只被铁链拴住脖子的母猴子，猴子面前摆了一个铁盆。它手脚并用抓里面的饭菜吃。

女人把大甲带到大厅边上的侧屋。侧屋还有个小门通向黑漆漆的库房。女人拉绳开灯，仓库里垒了好几筐的"靓"果。大甲摸了几筐，每一个都有拳头大。女人问大甲要收多少。

"你们有好多吗？"

"那边还有一个房。加起来有七八百斤。还有几块地没收。下礼拜也要收完了。"

"味道怎么样吗？"

"你试一个。"

大甲挑了一个又大又圆的。他在裤腿上滚动了几下，擦掉果子上面的灰。大甲觉得这里的果子没在国道边吃的那个酸，果皮也硬一些，吃完留在嘴里的主要是甜。而且这里的果子表皮是干的。在雨中吃的那个，又冰又凉，又酸。

"没我早上在丰城吃的那个酸，"大甲说，"这个甜。"

"是的嗦，"女人点头，"酿果嘛。"

"怎么写？"

"酿果。酿豆腐的酿，酿酒的酿。"

至此，大甲终于搞清楚了这种果子的名字，也终于搞清楚了酿果为什么叫酿果。酿果在成熟的过程中是会慢慢发酸的，它和西红柿是反过来的，那些原本积累在果实内部的果糖和葡萄糖随着一天天的等待都变成了酸。这些积在筐子里的酿果躲在昏暗的仓库里，随着它们一声声沉闷的呼吸还会越来越酸。大甲觉得不能再等了，剩下还没摘的果子等货车一来就要运走。有人喜欢吃甜的，有人喜欢吃酸的。女人告诉大甲说可以用酿果来炒菜，就跟用酸笋一样的。女人说大甲和大乙可以今晚睡在这里，等明天不下雨了，可以来看摘酿果。

他们关灯走出了库房。下午在国道边吃饭的时候，老板告诉大甲，良乡又被叫作温柔乡。"良，本来就是好的意思嘛。好在哪里呢？好在良乡的女人。良乡的女人都是一个个的良人。"大甲听到这里，举起茶杯，虚空朝老板碰了碰，以茶代酒。大甲说那好得很啊，他就要去会一会良乡的良人。

女人领大甲和大乙上了二楼。二楼还有一间卧室，好久没人住了，桐木桌上有灰。女人打了一盆水，把桌子、椅子还有床架子抹干净了，又抱了垫被、席子和枕头进来。大甲倚在门口，点了根烟，静静地看女人铺床的背影。手机还是没信号。大乙坐在椅子上，手心端端正正贴了膝盖，跟大甲一起看女人背影。等女人端水盆走了，带上门，大甲丢掉手上烟头，用皮鞋底碾灭了，走到大乙跟前，手压了一下他后脑袋："想女人了咯伢子？"

大乙抬起头，直直看着他。

大甲自觉有些没意思，手挥舞两下，说："困觉！困觉！"他坐到床边上两下蹬掉鞋子，把脱下来的袜子小心地挂到床尾。他又说了一遍："睡觉了！睡觉了！"大乙一动不动。大甲盘腿上床，侧头盯着床尾挂着的袜子，不知道在想什么。过了几分钟，有声音顺着楼梯闷闷地上来。大乙起身，靠近门内侧听。他打开门，正好看见那个长头发的女孩。

女孩低头把一盘洗过的还裹着水珠的酿果送到桌上。她小声说："送你们吃的。"说完又匆匆走了。

"你听清了没有？"大甲剔牙。

"她说送我们吃的。"

"你听得蛮清楚。"

大乙走到桌边，挑了一个果子，坐下。这个果子很熟了，皮薄得透明，灯光下，里面一丝丝的果肉和汁水都看得明明白白。他一口咬下去，还没咽下又咬了第二口，然后是第三口。屋外落着雨。房间里只有大乙咬果子的沙沙的声音。大甲支起个腿半坐在床上："莫一个人吃嚯，给我一个……你又哭什么咯！"

大甲跳下床，赤脚走到大乙边上。地板上都是灰，他走几步，脚底板就蹭几下裤腿。他把熟得发酸的酿果从大乙手里抠出来，拉开窗户丢了出去。外边的雨也飘进来了些。这里没有纸。大甲伸直了五根指头，看看指缝里的黏稠的汁水，又看看眼泪止不住流的大乙。大乙的哭没有声音，他鼻子一抽一抽的，没几下，开始猛烈地倒抽气起来。

"莫哭了！"大甲举起沾了酿果汁的手，俯身，另一只手肘压在大乙背上来回顺气，"莫哭了……你哦改还紧是哭嘞？你要是我细伢子，早打一餐饱的了。什么事都冇得。"

"太酸了，"大乙一抽一抽地说，"太酸了。"

"太酸了就莫呷，"大甲把那一盘剩下的酿果都端开，"那个细妹子也是的，搞些噶酸的来做什么。"

大甲说："好了，把眼泪擦一下，上床睡觉了。"大甲从橱柜下方的抽屉里找到了纸。一些发绿发潮的黄色草纸。大乙细细地用纸边将脸上的泪痕擦干净，慢慢走到床边坐下。大乙说："不怪她。"大甲说："什么？"大乙以为大甲端起那一盘酿果开门是要去找那个女孩的麻烦。但大甲只是开门，将酿果轻轻放在地上。大甲说："这水果放屋里逗老鼠。"他指着墙角的洞给大乙看，然后拉关了灯。

大乙往床里缩了缩，躺在大甲边上，好半天说："这么早睡不着。"

"困不着也要困。等老鼠出来了更困不着。他们明天也起得早。"

"我睡不着。"

"困不着就数数，数羊，数老鼠。"

见大乙没动静，大甲开始替他数起来，从"一"数到"一百"。大甲问："困着了冇？"

"没有。"

"细伢子是噶样的，不晓得困觉的好。"大甲翻了个身侧对大乙，"我倒是羡慕你们嘞。细时候我也跟你样的,晚上不困觉,出去捉麻拐,逗妹子,跑到别个屋外头吹口哨。但是,等你到我个年纪就晓得了。白天做了一天的事,晚上什么都不想,就想困觉。每天,都有做不完的事。"黑暗中大乙不说话。

大甲问:"你捉过麻拐没有?"

"没有。"

"也是。你们都冇下过田。我们细时候是什么都有得玩。那你晚上不困觉,都搞些什么?"

"玩手机。"

"你今天怎么不玩?"

大乙一直握着手机,屏幕反扣在席子上。大乙说:"不想玩。"

"等明天给你姆妈打个电话,报个平安。"大甲说完,好半天,两个人交替的呼吸声在闷闷的雨中房间格外明显。大甲又翻了个身,仰躺:"你晓得我为什么带你出来嚜?你姆妈要我带你出来。我也不想把你当细伢子搞。十六岁的人了。我们十六岁的时候,都跟大人出来做生意了。你妈妈要把你当细伢子,我也冇办法。你姆妈的意思是,带你出来散散心。你什么都莫想,莫管。回去就安安心心读书,考个大学。"

"什么意思?"大乙问。

"就这个意思。"

"他们带她去医院了?"

"你姆妈听到是这样的,"大甲慢慢地说,"她自己也同意的。"

大乙猛地坐起,把大甲吓了一跳。大乙紧攥被子,胸脯猛烈起伏,呼吸短促,然后像哮喘一样喉咙一抽一抽,接着又是干咳。

大甲吓得要死,抚弄了几下大乙后背,毫无效果,跳下床套起裤子就准备下楼喊人。还没走出房门,大乙喘不过气的声音就慢慢平复了。他咳得眼泪和鼻涕都出来了。

大甲抽几张草纸丢到大乙膝盖上,劈头盖脸骂:"……你噶伢子么子回事嘞?别个妹子都同意的,你搞噶样是干么子?噢,细伢子不打,生下来哪个养?你养?还不是你姆妈养?十六岁的人了,有冇一天是想事的。从带你出来那天开始,你就一直垮到脸,垮到脸。我欠你的唛?你现在跟我讲，你到底什么意思?"

大乙握着草纸，慢慢平复下来，声音沙哑开口："她有跟我讲。"

"讲什么?"

"什么都冇讲。一条信息都没有。"

大甲坐床边，点了一支烟。等烟抽完了，他才开口："伢子哎，我也不晓得跟你讲什么了。算了，困觉吧。"

第二天，大甲和大乙分别被两阵骤雨惊醒。小雨沙沙贯穿了整夜。天快亮的时候，雨渐大，雷声轰隆，大乙先醒来。大甲一直半睡半醒。等天亮了，雨渐停，大甲侧头才发现大乙早醒了，一直看着天花板。天花板四角都受潮了，发黑，脱落的墙皮痕迹向中央蔓延。大甲怔了几秒，马上说："醒了就下去呷饭。"楼下小桌摆了两碗稀饭，一碟酸笋，一碟酸萝卜。女人、男人还有那个女孩已经吃完了。厅堂外的天已放晴。大门框出的视野里，果林绵延匍匐在两座远山脚下。女人说，他们吃完了就沿着门左边的小路去看他们摘酿果。

那个长发女孩从厨房后门绕出来。她头发已经扎起来了。脸圆圆的。她穿了件白短袖，牛仔裤，背了个篓，手攥铁链，铁链拴着那个脖上戴项圈的母猴。母猴走在前头。

她们佝偻着经过大门。大乙停下碗筷，看她们背影消失在门左侧小路的拐弯。

"她怎么样?"大甲伸膝踢踢大乙。

"什么?"

"喜欢不唛?"

"神经。"

"不喜欢你总是盯到别人做什么嘞?蛮漂亮的喔倒是。她妈妈也蛮漂亮。要是只她们两个，我还蛮愿意留下来嘞。"

见大乙抬头盯他，大甲打住不说这个了。"我跟你讲了，以后的妹子还多的是。莫想了。"

他们沿着门口的小路去看摘酿果。小路一侧围着果林，另一侧种了些行列整齐的灌木。果树和灌木都湿淋淋的，叶子上挂了水珠，很香。大甲仿佛心情很好，他脚步轻快，吹口哨，站在小路边扯下一片灌木的叶子使劲闻。不是橘子树,也不是茶树,大甲也搞不清这是什么,搞不清反而让他心情很好。他跟大乙说等下回来还可以去那边走走。那边指的是远处几个吊脚楼样的草房子,有模模糊糊的几人挑担子从楼下路过。大甲说趁天气好,多走走对心情好。

他们连续拐了两个小弯,看见女人和男人站在一块从小路边延伸出去的水泥平台上。平台上铺了塑料布,摆了十几个库房里那样的大筐。有一筐装满了,还有一筐装了一小半。男人在一边刷手机,女人盯着果林深处。他们都不动,直到大甲看见一只猴子从果林钻出来。

猴子身上的毛发很少,稀稀拉拉覆盖四肢和躯干,裸露的肌肤泛红。卸下背篓的时候,两肩凹陷出深深的红痕。背篓里是刚摘下来的新鲜酿果。果上挂了水珠。猴子小心翼翼又速度极快地将一颗一颗的果子从背篓里掏出来码进大筐里。它边放边不停地瞥女人的脸色。大甲顺着猴子的视线才看到女人垂握在身前的鞭子。

大甲惊骇,回头看大乙,大乙倒是没什么反应。他蹲下,为了看那只猴子更近一点。猴子卸完酿果又匆匆背上背篓回果林深处了。紧接着出来第二只猴子,第三只猴子,第四只猴子。

"你们用猴子来摘酿果唛?"大甲怯怯说,"猴子怎么那么听话嘞?"

"训几下就听话了。不听话就打。"女人说,好像不足为奇,"就我们两个人也收不了这么多嗦。"

"也是咯。"大甲点头,"这猴子哪里噶鬼精鬼精的嘞。我们那里的猴子就搞不抻。"

女人轻微摇摇头,不说话。一只贼头贼脑的猴子跟在两只大猴后面从果林深处返回。它背后的篓里只装了不到一半的酿果,趁两只大猴放筐的时候,三两下抓着果子从背篓丢进筐中。女人看到了,扬起手里的鞭子,啪一下甩到猴子背上。猴子一声哀呼,又一鞭上来,过了几秒,两道红痕才慢慢浮现。猴子手脚并用要往果林里爬去,女人第三道鞭子又上来了,打在猴子脚上。猴子一个趔趄趴倒。女人捡起篓子丢到猴子前头,看猴子慢慢背上空篓,一瘸一拐走进果林。

"这马楼喜欢偷懒。"马楼就是猴子,女人打了三鞭,气也有些喘,"哎,你,老板,你要好多斤?"

"你们最少好多钱一斤嘛?"

趁大甲跟女人商量价格的时候,大乙顺着小路继续往前走。前头的路修得就没这么好了,水泥面有点开裂,有一段路边长了高高的猪尾巴草。大乙顺手折了两根,手指细细搓揉根茎,指甲掐断了几节。小路戛然而止,一条土路倾斜着通向果林。大乙低头进入。酿果树就像一个个生长在地上的青铜箭镞,顶部尖尖的,茂密的树枝都沉在底下,挂了一个又一个鲜红的酿果,好像它们故意要往底下长的一样。大乙感觉两边的酿果都在往他脸上凑。没走好远,大乙看见两只猴子在正前方,一只公的,一只母的,它们在交配。

母猴趴在地上,公猴压在母猴背上。公猴咬着母猴的后颈。大乙第一次看见猴子露出獠牙。它们的牙齿是尖的,鲜红的牙龈太宽了。口水滴在稀疏的毛发上。它们身边摆了两个背篓。一只背篓倒了,七八个酿果掉到地上,沾了泥。公猴死死咬住母猴后颈,后背一抽一抽的。它们背对大乙,鲜红的肉亮闪闪的,一览无余。

大乙看了不知道多久,蹲下,小心翼翼地伸手,用手里的猪尾巴草轻轻扫动公猴。扫了几下,公猴松开咬住母猴脖子的嘴。连带母猴,两只猴子一起转头,静静看向背后的大乙。它们就这么平静地和大乙的目光对视,胯下没有停。没过多久,远处就传来大甲呼唤大乙的声音。大乙吓了一跳,丢下手中的猪尾巴草,三两下从果林跳出去。

"你蹦哪里去了?"大甲看大乙忽然从身后出现,拍掉他头上落的树叶,掐住他肩膀往回走。"妈妈的,噶堂客真的吓人。你刚看到冇,"大甲骂道,边模仿女人甩鞭子的模样,"一边跟我讨价还价,一边跟到猴子甩鞭子,猴子都在那里叫。吓人。那老板鬼戳子我。噶里堂客真的吓得死人。"

大乙没回答。他问:"酿果好多钱一斤?"

"八毛。她不得讲价。"

"买了好多?"

"四千斤。"

"卖得完吗?"

"卖得完吧。"大甲犹豫了一下,"把它做西红柿搞就是了。新品种的西红柿。它总比西红柿好呷吧?"

大甲和大乙顺小路慢慢返回。路上，那个女人正加班加点让猴子们采酿果。七八筐满了，男人就开三轮车把满筐都运回去，又折返。女人说她累了就换男人来，但她挥鞭子好像一直不累。大甲告诉女人他们想去对面的那几个寨子走走看看。女人说那要走好远，这里没得路直接通过去的，要先回到他们屋子，从屋子后边的路绕过去。女人怕大甲和大乙认不到路，招手让女孩带他们去。

大乙这才注意到女孩一直在旁边。她站在小路下，隐藏在果林里，一直在离小路不远的地方来来回回。她牵着那只母猴，很快蹿上来了。她的背篓和母猴的背篓里寥寥装了几只酿果。她走在大甲和大乙前头，手里还拿了一只酿果，啃了几口，脚步轻快。快走到她家，离女人和男人好远了，大甲才敢开口问："那边是苗寨吗？"

"不是，"女孩声音脆生生的，"以前住了几个苗族人，后来都死了。现在没人住。"

"苗族不是好多人住一起的唛？"

女孩只是摇头。

大甲指着母猴："这个猴子怎么不要去摘酿果？"

"它太老了。"

"它好多岁？"

"其它猴子都是它生的。"

"不可能吧？"大甲惊呼，"那里噶多猴子，它一个怎么生得那么多？"

"基本都是的。"女孩说，"还有它生的猴子又生的。"

大甲前跑两步，挤过女孩，女孩被迫停住。大甲在母猴身边蹲下，凑近看母猴。

"真的，都松了，"大甲抬头，惊讶地看了看大乙，又看向女孩，"几可怜喔，是吧。太可怜了。"

大乙好像没什么反应，没回答。女孩也是。她微微抿嘴，手里紧紧攥住铁链，有点紧张。

大甲对母猴的兴趣一下超过了远处的苗寨，一路上他不停向女孩发问，试图从母猴开始搞清楚猴子的事情。女孩说她也不知道这母猴哪里来的，从她记事起就有了。它可能比她还大。至于那些马楼，它们就是那样的，它们听得懂话，晓得摘酿果。反正生下来就看见周围的猴子都在摘，最多偷点懒，没有直接不摘的。

大甲惊呼说："有道理，有道理。"他指那只在前面开路的母猴，"它怎么带根链子？"

"不带链子会跑。"

"它去林子里干什么？它又不摘。"

"它想看。放屋里它会一直叫。"

"所以要你去看到它。"大甲恍然大悟。

女孩摇头："它是礼物。"

"生日礼物？"

"毕业礼物，"女孩头垂得很低，"今年初中毕业了。"

"那你九月份去哪里读嘞？"大甲侧头看女孩，"去丰城？"

"不读了，"女孩头更低，"先家里帮点忙，过几个月再去广东打工。"

"上学也没什么好的，"大乙突然开口，刚刚他一直踢着颗石子，"打工比上学好。"

"哎，不能这么说，"大甲立马挥手喝止，但又看到女孩，"能上学还是上学。实在不能上学，打工也蛮好的。我也没读过高中，不也蛮好？"

苗寨几乎近在眼前了。三个吊脚楼平行贴着山坡，破了的窗和门黑魆魆的，像张开的嘴巴。旁边是一口废弃的井。唯一好的就是沿着苗寨的沙石路了，每天都有住在那边山脚的农户经过。女孩说这里好久好久没人住了。大甲查看了一圈，断定说这些苗族人肯定是因为什么事情被族里赶出来的。他根本不了解苗族，大乙也没听过他跟苗族做过生意，但这样反而他说得更开心又更言之凿凿。他走进中间那个门口都发霉了的吊脚楼，过了一阵子拍拍手心的灰，心有余悸地出来。他说在里头看见了几个写有字的牌子。他信誓旦旦地说，是很久以前，一个年轻人进了北边一个大苗寨，跟一个苗女搞到一起了。他搞完就走了。族里很愤怒，把苗女一家都从大苗寨赶出来了。他们往南迁到这里。因为只有他们一家苗族人，所以最后他们孤独地死了。

大甲说时还瞥眼看了看大乙。大乙也看见了。所以他一说完，大乙就转头问女孩："你知道有猴子在果林里面偷懒吗？"

此时，女孩被母猴锁在了离吊脚楼远远的小路末端。越往吊脚楼，越远离酿果林，母猴就走得越迟疑。最后它爪子牢牢抠住地面不动了，伸头望向酿果林的方向，一声接一声哀伤地嚎叫，好像在思念隔了一大片灌木田的猴子们。女孩攥着铁链，也被它锁在了地上。

女孩抬头："怎么了？"

"它们在林子里做爱。"

"死伢子，你讲什么？"大甲用力蹭了一下大乙的后脑勺，"滚，"大甲掏出兜里的手机，"去给你姆妈打电话。"

大乙边走边回头，大甲还恶狠狠瞪着大乙，做出龇牙咧嘴的表情，做手势要揍大乙。大乙笑了，伸出舌头咧咧了几声，走到吊脚楼下的一棵树旁按下电话呼叫。大乙抬头才发现这也是一棵酿果树。就是枝叶太稀疏了，看不出尖尖的形。大乙左侧头右侧头看了几下，才找到一颗小小的酿果。这颗酿果只一口那么大，深红的，像小小的动物心脏。大乙用力把它揪了下来，电话也接通了。

"喂，阿甲。"

"姆妈。"

"喔，乙啊。今天什么时候回屋？"

"还没有。舅舅不买砂糖橘了，砂糖橘太贵了。他买了一种新水果。过几天才回来。"

"什么水果，好呷不？"

"有点酸。"

"酸还有人呷啊？别卖都卖不出去，最后烂到屋里。"

大乙用手揉搓了几下这颗酿果上的脏东西，灰尘和泥。他吸了吸鼻子，一口咬了下去。

"她在医院还好不？"

"哪个啊？"母亲换了只手接电话，"喔，她出院了嘞。不需要住院。"

"喔。"

"你们什么时候回来？"

大乙将手机拿远，朝大甲走去："她问你什么时候回去？"

大甲接过手机，大声说："噢，还有两天吧，两天。今天货车来，明天装车。然后我再看看有没有便宜的砂糖橘,后天肯定就回来了。"

大乙走到女孩身边蹲下,那只仰头哀号的母猴在正前方。带着某种花粉的风从灌木田方向吹来,搞得大乙的鼻子痒痒的。为了止痒,他也抬头往母猴引颈翘望的方向看。那边有一群猴子在茂密的果林里忙碌地摘着正一天天变酸的果子。

(原载《青年文学》2024年第2期)

周围有人走动

/东楼

瘦卵从125摩托上跳了下来，紧了紧身上那件蓝色的破衬衫，朝我靠近了几步。我的朋友们像一群影子跟在他后面，总共五个。有两个人已经会抽烟了，摸了家里的黄鹤楼，抽起来边笑边咳嗽。瘦卵挑着眼问我："豹子——你个卵人，不跟我们去？"

"我要去拿鞋。"我边说，边拎着塑料杯子在他眼前晃来晃去。我知道他不喜欢我这样，他要所有人都跟他一起。但他们有摩托车，我没有。

"喂。"他骂了一句，"你没鞋子穿？"瘦卵说完就不理我了。他转过身去，叫骂着让那两个人把烟掐了，然后他们六个挤在一起，撞来撞去，进了阿兰姨妈的商店。阿兰姨妈的小女儿坐在店门口，穿了一身宝蓝色的唐装，玩着一副颜色混杂的扑克，在藤椅上摇来摇去。瘦卵走到店门口停了下来，问她："阿慧，你姐咧？"

"读苏去了。"

"读苏去啦——"瘦卵学着她的普通话，笑了起来，"喊她回来找我，可以吗？"

阿慧点了点头，然后说："你是她男朋友？"

六个人笑得前仰后合，像马在河边饮水，上下翻动着头和脖子。

"笑你们阿妈。"

"阿慧，谁又教你讲脏话？进来——"阿兰姨妈在店里的吼声太大，路对面卖豆腐的黄眼珠子都惊了一跳，小半车豆腐撒了一地，裹着油纸滚到街中央。一辆运猪的卡车开了过去，我没去看黄眼珠子的豆腐，把自行车平放在湿漉漉的地上，甩着胳膊进了好运鞋店。

他们都不敢去鞋店。那店是我表舅开的。我跟他们说了，跟瘦卵央求，一定得拿一双新鞋，因为表舅上礼拜把我给打了，我得报复。他喝醉了酒，在我家门口唱歌，我吼了他。我对他们说了，他平时只会坐在板凳上跟街上人下象棋，有时候在会客间跟镇上的赌鬼打牌。但他们还不敢。

于是我大摇大摆走进去，从瓷碗里倒了杯茶，看了看餐桌上摆着的一盘残局。红方死定了，黑棋钓鱼马配合双车，这种臭棋也只有他下得出来。我推开房间门，看见烟雾弥漫在吊灯下，一张纸币从桌上飘了下来，落到我脚背上。里面的人静了，有一句骂人的话只说到一半就悬在半空。表舅坐在冲着门的主座上，手里攥着两张A。一双忧郁的眼睛盯着我。

我舔着干焦的嘴唇说："表舅，我来喝杯水。"他吼了一声，让我把门关上，然后不知道对谁说："傻×，别藏牌啊，搞什么呢？"我握着门把手退了出去，想了想，还是把那张纸币踹进了门里。我晃到收银台边，那里放着一双刚修好的凉鞋，金属纽扣是新换的，冒牌的福建货。旁边是一台缝纫机，踏脚那地方落满烟灰。我表妹的两张试卷和一沓邮票被压在给鞋上油的鬃毛刷下面。收音机一直在唱歌，声音太小。我把歌声扭到最大，吼来吼去的是一个香港人，我不喜欢这种歌。我左右看了一会儿，等那个出来小便的男人又回到房间里去后，便开始拿东西。

我先拿了几张毛票，一角、两角、五角，不敢拿太多，数也没数，塞进了兜里。然后我盯上了账本下面的两只钢笔，虽然很久没写字了，也不需要写，但还是把它们别到了裤腰上，拿衣摆罩住。最后是那双凉鞋，我边往外走边塞进内裤里，两腿中间鼓得像多长了个东西。我安全走出到外面。

瘦卵带着一群人也刚出来。他们跳上自己的125摩托，把油门拧得轰轰响。这种摩托，排量低，轻便，黑市上卖一千三，还带着牌照。鬼知道瘦卵他们从哪里搞来的。前几天他们背着我下了一趟钟山，晚上睡觉时我就听见街上响起了巨大的摩托轰鸣声，以及一群动物似的号叫，类似马鸣。我妈战战兢兢地跑到房间里来，颤抖地呼唤我的乳名。我在黑暗里翻了个身，告诉她我在床上，在床上呢。于是第二天我就只能骑着我爸的自行车，像个呆子一样追着他们的尾气。

瘦卵朝我大喊："有没有？"我昂着头，拍了拍自己裤子中间鼓起来的地方。他朝湿漉漉的地上吐了口唾沫，其他人也学着。他们把摩托发动起来，没打一声招呼就走了。我跳上自行车，街上的风吹得我头疼。自行车圈都快骑飞了，我才在进山的那个路口追上他们。

拿完东西后我们基本都进这条山路，走十多公里去金井。那里有一片水潭，热天午后，几个村的人都在那里避暑。小雨天，二级公路上的卡车开得飞快。瘦卵他们靠在路边等车队驶过，此时都回过头来笑我。瘦卵用手肘撑在摩托车把上吸着一根烟，他的寸头在雨里发着淡蓝色的光。山口的小道上有一块路牌，孤零零插在一片芜杂的瓜地上，写着"卜岭水乐园"，指的就是那片水潭。

山口种着一片榕树，修路时没被伐掉，我骑过去时看见树顶似乎在朝上冒烟。再往后是山脚下的稻田，与田埂连接的地方有一片橘林。往远处看，山丘一直绵延到地平线的尽头。山路泥泞，他们故意骑得飞快，然后再停下来等我。

"豹子，把鞋子给我。"瘦卵从摩托车上跳了下来，一把刀别在他破烂牛仔裤的腰带上。我乖乖把那双崭新的凉鞋交了出去。他把烟头丢在我的自行车筐里，里面一个红塑料袋被烫出了小洞。我拿着塑料袋抖了一下，烟头落到了正在系鞋带的羊头脸上。

"去你妈。"他说，用力系了一个蝴蝶结，然后朝我走了过来。他比瘦卵还要瘦，所以我并不怕他。他走到我跟前，手刚伸出来，就被我捉住了。我稍一用劲，他就疼得耸起了肩。他担心瘦卵发现他的尿样，就偷偷去看瘦卵。瘦卵此时正看着自己脚上那双运动布鞋。鞋带散了，耷拉在那里，鞋头也开了个洞，黑乎乎的脚趾像泥鳅滑了出来。羊头也看见了瘦卵的脚趾，笑了起来。瘦卵问："好笑吗？"羊头就不吭声了。瘦卵把运动鞋甩到了路边，换上了凉鞋，在地上跺了跺脚，说："好，这鞋是专给老子做的。"

两侧山峰之间乌云滚滚，看来又要下雨了。瘦卵却并不急着赶路。到金井还有十公里。瘦卵说："下吧下吧，下了雨，淋死你们。"话虽这么说，他还是把车发动了起来。

这段山路有七个急弯,坡度又陡,骑车很困难。我让羊头在后面推着我。山泉从右侧的淡红色山体上流下来,这路就像一条血路。羊头问:"你怕血吗?你杀过猪吗?"我让他闭嘴。

有一队婚车放着音乐出现了,一辆一辆向下冲来。走在最前面的五菱宏光是一辆摄影车,后盖掀开,拿两根竹竿顶住,一个戴雷锋帽的男人手持相机坐在后面,随面包车颠来颠去。羊头说,有辆车跌下去就好玩了。我瞥了眼瘦卵,再看看他,心想,怎么会有这种蠢人,哪壶不开提哪壶。所有人都知道,瘦卵他爸就是这样没的,但不是死在这儿,是死于南边的一段陡坡。一起出车的人说,车和人"呼噜"一下就翻到山下去没了,站到路边朝下看,漫山遍野都散着橘子。

我们全都把车靠在右侧,倚着山抽烟、聊天,看车队如何在山路上奔驰。一辆也在上山的奥迪很不情愿地被逼到缓冲带上,司机从车上跳下了,是镇上的欧大头,下了车就开始朝车队骂娘。婚车一辆辆开过,我们根本听不见他的话。有水溅到他那条白色西裤上,瘦卵带头笑了起来。羊头说:"他以前不这样啊。一个杀猪的,牛什么?"

"笑什么,你们?"

欧大头拿手挡着雨,另一只手提着裤子,露出他长长的黑色袜子,朝我们走过来。他讲的是普通话,于是我们都不敢说话。

"十五六岁不学好。开摩托车系吧?抽烟系吧?"

瘦卵不知道什么时候摸出了刀,从阿兰姨妈的商店拿来的,标签都还没撕掉,反复在裤腿上擦着左右刀面。瘦卵也不看大头,只是嘻嘻笑着,刀子就在手里丢来丢去。

"耍刀子哈?告你爸妈听啊。"

我们全都看着瘦卵朝大头走了过去。其实我很想拦住他,羊头肯定也这样想,因为我们不想惹事。捅死人,那可不是小事。但那天我们全都像是被施了魔法,给定住了,没去阻拦。我们扶着自己的车一言不发,目视着持刀逼近的瘦卵。

"你搞什么,要捅人哈?"欧大头往后退了几步,硕大的脑袋强装镇定,眼睛咕噜咕噜地转着。泥水把他裤腿两侧全染红了。

瘦卵绕过了他,走到了那辆奥迪车旁边,我们这时候才看见车里还有个女人,她仓皇无措的目光透过雨刷瞪着瘦卵。

"他老婆?"

"傻×,那是他姘头。他老婆你没见过?在下街卖药那个瞎婆。"

瘦卵抬起手,在车灯下"唰"地划了一下,动作快到我们都没看见。

"大头!"我们听见有喊声从车里传出来。

"什么?"

瘦卵又抬起来手,猛地朝车上插去。我们听到"嘭"的一声,然后那辆奥迪车开始在雨中闪着黄光报警了。

"大头——"

"你他妈——"欧大头喊了起来。

不知道是谁冲了上去,在欧大头后脑勺上擂了一拳。他直直朝下倒在红色的泥水里,小腿还在不停痉挛抖动。等瘦卵重新回到我们中间,我还是有些难以相信刚刚发生的事情。那个女人哭号着蹲在大头旁边,嚷着要报警。她把大头翻了过来,侧面对着我们,他的脸如同一团混在一起的猪下水,已经分不清是血还是红泥了。从她波浪形的头发一直往后看去,那把刀在车盖上留下的伤口是如此之大,仿佛斩开了一段峡谷。

"哪个打的人?"瘦卵扫视着我们。

"哪个?"

我们都不说话。

他轻蔑地笑着说:"你们找死吧?"

羊头说:"莫怕他报复,我们七个人,还怕他一个?"

"是你打的?"

羊头低下头,否认是他动的手。瘦卵重新把刀别回裤腰上,在羊头的后脑勺上使劲揉着,直让他一直喊疼,瘦卵才把他重重推开。傻×,他说,打头会死人的。

羊头站在路中间盯着他,"没很用力,打不死他的。"

"去你们阿妈,要把你们全抓起来——"那女人一直在喊,我们全当没听见。

瘦卵说:"这几天你躲一下,去我屋头住,我妈不在。"

我们丢下那个女人,重新开始爬坡。他们嫌我骑得太慢,就让我也挤到摩托车上去。瘦卵和羊头比较矮小,能搭得下。于是我举着自行车,坐到羊头身后。我对瘦卵说:"开慢点,我怕摔死。"边说边搂住羊头的腰。羊头和我一起举着自行车,他也怕得很,另一只手也紧紧揽住瘦卵的腰。瘦卵不听,还是开得飞快。在摩托车冲上山头后,羊头从车上跳了下来,浑身上下摸着,大叫着自己的糖不见了。

"什么糖?"

"在商店拿的糖啊。"

"妈的,你又拿糖。跟你讲过几次了,"瘦卵在他头上"啪"地拍了一下,"你他妈十五岁了。你以为你才七岁?"

"我愿意。"羊头说,"下次我拿了糖你别吃。"

我们开始在下山的路上驶着,一个接一个缓坡,所有人都快活地大喊大叫。一块界碑很遥远地竖在橘子林里,提醒我们业已进入金井。这是个被河流冲积出来的村子,几乎所有人都是茶农和渔夫。几间农舍散落在乌黑的地平线尽头,那里就是我们要去的地方,但我开始怀疑这种天气究竟能不能游泳。有茶农在田间劳作,像水牛一样。他们的水烟筒和农药喷洒器肆意丢在草地、田垄上。

我重新骑上了车。

"鞋子不错。"瘦卵说,"下次多拿一双,卖了,我们对半分。"

我瞥了一眼他脚上的鞋,沾了水后亮晶晶的,像是镶了钻。

瘦卵单手骑着车,向我展示他的技术。他变魔术般从后裤兜里掏出一块橡皮。他说今天没拿什么东西,人有点多,被盯住了,只拿了刀和这个橡皮。他说刀不能给我,那东西要命,我要不了。我有点生气,但还是收下了橡皮。

"你以后得还我。"

"那肯定。"

我们在金井的罗山下接了第八个朋友,侧面虎,大家一般都叫他麻虎。他左半边脸长了一圈麻点,听说是六岁时得了水痘留下的,远远看起来像一匹斑马。有个算命的来金井游仙,收了麻虎他爸两只鱼,给麻虎算了一卦。那老瞎子说——麻虎曾十分自豪地转述给我们听——此非斑疹,而是一圈虎纹,乃卦书所谓"侧面虎"是也。还说,虎纹泛红则有权,泛紫则是贵。他让我们叫他侧面虎，但没人这样叫，我们都叫他麻虎，瘦卵有时则叫他斑点狗。麻虎是瘦卵的远亲，据说他们共同的祖辈曾在广东贩过鸦片。

在我们几个人里面，麻虎年纪最小，却是最有钱的，所以他从来不跟着大家一起去拿东西。当然，他就是想去拿，也不合适。他那张脸辨识度太高，镇上谁都认识他。

麻虎也没摩托，他还是推着那辆三轮车加入到了我们队伍里。他看到这帮人已经鸟枪换炮了，惊讶地问："妈的，你们去哪儿偷的？"

羊头朝他努努嘴："麻虎，你会不会讲话？"

"不怕坐牢啊？"

"坐你妈，我们自己买的。"

麻虎不信，咬定是偷的。羊头和另外一人便走上来，扯着他，把他扯进了辣椒和南瓜地，三个人在地里滚到了一起。瘦卵在一边"嘿嘿"笑着。我把浑身是泥的三个人拉起来，羊头捂着眼睛哀号着，说眼睛被虫子咬了。我用力掰开他的手，一只绿身白毛的虫子掉了下去。他的右手肿了一片丘状的小包，从掌心一直蔓延到手肘。

"妈的，什么东西？"我喊道。

麻虎在那虫子上狠狠跺了几脚，绿色的汁液喷溅出来，和雨水交融在一起。羊头的眼眶处一片青紫，扎着几根细长的白毛。他一直在大喊很痒，瘦卵踢了踢他的屁股，"别吼了。"他闭上嘴，但脸一直抽搐着。

"别乱动，我帮你把毛扯下来。"我说。

但他却突然跑开了，越跑越快，突然栽倒了，像个轮胎似的，顺路滚了下去，直到撞到一棵树才停下来。要没有那棵树，他就直接滚到河里去了。

麻虎说："不过是条毛毛虫嘛。"

瘦卵蹲下去，掐住羊头的人中，嚷道："死不了的。就是条毛毛虫。"

我看着麻虎，麻虎看着树后面的石桥，有一条破船晾在桥底，奔腾的水流推不走它。他那半脸虎纹湿了水，颗粒分明。

"搞什么？"

我们听见有人在后面喊着，全都扭过头去。原来是麻虎他爸来了，挂着拐靠在院子的围墙上,脚下绑着一个用来垫高的木凳。"虎仔,搞什么?"麻虎红了脸,看着我们,说有人被咬了。

"蛇咬的?"

"虫子。"

"你们天不怕地不怕,还怕虫子?"麻虎他爸说。

"我要死了。"羊头说。

说着羊头竟然拉了一泡,真的是臭得要死。他往院子里跑,一边跑一边拉,屎屎顺着他的腿流下来。他是跑一路拉一路,跑到麻虎家院子里的厕所门口,却突然躺了下来,不动了。

麻虎他爸说:"臭小子,就这点本事。一只毛毛虫,就把你吓成这样。"旁边刚好有一个木桶,桶里有水也有鱼。我拎着水桶朝羊头泼去。有一条鱼跳到了羊头的脸上,尾巴狂扇着羊头的脸。羊头醒了过来,摸着自己的脸,说:"我还活着?"说完,又躺了下去。

麻虎他爸说:"你,你们,把院子给我舔净了。舔不净,谁也别走。"麻虎他爸此时把凳子举了起来,随时可能砸下去。连麻虎都吓得抱起了头。我们早就听说过,麻虎他爸发起狠来,是会把人往死里打的。他的那条腿,就是打架打断的。别人打断了他的一条腿,他打断了别人的两条腿。他十四岁就不上学了,打架打了这么多年。麻虎他妈就是被他打跑的。

我心里一激灵,以后我会变成麻虎他爸这样吗?

麻虎他爸的凳子还是砸了下去,只是没有直接砸到羊头身上,而是砸向了那两条活蹦乱跳的鱼。然后麻虎他爸就出门了。麻虎他爸又丢下一句话:"等我回来,院子要舔净。舔不净,我把你们全丢到茅坑里。"

瘦卵没有帮我们收拾院子,他去路边看人打牌去了。他后来说,他也想打牌,但是一个文了满手观音的人不准他坐下来,还给了他一巴掌。瘦卵说:"听着,我早晚要把他那只手给剁了。"又说,"就剁那只文了观音的手。那观音像文得很好看,在哪儿文的?"

麻虎说:"这村子里就能文。我爸的胸口也文有观音。"

瘦卵说:"他们以为我没钱,耍不起。妈的,我没钱?"说着,瘦卵从兜里拿出一张五十元钞票。

"从哪儿拿的?"我问他。

瘦卵的目光又投向那些打牌的人。

原来，他是顺手从那些人身上拿到了钱。拿了多少，我就不知道了。这时候开始下雨了。我坐在一张躺椅上，看着躺在院子里的羊头。他好像真的动不了了。我想，雨水或许能把他浇醒。要是醒不过来呢？醒不过，算谁的责任呢？反正不是我的责任。

我坐在躺椅上，东看西看。这院子里有养过鸡，还有鸡毛在雨水里漂着。我抬头看天，一开始看不见乌云，后来能看见了，看见和看不见，我的心情都没有什么不一样的。后来又看不见乌云了，因为雨下得更大了。不知道什么时候，羊头被瘦卵他们移了过来，就放在躺椅旁边。麻虎不准把他抬进屋里。他其实想把他扔到院子里。他说，要死就死在外面，死在他家可不行。好在羊头又醒了过来。我能听见他微弱的"哼哼"声。

我闭上眼睛，困意雨水般袭来。我感觉被很多东西四面环绕，却什么也不愿想，然后就真的睡着了。等我醒过来，雨已经停了，仿佛睡了一个世纪。有很弱的光洒在院子里，潮湿的泥土蒸腾出草木腐烂的气味。我看见一群泥鳅一样的人在门口吵吵嚷嚷，一个个黑条条的鱼贯而出。瘦卵从屋子里走出来，赤裸上身。

"走，游泳去。"

"现在去？"

"都他妈快五点了，还不去？"

我从椅子上跳下来，脱了衣服，把鞋子甩到一边，也只穿一条长裤，光溜溜跟着他跑了出去。羊头也跟着出去了。他好像什么事也没有了。瘦卵问他："你搞什么？你是不是装死，想从我们身上弄一笔钱？"羊头指天发誓，他不是故意的。这个月，他已经晕了三次了。

"以后别跟着我了。"瘦卵说。

"我这不是醒了吗！"

"要是醒不过来，我们可就倒霉了。"

"十五岁怎么会死？我阿公死的时候都七十岁了。"

我问："你怎么动不动就晕呢？"

"不知道。初一的时候，跟人打架，老师踢了我一脚，我一躲，他踢到了我的耳朵上，从那时候开始，每年都要晕几次。"

"你告他呀。"

"他死了。"

"你弄死的？"

"我倒想弄死他。可他骑摩托，撞死了。"

"我怎么不知道？"

"他调到了别的学校。刚调走，就撞死了。我爸还去吊唁了。"

"你爸这么好？"

"他买了一挂一万头的鞭炮，还有二踢脚，还有焰火，去灵堂前玩了个痛快。"

"你爸不是好鸟啊。"

"那你爸是好鸟喽？"

"我爸是不是好鸟，我不知道。因为他早死了。"

"你爸我还见过呢。怎么死的？"

这时候我们已经走到了潭边。我忍不住踢了他一脚，骂了他一句："你真是个蠢卵。开个玩笑，你都听不出来。"

那片水潭藏在石桥后面，走路得十分钟。麻虎走在第一个，他说本来应该骑摩托过去，但下了一天雨，不好骑。瘦卵开始唱歌，唱那种学校里禁止我们唱的东西。之前学校还禁止我们在宿舍里跳舞，瘦卵跑到县城里找女人跳，果然被开除了。他感到有些奇怪，我们打牌、赌钱和藏烟都没事，但唱歌跳舞却绝对不行。

水潭旁边有一棵黄皮果树，树旁巨石围绕，石头从大到小有序铺陈到水里去。麻虎用鞋子打了一把黄皮果下来，坐在一颗石头上看我们朝外拿着东西。我们围成一圈，各自从裤兜里翻出今天的赃物，面包、冰糖、绿豆酥、散装的喜糖、话梅、盐瓜子，东西散落一地。瘦卵衣服里还有八颗生鸡蛋，是从麻虎家里拿来的。

麻虎说："全拿走了？没留两个？"瘦卵说："鸡还要下嘛。"

麻虎说："下个屁。最后一只鸡，都让我爸赌输了。"

羊头说："鸡蛋怎么弄？"

麻虎说："快，搞个火堆，推进去焖烤。我得吃两个。"

瘦卵说："先游泳，游上来，再吃鸡蛋。"

我们穿着内裤挨个冲进水里。石头很硌脚,我们"啊啊"大叫,冲进水里后就没了声。麻虎从水里探出头来跟我说:"妈的,我们是一群飞蛾。"

"什么?"我大喊,他们全在周围"啪啪啪"地打水,"我们是什么?"

"飞蛾!"

我又钻进水里。如果在岸上看,会以为我们是群鲇鱼,闷在水底一路潜到潭对岸,"噗"地探出头来,互相吐着水。我的内裤在水里滑掉了,只好捂着下体站在一块石头上。潭中央的石头爬满青苔,瘦卵把我推下水去,抢占那块高地。他们挨个争抢着,我听见有人喊:"这石头怎么弹来弹去的?"

麻虎说:"那是浮力。"

我巡回了对岸,找我的裤子穿上。羊头已经把火坑堆好了,乱糟糟的狗尾巴草、柴草、干木头、半干半湿的黄金柴叶,甚至连瓜子、面包的包装袋都被扔进火坑里。

"豹子,可以把坑埋上了。"我听见有人冲我喊着。

我用一根木棍搅动着,封闭了火坑,留出一个小洞,把八个鸡蛋用泥巴挨个裹好,滚了进去。

他们全坐在对岸看着裸体的我。我双手合拢,呈一个箭头,跃进潭里。水花很小,我潜到对岸时,麻虎凑近我说,你刚刚那下跳得真牛。我白了他一眼。瘦卵攀着石头一直往上,踩在最高的地方,大约离水面三四米,"嗖"地跳了下来。

麻虎坐在我旁边,我总会瞥到他那一脸紫色的丘疹,于是我爬到他右侧。有两个人发出跟瘦卵一样的声音,从石头上跳了下来。他们探出头来时发疯般狂笑。

"豹子,"麻虎突然很认真地说,"你觉不觉得潜在水里能听见声音?"

"什么声音?"

"就好像有人在你头上走来走去那样。"他看着深色的潭底说。

"有吗?"我摇头。

他说:"你认真听一下。"我确信麻虎是患有某种疾病的,但我指的不是他左脸的那些丘疹。这病长在他脑子里,让他经常说一些胡话,让他不该属于这个深潭,不该属于我们这项活动。他生在打鱼的村子,却属于这村子。他自己也常说，他要到县城去，因为村子容不下他。

"你试一下。"他很坚持地说。

我撇着嘴，重新潜进潭里，两侧水流灌进耳朵，如同——"嘭"的一下，一个人砸进水面，仿佛船触冰山，潭里摇动不止，把我也抬了起来。

"妈的！"我大喊，"谁啊？"

羊头扶着岸边看向我，微微一笑，又跟着瘦卵的屁股往石头上爬。我再次沉下去，两侧水流灌进耳朵，气泡咕噜咕噜地蹿上来，水流缓慢地环绕我的身体，如同某个夜晚，突然吹灭蜡烛，关上房间的大门，我好奇地将耳朵贴在门上，只觉整夜都有人在周围走动。"嘭"的一下，掉下来一个人，然后又是一个，接着是第三个。他们这次玩了个三人跳水，不亦乐乎。

我爬到岸上，麻虎问我怎么样。我站在他背后，耸了耸肩说，我什么都没听见。

"怎么会？"他说，"我下去试试。"

他沉了下去，几秒后就浮出水面。我问他："有声音吗？"其实我想听听他怎么解释，因为我脑子里含糊不清，不知如何形容那感觉。

他说："有鱼。妈的，没见过这么多鱼，全藏在石头下面。比自行车轮胎都长的，有三四条。"

我看到他在水里腾转了手脚，两手合并，朝潭底钻下去。我在水里睁不开眼睛，所以什么也看不见。他们在河边长大的，自然会这项本领。我蹲在石头上，努力朝水里看着，只能依稀辨认出他赤条条的脊背，如同一只鲸鱼。

麻虎这次沉潜了不知多久，反正等得我手脚上的水全干了。他再一次探出头来，面带惊恐，眼里充斥着血丝。他伸出右手让我拉他一把。我拽住了他，奋力扯到岸上。

"怎么了？"

他示意我别说话，左手使劲攥着，握成一个拳头，捶打着石壁。很突然地，他弓下腰，身体蜷成一只虾米，发出几声骇人的干呕。

"麻虎搞什么了？"瘦卵从石头上滑下来，凑到我身边。

"不知道啊。他说水底有好多鱼。"

"吃坏肚子了吧。"瘦卵说，"他刚刚不是吃了一把黄皮果？"

瘦卵说完就又往石头上爬。羊头说，再跳个五六回，就能回去吃烤蛋了。我问他们："谁来照看麻虎？"没人理我，只能听见他们的嘶吼。

麻虎只是干呕，什么也没吐出来。他的喉结上下蠕动着，我凑了上去，问他到底怎么了。他伸出紧握拳头的左手，打摆子一般上下晃动着。我一把攥住，轻声说："我看一下？"他用力点了点头。我把他的手指掰开。掰到中指时，我已经看到了他攥着的东西。起初，我以为那是一截肿胀的蜈蚣，直到我看到发绿的指甲和被水泡得发白、起皱的皮。是一截手指。

他盯着我说："妈的，水底有一个人。"

"什么？"

"有一个人啊，被石头压住了。看得见肋骨啊。他个卵人，怎么死在下面了？"

我拿起那根手指看了看，还和自己的手指比了比，确认那确实是一根手指。它有些发臭。我想把它扔掉，但它却粘在我的手心，像是长在上面了。再看，它跟我的手指不一样，似乎是脚趾。我脑子里突然冒出瘦卵的脚趾。于是，我在地上捡起一片树叶，把它包了起来，我就这样拿着它，和麻虎一起走到了公路上。

麻虎说："你这么大胆？"

我没吭声。此时的我一丝不挂，心跳得极快。

有一辆货车开过来，是北京牌照的车。司机摇下半截车窗，探出头来，用标准的普通话问："哥儿们，是不是被抢了？"

麻虎说："没有没有。"我说："关你什么事？"

"哦，耍流氓啊。"

"滚。"我说。我奋力地把那截手指扔向了司机。就那么准，刚好从半截车窗扔了进去。

"他妈的，什么人嘛，傻×嘛。"司机骂人的话，也很标准。

我们绕了一圈，从陆地走回对岸，两脚沾满了泥巴。我回过头去，看见石桥上留下了我们的脚印。似乎已经到了六点钟，烟色朦胧的丘陵变得晦暗不明。那些开拓在半山腰的吊脚楼，凝聚了紫色的天光。我指着山腰跟麻虎说："麻虎，那个很像你。"他走在前面，左脸的虎纹随呼吸鼓动着。

"其实我刚刚也听见了。"

"你也看见那个——了？"

我摇头，"我说我听见了。"

"听见了？"

"我听见好像有人在水底走来走去。"

我们直接从芦苇丛里践踏着过去。他走得像只小鹿那样快，好像怕我追上他一样。瘦卵他们已经躺在岸边吃着那些东西了，羊头跟另外一个人靠在树下面抽烟，某一瞬间我觉得他俩像是死了。瘦卵看我们回来了，拿起剩下的两个鸡蛋扔给我们。

我依然一丝不挂。瘦卵歪着头看向我，止不住地发笑。石滩上一片狼藉，瓜子、面包、冰糖的包装袋和烟头散落一地。我套上了裤子，那裤子进了泥沙，硌得我大腿痒痒的。然后我穿好衣服，又蹲下把鞋子穿好。我摸了摸裤兜，两把钥匙还在，一沓毛票也还在。于是我朝瘦卵走过去。

"干什么？"他问我。

我指了指他的凉鞋说："脱了，还给我。"

"你他妈疯了。"瘦卵笑了起来，"你要搞什么，豹子？"瘦卵扭过头去，"喂，你们听到了没？听到他说什么了？"

"脱了。"我咬着牙说。

"妈的，你——"

我走过去，把拿过断指的手捂向了他的鼻子，同时用力一推。他说了一声"臭——"就向后倒去。我随即上去一脚，踩住了他的狗脸。我还把脚趾伸向了他的嘴巴。

"起来。"我对他说，"快点。"

"那我穿什么？"

"关我什么事？"

我套上凉鞋走出石滩，踉踉跄跄地走过羊头，走过其余的那些人。他们瞠目结舌，还有人把一根香烟塞进我兜里。我走过麻虎，他瞟了我一眼，面色依然铁青。最后我走到杂草里，彻底走出了那座水潭。泥沙上踩出了我杂乱的脚印。那是我光脚踩出的脚印。那双凉鞋我没穿，而是拎在手里。我要把它洗净，然后还给表舅。

（原载《十月·长篇小说》2024年第3期）

逃出棕榈寨

/程皎旸

1

我不知母亲去了哪里。上次见她的动态，是去年春末，她更新了一幅画在个人网站：一片紫，深浅荡漾，像海，或傍晚时的薄雾；中间斜躺姜黄色女体，四肢被截去，乳房淌血，血迹在腰间对称晕染开，好像被折断的翅膀。图片角落有字，是她的笔迹，宛如羽毛纤维拼凑的密码，我看不明白，但我知道这是她家族字符——东南亚的棕榈寨文。我购买了"冷门语言翻译软件"，破解出语无伦次的句子："春光灿烂，翅膀飞吗？香港离去。"不知母亲在写什么。也许是诗，也许是想告诉她的粉丝，她目前离开了香港，到别处旅游。莫名其妙，说走就走，一向是她的特色。我没多想，继续钻回自己的生活。

那段时间，我忙着处理"火烈鸟女团"宣传案。她们是来自东南亚的表演团体，由数十名变形女子组成，平均年龄为18岁，报名参加"火烈鸟小姐"改造计划后，便会被送去曼谷集训，表现优异者可与女团签约，并进行变形手术。从手术台上醒来后，她们的皮肤已从棕黄褪成橘粉，背脊更生出一对漂亮的电子羽翼。羽翼依靠太阳能充电飞行，羽毛色泽随光照可经历浅粉至橙红的渐变，如梦如幻。不过，每年仅有十强选手才能成为火烈鸟小姐，其家庭亦可得到一笔相当可观的报酬——据说这是自人妖后，最受东南亚人期待的行业。

在东南亚各国首都赢得大量粉丝后，火烈鸟女团决定进行亚洲巡回演出——自东京、首尔后的第三站就是香港，时段在圣诞节前一周。自10月起，我便负责为火烈鸟女团策划线下广告。

当橘粉肤色女孩在地铁站内的全息投影广告牌飞天起舞时，我意识到圣诞节快到了。我暗自观察路人的反应，他们纷纷议论那对翅膀，兴奋地讨论它们被插入女体的过程。不知怎么，我忽然想起母亲的那幅画——姜黄色的女体，泛着羽翼状的血迹。我刷回她的个人网站，没有更新。我又发了信息问她："在旅游吗？"她没回复。我甚至给她打了电话，却被告知对方用户已停止服务。我开始紧张，并在梦里见到她：她的身体被大小不一的树叶层层覆盖，只露出一对铜黄色乳房，乳头汩汩流血。我在梦里问："你是我的妈妈吗？"她面无表情，但乳房却对我摇摇头。我问："那你是谁？你的乳房为何这般恐怖？"她听完便发怒，张嘴吐出巨爪，将我撕碎。醒来后我再次给母亲打电话，依然不通。我无法再安心入眠，工作也心不在焉，终于，在一个星期日的早晨，我从保险箱里拿出母亲留下的备用钥匙，乘上去往西贡的小巴。

2

坦白说，我曾憎恶我的母亲，巴不得她消失。我恨她曾是情色演员的身份，恨她与我父亲结合却又被他无情抛弃，恨她将铜黄肤色、高耸额头及厚重嘴唇遗传给我，还让我永世无法逃离"东南亚贫民窟"棕榈寨人的标签。不过随着胸部的丰满、臀部的挺翘，我的面部瑕疵、家庭背景不再遭人白眼，相反，男同学逐渐中意我异于香港大多数女生的身材曲线。几次恋爱后，我也更能理解母亲被父亲抛弃后而愈发孤僻的性情。于是，我退掉了与男人合租的房间，搬回香港岛的家陪母亲——那年我23岁。

但好景不长，母亲与一个年轻艺术家谈了半年恋爱后，便痴迷绘画，终日将自己关在卧室。最终，她搬离港岛，回到西贡。她在西贡拥有一栋两层楼的村屋——准确来说，那是我祖母留给父亲的遗产。或许出于同情，又或者想一劳永逸，离婚时，父亲答应，这个村屋可在未来二十年内无偿借给我的母亲，但之后的抚养费便能少则少。据说我曾在那里度过长达三年的无忧童年，但我却对它印象淡薄，只是偶尔整理云盘相册时，才瞥见它与我共度的时光。例如四壁墨绿的书房，咖啡色书架呈半圆弧，立在复古吊扇下；母亲头戴棕榈寨特有的尖塔状镀金高帽，披透明雨衣，内里着猩红色比基尼，颈上挂孔雀毛穿成的链子，赤脚，脚踝戴一串铃铛。或许她正摆着性感的姿态，等着被我父亲拍摄写真照片，却被幼小的我干扰：画面里，她一边扶着帽子，一边侧头大笑，胳膊伸向右下角，那里正趴着一个哇哇大哭的我。

但此刻，墨绿色的四壁看不到了——它被母亲挂满印花棉布。书架还在，但书已被清空，堆满杂物；书柜旁是画架，空着，咖啡色的框架已蒙了浅尘——这让我确定，母亲已经许久不曾回家。

我又去卧房搜索。房间摆设简陋，除了单人床外，就是红木衣柜。我打开一看：姹紫嫣红的夏日裙装都乖乖待在里面——那是她最中意的服饰，反而在香港不常穿的秋冬装通通不见——看来母亲没有出意外，她只是一时兴起，去北方旅行了。这么一想，我放松了，顺势往床上一躺。就在这时，我瞥见一张照片，散落在枕边。抽出来一瞧，原来是明信片，正面印着一片棕榈树，树下有一头幼象在缓缓行走。我原以为它是被遗落在这里的老古董，但我将它翻到背面一看，就有些难以相信它的真实性：邮戳显示的日期竟是今年的九月九号，而邮票下还写着几行简体中文，笔画间隔很大，像还未掌握笔力的孩子的字迹。而句子开头更令我吃惊："绮绮姨，你好。"绮绮是我的小名，与我关系好的朋友也会这样唤我。我连忙读下去——尽管语句极不通畅，文法也用错，但我努力凭联想捕捉大意：

> 我从舅舅那里得到这个地址。听说你会和姨外婆一起回家，看我外婆，我太激动。你的手链我戴，一直。等你来带我去香港，一直。11月23日下午3点，等舅舅去棕榈寨机场接你们，再来见我。
>
> 爱你的
> Srye
> 2029年9月9日

Srye，思蕾，或思瑞——我反复咂摸这个落款，无法确定它正确的读音。但它却仿佛一道咒语，逐渐在我的记忆里点燃微弱的光：

幽绿的光影下，一个棕榈寨女孩从路尽头小跑过来。她四肢纤瘦，马尾扎得老高，赤脚，踏在干裂的土地上，裸露的四肢也如尘土般泛着深棕。她一路跑，一路唤我的名字，尝试用刚刚学会但十分难听的中文："绮绮姨，绮绮姨——"

我完全想起来了：Srye是我其中一个表姐生的女儿，也就是我的表侄女。上一次见到她是十多年前，我随母亲回乡参加外婆葬礼。那时我还是中学生；Srye不足十岁，却非常聪明，被母亲教了三次，就能模仿出"绮绮姨"的发音，而光是看我比画，便能懂我意思——这十分讨我喜欢。余下的时光我便与她玩耍而过。我记得那天下午，她带我穿过芭蕉树丛，经过吃草的瘦牛，进入几乎无人的山谷，爬到圆滚粗壮的老树上吃甜腻腻的杧果，望泛紫的天空落下香橙般的夕阳。很快，天色暗了，两边山壁显出鬼影，投射到地面令我恐慌，我起身要走，却被Srye拽住胳膊。她指着天空，张开双臂，做出飞翔的姿态——下一秒，几团黑雾状的生物便从高处的山洞飞出来，箭一般消失不见。我惊得大叫，Srye连忙捂住我的嘴巴，我屏住呼吸——就在这时，一连串黑雾从山洞汹涌而出，像被放飞的乌云，一团接一团，源源不断，无穷无尽，越过树梢，朝着远处的湖面驰骋；又像是透明的画家在夜空中练笔，刷子在同一处描来绘去，成了愈发浓烈、流淌的黑。这是什么？我满脸疑惑。Srye便又做出飞翔的姿态，尝试向我解释。我还是不懂：是什么鸟类吗？她灵机一动，双腿挂在树枝上，双臂在下方摆动，我恍然大悟——是蝙蝠！夜幕降临，蝙蝠出洞了！我又惊又喜，连忙拿出手机，拍摄眼前的奇观——这回轮到Srye好奇了，盯着我手中发光的屏幕，一脸茫然。我记得那时，棕榈寨尚未被旅游业开发，所有人的衣食住行似乎还停留在20世纪。于是我揽过她，打开我的相册，一张张给她看手机里的香港。我给她解释：这个是中环，那个是铜锣湾；这个是我们在九龙塘的房子，那个是我们中学生的派对……也不知她是不是真的能听懂，总之她聚精会神。

但Srye不能陪我玩太久，她每日都要帮家族大人做粗活。她一离开，时间又煎熬起来。好在第二个夜晚，有几个亲戚便与母亲发生争执——其中有一个女人一直在劝架，结果被一个男人拽起头发拖走。我至今还记得，那个男人对着母亲拳打脚踢,还对她双乳吐了一口痰。她气得大哭,立即收拾行李,决定带我离开。我倒是满心欢喜,终于要离开这个无聊的村落,等待母亲从城中心请来的司机接我们去飞机场。

翌日一早,一辆老旧的皮卡车来了。临上车前,我听到有人大声唤着我的名字"绮绮姨"——回头一瞧,Srye从夹道生着翠绿植物的小径朝我跑来,手里拎着一袋杧果。如果没记错的话,我就是这时被感动,却一时不知该送什么给她留念,便将胳膊上的紫水晶手链摘下来,给她戴上。然后,我用贫瘠的棕榈寨词句表示,我会再来看她,并带她去香港玩。她紧紧握着我的手,带着哭腔对我说着一些棕榈寨话,母亲似乎还在生气,瞪着Srye,甩开了那双深棕色的小手。车开了。我靠在皮卡车厢上,一路回头冲Srye招手,大喊:"我会带你去香港,带你去香港"——我发誓那一刻我没有骗她,只是皮卡驶远,我看不到Srye的身影后,一些问题便浮现在我脑海:Srye应该没有护照,母亲似乎不喜欢Srye,我更不知如何与这不发达的地方取得联络——看来这一别便不会再相见吧?想着想着我感到怅惘,在颠簸的车厢里睡着了。醒来我便随母亲登上返回香港的飞机。我在高空中逐渐忘了自己的承诺,忘了Srye,甚至也忘了自己还流着一半棕榈寨的血液。

3

离开西贡的村屋后,我反复阅读这明信片上的文字,猜测着它能给我的暗示。但反复琢磨,我所能得到的信息只有一个:棕榈寨老家或许有事情需要我与母亲共同出席,但母亲独自一人去赴约,丢下了我。为什么呢?这让我又开始反复做梦,除了怪物一般的母亲外,梦里还多了一个模糊的身影:一个极其瘦小的、黝黑的女孩,穿越一片翠绿而来,紧紧握住我的手,盯住我,求我带她走。

被失眠反复折磨数日后,我向经理请了三天年假,于11月23日早晨搭上从香港飞往棕榈寨的飞机。

说来惭愧,虽然身为棕榈寨与中国香港的混血儿,我却对棕榈寨所知甚少。或许因为母亲拒绝与我说起棕榈寨的往事——她在很小的时候就教我回避身份问题,即每当有人问起为什么我的肤色看起来偏棕,我就说是去沙滩晒的，以至于当我进入被旅游团包围的经济机舱时，我竟感到自己是去异国旅行，而非回乡寻母。

好在座椅上插着一本薄薄的《棕榈寨是个好地方》，我连忙翻阅，尽可能减少自己对于家乡的内疚。

扉页是一张打磨精致的裸眼3D（三维）照片：碧蓝天空下，被旅游局修复过的棕榈寨古国石窟壮丽；由石头堆砌起来的塔，仿佛森林般成片，塔面上雕着佛的微笑，笑容倒映在澄蓝的湖水里；一个红裙女子，戴着VR（虚拟现实）眼镜，仿佛幽灵般凭湖而立——"棕榈古国VR之旅，让你踏入时光隧道，带你穿梭在过去与未来，让消失的辉煌重现！"——我便登时想起，在初中的亚洲地理课学过"棕榈寨古国的消亡"。但具体内容记不得了，并不是什么必考重点。

再往下翻，便都是精美的广告：五星级古塔式酒店、寨式足疗城、水上市集、竹火车漫游、火烈鸟小姐舞蹈秀、仿生象骑行……不久我便睡着了，直到飞机降落，我才被眼前的美景惊呆：

蓝天碧蓝如湖，阳光仿佛刺穿大地，空气透亮得摸不着一丝粉尘。仿棕榈寨古塔的建筑立在机场，墙壁镶着金色的佛像。

金光闪闪的建筑让一众游客都跑过去拍照，这忽然增加我的自豪感，并逐渐想象着家乡如今发展的盛况——直到排队出关的时候，我才记起自己的任务，四处张望，却根本不见母亲的身影。我盘算着：如果母亲失约，Srye也未出现，那我岂不白白请了这次年假？以至于一个穿着浅绿色制服的工作人员来到我身边的时候，我都没有察觉。我见他对我双手合十，便想起棕榈寨盛行佛教，于是也双手合十还礼——哪知他忽然变脸，扯着我的袖子把我拉出队伍。

我用英语求助，他并不理睬，倒是队伍末尾的几个年轻游客告诉我——我该给小费。

于是，经过第二轮排队后，我乖乖给了10美元作为小费，这才顺利出关。

一进入到达大厅，视野便开阔许多。机场并不如我想象的那样大，很快便走到出口；也并不像其他的国际机场那样复杂，出口只有一个——一个玻璃制成的自动门，可以看到外面不少人在接客。他们举着LED（发光二极管）名牌，各种各样的文字都有。我很快就被一个吸引："欢迎阿丽莎小姨、绮绮表妹"——看来还真的有人在等我。

但出于刚才的小费事件，我不得不警惕，戴上墨镜，佯装陌生人，随着人流绕到木牌附近。举牌的人是身材敦实的棕榈寨男人，他戴草帽，脑袋圆圆，穿鲜黄色POLO衫，胸前印着菠萝形状的卡通人物，并将衣角扎到了系着皮带的牛仔裤里，腆着肚子——看起来不坏。我又站定，斜睨观察一阵。只见他时不时踮起双脚，探着脖子向出口那边张望——的确是在等人。于是我走过去，拍拍他的肩，还没来得及问候，他迫不及待地露出热情笑容，一张嘴，蹦出一串棕榈寨语。我其实听懂了，他大概在说"你好"之类，但还没等我回应，只见他撩起衣角，露出肚皮，松软的腰围显出一串针脚缝合的金属拉链——吓得我心一凉，直往后退。他却不慌不忙地将拉链轻轻拉开，露出拇指般大小的黑色按钮，一按，再抬头，便吐出一连串标准的、但仿佛软件翻译般的中文发音：

"绮绮表妹，您好，我是那烈，您的表哥！欢迎您回到棕榈寨！啊，这是我第一次见到您，您看上去和您的母亲，也就是我的阿丽莎小姨，不太像呢，不过，也是一样的美丽。"说着，他双手合十，对我念诵经文，随后又给了我一个热情拥抱。

在短暂的身体接触里，我眼前不断浮现那个肚皮上的金属拉链。我猜测这是不是就是争议颇多的"人体翻译机"？没记错的话，它应该是两年前的科技发明，在北美初问世时还呼声颇高，甚至引起翻译界的恐慌。但由于它植入人体的价钱颇高，甚至在试用期引发过一宗人体爆炸案，不同国家的科技学生便联名在社交媒体上呼吁，停止此类发明的应用——因为它一旦有什么程序错误，就会给人类的语言系统带来致命性损伤。印象中，香港也早就禁止了此类产品的引进。

"阿丽莎小姨呢？没有和您一起出来吗？"那烈问我。我这才一个激灵从沉思中抽离出来。

"没有。我也是来找我妈妈的。她没有联系你吗？"我问——但内心更想问的却是：你身上是不是被植入了人体翻译机？谁给你植入的？你知道这很危险吗？

那烈听完我的反问，瞬间陷入无措，皱起眉头，咬着手指，一副很为难的样子。

"怎么了?"我问他。

"我想我需要打个电话。您可以等等我吗?"那烈又问。他的官方语气愈发让我觉得自己与他是完全的陌生人。

我点点头,他走到一边去。

我望着他的背影,那上面写着"WELCOME"(欢迎),聚焦点却集中在四处散漫开来的人流:游客一拨接一拨地从出关口里涌出来。各种打扮,不同肤色。他们逐个逐个被举着名牌的棕榈寨地陪领走——一时间,我仿佛见到各国不同的语言符号,通过黑色的按钮穿越过人体血脉、细胞、肉、皮层,再从喉咙里跳出来,化成一串串机械的语言,热情欢迎陌生人的入侵。

"抱歉让您久等。"那烈又礼貌地回到我身边,"还是按原计划先去探望您的阿丽娜姨妈吧,再晚一点的话就怕她……"

"阿丽娜姨妈?"我疑惑。

"对,就是我的母亲,也是您母亲的亲姐姐。"那烈回答。

我这才想起来明信片里的内容,想起来 Srye 说的那句"你和姨外婆要回来看我的外婆"。

"姨妈怎么了?"我问。

"我妈情况很糟糕,我们要抓紧时间了。"

原来如此。我开始想象,姨妈可能病危,于是与多年未曾联系的母亲取得联系,希望能见最后一面。母亲表面上答应会来,其实并未放下与老家亲戚多年前的过节,所以爽约——这像母亲能做出来的事情。可是既然来了,我替母亲去看看姨妈,也并没什么不妥——假都请了,总得做点什么。于是,我便随着那烈走出机场。他替我拖着行李箱,礼貌地请我坐上一辆银色的丰田轿车。

4

车从机场驶出,进入一个空旷的公路,两岸生着不修边幅的棕榈树,与我们并行的大多是载客巴士或轿车。尽管一路上都没见到路面标记或指示灯,那烈依然能熟悉地在车流里驰骋,嘴里还不断向我吐出饱含热情的中文，仿佛要试验他那人体翻译机的发音系统：

"棕榈寨不大的，只有三个区。第一个是金区，最有钱的，住着贵族还有知识分子；第二个是古区，游客最喜欢，看古国石窟遗址什么的；最后才是新区，是您母亲长大的地方，您应该听说了吧？我们现在就是在去往新区的路上。"

我点点头："是的，我妈常跟我说起新区的事……"但其实她没有，我撒谎了。

"阿丽莎小姨一定很想家！可怜呀……她忙得都没法回家看看。多亏了她呀，不然我们哪买得起这车，那我也做不成导游呢！"

我一惊："我妈经常寄钱给你们吗？"

"哦，其实也不是……大概一年一次，寄给我妈妈……但是我妈妈不用，就留给我，还有我爸。"

我没有说什么，但内心感觉奇怪，因为从没听过母亲与我讲起姨妈一家的故事。

忽然，那烈话锋一转，扬起下巴示意我看窗外：

"瞧，我们这就到新区的边界集市啦！"

我顺着那烈的指示向外看：那是一片五彩斑斓的木屋群，屋顶尖尖，搭着茅草，四壁大多被刷成柠檬黄、樱花粉、芭蕉绿，宛如由植物变来的立方体。

"这里主要还是本地人居住，所以还很破旧，等去了酒店街，一切都会好起来。"那烈对我解释。

忽然，如鳄鱼般的瘦长拖拉机迎面而来，驾驶它的一双少女头戴草帽，面裹鲜红纱巾，悬崖勒马般一个急转，去了另一个街口；前方皮卡的货仓上，隆起一座由废品捆扎、堆砌的小山，山顶坐着赤膊的年轻男人，发梢在低垂的树枝下飞起，鸟与之擦肩而过。

逐渐地，载客三轮车越来越多，皮肤棕黑的司机奋力在前方驾驶，身后驮着的二人或三人座椅上，黄皮肤或白皮肤的游客则满眼新奇，端起单反，一路扫射。

那烈减缓车速，挤上一座土桥。桥下的水几乎干涸，却依然有几艘木舟泊在泥泞上——它瘦长，生着龙头，挂满色彩缤纷的饰物；男女老少在桥下的湿地边或站或立，跳舞、歌唱，几个赤膊的男孩轮番从岸边跳入泥塘，卷起裤腿，肋骨在阳光下清晰可见；几只白牛被拴在树边，瘦骨嶙峋，呆立着四处张望。桥的尽头有一个收费站，那烈驶过它，对着收费器扫码后，下了桥——眼前世界完全是另一番天地了：

沥青马路宽敞，拖拉机不见了，皮卡不见了，辅路上缓行着仿生大象——绯红，柠黄，茄紫，或彩虹色，背上载着透明的圆球状车厢，像水晶缆车一般；车厢里的人则大多戴着VR眼镜，在高空手舞足蹈，表情各异。我猜测他们正在虚拟世界里骑象穿越热带雨林。

马路夹岸立着一幢幢漂亮建筑，有的似小型石窟，雕着佛像的石柱顶起圆拱形屋顶；有的则似宝塔，塔尖上镶嵌彩色瓷片，闪闪发光；还有一片矮木屋围成的庄园，木制外墙生长着人造绿植，屋顶上搭着防水稻草，门口燃烧全息投影篝火。每座建筑间都礼貌地隔着鸟笼一般的栅栏，它们被涂上金粉，黄澄澄的。栅栏前通常站着两三个迎宾男女。他们穿棕榈寨民族服——金黄打底的无袖马甲，领口镶嵌五彩珠片，搭配及踝长裙；女人的马甲较短，像抹胸，露脐，裙子颇紧身，塑造沙漏式身体——站在写着"WELCOME"的招牌前。有轿车不断在门口出出入入，接送不同肤色的人们。

"这整条街都是酒店吗？"

那烈点点头：

"是，这就是我们新区最繁华的地方！可惜阿丽莎小姨没能回来看看——想当年，这可是个又破又穷的小村子啊，好在被一些外国富翁买下，才有现在漂亮的样子！"

"那原本住在这里的人呢？"

"基本留在酒店里打工啊，住在地下室——顺便也可以把老人和小孩带进去住……"

忽然，一团粉扑扑的肉体在斜前方的塔尖上飞起来。我仔细看了一阵才辨认出来，那竟是个火烈鸟小姐。她戴金黄色齐腰假发，头上插着棕榈叶形状的发簪，穿孔雀蓝比基尼，四肢干瘪，肚皮塌陷，赤着脚，不断挥起双手对着大地飞吻；羽翼光泽黯淡，电力不足似的，除了上下振翅外，没有其他舞姿——我猜她是被淘汰的选手，羽翼已因长期缺乏保养而不再亮丽。车子经过她时，一个鲜红竖条横幅顺着她腰间捆着的金色伸缩绳垂坠下来，那上面写着英文，大致意思是："棕榈寨火烈鸟小姐歌舞秀，火爆！"

那烈见我看得仔细，便伸手从车载抽屉里拿出一捆票，递给我：
"我跟这个酒店有合作，您要看演出的话，打七折。"
我连忙摇头：
"不了不了，还是看姨妈重要。"
那烈也并没有强求，收回票：
"不过这个小姐不好看的。我悄悄告诉您，她是个'人妖'啦。"

5

我不记得在这看似无尽的酒店街里驰骋了多久，可能只有十分钟，也有可能超过一小时——整齐又光鲜的景象让我仿佛回到香港，很快就看厌，打起盹来。醒来是因为人体对刹车的条件反射，我一睁眼，车已停了。辉煌景象已消逝，车外只剩一片芭蕉树林。

"啊，绮绮表妹，您醒了！刚刚看您睡得香，就没有叫您，沿路错过了很多风景啊——不过也好，您做了个梦，就到目的地了！来，我们下车吧。"那烈露出一个圆滑的笑容。

我随着那烈下了车，脚还没站稳，忽见一群孩子从树林里争相跑过来。他们看上去还不及我膝盖高，手里拎着比他们脑袋还大的篮子，里面摆着零零碎碎的复古小玩意儿：明信片、棕榈糖、菠萝干、椰子壳做的小娃娃之类。

"姐姐，买一个吧，姐姐！"他们围住我，喊着不成调的中文，"一美元，买一、二、三、四、五、六、七、八、九、十，十张明信片——"
"好好，那我来十张明信片吧——"我对其中一个孩子说。
其他孩子便喊得更凶，几乎抱住我的背囊。这让我十分窘迫——篮子里的纪念品几乎蒙了尘，食物更不知是否过期。我不断抬眼看那烈，他却不理会，我只好拿出钱包，几乎将每个孩子的东西都买了一件。但他们还不舍得放我走。"孩子们，我的美元快用光了。"我尴尬地说。那烈这才来解围。他高声喊了几句棕榈寨话，大手一挥，孩子们才作鸟兽散了。

我将那些看起来无用的小玩意儿通通塞进背包，不敢再望他们的背影，紧跟那烈穿出树林，终于见到一个村庄。村口立着一个木头大门，门上挂着一块牌子，上面刻着几种语言，中文的是："复古棕榈人家。"

我们走进去，里面的景色才终于符合我儿时对棕榈寨的记忆：一座座木屋很简陋，各自敞开。土地不加修饰，在阳光下暴晒出粉尘。树与树之间晃荡着吊床——我这才发现，躺在里面的不再是无所事事的村民，而是举着手机自拍或戴着VR眼镜笑嘻嘻的游客。

我再仔细张望，村落其实大不同了，看似简陋的木屋里，已被安上瓷砖地板，四周墙壁贴着各式墙纸。有的是小吃店，有的是服装店，有的是水吧，有的是民宿。游客大多已换上棕榈寨的民族服装，穿着拖鞋，兴奋地在屋里屋外穿梭。而看上去像本地人的，则统一穿上印着"复古棕榈人家"的简便制服，扮演接待员、清洁工、服务生等角色。

越往深处走，木屋的功能就越多样，像带有主题的乐园。例如，"棕榈田园"，内部装饰得仿佛农田，几个客人在服务员的指示下，在屋子里摘仿生蔬菜；"水上人家"里的摆设都是船的形状，地板上流淌着虚拟河流，船上的人戴着VR眼镜摇动船桨；"树林之间"的柱子都被装饰得好似大树，人们爬到树上的椅子上喝椰子汁。

那烈一路跟往来的村民打招呼，喜气洋洋，直到我们在"棕榈魅影"的屋子前停下。它的大门虚掩，门上挂着一个女人的画像：一个背影，棕黄色的背影，沙漏状般的身体。有歌声从门内传出——嗓音甜腻，但曲调慵懒，配合吉他的扫弦，仿佛一只醉了的花蝴蝶，在海滩上不高不低地打着旋儿。

"绮绮表妹，您一定想不到吧？这地方您小时候来过的——"那烈一脸神秘地为我推开门。我差一点尖叫出来。

屋子正中间的小型舞台上，我看到了我的母亲——不，是年轻时的母亲，尚未瘦得干瘪，亦不曾将头发剪得极短，而是将马尾扎在头顶，额上缠一串淡粉色小花，花的形状像帽子；暧昧的浅粉灯光下，她穿一袭柠黄色直筒裙，裙面印大片树叶图案；一双眼直直地看向远处，握着话筒，左右摇摆着身子，机械地歌唱着。

我看出来了，这是全息投影做出来的影像。

"怎么样，很逼真吧？"那烈摘下帽子，从门边的鞋柜里取出拖鞋，像回家一般轻松，"投资我们家的老板是一个搞艺术的，他告诉我们，您的母亲简直是无价瑰宝！"

我不知该如何回应，四处张望。舞池后隐藏着一个弧形酒柜，密密麻麻的酒瓶前，一个棕榈寨男子在低头调酒。长形吧台边坐了一个秃了顶的老头，搂着一个瘦小的女人接吻，她棕黄色的身子几乎被淹没在他白塌塌的肉里。在他们身后，一个被戴上彩灯串的佛像立在吧台尽头，五彩斑斓的灯光闪烁在它静默的佛身上。

台下，嘴唇形的粉色沙发慵懒散布，不同肤色的男女独自瘫坐在上面，有的半睡半醒，有的戴着VR眼镜，脚下蹲着为之按摩足部的棕榈寨女人。"Srye在后院，我去找她出来。"那烈说着便走开了。

为了迎合浅粉色的灯光，四壁也被刷成了偏粉的紫，仿佛博物馆般，内嵌一个个玻璃窗，窗内亮着昏黄小灯。离我最近的那个橱窗里立着一本电子书，书里的文字随着我的到来而自动滚动：

"WELCOME—PLEASE SELECT LANGUAGE"（欢迎你——请选择语言），我对着橱窗点击"CHINESE"（中文），电子书就翻页了：

> 欢迎来到棕榈魅影屋——传说，这里曾住着一个因内战而被遗忘的棕榈寨民谣歌手。
>
> 作为艺术家的女儿，她天生丽质，是家中主人的掌上明珠。
>
> 然而，10岁的她遇上战争。那是在20世纪70年代中期，一支自称为"荆棘花"的土匪军队入侵皇室，开启篡权内战，同时对获得权力的地区进行恐怖统治，且憎恨"文化"，凡是与艺术有关的家庭都惨遭迫害。
>
> 她的父亲被充军，在内战中被地雷炸断了胳膊；母亲更是被遣送去做随军妓女，直到内战结束才被送回。
>
> 战乱中，她与姐姐相依为命，投靠新城的乡亲，靠着务农生存。
>
> 15岁那年，亭亭玉立的她被姐姐卖到泰国曼谷做歌女。从那以后，她背井离乡，消失在棕榈寨人的记忆里。
>
> 根据曼谷考山路的酒鬼们回忆，她的歌声曾是最令人痴迷的："像

是一阵夏风,轻轻地挠在你的心上","听她的歌声,就宛如见到初恋"。

尽管她一直拒绝卖身,但依然多次遭性侵。有一天,她在陪酒时忽然昏厥,醒来发现自己被五花大绑,躺在厕所里,身上已有多处莫名其妙的瘀痕。她大呼救命,不知过了多久,终于被一个路过的外国人解救。那人自称是来曼谷红灯区拍摄纪录片的英国音乐人。

为了表示感谢,她为他唱了一首歌;他却一听钟情,把她带去了香港——他在香港一家唱片公司工作。

虽然她明知他在英国有家室,却依然甘心做他的地下情人。他答应她,再过三年他就会辞职,独自开一家工作室,并且亲自为她制作发行首张个人专辑——《棕榈魅影》。

然而,三年后,她等来的却是他回归英国的告别。

从那之后,她的歌声便消失了。

"有一次我去香港,我见到她。"一个爱慕她的曼谷酒客说,"她已经结婚了。"

"不,"另一个酒客反驳,"她回到棕榈寨了,变成一个会唱歌的影子,飘浮在人们心头。"

电子书在这时便自动关闭了,出现了"Thanks for Reading"(谢谢阅览)的字样。

文字下配有一张模糊的照片:一个棕榈寨女子,依偎着一个白人男子,他比她高出一个头,两人站在田野里,身后还有一头白牛。

很明显,那女人是我母亲年轻时的样子,可是我却仿佛不认得她了。印象中,母亲从没对我提起过这段"往事",我一时难以确认这是被母亲埋藏多年的秘密,还是酒吧老板为吸引客户而编出来的故事。但就算它是真的,我也并不惊讶——母亲一向善于隐藏。为了不让我知道她情色演员的真实身份,她曾一度禁止我看电视。当然,年幼的我也并没什么机会接触到她与父亲合作拍的情色片。直到20世纪90年代中期,父亲执导的那部《狂女》入围了香港金像奖,我才终于在同学的玩笑中、大街小巷的电台新闻里理解了父母的职业,我甚至在街边的娱乐杂志封面上看到母亲半裸着身子与陌生男人热吻的剧照——而我父亲的头像被拼贴在母亲的脑袋旁边，从嘴里冒出一个对话框："Action"（开拍）。从那以后，我开始用课上学来的成语定义父母：他们狼狈为奸，苟且偷生。

而就是这部带有情色画面的惊悚片，令我家一夜暴富。我们搬去了九龙塘豪宅区，我更是被转到一家国际学校念书。但父亲却开始越来越少回家。有一次吃饭时我听到他们议论，很多香港人都移民去了加拿大。加拿大是什么地方？我回到卧室从墙上贴着的世界地图里找出来——那是一个遥远的国家呀。后来，父亲就真的去了加拿大。他在电话里对我说，乖乖听母亲的话，他很快就把我们接过去。但母亲却仿佛越来越忧郁。她几乎不再出门工作，辞了菲佣，时常将自己关在父亲的书房。终于有一天，我的母亲告诉我，我的父亲不会再回来了——他在加拿大又有了新的家。

想到这儿，我忽然害怕"棕榈魅影"的故事是真的。如果那样，我母亲对我隐瞒的过去便足以被榨出一碗苦瓜汁。可谁希望自己的母亲是苦瓜呢？

"绮绮表妹——"那烈的声音忽然又出现在我耳边。

我回头一看，那烈在屋子后门向我招手，示意我出去。我努力将自己从回忆中抽离，经过一个个摆着棕榈寨女子服装、头饰、鞋的陈列橱窗，朝他走过去。

6

后院种满了棕榈树。树与树间捆着吊床，上面攀着几个女孩。她们穿着背心、短裤、短裙，戴着五颜六色的假发，像练习空中瑜伽一般，利用吊床倒挂自己，上身则摆出妖娆的姿势。

树下还站着两个女人，一个正对着我，身材丰满，浓妆艳抹，一手叉腰，训斥她对面的女孩。那女孩戴着鲜粉色假发，穿银色吊带裙，裙面上镶着珠片，波光粼粼。她一双纤细的长腿，好似棕黄色竹竿。但右腿后面的皮肤有很大一片面积的凹凸不平，看上去像烧伤。忽然，女孩不知说了什么，浓妆艳抹的女人被激怒，狠狠揪住女孩的耳朵前后摇摆。女孩的假发被摇晃掉，露出一头被剃成刺猬头的短发。

那烈连忙走过去，捂住那只揪在女孩耳朵上、戴满夸张戒指的手，又对着那浓妆艳抹的脸说了些什么。那女人便斜眼瞧瞧我，露出勉强的笑容，但手还没松。直到那烈从裤兜里掏出几张纸币，塞到她另一只手里，她才释放了女孩耳朵，走去一边。

女孩连忙揉了揉自己的耳朵，缩着脖子转过头。我看到她的脸，圆圆的轮廓，鼻子坚挺，但面颊却不知被擦了多少层粉底，呈现毫无光泽的白，显得裸露的脖颈与四肢愈发棕黄；平胸，V字领在排骨边松松垮垮。

"绮绮姨？"

她轻轻唤了一声——声线依然如记忆中清脆。我半信半疑地点点头，她便大胆地笑起来，甩掉脚上那双透明的高跟鞋，赤脚跑过来。

"绮绮姨！"她走到我跟前，比我还高出半个头，"我，等你，很长很长时间！"说着，她举起胳膊。我看到她瘦瘦的手腕上，紫水晶在夕阳下反光。她的中文比我想象中要流畅，但音调像机器人发音，看来是那烈翻译机的中文学生。

"你长高了，"我伸手摸摸她的头，短发泛着自然卷，"变漂亮了。"

Srye立马笑嘻嘻地，说："绮绮姨，也漂亮，一直，漂亮。"说着，她开心地拉起我的手，原地转圈圈，完全还像没长大的孩子。可我望着她那双堆满翠绿眼影的杏仁眼，逐渐地笑不出来了。

"那个女人是谁？"我停下来，指着树下那个训练者。

Srye回头看了看：

"嗯……我的爸爸的第三个……"她想了想，"第三个妹妹。"

"你们在做什么？"我指了指吊在树上的女孩。

"嗯……"这个答案似乎有点困难，Srye想了一阵，"飞！"她又举起双手，像小时候那样，模仿飞的姿态，然后吐出一串我听不懂的棕榈寨语。

"她说的是'火烈鸟小姐'。"那烈在一旁解释。

Srye反应很快，立马跟着学舌："火烈鸟——小姐——"

"你们要去报名做变形手术？"我吃惊。

"我不想，她逼我——"Srye指着那个浓妆艳抹的女人，翻了个白眼，"被她发现，她，打我。"说着，她又低下头，附在我耳边，"但我，还要逃。"

怎么逃？我想问，但被那烈打断。他强行地站在了我们中间，"时间可不等人，绮绮表妹，我们要赶紧去看您的阿丽娜姨妈了。"

我看看天，四周已经沉浸在淡紫色的暮色里。

"还要赶路吗？"我有点倦。

Srye连忙摆手，"不，不。"她又指指地面，"姨外婆就在下面。"

那烈带着我们回到酒吧。享受足疗的人多了些。几个男人看到穿着暴露的Srye，吹起口哨——Srye对他们竖中指。

那烈立马回头对Srye说了句什么，我没听懂。Srye悄悄告诉我："舅舅让我小心，小心被家族长辈看到我的粗鲁行为，我又被打。"然后她又调皮一笑，"打，不怕！"

经过吧台的时候，酒保抬起头，我才看清他俊朗的五官。他忍不住对Srye露出羞涩表情；我又看看Srye，她也对他抿嘴笑。我想，他们也许恋爱了。可那烈没有留意，他径直走到大门口，弯下腰，将一块瓷砖地板抬起来，那里露出一个约一平方米的入口。嘈杂的人声立刻从下面模模糊糊传上来。

"绮绮表妹，这就是我跟您说过的地下室了。"他做出一个邀请的动作，"跟我来，不要怕。"

我连忙说："这有什么可怕？我在香港，每天都在地下穿行，我们地下还有火车呢。"可依然犹豫着要先下哪一只脚。

Srye见状便抢先顺着木头梯子爬下去，她一半身子陷入黑暗，扬起脑袋，伸出手来。我看看她笑眯眯的绿色眼影，握住她的小手，顺着她的牵引爬下去。

与其说我踏足于地下室，不如说我进入迁移至地下的村落：木桩顶着天地，四壁攀爬电线，钨丝灯泡下，竹席隔断出房间。不远处传来嬉笑，还有金属摩擦地面的锐响——原来是几个小毛孩把易拉罐踢来踢去。

那烈走在最前；我紧握Srye的手，小心翼翼跟着。

我们很快走入深处，那里的灯泡已经灭了，却无人将它换新。几个赤膊汉子各自躺在木桩间的吊床里，像玩扑克一样摆弄写着棕榈寨文的木牌；中间的地面上，摊着筹码状的小圆牌，还有几瓶啤酒。其中几个回过头来与那烈打招呼。有一个尝试抚摸Srye的小腿，却被她巧妙避开。那烈蹲下来，与男人们交流着什么。

"他们是，我外公的，朋友。"Srye悄悄与我解释，"他们，不好。"她使劲摇头。

那烈走了回来。

"您很快就可以见到您的阿丽娜姨妈了。"他说，并牵着我们向前走。

我却感到Srye在逐渐放缓脚步，仿佛在回避什么。

忽然，一个男人从黑暗的角落里现形——我闻到一股酒精味。

他身材健硕高大，蓄络腮胡，花白头发散落在肩头，好似野人。只见他张开手臂，阻住那烈的前进。那烈没有了一贯的圆滑，看看我，又看看他，刚想说话，却被那男人一把揽过去。我听到他大声说笑，嗓音沙哑，相比之下，那烈的回应温暾得不像样子，不断地点头，双手合十，做出祷告的模样，似乎在央求什么。男人听完，抬眼看我，却不理我，只是走了几步，冲着我身后伸手，一手抓住Srye的脖子，把她拎过来。他用一双大手在Srye头发上抚了抚，又捏捏她的鼻子——她完全不敢挣扎。

"你干什么？"我忽然呵斥他，也不知哪来的勇气。

听完这话，他松了手，走到我面前。我有点想往后退，但又不知为何，反而挺直腰板。

他对我似笑非笑地说着什么，那烈连忙在旁解释：

"不要误会，不要误会，他是我继父，也就是您姨父啦！"

说完，他又用棕榈寨语对我的姨父解释——一副和事佬的姿态。

只见姨父摇头，一只手指着那烈，一只手甩着空酒瓶，嘴里滔滔不绝地冒出愤怒的文字。

那烈一边对他点头，一边面露难色地问我：

"绮绮表妹，我爸问您，您的母亲，大概，何时才能到呢？"

我明白了。我的姨父——这个粗鲁的酒鬼，因为我母亲的缺席而不高兴。

可他凭什么对我这样无礼？我可不想顺他的意，故意摇头耸肩，露出一副无所谓的样子。

他见状，更加放肆地对那烈大喊"乌拉乌拉"。Srye趁势从他手边溜出来，躲到我身后。无奈我比她还矮，似乎挡不住她，但我还是紧紧握住她的手。

"他一向都是这样野蛮吗？"我小声问Srye。

"是。所有人都怕他。"Srye点头，"但我，不怕。所以，我被烧。"她指了指她的腿，伤疤好像粉色的小蛇，攀在纤瘦的骨架上，看得我触目惊心。

"那你为什么还要住在这里？你爸妈呢？"

"他们在金城，赚钱，但是他们也不好，每天打架……"

Srye的声音小了下去，她对我眨眨眼，我冲着她指示的方向看过去：只见那烈掏出几张美元塞到姨父手里，这个野兽似的男人倏地冷静下来，仰着脑袋，叉着腰，对我们挥挥手，一脸不耐烦。

"绮绮表妹——"那烈再招待我的时候便有些气喘，尽力挤出微笑，"跟我爸去吧，他带您去看我妈。"

"你爸是不是对我有什么意见，见到我就那么生气？"我问。

那烈摇头，"您别误会，继父也不坏的，就是喝醉了，有点生您母亲的气。"

"我妈怎么了？"

"您不知道吗？"

"不知道。"

"您母亲每年都会寄回来一笔钱给我妈。但现在我妈病重，我爸就发信给您母亲，希望得到更多的资助，为我妈举行葬礼……但您母亲却迟迟不回复……"

那烈忽然闭嘴。我一回头，姨父正用下巴对着我的脑门，鼻孔盯着我的眼睛。他的身后，竹席被掀开，一条船躺在地上，钨丝灯的黄晕散射在船舱。一个女人缩成一团，像豆子一样，窝在荚里。她用几片已经枯萎的芭蕉叶盖在身上，只露出一张枯黄的脸。脸形偏方，瘦得只剩皱纹。一对颧骨硬邦邦地撑着脸皮，眼睛仿佛许久不曾闭上，睁得大大的，望着黄色的天花板——我不能相信，这位看似僵尸的干枯女人是我的姨妈。

那烈蹲下来唤她，她仿佛没听见，仍然直勾勾睁着眼，直到Srye也蹲下来，抚着她的额头，对她唱儿歌般说着话，她才逐渐反应过来，眼睛也有了神，看看Srye，又在Srye的指示下望向了我。

"安娜斯密莎！"她忽然对着我喊起来，嘴唇颤抖。

那烈连忙起身小声翻译："她在叫您母亲的名字。"

"安娜斯密莎，无屋里大喜？"

"她问您，是不是原谅了她？"

见我不吭声，她愈发焦急，不断喊叫，手伸出来，伸向我。

那烈一边安抚姨妈，一边又对我解释："我妈有幻想症，总是认错人，看来您要假装成您母亲了……"我点点头，赶紧蹲下来，握住姨妈的手——那双手焦黄又干瘪。

姨妈终于平静下来。她望着我，嘴角抽动，仿佛有许多话想说，但又无力出声。Srye也握住她另一只手，仿佛想给予她勇气。她却忽然挣脱我们双手，掀开芭蕉叶，露出一对苍老的乳房，她指着它们，一边摇头，一边呜咽般重复着什么。Srye怕她出丑，连忙又用芭蕉叶给她盖上。她不理，自顾自地说着，一边说，一边掉了眼泪。

"她在忏悔。"那烈在一旁翻译，"她说，当初实在是穷得没钱吃饭，才把您母亲卖给歌舞厅。她以为您母亲去了曼谷，能有餐饱饭吃，但没猜到您母亲受了更大的委屈……又说，当年您母亲被我继父欺负，她却没能保护您母亲，害得您母亲被羞辱，离开了家乡，再也不回来……"

我恍然大悟，原来记忆中那个在我妈胸前吐口水的男人，就是姨父；而一直劝架的弱小女人，就是姨妈。

"……前几年外公去世，她是想通知您母亲的，但我继父想独吞遗产，打了她好几个小时，把她打趴下了，她才没能寄信给您母亲……其实也没什么遗产，就这么个屋子！唉……"那烈还没说完，姨妈再次挥手对着空气呼喊，她的五官仿佛被哀伤挤压得粉碎。我捉住她的手，尝试令她平静。

"你为什么不帮帮你妈妈呢？"我有点生那烈的气了。难怪母亲不愿在姨妈临终前继续寄钱回来，我想，她最终是看明白了，多年来的善意并未落在姐姐身上，而是被家中野兽吞食。"你每年都收到我妈妈寄来的钱，为什么不带着你妈妈离开呢？你就眼看着你的继父欺负你亲妈这么多年吗？"

那烈忽然愣住了，失语了一阵才小声说：

"……大人的事，晚辈不能插嘴。如果冒犯了父辈，整个村子都会被乌鸦神啄死。我不敢做这么大的罪人呀……"

我看着他那认真又恐慌的神情，仿佛看到了忌惮神灵的愚昧帮凶。怪他又有什么用呢？他也只是一个被蒙蔽了心的傀儡罢了。

姨妈又继续说话，她好像回光返照一样猛烈颤抖。

那烈赶紧翻译：

"……她说，她感谢您母亲。她知道您母亲每年都在给她寄信还有钱，但还不到她手里，就全被我爸抢走了……"那烈继续替我翻译，"请原谅她的懦弱，她打不过我继父，也逃不出棕榈寨。正因如此，她才遭了报应，乳房发烂，五脏六腑都在下垂……她说，那一定是菩萨在惩罚她。"那烈说到这儿，又停下来安慰我，"您别害怕，这只是她的幻觉。"

幻觉？不，我不觉得。尽管我不认识她，却相信她的痛苦是真的。睡在这艘船里的女子，谁不会感到疼痛呢？想到这儿，我忽然能理解母亲留在香港做情色演员的选择了。我甚至在那一秒变成我的母亲：望着同胞姐姐，望着看起来比自己苍老一倍的体肤，我能因为她由于贫困的出卖而怨恨她吗？而所谓出卖，谁又说得清呢？我不也为了逃离难堪的出身，多年不曾回家看一眼吗？

于是，我蹲了下来，望着姨妈的眼睛，又望了望那烈，轻柔又笃定地说："麻烦你告诉我姨妈——我的妈妈，原谅她了。"

还不及那烈开口，Srye就替我说了。

她像大姐姐哄小宝宝一样，缓缓将姨妈的上身托起来，一边抚摸着她满是皱纹的额头，一边轻轻哼唱：

"呜大喜呀，呜大喜，呜大喜呀，呜大喜——"

"她在说，原谅你了，原谅你——"

于是，我也学着Srye，轻抚姨妈额头，跟着哼唱：

"呜大喜呀，呜大喜，呜大喜呀，呜大喜——"

姨妈一定听懂了。她嘴角不再紧张抽动，眼中的光也逐渐柔和，甚至还露出微笑。她看着我，又轻轻说："安娜斯密莎——"我附到她耳边。她还在说什么，我听不懂也听不清。还不等我起身问那烈，她的声音没有了。我将身子抽离，见到她的笑容凝固，但双眼还睁着，我将手指伸到她鼻子下——

"她死了……"我不由自主地说，这声音小得仿佛并不是从我的口腔里发出来的。

"什么?"那烈问。

"——你的妈妈,死了。"Srye替我回答。

7

我没想过自己会被卷入一场死亡,我忍不住自责。或许我不该自作主张,甚至觉得可以替母亲完成什么任务。如果今日出面的是我母亲,她会不会比我处理得更理性?又或者,按照母亲的原计划,不出面,那姨妈是不是就不会在今日死亡?

但我还来不及多想,很快,姨夫已发现了姨妈的死。他冲进来,掐着我的脖子,嘴里呜啦乱叫。那帮赌博的男人闻声赶来围观,呐喊助威。

那烈被夹在中间,一边劝架,一边向我解释姨父嘴里的怒吼——这令姨父的愤怒变得有些滑稽:

"我爸问,您把您母亲藏到哪里了?现在您把我母亲,也就是您的阿丽娜姨妈害死了,葬礼的钱谁来出?他说,如果您不把您母亲交出来,他就不会放您走!他还说,您和您母亲都是背叛棕榈寨的臭婊子!哦,我的天啊……"

那烈停止了翻译,他双手合十,蹲在地上向姨父乞求。Srye对我大叫:"逃,逃——"却被姨父一脚踹开。

那群男人在姨父的召唤下围了过来,醉醺醺,笑嘻嘻,反拧我的胳膊,纷纷抽下皮带,将我捆绑,然后扔到那艘船上。这时,我就和死去的姨妈睡在一起了。

那烈一边抱住姨父双腿,一边对我说:

"绮绮表妹,您快告诉大家阿丽莎小姨到底在哪里吧。他们说,如果阿丽莎小姨不出钱办葬礼的话,就……就把您活活饿死——"

"报警,快报警——"我居然想到了这样的办法,在这样的地下室里,我为自己的反应感到可笑。

男人们给了那烈一巴掌,集体将他拖了出去。姨父举起手中的啤酒瓶,哇哇大叫,对着我额头重重一击——我失去了意识。

不知过了多久,等我在头痛中醒过来的时候,隐约听到有人唤我。睁开眼，我看到Srye。她似乎已经卸了妆，一双清亮的眼在乌黑的夜色里焦急地看着我。她的脑袋旁边还有一个脑袋，我似乎见过，但又想不起来是谁。

"嘘——"她对着我比画，然后吩咐她旁边的脑袋过来，将我拦腰抱起。我想起来了，那是我见过的酒保。我无力地瘫在他怀里，感到他们小心翼翼地行走在熄了灯的地下世界。我垂眼四顾，那群男人已不见，只有几个孩子躺在吊床里熟睡。

我本想问Srye，姨父他们呢？但又怕吵醒别人，犯了大错，便屏住呼吸。

天梯下，酒保将我迅速松绑，又反手背我在肩上，在Srye的推动下，一点点爬上去。

外面的夜很亮，大排档成片地开在木屋前，众多游客在躁动的巨型音箱边跳舞狂欢，大地被震得颤抖。我瞥见了姨父和那几个男人，他们在不远处伺候客人打扑克、吸水烟。我赶紧收回目光，生怕被发现。

酒保腿脚利索，很快背着我从后院的棕榈树林绕出去。我远远望见一条小径，仿佛就是记忆里的那一条，夹岸生着翠绿的植物。但近了才看到，小径其实是铁轨，上面停着一个安了轮子和发动机的竹筏，路旁还有一个广告牌，牌上写着几种语言，中文是：复古竹火车体验，20美元一位。

Srye抢先爬上竹火车，我紧接着被酒保抱了上去。当我被Srye扶着盘腿而坐时，我才感到额头发紧，伸手一摸，原来脑袋已被包了纱布。Srye见我已坐稳，便对酒保挥挥手，酒保起身站在车尾，发动机抽动，哐当哐当，哐当哐当，竹火车开起来了。

夜风拂面，幽绿在我眼前无限散开，我感到一阵清爽，头也不怎么痛了。这真是不可思议、死里逃生的一天。

"对不起——"Srye忽然在风中对我喊，"我帮不到你，不好，对不起——"

我使劲摇头，以至于脑袋又痛了起来。

"这不关你的事……"我扶着额头，"不怪你……"

Srye似乎没听清楚，愣了一阵子，但见我举起双手，手指迎风伸展，她便知道我已经原谅。

于是，她干脆立了起来，站在我身旁，肆意大笑着，用双手在空中模仿展翅飞翔的姿态。

那一刻，我仿佛在浅黑的天空里看到了一团火，她化成精灵的姿态，向着辽阔的远方无限飞翔。

当大家都适应了"哐当哐当"的噪声后，Srye又坐下来与我交谈。

她比画着告诉我，下车以后，会有一个车站，那里有很多等客的三轮车，我随便坐一辆都可以去机场，不远的。

我握着她的小手，想起了十年前的分别。我想，这一次，我不能再辜负她。

我问她：

"你不和我一起走吗？"

"什么？"

"和我去香港。"

她没说话，一双眼像闪着光。

但下一秒，我就知道她不会跟我走，因为她回头看着开车的酒保——那个在夜风里立正如旗杆的英勇少年。

"你们在一起了？"我问她。

她笑了，连连点头：

"我会和他，一起，逃——"

随后，她又做出飞翔的姿态，"飞走——"

"打算去哪里？"

她耸耸肩：

"无所谓，只要不是这里，就好。"

我点点头，若有所思。半晌，我又问她：

"如果带他一起走呢？"

她眨眨眼：

"什么？"

"他，和你，一起，跟我去，香港——"

这下她明白了，兴奋地张大嘴巴。我也兴奋起来，噼里啪啦地畅想未来：

"对，我可以让我朋友的公司给你们办一个工作签证。如果朋友不肯帮我,那我就找中介帮忙,反正就是花钱,钱我还是有的。总之我会让你们留下来,你们再慢慢找工作。不怕,你们这么聪明,一定可以找到工作……"

她或许听不懂我说什么,但她一定明白我的好意,她高兴地摇头晃脑。

但说起签证,我又想到了身份问题,于是我按住她的肩膀,让她先不要激动:

"你先告诉我,你有没有,身份证?"

她听不懂,使劲摇头。

我赶紧从背包里掏出身份证,给她看:"身份证——ID Card——你有吗?"

她恍然大悟,眼中的光也逐渐暗淡。

"怎么了?"我问她。

她摇摇头:

"被我外公,藏起来了。"

啊——我听到后内心叹了一大口气,但我不敢当着她的面叹出声来,甚至连一丝沮丧也不敢表露。我尽力地张嘴笑着,想转移话题:

"没关系的——"我说,"会好的。"

她这一次没有笑。

我还想再说点什么,却又想不出别的有建设性的鼓励,只能再说一次:

"会好的。"

竹火车逐渐缓下来。不远处的市集在夜晚不再热闹,只剩下五颜六色的商铺在黑夜里绽放。酒保扶着我下了车。Srye陪我走去街口。也许是刚才的事情令大家有点失望,我们一路无话。

帮我招揽到一辆三轮车后,Srye便准备再乘竹火车回去,她不敢逗留太久,担心我姨父会发现,然后追过来。临别前,我问她,她回去以后怎么和姨父交代呢?她又耸耸肩,重新露出一脸调皮:

"打我,我不怕。"

我看着她瘦弱的肩膀,怎么也不忍心就这样一走了之,于是,我心一横,从背囊里掏出钱包——这才发现美元已经不见,看来是被姨父他们搜刮去了。但我并没有当着Srye的面变脸,而是又从笔记本上撕下一张纸,写了张欠条，表示一周内，我会回香港将负责姨妈葬礼的钱打到那烈账户，并留下自己的邮箱。

"你让那烈发信息告诉我他的银行账号。但也要警告你外公，如果我发现他打了你，那么他就得不到一分钱。"我一边说，一边将这段话写在纸上，吩咐Srye务必转交给那烈。

Srye看我，又看纸条，犹豫着要不要接受。我便攥紧她的小手：

"要好好活着，才能和他一起飞走啊——"

她似懂非懂，什么也不说，抱了抱我，随后目送我上了车。

8

在机场辗转几个钟头后，我拖着满是疲倦与尘土的身体，飞回了香港。

一到香港，我就赶紧联系私人医生为我检查——还好脑子无碍，不过暂时不能工作。再次向经理请假的时候，经理表示对我非常失望："如果这个火烈鸟案子的后期工作做不好，你觉得你还有希望升职吗？"我没有回复他咆哮的信息，我甚至暗自希望这个火烈鸟女团可以倒闭，越快越好。

没过几天，那烈就按照我的吩咐给我发来语音信息。他用机器人的语调对我表示冗长的感谢，甚至还念诵了一段梵文。我其实并不知道棕榈寨葬礼到底要多少钱，但我将上个月的奖金——近三万港币转成美元，一次性转账过去。这个行为多少令我有些自我陶醉，仿佛做了一件了不起的善事，以至于接下来的几天，我都仿佛飘在天上。

至于母亲，她的社交媒体更新依然停留在去年春末那幅画，直到平安夜的早晨，我忽然收到母亲的信息。她仿佛只是消失了几小时那般，平淡地回复了我铺天盖地的询问：

"平安夜快乐。你的信息我都收到。上个月我去欧洲参加了一个画展，没用香港的手机号，为了专心创作，也不想上网。本来想早点跟你联系，但半个月前又去拍了个公益广告。"

紧接着，她发来一条链接。我赶紧点开：

那是一个360度影像互动网页。页面中，怪兽巨爪为天，血盆大口为地。十个360度可旋转的女体裸照被挂在空中。我一一点开来看，有中国内地女体摄影师骆诗、瑞士情色电影导演克莱尔·伊顿、印度粉色女团团长伊蕾等，而我的母亲，则被称为"移居中国香港的棕榈寨艺人——阿丽莎"。她们十人一字排开，各自被捆绑，裸露着，蜷缩着，皮肤光洁如婴孩。一个匕首状的光标指引我的鼠标，对着她们背部戳过去。一下，两下，三下，四下……血淌下来，背部生出血色的翅膀，在空白处画出漂亮的弧形。

当我将一串女体的血色翅膀全部完成时，唰，她们在血液中凝成一团跳动的心脏，跌入血盆大口，吧唧吧唧，怪兽吃得津津有味。画面在众人的掌声与嬉笑声中黑屏。

一串白色字体如血液般流动出来：

"请拒绝消遣血与肉。"

我迅速为这个公益网页点了赞，并转发到自己的社交媒体上。除了这样，我似乎想不到第二个支持母亲的办法。母亲也很快给我的转发点了赞。我以为她还会在信息里多说几句，但没有，我看到她很快就下线了。

或许母亲已经习惯我与她之间的疏离。若是以往，我得知她平安回港后，便会安心回归自己的生活，但这一次，我主动给母亲打了电话——她的手机号终于又能用了。

母亲很快接了电话，但并没出声。她那边很安静，我猜她已回到西贡的书房。

"回来了？"我明知故问。

"是的。"她说。话筒里，她的声线依然细腻，如我在棕榈寨听到的歌声一般。

"有空一起吃饭？"我问她，"明天就是圣诞节了。"

她顿了几秒——我猜她一定怀疑自己是否听错。

但很快，她就又平淡地对我说：

"好啊，我去香港岛找你。"

虽然我没有看见母亲的表情，但我相信她一定是笑着。

于是我也对着空气笑了笑：

"早点来，我有很多事要对你说呢。"

（原载《花城》2024年第3期）

我是谁

/巫宏振

我今年可能三十三岁,也可能不是。我有过很多姓,比如赵、钱、孙、李……我现在姓陈,这个姓我用了很多年,但"陈"也不是我真实的姓,那些都不是。我的老板黄强说,我真实的姓可能是唐,也可能是张。我问他从哪里知道的。他说网上有种软件,可以检测出我是哪里人,非常准,已经为很多失踪的人找到了家。他在电脑上用百度搜索,找到那个软件的官方网页,输入我口述的一些信息,点击查找,结果显示我是江西赣州人。

我不信,网上很多骗子,我不会再上当了。我肯定是广东人,而且是客家人,因为我会说客家话。黄强说我怎么这么死脑筋,我这种性格真不会开窍。他相信大数据错不了。他说服不了我,我坚持说我是广东人。我没有跟黄强姓,虽然他收留我,给我工作,给我饭吃,但他说不能跟他姓,这会乱了江湖规矩。他是老板,我是员工,我们不是平级。他比我大两三岁,也可能我比他大。我忘记自己是哪一年出来工作的了,可能十三岁,也可能十四岁。记得那一年,有一次我跟人打架,对方三个人,长得牛高马大,我有点怵,但没有临阵退缩,结果就是我的后背被砍出三四处伤,住进医院缝了几十针,昏迷之后醒来,我的记忆就出差错了。

有时候,记忆是不可靠的,它会干扰我的生活,干扰我的判断,让我对很多东西不确定,比如我不确定自己的姓名,不确定自己的年龄——三十三岁、三十五岁、三十七岁,甚至更大?不过有些东西我很确定,我记得家门口有一株大榕树,有一条河,有一个水电站,我经常在坝上玩水。

我有过很多小名,开始在花都区狮岭镇一家皮具厂工作时,有人叫我"小赵"。后来在黄埔区的一家超市做营业员时,他们叫我"大黄"。过了几年,换在珠江新城的火锅店上班,同事们就改叫我"老孙"……现在隔壁开花店的老郭、楼上开早餐店的王婶都叫我"小陈"。我不确定哪个才是我。

"小陈,听说你找到亲人了?"王婶问道。

我站在早餐店门口看着王婶,她在店里捞着面。

王婶住我楼上,我在一楼,她在二楼。新冠疫情的三年,她照顾过我,给我送过潮汕粿条,给我吃过牛肉丸汤面,帮我度过了封控最严的那段时期。为了回报她的恩情,我给她修过脚踏三轮车,修过落地电风扇,扛过面粉袋,打过老鼠,就是没在她店里上过班。我问过她是否招人,她一边揉面粉一边拒绝说不招了。她丈夫断了右手,手肘之下全截了,搬不了东西,就守着店铺,帮忙擦桌子。夫妻俩都是汕头人,独生女儿嫁到海南岛,一年都不回一次。王婶去过几次女儿家,觉得岛上太热了,住不习惯,还是喜欢广州。我在出租屋里就蹭她家的WiFi上网,她不收我的网费。她家的三轮车占用我门口的空地,经常出门我都要侧着身出来,但我不去计较。我不能用微信支付,也用不了支付宝。我买早餐用现金结账,王婶也不会嫌麻烦,不过每次一毛两毛的零钱她是不会找给我的,她就说下次多给我一个肉包。我也不跟她计较。

黄强用钱试探过我。第一次见到黄强是我来他的百货商店求职那天。为了日后不产生误会,我便开门见山,坦白我的现况——虚构的现状——儿时被人拐卖到湖南,解救之后送到福利院,十多岁就开始出来混迹江湖,没有身份证,没有银行卡,没有固定的工作,不确定家在哪里,以前赚过钱,后面花光了,现在穷途末路,流浪多年,童年的记忆也忘记了……没等我说完,他扑哧一笑打断我的话,下一秒就变脸,叫我滚,别在他面前编故事。当天晚上,我还被一家饭店招工的老板拒绝,然后在街上游荡了一晚上。第二天早上我又返回来找黄强,我知道他急着招工,因为店里只有他一人,此时门口堆满货物。

这次黄强没有驱赶我,他从散乱的货物中爬出来,一边脱手套一边问我，是不是犯法了，在逃罪，所以一问三不知，装失忆？我说失忆确实有点失忆，主要是有点混乱，想不起来。他比我强壮许多，一米八的个头，高我半个脑袋，右手臂上文着一条巴掌大、龇牙咧嘴的蛟龙。他也混过社会，阅历不浅，年轻时打架斗殴，在牢里蹲过半年。蛟龙文身就是黄强的个人象征，象征着他的往事。他掸了掸手套上的灰尘说，可以招聘我，但是先要去派出所查一查我是不是在逃犯。如果是，那就当场为民除害；如果不是，他就聘用我，绝不食言。我说查就查，身正不怕影子斜。

去了两处派出所，系统里都没有我的犯罪记录。一片空白。我是清白之身。黄强挠着头走出派出所大门，大感不解，嘴里嘀咕着："这没道理啊。"他遵守诺言，回去就给我办了入职。刚开始那段时间，他对我心存疑心。第一天，他就故意在店里落下一百块钱，试探我是不是捡便宜的小人。我确实捡了，但把钱放进了收银台的柜子里。两天后，他试了第二次，我还是默默地把钱捡起来，又放回柜子里。如果我私吞，会被角落上的监控拍到，那肯定就上当了。

我之所以敢理直气壮答应黄强去派出所查询，是因为以前那些聘用过我的老板也拉我去查过，结果一样：查无此人。我把自己的情况如实相告。有一次，民警带我去医院抽了血，采集了我的DNA，录入全国数据库，就叫我回去等消息。我想想都觉得滑稽，偌大的城市居然没有我的痕迹，我像个幽灵一样存在。黄强不信邪，有一次他去送货上门，跟客户发生口角，回到店里在气头上，就对我阴阳怪气地说："陈游弋，我怎么看你都像个逃犯，躲在我这里隐姓埋名。"

我忽然来气了："强哥，你不要给我乱扣帽子，冤枉人。我一直是清白之身。"

黄强说："你别横，等着，不管你是人还是鬼，等老子查出你的底细，就揭发你，收拾你。"

他确实查我了，不过不是去派出所，而是在抖音直播上。他有十三万多抖音粉丝，这就是他自信满满的原因。他说他有十三万多的私人侦探来查我，定能将我的过去扒得精光。他问我敢不敢在抖音直播上露脸。我说有什么不敢的，但是我的抖音玩不了，老是弹出一个框，提示我要身份证实名认证，我一气之下就卸载了。黄强让我进他的直播间，但是进去之后不许乱说话，不许骂人。他怕我乱来，惹事封号。走进他的直播间，就等于将我置于十三万多双眼睛的注视之下，令我有些紧张。两年过去了，他没有查出什么来，当初说要揭发我、收拾我的那个想法，慢慢变成了要帮我寻亲。最近他好像有线索了。

"陈游弋，你的希望来了。"他说道。

"陈游弋"这个名字也是我偷来的，我一直都在偷别人的名字，过着我的生活。那年夏天，我在番禺广场一家酒店做服务员，遇见了一个名叫陈游弋的年轻人，看面相跟我年纪差不多，身高比我矮。我们之前互不相识，也没见过面。他拖着行李箱在前台登记入住酒店，上楼时却忘记拿回身份证了。一会儿之后，我把他的身份证送到客房，看到房里还有一个年轻女人。她见到我就躲开了我的视线。我觉得陈游弋也是一个有故事的人，而且我喜欢"游弋"这个名字，像鱼在湖里游荡的样子。那是我在酒店上班的最后一天，按照惯例，每次离职，我都将改名换姓，重新开始。于是，我便偷了陈游弋的姓名，带进下一段生活。好多年过去了，换了几份工作，经历了世间的痛苦与快乐，我还是保留着"陈游弋"这个名字。为了一个女人，为了找回我们的爱情，我依然借着这个名字一直寻找我的亲人。

那个女人叫方珊珊。她有户口簿，有身份证，还有正常的工作，有家人陪伴，不是像我一样无根无源的可怜人。陈游弋出生于1990年2月，而我盗用此人姓名，自然也窃取了他的出生年月，照此计算，我比方珊珊大两岁。遇见她的时候，我已经有了新名字"陈游弋"。当时我们是同事，都在海珠区一家电子配件公司上班。我比她早入职一年。她是文员，坐办公室，我是仓库管理员，负责货物进出登记以及日常维护与管理。办公室与仓库都在二楼，我跟她每天都能见面，互相打招呼。

我说一句："早啊珊珊。"

她回一句："早啊游弋。"

她说话时面带微笑，两颊上有好看的小梨涡。那年她二十三岁。

我能在那家小公司任职仓管，全因现在房东的介绍，他可怜我，担心我没钱交房租，就通过熟人关系把我介绍进去。我还以为他真的可怜我，后来得知，房东每介绍一人成功入职，就有三百元佣金。我可能连小学都没毕业，没知识，没文凭，干不了办公室的工作，然而我正逢年富力强，身上有的是力气，干体力活不在话下。我经常替方珊珊跑腿，一会儿去一楼的保安室帮她签收快递，一会儿又去门口帮她拿外卖，拿这拿那，跑得不亦乐乎。在这个地方上班，我是否有户口簿，是否有身份证，是否有银行卡，是什么样的人，家在哪里，以前做过什么工作等，都很少人关心。把本职工作做好就不会有麻烦。

方珊珊主动关心我，她在员工资料夹上看过我的简历，几乎空白，名字也写得歪歪扭扭，那些资料全是编造的。我比谁都清楚，我的经历绝对不止那几个字，可能一张纸都写不完，但我的记忆出错了，很多都写不出来。有一天下班，我跟方珊珊一起走回家，边走边聊，她就问起了我的简历。

"为什么你的简历除了名字与现在住的地址，其他都是空白的？"

面对她的突然追问，我犹豫了一会儿，要不要跟她坦白呢？以前有人告诫我，不要随便在外人面前暴露自己的缺点，但我面对的是方珊珊，而不是外人，她在我心里不是外人，我不想欺骗她，于是我说了，除了偷名盗姓没有说，其余的我都坦诚相告。她听完后沉默了一会儿，没有表现得很诧异，也没有立刻发表看法，而是若有所思。她说，像我这种身份的人叫作黑户。我问她："会不会怕我？"她扭过头看着我，扑哧一下笑出来："你又不是黑社会，我为什么怕你？"我说不怕就好，我也不知道造成现在这种身份是谁的错，是我、是家人还是其他人。接着她又说，像我这样的人，全国有很多，大概有一千三百万。听到这个数字我立马睁大眼睛看着她，有点不敢置信，因为我对数字比较敏感，知道这个数目有多庞大，在2015年，广州的常住人口也就约一千三百五十万。

她对自己的回答很肯定："对啊，官方统计就是这么说的。"

我问她："他们都跟我一样没有家，没有户口，没有身份证吗？"

她说："看情况而论，不是所有人都一样。"

"所以我还是个特殊情况吗？"

"原因有很多种，像你这样，记不起来的应该是特殊情况。"

我们走到中大地铁站就各自分开。她要去姐姐家，她姐姐跟姐夫在南沙区经营着一间家具店，她说最近店里生意比较好，周末去帮一下忙。

"但是你并不孤独。"进地铁之前她安慰我说。

"我不孤独吗?"我心里想道,面带微笑地看着她。

我办不了羊城通,乘公交坐地铁都用现金。我回出租屋不用乘车,就在新港西路附近的城中村,下班后就走路回去。路过学而优书店时,我偶尔会进去看看,翻翻书。我觉得我以前可能认真读过书,不然为什么想要进书店呢?事实上,我只是翻书,看封面,看五花八门的插画,是那些画吸引了我,而不是文字与故事。有一次,我跟着三五个大学生走上三楼的会客厅,听一位中大的教授与一位男作家谈新出版的小说。台下听众大都是中大的学生,有的低头看手机,有的专注台上两人的对谈。坐前排的几个是年纪比较大的,应该是教授与作家的好友。我毫无感觉,油盐不进,静静地站在门口左侧的茶桌旁。我倒了一杯免费的咖啡,吃了两块免费的芝士蛋糕,味道很好,离开前还拿了两根香蕉。

之后一段日子,我又去了几次书店,凡是遇到听讲座这种好事,我就不想错过,默默地上去吃点免费的饮料与食物就下楼离开。在场没人知道我是谁,也没人找我说话。我跟他们不一样,他们是知识分子,渴望精神的满足,我是无名之人,没有那个需求与爱好,无"精神"可言,有食物果腹便知足了。

我把"免费吃"这种好事告诉方珊珊。她就笑了,说我就是嘴馋了。

"听听讲座也挺好,我都好久没有学习了。"她这样说道。

"下次有讲座我告诉你,你负责听,我负责吃。"

我许下承诺之后,就特别留意书店门口告示牌上面的信息,但凡有变动我都一清二楚。终于等到一天下午,我看到告示牌上换上了新的海报,贴上一张外国女人的照片,她的名字很长,念着拗口:S.A.阿列克谢耶维奇。照片左边是一本书的封面,那本书名叫《切尔诺贝利的悲鸣》。我把那个消息告诉方珊珊,并且约她下班之后一起去书店听讲座,我的目的只想去吃免费的咖啡与蛋糕。已经是12月下旬,讲座的那天刚好发工资。我每个月领工资都是领现金。我下班前去办公室找了方珊珊,从她手里领了一个装着工资的信封袋,上面用签字笔写着"陈游弋"三个字。我打开信封数了数。

"对数吗?"她问。

"对数。"我说。满意地合上信封口。

"每个月领现金也不方便,要想办法办一张身份证,办一张银行卡。"她说。

提到这个事,我不知如何作答。我何尝不想?但是该如何办我毫无办法。过去几年我有过寻亲,有几个热心的朋友帮助过,他们在网上帮我发过寻亲启事,也找过民警帮忙,可是几年过去了,一点结果都没有。一旦我离开了那个地方,离开了那些朋友,那么寻亲之事就此中断。

后来,我遇到现在的老板黄强,他了解我的经历之后,可怜我、同情我,慢慢对我放下偏见,信任我,帮我寻亲。就在前几天,他告诉我,民警找到了线索,疑似找到了我的亲人。认亲的人联系民警,民警再找到黄强,让他转告给我,叫我抽个时间去派出所一趟,跟认亲的人视频通话。说是疑似,因为见面前民警还没有确认我跟对方有没有亲属关系。我谨慎,犹豫,半信半疑。黄强走过来拍了一下我的肩膀说,民警帮我找到家之后,苦日子就算熬到头了。

1986年4月26日。乌克兰。切尔诺贝利。核泄漏事故。灾难开始了。

方珊珊说她没有看过《切尔诺贝利的悲鸣》,但她知道切尔诺贝利核电站泄漏的灾难。

我问她:"你从哪里知道的?"她说:"历史书上。"

我对历史颇感兴趣,但不是从历史书上去了解,而是从抖音视频里了解。我晚上经常在电脑上刷抖音。那台台式电脑还是我以前在二手市场上班时买回来的组装货。虽说我也逛过不少次书店,跑了不少次三楼,蹭吃了不少咖啡、蛋糕与香蕉,但我一本书都没有看完,也一本都没有买过,就更加不会看到那段历史的记载。不过冥冥之中似乎有注定,后来我跟那段历史有过一次短暂的关联。

那天我跟方珊珊都没有去书店听讲座。我们下班后坐地铁去了珠江新城花城汇,吃了一顿羊肉火锅。她喜欢辣味,尤其是藤椒味。我辣到流眼泪。吃完火锅,我们在附近的电影院看了《老炮儿》的首映。方珊珊说,她主要想看李易峰与吴亦凡。电影放到一半我就打起瞌睡,方珊珊看得津津有味。那晚,我们第一次牵手了。那时候,她也不曾想到,多年之后,那两个男明星的遭遇何其相似,一个退网,一个落网。而昔日陪我度过平安夜，看了一场电影的她，也离我而去。

　　元旦放假，我跟方珊珊去爬了白云山，我们在半山腰的一个小亭子里正式确定情侣关系。没有鲜花，没有烟花，也没有定情礼物。我郑重其事地问她，为什么不介意我的现状？我没有身份证，没有银行卡，没有车，没有房，没有存款，就连家都没有，一无所有。我越说越沮丧，不敢直视她的眼睛。她拉着我的手，摇了两下头，一个二十三岁的女孩，用她那青涩的目光看着我说道："现在一无所有，不代表未来一无所有。"我不知道该说什么，她说完那句话我就把她搂入怀里。她的天真令我动容。像我这种身份的人，就像都市海洋里的无帆之舟、随波逐流的浮萍、飘荡在街头巷尾的幽灵，无名无姓，不知根源，谈何未来？

　　方珊珊是福建的客家人，她出生在海边，从小看着大海长大。我说我长这么大还没有亲眼见过大海，她说我应该出去见见世界，不然真的错过太多美好的事物了。她说得没错，我的眼界太狭窄，可是我在广州生活都受到了诸多限制，又怎能顺利去见世界呢？想到这些，我的内心不禁涌起一阵酸楚。2016年后，我玩手机游戏都要身份证实名认证了，登录QQ号码也都要身份信息，这些我都没办法办到，一气之下都把软件卸载了。何况买票坐车出行呢？那样更不可能。

　　我说，我可能一辈子都会困在广州，哪里都不方便去。

　　她好奇地问，有这么不方便吗？

　　她不知道聊这些话题时，我的心思有多么敏感。我的心头铐着一把沉重的枷锁，不仅锁住了我的双脚，锁住了我的视野，还锁住了我的心灵。这么多年来，错过美好的事物已经成了我人生既定的命运，因为这个命运，我习惯了这把枷锁压在身上的重量，踽踽独行。

　　我说："如果世界接受我，我就去拥抱世界，追寻美好的事物。"

　　她笑着纠正道："是你要去接受这个世界。"

　　我想了想说道："那你接受过这个世界吗？"

　　她右手托着下颌儿说道："接受过啊。我的世界是一片无边无际的大海。"

　　小时候，她对世界的认识是从大海开始的。她经常跟着同伴们去海边玩沙堆、捡海螺，有时候她还瞒着父母，跟着姐姐上了同学家的渔船出海。

她姐姐大她三岁，叫方晓晓。方晓晓嫁到广州，先后在番禺、南沙做生意，现在定居南沙。她给我看过姐姐的照片，姐姐与妹妹差不多高，站在一起就像一对双胞胎。说到爸妈，她的话里尽是钦佩与骄傲的语气。她爸妈现在老家经营着一家餐馆，生意稳当，日子平淡，足以安享晚年。

她爸爸年轻时漂洋过海下过南洋。那是1985年初，他随了社会大潮，投奔在马来西亚乌鲁冷岳县做橡胶生意的叔叔，说是跟着下海经商干一番事业再回国。1988年，他带着赚到的钱返回中国，结婚成家，跟妻子在老家开了一家水果店。方珊珊说，她姐姐出生那会儿，爸妈还是开水果店，到她出生的第二年，爸妈才开始转为做餐饮。之后她爸妈再也没有做其他行业，就生活在海边，守着那家餐馆，很少离开那个地方，除非有离开的理由，比如她或者她姐姐。

我跟方珊珊相恋了三个月就开始同居。房子是她租的，离我住的地方不远。搬家的时候，我在老郭的花店买了一束红玫瑰。那是我第一次买花送给她。老郭坐在门口的躺椅上，问我是不是送给女朋友的。我说是。老郭从椅子上起身，叫我等他一会儿。他匆匆走进里屋，像在翻找什么，出来时端了一盆百合花，说要送给我，祝我和珊珊百年好合。老郭有一儿子一女儿，儿子跟我差不多大，我见过一面，在深圳工作，平日里帮不到他的忙。女儿嫁到广西，几年才回来一次。以前，我常常帮老郭搬花盆，清理垃圾，他生病在家时，我还给他看过店铺。他老婆另有工作，在做保洁。给老郭帮忙，我从未拿过他的一花一草，就像我给王婶搬东西也没有要过她的一分钱。我还经常替房东扫楼梯、搞卫生。给清洁工搬垃圾桶，倒上垃圾车。我跟周围的人更像是依附关系。疫情期间，我没有健康码，但他们帮我熬过了那三年。

同居后，我发现方珊珊很喜欢下厨，除此之外，她喜欢跟我讲她家里的故事，讲过的也重复讲，讲她的童年往事，讲她的大学时光，还继续讲她爸爸去马来西亚创业的经历，讲她姐姐与姐夫的十年爱情马拉松，等等。我跟方晓晓在微信视频中见过几面，每次聊的话都不会很多，就是替方珊珊回答我的近况问题，点到为止。方珊珊似乎没有完全把我的真实情况告知姐姐，比如我没有家、没有身份证这几件事就被隐瞒了。那时候，方晓晓生完孩子不到百日，还在家里坐月子。从视频中看，方晓晓气色红润，说话声音很清脆。方珊珊说，她姐夫虽然话不多，但是很会照顾人，等哪天放假就拉上我一块儿去看望姐姐与姐夫。她在视频里噘着嘴逗着小外甥，说上几句就喊着要去抱抱小外甥。她对新生儿或者小猫小狗之类的幼崽毫无抵抗力，看到了就想去抱抱，想去摸摸。

  我没有跟她爸妈通过视频。她也没有问我要不要见她爸妈，也许她还在犹豫，或许认为时机还不成熟。我在她的家庭微信群里看过她爸妈的照片，还偷偷看了她与家人聊天的记录。她没跟爸妈说我们已经同居的事，她提到我，提的都是我们目前的交往日常，当她爸妈问到我的家庭时，她就会跳过话题。她分享过我们出去玩的合照。从聊天的氛围看，她爸妈很高兴，发了很多"爱心"表情包，最后提到想要见我。她家人催她定下心来，该结婚成家了，但是她没跟我提起过爸妈催婚的事。我也就假装什么都没看到。

  我对家庭的记忆几乎是零，无论如何回想都拼凑不出一个完整的画面。我告诉方珊珊，我的失忆一定跟我被人砍伤有关。每次我提到被人打那些事，她就会转移话题，觉得太暴力，不是她想象的事。但那些都是我记得比较清楚的事。她最想要听我讲家里的事，但是我办不到。我其实讲过，都是些模糊的、不确定的记忆，而且无关痛痒，甚至是瞎编乱造的。有时候，在我们分享家庭故事这个事情上，她老是催我努力去想，或许就能想起来，但她逼得有点过，会让我心慌。我就不得不编造一些假的回忆来敷衍她。但是我心里有个声音在提醒我：我编造出来的其实是陈游弋的家庭，而不是我的。我慢慢地对这个名字感到有些敏感了，它好像成了我的一个压力，或者是一个威胁，就像孙悟空头上的紧箍儿，唐僧念一下咒语就很头疼，所以有时候听到方珊珊叫我一声"游弋"，我就会恍一下神，恍过来之后才代入自己。这时候，我心里就会告诉自己：我就是陈游弋。我不知道这种矛盾是从何时开始的——也许是从看到她爸妈的聊天记录那天开始。

  有时候，工作的意义就是能让我转移注意力，暂时抛开烦恼，抛开我的非法身份陈游弋，脑袋空空的，沉浸在来回搬运货物、打包装等琐事里，让那些烦恼被消解掉。恋爱一周年那天晚上，方珊珊第一次问我什么时候可以见见她的爸妈，她没提结婚的事情，只是轻描淡写地问我，有没有时间见她爸妈。她大概看我那段时间闷闷不乐，就有点担忧，所以想让我们的关系更进一步。这也是我比较矛盾的一面，关系每进一步我心里就感到有些彷徨与不安。我不是陈游弋，我骗了她，这个名字是我偷来的，我想要一个户口，一张身份证，一张银行卡，但事实上我什么都没有，如何结婚成家呢？不过从那个时候开始，我心里就有了个底，更加努力寻亲，不为其他，就为了方珊珊。

以前王婶就说过我，她说我是一个没有根的人，一个没有根的人成不了家，找不到老婆，除非入赘。王婶开玩笑地说，如果她有第二个女儿，就会考虑把女儿嫁给我，招我入赘做儿子。她那个女儿都四十几岁了。下了班，躺在床上，盯着天花板，我还会经常想起跟方珊珊的爸爸在她姐姐家交谈的那个晚上……

我敷衍过方珊珊一次，之后她就没有提见爸妈的事情了。那段时间，我们确实很忙，节假日都被工作填满，加班加点干活。她有很多订单要跟进，要处理。我从早到晚忙，忙着拣货、配货、打包装，然后搬到楼下仓库，等待装上车运走。有好几笔来自英国的大订单急需出货，全公司的人都忙碌起来。通常公司的货物远销东南亚与北美比较多，最多的是运到加拿大。欧洲的单子比较少，如果有，那就是上百万的大单子，订的全是LED灯条与电源板，可以塞满好几个集装箱。大货车停在楼下，占用了左边的马路。我记得有个集装箱是蓝色的，天空一样的蓝色，箱门上刷着很大的白色数字25——跟方珊珊的岁数一样。

我在广州港待过一个星期，看过那里的集装箱，不仅有蓝色的，还有红色的、白色的、绿色的等等。那时候，我刚离开酒店，还没有找到其他工作，也没有找到住处，口袋里的钱所剩无几。我就在一个废弃的集装箱里住了下来。那是一个天蓝色的集装箱，颜色亮丽，看着舒服。我想，它完全可以改装成一个集装箱房子。摊开竹席，架起蚊帐，用叠起来的衣服做枕头，床就有了。要是有电，拉条电线，装上电灯，去垃圾堆里捡几张桌椅板凳，靠近箱口处装个灶台，装个水龙头，再弄些厨具，用木板隔一个小空间用作冲凉房与厕所，这样一顿改装之后，这里简直就是一个家了。想象是美好的，想着有一座自己的房子就更美好。但是每当想到美好的日子，我都会不禁感到悲伤。没有户口，没有身份证，怎么建立一个家呢？这么一想，我就又有了寻亲的理由，建立一个家之前，必须要有户口。那时正值8月底，白天太阳在喷火，根本没法待在箱子里，只有到深夜降温了我才敢进去躺一躺。炙烤之后的箱子有一股甲醛味，加上空气不能流通，异味很难散出去，闻着就很难受。躺下去也只是浅睡，很难有个舒服的深度睡眠，眯着眼，就靠着胡思乱想来打发时间。

我不是乞丐，不想住在桥底下、公园里，不想被城管驱逐，也不想被人查身份证。住在集装箱里，我随时可以卷铺盖离开，不用交房租，不用打扫垃圾。我随时随地改名换姓，今天我偷陈游弋之名，明天我偷张三、李四之名，而且偷了就偷了，不用付钱，不会被抓，不会背负罪名。但是，无论怎么变，偷了多少人的姓名，睡在哪个地方，都不会改变一个事实：我是一个彻彻底底的社会的局外人，一个生活在智能系统之外的局外人。

躺在集装箱里的那些夜晚，我会产生这样的假想：如果我被锁在集装箱，搬上货船，运往英国，会被视为偷渡者，视为非法移民吗？

那些被迫离开自己的国家，漂洋过海远赴欧美的偷渡者有很多都是黑户，他们秘密计划一段别样的旅程的时候，难道不就是从走进集装箱开始的吗？一个拥有合法身份的公民，是不太可能选择走进集装箱这种愚蠢又冒险的方式，像一件廉价的物品，远赴重洋，背井离乡。我记得之前在网上看过一则国际新闻，说的是奥地利高速公路上的一辆遗弃的卡车上运载的集装箱里惊现七十多具非法移民的尸体……每每想起这个惊悚的新闻，我便不寒而栗，那太残酷了。我生活受限，不过还没有走到这种绝境，我也不用被锁在集装箱，漂洋过海，逃到异国他乡谋生存。但我看到那些人——偷渡者、非法移民——因为身份不同而遭到拒绝、遣返，最后身陷绝境，心里就会不好受。

于我而言，有些事情经历一次就已足够，再多便索然无味了。离开集装箱的生活之后，我就很讨厌它了，不想再回忆起来，甚至靠近它就感觉有些厌恶，有些恐惧。我把打包好的货物拉到集装箱的箱口下，让其他同事搬到箱子里面，然后我转身返回仓库。我不想再进集装箱了，一步都不想进，也不想直视箱子的底部，那些不堪回首的往事我不想记住。

事实上，我是被广州港上的工作人员赶走的。有一个穿着制服、五十几岁的保安，看到我在集装箱里生火，以为我要干什么坏事，怒气冲冲地走过来，指着我说道："你系边个？搞乜嘢？"他说着一口粤语，看我愣住的样子，以为我听不懂。接着，他用蹩脚的普通话重复问了一遍："你是谁？在这里干吗？"我心里有点虚，随口撒了个谎，就说只是路过，就住一晚而已。他不相信，指着我的行李箱、竹席、蚊帐，还有晾在箱口的衣服，继续说着难听的普通话："一晚？你这像是住一晚吗？"他粗鲁地拽着我的手，说要带我去见负责人，给个解释。我不想见什么负责人，于是一下子紧张起来，用力甩开了他的手。他气势汹汹，朝我扑过来，想要把我顶翻，但是我的力气比他大，一使劲就把他掀翻在地。他坐在了地上，一边怒骂着我，一边掏出手机说要报警。最后我们又打架了。我不怕打架，我就是因为打架才落个今天的结局。我忘记打过几次架了，每打完一次就进一次派出所，拘留十天八天。民警又一次给我开了一张行政处罚决定书。

违法行为人：陈游弋（自报）

出生日期：1990年（自报）

居民身份证号：无

户籍所在地：无

现住地址：无

我在派出所吃过很多免费的盒饭。到了拘留所，他们也没有让我饿着，所里的伙食比外面的好吃。民警对我很友好，给我充过几次电话费，他们可怜我，想要帮助我。我跟他们一遍又一遍地说着我仅有的那点记忆中的家，以及我是客家人这样一个身份。"你怎么确定你是客家人？"一个年轻的民警问我。我当场跟他说了一句"我想回家"的客家话："捱想转屋夸。"另一个民警听懂了，他一拍大腿，很肯定地说我一定是被人拐卖的，后面因为受伤才导致了失忆。我同意这位民警的说法。拘留到期他们就把我放出来了。有一两次我还恋恋不舍，不想离开，至少在所里有吃有喝有住，还不用花钱，出去之后又经常饿肚子了。

然而现在，当黄强告诉我，叫我去派出所跟认亲的人视频通话时，我却犹豫不决。我不是怕进派出所，而是担心那又是一场对方设下的骗局。

我之前就被人骗过好几次。有一个网友说帮我找到亲人了，要去梅州见面，然后要了我一千八百八十八块的寻亲费。我坐了顺风车去到梅州，见到了那家人，结果不是。他们一家都是湖南人，而我确定自己是广东人，他们说着我完全听不懂的湖南话。然后，那个网友就把我的电话拉黑了，联系不上了。后来又有一次，有个人说可以帮我办理身份证，也要了我三千块钱的手续费，说是买酒送红包，疏通关系才好办事。结果什么都没有办成，礼物要不回来了，钱又打水漂了。吃一堑长一智，后来那些找我说帮我寻亲，但是先交钱后办事的人，我都认为是骗子。

有一次，我就是老被寻亲的事烦扰着，工作都没心思，一不留神没站稳，从两米多高的货架上跌下来，摔在了木托盘上。我的左脚膝盖砸到水泥地面上，发出"嘭"的一声。同事们吓呆了，跑过来，把我扶起来，抬到椅子上坐下。方珊珊从办公室里跑出来，看到我痛苦的表情，一下子就慌张起来，急忙说送我去医院。

"没事，不用去，回屋休息一下，涂些跌打酒就好了。"我说道。

然而当时，我都站不稳了，膝盖又麻又疼，一碰伤处就像被针扎了一样，忍不住叫出声来。我已经意识到伤势比想象中的严重。方珊珊生气了，她说我都伤成这样还嘴硬不肯去医院。我印象中此前没有去过医院看病，感冒发烧就在药店买药，打针就去小诊所。去医院看病要挂号，登记身份证，我没有。那一次，我是被两个同事抬着进医院的。方珊珊在前面引路，时不时回头看我，叮嘱我不要再啰唆了，不然她就要生气骂人了。我不敢惹她生气，她生气的样子很凶。拍完X光片，确认骨折，膝盖骨有错位，医生就建议我住院观察。我拒绝了。

包扎完，那两个同事先回去了，我跟方珊珊坐在过道的靠椅上。她的眼神告诉我，她很失望，她说没有见过像我这么固执的人。以前她就说过我的性格不仅自卑，还多愁善感，患得患失。我问她："你为什么这么说呢？"她撇了一下嘴说，这是女人的直觉，她相信她的第一直觉。她说，我的眼神、表情、言谈、举止都在她的目光注视之下，向她透露着我的真实内心——脆弱、敏感、封闭。说完，她就得出一个结论：我的童年肯定很缺爱，很灰暗，很孤独。她就像一名法医，详细地解剖着我的身体。我也学着她，撇了一下嘴，没坦白，没承认，而我都忘记童年是什么样的了。

我问她:"这个结论也来自你的直觉吗?"

她摇了摇头说:"这个不是凭直觉,而是在过去两年多我们相处过程中看到和体会到的。"

"那么,她怀疑过我不是陈游弋了吗?她能凭直觉判断出我是个冒牌货吗?"我心里这样想道。

我不是陈游弋。——这句话我说出来比她揭穿我还要难受。别人戳穿你的谎言,会让你有如释重负之感,而自我揭穿,会让人感觉你更加虚假、伪善、居心叵测,一股脑儿地谴责你、批判你,因为你把世人都欺骗了,把世人都当作傻子,以你的假面具隐瞒世人,这对别人来说简直就是奇耻大辱,很打击别人的智商。

她用不理解的目光看着我。纸终究是包不住火的。

"其实,我不是陈游弋。"我说道。我的声音尽量压低,低到让人感觉这是一句嘀咕,而不是坦白。

"你在说什么?你不是,那谁是?"方珊珊说道。她完全接收到了我这句话里传达出来的信息。

"我也不知道。"我说道,"我偷了别人的姓名。"

我欺骗了方珊珊,我厌恶欺骗,但还是欺骗了。我跟她什么都坦白过,唯独没有告诉她我的姓名是偷来的。跟她坦白的时候,我想象着不是自己在认错,而是那个真实的陈游弋,是他感觉愧疚,是他伤害了自己的爱人。我本能地想为自己辩护,想说这只是一个名字,没什么大不了的,但还没来得及开口就被她的眼泪打断。她劈头盖脸地指责了我一顿,令我无比羞愧,无言以对。那一刻,我觉得我就是陈游弋,陈游弋就是我,她骂的人就是我。但无论是我还是陈游弋,我们都来不及挽回了。

2018年国庆假期第一天下午,方珊珊带我去了她姐姐的家里。谈恋爱两年多,我第一次去拜访她的家人。方晓晓大学毕业之后在卫生院工作过一年,之后夫妻俩一起离职出来做了家具生意。她姐夫的父母就是做家具生意的,二老资助儿子在广州创业。弃医从商后,姐夫与姐姐在番禺区大石镇家私城开了第一个店,生意不旺也不淡,后来换了供货商,加上店铺租期已到,他们就离开番禺搬到了南沙。来之前,我已经听方珊珊说过很多姐姐与姐夫的爱情故事了，他们是怎么力排众议、决定创业的，又是怎么跌跌撞撞、始终不渝地坚守彼此，最后携手走进婚姻殿堂的，等等。有一次在微信视频时，方晓晓忽然问我，跟珊珊在一起，对未来有没有周详的规划？听到这个问题我就愣住了，我被"未来"两个字吓到了。过去那么多年，没人问我未来的规划是什么，过去了无痕迹，现在寻根无踪，又怎么敢保证未来呢？未来是缥缈的，是无法规划的，我这样想道，只是不敢回答方晓晓。

"姐，哪有一上来就问未来的，过好当下不就行了吗？"这时候方珊珊站出来帮我解围。

"你们还是太天真了。"方晓晓叹了一口气，说道。

我感觉方晓晓是在试探我，她对我的表现其实不太满意，跟珊珊交往了两年多都没有去拜访她，虽然她没有直说，但她的眼神与语气已经传达出了那个意思：我不懂人情世故。

见面那天，我没有带礼物，我拎着的礼物是珊珊买的。本来我说我来买的，珊珊说她来，她知道买什么东西给姐姐，她说她买了就等于我买了。她叫我拎着，到家了就叫我亲手交给姐姐。方珊珊可能跟方晓晓诉过苦了，她应该在姐姐那里控诉了我很多罪行——欺骗、隐瞒、偷盗、弄虚作假。后来我才知道，陪她去探望姐姐，是姐姐的意思。方晓晓要当面质问我，训斥我。

"我妹妹说的都是真的吗？"方晓晓说道，有点明知故问。

她抱着儿子，右手有节奏地为儿子拍睡。方珊珊跟姐夫在厨房里忙进忙出，她姐夫也喜欢下厨，他俩在准备晚饭。

"是。"我说道，"很抱歉。"

"我爸妈晚上就到，他们想见你，可是你这种事，我该怎么跟他们说呢？"

"实话实说吧。"我说道。

我又说了一句："抱歉。"除了道歉，我不知道怎么回答她。

聊了一会儿，方晓晓就对我失去了耐心，不再像微信视频中那个善解人意的女人，而是变得冷漠与疏离。沉默了一会儿，她才开口说话，把话题放在方珊珊身上，聊起了珊珊小时候打架的事情。我早已心不在焉，任她自言自语。在此之前，方晓晓提过日后让我来家具店帮忙的事也没有下文了，她没有提起了。

　　下午五点半，她姐夫出门去了，开车去广州南站接她爸妈。她爸妈打算在广州度过国庆假期，也说了顺便见见我。来姐姐家的时候，方珊珊没有事先告诉我要见她爸妈。所以，我什么准备都没有。等待她爸妈的那一个小时里，我诚惶诚恐，因为紧张与不安，悄悄地上了几次卫生间。听到方晓晓说她爸妈已经到了楼下，我又起身去卫生间洗了把脸，望着镜子发了一会儿呆，好让自己平静下来，保持清醒状态。

　　我有些多虑了。她爸妈都很随和，说话聊天面带微笑。聊了一会儿，晚餐时间就到了。饭桌上的气氛很融洽，她爸妈跟方珊珊、方晓晓有说有笑，满足了我对幸福家庭的幻想。她姐夫忙着应付不吃饭的儿子。我则沉默不语，听着他们闲聊。然后，她爸妈问到了我跟珊珊是怎么认识的，又是怎么走到一起的等问题。方珊珊抢答说，她以前已经说过了，不用再说了。她爸爸看着我，他说想听听我说的，他叫珊珊不要打断他的话。我的沉默被打破了，于是随了他的意思，把我跟珊珊之间的恋爱过程讲了一遍。我耍了点心思，避重就轻，完全不提我过去偷别人姓名生活、住集装箱等那些难以启齿的丑事。但是我看得出来，她爸爸对我说的话有所怀疑，好像看穿了我的那点伎俩。不过，他没有立马揭穿我，没让我丢面子，而是若有所思的样子，耐心地听我说完。我以为他会接着我的话继续下去，但是没有。方珊珊转移了话题，聊起了爸妈的近况。她爸爸的皮肤是铜黄色的，她妈妈的皮肤比较白，是那种健康白，二老坐在一起，看起来年纪完全不搭。方珊珊悄悄地告诉我，她爸爸是因为当年去马来西亚才晒成这样的，回来之后就再也没有白过，而她妈妈年轻时皮肤好，后来学着保养，上了年纪也还会显得白些。

　　晚饭过后，我们坐在沙发上，围着茶几，一边吃水果，一边聊着方晓晓家的家具生意。那两年，家具行情不太好，他们有转行的念头，考虑做服装出口贸易，因为他们在泰国、越南、马来西亚等国都有朋友，认为东南亚有市场，赚钱的概率很大。不过，他们还讨论了另一个方向，近年来，电子产品以及零件的市场越来越好做，远销海外，利润也大。所以，夫妻俩一时还拿不定主意。听着他们在聊生意，我也搭不上话，保持沉默。聊过一会儿，方晓晓就说带妈妈出去逛街，她姐夫抱着孩子跟着下楼去了。我也想跟着去逛街，离开屋子，但是她爸爸叫我留下来聊聊天。他说见我就是他来广州的目的之一。方珊珊留下来陪我，坐在我的左边，她爸爸坐在我的右边。两张沙发成直角。我们简单地说了几句近况，当作进入主题之前的闲聊。

接着，他就进入主题："这么多年你都没有身份证，日子肯定不好过，那是怎么熬过来的？"

我猜到了他会从我的身份证问题开始聊起，这是我最大的困境之一，也是急需解决却一直解决不了的难题。我沉思了几秒，看了一眼方珊珊，本想让她主动替我回答，因为她知道我的过去，知道如何应付爸爸，但是她很安静，双手放在膝盖上，看着我，等着我的回答。

"我忘记是从什么时候开始难熬……"我在说出"熬"字时忽然停顿了一会儿，"刚开始并没有那么困难。那几年没有身份证也是可以买到车票的，电话卡不用实名登记也是可以用的……总之没有现在这么多限制。"我说得言简意赅，点到为止，因为他一直在看着我，像在审视我，让我有些紧张。我的目光就盯着桌上的茶杯。杯中的茶叶在水里起起落落。

大概2006年，我在广州服装市场做过搬运工，薪资日结，做了一年有余。那几年，这行情也不那么好做了。后来我去了二手市场卖电脑、手机以及内存卡，从东莞进货，卖到湖南、江西等地。为了避开城管检查，我经常换地方住，到处跑。2008年以后，身份证查得很严格了，买票坐车要证件，住酒店也要证件。从那时起，我的大部分时间都留在了广州，除了此地，我很难在其他地方生活。

"听珊珊说，你还在寻亲？"他问道。

我说是的，找了这么多年还没有找到，不知何时找到。

"你也是客家人？"他的身体往前倾了一下。

我说是的，虽然不知道家在哪里，但我确定自己是客家人。不过，我没有跟他说客家话。我们见面至今都没有说过一句客家话，好像这是我们之间的默契。

"我想尽快找到家人，然后上户口，这样就可以解决身份证的问题了。"我补充道。这像是一句承诺，表明我在努力改变现状，而且是为了珊珊的幸福而改变。他听到我这句话就往后靠着沙发，若有所思。

当年他去到马来西亚才一个星期就不见了护照，他以为搬家的时候遗失了，但后来才知道是被叔叔的员工偷去了。偷走他护照的人也是客家人，来自梅州大埔县。在他叔叔的橡胶园里，大部分工人都是客家人，他们的祖籍大多在广东的梅州、东莞、清远以及惠州，其中惠州客家人最多，有少部分来自福建永定。20世纪60年代，他叔叔在锡矿行业干了两年便离开，然后在印度人经营的橡胶园里找到一份工作。三年之后，他叔叔利用与马来人的利益关系，赶走了那个印度人，正式接手橡胶园的生意。那一年，他叔叔才三十六岁。当时在马来西亚，橡胶业还很兴旺，有市场需求，他叔叔很快赚到了钱，这个好消息传回到了老家。当时他还小，他爸爸虽然有心想要投奔弟弟，但国内正处于"文革"时期，他爸爸没有答应他叔叔的邀请，不想惹祸上身，连累家人，最后打消了那个念头。

到了20世纪80年代初，人造橡胶已占据国际市场，天然橡胶逐年走向没落，他叔叔的橡胶园也开始衰败，这个不幸的消息却没有传回老家。叔叔的神话还在老家流传。在橡胶园里，最大的决定权不在他叔叔那里，也不在其他客家人那里，而是掌握在马来人的手里。为了避免惹事，为了维系橡胶园的一切，他叔叔聘请了两个马来人，授予他俩掌管事务的权力，给当地人留下了亲和的印象，由此也给橡胶园带来了长达十几年的和平稳定。到了马来西亚政府实施原住民优先政策的末期，也就是他投奔叔叔的前后那几年，橡胶园已经变得冷冷清清了，那两个管事的马来人眼见捞不到好处也走了，大部分员工都离开了。

护照被盗，给他造成了极大的困扰，他没敢出去找工作，怕遇见警察突然检查。他不敢把这个消息告诉家人。他跟着新村的同乡做了几个月的香骨，在叔叔的介绍下，转行走进榴梿园。在老家，他姑姑有个水果摊，小时候他吃过不少姑姑家的水果。不过，他第一次吃榴梿还是在马来西亚。在榴梿园工作了一年后，他向叔叔借了一些钱，在乌鲁冷岳县呀吃大街找了一间二十多平方米的商铺，干起了水果生意。没料到生意火了。有一天，叔叔上门来找他，建议他找个马来人来携手管理店铺，可以避免一些不必要的是非。但他不懂叔叔的善意，婉拒了叔叔的建议。他雇了一个清远籍的客家人，一个二十出头的女人——后来成了他的初恋。没过多久，两个马来人找上门来，指责他抢了他们的生意。双方发生了矛盾。当地警察查到他的店里来，他没法出示护照，也没有任何身份证明。以前他就想要办一张当地人的身份证或者买一张出生证明，关键时刻可以保身。他找叔叔帮忙，再找客家人的会馆做担保，给当地的警察送礼物又给红包，花了不少钱，但还是没办成。最后，他的水果店就被关了。

几天后，他在呀吃大街突然被三个警察带走，理由是非法入境。他女朋友毫不知情，警方并不相信他的护照被偷一事。他被关了三天，他叔叔才得知此事。自从橡胶园没落之后，他叔叔就失去了马来人这个靠山，遇到困难还得求助于会馆。他被保释了出来，同样花了不少钱。他开水果店赚到的钱都藏在隐秘的地方，没有被搜到，也没让别人知道，就连女朋友与叔叔他都没说。回到新村，他向会馆提出了最后一次求助。一个星期后，他得到了一张机票飞回了中国。

他说完早年的经历，轻轻地舒了一口气。我们都没有说话。沉默片刻后，他才说道："我没有跟那个女孩告别就离开了马来西亚，是此生一大遗憾。现在想想，如果当初不是因为身份护照的事，我今天过的应该是另一种生活，陪在我身边的会是其他人。"我赞同他说的这一点。我握着方珊珊的手，看着她爸爸，点头表示认可他的话。不过，他忽然苦笑了一声，令我感到不安。

"你现在的处境跟我在马来西亚的时候有点像。那段日子很难熬，很迷茫。"他说道，"从一个父亲的角度考虑，我不希望看到我的女儿日后跟着你吃苦，她没有义务去承担因为你的原因而带来的苦。"

我们最后陷入了漫长的沉默。方珊珊没有为我辩护，她跟我一样赞成她爸爸说的话。她默默地坐在我身边，目光在茶桌上游离，听着她爸爸婉拒了我们的未来。

那天晚上，她爸爸还跟我们说了很多话，说完自己的经历，他整个人看起来似乎放松了许多。他说，如果从他叔叔那一辈人下南洋谋生的时间开始算起，那么如今在马来西亚生活的客家人已经延续到了"客三代""客四代"，早年那些为了逃避战争，漂洋过海去马来西亚挖锡矿、割橡胶的客家人都已经不在人世，而他们的子子孙孙，那些"客裔"们，依然认同自己是客家人的身份，依然人在哪里，哪里就有宗祠，依然有着讲客家话的习惯，依然保留着逢年过节拜观音、拜盘古、拜玉皇大帝的习俗，并且将那些习惯与习俗延续世世代代。

那天晚上，我回到出租屋已经将近十二点。方珊珊没回来，她留在姐姐家，要陪爸妈过国庆。国庆节之后，方珊珊就搬走了，她请了一个长假，同时提交了辞职申请，此后再也没有回来。她已经不想再面对我，而最应该离开的人其实是我。我竭力挽留她，恳求她不要离开，但是无济于事，她说她接受不了我欺骗了她三年这样一个事实，她还说，她不确定跟着我是否有未来，即便考虑结婚，我没有户口、没有身份证，也给不了她一个家。我们住的那个房子是用她的身份证登记的，她说她会跟房东说明一切，让我继续住下去，不用搬进公司的破宿舍里。我说，她离开之后，我也不会住太久了，很快也会离职，搬回以前那里。她没问我离职后找什么工作，连劝一声不要随便离职的话都没说，以前她可是怂恿我离职去她姐姐的家具店上班的。她搬到了姐姐家，姐夫开车来拉走了她的行李。她去姐姐的店里帮忙。

2019年初，我从那家电子配件公司离职。我离开时没有像她那么复杂，她还要办理离职申请，把接手工作的事安排妥当才可以走，弄不好可能产生纠纷。我跟公司就没有签法律规定上的合同，所以离开时很简单，不用办理什么手续，提前三天口头解约即可。这种没有法律保障的劳资关系，在一定程度上最适合我。不过想想，我的生活原本就没有什么保障，何况工作呢？随后我也搬走了，搬回到我上一个房东那里，距离不远，隔着两条街。那个房东不要求我有身份证，有钱交租即可入住。楼上的王婶是后来才搬过来的。王婶搬过来之前我们就认识了，她的早餐店就在我们上班的路上。我跟方珊珊经常在王婶的店里买早餐。

我的行李塞满了两个大箱子，大部分是衣物，还有一些是生活日用品。我把方珊珊买的电磁炉与电饭煲留在出租屋，用了比较久，不想要了。但我拿走了九成新的小电扇与新买的电水壶。

我还戴着她送的小叶紫檀手串。分手之后，我想过还给她，但是还想再给自己一个复合的机会，把它留下来，将来我找到亲人，就戴着它去见她。其中一颗珠子已经裂开，有时候抬手擦汗，就会闻到淡淡的檀香味。

那个味道就像从她身上散发出来的。这条手串是方珊珊从姐姐的家具店里拿的,她说是香港的供货商赠给姐姐的开店周年礼物,除此之外还有一些小雕塑品,比如雄鹰木雕、弥勒佛木雕等。方珊珊从姐姐那里要到了这条手串,把它作为我们恋爱两周年的纪念礼物送给了我。小叶紫檀原产印度,被元朝的一位叫作亦黑迷失的航海家带入中国,当作贡品献给朝廷,属于舶来品。这是方珊珊告诉我的,她是从姐姐那里听来的。其实我最想知道的是,这样一个漂洋过海来到中国的"移民",他有进入集装箱的经历吗?是合法"移民"还是非法"移民"呢?不管怎么说,我觉得这个舶来品戴在我身上有一半合适,因为都是背井离乡;但有一半不合适,因为它有根可寻,而我飘飘无所似,宛如幽幽一身影。

我不是陈游弋,我叫陈游弋而已。

我答应黄强明天下午去派出所跟认亲的人视频见面。他问我还犹豫什么,我也说不上来。跟方珊珊分手后,我寻亲的目的其实更加明朗了,寻根的意义也更加具体了,就是要找到亲人,落户口,办理身份证,挽回珊珊。黄强跟我一样,没有放弃,我每次出远门都向他借钱,他不跟我一起去,他在网上帮我寻找,他请了几个网红帮忙,还请了媒体记者,帮我上过新闻,登过报纸,但还是没有结果。后面又来了由志愿者组成的寻亲团。

有一天晚上,黄强带着一男两女来到我的出租屋,他们拎着一袋水果,一箱纯牛奶,一包大米,一瓶花生油。他说他们是广州最强的寻亲团,因为看过我在抖音上的视频,知道我的困难,所以特意来帮我。黄强介绍说,过去六七年,他们帮助很多失散的人找到了亲人,他觉得他们可以帮我。他领着他们进屋,却没有征求我的意见。他们把东西放在贴着废报纸的折叠式的桌子上。

我拉着黄强走出门口,悄声说:"你怎么不打招呼就带人来我屋里?你不怕这些人是骗子吗?"

黄强一手搭着我的肩膀说:"我这也是为了帮你。我核查过了,这个寻亲团绝对信得过。"黄强轻轻地拍了一下我的胸膛,然后把我拉回屋里。

我住的是一房一厅，空间小，光线暗，举起手就可以触摸到天花板，白天也要开灯，因为阳光从来照不进来，每个月都很费电。房子的隔音不好，常常听到楼上传来咚咚的响声。王婶总是半夜起来准备店里的事。我睡眠不好，有响声就容易醒来，睡不着就想发脾气，但我又不能上去骂王婶，只得忍住。我也不欢迎外人走进我的出租屋——长着霉斑的墙，破了皮、露出棉絮的黑色沙发，沾着油渍的电磁炉，生了锈的电水壶，主机轰轰响的二手电脑，结了蛛网的厨房，洗涤槽里堆着中午没洗的碗碟，一个在楼下垃圾堆捡回来的木柜子，上面放着水杯、插座、钥匙、剪刀、垃圾袋、蚊香盒、电动剃须刀、打火机。我偶尔抽烟，但不上瘾。以前我每天抽，但在疫情期间失业了一段日子，没有收入，没闲钱买烟，就慢慢控制住了。我不想让别人看到我个人的生活场景。以前方珊珊说我住的屋子有点邋遢，不爱卫生，跟她在一起的时候，我改了一些不好的生活习惯，但有些改不了，根深蒂固。

男志愿者从布袋里拿出一个微型录像机，询问我们是否可以录像。在征得我与黄强的同意后，他笑着道了声谢谢，然后把镜头对准我们三个人。穿着白色衬衫的女志愿者询问我，穿着休闲T恤的女志愿者拿着笔，把笔记本搁在膝盖上，快速记下关键词，梳理我们的对话。黄强站在一旁进行着抖音直播，他不想错过每一次增粉的机会，重要的是还能直播带货。他后来告诉我，这三个志愿者早就关注了他的抖音，他们都在关注着我寻亲的事。我也发现，他们关注了我的微博，还给我点过赞，在评论区留过言，只是我没有留意到。我跟他们也没有互关。黄强批评我做人不厚道，他说别人关注我，关心我，互关就是一种尊重与礼貌的行为。我没有照他说的做。我以前遇到一个微博大V，他先关注我，然后发信息说他看了我的视频，可以帮我寻亲，有偿价三千六百八十块钱。我以为微博大V有信誉，有资源，容易找，就答应了。见了面，交了钱，寻了三天，大V忽然消失了，把我的电话、微博全拉黑了。他骗走了我的钱。

被骗多次之后，我的前房东就带我去营业厅办了一张电话卡，身份信息全是他的，人脸识别也是他的。我用这个电话卡用了好多年，至今都没有换过。有一次，我跟人争吵，打架，把手机摔烂了，但离开后又返回去把卡捡了回来。搬走之后，我就再也没有见过前房东，现在他的那栋楼房已经交给他儿子管理了。我试过去营业厅登记，想要替换成我的人脸识别，最后因为人与卡无法统一而失败。我找过现在的房东帮忙，叫他帮我办理一张新的电话卡，但他拒绝了。所以，但凡任何需要身份验证，需要人脸识别的步骤，我都无法完成。

在医院里坦白的那个晚上，我还告诉过方珊珊，我不仅偷过陈游弋的姓名，还偷过很多人的姓名。具体来说，我偷过很多人的身份证。那是2012年，我离开黄埔的那家超市之后，游荡了半年有余。那半年时间里，我专门偷别人的身份证拿去卖，四百块钱一张，专卖给我身边那些没有身份证的黑户们。我清楚地知道广州哪里有需要身份证的人，他们大多隐身在各个批发市场或者小作坊，需要一张身份证来"护身"。我的客户就在各处的街头巷尾。他们大部分人与我有一样的命运，同病相怜，而我卖出一张身份证就像给了对方一张治病的药方，疗效显著。当卖出第一张身份证之后，一传十，十传百，很多人就主动来找我了，其中有熟人，有陌生人，有年轻的，有年老的，不管是男是女，凡是有需求的，都来找我。我在那个时候都快成了他们嘴里的"恩人"。我把他们的名字一一登记下来，预收每人一百块订金。

有人不乐意了。我点着手指算给他们听："公交费、饭钱、跑腿费、时间费，还有可能被抓之后的保释费以及造成的精神损失费等，这算下来收一百块已经是最低了。"

他们坑不到我，他们需要身份证，他们有软肋，这点毫无疑问，所以大部分人给订金给得比较爽快。我收到的第一笔总订金是一千块，我视之为创业的第一桶金。之后，我沉迷在获得身份证的期待里，日夜游荡在广州火车站广场上以及周边，吃在那里，睡在那里，坐在那里，守株待兔，白天化身帮人拉行李的"走鬼"，晚上就伸出贼手，对熟睡的人下手。有时候，我不得不跟民警玩猫抓老鼠的游戏。有一次，我被抓进派出所，罪名是我在广场上替人拉行李，扰乱广场秩序。民警叫我登记身份证，我就说没有，被人偷了，也不记得号码了。然后他们又叫我到前台打电话给家人来赎我，我又说没有家人，我是一个流浪汉。我就这样跟他们拉扯，磨耐性，他们也不能把我怎么样，不可能因为我给人拉行李赚点钱就给我治罪。磨了一个晚上，到了第二天早上，民警警告了我一番，就把我释放了。他们建议我去救助站，兴许买张火车票可以回家，但我没有去。我回到广场上，继续用各种方式来偷身份证，以此谋生，虽然每天都能收获三四张，一个月能有上百张，但还是供不应求。

"你想象不到，一张身份证对我来说意味着什么。"我对方珊珊说道。

我摸着戴在手腕上的小叶紫檀手串，平心静气地看着方珊珊。她一直在注视着我，目光里充满了失望。

我说："有了身份证就意味着可以办理社保，可以办理银行卡，可以买到车票，可以玩游戏，可以点外卖，可以玩抖音，可以上淘宝购物，还可以找一份体面的工作……这样我就不用在火车站广场上给人拉行李，也不会找不到地方租房子，也不用睡集装箱，更不会被人误以为是逃犯而拉着去派出所。"

我确实靠卖身份证赚到了一些钱，但我从未拥有过属于自己的一张身份证。

当黄强带着寻亲团的人来到我这里，他们口口声声说帮我寻亲，帮我解决户口以及身份证等问题的时候，我其实没有抱什么希望。我受骗过，也骗过别人。不过，他们还是帮我做了一些实在的事，将我的资料录入寻亲平台的数据库。几天之后，他们再次来找我，说初步有结果了，他们认为我是广西桂林那一带的人，说可以带我去那边找一找。与以往不一样的是，他们不要我的寻亲费，但是有个条件，寻亲成功之后要用我的照片挂在他们的寻亲平台上使用三年。我想了想还是拒绝了，因为他们在变着方法来利用我。黄强知道后气到差点把我辞掉。

"你活该一辈子找不着家。"黄强怒道。

后来，我还是去了黄强说的江西赣州那边寻找过。他托跑长途客车的朋友顺路载我去了他规划的目的地——龙南县的一个小镇。我寻了三天，带在身上的两千多块钱被人偷了。绝望之下，我打了一个电话给黄强，说我可能回不去了，身上的钱都被偷光了，也饿了两天了，不如死在路上算了。黄强慌里慌张劝我不要乱来，留得青山在，不怕没柴烧。他叫我找个小卖铺，叫老板加他的微信。老板加了他的微信。他转了三百块钱到老板的微信里。那个老板收钱后开始谈条件了，说提取现金要收三十块钱的手续费。趁火打劫，我也只好答应了。就这样，我拿到了二百七十块现金又坐上顺风车回到了广州。

黄强说他要陪我一起去派出所见认亲的人。我说认亲的人是我，又不是他，不用跟着我来。他不乐意了，说要不是因为他在抖音上号召网友帮忙，我至今还找不到家人。他想在我视频认亲的时候开直播。但他忘记了那是派出所，不是他的无拘无束的直播间。民警制止了他。他一边道歉，一边收起手机与直播支架，坐在一旁看着我跟屏幕里的那个上了年纪的女人。那个女人的年纪跟方珊珊的妈妈差不多，只是面相要老一些，她的两鬓上有白发，穿着薄薄的花衬衫。她也在派出所，身后站着两个民警，还有她的三个亲人，一个是她的丈夫，一个是她的儿子，还有一个是她的女儿。她先说话，打破了僵硬的沉默。她用客家话叫了一个名字"小兴"。我没有任何反应。她说我的小名叫小兴。我问她，我姓什么？她说姓卢，全名叫作卢伟兴。我心里嘀咕着：卢伟兴，一个陌生的名字，我从未偷过姓卢的名字。她指着后面依次说，那个是爸爸，那个是大姐，那个是哥哥，大姐的小名叫小和，哥哥的小名叫小万。她说我们三姐弟的名字都是在卢氏宗祠里面取的，选自"家和万事兴"这一句话。她停下来，看着我，等着我说些什么。我一直没开口，一下子不知道如何说起。她接着说，我长得像爸爸。她丈夫就凑过来看着屏幕，跟我挥手打招呼。他有点瘦，中等身高，皮肤有点黑，是常年在太阳底下晒的那种黑——他让我想起了把我从集装箱里赶出来的那个男人。他长着一个高鼻梁，我是塌鼻梁，妈妈与大姐都是塌鼻梁，哥哥是高鼻梁。

我问她是在哪里看到我的，她说是哥哥玩抖音看到了我的视频，他觉得像自己，就想到了失踪多年的弟弟，于是他带着爸妈到当地派出所报案了。我问她，家在哪里？她说了家里的地址。那个地方我没有去过，属于韶关市的一个小镇。

我问她："家门口有榕树吗？"

她说："有。"

"有河吗？"

"有。"

"有水电站吗？"

"有。去年被大洪水冲坏了一角，还在修。"

我迟疑了一会儿，再问她："我是哪一年出生的？"

她想了想说道："1986年4月26日。今年虚岁三十八了。"

我愣住了。我觉得她记错了，那天不可能是我的生日。

我反问她："你有没有记错日期？"

她说不可能记错，哪有亲妈记错儿子出生日期的。

我想她不会骗我，不过我真的想告诉她，她肯定记错了。我怎么会是那天生日呢？但我又什么都没说。我们陷入了沉默。她或许在我身上看到了不一样的东西，她一会儿凑近屏幕打量着我，一会儿左右两边看着身后的家人，可能发现我的耳朵跟他们的不一样。我的耳垂比他们的都要厚。我是单眼皮，哥哥是单眼皮，其他人都是双眼皮。

姐姐也凑过来看了看，然后问我："难道你一点都不记得以前的事情了吗？"

我说还有一点点，但是几乎忘记了。我不是要故意隐瞒，而是失忆所致。我记得被人砍伤了，记得那一年，但是记不得那一年之前的经历了。我转过身去，背对屏幕，一点点撸起衣服，露出背部的伤疤给他们看。爸爸一下子从凳子上站起来，往前走了两步。姐姐往后靠，捂着嘴，瞪大了眼睛。哥哥忽然前倾了一下身体，眉头紧锁着。他们好像不敢置信。我拉下衣服，回转身来，看到她已经流泪了。我问他们，既然认为我是他们的儿子，为什么当年没有来找我？这时候，爸爸才凑近屏幕，替妈妈解释，他说，他们找了好多年，而且报警了，但是一直没有下落。爸爸说，我是在韶关市区失踪的，那是2000年1月下旬，春节前一个星期，他们去市区买年货，人多热闹，我就走丢了。他们认为我被人骗走了，骗去搞诈骗了。他们没有放弃寻找，找了三年，之后遇到了非典，就中断了。疫情过后，他们才重新再找。有一天，他们听到同乡的人从广州回来说，很多搞诈骗的人都被抓到东南亚去了，尤其是缅甸与泰国，去到国外的全部都回不来了，要么被打残了，要么被打死了。找了多年以后没有找到，他们就信了我是被人拐到国外搞诈骗，死于非命了，所以最终放弃了。

我问她，那为什么没有给我上户口呢？网上都查不到我的信息。

她叹了口气说，我是超生的，家里有大姐与哥哥，为了多一个儿子，她躲着怀孕，偷偷地生，生出来之后又怕罚款，所以迟迟没有上户口，直到我上学了才上了户口。那时候家里比较穷，我学习成绩差，还经常跟同学、跟社会上的混混打架，有时候被打得鼻青脸肿。我不是读书的料，所以只读完小学就辍学了……这时候，哥哥凑近屏幕，接过妈妈的话，因为妈妈数次哽咽，说话有些颤抖了。哥哥说，前前后后，家人找了我至少四五年时间，直到大姐出嫁，他也结婚成家，都生了几个小孩。有一天，他去派出所给孩子上户口，就在民警那里问了我的下落，还是一直没有结果，他觉得我肯定不在世了，于是听了民警的建议，不要占用户口簿的页面，就同意给我销户了。

哥哥说完就退回到座位上了。妈妈擦拭着眼角的泪水，已经说不出话来。我不确定她说的那个人是不是我，不过这个说法可以解释我过去遗忘的遭遇。说完之后，我越看越觉得我跟他们似乎长得有些相像。当我想要说什么的时候，我这边的民警忽然走进视频里，他说认亲的那边已经采集了血样，是不是亲属关系，明天下班前化验结果出来，与我的DNA对比就知道结果了。我们都点点头，跟民警道了声感谢。接下来，她问了我一些生活上的问题，问我过去二十几年是怎么过来的。我说一言难尽。我简单地答了几句，主要讲了最近几年的生活，然后就结束这次视频通话，各自回去等结果。

晚上我没有回店里上班，黄强给我放了假。我去了学而优书店。那天是星期一，没有讲座，没有免费的美食，三楼会客厅的门是锁住的。不过，我去书店不是为了听讲座吃东西，而是来找那本《切尔诺贝利的悲鸣》。一晃眼过去八年，书店的布置变化不大，多了些绿萝之类的盆栽。我找了许久也没有找到那本书。我有些着急，好像找不到的不是一本书，而是一个遗失的人。我问了值班店员，她告诉我，那个版本早已经下架，然后推荐我去看新的版本。她走到外国文学书架，拿了一本黑色封面的书走回来，把它递到我面前。我接过书，看着封面，书名已经翻译成了《切尔诺贝利的祭祷》。换了一张面孔，我感觉有些失望。我不要"祭祷"，我要"悲鸣"，一种宣泄胸中苦闷却难以言说的悲鸣。

我抱着《切尔诺贝利的祭祷》在书店里睡着了，我没有翻开来看，拿到书坐在地上，靠着书架就犯困了。以前我老是做梦，中午打个二十分钟的盹也会做个短暂的梦，现在少了，不过还是模模糊糊做了一个小梦……是那个女店员叫醒了我，她说要整理书架，我靠在那里碍着她工作。我没买那本新版书，我不会把一本充满灾难的书带回屋里。认亲的人告诉我，那天是我的生日，我的生日是那天，我的生日竟然是一个灾难日，专家说要消除那场灾难对周围环境的影响需要八百年，现在已经过去三十八年了，那场灾难仍在继续。我的灾难呢？它该结束了，明天就让它结束，明天就是最后的期限。

我把那本写满灾难的书放回书架上。

回到出租屋已经晚上八点多，我肚子很饿，但是不想做饭，抽风机坏了，一做饭屋里就充满油烟味。以前我不觉得油烟味很难闻，但是今天我想起那股味道就觉得恶心。方珊珊喜欢下厨，她说也不知怎么就很享受在厨房的感觉，所以我们同居那两年多时间里，厨房是她的阵地，一直保持干净整洁，没有异味。餐具调料都放在固定的位置上，都有标记。她担心我下厨的时候弄乱那些瓶瓶罐罐，或者认错调料，所以她在一些瓶子上贴了小纸条：味精、酱油、食盐、料酒……

她说，可能是爸爸遗传给她的"下厨"基因，不然怎么会喜欢在厨房里摆弄锅碗瓢盆呢？

我说，倒不如说是遗传了擅长持家的基因。

我走进那间小厨房，忽然讨厌起了那些调料散发出来的酸味。洗涤槽的槽壁积着油污，这是方珊珊非常讨厌的事，她看不惯那种污垢。我拧开水龙头，挤出洗洁精，用刷子使劲地刷槽壁。刷了几遍我就放弃了，那些积了好几年的污垢已经与槽壁黏为一体了，很难擦干净了，就像人身上有了污点一样，想要洗白确实艰难。我把还没有用完的酱油、料酒、食盐与花生油都扔进垃圾桶。明天之后我就不想用它们了，因为明天将是我崭新的一天。

我去街上打包了一碗牛肉丸汤面回来吃。那家面店老板比较吝啬，经常偷工减料，去年10月，疫情管控期间，因为没有给我调料包而吵过一架。老郭的店就在对面，他也跟我吐槽过，他说以前不是那样的，是疫情之后才变得这么抠搜的。他家店里的汤面确实很美味，但那次吵过后我就没去他家店里吃了。如今，他还是一样吝啬，还是会被老郭吐槽，我不问他还是不给我调料包。不过我不生气了，不计较了。取餐时我面带微笑，点头道了声谢谢：谢谢他的面，谢谢他的汤，谢谢他的吝啬。

我把面全吃了，把汤一滴不剩地喝了。

躺在床上，迟迟不能入眠。我想起来，原来没有记下认亲的人的联系方式，民警也没有给我，我忘记问妈妈要了。此时此刻，我想跟他们说几句心窝里的话，没有现场认亲，觉得有点后悔。有人肯认我这个无家可归的人为亲，那么我应该感恩，这都是命运的安排。我已经接受了命运的安排，有了一个摆脱过去、重新来过的机会，它可以给我一个户口，一张身份证，一个合法的身份，从此成为一个有迹可循之人了。

我很想把这个好消息告诉方珊珊，告诉她爸爸：我即将有户口了，即将有身份证了。为了珊珊，我一直努力找回真正的自己，找回我的家。倘若这样的机会提早几年，早点办到户口与身份证，她爸爸就不会反对我们了，就不用担心我与方珊珊的未来了。明天之后，我就有了未来——这是我以前不敢相信的事。如果他们听到这个消息，会为我开心，再给我机会吗？我查看了一遍手机，居然没有她爸爸的联系方式，连电话、微信、抖音都没有。我记得方珊珊说过，她爸爸不喜欢玩抖音、微信等软件，他闲着没事做就逛公园，跟一些老人下棋打牌。不过，餐饮店的事情就够他忙的了。

我点开方珊珊的微信，看了一下她的朋友圈，上面横着一条冷酷的短线。过去几年，我都在看着这条短横线，想过有朝一日它能消失，从此开启我们新的爱之旅程与记忆之门。那时候，她将会重新接纳我，她爸爸也将对我放下偏见，包容我的过去。我努力寻亲的这几年，就是为了等待这一天的到来。

那晚我睡得很舒服，第二天很早起床。我以前起床先是自己做早饭，吃完再去上班，但是那天早上我什么都没有做，而是穿上新买的衣服出门到街上的早餐店里堂食。老郭坐在店门口剪花枝，捆扎出来的一个个花束放在橱窗下的小篓子里。我朝老郭咧着嘴笑。

"小陈，听说你找到家人了？"老郭也笑道。

我点点头,停下来,蹲在一堆花束前面。那里有玫瑰、百合、郁金香、满天星,就像置身花丛之中。我说:"我来帮你扎几束。"

我挑了几朵玫瑰与一小把满天星,抽了一张金色的包装纸,动手扎起来。老郭在一旁看着我,等我扎出来之后,他看着不合心意,就劝我停手,说不要弄坏了他的花,贵得很,他要亲手扎。他今天接到一个大单,客户订了三十六束花,要给某家公司搞周年庆活动,中午十二点来取。我问他能不能也给我扎一束好看的,就扎一束百合加玫瑰,我想送给家人。老郭一边扎一边说可以,一束四十八块。我忽然停下来,把手里的百合花与玫瑰放回到原处,然后摸了摸肚子说,我的肚子咕咕叫了,先去吃早餐。他无暇跟我闲扯了,我也无心帮他扎花了,他以前从来没跟我要过买花的钱,然后我起身离去了。

王婶在早餐店里捞着面,招呼着来来往往的客人,有点忙不过来。她丈夫在屋里收拾碗筷,擦桌子,虽然只剩一只手,但是干得很勤快。王婶也知道了我去派出所视频认亲的事,她也刷到了黄强昨晚更新的抖音视频——那是黄强偷拍的,场景经过打码处理,看不出是在派出所。

她一边捞着锅里的面条,一边问我是不是真的找到家人了。

"是啊。"我说道,"不过今天下午才知道真假。"

"警察找的,肯定是真的。"王婶笑着说。她把捞出锅的面倒入白色瓷碗里,撒了一把葱花,淋了一勺酱油,转身端到身后的客人面前。我买了一个菜包,然后默默地看着笼里的肉包,用眼神提醒她,以前她收了我这么多一毛两毛的零钱,承诺过要多给我一个肉包的。但此时她忘记了。

我去了地铁站旁边的肠粉店吃了一盘石磨肠粉,那是我跟方珊珊以前经常去的地方。吃完之后,我另外打包了一份,拿回店里请黄强吃。他请我吃的第一餐就是石磨肠粉,不过不是这家店的,而是点外卖。这些年因为寻亲花了不少钱,至今还欠着黄强大概一万块。昨天认亲完之后,他还暗示了我一下:"以前借给你这么多路费,这次终于找到家人了,是不是该请我吃东西呀?"我的新衣服也是他帮我买的,胸前的图案是一个孤单的虎头,没有任何品位。他在抖音上有商店,在卖衣服,压了不少库存,从虎年卖到兔年。虽说是他主动帮我买的,但是这钱还得给他。他有一本巴掌那么大的记账簿,除了记录着供货商的款项,还记下了我向他借每一笔钱的明细。他生怕我认亲之后不认账,要留个证明,不过我没有按手指印,要是我赖账他也奈何不了我,但我不是欠钱不还的人。

去到店里时,黄强跟一个兼职生正在摆货架。我把早餐放到收银台上说:"强哥,请你吃肠粉,石磨的,比你以前买的还要好吃。"

"知道请我吃一回了,不吝啬了。"黄强笑着说,因为嚼多了槟榔,他的牙齿变得焦黄,"以后有家了,有亲人了,不要那么没心肝忘了我的好。"

"不敢不敢,你是我老板,没有你的帮忙就没有我的今天。"我客套道。

黄强问我晚上要不要去庆祝一下,下馆子吃一顿。我说晚上有事,要收拾一下衣物,顺便收拾一下房子,打算明天早上就启程回家。说到"回家",我感觉心里舒畅多了。以前我只有出租屋,没有家,明天就有家了。黄强拿出手机就说,他要帮我联系熟人,明天早上给我留个座位,搭个顺风车送我回家团聚。我说这样最好不过了,道了声谢谢就回出租屋。

我把房间打扫干净,整理好行李,再到楼下的都城快餐店吃了午饭,然后回屋里午休了。没有做梦。手机保持开机。等待一个电话的到来,让回家的铃声把我从睡眠中唤醒。我醒了。手机静悄悄的,没有来电记录。

此时已是下午五点十五分,再等等,十六分,再等等,十七分、十八分。等到五点二十分,我就打了一个电话给昨天那个叫我们回家等消息的民警。电话那头"嘟"了几声,他就挂掉了。五点三十分,民警打回了电话。

"您好,警官。"因为有点兴奋,我停顿了下来,稍微深吸了一口气,平复了心情,才自报姓名,说了致电缘由。"出结果了吗?"我问。

"刚问过。有结果了。"民警说道。

"我们是亲人吗?"我追问道。

话音刚落,我仿佛看到我的心生出了一双翅膀,飞到了远方,在一个我既陌生又向往的家乡落地生根,从此结束漂泊无依、偷人姓名的日子。我已经考虑好了接下来要做的事,等重新上了户口,拿到了身份证,我做的第一件事就是去营业厅换一张手机卡,注册游戏账号、微信号、QQ号、抖音号、淘宝账号,回广州还要办理银行卡、羊城通,找一份工资高一点的工作,申请广州的社保卡,享受医疗、养老、失业、购房等社会福利。我要把那些事列在笔记簿里,一个一个去实现。我最终要找到方珊珊,告诉她我这几年来最期盼的事情,而这一切的一切,就等一个结果,就在此时此刻。

民警说:"不是。"

(原载《福建文学》2024年第11期)

二维码奏鸣曲

/林为攀

第一乐章

娱驰很贪靓，衣食住行的靓都要贪一遍，衣要有色彩，食要有荤腥，住要铺床垫，行要有轮胎代步。晚年还学后生仔，要玩手机。阿爸拗不过她，骑上嘉陵摩托车载她去湖洋乡买。娱驰坐在后座，身子扭来扭去。阿爸在后视镜里说话，你再动，我就把摩托车熄火，让你自己行（háng）路去。娱驰不敢再动，双腿像两根齐长的筷子一样并在一起。不让娱驰动，她很难受，她在后视镜里窥儿子，看他没在镜中跟自己四目相撞，又在蛄蛹着身子。阿爸没再管，一心留意车辆越来越多的水泥路，因为湖洋乡快到了，他要极力避免摩托车被撞，或撞到别人。几年前，湖洋就从乡变成了镇，但阿爸仍像多年前载他长子去湖洋读初中时一样，习惯把湖洋念成乡。他把摩托车停靠路边，挑了一家卖鱼丸的食肆，搓手问道，你好，老表，请问湖洋乡哪里有手机卖？鱼丸老表挑了一下眉，告诉他现在湖洋升级了，要改口叫湖洋镇，因为人口密了很多。

阿爸还不习惯湖洋镇这个拗口的称呼，买了半斤鱼丸，打听到了卖手机的所在，转身的时候听到鱼丸老板骂了一句乡巴佬。以前湖洋还是乡的时候，来自古楼村的阿爸就算去上杭县都没被人小看过，现在湖洋只不过多了区区数千人，就敢瞧不起人了。阿爸骑上摩托车，娱驰在后座问他这是哪里，她也认不出这个叫了一辈子的湖洋乡。阿爸没说话，他骑着摩托车穿行在水泥路面，经过的每一寸路面都很湿，这几天都没有落雨，路面湿是沿途的食肆每隔几分钟就往外泼水，这样做是为了压尘，因为湖洋乡变成湖洋镇后，就很少有鞋子从路上走，从路上走的都变成了轮胎。轮胎碾起的尘土就会弄脏他们卖的鱼丸、春团、鸡鸭和卤料。阿爸担心路湿打滑，放慢了车速，娱驰侧坐着，只能看向路的另一边。这一边都是日用品店，扫帚、脸盆、胰子都能在里面买到，钥匙丢了也能配到，绝不会有家回不去。最后，这对母子同时把眼神从左右两边收回，一起放到前方那座熟悉的七峰山上。

阿爸在湖洋镇来回兜了几圈，终于找到了那家开在校门口的手机店。阿爸把摩托车停在阴凉里，这片阴凉来自一家在门外支了一把遮阳伞的雪糕店。有很多初中生在手机店里选购手机，阿爸带着娱驰进去，把门外的灰尘也带了进去，几个拥有双引号发型的初中生咳嗽了几声，剜了几眼这两个乡下人。

店主过来把玻璃门关紧，打量着阿爸的穿着，给他拿了一个二手机。阿爸接过手机，先去问娱驰的意见，可娱驰连望都没望一眼，用手在柜台上指了一个华为手机。店主把华为手机捧出来，递到阿爸手上，娱驰抢过去看了看，说，这手机能一发二刷三看吗？店主问，什么是一发二刷三看？娱驰撇了撇嘴，说，土老帽，就是发微信刷抖音看视频。店主连连点头，说，能能能。那几个初中生干脆不走了，吃惊地看着这个老人，他们曾用笔让书本上的杜甫骑上摩托车或开上游艇，没想到此刻亲眼看到一个即将作古的老人在玩手机。娱驰从兜里掏出一张叠了千叠的面帕，小心地一层又一层剥开，从里面捏起一张手机卡，用胳膊肘捅捅阿爸。

店主很有眼力见儿，忙接过手机和手机卡，用一根针就把纸屑大小的手机卡装进了手机，再把手机递给阿爸，脑海里已经在等对方结账了。阿爸给娱驰开机，待八瓣太阳花盛开，娱驰便抢过手机输入微信账号，打开了微信页面。这时，那几个初中生和店主更惊讶了，这才发现这个老人不是第一次玩手机，而是可能已经用坏好几台了。这让那些初中生自愧不如，他们有时要连续考到年级前几名，有时还要伪装好几学期的乖孩子，才有可能被恩赐一台千元机。至于店主，更确定这笔买卖已经成交了，他甚至偷偷备好了手机盒子，就等着这个慈祥的老人一声令下。娭毑打开微信通信录，往食指上吐了口唾沫，直接滑到最后，末尾躺着她的两个孙子。她点开了长孙的微信，看到屏幕沾到了口水，又用袖子擦了擦。擦完后，她点开了页面最右侧的十字螺丝键，打开了下方第一排第三个的视频通话，可是罗友友的《停滞的时光》唱了很久，她的长孙依然没有接听。

娭毑掐断第二遍歌声：站在梦想的彼岸，望见故乡的春天……

阿爸说，阿妈，以后直接在家族群里就能找到孙子，不用费劲在通信录上划拉。娭毑没有搭腔，说，你屙的怎么不接视频？阿爸很懂娭毑的习性，当她高兴时，他的长子就是她嘴里的乖孙，当她不高兴时，乖孙就会变成难听的"你屙的"。娭毑看似在关心她的长孙，实则在关心林家的香火。她的长孙年近三旬还未结婚，家里一直以为他在北京谈不到对象，其母手段使尽都无法逼他回来相亲，后来就随他去了，原以为长子这辈子就这么混过去了，没想到擅长侦察的桥发舅舅在外甥的QQ相册里发现了端倪，当晚就迫不及待地把外甥跟一个姑娘在天安门前的合照发到了家族群。

家族群炸开了锅，娭毑更是激动得语无伦次，可是阿爸在群里好几次@长子，长子都没说话，最后还退群了。过了几天，长子加回了群，主动说准备在2020年的春节带她回来领证。阿爸不关心领不领证，只关心摆酒的事，因为客家人的习惯是，摆了酒才算结婚。长子很清楚阿爸的心思，是担心不摆酒收不回这些年散出去的份子钱。看在钱的面子上，长子同意先领证后摆酒，但必须事先约法三章：不穿婚纱，不敬酒，不闹洞房。假如做不到以上三点，就算再以死相逼，他都不会返乡摆喜酒。阿爸深知长子的脾气，不仅答应了这三条，还多添了一条，可以不叫人。不叫人是客家人的大忌，长子幼时去亲戚家做客，认不到三姑六婆，没少挨骂。因为在阿爸看来，小孩不会叫人跟小孩没关系，只怪大人没教好。长子第一次的确是忘了，后来记牢了，仍旧装不认识。

自从长子答应回乡办酒，阿爸每天都会眼皮跳，而且动不动就两个眼皮跳，就算风水先生都不知道是福是祸。他很想跟长子发语音电话，但都不敢，就是微信表情都不敢发一个，怕好不容易打好的窝子全被自己的猴急给毁了。阿爸也去学侦察兵桥发舅舅，潜进长子的朋友圈，试图找到更多关于未来儿媳妇的信息，可是长子对他设置了三天可见，阿爸什么也没看到，大有入宝山空手而归之憾。他又观察起长子的微信头像，并把自己的研究所得单独与桥发舅舅微信交流，可是那时桥发舅舅自己也麻烦缠身，无暇与阿爸共商林家香火的存续问题。

桥发舅舅那个念高中的独子一心想当作家，学习成绩在半年之内从985退步到中专，每天还在课堂上用课本掩护偷偷写作。桥发舅舅本身也是教书育人的园丁，但遇到自己家里的花朵成长问题，一时之间竟没了主意，后来在舅妈的提醒下，终于想起扁鹊对症下药的典故，把儿子写的大作拍照发给远在北京的外甥。外甥看后大赞有莫言之风，莫言是把他的高密乡夸张变形，表弟是把厦门高崎机场附近的出租房形容成三洞莲蓬屋，除了能容下一家三口的腿脚，几无水滴与蜻蜓的位置，每天都有飞机从头顶起飞和降落，从而导致他们的网络信号也时断时续。由此，这在现实空间几无立锥之地的一家三口在虚拟世界也被挤得呼吸不畅。桥发舅舅为此倍感失望，他的本意是让外甥把儿子的小说痛批一顿，从此让儿子断了写作的念想，没想到弄巧成拙，儿子的远大前程差点被北漂多年的外甥葬送。

狭窄的卫生间迟迟没有冲水声，桥发舅舅猛然把门踹开，竟发现儿子伏在水箱上写作，一怒之下操起掸子捅在儿子的后背。当时正值盛夏，表弟在卫生间写得越来越起劲，不由得把T恤卷到了胸上，既没意识到门被踹开了，掸子捅在后背也没反应，最后还是当爹的把掸子拔下时，表弟才感觉到一丝疼痛。桥发舅舅看到儿子后背像被拔了火罐，不敢再用强，骂骂咧咧留下一句休学就摔门离开了。阿爸也知道内弟一地鸡毛的家事，但在儿子的婚事面前，所有事情都必须让步，于是他便佯装不知此事，继续研究长子那个让他看不懂的微信头像。出生于20世纪60年代的这代人都有个共性，那就是微信头像大都用红花或者佛像，他们把求神拜佛从线下挪到了线上。但阿爸却例外，他的头像是站在一片稻田里的自拍照。那时他的一嘴坏牙还没补，拍照不敢露齿笑，只会紧抿上下嘴唇，看上去颇像还没学会如何微笑的孩子。不过话又说回来了，中国人的笑与牙齿好坏全无关系，而与责任轻重有关。后来阿爸的坏牙修好，也没有轻易露齿笑，好像笑对他而言是奢侈品，或是不称职的标志。长子失联的那段时间，阿爸尤其眉头紧锁，他托了很多人都无法解读出长子那个微信头像背后的意味，终于在一个彻夜难眠的深夜，给长子发了一大段文字。

阿爸文化水平有限，这一百多字的微信信息让他像在屏幕上凿石，敲敲打打大半宿才打完，打完后还像在大米里挑石子一样逐字检查准确与否。最后发送过去时，鸡已经啼三遍了。不出所料，长子仍旧没有回复，阿爸这时有点慌了，他觉得长子可能是出了意外，此后每天留意晚七点半的天气预报，尤为关心北京的天气状况如何。北京天气没有任何问题，既无暴雪，也无洪水，除了气温有点低，一切如常，阿爸又去关注北京的新闻，也没发生什么命案。看来，长子仍然是有意在躲着他，在躲着这个对他而言是累赘的家庭。

阿爸那刻记忆出现了混乱，以为长子从小到大都挨揍，因此长大后才会如此彻底与家庭断亲。但在与妻子的哭诉中，妻子却告诉他，他对长子比对满子好，从小一个指头都没碰过长子。阿爸又去找娱驰倾诉，在娱驰的话中最终意识到他缺失了长子两岁之前的生命。那时阿妈怀了满子，要在山上躲计划生育，便狠心把长子丢给了娘家，一直到两年后，满子一岁，木已成舟才敢下山。阿爸犹记得当时去接长子时，长子把他当成了陌生人，说什么都不愿蹦到他的怀里。阿妈后来常常说起相同的一句话，我一看到他的鼻涕在两颊像胶水一样撕不下来，眼泪马上就下来了，这可是从我身上掉下的第一块心头肉啊。把长子从岳父家接回后，阿爸照旧忙于生计，很少有时间跟长子相处。娱驰让阿爸去找岳父问问，长子从小跟外公最要好。

说来外公这一生有一个意难平，他学业很好，考到了1963年的中专，那时的中专比千禧年以后的本科还值钱，但却由于愚孝没去念，因为他的母亲说他要是走了，留她一个人会很孤单。20世纪80年代包产到户后，作为大队会计的外公要亲自务农时才后悔当初的决定，不过那时说什么都晚了，他早已娶妻生了一儿一女。长子小时候最喜欢去外公家做客，他不会开口喊外婆，喊舅舅，喊其他八竿子挨不着的亲戚，唯独会喊外公。客家人习惯把外公称作"道"，外公对长子而言，的确有道的示范作用。他会告诉长子人唯一要负责的只有自己的本心，长子长大后奔赴远离家乡几千公里的北京，很难说没有外公当初的影响。长子很清楚外公的遗憾，他长大后每每想起外公在中国地图上做的标记，就会为外公抱屈。外公这辈子没出过福建省，甚至连龙岩市都没去过几回，可是却对每个省份的物产和省会都如数家珍。

阿爸骑着摩托车找到岳父，问，老岳丈，你的长孙最近有没有跟你联络啊？外公把耳朵凑过去，说，你说什么？阿爸喊了几声，外公仍旧没听见。那时外公的耳朵聋了，他的耳聋不是因为上了年纪，而是有一年清明上山醮墓（扫墓），点了一挂炮仗老不见响，就捏着香走过去，没想到炮仗突然响了，有一颗还炸进了他耳廓。外公后来说就像有一条鱼从锅里跳走了。外公当时耳鸣如雷，发现青山一片寂静，起初他还不习惯耳根清净，后来由于有更多空闲在地图上忙于周游全国，也就接受了耳聋的事实。外公耳聋后，儿女的家事跟他的羁绊就像风中的蛛网，越来越淡，当然，大外孙的事除外。前几年，长子经常跟外公打电话，听到外公在电话里一个劲地"喂喂喂"，后来也就很少跟他联系了。阿爸从岳父家吃了闭门羹，回到家里，他把摩托车停到门外，听到身后传来一声响，回头一看，娭馳没用两年的手机摔坏了。阿爸给娭馳买手机是她强烈要求的，她以为那个不顾家的长孙会看在她老脸的分上跟她联系，阿爸也是没办法了，索性死马当活马医，给娭馳买了一个旧手机，还帮她申请微信账号。可是等娭馳几乎把全村有微信的青年人、中年人和老年人都给加上后，远在北京的长孙依旧没动静。阿爸过去把摔碎的手机捡起来，喃喃自语道，手机摔碎了还有线连着壳，自己亲生的怎么就这么绝情，一个字都不给家里寄？娭馳说，看你生的好种。阿爸转而安慰娭馳，说，阿妈，走，我载你去湖洋乡买新手机。

　　三个小时后，娭馳抱着那台华为手机从手机店走出来。阿爸走在娭馳前面，看到摩托车头上少了那把遮阳伞，冰柜挪到了另一边，顺便把遮阳伞的阴凉也给拐走了。阿爸过去骑摩托车，但很快就像被弹簧弹了起来，发热的座位把阿爸的屁股烫坏了。他不敢用手心去摸座位，改用长满老茧的手背去摸，感觉像在摸高压锅，忙进雪糕店买了一瓶两块钱的娃哈哈，拧开盖子，却没往嘴里灌一口，而是把整瓶都泼到座位上。只见刺的一声响，座位上冒起一团白气，好像猪油扎进热锅里，就等着葱姜蒜把肉煸香。

　　阿爸把娭馳载回去，这对母子屁股下的潮湿很快被归家途中的热气所蒸发。古楼村拓宽了马路，平时可供一辆汽车和一辆摩托车并排行驶，但在春节期间，就会在返乡的如蚁车辆中两头堵。阿爸现在驰骋在宽阔的柏油路上，刺鼻的沥青味跟焚烧塑料袋的味道如出一辙。娭馳在后座吸了吸鼻子，她在沥青中无法再嗅到沿路的花香。那条位于道路左侧的溪流，名字叫大水源，在长子幼时，大水源只有源头部分水清如许，下游依次被养猪场、田鸡塘和生活垃圾霸占，连嗜腐的秋田犬都不敢靠近。长子2013年怀揣八百块北漂后，大水源沿岸的猪粪水、珍珠奶茶状蛙卵和骨头渣也被清理一空，溪水逐渐变得清澈，清溪里出现的翘嘴也由拇指粗细变成巴掌大。娭馳透过桂花树隙，看到大水源里传来电鱼机的嗡鸣声，那些刚长到巴掌大的翘嘴永远停止了生长，在水里翻着雪花状的身子争相进入网兜，再被提起的网兜丢进背后的鱼篓。鱼篓里的鱼已经堆满了，最上面的那层鱼像刚刷的牙齿一样晃眼，而被压在最底层的则在鱼篓里渗出了黑色的血。

　　浓烈的鱼腥味让娭馳忍不住咳嗽了几声。阿爸以为娭馳感冒了，在后视镜里流露出关切的眼神，不由得加大了油门。一到家，娭馳不用阿爸相扶，就从摩托车上落下，她落摩托车有了经验，不会再让小腿肚碰到高温的排气管，而是从另一侧落。她兜着手机盒子进到客厅。阿爸在门外把摩托车停在屋檐下，以防太阳把后视镜晒裂，发现客厅大门掩上了，便用手去推，这一推就推出了一张惊慌失措的脸庞。

　　娭馳扭头发现是阿爸，过去把他拽进来，然后再把门关上。阿爸笑道，做什么要把门关上？娭馳回道，几千块的手机，别被偷了。客厅关了大门，黑暗像日日不歇的男高音一样萦绕在客厅四周，使得客厅里的香案、圆桌、挂历和垫了明黄坐垫的沙发都像盲人眼中流淌的牛奶海一样泛白。所有的家具在阿爸眼中都失去了形状，只有锯齿状的边缘像臭豆腐生长出的丝丝缕缕白毛。阿爸把电灯打开，在灯光的映照下，那些被黑暗吞噬的家具终于重新出现在了他带有血丝的瞳孔里。

　　娭馳在登录手机微信，看到微信页面始终停留在那幅地球图上面，那个小人面对着玻璃弹珠一般的地球，不知是自己在逐渐变大，还是地球在日益缩小。阿爸则在检查毛坯墙上冒出的盐晶，在北纬25度的闽西，不仅衣服难干，连墙皮都会在历次的雨季中发霉，从而长出硝酸——据说是制造炸药的原料之一。阿爸把墙皮上的硝酸用指甲刮到空烟盒里，再起身拿到门外。他这回推门没再惊扰到娭馳，因为她正在盯着那幅地球图出神，表示信号不好的标志像龙卷风一样席卷着地球上空，让全世界人民都即将遭受狂风暴雨的洗礼。

　　阿爸推门出去，把烟盒里的硝酸倒到低矮围墙上，围墙下方是一排坍塌的围龙屋，有人用篱笆圈了一个鸡圈。此时那些红冠子公鸡都歪着脑袋盯着上方，生怕无法第一时间啄到从上面撒下的剩饭剩菜。阿爸知道硝酸的威力，没有直接用打火机去点，而是把烟盒里的锡纸揭下来盖在上面，先去点这张金色的锡纸。当红色的火苗舔到金色的锡纸时，阿爸面前突然蹿起一团蛤蜊光，他立即后退两步，避免火焰烧掉自己的眉毛。火焰过后，就是一股伞状的浓烟。围墙下的公鸡对火焰不感兴趣，毕竟它们经常在黎明和黄昏看到类似的火烧云，便继续低垂脑袋在烂泥里寻找秕糠。

　　娭馳在客厅里背靠大门，没能看到硝酸燃烧成了灰烬，不过她还是屁（闻）到了焦味。她以为饭煳了，忙跑进厨房，发现电饭锅早已断了电源，又疑惑着走到屋檐下，看到阿爸面对着那排围龙屋，看不清表情，只能看到他的后脑勺似乎也有些秃发的迹象，这才知道年过六旬的儿子也快老了。娭馳说，尧佬，你在望什么？阿爸回过头，看到娭馳右手握着手机，左手却忘了拄拐，就像一个永远无法被算尽的 π。生命也在这算不尽的法则中生生不息，可是他们林家的香火却随时面临熄灭的危险。

　　阿爸说，我在望眼前的这排老房子。娭馳说，别望了，里面如今一个鬼都没有，只有老鼠起居。阿爸说，要是把这排老房子推倒，是不是就能一下子望到北京天安门？娭馳笑道，傻瓜，想儿子了就到手机里看，快过来帮我连"外发"——娭馳把 Wi-Fi 念成外发，就像外出才能发财，手机也要连了外发才能联系到孙子。

　　Wi-Fi 密码是电话号码加门牌号，电话号码始终未变，但门牌号却由长子孩提时代的 7 变成了 15——说明古楼村这些年仅仅多建了八间新房。阿爸把电话号码记得很牢，但出于习惯还是把门牌号记成了 7，输入几遍发现无法连上 Wi-Fi 后，捧着手机走到门外，去看新的门牌号。新门牌号仍然是天蓝色，但不单有寨角路 15 号这几个字，还多了一个二维码。阿爸把 Wi-Fi 连通后，微信进入页面的那幅地球图旋即变成聊天界面，左下角还有通信录、"发现"和"我"三个触屏标志。

　　娭馳伸手接过手机，点开长孙的微信，与他的聊天记录仍然停留在许久之前。娭馳按住说话，给长孙发送了十几秒的客家话语音，发送后坐在沙发上苦等了半个小时，手机另一边的长孙依旧没有只言片语发过来。娭馳上了年纪，把年轻时从扫盲班里学到的字大都给忘了，假如现在仍是 20

世纪90年代，那么她就要去找村里的教书先生帮忙写信，才能把自己的关心寄到远方，收到远方回信后，也还要求助教书先生才能知道信中内容。微信的出现让她不用写信也能联系到千里之外的亲人，可是长孙的拒不配合又让她觉得科技的便利有时又能生生斩断亲情之间残存不多的藕断丝连。家人无一人能联络到长孙，娭毑抱着手机流下了热泪，她想起喂大他的那些艰难岁月。那时她几乎每天都要背着他上山砍柴，下田插秧；每临吃饭，还要用调羹把米饭捣碎再一口一口喂他，为了让他多吃几口，还在饭里掺入珍贵的几粒白糖，有一次忙中出错，竟把盐巴当成糖添进饭中，害得他立马小嘴一咧，把所有米饭都呕了出来。她的手没来得及截住往下掉的白米饭，委实便宜了那些等待多时的公鸡。她第一次动手掐了他。

娭毑此刻似乎明白了一个道理，不管对他再怎么好，只要掐过他，他就会忘记那个千好万好，从而牢记那唯一的疼痛。娭毑灰心不已，但还是要强撑身子联络孙子，她抱上手机踱出门去。阿爸把拐杖给她递过去，娭毑接过拐杖，端起来指了指他，但很快又放下了，嘴里愤愤地骂道，连自己屙的都教不好，一点都不配当人家老子。阿爸也早憋了一肚子火，正愁没机会发泄，现在听到阿妈这么说，便扯开嗓子喊道，我哪敢当人家老子啊，现在他是我老子，不，是我祖宗，是我们全家人的祖宗。娭毑扯了扯鸡皮一样皱的嘴角，没再搭理阿爸，她拄着拐要去找那个唯一能联系到长孙的小叔。

说来这个小叔到底跟林家有没有亲戚关系，谁也说不清，即使真有亲戚关系，也早已出了五服。2010年之前，两家从未走动，2010年开始到现在，两家走动才逐渐频繁起来。走动多不是说修族谱时有意把两家的血缘关系修近了，而是小叔对林家有恩，其实说白了是对林家的长孙有恩。长孙念高中时，跟后来比他小十余岁的表弟一样爱上了写作，但跟表弟不一样的是，长孙那时天不怕地不怕，声称谁要敢阻止他写作，他就敢把他丫的给剁了。他搬到了校外，没日没夜地写，还不自量力地参加了2009年那届的新概念作文大赛，把打印参赛稿通过邮局挂号信寄到上海后，他把底稿拿给了语文老师看。此人看完把底稿还给了长孙，上面有他用红笔圈出的两个错别字——长孙把灯红酒绿写成了红灯绿酒——接着语重心长地对他说，你不是那块料，还是安心读书吧。此后，每到课间，长孙都会站在三楼的走廊上等待单车铃声的到来，但每次绑在单车后座的都是校领导常阅的《人民日报》。

2009年的冬天到来了，长孙心里的希望也被白霜与寒冷所掩盖，他终于发现自己真不是那块料，从此便不再去走廊上做白日梦。周五下午，他在操场上踢落叶，远远看到同桌手上高举一封白色信封朝他跑来，边跑还边挥，让他好像看到了自己对文学理想举起的白旗。有片落叶沾在了鞋底，他低头把落叶揭下，发现叶脉像干枯的血管，手指轻易就能捻碎。他看到同桌的影子像个黑色塑料袋一样罩住了洒在他头顶的阳光，他抬起头，看到同桌额上渗出的汗珠，那时的高中生不像〇〇后，喜欢留着像引号一样的头帘，而是大部分留着爆炸头。他看到同桌的爆炸头在奋力奔跑中像冒烟的钢丝球，正想起身回到教室，趴到摞高课本的书桌上睡觉，可是同桌却像铁丝网一样钩住他不让他走。他看到走廊上有许多同学在望向这边，脸一热，骂道，滚蛋。同桌脸色一沉，把路给他让出来，待他走了几步，幽幽地说道，狗咬吕洞宾，你别后悔。他回头瞪了同桌一眼，说道，你说谁是狗？同桌说，好心给你拿信，非但不领情，还骂人，我真是贱。听到这话，他转身奔过去，说，你说谁的信？同桌说，狗的信。他试图去抢信，但同桌却把信从左手换到右手，还仗着身高优势高高擎起，任凭他怎么跳都够不着。突然，同桌裤裆一凉，低头一看，发现裤子被他像剥皮一样剥了下去，两条光腿被寒风刮得生疼，同桌立即用手去提裤子，避免被走廊上那些眼睛看到。趁此机会，他把信从同桌手中抽了出来，忙不迭地撕开，发现真是自己苦盼已久的复赛通知书。当时，找不到人陪他去上海参加复赛，桥发舅舅即便在厦门教了十几年书，也以没去过大城市为由婉拒了。小叔那时刚从上海回乡过年，阿爸给了他两千块，让他带着长子从龙岩坐绿皮火车一路停停走走花费十几个小时抵达上海。长子后来与小叔长年保持联系，有时逢年过节还会登门拜访。

娱驰沿路走到小叔房门前。他的家在大路上，车辆多了后，他饭桌上的灰尘就变厚了，每到吃饭前必先擦桌子，可是擦完桌子灰尘又会落到饭碗里，吃完端碗去洗的时候，桌面上就会出现许多圈碗印。此后干脆时刻关门闭户，不知道的人以为他举家外出务工了。其实小叔很早就没出去了，他年纪大了，腰骨不好，二〇一三年在林家长子去北京时就从上海回来了，一直待在古楼村。他到饭点最怕别人上门,因为只要一开门,把人迎进来的同时,也会把灰尘给招进来。也在门外泼过水,但只要那些过路车辆打滑相撞,就会让里面的耳朵阵阵嘶鸣,饭也吃不安生,以后水就不泼了,只关门。

娭毑用拐杖去戳门,就像戳自己家的门一样。娭毑的拐杖戳进了门缝中,拔出来的时候差点摔跤。小叔家的外墙贴了瓷砖,踢脚线边贴的是红瓷砖,墙体贴的是白瓷砖,客家人盖的新房差不多都这样。不管是红瓷砖还是白瓷砖,都被经久不息的灰尘涂污,不到除夕大扫除,绝不会用绑了抹布的竹竿踮脚擦拭。娭毑用拐杖敲门,她的拐杖拄在不同的地面上时会发出不同的声音。拄在水泥路上会发出清脆的声音,拄在黄泥路上声音就会发闷。有时她的眼神不好,就靠这种声音判断自己置身何方。现在她的拐杖戳到门上,声音介于清脆和发闷之间,是一种类似啄木鸟给病树治病的声音——她此刻也要找到能让长孙舒颜的药方。

从门缝里露出一只眼睛,眼白上有个红点,就像蛋液里的血斑,让人忍不住想用手指捏掉。娭毑看到门在向内折叠,先是呈现一种三角形结构,再把正方形的客厅空间塞到她眼中。娭毑用拐杖探深浅,待拐杖戳到了地板,再慢慢迈过大理石门槛。小叔看着堪比龟速的娭毑,有苦难言,因为在他开门和她进门的瞬间,已经有五六斤重的尘土以粉末状的形式飘进来了,其间还能闻到汽车尾气和漏机油的臭味。好不容易待她进去,娭毑又站在门边,阻止他把门关上。小叔冲饭桌上使了一个眼神,其妻忙放下饭碗把娭毑迎到饭桌边落座,嘴里热情地说,老娭毑,快坐下来吃饭。话是这么说,身子却没进厨房去拿一副新碗筷。

娭毑扫了一眼饭桌,不再是十几年前的梅干菜和豆腐乳,而是多了几碟肉。当然,许多人家的饭桌上仍然会有这两样菜,但不再是因为吃不起肉,而是为了改善口味和减肥。小叔家的饭桌还没到返璞归真的时候,他家正处于那种仍要频频打牙祭的阶段。饭桌上只有两副碗筷,小叔的女儿在县五中读书未回。娭毑看到光线暗了下来,小叔把门关上了。娭毑把视线从饭桌上转移到墙上,发现小叔家只有外墙贴了瓷砖,里面还是毛坯。或许他昼夜关门,防尘是一方面,更重要的是不想让别人看到没装修的室内。

从窗外透进来的光照出了内墙网状的砖缝，在这样的墙体上，国家领导人画像和日历都贴不牢，需要用钉子挂。墙体上钉了一排钉子，上面挂满了小叔和他妻子的衣服。嫉驰盯着另一面墙上的钉子孔出神，这里曾经也钉满了钉子，挂单衣不成问题，但却挂不住冬装，或许腊肉也挂不住，能留住的只有不挂任何东西的钉子，可是钉子不负重就形同虚设，最后只能把它们一一起下来。狗皮膏药的气味钻进了嫉驰鼻中，她翕了翕宽阔的鼻翼，看到小叔正在卷起衣服把后背的狗皮膏药撕下，嫉驰看到这块皮肤比小叔的脸和他长年穿拖鞋的脚更白。小叔把旧狗皮膏药撕下后，拿起茶几上的一瓶红花油倒了一点到掌心，然后敷在后背，只见他嘶的一声，好像在踩烟蒂一样在后背均匀涂抹开，待红花油渗透进了皮肤，又哗啦一声撕了张新狗皮膏药，对准那块巴掌见方的皮肤贴上去，确保没贴歪，再把狗皮膏药拍牢。做完这些，小叔把衣服放下去，走到饭桌边坐下，端起饭碗继续吃饭。嫉驰实在无从开口，以往联系不到长孙时也曾一再叨扰过小叔，虽然他嘴上不说，但刚才通过这对夫妻的反应嫉驰也能明白个大概。

她坐了一会儿，屁股越坐越硬，就去伸手摸拐杖，过了一会儿，才发现拐杖就握在她手里。她起身离开，感觉被压扁的屁股恢复了知觉，走到门边时，她突然忘了这扇门是从里开，还是往外开，只记得来时她的拐杖能把这扇没上锁的门捅开，现在要走了，她却只能徒手把它掰开。小叔喊住她，老嫉驰，你又是为红八来的吗？她的长孙小名叫红八子，不亲近的人喜欢三个字一起喊，亲近的人就会省掉子，只喊红八。嫉驰扭头回道，嗯嗯，好久没联系到他了。小叔走到墙角，那里摞了一摞不同颜色的塑料凳，他用力抽出一张红色的，塞到嫉驰屁股下。嫉驰拄着拐杖坐下，发现冰屁股，小叔从茶几上拿起一本高一语文书垫在上面，再让嫉驰坐下。嫉驰重新落座后，期待地抬头望着小叔。

小叔也抽了一张凳子坐在嫉驰身旁，嫉驰趁势把刚买的手机递过去。小叔用手阻止道，不用，不用，不用，我用我的手机能联系到他。他点开了微信，直接给红八拨打语音电话，不像林家，跟自己的儿孙打电话前还要先发微信问他有没有空。嫉驰把手机揣回兜里，看着小叔把手机贴在耳朵上，就像医生用听诊器听胸腔。嫉驰的心跳很快，既怕打通，又怕打不通。超过三十秒的忙音让小叔脸上有点挂不住，他把手机从耳朵上摘下，确认有没有打错，发现没打错后挂断了微信，说，估计在忙，我晚上再打一个试试。老娭毑，你有什么要我传达的，可以现在告诉我，我晚上代为传达。

娭毑拄着拐杖起身，小叔过去把门打开，用手托着她的胳膊让她迈过脚下的大理石门槛。娭毑把拐杖探到了门外的地面，在小叔掩门的时候回头说，没什么事，就是让他别动不动给我微信里转钱，现在我的养老金足够用了。小叔愣了一下，看着娭毑离开，再重重地把门关上。

娭毑走在回家路上，身后那些车辆不敢别她，一律从她身边放慢速度。打通了吗？身后有人说话，娭毑回首去望，发现是尧佬，高兴地说道，没呢，他也没打通，看来不单我联系不到我的乖孙。

第二乐章

在京多年，我始终没有固定的门牌号，因为每过两年就要搬一次家。这些年来，我在北京拥有过五个门牌号，这些门牌号大都位于昌平和朝阳两区。它们有的位于二十层，有的位于中层，有的位于地下室，高低不同，视野也不同。当我住在中高层时，辽阔的视野其实对我并没有帮助，反而还会让我在夜里担心楼体摇晃，翌日被掩埋在一片废墟中——这种担心常伴随着刮大风的秋冬两季一起到来，后来窗户的牢固与否便成了我搬新房的首要考虑因素。只有最初住在地下室时，我的心才能像停泊靠岸的孤舟，得到梦境海岸的补给与滋养。刚来北京时，我用的还是两三厘米厚的诺基亚，功能仅限于接打电话和登录QQ账号，要用电脑才能登录博客和各大网页。几年后，手机越用越薄，如今只有六七毫米。

手机的薄厚与便利程度紧密相关，手机厚时，线下购物是主流；手机薄时，网购却成了主流。现在如无必要，我很少去商场购买衣食住行所需，大部分都靠手机解决。不过话又说回来，以前还用厚手机时，我跟故乡的联系比较多，那时的通话假如不打到烫耳朵，就会对不起拨打这通电话时所下的决心。现在手机变薄了，也多了微信等联系方式，我每年与故乡的联系反而变得屈指可数。

二维码的出现是手机变薄后的另一产物，好像一夜之间，世间万物都被封存在了没有固定尺寸的二维码里。只消手机轻轻一扫，便能把所有吃的用的穿的玩的收入囊中。手机成了我们每个人的移动银行，我们对待金钱越来越没有概念，每次都是眼睛都不眨一下就输入相应金额。从这方面来说，世界的确变轻了，以往最重的金钱对我们而言也如空气一般。

　　如果说二维码是线上ATM机的话，那么信号就是我们的加油站。每张二维码要想达到从图片到实物的转化过程，表示信号的Wi-Fi标志就变得尤为重要，而且世界的运转似乎全系在这四个小小的字母之上。我的Wi-Fi密码也由门牌号和手机尾号相加，北京的门牌号不像故乡的门牌号，只是单数或双数，而是视楼层数而定，九楼以下是三个数字，十楼以上则是四个数字——北京的两千多万人口全被这些数字以如同鱼鳞册般的形式收纳在每一个房间里。由此而言，门牌号就成了每一个独立个体身上的二维码，只要用手敲一敲这些木质或铁质二维码，就能见到所有想见的朋友或面试到所有意向公司。

　　来北京这些年，我置身于日新月异的变革之中，几乎每天都会惊叹手机上出现的新奇事物。我常常被新旧交替的两种思维互相拉扯，眼前虽然新事物层出不穷，但脑海里仍是根基强大的农耕思维。我无法做到像打量一棵稗草那样打量身处的城市，在刚来的头几年，我都不敢轻易出门，只敢昼夜关在出租屋里，有时还会用手捂住耳朵，避免地铁和飞机在我的五脏六腑内旁若无人地穿行。后来，当我适应了城市的剧烈变化后，二维码的出现又促使我不用出门，即便这时我已经不会坐错车和迷失方向了。我无数次想，若是当初来京时二维码就得到了大范围的运用，或许我那时就不会如此胆小如鼠了。据此可见，生活的悖论永远是人类无法摆脱的宿命。当二维码广泛出现在北上广深等一线大城市，并在极短的时间内在乡村也呈燎原之势后，我与故乡的联系也慢慢中断了。

　　我从小不爱说话，不爱说话不是不会说话，而是不愿意说话，那时的我觉得乡村的人际关系非常虚假，这种虚假体现在春节时被倒了几手又回到原点的红包上面，体现于表面客客气气、私下里骂骂咧咧上面，还体现在嫉妒别人的成功和嘲笑别人的失败上面……我总是自以为清醒地戳破这种虚假的面具，为此私下没少被我的父母责备。我既不愿意跟同龄人相处，也不愿意跟大人相处，总之一句话，我不渴望跟同类交流，我更愿意跟大自然和动植物交流。不过那时我叫不出很多动植物的名字，我虽然常常跟它们打交道，却在很久以后才依次认出它们叫柠檬草、常青藤、枫香树和人面竹。至于那些动物，很多我到现在还叫不上名字，它们当初有多频繁地出现在我离群索居的视野里，现在就有多经常出现在我午夜梦回的海马体中。从那时开始，我就知道家人对我多有怨言，只不过他们总是天真地以为，我缺失的人情味会在成年后被找寻回来，没想到最后却与我的肉体一起被打包到了千里之外的首都，连面都难得见到。因此，他们便退而求其次，仅仅要求在手机上听到我的声音就行，说话他们负责就行——他们的烦恼和纠葛需要抒发出来，即使电话那头并不怎么热络回应也无妨。我也深知自己的性格缺陷，我的基因谱系中天然缺少血缘链条，为此通过各种方式学习如何弥补家庭关系中出现的缝隙，但是有关的书本和视频并不能当成修复指南，我也无法像泥瓦匠修补漏雨的屋顶一样，把我和家人之间若即若离的关系用泥子强行抿在一块。从此，我便由它去了，仍然很少会主动想起故乡还有需要联系的家人，有时突然听到微信响，会下意识地把手机当成拉掉引线的手榴弹一样丢到一边，有多远躲多远。可惜北京的出租房面积有限，我到底无法躲过手机微信的轰炸范围。不过我也有办法，那就是把家人的微信设置成消息免打扰，如此这场事关家庭的羁绊之战就彻底迎来了偃旗息鼓的和平时刻。

　　我至今仍然记得小时候寄住在外公家的岁月，都说人类记不住三岁之前的记忆，可我却记忆犹新。那时我刚从娘胎里出来没多久，还未适应一睁眼就看到的这个世界，即被送到了另一个陌生的世界。从那时开始，我似乎就已明白此生都避免不了在这个世间漂泊。我的世界常年落雨，从未有过干燥时刻，起初是泡在黏稠的羊水里，再是住在经常漏雨的围龙屋中——阿爸建新房是在我七岁时，但也是建的第一层，第二层迟至我二十三岁决定北漂那年才建成，最后是住在门前积水的外公家。

　　我每天早上都会被水声惊醒，由于围龙屋动不动就瓦裂漏水，阿爸便在房梁上铺了一张跟天花板同等面积的白色覆盖膜，没雨时，这张覆盖膜非常平整，一到落雨，从屋顶上漏下的雨水就会在覆盖膜中间呈现屄斗状，好像整个雨季的雨水都注入了这里。我躺在床上看着距离自己的双眼越来越近的雨水，以为自己的头顶高悬了一把利刃，即将洞穿我的眼球。我还不会走路，无法下床逃离，不过好在我响亮的哭声总能引来父母。他们会把我抱到怀里一个劲地哄，不是给我喂奶，就是用一个破旧的拨浪鼓在我面前不停地摇，可我的哭声仍旧不歇。

　　阿妈怀抱我抬头看了一眼天花板，好像上面盘踞了一条蟒蛇让她吓了一跳——其实兜满雨水的覆盖膜乍一看的确也像枯叶色的蟒蛇，因为雨水把一些种子带了进来，此刻有些坚强的种子已经发芽了，由于照不到阳光，发芽即枯萎。阿妈让阿爸把上面的雨水挑破，她打了一个形象的比喻：快把那玩意挑了，就像挑破一个不好挤的脓疮一样。阿爸的力气很大，他把床给拖开，然后架竹梯上去，一只手拿着一根牙签，另一只手的腕上挂着一个铁桶，在用牙签挑破覆盖膜的拔尖部分时，马上提起铁桶去接水，没想到覆盖膜里存储的雨水远远多过一桶，还由于冲击力，让阿爸兜头盖脸被雨水扇了一巴掌，他浑身都湿了。只见他猛地打了一个激灵，心脏内的氧气都像被一根大头针一样抽走了，过了一会儿心跳才恢复正常。他没有第一时间爬下竹梯，而是去看下面，看到妻子抱着儿子幸运地躲过一劫，终于能腾出手来抹掉脸上的水花，露出一口白牙大笑道，好险，好险，你们娘儿俩没事就好——其实那时阿爸的牙齿就坏了，只不过先从龋齿开始坏，暂未波及关系笑容灿烂与否的门牙而已。

　　阿妈拿眼睛剜了一下他，没好气地说，都无法下脚了，还好意思乐？阿爸这时才看到房间里积满了水，缝纫机、梳妆台都泡在了水中，木头做的梳妆台泡坏了也就坏了，因为不值钱，但可不能把铁质的缝纫机踏板也给泡坏了，这是阿妈价值好几百的陪嫁品。阿爸这才急了，立马撅着屁股下竹梯，下到一半，就见老妈怒气冲冲地从一楼爬上来，嘴里骂道，尧佬，你们是在楼上拆家吗？把雨水都漏到楼下了，一桌子早饭全给毁了。听到这话，阿爸放慢了速度，大声地对妻子说道，没事，木地板会把雨水漏光，你的缝纫机被抢救回来了。

　　阿妈忙抱着我下楼，转而去抢救那些同样来之不易的一米一粒。我在母亲的怀里，在楼下看到从木质天花板上漏下的雨水就像被拆线的蚊帐一样，家人花了几天工夫才把一楼的积水用抹布擦干。

　　在外公家，水却从来不会漫灌到屋里，一是外公家的屋顶很结实，他铺的瓦片就是一个两百斤的胖子踩在上面都不会碎；二是他家的门槛很高，雨水不会溚进来。之所以门外也时常积水，是因为外公一家人每天都要用门外的那口水井洗脸刷牙。脸盆里的洗脸水,搪瓷缸里的刷牙水,就这样像打架一样,你踢我一脚,我揍你一拳,在门外被推来推去。我坐在外公家四十厘米高的门槛上,那时的门槛还不是大理石,仍是木头,坐在上面不会冰屁股,就是有时候会被木屑刺屁股,就像坐在几根针上,不过坐多了我也学会了在上面垫一张纸。

　　我就这样坐着看着外公一家人在外面洗脸刷牙,带有泡沫的脏水经常被泼到地上,有时还会溅到我身上。外公见了,就说,红八,快坐里面去,别把你泼污了。我咯咯直笑,屁股仍在门槛上钉牢了,这时外公就会把刷牙水往别的地方泼。阳光下的刷牙水是彩色的,有时还能看到弓一样的弧度,煞是好看。从那时开始,我就知道水有颜色和形状,假如用力呼吸,还能闻到水的味道,水是薄荷味。

　　来北京后,我的世界里极少有过潮湿时刻,潮湿属于南方的雨季,属于南方那些拼命搓洗的面庞里,属于南方那些用力刷牙以至变宽的牙缝里。黝黑的面庞拜南方的酷暑所赐,白皙的牙齿是因为无钱吃肉,三餐只能吃菜,导致牙缝变大的罪魁祸首也不是会塞牙的肉丝,而是刷秃了都不舍得换的牙刷。我在北京二十层的高处醒来,打开窗户,两千多万种梦境同时被一股大风携入,我脚下趔趄,扶着一旁的书架才勉强站稳。

　　居住空间狭小,旋转书架上的鲁迅、伍尔夫等中外大师也饱受委屈,被迫挤在同一块方寸之地,维系着表面上的客气,私底下却时刻碰撞出中西迥异的创作思潮。我掩上窗户,但仍能听到颗粒状的风在我耳旁呼啸而过,干燥的北京城似乎丢一根火柴梗就能燃烧。或许北方的树木一到冬天就掉叶子,无关是不是"半湿润半干旱"气候,更与北纬39°54′的中纬度位置无关,很有可能仅是为了小心火烛。大风就像一张拧不出一滴水的毛巾,不过也并非全是坏事,起码室内的衣物和书籍会变得很高寿,衣服不会穿到一半就能闻到霉味,不会翻了几页书就能翻到蠹虫。

　　女友很敏感,不是在吃穿和住行上敏感,而是对北京干燥的气候很敏感。她的鼻子很漂亮,鼻孔是桃心形,也许是从小不挖鼻孔的缘故。她在我开窗通风的时刻被外面的花香熏醒,她醒来后不是直接掀开被子下床穿鞋,而是先咳嗽几声,再从床头柜上抽出一张纸巾擤鼻子。她擤鼻子的声音很秀气,好像在饭桌上怕飞沫溅到那些菜肴上一样。擤完鼻子她从卧室走出来，看到我站在窗户前又在打量楼下的柏油路。柏油路两边停了许多车辆，它们的车顶现在只有灰尘落下，到了秋天就会落满叶子，到了冬天则会落满雪。我在这里住的一年多以来，已经看过了车顶在四季的不同颜色。女友说，今天出去踏春吧。我回过头说，你不怕鼻炎犯吗？她说，没事，我戴上口罩。戴上口罩，春天起码失去一半风采，就像失去味觉的人面对满桌美食。

我等她收拾完毕，坐在沙发上看书，每看几行我就抬头看一眼在卧室换衣服的她，等她意识到时，我又把视线放回书页里。她穿好衣服走出来，我说，这么多年你一点都没变胖，真不知你是怎么保持的。她在梳妆镜前露出肚脐，平坦的腹部一丝赘肉都捏不起，说，你以为我是去赏花吗？我是去减肥。说完看了我一眼，说，你也早该减肥了，这些年，床上的空间越来越窄，我每天都像抱着一只膨胀的河豚睡觉。我说，我懒得动。我懒得动的原因是我小时候动得太多了，从六七岁开始，我几乎每天都要漫山遍野去放牛，有时掉进了刚迁的空坟里，还要用手抓着树根爬起来。爬起来后，不仅手被树根勒得铁青，鞋子还在空坟下借力时沾满了泥，总是让我行路难，需要坐下来把鞋底的厚泥在石头上敲掉。我在山上没耗尽的精力又要花在家务上，总之，小孩子无权分配自己的精力，就像无权处置自己的零花钱一样。这种情况一直持续到我十九岁，我选择写作，除了热爱，最重要的一点是，写作可以哪儿都不用去，自有大脑替双脚漫游全国。不过，懒得动的我又一下子跑到了遥远的北京，完全是因为只有北京才能包容我"四体不勤"的作家梦。女友深知这点，在一起的头几年都不会强迫我运动，后来见我日益发胖，这才拉着我必须下楼走走。

我的发福在别人眼里一目了然，但在我自己看来却不太明显，我需要在旧照的对比下，才能知道我的发福不仅无可挽回，还是一个颠扑不破的事实。其次是在穿那些衣服时，去年还能穿上的裤子已经穿不上了，即使双腿勉强能套进去，也会把腰腹勒出游泳圈。上衣就更甭提了，肩膀、胸膛和腋下都绷得很紧，好像稍微一用力，这三处就会破裂。我不想下去，我不想去玉渊潭或者其他公园看樱花，更不想拍几张照片发朋友圈，但我不能直接说不去，我需要采取迂回战术。我说，最好别去，我不想你犯鼻炎。女友的桃心形鼻孔动了动，不行，不去也得去，我把喷雾剂带上。我说，何必呢？你这样就像打胰岛素大快朵颐的饕客，自找苦吃。她没有回答，而是把我的鞋子丢到我面前，让我快点换上。这双被丢到我面前的鞋子，预示着今天哪怕下刀子也必须出门。

在路边等车时，女友说，为什么你对我们的合照被你舅舅知道了会有这么大的反应？我说，我们的事一旦被亲人知道那就是两家人的事了。女友说，你不愿和我结婚？我说，你不觉得麻烦吗？这两家一家在福建，另一家在东北，如果我们要结婚，甚至都不是两个家庭的事，而是南北大融合的国家大事。我话还没说完，女友就把我的耳朵拧成了麻花，她说，当初在一起时你怎么不说？是不是另有新欢了？车到了，女友把我拧到了车上，我揉了揉疼的耳朵，看到司机在后视镜里冲我笑了笑，他估计是把我当成妻管严了。我用余光偷偷打量女友，看到她还在生气，我一直感到奇怪，为什么我能感知到同一张脸是喜还是怒？就像街头的柳树和喜鹊能感知到春天和冬天的到来。可我却不能像柳树和喜鹊一样春天筑巢和飘絮，冬天蛰伏和枯萎，不管这张脸上什么表情，我都必须独自面对。我去握女友的手，她用指甲掐我，见我不把手抽走，不敢再掐，而是把我的手捉起来，看到我的手腕上被掐出了印子，心疼地放到嘴边吹了吹。我见状，马上啄了她一口。她笑了。

我并非有意隐瞒我们的恋情，假如是朋友，我很乐意告诉他们我谈恋爱了，因为我知道朋友只会送来最真挚的祝福，而亲戚则会给我带来无穷无尽的烦恼，他们会马不停蹄地催你结婚，催你要娃，催你买房买车，好像这些就是人生最大且唯一的意义一样。女友的头伏到我肩头，说，其实你是想把这事亲口告诉你爸妈，而不是别人代劳，你还是为你舅舅当年没带你去上海参加复赛耿耿于怀。我不置可否，多年过去了，我的确对此事仍然无法释怀，那是我第一次如此清楚地看到命运朝我招手，而我却因为没有人带路差点与其失之交臂。

高三的冬天，我收到复赛通知后，第一时间回家给阿爸报喜，他当时正在补屋顶，这四间在我七岁那年盖起的楼房屋顶已经破裂了，客家人的屋子墙壁和地板都可以破一点，但屋顶不能破，因为屋顶有大用处，不仅为全家人遮风挡雨，还能拿来晒谷子、晒番薯、晒黄豆、晒衣服……晒一切需要晒的东西。屋顶这么容易破也不是因为偷工减料，而是在晒以上这些东西时（除了晒衣服）需要来回爬梭，这样就很容易造成屋顶受热不均，导致出现裂缝。谷子常会落到这些裂缝里，雨季一来，上面就会长出嫩芽。后来，阿爸便留出这些裂缝晒农作物，使之看上去就像伤口一样。

我看到阿爸在屋顶上给这个家补伤口，补完的伤口像手术缝合线，看着有点像一条由闪电变化而来的蜈蚣。我把通知书在阿爸面前扬了扬，他的眼球随之转来转去，而后一把抓住，我看到信封上多了几个指印。阿爸也意识到他的手上沾了水泥，把信封夹到腋下还给我。我从里面抽出信纸，在阿爸面前打开，阿爸凑过来看，他很想用手拿着它去阴影下好好看，可是他的手脏，只能像个缺少双手的人一样昂着头试图看清上面的字。我把最重要的出发时间告诉他，而后阿爸的眉头也像被水泥抿在了一起。他说，没有几天了啊。我说，提前两天出发完全来得及。阿爸说，找谁带你去啊？我说，桥发舅舅啊，只有他去过大城市。

阿爸那时腰上别了一台诺基亚，后来这台手机会随我到上海参加复赛，我将用它给家里的座机打电话，告诉阿爸我取得的名次。再后来，它还将陪我去北漂，一直到我可以靠稿费买得起苹果手机后，它才会被我用脚狠狠踩碎。阿爸听到我的话，把手往裤腿上抹了抹，拿起腰上别的那台诺基亚，给在厦门教书的桥发舅舅打电话。本来打时阿爸面对着我，但打到中途他却背对着我，当他挂断电话重新面对我时，我看到阿爸摇了摇头。他说，桥发舅舅说自己没去过这么大的城市，害怕迷路。

出租车停在了一处路口，我和女友先后上车，北京的出租车只有右侧车门能开，坐在右边的女友必须自己开车门下去。公园门口挂了张海报，上面有个大尺寸的二维码，女友掏出手机扫了扫二维码，把预约号码向工作人员亮了亮，再领我进去。公园与外面不同，在外面，你绝对意识不到春天已至，仍是灰扑扑一片，只有进到公园，才能知道那些竞相盛开的樱花、桃花和玉兰花已经在装点春天了。女友的手机没有揣进兜里，她在用手机给这些花儿拍照，似乎要留住它们的花期。我在一旁心下难安，别看现在春天万物复苏，但很快女友就会在群芳面前不断打喷嚏。女友每拍完一张照片，就会停下来检查检查，拍得好的她会留下，拍得不好的她会删掉。她看我不看那些花，反倒盯着她的脸，说，别担心，我的鼻炎没事。我这才把视线放到那些红白粉翠中，但停留的时间还没一个抓拍的镜头长，很快又放到了女友的桃花形鼻孔上。

她的鼻翼没有翕张，鼻孔里也没有流下清鼻涕。在休息的间隙，女友已经挑选好了要发朋友圈的九宫格照片，但她没有当即发朋友圈，而是先把文字和照片编辑好，回到家再发，因为现在一发，就会忽略肩头的鸟声啁啾，从而每过一秒钟都要低头去看朋友圈点赞的人数——点赞人数多会让她沉浸在虚假的赞美声中，从而忘了继续踏春，点赞人数少又会让她没有心情继续游玩。在还没出现微信、在人与人之间还不需要扫二维码互加好友时，春游对女友而言，对我们所有人而言都非常纯粹，我们能仔细领略叶脉上的每一滴露珠，听到花瓣里沾满花粉的蜜蜂振翅声。

女友在我面前停下来，说，这些花香都什么味道啊？因为鼻炎，她经常往鼻孔里喷喷雾剂，这些喷雾剂在有效缓解鼻炎之时，也隔绝了她与味道的亲密接触。我无法说清楚每一朵花的味道，一个香字显然不足以概括满园春色。于是，我便只好去找饮食取经。我说，樱花就像鸡精，有点甜；桃花有点酒气，就像料酒；玉兰花闻之是红酒，余味绵长……它们共同造就了这桌珍馐美馔。女友听完，"哦"了一声，走了几步又回头道，春天在你嘴里就像西施变成了东施，毫无美感可言。我摸了摸脑袋，跟上去，不服气地说，有本事你来形容形容？女友笑道，还是算了吧，最好别让没有味觉的厨子亲自下厨，否则不知道会做出什么黑暗料理来。公园里游人很多，游人和百花同时成了被观赏的对象。

女友看到面前有一张石凳，索性先坐下来休息休息再说。她说，你的奶奶之前真的没接触过电子产品吗？她说的是嫫驰使用微信这事。自从桥发舅舅把我的恋情在家族群里公布后，最激动的要数嫫驰，为了将来能知道我的更多后续，她决定也申请一个微信加入家族群。她这么做的原因很简单：家人很少把我的事情主动告诉她，我谈恋爱这事还是阿爸跟别人说起时她无意间听到的。起初，她并不确定这条二手消息的真实性，后来还是问了她的儿媳妇才知道确有其事，于是她便走到阿爸面前，让他帮自己买个手机，她也要玩微信。阿爸对此惊讶不已，因为微信是一门高科技，绝不是什么人都能学会的，像他即便智商排在古楼村前列，也花了很长时间才弄明白。嫫驰指着门外泛黄的对联，说，尧佬，你看不起谁呢？小时候我也是上过学的，现在我还能认出这副对联上的"兴"与"隆"。阿爸被磨得没法子，便去买了一台二手机应付她。

从此，嫉驰便与所谓的高科技产品开始了斗智斗勇，首先是她要记住微信密码，其次是她要牢记让手机吃饱电，最后是养成随时带手机甚至成为低头族的习惯。第一条不难，嫉驰的记性很好，从前她能记得每亩稻子的粮食产量，现在也能记得区区几个数字的微信密码。最难的还是第二、三条。她生性节俭，只要人不在家，一定不会开灯浪费电，当她知道一度电只够每部手机充六十次时，她就心疼了，因为一度电够每盏二十五瓦的电灯泡照明四十多个小时，假如每天只点一个小时的话，一度电就足以让一间屋子持续照明一个半月。因此，嫉驰不是说忘记给手机充电，而是有意让手机饿肚子。而且给手机充电性价比也很低，因为有可能充饱了电，我却连她的微信语音都懒得回。手机没电，我却主动跟她联系的情况不能说没有，只能说很少，她不愿意为这种像中彩票一样的低概率浪费钱财。关于第三条，做到就更难了，嫉驰这辈子都昂首挺胸走路，即使晚年背驼了，眼花了，也尽量让自己走路板正，这是精气神的象征。人活的就是精气神，让她弯腰，比让她死还难受，可是为了我，她最终还是学会了低头。

我在女友身边坐下来，她又在低头检查新拍的照片，还给每张合适的照片加上怀旧滤镜。我说，你很难理解一个农村的老人用电子产品吗？女友抬起头，把手机握在手里，像握着一个滚烫的烤红薯。她说，不，我觉得全天下的老人都应该学会使用手机，这样他们才不会被这个时代抛弃。

"被时代抛弃"，这是一个有趣的说法，有时候年轻人不会穿大红大绿的衣服，反倒是一些上了年纪的老人爱穿，原因是他们需要靠鲜艳的颜色留住屈指可数的岁月，这同样是避免被时代抛弃的做法。女友目前还不会去穿那些多彩的衣服，她如今都穿单色或者素色的衣服，她还不到担心会被时代抛弃的年纪，熟练使用各种社交软件对她而言，比吃饭喝水还简单。我说，嫉驰要不是为了我，估计不会去用手机，其实出生在民国十九年的她迄今为止对通信还停留在电报和打电话上面。女友起身继续往前走，有一根高枝垂到了她的面前，她踮起脚去嗅了嗅，我看到女友在用力地打喷嚏。

我把她护在怀里，避免过路游人留意到她。过了一会儿，女友把手掌从唇边揭下，我从兜里掏出一张面巾纸给她，让她擦拭手心的涕泗。女友先把手心擦净，再擦了擦鼻子，我看到她的鼻尖发红，鸟雀见了都会奋不顾身飞过来啄一口。女友把用过的面巾纸丢进垃圾桶，盯着我的裤兜看，她说，你手机响没听到吗？我隔着裤子摸了摸手机，感觉振动像在给我的手按摩，我说，我早听到了，响好几次了。我把手机掏出来，见是小叔打来的微信电话，刚想接听却已经挂了。女友说，你不打回去？我说不了。女友说，我就始终不理解用手机有什么难的。我说，等我们老了出现了新事物，我们理解起来估计也会很吃力，每一代人都有每一代人必须接受的新事物，假如这些新事物超过了好几代人，那么最开始的那代人就会充满恐惧，有的会主动学习，也有的会故步自封——任何偏见和傲慢都源于对时代片面的理解。女友低头想了想，说，好像真是这样。我继续说，娭毑生长的年代就跟她前人不同，已经不用缠足了，每个女性都是天足。不过在她生长期间却遇到了比前几个世纪还多的战争。后来好不容易天下海清河晏后，又要面对电视、电脑、汽车和高铁，她的脑袋里一下子装了十几个世纪的新奇玩意。原以为晚年终于能消停了，没想到又要学习什么劳什子的掌上微信，这不仅对她的大脑是一种冲击，对她的视力更是一种考验。她怎么能看清这么小的字呢？女友盯着我看了一会儿，说，既然如此，你怎么老不接她微信？而且从不主动联系她？我说，我以为这样她就会失去对手机的热忱，你也知道，老人跟小孩一样，都是三分钟热度。谁能想到她竟用上瘾了，听说现在还学会了用手机刷抖音。

女友一溜烟跑到前方去了，接着又像一阵风一样地跑回来，在我面前松开紧握的拳头。我看到她的掌心躺了一朵不会让她过敏的花瓣，因为这是一朵枯萎的樱花，不知是在这个春天提前凋谢的，还是去年春天的尸体。她把这朵枯花放到鼻尖闻了闻，说，你这是为自己的不孝找的借口。我一下子涨红了脸，解释道，我说的是真的，自从娭毑用上微信后，村里那些肉铺和杂货铺就不收现金了，非得让娭毑也用手机支付。本来无现金支付是一种便民服务，但每次都让娭毑很不方便，每次结完账都要天黑了，耽误了做饭不说，手机也在一通乱按中没了电，害得阿爸次次都要出门寻她。你说，电子产品对老人来说是必需品吗？女友把枯花捻碎，撒入充满花香的风中。

她的包里带了一张口罩，可是公园里没有人戴口罩，她一个人戴口罩会显得很奇怪，尤其在春风拂面的人潮人海中。她说，要是所有人都有戴口罩"自由"那该多好啊，那我就可以大大方方地戴了，谁也不会知道我有一个对春天过敏的鼻子。说到这儿，她再次尖锐地指出我的人品问题，她说，就算你不联系你祖母是出于好心，那么你对你小叔也爱搭不理又怎么解释？据我所知，他可还没到七老八十的地步。我一听，瞬间呆在原地，一动不动。

我的小叔，那个多年前带我去上海复赛的务工者，我对他的感情五味杂陈。一方面，我的确感谢他当时二话不说带我去了上海；另一方面，我又为当时抵达上海后的处境对他满腹怨言。我们到了上海后，没有就近选择考场附近的宾馆下榻，而是到他在上海打工的郊外，美其名曰为了省钱。我们住在一个蓝色铁皮屋里，夜晚睡觉既不隔音，还不防寒，早上起来洗发，头上的冰碴子用毛巾都擦不干，因为毛巾也是潮的。考试那天还由于坐错地铁差点迟到。女友说，这事你怪不着他，谁让你阿爸只给了他两千块钱，他必须精打细算，否则你们估计赶不回来过2010年的春节。我说，你说得对，我只不过无法面对当初的贫困，贫困不是脸上的青春痘，而是秃头上的疤痢，让我在上海滩面前喘不过气来，让我在车水马龙中寸步难行。

女友见我鼻子发酸，不敢再深入交流，害怕仍像之前几次那样，让我当场痛哭出声。她以为我如今早已对当初释怀了，没想到时过不仅无法境迁，还让我更加痛彻心扉。她牵着我的手走出公园，在回去的出租车上，她偷偷打量我的神色，见我情绪稳定了一点，说，2020年的春节，我们去你家过吧，顺便领个证。

我握紧她的手，说，好。

第三乐章

该如何形容一个多年未曾谋面的故乡？你从北京首都机场乘机抵达厦门，特意挑了一个靠窗的位置，逐渐往南，空中的植被慢慢繁殖、增多，夜晚在厦门降落后，你已经能闻到厦门的春天了。厦门的春天和北京的春天大为不同，后者的春天只能特定在公园里，前者的春天则像一条游龙一样缠满了高架桥。你决定在回家之前在厦门待几天，这几天时间你可以和女友去逛海滩，即使女友已经在别处看过无数遍海了，仍然可以在绵密的海沙中得到抚慰。你们可以边走边把视野放到漫长的海岸线上，那里有鱼翔浅底，鸥鸣长空，潮汐层层翻滚，犹如剥洋葱一般。但这次，女友却不想再去看海，因为她在做攻略的时候发现厦门多出了一个山海栈道，她决定在四面皆是海的厦门登高望远。

你们打车来到山海栈道的起点，在地图上看，逛完它需要半天的工夫。女友说，逛到哪儿算哪儿。山海栈道的起点是一个螺旋状的云梯，你们就像踩在一个白色的蜗牛壳上。爬到第三层的时候，你扶着栏杆停住了，女友知道你恐高，过来搀你的胳膊领你继续往上走。有小孩在云梯上奔跑，戴着口罩奔跑，你看到口罩就像一个在漏气和充气之间来回变换的气球，时鼓时瘪。跑了一会儿，这个小孩终于意识到这个春天不用戴口罩了，在口罩下闷了三年之久的春天终于可以尽情开花发芽了。

小孩把口罩摘下后，你看到他的口鼻通红，发现没人再管他戴不戴口罩后，又放肆地奔跑于云巅。你的脚下在轻微摇晃，但你无权阻止一个小孩在春天的脸上踩来踩去。你们已经爬完云梯，来到了半空中的山海栈道，在北方不需要靠这种栈道缩短距离节省时间，一马平川的北方横平竖直，仅靠贴地而行的马路、柏油路、高速公路等各种路就能抵达目的地，只有重峦叠嶂的南方才需要在空中画一条线，让你在短时间内略观其美。

你们站在了树梢上，鸟窝近在咫尺，从巢中探出脑袋的雏鸟见到你们吓得缩回了脑袋，始终无法想明白，什么时候人类竟长得比树还高了。女友没见过栈道两旁的金合欢和炮仗花，在"形色"软件里挨个识别后，不由得发出一阵阵惊叹，但也仅限于此，因为在没有识别软件时，你们会觉得这里的树有千般绿，花有百样红，没想到看似一片花团锦簇，却只有十几种而已。你随时在手机里关注走了多少米，丝毫不像女友一般把失去三年的春色一次性补回来。每看到一张木凳你都想坐下来，你觉得这些凳子不坐一坐，未免有些对不起它们，也对不起自己的屁股。

走到三分之一处，你们已经走了三个小时，由于在高处，女友意识不到不能再继续往前走，否则你们翌日就没精力坐长途大巴回家了。还是你说了一声，不然我们还是回宾馆吧，女友这才停下兴致勃勃的脚步。你看到山下有片金瓦，再往前走几步，发现有座寺庙藏在山里。女友说，我们下去烧炷香吧，去去疫情三年的霉运。你们沿着一条石板路下去，抬头看到庙门前有一副对联：

  法航普度万牲同沾
  愁雨周施三县俱被

  走进寺庙，你们给荷塘里的锦鲤喂了两块钱的鱼食，给大佛烧了两炷十块钱的香，还吃了人均五十块的素食。回宾馆的路上，女友一直在捶腿，她说，明天回家只能坐大巴吗？坐大巴回家需要三个小时，沿途隧道一个接一个，就像山体内部缝了一粒粒扣子，没有它们，大巴无法在里面穿针引线。你们精疲力竭的身子显然无法适应。这时你的阿爸打电话过来告诉你，回家不再需要坐长途大巴了，现在开通了高铁，只要一个小时就能回到家。女友长舒一口气，马上在手机上退掉汽车票，改买高铁票。

  第二天，女友在高铁上神色有些紧张，你安慰她说，不用紧张，只是结个婚而已。女友拽着你的胳膊说，我不想穿婚纱，不想去跟你的那些亲戚敬酒，我们为什么不旅游结婚呢？就像现在这样。你说，三年前的约法三章还作数。你可以不用穿婚纱，更不用去敬酒……但不能去旅游结婚，因为家里这些年出去的份子钱也需要收回来，不能白白便宜了别人不是？女友说，我还是觉得麻烦。你说，我们只要坐下来负责吃喝就行，就像去参加别人的婚礼一样，你去吃喜宴时会感到麻烦吗？不会，你只会用大快朵颐祝福这对新人。女友笑道，狼吞虎咽难道不是为了吃回本吗？你说，也可以这么说。女友的神情舒展了一点，她扭头看向车窗外飞驰的山峰，这些山峰隔着一层玻璃，其势、其形与其色都有些失真，但对她来说，却比亲自去爬还感到满足，因为一旦她爬到山巅，她的鼻炎又会犯，昨天走山海栈道时，由于喷雾剂始终没停，她的鼻炎才暂时没发作。她仍然没有习惯摘下口罩的日子，每次出门前都会戴上口罩，但看到别人都不戴口罩了，也不愿再戴。

  你心里没底，觉得结婚不穿婚纱有些说不过去，你的想法好像跟三年前有了不同。你再次问道，你真不愿穿婚纱吗？女友回头看了你一眼，说，打死都不穿。以你对她的了解，她是真的不愿穿婚纱，而不是因为不够爱而不穿，婚纱在她眼里既不是爱的代名词，也绝非幸福的象征。一件薄如蝉翼的婚纱显然无法决定两人的余生幸福与否，因为很有可能会被无穷无尽的指责和谩骂涂污——女友的想法好像并未被三年疫情所改变。

以嘉宾的方式出席自己的婚礼，这对你而言未尝不是一件好事，于是，你变得有些期待自己的婚礼了。届时你将会以旁观者的方式观察一众嘉宾，当那些嘉宾在人群里找不到新郎新娘时，那该会有多好玩啊。可是一想到你的娭毑无法见证你的婚礼后，你不禁又有些怅惘。

几天后，你的阿爸踩在一箱茅台酒上迎宾，你错愕地看着这一幕，悄悄把他拉到一边，小声问道，阿爸，你哪儿来的钱买这些茅台？阿爸的眼神像小鸟一样飞出了大门，旋即又从外面飞回来，回道，这都是假酒。看到你的脸色有些不对劲，又补充道，没事，不用担心，反正那些乡巴佬也没喝过真茅台。你允许自己的婚礼不穿婚纱等同一场虚假的婚礼，却不允许婚礼上出现假酒。至此，你才无奈地发现，你并不能全权做主自己的婚礼，它还是会在某些局部渗透进不属于自我的意识。女友，严格来说准新娘，在门外被你的堂嫂拉到一边，再三问她要不要坐她的车去县里化妆和租一套婚纱，还怪你们到了厦门不跟她联系，这样就能省掉坐高铁的钱。

两个人坐高铁要花两百块，但你深知这些钱不能节省，否则随之而来的就会是不厌其烦的刺探和絮叨，花两百块能让你们的耳根清净，你觉得世界上没有比这更划算的买卖。新娘子频频冲你求助，你知道她不是为了摆脱堂嫂的好意，而是让你充当翻译。她听不懂你家人讲的客家话，你也从未主动教过她，你认为这种偏安一隅的方言早就该像脐带一样一刀两断。而且语言的不便，也会为你省掉很多麻烦，首先难解的婆媳问题就会不攻自破，你认为任何问题都源于语言，假如把东北人、广东人和福建人放到一座围龙屋里，或许也会产生巴别塔效应，那么世间的烦恼估计大部分会迎刃而解。是的，你住到七岁的那座方形围龙屋还在，此刻仍屹立在你面前，由于地势偏低，你能一目了然地看到它的屋顶，黑瓦依然是你记忆中的样子，只是中间部分补了一大块彩钢板，让这座古朴的围龙屋登时变得花哨起来。你阿爸说，这座方形围龙屋之所以没拆是因为它的形状，一方抵三圆，方楼比圆楼更难建，因此留存到了今天，势必还会因修修补补留存到更久以后。为此你忍不住想，假如有一天，这座围龙屋浑身上下都换了一遍，那还是你小时候住过的那座吗？你走到门边，对新娘子说，堂嫂问你要不要去县里化妆和租婚纱。你看到她的瞳孔变大了，以为你改变了主意，说，我不想。你转而去看你的堂嫂，说，她不愿意，不，是我们都不愿意。

堂嫂仍不死心，走进客厅，对你阿爸说，你这个当爹的也不说一说，结婚不穿婚纱像什么样子？你阿爸正在拆封茅台，并用手机去扫瓶身上的二维码，看到手机屏幕上出现了生产年份和价格，终于把它们挨个摆上桌。做完这些，阿爸走到堂嫂面前，拍拍手说，他们人能回来就不错了，其他的你就别管了。说完见堂嫂要把茅台箱子拿进厨房烧火，马上抢回来道，这个箱子怎么能烧？我还有用呢。堂嫂撇了撇嘴，说，你什么时候改捡破烂了？红八子不给你钱吗？你阿爸偷看了你一眼，说，给，怎么没给？

室内摆不下这么多桌子，门外摆了五桌，客厅摆了三桌，其他房间分别摆了两桌，屋顶上也摆了五桌，还有几桌摆在了邻居家。亲疏关系以距离客厅远近为准，出了五服的就在邻居家。一到中午十二点，客人就会陆续踏过地上乱蹦的炮仗，先后填满客厅、房间、院内、屋顶和邻居家的空椅子。在主桌的位置，你阿爸也摆了十副碗筷，但只会坐九个人，空出来的一副是你娱驰的。墙上没有她的遗照，但桌上仍有她的碗筷。你感到不解，去问你阿爸，娱驰的相片怎么没有挂起来？你阿爸正在张罗客人进门，听到你的话，看了你一眼，指着客厅朝向大门的那扇墙说道，本来那里是留出来放你们的结婚照的，没想到你们没照，现在只能空出来了。这块空白处以前挂了一幅南极仙翁画像，上面那个骑鹤的老头额头和桃子一样饱满。你看到这块空白处如今也像丢弃的创可贴一样旧了，说，现在把娱驰的遗照挂上去也来得及啊。你阿爸面一红，没接你这茬，他把外公一家安排在了主桌，现在那里还剩五个位置，除了你和新娘子，还能坐下你阿爸阿妈两人，除了那个给娱驰预留的位置，还多出了一个空位。这个空位你的阿爸找你商量让谁坐，你说，肯定是小叔啊。阿爸一愣，说，你不知道吗，他瘫痪在床好久了。他老婆不仅每天要给他翻身擦背，还要给他端屎端尿。他的脾气也越来越坏，他老婆早就想跑了，但是这三年疫情，她哪儿都去不了。现在疫情结束，她就跑了，前几天于心不忍回来，看到丈夫的后背像胶布一样粘在了床板上，鼻孔和眼眶都生蛆了。你们的婚礼办完后，我过几天还要去忙他的葬礼。唉，这人啊，命是真脆，说没就没。

你走到门边，看到接连出现的客人，背过身去，不让他们看到你往里流的眼泪。新娘子走过来，拽了拽你的衣角，问道，你怎么了？你把嘴巴凑到她耳边，说，小叔老了。她说，人都会老，高兴点。她把这个字理解成了年老。你说，客家话的老是死的意思。她这才僵住了，耳边都是叽里呱啦的客家话，她一个字都听不懂。在自己的婚礼上，她成了哑巴。你拉她走到楼梯间，那里比较安静，你说，嫔驰也老了，老了好几年了。她说，那我怎么不知道？墙上也没挂她的遗照。你说，我也不知道为什么没挂。她说，你祖母不是学会了用手机吗？按理说拍照片很容易啊。

嫔驰能用手机自拍吗？或者她意识到要让别人用手机给她拍照吗？也许她即便学会了如何使用手机，但对于拍照的观念仍停留在从前，那时拍一张照片需要隆重的仪式感，先要洗头，再要穿靓衫，最后才能坐下来并拢双腿一动不动地把自己的容貌留在相片里。回家这几天，你一直在有意寻找嫔驰存在过的证据，可是厨房没了她烧火做饭的身影，房间也没了她辗转扇蒲扇的动静，门外也没有她"嗒嗒"的拐杖声……这些你印象中的嫔驰形象一概不复存在，有的是她生命中最后几年使用的那台华为手机——你已然不认识这个全新的嫔驰，就像前几天进村之时，你差点把故乡当成了他乡。还有她房间床头柜上的那个插座，在经常插插头的那眼孔中，有焚烧发黑的迹象。你问过你阿爸，但他却一再说，没事，家里有一次保险丝烧坏了。

你问，当时嫔驰没事吧？

你阿爸说，没事，她当时在外面呢。

婚礼开始了，你和新娘子坐在主桌，成功藏身于觥筹交错和"一品当朝"的行酒令中。你安静地给新娘子夹菜，每上一道菜就跟她介绍几句。她喜欢吃甲鱼裙边，对肉圆也不排斥，吃得最多的是湖洋蒸鸡，一口没动的是砂锅焖狗肉……她说你们这儿的猪蹄像胶水一样黏稠，你们这儿的鱼肉像牛筋一样筋道，你们这儿的猪肝汤自带甜味。你说虽然你们这儿比不上别处富裕，但吃的方面却不比别处差，你们可以在穿、行、住上面委屈一点，但在吃的上面却非常挑剔。

舌尖舌尖，比心尖和脑尖还重要，心尖屈了可以用温言良语哄回来，脑尖差一点顺便就做个愚一点的安乐公也无妨，但委屈了舌尖，就会牵一发而动全身，轻则干活不出力，重则影响家庭团结。新娘子边听边吃，她的确把自己的婚礼当成了吃席，每吃一口就向你投来侥幸的一瞥，那意思是真的没人让她站起来跟各位叔叔伯伯敬酒。在座的有你的桥发舅舅一家，你仍不愿主动跟他说话，他也深知你的脾气，没朝你这儿睇半眼，一直在跟邻座说话。邻座是你外公，他听不清他儿子在说什么，只看到他的嘴巴在动，便提高音量喊道，你说什么？大点声。其他桌的客人径直往这边看来，你的桥发舅舅拽了拽你外公，让他别这么声高。

你外公跟他儿子换了一个座位，从兜里掏出一幅地图，你一看，不是福建省地图，也不是全国地图，更不是世界地图，而是北京地图。他把眼前的杯盘推到一边，把地图铺到桌上，把嘴凑到你耳边说，红八，天安门离你现在住的地方有多远？你说，为什么你们提起北京都只说天安门，北京大了去了，不仅仅有天安门。你外公照旧没听到你的话，这时你阿爸站起来解释说，天安门是一个坐标，只有以它为参照，我们才能知道北京到底有多大。就像北京是全国的坐标，我们一般用它来测量全国不同的省份离这个祖国的心脏到底有多远。你说，哦，打车一个小时。你阿爸拢起双手把你的话灌入外公的耳里。外公听完，说，打车一个小时，够我们这里去龙岩市了。这时别桌的人插嘴道，住得可真远啊。你阿爸笑道，没见识了不是？在北京一个小时以内的车程都算近的。

同坐一桌的小表弟一直在玩手机，你不知道他如今到底还写不写作，实不相瞒，你现在还对他把在城市的蚁居生活比作三洞莲蓬屋念念不忘。借新娘子去卫生间的工夫，你坐到他身边，你还没开口说话，余光就看到你的桥发舅舅冲他儿子摇头示意，你不知道他到底想掩饰什么，但这个举动足以让你兴致寥寥，不过你还是硬着头皮问道，我好久没看到你写的小说了。你对别人的小说可以称"东西"，不过却不能如此称小表弟的，一定要称是小说或是作品，即便如今还名实不副。而且也不能直接问你不写小说了吗？你深知作家，尤其是真正的作家都有一颗敏感的心，这颗心就像大部分客家人敏感的舌尖一样，假如不全方位照顾到，重则也会毁掉一个作家。这时，你才突然意识到，向来自诩人类没有高低之分的你，其实也在用自己的一套逻辑把人分出了三六九等，假如你面对的是别人，你还会如此小心维护对方的尊严吗？想到这点，你的面皮有点发烫，可是说出去的话就像泼出去的水，收不回来了，你等着小表弟的回答。

在等待这个回答的同时，你一直在偷偷观察你的桥发舅舅。他是一个好酒之人，几杯猫尿下肚，准保面红筋凸。俗话说脸红之人都是海量，这句话没在你身上验证，倒在他身上验证了。但此刻他却忘了杯中贪欢，而是一直有意无意地往你这儿睇过来，别桌的把酒杯像蛇芯子一样伸过来，也没意识到，还是被外公捅了捅胳膊才忙不迭站起来碰杯。你看到他这次没把酒杯抬高，而是与唇边平行，如此才能借助透明酒杯光明正大地窥视你这边。小表弟放下手机，说，老哥，我早就不写了，以前不懂事，都是小孩子打打闹闹，当不得真的。你吃惊地望着他，好像要看穿他到底有没有撒谎一样，因为你很清楚，每个写作的都是大骗子。你盯了小表弟几眼，确认他没有撒谎，因为你发现他的眼里没光了，从前跟你聊小说时的那种光焰被一口吹灭了。

这时你的桥发舅舅走过来，帮他儿子解围，他说，现在他就快大学毕业了，校招也要开始了。我让他好好准备，争取一毕业就能拿到高薪。你端起酒杯，桥发舅舅忙跟你碰杯，但你却径直跟小表弟干杯，你说，我敬你一杯，敬过去的你。桥发舅舅的面色很不好看，反倒是〇〇后的小表弟毫不在乎，他把杯中酒换成橙汁，然后一饮而尽，即便喝的是橙汁，嘴里也像喝酒一样嘶的一声。

新娘子上完厕所回来，刚好听到你的话，把你叫到门外，说，你怎么能这么说话？什么叫敬过去的他，你当他现在老了吗？你往里扫了一眼，说，他现在跟老了有何区别？新娘说，别把你那套理论套在别人头上，再说人类除了梦想还有生活，而生活才是最重要的。你反问道，人类的生活中包括结婚需要穿婚纱和敬酒，那你怎么不跟别人一样？

新娘愣住了。你看到她的眼底起了潮，只见她回到酒桌，主动给自己的酒杯倒满劣质茅台，挨个跟人敬酒，一边敬一边大声说道，我就是新娘子，新娘子就是我。她一手端着酒杯，一手端着酒瓶，从跟你家关系最近的这几桌开始敬起，这几桌早已知晓她是新娘子，但关系比较远的还不知道，因此当她敬到屋顶上和邻居家时，那些亲戚都有些摸不着头脑，以为是哪个女疯子在发酒疯。你追到她身后，在她爬楼梯时护着她让她别摔下来，在邻居家时用手指威胁那些狗以防她被咬，还要逐个跟那些蒙在鼓里的三姑六婆解释与赔罪。你感觉那年暴露在上海滩的囊中羞涩，如今又以另一种形式回来了。

翌日凌晨，你在睡梦中感觉大腿被寒风割了一刀，你睁开眼睛看到妻子在收拾行囊，她把那个贴满托运标签的行李箱放到地上，里面还有许多衣服没拿出来，她把这几天换洗的衣服放进去。出发前能装满两人物品的行李箱现在容量却不够了，妻子需要用手压实才能勉强合上箱子。她没有把箱子立起来，而是去撕贴在箱子上的托运标签。

这些标签证明你们曾去过的地方，如今全被她撕掉了。你看到北京、上海、成都、沈阳、厦门和济州岛等城市被遗弃在地板上，被一双脚踩来踩去。你留意着妻子的表情，琢磨不透她到底有没有生气，因为她的桃花形鼻孔没有翕张。你身子躺在被窝里，脑袋却探出来靠到床屏上，说，能不能多留一天再走？你想用这一天时间到县城把娭毑的手机拿去维修，看看里面有没有她的遗言。

微信家族群里又在发一分两分的红包，好像昨晚的喜宴还没散场，一直持续到了现在。你懒得点开这些红包，发现娭毑不在里面，你把群消息屏蔽。妻子比你做得干脆，她没有屏蔽群消息，而是直接退群。你忙从床上起来，顾不得穿上衣服，跑进卫生间，问道，你怎么退群了？妻子看了你一眼，笑道，允许你屏蔽消息，就不许我退群吗？

妻子冷笑道，我发现一到你家，你的本性就全暴露出来了。你问，我什么本性？妻子说，自以为是。你说，你不就是因为结婚没让你穿婚纱而生气吗？至于吗？不是你口口声声不想穿的吗？妻子一听，说，我终于明白了，在一起这么久原来你一点都不了解我。你回道，彼此彼此。你把故乡当成了北京，还以为吵的是一场公平的架，谁都不会有主场优势，而且还因为她的老家离北京更近，占据地利之便，为此每次吵输后都扬言要搬到一个中间地带，以为这样就能吵过她，却忘了如今占据地利之便的是你，还因这个优势得理不饶人，似乎一步步在验证她刚才对你下的判断。

你阿爸在楼下喊你们下来食朝，你忽然意识到只有法官才要讲是非对错，夫妻俩只要讲包容就行，而且你也不想让妻子产生一种在他乡无所依靠的错觉。于是你主动跟她道歉，主动为昨天那场乱象频发的婚礼给她道歉。妻子说，看看，自以为是的毛病又犯了不是？我说了，这是我主动选择的婚礼，你没必要给我道歉。

　　你们暂时搁置争议，下楼食朝，在饭桌上，你问阿爸有没有车去县城。阿爸吃了一惊，说，刚回来就要走？你说，不是，我们去县里逛一逛。阿爸说，县城这几年变化很大，有了万达，万达里面有电影院，有超市，还有卖苦药水的星巴克，你前几天下高铁的地方就是你之前读书的五中。你说，有车去吗？阿爸说，有，你直接叫滴滴就行。你打开手机叫车，发现很快就有司机接单，你带上娱驰的那台华为手机去路上等车，无意间看到了那个天蓝色的门牌号——

　　寨角路
　　15号

　　右下方还有一个二维码。
　　这里的出租车两边车门都可以开，你和妻子分别从两边车门上车。司机把音乐开得很响，你提醒他把声音开小一点。司机扭头说道，老表，音量劲爆，路上不烦。你说，关小一点。司机把音量调小了，但身体仍在左摇右晃。在出租车上，你看到路边那条大水源里有人在电鱼，花白的翘嘴等土著鱼在水面翻白肚，最后被压实在背篓里；小叔家没有关门，两边的红对联还未褪色，过几天就要张贴白挽联，你看到外面的白瓷砖落满了灰，里面已然家空物尽……县城到了，你下车走进一家维修店，维修员是个俊后生，留着双引号一样的发型，技术过硬，很快找到了这台华为手机毁坏的原因。他抬头说，老表，这么贵的手机也不知道好好爱护，怎么搞的竟然触过电，里面的主板都烧坏了。千万小心，手机触电可不是开玩笑，很容易把人电成烤乳猪。你说，还能修吗？对方晃着大腿说，老表，修是能修啦，就是有点贵。你说，多贵都修。店主两只手各举着一支电笔，在拆开的手机腹部点来点去。半个小时后，修好的手机递到你手里，你接过来开机，没有开机密码，但登录微信需要密码，你把电话号码加门牌号输入进去，登录了娱驰的微信，没有发现她的任何遗言。

　　在聊天框中，她最后一次跟你说话还是在2019年的冬天。

疫情前。

你和妻子没有在县城过多停留,你也没有带她去你的母校五中,你们随即打车回家。在车上,你看到嫘馳微信的钱包里有一万八千元,你打开她发你的最后一条语音微信:红八啊,你在北京钱够不够花啊?我把养老金留给你讨老婆用。你不知道她存这些钱要省吃俭用多久。出租车回到村里后,你看到那个电鱼者被守溪人堵在了水里,电鱼者不敢上岸,怕被当场缴获犯罪工具,守溪人也不敢下水,怕自己触电。两人相持不下,只能互喷唾沫。

回到家,你又看到了那个门牌号,上面的那个二维码就像一个马赛克。你掏出手机,你的微信头像是一朵五百吨重的云,已有多年未换,你用微信去扫这个二维码:左边出现的是省市区县、地址名称、行政管辖、地址编码和社区民警一栏,右边是房屋照片。

房屋面前还有个人像,那是兴头十足的嫘馳,只见她一头银发,面对镜头单手叉腰,另一只手上拿的是一台华为手机,上身着茄色夏衫,下身穿黑色长裤。你看到她在冲你微笑,然后走出屏幕,抬头朝你亮了亮手里的手机,亢奋地说道,乖孙,以后你不管离我多远,我都能用一台手机call你回来。

你用手机打电话,阿爸,墙上有嫘馳的照片可挂了。

(原载《芙蓉》2024年第4期)

雕像一般的眼睛

/三三

没有一片落叶的轨迹会完全重复，降落的飞机也是。漫长的滑行中，它失去速度，最后稳稳地停在廊桥边。"澳门到了——"随着一阵嗑瓜子似的解安全带声，后排的孩子喊出这句话。阳光、海风、永无止息的白日梦，澳门到了。

罗志伟站起来，试图推开行李舱的门。他的手背青筋暴起，撑得老人斑外突，但舱门岿然不动。罗志伟吸一口气，再度发力。面孔发红，又涨成深棕色，可舱门哪会理睬这些。直到乘务员启动某个隐蔽的按钮，行李舱才如同放松警惕的蚌，缓缓地开了壳。

"爸爸——"儿子罗嘉皱着眉，叫他。声音很轻，像要避开所有人，唯独让他听见。他对这样的告诫太熟悉了。每当他在错误的时刻打开电视机，每当他在地铁里大声说话，或是给孙子买家长禁止的零食，同样语调的"爸爸"就会出现。一种警告，示意他适可而止。

四十多年了，罗志伟再次回到澳门。当年卖掉渔船，他在路环码头坐了一夜。远处的制冰厂在黑暗中闪着光，白噪音不断，像不通乐理的巨兽反复错压下同一个琴键。一沓薄薄的纸币，塞在他的贴身口袋里，尚未开始的新生活已沾染上了腥气。破晓前，他跳上去内地的小船，只背了一个编织袋。如今，他们一家五口人，推着三个拉杆箱。人需要的东西什么时候变得那么多了？孙子晨晨提着一个小包，企鹅造型，不过只有头。他的姐姐走在最后，女孩已经十二岁了，足以有资格忧心忡忡，她才不在乎世界上还有别的什么大事发生呢。

"爷爷，爷爷，爷爷，我们去看劏人石。"坐上车，晨晨大喊起来。在这个年龄，每个男孩都可以是一把机关枪。

"出来前怎么说的？再叫，就把你送给收垃圾的。"儿媳妇忙着用手机导航，不耐烦地瞪了晨晨一眼。没想到晨晨变本加厉，大笑起来，喉咙里爆发出怪腔。

"我们先回酒店。"罗志伟轻声说。

"不——酒店大破烂，我要看劏人石！"晨晨说。

"也许劏人石根本不存在。"罗志伟说，"爷爷年轻时跟别人一起去找过，那次遇上大水，什么都看不到。"

那些年，竹湾海边总弥漫着逸闻。传说海盗曾出没于此，杀人如咬碎葡萄，血红色的汁液溅在石头上。从山上望去，海面悬浮着一块鲜红的奇石。另一处，还有一块状如乌龟的石头。当时人们说，有一天石龟爬到岸上，整个路环岛就会淹没。

"那么我们自己造一块，就从爷爷劏起。"晨晨眼前一亮，火花短暂地迸逝，很快消沉起来。"可爷爷老了，血不再红了。爷爷的血是黑色的，就像酱油一样。"

"乖孩子。"罗志伟含混地说。

过了西湾大桥，汽车驶入澳门半岛，索菲特大酒店就在亚美打利庇卢大马路的尽头。他们订了一间套房，几经分配，罗志伟睡客厅的长沙发。卫生间的装潢尤其奢华，连门板选材都是黑胡桃木。一扇小窗向西北面打开，高层，风的动态恣肆。罗志伟坐在大理石的盥洗台上，门外是孩子们制造的种种噪音，但总算和他无关了。他感觉到熟悉的亚热带季风气候，比过去更潮热，他浑身冒虚汗。那些从回忆中剥出的回南天，几近淹烂，铁皮屋蒸得他背心湿透。当时他还小，没能上渔船，跟比他大一些的孩子学习爆竹加工。每隔半个月，工人从澳门来路环回收爆竹，然后才会发放微薄的工资。罗志伟的手脚从来不伶俐，因各种缘故，都被扣过钱。他手里紧紧攥了泛潮的纸币，盯着简陋的家具发呆。通常是那台掉漆的冰箱，水珠细密，铺在不锈钢外壳上。时而凑成一簇，慢慢滑落，就像一种不带情感的眼泪。年幼的罗志伟想，这个世界的秘密一定和水有关。难道我们是一群因罪孽而被海洋放逐的鱼？

往昔时光浇灌了罗志伟，他的精力突然变得出奇旺盛。到了本该午休的钟点，他困意全无，非要带晨晨和倩倩出门散步。为了唤起孩子们的积极性，他故作神秘地挤眼，"爷爷带你们去一个好地方。"

三人钻过贴满蓝色塑料花的大堂，搭扶梯到地面。凭模糊的印象，罗志伟选择往左转，一路向前走。正值一天中最热的时候，没走多少路，三人都气喘吁吁。晨晨脱下外套，又整件遮罩在头顶。虽然丝毫看不出这么做对避暑有什么好处，罗志伟依然放任着他。换作他妈妈来，就没那么柔和了，也许会讥讽他把脑子里进的水都焐沸了。孩子们最怕妈妈，罗志伟对儿媳妇也敬畏三分，彼此之间远远维持着一种表面的客气。

"还有多少路？"倩倩摘下一侧的耳机，瞥了另外两人一眼。

"我们迷路了。下一步就是被抓走，卖到坦桑尼亚去，挖铁矿一直到死。"晨晨非但没害怕，反而兴奋不已。

"谁也拐骗不了你们，乖孩子。"罗志伟说着咳嗽起来，再接话时，嗓音显得苦涩，"你们别忘了，爷爷以前是澳门的渔民，这一带没人比我熟。"

他们走过几段下坡，记忆对焦似的清晰起来。附近有一棵落满气须根的榕树，人们都说它活了很久，却说不出具体年份。在那个西式造景的小广场里，大榕树兀然而立，仿佛是从画报上剪裁拼贴而来的。很多年前，罗志伟跟姐姐及其男友来过。他们去圣老楞佐教堂礼拜，他便独自坐在广场上。他从来不曾袒露，不愿进教堂并非因为不喜欢里面的气味，而是因为恐惧。大门敞开的日子，他隔着栅栏往里眺望，如此空阔的地方。一卷画幅挂在拱廊上，那个头戴光环、无人不晓的男人双手张开，朝向教堂顶部的十字架。数不清的银器在下方熠熠闪烁，他想起冬夜抬头时看见的冰冷路灯，雪的晶体纷纷飘落。两侧的小祭坛由光洁的白色石头雕成，繁复的花枝缀在天使翅膀上。教堂外的玻璃神龛里，瓷塑圣母怀抱婴儿，底下摆满鲜花，有些仅仅是零落的花瓣。他忽然认出来，一切符号都指向生命之上的事物。那些未知的黑色浪纹，对他来说——他无助地闭上眼睛想，那就是死。他忍不住哭起来，回到路环以后，他相信自己已经成了另外一个人。

可毕竟是孩子，下一次再去时，他早忘了那种感受，并学会把教堂挡在某种屏障之外。升起的泡沫与欢乐更相关，比如他们三人坐在广场上，葡萄牙男人给他讲解地上石头的来历。它们从葡萄牙西部的港口出发，历经长途抵达澳门。当姐姐问他，这些石头是否让他怀念远乡，他大笑起来。他用蹩脚的粤语回答，老一代葡人才总想着回家，他很喜欢澳门。他是路环岛上的驻守士兵，和非籍士兵相比，葡人更懂得何谓尊重，从不随意挑逗过路的女孩。为了追求姐姐，他曾省下每日的面包配给，用竹箩盛着，一日日送到他们家门口。但罗志伟记得，那一阵姐姐总莫名其妙地落入感伤。手里编织着渔网，不自觉停下来，忽而出神叹息，像是一种不吉利的征兆。第二年夏天，那个葡萄牙男人就坐上了返乡的大船。后来的几年里，姐姐给他写过信，不多，从无回应。再后来，就发生了那场因台风而起的事故。

所有这些回忆，都消失在一个早已消退的时空里，罗志伟没法跟孩子们说。他们甫一出生，他就承担起爷爷的角色。他们的生活环境与历史认知截然不同，他要怎么让他们理解，这些事情曾经如此真实地发生在他身上呢？每当罗志伟尝试讲一些往事，一开口，很自然地就变成了另外一种话语：轻盈、松软、虚浮，或是沦为一种彻底的传奇。只有沉默时，罗志伟才能回到自我时间里。过去与此刻，交叠于同一瞬间，他感到自己岌岌可危，到了要被淹没的边缘。混沌之间，一段熟悉的旋律浮上来。似乎是那个葡萄牙男人教他的，应该还有葡语版本。罗志伟有印象，这一段的歌词，原是一位葡萄牙女诗人的诗句。

> 渔船在海滩上沉睡
> 一动不动，睁着
> 雕像一般的眼睛……

"爷爷，为什么是'雕像一般的眼睛'？"晨晨问。

罗志伟这才意识到，自己不觉把它唱了出来。这首歌不止三句，但后面的完全想不起来了。他只好反复哼唱，尽力找一个合理的解释，一双眼睛如何与一座雕像相似。

"歌里都是乱唱的。"罗志伟很快放弃了,"从前渔民出海打鱼,如果跟大船去远洋作业,一去要好几周。海上什么都没有,太寂寞了,我们就唱歌。有些歌是听来的,也有随口编的,没人在乎它到底讲什么。"

"海怪就是这样召唤来的,太愚蠢了。"倩倩撇嘴说。

"爷爷没有遇到过。在打鱼方面,爷爷运气一直不错。从来不空船,而且也没碰上过……"罗志伟想说"灾祸",却最终咽了回去。

"爷爷带我们去海里,我要打鱼!"晨晨叫唤道。

"闭嘴吧。你什么都不会,去了也是死在海里。"倩倩说。

"我会算术,我能数到……"晨晨一愣,失语两秒后,他转向罗志伟,"都怪爷爷。你早就不会打鱼了,你把所有重要的事情都忘记了!"

"爷爷没忘。在渔村出生的人,一生都知道怎么打鱼,就像知道怎么喝水、吃饭。我们以为自己是大海的朋友,偎在它身旁生活,收受它的馈赠来活命。人就是这样轻贱的,孩子。时间久了,我们不再那样敬重它,也忘了它随时可以把一切收回。可大海是会生气的,乖孩子,希望你们有生之年都不要经历。再有经验的渔民,也不能了解大海的万分之一。我告诉你们一件事……"

罗志伟原本还想说下去,但倩倩打起了哈欠,很快又传染了晨晨。

"我饿了,我要回去了。"晨晨说。他看上去无精打采。罗志伟刚说的话,好像流弹一般擦过他的耳朵,射向旁边某棵棕榈树。

"就在前面。"罗志伟想拉晨晨的手,但被他躲开了。

"我讨厌这个地方,到处都是一股死马的味道。"晨晨说。

"撒谎精,你根本没见过死马,你的嘴里吐不出一句真话。我要是你妈妈,你出生的时候,我就把你倒过来丢进水池。"倩倩说。

"那也是你妈妈。"罗志伟小心翼翼地插嘴。他搞不懂现在的孩子到底怎么回事,但仍努力地爱他们。

"所以呢?"倩倩翻了个白眼。

"我饿了,我肚子都在咕咕叫。"晨晨没理睬倩倩,抬头看着罗志伟,重复了一遍。

拐角有几家澳门手信店,卖的特产相差无几,标价也一模一样。现代流水线早把这个地方咬过一口了。罗志伟随便走进一家，挑了一盒十月初五牌的杏仁饼。紫粉配色的盒子，下方印有花体字母，乍看就像一本西餐的烹饪书。除了他们之外，店里看不到一个人。罗志伟在收银柜台前喊了半天，一张睡眼惺忪的脸才抬起来。是个相貌非常年轻的女孩，但扎起的头发里夹杂着许多白丝。她的上颌骨、颧骨微微凸起，典型的南方长相，这些特征最终都让位于她冷淡的表情。她无神地坐着，仿佛并不存在于此处。只要移开眼睛，任何人都会忘记她的长相。

"三十五。"女孩懒洋洋地说。

"这东西做起来容易，绿豆粉压模就行。以前我们都买散装的。加了个包装盒子，价格贵成这样。"罗志伟想做一个老练的鬼脸，但很失败，他只好继续感叹说，"时代不一样了。"

"是啊。"女孩点头，"三十五。"

罗志伟从夹克内袋里摸出一个白色信封，抽出一张五十元的澳元纸币。他用拇指轻轻摩挲着西湾大桥图案的纹路，颇为不舍地递给女孩。女孩接过，从收银台里数出找零。在他们背后，倩倩掐着晨晨的脖子，晨晨伸手要去抓倩倩的头发。两人打得不可开交，把展示柜上的食品撞落在地。罗志伟慌忙去拉架，刚想检查晨晨是否有受伤，晨晨衣领散乱，却爆发出一阵神经质的大笑。回头看倩倩，也一脸不以为意。

女孩从柜台里走出来，旁若无人地捡拾落物。

"快和姐姐说'对不起'。"罗志伟拼命向两个孩子示意。他想跟着捡，但蹲到一半，一股剧烈的疼痛从腰椎骨传来，直疼得他窒息。一瞬间，他望着两个沉默的孩子，如同陌生人。

"没关系。"女孩直起身。重新系完围裙，她无来由地说，"春天就是这样的。"

"妈阁庙往哪里去？"罗志伟问。

"出门就是。"女孩随手往一个方向指去，整个交谈过程中，没有正视过他们一眼。

他们从另一扇门出去。环路的建筑后撤了几大步，像被某个旋涡均匀地推远了，让出当中的空地。风从四面八方吹来，以一种神秘莫测的态度拂过广场，想必这里已靠近海边。面前一片开阔，罗志伟茫然出神。眯着眼睛看，遥远的晴空细闪着波鳞。不知过了多久，蓦一回头，正是他寻找多时的妈阁庙。

"我们到了。"罗志伟望着门匾上闪着金光的"妈祖阁"三个大字，不禁激动起来，"爷爷过去经常来这里。我们从海上开船过来，那时候，对面可没建什么海事博物馆，天后娘娘直接朝向海面。我们让船头正对妈阁庙，上香放鞭炮，祈求神恩年年庇佑……那些都是什么样的好日子啊。"

"怎么还挂红灯笼，明明年已经过完了。"晨晨小声嘀咕。

"孩子，我们进去拜一拜。有什么愿望，尽管告诉天后娘娘。你们是渔民的后代，她会保佑你们的。"罗志伟说。

假如周围的人们稍微注意一下，就能发现，罗志伟是多么一厢情愿。孩子们满脸厌倦，这点共识，让他们之间暂时获得了和平。虽然如此，他们还是顺从地跨过那条象征门槛的黄线。层层叠叠的竖挂与匾额，带来轻微的眩晕感。罗志伟挤进正殿侧面的人群，买了一包香，三人各分了一些。

罗志伟引两个孩子点完香，安顿他们依垫而跪。他自己挪到一侧，一狠心，忍着撕裂的痛楚，双膝往地上靠。疼痛——他刚在手信店晤面过的敌人，那个见缝插针从而蛀蚀他一生的敌人，在时间弃绝他之后，早已占据了上风。他不能每一次都认输，至少在天后娘娘的殿堂里不能。这样想着，猛地用力，因长时间日照而发烫的地砖贴上了他的膝盖。熬过刺痛的巅峰，肢体缓慢地松懈下来，呼吸也逐渐均匀。罗志伟感到空前的舒畅，似乎从那具生锈的躯体里解脱出来了。

天后娘娘，我回来了。半个世纪将要过去，这个昔日小渔村变得多么古怪。有的地方面目全非，有的地方却如昨日。这样一来，澳门变成了一座最熟悉不过的迷宫。走在路上，时常不知自己是何人，身在何处。天后娘娘福佑苍生，多年来时时告念。当时心灰意冷，走得匆忙，没来和娘娘辞别。那时候的事情，我已经想明白了。错在自身，我接受一切惩罚。每有膜拜，从来不敢祈求娘娘眷顾，只求年年风调雨顺，航海的渔民都能鱼虾丰收，平安归来。

路环也有一座供奉天后的古庙，清朝同治年间修建的，罗志伟年少时就在附近念书。学校是由街坊会兴办的，如今回想，可谓简朴得过分。那个年代，电力供应不足，入夜后灯光黯淡，学生们常要赶在天黑前把功课做完。罗志伟总是写不完,他在脑筋方面很笨拙,只想快些长大,上渔船为家里赚钱。他最喜欢天色将黑未暗的时刻,跪在天后古庙里,絮絮自语。那时,他的母亲已去世,但不知什么原因,他相信她的一部分残留在天后身边。他从未对任何人说过,甚至对姐姐也守口如瓶——只要一化作言语,这个念想就会失灵。

天后娘娘,保佑姐姐不再受苦……翠绿的波士顿蕨从泥地里钻出来,红棉花落了,成为土壤的食物。雨下了一天又一天,夏日被洗得鲜亮了一层。姐姐披着雨衣,去打揽路翻看虾酱的篷布是否裹得紧实。到处都是泥,辉记咖啡店的廊下斑驳一片,消闲的男人露出各式各样的鞋。其中没有一双腿是父亲的,他不在这里。保佑父亲的咳嗽早些好。他几乎不怎么认识父亲,只有当电闪雷鸣,他担忧父亲在海上的安危时,就和他更熟一些。那时候还没有休渔期,偶尔姐姐也会跟船帮忙,他就一个人留在铁皮屋里,模仿父亲拼命地咳嗽,想把简陋的房子震碎掉,可房子无动于衷。天后娘娘,如果你在这里,请给我一个证明。于是,把米粒撒在桌上,盯着看罗盘的指针是否会微微跳动。他的手举在半空,感到血脉里涌流起一股战栗,这就是他所要的东西吗?直到游戏结束,他确信自己孤独一人,不甘心地与回声互相嘲弄起来。

罗志伟睁开眼睛,听到殿门口传来的电风扇声音。回头一看,两个孩子正靠在门口的木制楹联上,饶有兴致地望着他。罗志伟双手撑地,好不容易爬起来,慢吞吞地过去。

"爷爷,你刚才睡着了。"晨晨说。

"是吗?"罗志伟无法解释,干脆顺着他们问,"爷爷睡了多久?"

"半个小时。"倩倩说。

"胡说八道,至少三个小时,我有手表。"晨晨迅速把电子手表一晃而过。方形表盘里,数字划出一道光晕,罗志伟完全看不清。

"爷爷梦见一些很久以前的事。太奇怪了,就像坐上一条逆流上行的船,把我送到了那个地方……"

罗志伟还没说完,晨晨冷不丁地吹出一个泡泡,越吹越大,最后"啪"的一声在他脸上炸开。他用手把糊在嘴唇上的泡泡糖捏到一起,塞进嘴里,若无其事地继续嚼起来。

"这是哪儿来的？"罗志伟惊讶地问。

"店里拿的。"晨晨说。

"什么店？"罗志伟问出口后，顿时明白过来，"可我们没有付钱啊。"

晨晨从口袋里摸出一大把泡泡糖，从一只手倒腾到另一只手。谁能想到，一个小孩的口袋里竟然能装下这么多的罪行呢？罗志伟只觉头脑嗡嗡作响，大约是神经不愿面对现实，集体罢工了。

"爷爷小时候，偷东西被抓，是要被吊在灯塔上挨打的。"罗志伟故作气愤，压低声音，吓唬晨晨。

"我又不会被抓到。"晨晨冲罗志伟笑起来，带着幼童的无邪与甜美，却又洞悉了某种深邃的规律，"爷爷保密，我把最重要的秘密都告诉你啦。"

他们路过拐角的手信店时，罗志伟狠心转过了头。如果只是一两块糖，也许他会进去结账的。为教育不当道歉，计算小钱，收尾于一些轻松的玩笑话。如果这样就能占据回道德的高地，何乐而不为？但晨晨拿了那么多，不顾口味，抓到就往口袋里塞，这使罗志伟根本无从解释——其中有某种非常疯狂的东西，让罗志伟羞愧，甚至惊恐。

三人沿着妈阁斜巷往上走，罗志伟因情绪不适而胃疼，但他尽量转移了注意力。为了缓和气氛，他向孩子们介绍这条细长的路。它曾被本地人称作"万里长城"，十七世纪时修建过用以保护澳门的城墙。两个孩子兴趣不大，悻悻并行一段。晨晨突然打断罗志伟：

"爷爷，你后来为什么不捕鱼了？"

勇气稍纵即逝。来的路上，罗志伟差点把当年的事和盘托出，但那个时刻过去了。

"爷爷不能捕鱼了，它不允许，爷爷做了很坏的事情。"罗志伟有些语无伦次。

孩子们欢快地笑了，他们的体内仿佛有一个机械发条，可以在任意不恰当的时机发出"咯咯"的笑声，伴随着胡言乱语。罗志伟过去可不是这样的孩子。有时，他很好奇，他们那些怪诞、轻蔑的语气究竟是从哪里学来的。罗志伟以为，外界对他而言的生涩仅在于科学技术层面。他当然不会操作新式机器，连手机都只用电话功能。但这时他意识到，那个新生的世界和他丝毫扯不上关系，每一个细节都是不同的。

回到酒店，罗嘉和妻子正在为什么事情吵架。儿媳妇见罗志伟回来，用一副带刺的口吻说："爸爸怎么不说一声就出去了？我以为又要像上次那样，报警才能找到呢。"

罗志伟的脸霎时烧红，那已是三四年前的事了。当时，他曾为一个别人介绍的老太太动过再婚的念头，儿子与儿媳坚决不同意。为此，他曾试图与老太太合租房子，与家人断联，不过最后却是狼狈而归。

"没有，我带他们去看看妈阁庙，妈祖保佑。"罗志伟讪讪地说。

"如果妈祖管得了他们，我愿意把他们都送去当义工。"儿媳冷笑。

"我们还许了愿！"晨晨说。

"是吗，许了什么愿？"儿媳问。

"我希望家里的小蝌蚪可以长成青蛙，还有永远不上学，第三个是爷爷早点死掉，把爷爷的房子卖了，就有数不清的零花钱了。"晨晨发现，自己的话语如魔法般吸引了所有人的注意力，表演得更卖力起来，"还有一个愿望是世界末日快点到，这无聊的地球，我是一刻都不想待了。"

儿媳忍俊不禁，抚慰罗志伟说："爸爸，童言无忌，你不要计较。"

根据儿媳的攻略，他们在白鸽巢公园附近吃了晚餐。一家本地大排档，点菜或以煲作火锅两不误。猪肚鸡在火焰上轻轻翻滚，一家人难得都扮演好各自的角色，纷纷对菜式赞不绝口。罗志伟嘴上说好吃，实则只盯着菜脯煎蛋一道菜吃。很咸，有几分过去的味道。或许与下午的奔波相关，罗志伟异常疲惫。饭后，其他人打算坐车去氹仔逛逛，罗志伟实在无力参与。他们担心他迷路，但并不真的担心，所以一番争执后，他最终拥有了自己走回去的自由。

四月中旬，太阳落山以后，昼夜温差逐渐显形。罗志伟的外套留在酒店，新长褐色斑点的皮肤从短袖里露出来，被风沁得发凉。他故意绕路而行，在散乱交错的小巷里，等待往日弥留的幽光追赶过来。沿路的骑楼下，三三两两菲律宾人席地而坐，面前的餐布上摆着大排档买来的小菜。以前路环有个菲律宾理发师，他的母亲患上重病，为赚钱才来到澳门。但第二年，他就收到了母亲去世的噩耗。也许与他的身世相关，在罗志伟印象里，他的理发店里总弥漫着一股湿漉漉的乡愁。他再未回菲律宾，有些晴天的早晨，他会带着自己做的菲律宾早餐包散步，随手送给路上的孩子。由于澳门人口的复杂性，罗志伟很早就开始想象人们位于遥远异国的故乡。然而，时隔多年再回澳门，罗志伟蓦地发觉，原来故乡根本不存在于现实之中。路上一片嘈杂，陌生语言的聊天、风声、水声、植物摆动声、刮擦声、播音声。隐约地，罗志伟还听到一段很轻的哼唱声。

　　渔船在海滩上沉睡
　　一动不动，睁着
　　雕像一般的眼睛……

罗志伟诧异地回头，谛听时，声音却消失了。

他已到酒店附近，融合古希腊风格的建筑群就立在前方。四个仿古立柱中央，一颗硕大的宇宙球灯从半空吊下来，曳一身粼粼碎光，缓慢地转动。灯下有一块招牌，写着"娱乐场"的字样。罗志伟踏上扶梯，往二楼的大堂去。这家酒店位于濠江内港，因为靠近第十六号码头，又被当地人叫作十六浦大酒店。传说以前渔民收获归来，会先到十六浦大酒店的赌场试试运气。由于此种积习，这里的赌场至今飘荡着一股鱼腥味。

赌场就在前台的左边，入口处由一道石制屏风遮挡，两边摆满散尾葵。时间还早，澳门真正的夜晚甚至还没降临呢。想到这里，他的睡意褪去几分，便走了进去。

一九七〇年，何鸿燊的葡京大赌场开业，他和朋友特意从路环坐巴士来半岛。不同肤色和阶层的人挤在队伍里，密密麻麻，一股混合的汗味散开。火苗蹿起来，白蝴蝶随阵阵声响往鞭炮高处飞去，许多人捂住耳朵。结束以后，赌场的玻璃门打开，人群争先恐后地向前流动。他想，如果有人从高空看下来，他们就是一群朝巨大洞穴里爬涌的蜷蚁。报道一时铺天盖地，带着澳门独有的传奇质地。"金条堆积如山"，或是"艳女一夜豪赌留尸×酒店"。那时，许多秩序还没建立，七八岁的孩童都可以上桌下注。还有各种白人女郎，扮相精致，让人不敢侧目。他们一桌桌围观，不觉光阴流逝，离场时感到严重缺氧。

和其他娱乐场相比，十六浦在奢豪方面没什么优势，但客量惊人。罗志伟粗略环视一圈，来客年龄普遍偏大，不少来自内地。博彩行业发展多年,最受欢迎的依然是百家乐。罗志伟找到一张人多的牌桌,侧立看了一会儿。过去有人教过他至少稳赢一百元的秘诀:第一把,用一百元压庄家(同样适用于闲家)。如果输了,第二把用两百元压庄。如果再输,第三把用三百元压庄。这三局之中,只要有一把赢了,立刻停止。罗志伟认真琢磨过这套方法,其中固然有概率上的道理。可是有一天,他突然明白,这一定是赌场的人散布的——看似能赢钱,实则是一个引诱赌徒的陷阱。罗志伟几乎不在赌场下注,朋友们笑他小气。由于与海洋打交道常充满随机性,所以渔民多迷信运气,罗志伟也不例外。但他相信,一个人的运气是有限的,他不想把它花在赌桌上。并且从命运的反馈中,他已知晓,运气与他为伍的时刻并不多。

渔船……海滩……沉睡……

四周熙熙攘攘,罗志伟眼睛瞪得浑圆,像要让整个娱乐场倒映在自己的眼球里。他环视一圈,没什么异常。难以置信,这声音究竟从哪里来?它怎么能像野火,吹之又复燃?

忽然间,罗志伟瞥见斜对角有一张赌桌。这天人特别多,每张桌子都有人下注,坐满的也不在少数。只有那一张,空荡荡,无人问津。

罗志伟分了心,偷偷打量起那一桌的荷官。以他的头颅中心为分界线,一半是光头,另一半是寸头。肉眼可见的发丝全白了,他是一个老头,也许并不比罗志伟年轻。黑色的口罩遮住他的脸,只露出一双浑浊的眼睛。

睁着……它睁着……

人来人往,始终无人在那张桌子落座。周围的其他荷官不知疲倦地收发牌,唯独他交叉双手坐着,滞塞在这场浩大的白日梦里。他的眼神悬浮在某处,没有焦点,看起来就像一个上世纪的鬼魂。

大约十分钟后,经理来通知他离场。那个荷官扣上外套,逃跑似的搭扶梯下楼。罗志伟追到扶梯边,只见荷官正快步踩着台阶往下走。罗志伟自己都不知道,为什么要跟过来——不止好奇,那人身上有什么东西,梦魔似的迷住了他。罗志伟小心地跟到了下面。地下是一片同样大小的区域，牌桌林立，人比上一层更多些。老荷官不见了，到处逡巡都没有线索。不过人说十六浦有鱼腥味，原来是真的，地下的味道更清晰。仿佛潮水要涨起来了，惶惶不安，同时燃起一阵亢奋。

他再未见到老荷官的踪影。一瞬间罗志伟怀疑，是时间，把他从这里被除了。

他心中一酸。

罗志伟浑浑噩噩地回到房间，他困了，也许是发烧了。他躺在沙发上，盖着儿子从橱柜里翻出来的毯子，仍然觉得冷。下午的胃疼，又一次冒上来。迷糊之际，他想到孩子们，现在在做什么？他们说过，要去永利皇宫门口坐缆车。他们和他太不一样了，毫无敬畏，以后一定会吃亏的！他想起自己小时候，每逢三月廿三妈祖宝诞，是他难得开心的日子。那一天，路环的街坊居民会自发举办神诞戏。路环本地有四座庙，天后娘娘是与他最贴心的。大戏要做好几天，此外还有整场巡游，全路环的人都出来庆祝，有时连半岛的居民也会来凑热闹。不知不觉，回忆与梦的边界模糊起来。那些满溢幸福的画面断裂了，阴冷的风灌进来，他听见孩子们尖利的笑声。爱可以抚平这些褶皱吗？尽管他从未明白爱究竟是什么。一些伴随隐忍与恨的爱，他为自己无法区分而痛苦——它们切实地存在，却始终与他无关。有时他怀疑，他所做的一切事情，都是出于恐惧而对其他人的模仿。而他自己，早就在昔日的那个瞬间粉碎了。

第二天，阳光很好，窗格的十字纹路投影在罗志伟的脸上。他醒过来，感觉好多了。房间里明晃晃一片，好像在为他的康复而欢庆，又好像这个世界不太真实，他刚从一个梦中梦里抽离，而此刻依然是梦。两个孩子坐在茶几前，电视机开着，但没有声音。其实他们也并没有在看电视，只是任由彩色的影像悄无声息地滚动。

"爷爷，你醒啦。"晨晨机敏地转过脑袋。

"是啊，爷爷睡得太久了。"罗志伟伸了个非常舒缓的懒腰，像沉睡千年后被咒语召唤回来的木乃伊真身，"昨晚玩得高兴吗？"

"昨天没有玩呀，一直在这里看电视。"晨晨认真地说。

"撒谎精。"倩倩说。

两个孩子互相使了眼色,一齐笑起来。显然他们的心情都不错,或许这归功于一个明媚的早晨所具有的魔力。既然如此,罗志伟也没理由不高兴。他跟着笑了一会儿,但当他打算重提旧事时,心比口先沉了下去。

"爷爷考考你们,有一种鱼身体扁长,鳞片小而密,通体金黄色。每年八九月,它们洄游到南海的中浅海域,海面像铺满了黄金。你们知道,那是什么鱼吗?提示一下,是你们爸爸爱吃的。"罗志伟竭力保持着与孩子们交流时欢愉的语气。

"黄花鱼。"倩倩抢答。

"对,大黄鱼。那么你们知道,它是什么科的吗?"

"石首鱼科。"倩倩说。

"真是聪明的孩子。"罗志伟深吸一口气,逐渐逼近那个时刻,"那么,它们为什么属于石首科呢?"

倩倩从这种循循善诱的追问中感受到戏弄,不愿意再回答。她微微耸了耸肩。

"因为,它们的脑颅里有一对洁白坚硬的大耳石,控制它们的听觉。你们想想,一条鱼的耳朵里有了这种石头,鱼变得敏感,很多事情就变容易了。但是当然,也会更危险。"见无人回应,罗志伟自己回答起来。

"那又怎么样?我的耳朵里有金箍棒!"晨晨打岔说。

"那时候,为了捕黄鱼,我们跟着船队一起到海上。我是第一次参加,心里紧张,但还是咬牙去了。那次一共有两条母船,将近四十条小船。小船大约七八米长,三米宽,我就在其中一条上。我们开了很久,突然收到变队的信号。一条长龙里,小船各自调转方向,慢慢地围成了一个很大的圈。有的渔民心急,拿槌子敲响横架在船头的竹梆。一开始,大家都乱敲,直到有人出来指挥,节奏才统一起来……"

"敲竹梆有什么意义?"倩倩问。

"你注意到了,孩子。我刚才说了,黄鱼有两块耳石。只要我们在海面上不停敲打,引起耳石发生共振,黄鱼就会因为脑震荡而晕死。无论老幼,只要在水里,都逃不出死亡的命运。"罗志伟说。

"天哪,太厉害了!杀它个片甲不留!"晨晨露出艳羡的眼神,一边鼓着掌。

"是啊。"罗志伟木然地重复，"片甲不留，爷爷做了这种事。"

金灿灿地，无数黄鱼渐次浮上水面。那些被震死的黄鱼，一双眼睛布满血丝，向外鼓出来，死状尤其惨烈。太满了，太多了，罗志伟根本不敢望向密集的海面。与此同时，却又为手中的生杀大权而热血沸腾。干脆闭上眼睛，一顿狂乱敲梆。

"鱼太多了，我们都分不完。小鱼直接丢在土里，等尸体腐烂作肥料。"罗志伟喃喃说，声音颤抖起来。

"我也要去捕鱼，太好玩了。"晨晨赞不绝口。

"白痴，都什么年代了，这一套早就过时了。"倩倩不屑。

"什么！"晨晨一脸不服气。

"只要用声呐发出水下脉冲信号，弄死多少鱼都行，而且捕鱼范围也大得多。"倩倩说。

"能把黄鱼全杀光吗？"晨晨问。

"当然啦，别说黄鱼了，再大的鱼也手到擒来。"倩倩说。

"能把鲸鱼也杀光吗？"晨晨问。

"只需要足够的时间。"倩倩冷淡而确凿地说。

"能把南海清空吗？"晨晨追问。

"怎么没完没了？"一种厌恶的表情从倩倩脸上化开，她说，"要什么就有什么，按一个按钮就行，你给我闭嘴。"

孩子们吵闹的时候，罗志伟独自走到了窗边。

敲梆作业用的槌子，是从黄檀树上砍下来的。为了握得紧一些，抓手处特意磨细过。那时他多么年轻，攥住槌子，力气自然灌注了进去。哪怕到最后手筋砰砰直跳，视线模糊，也不肯停下来。同船的渔民伸手拉他，他才跟跟跄跄地倒地。船一颠簸，一条黄鱼溅进来。他永远记得那种诡诞的触感，说不清是极烫还是冰凉。鱼已经死了，尾巴垂在手中。他近距离察看了那双眼睛，果冻胶似的，银白底上一抹涣散的黑，还沾着血丝——日后他反反复复地记起，那双眼睛是凸出来的，像刚经历了一场来自内部的爆炸。

第二年夏天，就发生了那场意外的台风，父亲和姐姐坐上船，再也没有回来。小时候，他把风铃挂在檐廊上，母亲告诉过他，渔民是这样的，一生悬于风中。多年以后，死神踏着风来了。事情发生的前几天，他频繁梦见海面上都是死黄鱼的场景。当噩耗传来，他立刻明白了，这是命运的一种联动。他震撼的不仅是死亡，而是从纷杂的碎片中辨认出了这一点。

罗志伟推开半扇窗户。

今天天气真好，光照让气层变得清透，可以看见飘在半空的小绒絮。到了这个年龄，他什么都不缺，可以在星期日的早晨，坦然地站在豪华酒店的窗口。春日城市的草木葱茏，尽收眼底，缓缓传来的巷口人声都呈现出一派祥和。还有什么需要计较的吗？往事已是化石了。所以，就像有一段广播里说的：让我们深呼吸……现在，自然环绕着你，空气里有各种花香，你感到宁静从内心升起。

罗志伟承载着过量的幸福，满足地望向遥远的、泛着蓝彩光泽的天空。某一刹那，他感到耳朵里的石头开始轻轻地颤动。在他未知的地方，谁在用槌子敲打什么。脑袋里的共振越来越强烈，连环的震感将他揿在窒息之中。他努力睁大眼睛，想保持面前的景象不会消失。可随着一记爆破，眼中漆黑一片。

在一阵山崩地裂之间，他终于安下心，该来的还是来了。

（原载《上海文学》2024年第10期）

声 明

本套"2024·北岳·中国文学主题年选"收录了本年度众多优秀文学作品。在编选过程中,我们及各选本主编已尽力与大多数作者取得了联系,但仍有个别作者因故未能取得联系。见此声明,烦请来电,以便奉送样书。

联系人:高海霞

电　话:0351—5628715